MAGDA M.

CIĄG DALSZY NASTĄPIŁ

Radosław Figura

MAGDA M.

CIĄG DALSZY
NASTĄPIŁ

znak litera nova

KRAKÓW 2018

Projekt okładki
Katarzyna Bućko

Zdjęcie autora i zdjęcie na pierwszej stronie okładki
Adrian Błachut, www.adrianblachut.com
Zdjęcie chmur na okładce

Redakcja
Katarzyna Sobiepanek-Szczęsna

Opieka redakcyjna
Oskar Błachut
Agnieszka Narębska
Anna Niklewicz

Opracowanie tekstu i przygotowanie do druku
Wydawnictwo JAK

ISBN 978-83-240-4708-6

Książki z dobrej strony: www.znak.com.pl
Więcej o naszych autorach i książkach: www.wydawnictwoznak.pl
Społeczny Instytut Wydawniczy Znak
ul. Kościuszki 37, 30-105 Kraków
Dział sprzedaży: tel. 12 61 99 569, e-mail: czytelnicy@znak.com.pl

Wydanie I, Kraków 2018
Druk: Abedik

Dla P. za wszystko, kochanie

1

Warszawa. Miejsce, z którym Magda związała swoje życie. Miasto, które podniosło się z pożogi, z martwych. Odrodziło się. Rozkwitło. I po wielu latach zaczęło owocować. Tkanka miejska rozrastała się, a w każdy kąt wciskały się bary, kluby, lokale, kawiarnie... Wciskały się, panoszyły i popisywały. Rywalizowały o serca i karty kredytowe klienteli, złożonej zarówno z tubylców, jak i słoików. Czy Magda czuła się słoikiem? Skądże. Była przecież częścią tego miasta, zanim narodziła się cała kultura słoicza. Przyjazd z Olsztyna, studia, potem lata pracy w kancelarii Waligóry, status wspólniczki, liczne perypetie osobiste i wreszcie bezpieczna przystań w ramionach Piotra. I oto jest. Magda Miłowicz. Z wolna zmierzająca do czterdziestki. Ale skoro dzisiejsze sześćdziesiąt to wczorajsze pięćdziesiąt, czym jest trzydzieści osiem?

Wszystko, co najważniejsze w samodzielnym życiu Magdy, wydarzyło się tutaj. W Warszawie. Mieście, które podniosło się z prochów, żeby dumnie patrzeć w oczy całemu światu: oto jestem! Magda nie do końca zdawała sobie sprawę, jak bardzo podziwia to miasto. Jak mocno jest z nim związana. A tym bardziej, jak bardzo je znienawidzi. Nie mogła tego wiedzieć. Nie tego poranka. Jeszcze nie.

2

Są takie dni, które zaczynają się radosną pobudką, pełnym nadziei oczekiwaniem na podskórnie przeczuwany cud, a kończą ponurym i bolesnym rozczarowaniem raniącym serce i duszę. Autobus się spóźnia. O taksówce nie ma co marzyć. Z powodu podejrzanego pakunku w metrze tysiące ludzi w jednej chwili zalewają ulice w poszukiwaniu transportu. I w efekcie to najważniejsze spotkanie, od którego wszystko zależało, życiowa szansa, to spotkanie, które zdarza się tylko raz – bo los nie jest przecież rozrzutnym filantropem – już się nie odbędzie. Obiecujący dzień zamienia się w boleśnie rozpamiętywaną rocznicę straconej okazji.

Ten czerwcowy dzień zaczął się inaczej. Magda obudziła się w kiepskiej formie i ruszyła bez namysłu, kierując się zwierzęcym odruchem, prosto do łazienki. Krewetki? Nie, to było w zeszłym tygodniu. To skąd te mdłości? Czuła się tak marnie, że pomyślała o wolnym dniu. A rozprawa? Magda miała przecież świetne argumenty, żeby wybronić kobietę zwolnioną przez państwową spółkę tylko dlatego, że się ostentacyjnie nie zachwycała nowym członkiem zarządu. Facetem bez kompetencji, bez znajomości rynku, bez kontaktów w branży, wsadzonym na stanowisko, bo był kolegą odpowiedniej pani, która należała do odpowiedniej partii. Natychmiast obsadził wszystkie możliwe etaty członkami swojej rozległej sieci rodzinnej i towarzyskiej. Polityczne łupy to często jedyny powód publicznej działalności wielu posłów, senatorów i ich pazernie rozpajęczonych rodzin. Tak było w starożytności i potem, kiedy rządziła arystokracja, tak było, kiedy światem zaczęła sterować burżuazja, i tak jest teraz, kiedy ludzkość trzymają za gardło politycy i ich służby.

Magda zdobyła zeznania wyrzuconych wcześniej pracowników. Szanowny członek zarządu zwierzał się im, że „księgowa go wkurwia", bo nie zgadza się na tworzenie fikcyjnych stanowisk. Ani na opłacanie niepotrzebnych analiz i konsultacji. Tylko „na razie nie może jej wypierdolić", bo ktoś musi przejąć po niej obowiązki, a on nie ma nikogo zaufanego i choćby odrobinę zorientowanego w księgowości. Kiedy zaufany się znalazł, księgowa wyleciała. A potem trafiła do kancelarii Waligóry, Malickiego i Miłowicz. Magda nie mogła jej teraz zawieść. Nie mogła zadzwonić do sądu i przełożyć rozprawy. Nie ona!

Poprosić Piotra o herbatę miętową albo coś na trawienie? Spojrzała na zegarek na nocnej szafce przy łóżku. Pięć po szóstej. Piotr minął już most Śląsko-Dąbrowski i zmierza do Gdańskiego. Jego stała trasa zaczynała się na Wiejskiej, przed mieszkaniem Magdy, potem zbiegał parkiem Rydza-Śmigłego do Płyty Desantu i skręcał w lewo, by dotrzeć aż do Centrum Olimpijskiego. Tam zawracał. Nie chciała dzwonić i przerywać mu treningu. Zwinęła się na łóżku. Zatrucie. Odpocznie chwilę, może zaśnie. Potem Piotr wróci i o nią zadba. Uśmiechnęła się mimo czających się gdzieś w głębi torsji. Sama myśl o nim pomagała.

Przymknęła oczy. Po paru sekundach już spała. Jakby ktoś wyjął z niej baterie. Nagle. Bez powolnego zapadania się w sobie i stopniowej utraty świadomości. Po prostu pstryk; niewinnie i ufnie. Bezpiecznie. Nie przeczuwała, że niedługo odkryje coś, co kompletnie zmieni jej życie. Że podejmie najważniejszą decyzję życiową. To było jeszcze przed nią. I nic jej się nie śniło.

Poczuła promień słońca, który odbił się od szyby kamienicy naprzeciwko i trafił plamą światła w jej powieki. Nie otworzyła oczu od razu. Lubiła przedłużać takie chwile, kiedy wychodzi się ze snu do jawy ciepłym korytarzem rosnącej świadomości. Smakować je, cieszyć się nimi niespiesznie. Teraz dodatkowo czekała na to, co powie jej żołądek. Czy ma dla niej jeszcze jakieś niespodzianki? Nie, spokój. Minęło. Ulga. Czyli można zacząć dzień i wypełnić go pożytecznymi działaniami. Na przykład wygranym w sądzie odszkodowaniem dla księgowej.

– Halo? Jest tu ktoś? – wymamrotała leniwie z wciąż zamkniętymi oczami. Odpowiedziało jej miauknięcie. Krótkie i zwięzłe.

To Maniek Drugi, dachowiec. Tak samo jak poprzednik zjawił się na jej drodze w idealnym momencie, dokładnie wtedy, gdy była zupełnie bezbronna wobec jego wezwania. Maniek Pierwszy czekał na nią w bramie na Targówku, kiedy szła na interwencję do jednej z podopiecznych. Skulona kupka nieszczęścia, samotności i smutku. Miauczał tak cichutko, że Magda trzy razy cofała się do bramy. W końcu dojrzała futrzaste maleństwo wtulone w załamanie muru, między odrapaną i pokrytą byle jakimi graffiti ścianą a cementowymi stopniami prowadzącymi do klatki schodowej.

Maniek Pierwszy spędził z nią najbardziej burzliwy okres w życiu. Ten emocjonalnie burzliwy. Odszedł parę lat temu. Szczęśliwie Piotr był na miejscu, kiedy okazało się, że ukochanego zwierzaka Magdy pożera rak. Nie potrafiła podjąć decyzji i najchętniej uciekłaby przed nią, ale Piotr jej nie pozwolił.

– Kochanie, Maniek jest wspaniałym kotem. Miał dzięki tobie świetne życie. Niech je tak zapamięta.

Rozsądne. Tylko że Magda nienawidziła wtedy tego zdrowego rozsądku. Jednocześnie wiedziała doskonale, że jej czyste sumienie równa się cierpieniu kota. A przecież chodziło o niego, nie o nią. Poddała się. Kilka tygodni później na jej drodze stanął pomarańczowy Maniek Drugi. Maleństwo, które los umieścił tuż przed wejściem do prowadzonej przez Magdę fundacji. Siedziało sobie to miniaturowe życie na trawniku i nawet nie miauczało. Magda obeszła całą kamienicę, pytając, czy ktoś zgubił albo po prostu nie dopilnował kotka. Nikt się do niego nie przyznał. W ten sposób Maniek Drugi zajął miejsce po Mańku Pierwszym. Teraz miał już pięć lat.

– Maniuś? Wiadomo. – Magda jeszcze dosypiała. Wciąż nie otwierała oczu. Maniek zwinnie wskoczył na łóżko i dotknął jej policzka łapką ze schowanymi pazurami.

– Ejże, kocie! Pięć minut, proszę. – Przeciągnęła się ze świadomością, że wczesna pobudka daje jej dużo czasu na niespieszne rozpoczęcie kolejnego dnia. W tej chwili poczuła drugie pacnięcie. Niezawodny znak, że Maniek Drugi chce jeść. Natychmiast.

– Nie umrzesz z głodu przez pięć minut. W przyrodzie coś takiego się nie zdarza.

Drugi miauknął przeciągle. Nie zgadzał się ze swoją panią.

– Faceci – dramatycznie skwitowała Magda. I uśmiechnęła się, bo czego jak czego, ale dramatu w jej życiu było tyle, co, nomen omen, kot napłakał.

Zwierzak zeskoczył z łóżka. Obraził się. Czyli Magda po wyjściu z sądu będzie musiała jeszcze gnać do sklepu rybnego, żeby mu przywieźć świeżego łososia. Tylko w ten sposób Maniek Drugi pozwalał się przeprosić. Uśmiechnęła się też do innej myśli. Bardzo przyjemnej. Przeciągnęła się ponownie z cichym westchnieniem. I ze świadomością, że ktoś to przeciąganie się obserwuje.

Otworzyła oczy. W drzwiach sypialni stał mężczyzna. W stroju do biegania. Spocony. Ale nie zziajany. Niektórzy to mają kondycję! Patrzył na nią z pobłażliwym uśmiechem, jak zwykle, kiedy przyłapywał ją na dyskusjach z Mańkiem.

– O czym myślałaś? – Piotr wciąż nie zdejmował seksownych getrów ani koszulki. Stał tylko i patrzył na nią. A ona czuła, jakby ją rozbierał.

– O niczym.

Milczał. Po tylu latach wystarczyło spojrzenie, czasem nawet tego nie było mu trzeba, żeby wiedzieć, czego Magda pragnie. Co ją dopada zawsze, gdy on wraca z porannego biegania. Spodziewany rytuał. Był ciekaw, czy wreszcie to powie. Czy chociaż raz wyzna mu, o czym myśli, kiedy się tak wyzywająco przeciąga.

– No powiedz. Co to było?

Magda wzruszyła ramionami.

– Idź pod prysznic.

Piotr zaśmiał się, ukrywając rozczarowanie. Niewielkie. Niezbyt bolesne. Takie, które tylko na ułamek sekundy przysłania mgiełką obraz ukochanej osoby. Mała, gnana silnym wiatrem chmura przykrywa słońce, ale zanim to zauważysz, już jest daleko, znika za horyzontem. I nikt o niej nie pamięta.

– Przyjdziesz? Czy będziesz dalej gadać z Mańkiem?

– Jeszcze się nie przyzwyczaiłeś?

– Pracuję nad sobą.

Piotr puścił do Magdy oko, odwrócił się i wyszedł z sypialni. Po chwili usłyszała, jak zrzuca buty w korytarzu, a zaraz potem dobiegł ją szum prysznica w łazience. Skrzywiła się. Coś ją zaniepokoiło. Mały zadzior gdzieś głęboko w duszy. Kiedy bardziej się czegoś domyślasz, niż to czujesz. Odkąd otworzyła oczy, wiedziała, co będzie dalej. Co do najdrobniejszego szczegółu. Wiedziała, że Piotr będzie ją rozbierał wzrokiem, a potem spróbuje zmusić, żeby powiedziała, czego chce. Wiedziała, że mu tego nie powie. A on skomentuje gadanie do Mańka i pójdzie pod prysznic. Wiedziała też, że zaraz pójdzie za nim. Bo chciała seksu. Tylko... nie umiała się do tego przyznać.

W uporządkowanym świecie żyje się bezpiecznie i przewidywalnie. Nie grożą nam wielkie zaskoczenia ani jeszcze większe rozczarowania. Tyle że mistrzem ceremonii staje się, niestety, rutyna. Dziesiątki albo i setki codziennych uproszczeń, które ułatwiają nam życie. Szklanki zawsze z lewej strony, kubki po prawej. Makaron na drugiej półce, ręczniki w szafce nad pralką. Praktycznie i wygodnie. Gorzej, gdy podobne ułatwienia zaczynają rządzić emocjami. Wtedy codzienność z drugą osobą staje się ciągiem odruchów. Bezwiednych. Bezmyślnych. Beznamiętnych. Nawet jeśli zachowuje się pozory namiętności.

Magda miała nadzieję, że jej i Piotrowi nigdy się to nie przytrafi. Przecież fakt, że jej partner czasem wolał pojeździć na motocyklu, niż sączyć z nią wino u Sebastiana, albo czepiał się jej pogaduszek z Mańkiem, albo… No właśnie. Szła teraz śladem jego rozrzuconych rzeczy. Ile razy mówiła, prosiła, groziła, że kiedyś wreszcie wywali to do śmieci? Zawsze ten sam wzór. Najpierw buty, obok niedbale zrolowane przy zdejmowaniu skarpetki, dalej getry, koszulka… Wreszcie, już za progiem łazienki, sportowe bokserki. Podniosła je i razem z resztą zebranych trofeów wrzuciła do kosza na pranie.

Stanęła przed zaparowaną szybą prysznica. Miała ochotę powiedzieć mu, że tak nie można. Nie powinni pozwolić, żeby te drobne uchybienia zaczęły rosnąć w siłę, puchnąć i rządzić się w ich świecie i sercach. Jak zwykle nic nie powiedziała, bo przez zaparowaną szybę widziała zarys ciała mężczyzny, którego kochała jak nikogo innego. Nie dzisiaj. Może kiedyś, w jakiejś dogodniejszej chwili wymusi na nim obietnicę, że już nigdy nie zostawi sprzątania całej jaskini na głowie swojej samicy. Taki żart, żeby nie czuł się za bardzo atakowany. Niespodziewanie się wzruszyła. Nie wiadomo, czy bardziej swoją wspaniałomyślnością, czy tym, że Piotr był tak blisko. Nagi. Czekała.

Po chwili zaczął nucić:

– Więc chodź, pomaluj mój świat…

Kiedy skończył refren, weszła do kabiny. Piotr stał tyłem. W tańczących kroplach wody, w mgiełce pary widziała jego muskularne plecy. Znała je doskonale. Pod prawą łopatką widniał pieprzyk, który jej przypominał serce, a Piotrowi zniekształconą miednicę ludzkiego szkieletu. Sprzeczali się o to jakiś czas, aż wreszcie sfotografowała znamię. Przyjaciele

Magdy potwierdzili, że to serce. To znaczy – Agata i Karolina. Sebastian widział tylko zagrożenie czerniakiem. Nic dziwnego, spotykał się wtedy z pewnym onkologiem.

Magda zrobiła to zdjęcie wkrótce po tym, jak zamieszkali razem. Tamtego dnia obudziła się wcześniej. Piotr spał na plecach, z twarzą zwróconą w stronę okna. Wstała po cichu i wzięła na ręce Mańka Pierwszego, który siedział obrażony w nogach łóżka, nie do końca jeszcze przekonany do życia we troje.

Szykowała śniadanie i tłumaczyła kotu, że trzy to przecież w naszej kulturze doskonała liczba, dlatego będzie im w tej trójcy po prostu doskonale. Uśmiechała się, widząc pełną wątpliwości minę Mańka, bo sama była pewna, że po tym, co przeszła z Piotrem... Po całej aferze z jego byłą żoną, po tym, jak chorował i jak nie umiała mu zaufać, gdy wrócił ze Stanów, po tym, jak pojechała za nim do Zakopanego i zmusiła TOPR-owców, żeby polecieli go szukać... Po tym wszystkim wiedziała, że teraz czeka ich już tylko ten spokojny i bezpieczny port, ta laguna, którą wypełnią swoją miłością i w której będą się beztrosko pluskać. Jak foki, chciała zażartować, ale się powstrzymała. Ich miłość nie zasługiwała na takie żarty. Za poważna sprawa.

Załadowała śniadanie na tacę. Kiedy wróciła do sypialni, wciąż w tym nastroju roztkliwienia, Piotr spał na brzuchu, odkryty do bioder. Wtedy zauważyła znamię. Ostrożnie odstawiła tacę i sięgnęła po komórkę. Gdy potem, przy śniadaniu w łóżku, pokazała mu fotkę, Piotr się obruszył.

– Miednica ludzkiego szkieletu rozjechana walcem.

– Sam jesteś walec.

– Madziu! – syknął ostrzegawczo.

Zawsze ją to śmieszyło. Ten jego niby-groźny ton. W czasie zimowego wypadu do Zakopanego temat powrócił przy stole rodziców Piotra. Oboje zgodzili się z Magdą, ale Piotr miał to w nosie. Miednica i koniec. Potem zawlókł Magdę na stok, żeby katować ją nauką jazdy na nartach. Z początku jej się podobało, jednak po kilku próbach dała sobie spokój. Za dużo siniaków, za mało efektów.

Teraz stała za nim w kabinie prysznicowej, czując jednocześnie napięcie i rozluźnienie, kiedy rosła w niej fala namiętności. Zbliżyła usta do znamienia i pocałowała je. Piotr odwrócił się do niej.

– Hej, co robisz?

Magda objęła go.

– Uwielbiam to twoje serce.

W jej oczach zobaczył to, co tak pokochał lata temu. Kiedy pierwszy raz spotkał ją na przyjęciu u Waligórów. Figlarne, ciepłe światełko. To ono pomagało mu w chorobie, kiedy Magda była daleko. Kiedy tracił przytomność w szpitalu na drugim końcu świata. Ostatnia rzecz przed zapaścią. Światełko. Latarnia dla rozbitka.

Objął ją ciaśniej.

– Wiesz… To słabe, że miednicę nazywasz sercem.

Magda nie lubiła, gdy Piotr wciskał jej czułość do szuflady z żartami. Nie. Z czułości nie można żartować. W czułości jesteśmy bezbronni, wystawieni na razy. I nie chodzi tylko o niedelikatne dowcipy. Wystarczy unik. Okazując komuś swoją czułość albo tkliwość, odsłaniasz się. Całkowicie. A gdy ona czy on potraktuje to żartem, cierń wbija się głęboko i boleśnie. Na długo. Magda nie miała zamiaru na to pozwalać. A przecież co jak co, ale stawianie na swoim zawsze jej wychodziło. Chociaż nie zawsze na dobre...

– Taki poranny żarcik?

Pytanie ociekało sarkazmem, ale Piotr z uśmiechem patrzył jej w oczy. Niezbyt się przejął.

– Raczej... poranny wzwodzik.

Nie zachowała powagi. Roześmiała się, bo w tej chwili poczuła na podbrzuszu jego gotową męskość. Nie dało się dalej walczyć o pryncypia. Przywarła do ust Piotra. Namiętne pocałunki były preludium do ich prysznicowego rytuału. Pieścili się nawzajem, klękając na przemian. Smakowali swoje mokre ciała aż do finału, gdy Piotr podnosił Magdę, opierał jej nogi na swoich biodrach i wchodził w nią z całą miłością. Ale nie tym razem.

– Chodźmy do łóżka – szepnęła Magda wprost do jego ucha.

Zdziwił się, ale podniecenie i pożądanie nie pozwoliły mu na rozważania. Równie dobrze Magda mogła rozkazać, żeby poszli na środek placu Trzech Krzyży albo na scenę amfiteatru w Łazienkach. Gdziekolwiek, byle dojść do finału. Oczywiście wspólnego. Kochali się w łóżku, patrząc sobie w oczy. Piotr miał wrażenie, że spojrzenie Magdy jest bardziej świetliste niż zwykle. A ona sama wyjątkowo namiętna i jednocześnie łagodna. Zaszła w niej jakaś zmiana, nie wiedział tylko jaka. Nie wiedział nawet, że nie wie. Po prostu podobała mu się bardziej niż kiedykolwiek wcześniej.

Magda patrzyła na niego. Zanurzona w rozkoszy, poddając się jej, lekkimi ruchami bioder dodawała Piotrowi precyzji.

I widziała siebie i jego za kilkadziesiąt lat tak samo oddanych sobie. Może tylko z jednym lub dwoma potomkami u boku. Zaproszenie do łóżka nie było pierwszym krokiem do tego celu. A jeśli, to podświadomym. Świadomie Magda chciała, żeby jej ukochany wiedział, jak bardzo go pożąda. Mimo że nie potrafiła tego powiedzieć. Uśmiechnęła się mimowolnie. Piotr odwzajemnił uśmiech. O nic nie pytał. Wszystkich odpowiedzi udzieliło mu światełko w oczach Magdy.

Na śniadanie zostało niewiele czasu. Piotr pospiesznie przełykał kawę i jednocześnie przeglądał akta jakiejś sprawy. Nagle Magda wypadła z łazienki z niedokończonym makijażem i stanęła przed nim w pozie bojowej. Ręce na biodrach, pierś do przodu, twarde spojrzenie. Prosto w oczy.

– Wiem. Przy śniadaniu nie pracujemy. I nie samą kawą człowiek żyje. Ale przecież wiesz, dlaczego jestem spóźniony.

Zero reakcji. Nie o to chodzi? Piotr przybrał zatroskaną minę. Magda wskazała swoją twarz.

– Potrzebuję botoksu?

Odetchnął z ulgą. Nie chodziło o niego i jego ewentualne przewiny. To też był rodzaj rytuału, który Magda odprawiała od czasu do czasu.

– Chyba klapsa.

– Nie kpij. Zaczęłam się sypać? Tylko szczerze.

Piotr się uśmiechnął. W takich chwilach czuł wyższość wobec tych wszystkich nieopierzonych, niewyklutych do końca mężczyzn, którzy myślą, że jeśli kobieta prosi o szczerość, to chce usłyszeć prawdę. Nic bardziej mylnego. Taka prośba oznacza, że kobieta potrzebuje odpowiedniej dawki zachwytów, podziwu i komplementów. Podanych jak najbardziej poważnie. Najlepiej śmiertelnie poważnie.

– Kochanie... – zaczął takim tonem, jakby mówił co najmniej o swoim testamencie. – Piękno ma to do siebie, że nie można go poprawić. A botoks, z tego, co wiem, służy do poprawiania czegoś niedoskonałego. *Ergo*, nie możesz zastosować botoksu. Jesteś doskonała.

Magda słuchała w skupieniu, jakby próbowała wyśledzić choćby cień fałszu. Sama jednak nie miała do końca poważnej miny. Lubiła prowokować Piotra do wymyślania takich sprytnych odpowiedzi. A jeszcze bardziej lubiła słyszeć, jak przysięga.

– Przysięgniesz?

Piotr położył prawą dłoń na sercu.

– Przysięgam.

Magda patrzyła jeszcze chwilę. Wreszcie uśmiechnęła się.

– Wszystkie kobiety umiesz tak bałamucić?

– Tylko jedną. Tę, którą kocham.

Bo kochał ją w całości. Z jej schizami. Z tym upartym poświęcaniem się pracy i pomaganiu potrzebującym. Z poczuciem odpowiedzialności za rodzinę, przyjaciół, klientów i podopieczne fundacji. Za jej bezradność. Za wzruszanie się wygraną sprawą i odchorowywanie tych przegranych. Nawet kiedy czasem robiła się bezpodstawnie zazdrosna albo upierdliwie czepiała się jakiegoś słówka, albo... kiedy czepiała się motocykla.

Po leczeniu w Stanach Piotr nie planował powrotu do motocyklowej pasji. Po jakimś czasie jednak zaczął się oglądać za każdym mijanym motorem. Odnowił kontakty z dawnymi kumplami. I w końcu kupił wymarzoną maszynę. Magdzie to się nie podobało, ale nie chciała stawiać sprawy na ostrzu noża. Miała nadzieję, że więcej zdziała spokojem i lekkim, stałym, prawie niezauważalnym naciskiem. To jednak nie było niezauważalne. Z trudem znosił jej niby przypadkowe nawiązania do statystyk wypadków. Tłumaczył, że zdaje sobie sprawę z ryzyka, ale przecież ryzykiem jest samo życie na tej planecie. Ryzykiem jest wszystko, co robimy. A także to, czego nie robimy, za to robi ktoś inny – podrzuca bombę, siada za kierownicą po pijaku czy strąca cegłę z rusztowania. A on przecież jeździ w taki sposób, żeby nie prowokować losu, i chętnie jej to udowodni. Wreszcie dała się namówić i usiadła za nim. Przejechali się dookoła placu Trzech Krzyży. Kilka razy. Aż zaczęła się uśmiechać. To przecież był ich plac. Plac dwóch P, czyli Pierwszego Pocałunku. Potem zjechali Książęcą na Rozbrat i wreszcie wjechali w Czerniakowską, żeby już prostą drogą dotrzeć do Wilanowa, gdzie tuż przy pałacu była ich ulubiona cukiernia z lodami.

Dopiero gdy wrócili do mieszkania Magdy na Wiejskiej, Piotr zapytał:

– I co? Wierzysz teraz?

Dostrzegł ogniki tańczące w jej oczach. Patrzyła na niego z udawaną powagą. Zrozumiał, że wystawił się na strzał.

– Jak tylko spuszczę cię z oczu, pewnie gnasz, ile fabryka dała. Mam nadzieję, że kiedyś dorośniesz na tyle, żeby go sprzedać. Nie chcemy przecież, żeby coś ci się stało, zgadza się?

Mógł tylko przytaknąć. Chociaż nieźle radził sobie z jej prowokacjami, jak w przypadku pytania o botoks, to wciąż potrafiła złapać go w pułapkę kobiecej logiki.

– Sprzedać? Nieładnie, Madziu. Naprawdę nieładnie się bawisz, dziewczyno.

– Nie mówię, że dzisiaj. Zaczekam na ten piękny dzień. Jeszcze trochę.

Piotr nie brał tej opcji pod uwagę. Nie było powodu do sprzedaży motocykla. Czuł, że śmierć nie ma już nad nim władzy.

Po pierwsze, pokonał chorobę. Po drugie, ona, jego Magda, przyleciała w Tatry, żeby go uratować. To było po jego powrocie z leczenia w Stanach. Próbował ją przepraszać, tłumaczyć. Bez skutku. Jeśli odgrodził się od niej w czasie, kiedy mógł umrzeć, to jak miała mu zaufać? Ona, która zawsze miała problem z zaufaniem. Ona, która wcześniej zaufała mu całkowicie. I nie mając od niego żadnych wieści, próbowała żyć normalnie. Tylko jak normalnie żyć, kiedy mężczyzna, którego kochasz i który kocha ciebie, nagle wyjeżdża i przestaje się odzywać? Gdy wrócił, cieszyła się, że żyje, ale zawiedzionego zaufania nie da się odzyskać na pstryknięcie palcami. Piotr wyjechał wtedy do rodziców, do Zakopanego. Magda w końcu pojechała za nim, a kiedy nie mogła się z nim skontaktować, w panice, że coś się stało, zawiadomiła TOPR. I spadła mu z nieba. Dosłownie. Prosto w ramiona. Co mogło mu się stać? Miał poczucie, że nie tylko pokonał śmierć, ale też jest pod szczególną opieką miłości tej kobiety. Jego kobiety.

Czym różni się motocykl od urody? Niczym. Jedno i drugie można w nieskończoność tuningować. Czasem z podobnie absurdalnymi skutkami. Na szczęście Piotr nie widział potrzeby tuningowania swojego triumpha, podobnie jak nie widział potrzeby poprawiania Magdy. Dostrzegał drobne zmarszczki w kącikach jej oczu, ale one wywoływały w nim jeszcze większą tkliwość. Były świadkami ich związku. Ich wspólnych lat. Usuwanie ich nie miało sensu. Magda jednak patrzyła na siebie krytycznie.

– Agata uważa, że już dawno powinnyśmy były to zrobić.

Mógł się domyślić, kto zasiewa te paniczne myśli w głowie Magdy. Teraz jego ukochana prawniczka patrzyła na niego w ten swój czujny sposób. Nieco bokiem. Sprawdzała go.

– Mam nadzieję, że jej nie posłuchasz? – Wrzucił dokumenty do teczki i odstawił filiżankę do zlewu.

– Nie opłuczesz? – Porządnicka natura wzięła górę nad dramatem urody.

Piotr opłukał filiżankę i stanął przed Magdą. Przyjrzał jej się krytycznie.

– Coś jeszcze, *my love*?

– Jak będę potrzebowała, to mi powiesz? – Teraz, zadowolona, z trudem powstrzymywała uśmiech.

– Nie będziesz.

– Powiesz?

– Powiem.

Oczywiście nie miał zamiaru tego robić. Przenigdy. Mężczyzna, który potwierdza, że jego ukochana potrzebuje botoksu, z automatu staje się czepialskim i nieznośnym typem. Piotr nie miał zamiaru ryzykować. I najwyraźniej wiedział, co robi, bo Magda obdarzyła go całusem. Mocnym. Takim, który spina splot słoneczny, żeby w ułamku sekundy dotrzeć do czakry Svadhisthana. Po chwili odsunęła się od niego.

– Po rozprawie idę do fundacji. A potem mam się spotkać z Agatą i Karoliną u Seby. Będziemy wybierać nowe kolory do jego mieszkania. Chcesz wpaść?

– Może dasz mi wolne? Umówię się na motocykl.

Magda wzruszyła ramionami.

– I tak nie rozróżniasz kolorów. – Było to zaczepne nawiązanie do pewnego spaceru. Wracali już, kiedy Piotr zatrzymał się przed wystawą jubilera. Zapytał, jaki pierścionek zaręczynowy chciałaby dostać. „Na pewno nudny mieszczański brylant? A może jednak coś kolorowego? Na przykład ten zielony". Tyle że kamień wskazany przez Piotra wcale nie był zielony. To był szmaragd. W kolorze szmaragdowym. Stanęło na tym, że najlepszy jest jednak brylant. W bezdyskusyjnym kolorze.

– Wrócę koło ósmej. A ty?

– Nie wiem.

– Postaraj się... – Zawahał się dziwnie. – Ma być ciepły wieczór. Posiedzimy na tarasie, okej?

Jak mogła się nie zgodzić? Mogłaby tak spędzić resztę życia. Wtulona w niego, z gwiazdami nad głową. To znaczy tymi, które można było dostrzec w centrum miasta. Piotr włączał apkę i uczyli się nieba.

– A więc do wieczora – powiedziała Magda.

Pośpiesznie sprawdził godzinę na komórce.

– Cholera...

Chwycił teczkę i kiedy już stał w otwartych drzwiach, usłyszał Magdę:

– Wcale nie chcę botoksu.

Obejrzał się. Patrzyła na niego ciepło, z miłością, tak jak tylko ona potrafiła. I tak jak Piotr zawsze chciał, żeby patrzyła na niego kobieta. Jak każdy by chciał, żeby na niego patrzono. Uśmiechnął się.

– Nie dość, że piękna, to jeszcze mądra. Czym sobie zasłużyłem?

Pomachała mu samymi palcami. Drzwi się zamknęły.

Patrzyła na nie jeszcze przez chwilę, jakby spodziewała się, że Piotr wróci. Że zrobi jej jakiś kawał albo znowu będzie ją namawiał, żeby rzucili wszystko i pojechali do Zakopanego, do jego rodziców. Tam żyje się wolniej, czulej. Jest czas na cieszenie się sobą, na to, żeby być naprawdę razem. I jeszcze z kimś.

Chcieli, by w ich życiu pojawiło się dziecko, ale uznali, że pozostawią to losowi. Przynajmniej dopóki nie włączy im się panika związana z upływającym czasem. Prawdę mówiąc, Magdzie powoli zaczynała się włączać. Zwłaszcza na widok matek z małymi dziećmi. Wmawiała sobie wtedy, że to tylko projekcja, że nie ma co histeryzować. Na wszystko przyjdzie czas. Utwierdzał ją w tym również życiowy plan Agaty. Po wystawnym ślubie i hucznym weselu w Łazienkach jej przyjaciółka chciała skupić się na karierze. Dopiero po wdrapaniu się na stanowisko dyrektora departamentu miała zamiar skorzystać z plemników Rafała, żeby przedłużyć ich szlachetne rody. To uspokajało Magdę. Nie trzeba się śpieszyć. Wprawdzie ciąże coraz młodszych podopiecznych fundacji mąciły nieco ten spokój, ale po kilku markotnych dniach Magda wracała do siebie. I udawało jej się nawet ukrywać te kryzysy przed Piotrem. Nie chciała odpalać jego zadaniowej natury. W ciągu paru minut byliby umówieni do najlepszych specjalistów na wszelkie możliwe badania, a dodatkowo Piotr już zaklepałby terminy w klinice in vitro. I Magda zostałaby przez niego wrzucona w procedury, terminy i kolejne etapy prowadzące do powiększenia rodziny. Zrobiłoby się z tego zadanie do wykonania. A ona wciąż miała nadzieję, że poranne torsje będą wynikiem szczęśliwego przypadku, a nie wykonanego zadania. Torsje! Magda zamarła na progu garderoby. Sięgała właśnie po bluzkę, ale zamiast tego położyła dłoń na brzuchu. W progu sypialni siedział Maniek Drugi. Przyglądał jej się, jakby chciał powiedzieć: wiedziałem, od razu wiedziałem, bo my, koty, wiemy takie rzeczy, o których wam się nie śniło. Posłała mu niepewny uśmiech.

– Maniuś… A jeśli… – Natychmiast zdała sobie sprawę, że nie ma w domu testu ciążowego. I że nie zdąży go kupić przed rozprawą w sądzie. Będzie musiała przetrwać jeszcze cztery godziny niepewności. Maniek miauknął zniecierpliwiony. – Trudno, kocie, będziesz musiał poczekać na nowiny do wieczora.

Ale Maniek znowu miauknął. Zrobił dwa susy w głąb sypialni, obejrzał się na Magdę i jeszcze raz zamiauczał.

– Ty pomarańczowy draniu. Teraz zabawa?

Zakładała już bluzkę, ale w zachowaniu kota było coś niepokojącego. Poszła za nim. Drzwi w głębi sypialni prowadziły do małego gabinetu. Idealny pokój dla dziecka. Małego. Niemowlaka. Kiedy zacznie chodzić, będą chyba musieli zmienić mieszkanie. Magda nigdy wcześniej o tym nie myślała. Kochała to miejsce, taras, salon, kuchnię, garderobę w korytarzu. Mieszkanie było idealne. Dla singielki. Albo pary. Dla rodziny już niekoniecznie. Chwila, zaraz. Trzeba zatrzymać ten ciąg samonakręcających się myśli, bo zanim dojedzie do sądu, wszyscy warszawscy pośrednicy będą już szukali dla niej nowego lokum. A przecież jeszcze nic nie wiadomo. Nic się nie zmieniło. Spokój.

Maniek wbiegł do gabinetu. Weszła za nim. Przycupnął bez sensu w rogu pokoju, gdzie na dolnej półce regału z książkami stało pudło z identyfikatorami Piotra ze zlotów motocyklowych. Maniek oparł się łapkami o pokrywę, jakby miał zamiar ostrzyć pazury.

– Mało masz drapaków?

Ale kot nie drapał. Wyglądało raczej na to, że próbował przesunąć pudełko. Tylko po co? Co tam było? Na pewno nic do jedzenia. Przecież Piotr nie wrzuciłby do kąta żadnego z Mańkowych smakołyków. Magda kucnęła przy pudełku. Kot uderzał miarowo ogonem w podłogę. O co się tak piekli? Zdjęła je z półki. A jednak! Za kartonem podstępnie skrył się chrupiący pasztecik z łososiowym nadzieniem. Pewnie Maniek sam go tu schował. Kot chwycił rarytas i pobiegł z nim z powrotem do sypialni. Magda odstawiła pudełko na półkę.

Już miała wstać, gdy zastanowiło ją, ile zlotów jej facet zaliczył przez te wspólne lata. Ile razy, gryząc palce z nerwów, oczekiwała na telefon albo chociaż esemes, że już jest na miejscu. Że już wraca. Że będzie w domu za pięć godzin, dwie, kwadrans. Podniosła pokrywę. Identyfikatory na smyczach. Trzydzieści? Może czterdzieści. Czterdzieści weekendów, które spędziła bez niego. Dlaczego się na to godziła? Z miłości czy dla świętego spokoju? Z uczucia czy z wyrachowania? Kochała, to na pewno. Tak bardzo, że nie chciała mu ograniczać wolności. A cenę tego brała na siebie. Jak długo jeszcze? Jeśli dzisiejsze podejrzenie się potwierdzi, Magda zażąda, żeby Piotr sprzedał motocykl. Koniec. Chce, żeby dziecko miało ojca. Żywego.

Już prawie opuściła pokrywę, kiedy jej wzrok uchwycił coś, co nie pasowało do obrazka. Identyfikatory są płaskie, smycze też, a w rogu pudełka kilka plakietek dziwnie się wybrzuszało. Podniosła je i zamarła. Po chwili błyskawicznie zamknęła pudełko, uściskała protestującego Mańka i pobiegła do sądu.

Ten poranek miał być jak wiele innych wspólnych poranków. Przyjemny i przewidywalny. Magda wiedziała, że Piotr będzie chciał, żeby powiedziała to, do czego nie umiała się przyznać. On wiedział, że Magda przyjdzie pod prysznic, a ona, że będzie jej wybijał z głowy botoks. Wiedziała też, że są kobiety piękniejsze od niej. Ale żadna nie miała tego, co Piotr nazywał światełkiem w oczach.

Wsiadała do samochodu z postanowieniem, że wróci do domu w porę, żeby posiedzieć na tarasie. I popatrzeć z Piotrem w gwiazdy. Nie wiedziała... nie mogła wiedzieć, ani ona, ani nikt inny, że ten wieczór będzie wyglądał zupełnie inaczej.

3

BLOG MAGDY M.

Czym jest szczęście? Nie jest nim brak problemów i kłopotów. Ani życie usłane płatkami róż. Szczęścia nie daje tylko to, co łatwe, przyjemne i bezproblemowe. Szczęście jest wtedy, kiedy całe dotychczasowe życie, złożone z milionów chwil, z poszczególnych zdarzeń i sytuacji, staje się nagle całością. Wyraźną drogą, która doprowadziła cię do miejsca, w którym jesteś. Najlepszego, w jakim mogłeś się znaleźć. Takiego miejsca twojego życia, które daje ci absolutną, nieskończoną pewność, że nic, żaden problem czy kłopot, nie może ci tego szczęścia odebrać.

Rozprawa się opóźnia, bo poprzednia się przeciągnęła. Moja klientka poszła coś zjeść. Z nerwów. A ja wyjęłam tablet, żeby zapisać, jak bardzo jestem szczęśliwa. Może to bezwstydne tak się publicznie chwalić, ale trudno. Wybaczcie. Nie mogę zadzwonić do nikogo bliskiego, bo rozpętałabym wszechświatową burzę z piorunami. Radosnymi, ale jednak. Ani rodzice, ani przyjaciele nie powinni się jeszcze dowiedzieć tego, co wiem ja. A właściwie tego, co podejrzewam. Dlatego piszę o tym na blogu.

To idiotyczne pisać w tak niejasny sposób, lecz nie mogę jaśniej. Jeszcze nie. Najpierw niech się wydarzy wszystko, co ma się wydarzyć. Wtedy przejdę do szczegółów. Na razie mogę napisać tylko tyle, że mój związek z Piotrem wchodzi w nowy etap. I że nie mogę się tego doczekać.

4

Przełom. Chwila, kiedy zapada decyzja. Kiedy nie ma już powrotu. Czasem dojrzewa powoli, nabrzmiewa, by wreszcie się dokonać. Na chłodno. Z kalkulacji zysków i strat. To znów pojawia się nagle, jak żyła pulsująca tuż pod skórą w stresie albo podczas seksu. Wybucha nagłym wyborem. Jak orgazm. A potem decyzja wyznacza kierunek. Prowadzi do spełnienia lub niespełnienia. Bo zawsze na dwoje babka wróżyła, ale wybrać można tylko jedno. Wybrała. Wybrał. Wybrało. I wydawało się, że to zamyka rozdział. Że już po krzyku. Nie ma o czym rozmyślać, czego rozważać, dzielić na czworo. Idziemy dalej zgodnie z podjętą decyzją. Żyjemy z nią za pan brat, bo nasza. Własna. Jedyna słuszna. Ale ta druga, przeciwna, nie zawsze znika. Nie zawsze przepada w otchłani niepamięci, zakamarkach synaps i szarych komórek. Ona tylko, jak podziemna rzeka, jest niewidoczna na mapach. I najpierw nic się nie dzieje. Cisza i spokój. Potem jednak stopniowo, kropla za kroplą, później wyraźną strużką, a na końcu rwącym strumieniem, rzeźbi swoje kaniony gdzieś z tyłu głowy. W tej drugiej świadomości, głęboko schowanej. Tam ma swój tajemny nurt, którym nagle potrafi wrócić z niepokojącym pytaniem. Takim, które luzuje śruby konsekwencji. Pruje szwy pewności siebie. Podmywa brzegi właściwej rzeki. I już nic nie jest proste. Ani wygodne. To, co piękne, zaczyna podchodzić brzydotą. Co słuszne, chwieje się na jednej nodze. Jasne traci blask.

Taka niepodjęta, ale wciąż żywa decyzja potrafi zabić wątpliwościami. I nie ma na to sposobu. Odsuwanie decyzji też jest decyzją. I może być równie bolesne w skutkach, co nagły atak tej odrzuconej. Niewielka ulga w tym, że spotyka to każdego.

Magda patrzyła na świat ze swojego mini. Kupiła go, kiedy miał trzy lata i znudził się pewnej account executive z dużej agencji reklamowej. W każdym razie tak zapewniał sprzedawca. Dlaczego im się zawsze wydaje, że to takie ważne, kto poprzednio jeździł autem? I niby jak na Magdę miało wpłynąć posługiwanie się żargonem reklamowym? Lepiej dla psychiki, żeby poprzednim właścicielem nie był seryjny morderca, gwałciciel czy pedofil. Albo ktoś, kto znęca się nad zwierzętami. Takiego samochodu nikt by nie kupił. Ale też handlowiec na pewno by o tym nie krzyczał. Za to o agencji reklamowej – z przyjemnością. Z dumą nawet. A czy mini byłby mniej atrakcyjny, gdyby jeździła nim nauczycielka? Albo księgowa? Albo kelnerka? Czy naprawdę żyjemy w świecie, w którym o tym, czy wciśniesz komuś samochód, decyduje zawód właściciela? Słabe.

O tym zakupie zdecydował akurat przypadek. Agata szukała taniego auta dla swojej mamy, znalazła dla przyjaciółki. Magdy nie trzeba było namawiać, więc argumenty sprzedawcy nie miały znaczenia. Liczyła się okazyjna cena i to, żeby odtąd mogła podziwiać świat zza szyb czerwonego maleństwa z białym dachem.

Tego dnia mogła się napatrzeć do woli, bo przejazd z Mokotowa na Pragę zajmował tyle co lot z Warszawy do Berlina, albo, nomen omen, Pragi, tylko że czeskiej. Po lewej, w wielkim czarnym bmw, siedział na oko trzydziestopięcioletni przystojny facet. Starannie ostrzyżony, z wymodelowaną brodą, w dobrym garniturze, nerwowo rozsupływał krawat. Gdy rzucał go na siedzenie pasażera, zauważył zaciekawione spojrzenie Magdy. Odwrócił głowę i wbił wzrok w przednią szybę. Magda się skrzywiła. Nie to nie. Widocznie gość jeszcze nie wie, że uśmiech nawet w korku potrafi poprawić humor. Przypomniała sobie, jak kiedyś pewien rozwodnik zajechał jej drogę motocyklem. Opuściła wtedy szybę i powiedziała mu coś o dawcy organów. Kiedy potem spotkali się u Waligórów na przyjęciu, on próbował zrobić na niej dobre wrażenie. Zbyt desperacko, jak wtedy uważała. Przypomniał jej, że przez chwilę byli na jednym roku. Wydał się Magdzie wtedy niewartym uwagi pajacem. Przystojnym, owszem, ale pajacem. Potem musiała zmienić zdanie.

Coś ruszyło się z przodu. Magda wcisnęła lekko gaz i w tej samej chwili przed jej maską wyrosła muskularna czarna góra. Facet w bmw bez kierunkowskazu wbił się na jej pas. Magda zahamowała gwałtownie, za co została obtrąbiona przez tych z tyłu. Bmw rozparło się bezczelnie przed nią. Zero pozycyjnych, żeby przeprosić czy podziękować. Miała ochotę wysiąść i wytłumaczyć kierowcy, że ciasnego umysłu nie da się zamaskować wielką karoserią. Że bezczelność nie należy do zalet, nawet jeśli spadkobiercy nacjonalistów mają przeciwne zdanie.

Jednak zanim się zdecydowała, zielona strzałka pozwoliła jej zmienić pas na prawy, do skrętu. Po chwili zrównała się z bmw. Spojrzała na kierowcę, chcąc dać mu szansę na przeprosiny. Pokazała, żeby opuścił szybę. O dziwo, uśmiechnął się szeroko. Nieco za szeroko, ale Magda nie zwróciła na to uwagi. Szyba pasażera zjechała w dół. Magda opuściła swoją.

– Wystarczyło poprosić. Wpuściłabym pana. – Naprawdę nie było w tym agresji, chociaż burak zasłużył na cierpką uwagę.

– Znajdź se chuja, torbo niewyrypana – warknął w odpowiedzi.

Teraz zrozumiała. Ta mina to był grymas wściekłości, który tylko udawał uśmiech. Za to ona nie udawała. Dzięki minionemu porankowi mogła posłać gościowi szczery uśmiech zaspokojonej kobiety.

– W tym zakresie nie mam zaległości.

Nie z takimi zawodnikami miała do czynienia w sądzie. Zwłaszcza gdy musiała bronić z urzędu. Zmora każdego prawnika. Trafia ci się klient, który mimo oczywistej winy robi łaskę, że pozwoli się bronić. W dodatku pyskaty, wulgarny, często chamski. Zdarzyło się, że na pytanie: „Co pan zrobił?", usłyszała: „Pokaż cycki, to ci powiem". Innym razem w czasie rozmowy w celi delikwent wyciągnął swoje przyrodzenie i uroczyście przedstawił mu Magdę: „Wacusiu, to nasza papuga".

Magda zerknęła na kokpit beemwiaka i dostrzegła teczkę z logo znanej sieci doradców finansowych. Mężczyzna podążył za jej spojrzeniem i zrzucił teczkę na siedzenie. Czyżby odezwała się w nim resztka człowieczeństwa, czyli wstyd? Niestety. Nie przestając się uśmiechać, wycedził:

– Lubisz się pierdolić?

– Lubię się kochać – odparła wciąż z uśmiechem osoby, której nic nie może obrazić. Otoczenie często interpretuje to jako ułomność. Magda widziała w tym swoją siłę.

To go zdziwiło. Ewidentnie. Może od dawna nie miał okazji się kochać. Bo raczej nie kogoś. Tacy jak on kochają tylko siebie. Teraz musiał wytężyć zwój. Tak, liczba pojedyncza. Przecież jeden wystarczał aż nadto, żeby wciskać klientom lewe produkty pod pozorem wyjątkowej szansy. I na wyjazdowym szkoleniu puknąć kumpelę z biura przy pomocy smutnej miny pod tytułem „żona mnie nie rozumie".

Zwój przemielił jej odpowiedź. A z ust wydobyło się pytanie:

– Skoro to lubisz... Kurwa czy prostytutka?

– Ani jedno, ani drugie.

– Czyli kurwa – podsumował.

Już miała zripostować, że z niejedną miała do czynienia i były to nieporównanie przyzwoitsze osoby niż on, ale światła się zmieniły. Facet popędził prosto do żony i dzieci w przytulnym bliźniaku gdzieś w okolicy Marek. Być może nawet miał swój szczęśliwy dzień i udało mu się tę żonę zaliczyć. Takie żony po jakimś czasie stawały w progu fundacji Femina.

Ani jedno, ani drugie, myślała, skręcając w Targową i po chwili w lewo, w Ząbkowską. Biedaczek nie miał pojęcia, że tego poranka na Magdę spadły dwie zupełnie inne role. Tak, teraz była już absolutnie pewna. Chciała tego, co obiecywało jej znalezisko w pudełku z identyfikatorami. Małe, granatowe pudełeczko. Z pierścionkiem. Brylant w złocie. Klasyczny, elegancki, wystarczająco duży, żeby dał się zauważyć, i nie na tyle, żeby był krzykliwy. Czy to dlatego Piotr nalegał, żeby wróciła wcześniej? Żeby się oświadczyć? Do uśmiechu dołączyło wzruszenie. Wyobraziła sobie tę chwilę. On prosi, żeby została jego żoną, a ona zgadza się i dorzuca, że zostanie także matką ich dziecka. Brakujący fragment w ich układance. Magdalena Miłowicz-Korzecka, Piotr Korzecki i ich dziecko.

Po zasądzeniu przyzwoitego odszkodowania dla księgowej Magda popędziła do apteki. Wrzuciła do koszyka dwa testy. Potem kolejne dwa. I jeszcze kilka. Teraz w torebce z logo aptecznej sieciówki miała dziesięć zestawów różnych firm. Zastanawiała się, czy zrobić testy u Sebastiana, czy dopiero wieczorem, w domu. Przy Piotrze. Z jednej strony nie chciała już dłużej czekać, ale z drugiej… Ojcu należało się pierwszeństwo. Zwłaszcza że on też coś dla niej miał. Właśnie… A gdzie będą świętować zaręczyny? W Paryżu czy w Rzymie? A może w Wenecji? Jest bardziej romantyczna. A Lizbona z jej urokliwie zagrzybioną Alfamą? Które miejsce byłoby najlepsze?

Dotknęła przycisku na kierownicy. Odezwał się sygnał gotowości telefonu. Już miała wywołać połączenie z Agatą, gdy… Nie. Stop. Rozłączyła się. Jak mogła się nad tym zastanawiać? Nie ma lepszego miejsca niż Warszawa. To tutaj się spotkali. Tutaj zdarzyło się wszystko, co doprowadziło ich po latach aż do tego momentu. Poza tym jak mogliby nie zaprosić tych, którzy tak kibicowali ich miłości? Przyjaciół Magdy, ale też przyjaciół Piotra. Marioli i Wojtka. Bez nich świętowanie nie miałoby sensu. To Mariola była powierniczką Piotra, kiedy wyjechał na leczenie. To ona tłumaczyła jej, że chorobę ukrył z miłości. Owszem, pokręconej jak cały męski kosmos, ale jednak. Plac Trzech Krzyży. Nie ma lepszego miejsca.

Magda wysiadła z samochodu na podwórku kamienicy Sebastiana. W oknie na parterze dostrzegła zaciekawioną sąsiadkę. Ewelina, pięćdziesięciolatka z sąsiedniej klatki, patrzyła na nią z jakimś podejrzliwym wyrazem twarzy.

– Dzień dobry. Coś się stało? – spytała Magda uprzejmie. Znały się z widzenia.

– Eee, u mnie nic – bąknęła Ewelina i zalotnie poprawiła wściekle różowe włosy. Niewolnica mody. – Tylko pani jakaś taka wyszczerzona, nie wiedzieć do czego.

– Do całego świata, pani Ewelino.

Sąsiadka z zadumą wbiła wykałaczkę między górne jedynki. Cmoknęła soczyście, wyciągnęła patyczek i spojrzała na wykopalisko.

– Czasy chujowe. Ja bym się do tego dzikiego świata tak nie cieszyła. – Po czym wrzasnęła do męża, żeby zdjął zupę z kuchni i sobie, kurwa, nalał, bo ona, kurwa, miała ciężki dzień, gdyż obejrzała powtórkę, jak Hankę Mostowiak zabiły kartony, i już zupełnie nerwy straciła.

Magda weszła do klatki Sebastiana.

Jak miała się nie cieszyć, skoro czuła dumę połączoną z ulgą i dziecięcą radością z nadchodzącej Gwiazdki? Pod choinką góra prezentów, a wszyscy tacy odświętni i uśmiechnięci. Ckliwe? A kto wyobraża sobie święta jako ponurą rodzinną męczarnię? Na pewno nie Magda. Chociaż znała święta w martwej ciszy. W nerwowym oczekiwaniu, czy ojciec zadzwoni z Ameryki. Święta, których wolałaby w ogóle nie obchodzić, byleby nie słuchać, jak w nocy mama chlipie w poduszkę, żeby jej nie obudzić. Tymczasem Magda nie spała. Zaciskała powieki i przypominała sobie cudowne Gwiazdki sprzed wyjazdu taty, z czasów, zanim został wysłany z biletem lotniczym w jedną stronę za działalność w zdelegalizowanej opozycji. A ona jeszcze nie czekała na coraz rzadsze rozmowy przez ocean i nie czuła narastającego żalu, że je zostawił. Że ich nie chciał. Że zapomniał. Rodzice od dawna byli znowu razem. I zachowywali się jak zakochane nastolatki. A ona właśnie podjęła decyzję o swoim „razem". Tę lepszą. Tę na tak. To był jej przełom. Chwila, kiedy zapada decyzja. Kiedy nie ma już powrotu. Nie brała pod uwagę, że coś może tę decyzję podważyć. A tym bardziej zmienić.

Zakup mieszkania na Pradze wiązał się z oślim uporem Sebastiana. I jego finansami. Było duże, loftowe i tanie. Za to fatalnie położone. Kiedy Sebek je wynalazł, wszyscy mu mówili, że to zły pomysł. Niewłaściwa dzielnica. Niefajne sąsiedztwo. To było dziesięć lat temu, kiedy do Pragi nie dotarło jeszcze metro. Ani rewitalizacja. Przed powstaniem masy knajpek, barów i galerii. Gdy Praga bliższa była *Złego* Tyrmanda niż dwudziestego pierwszego wieku z całym tym kłębiącym się, rozkwitającym i pączkującym miejskim życiem.

– Szmulki? Sprawdź statystyki policyjne! – pieklіła się Magda.

Mimo to Sebastian zakochał się w tym miejscu. Co w nim widział oprócz odrapanego, zapyziałego podwórka, na które z okien pięciopiętrowej studni spadały pety wyrzucane przez lokatorów? Spadały też puste butelki, niezjedzone w szkole kanapki, zdarzała się podpaska, stary but, bochenek suchego chleba. Leciały też bogate wiązanki bluzgów. Niektóre spisywał. Świadectwo ludzkiej pomysłowości w sztuce argumentacji.

– Żebyś to kiedyś wykorzystała na rozprawie – mówił z rozmarzeniem. – Wysoki sądzie, jak widać pozwanemu „kij sięga z dupy do mózgu"... – Tu zrobił krótką, efektowną pauzę. – Kolega emeryt z drugiego piętra. Do sąsiadki, która odmówiła mu porannego lodzika – wyjaśnił.

– Sebek, sprzedaj lokal, póki nie będzie za późno – przekonywała Magda. – Wypaczysz się tutaj.

– Do adwokata strony przeciwnej: „Ty se gały przetrzyj zdrowo, tylko nie pomyl gęby z dupskiem". Albo do świadka: „Żeż ty kurwo jedna nieruchana na materacu kulturalnie". Albo: „Z ryja ci wali jak z latryny, to go zamknij, póki cię do Czajki nie podłączą".

Magda nigdy nie skorzystała z tych językowych studiów nad kulturą mieszkańców Pragi. Za to wiedza na temat ich światopoglądu i psychiki przydała się, kiedy do fundacji zgłosiła się dziewczyna z maleńkim dzieckiem. Mieszkała na Szmulkach z chłopakiem, który pił i czasem bił. Norma. Kobieta z jednej strony chciała pomocy i to był słuszny odruch instynktu samozachowawczego. Z drugiej jednak nawyki, przyzwyczajenia i tradycja mówiły jej, że to... Właśnie – norma. Magda, przygotowana przez Sebastiana do zderzenia z tą rzeczywistością, nie bez trudu i kilku falstartów, ale wyprowadziła dziewczynę z toksycznego związku do ośrodka. A potem usamodzielniła. Udało się. Od kilku lat Jola pracowała w Feminie.

Prawniczka siedziała w fotelu z zamkniętymi oczami. Wspomnienia ostatnich lat zmierzały jak rzeka w jednym kierunku. Do morza, którym był Piotr. Zawsze on. Ta dziewczyna z Pragi przypomniała jej inną zagubioną kobietę. Pojechał wtedy z Magdą, żeby tamta, zastraszona, przerażona, mogła bezpiecznie się spakować i opuścić domowe ognisko pełne przemocy. To też był sukces fundacji. Magda uśmiechnęła się do wspomnienia, jak Piotr stanął naprzeciw męża Marty. Czy to wtedy poczuła, że on może być tym… Piotrem? Jej Piotrem? Wtedy też.

Co nie znaczy, że nie było cieni. Zawsze są. Czasem bledsze, na granicy postrzegania. Niewidoczne dla nas i dla innych. A czasem wciąż niewidoczne dla nas, za to oczywiste dla reszty. To znów widoczne dla wszystkich, ale co z tego, gdy miłość każe trwać i czekać w nadziei na słońce? Dla Magdy ten cień był tak nieuchwytny, że w zasadzie go nie dostrzegała. Bardziej wyczuwała jakimś swoim dodatkowym zmysłem. Gdzieś na obrzeżach rozumienia, postrzegania, tkwił maleńki niepokój. Drobiazg. Ziarenko piasku w bucie. Tak drobne, że nigdy do końca nie wiesz, czy to fakt, czy tylko nieszkodliwa paranoja nadgorliwej wyobraźni. Dla Magdy było to ledwo muśnięcie niepokoju, a już dla reszty świata coś zupełnie niewidocznego i niewyczuwalnego.

Rutyna. To wywoływało jej niepokój. Zajmował tyle miejsca, ile ziarenko piasku. Prawie nic. Ale uwierał. Obcierał. Ranił. Czasem też Piotr ją irytował. Jakimś zachowaniem, słowem czy gestem. Potrafiła jednak z tego żartować, potrafiła zapomnieć. Kiedy wyjeżdżał na zloty motocyklowe, nie próbowała w nim wzbudzać poczucia winy. Nie chciała, żeby to, co sprawia mu przyjemność, było zatrute jej pretensją. Mimo to ją czuła. To też wywoływało efemeryczne cienie na idealnej powierzchni. Zmarszczki, nieznaczne bruzdy. Coś, co ledwo się dostrzega i co nie zatrzymuje uwagi, bo wydaje się, że nie ma żadnego znaczenia. Ani wagi. Nie może zaszkodzić.

Właśnie dlatego była gotowa na największe ryzyko w swoim życiu. Na macierzyństwo i małżeństwo. Może i czasy są chujowe, jak twierdzi Ewelina, ale świat wciąż jest piękny, a życie przynosi nie tylko rozczarowania, ale też niespodziewane prezenty. Przyszedł czas na kolejny krok. Magda miała pewność, że ten dzień zapamięta na zawsze. Dzień decyzji. Koniec z tkwieniem w miejscu. Pora ruszyć do przodu. Czyli...

– Magda...? – Głos Karoliny wyrwał z Magdy mimowolne:

– ...rzucić się głową do przodu!

Otworzyła oczy. Sebastian nalewał dziką zieloną herbatę. Jego nowe uzależnienie.

– Rośnie w lesie. Bez kontroli. Wolna. Niezależna. I tę wolność czuć w smaku.

Agata podniosła filiżankę i powąchała jej zawartość podejrzliwie.

– To jakaś nowa gejowska forma afirmacji życia?

– Nie, Agata. To po prostu smaczna herbata. Pardon za rym!

Karolina przyglądała się Magdzie.

– Co to było?

Na stole leżał wzornik kolorów. Pod gołą ścianą rozciągnięta folia i kilka półlitrowych puszek z próbkami farb. Teraz już wszyscy patrzyli na Magdę. Czekali na odpowiedź. A ona nie chciała jeszcze przekazywać im nowin. Lepiej poczekać do końca spotkania. Wtedy rzuci od niechcenia: a wiecie... To byłoby jak wisienka na torcie. Poza tym nie musiałaby wysłuchiwać miliona uwag i rad od dziewczyn. Od Sebastiana prawdopodobnie też.

Karolina uniosła brwi.

– Rzucić się? W twojej sytuacji? Nikt tego nie zrozumie – oznajmiła z tym swoim ciepło-cynicznym uśmiechem.

– Tak się tylko zamyśliłam. – Magda próbowała zamknąć temat, ale poczuła, że nikt się na to nie nabierze. A już na pewno nie Sebastian. Jego gej-radar nie był szczególnie precyzyjny, za to intuicja niezawodnie demaskowała ściemę.

– Siostro moja, z wyboru jedyna, nie masz tu szansy na sukces. – Sebastian popatrzył na nią surowo. – Co kombinujesz? Mów. Tu i teraz. Wprost. Bez owijania w prawnicze złotka i sreberka. Sami dorośli.

Uśmiechnęła się. Niezawodny tercet przyjaciół. Z nią – kwartet. Magda nie znała się na zasadach tworzenia zespołów muzycznych. Jak dobiera się poszczególnych muzyków? Ze względu na umiejętności, talent, temperament? Może wszystkiego po trochu. W zespole, tak jak w przyjaźni, najważniejsza nie jest gra solowa, tylko współbrzmienie. To daje siłę całej grupie, ale też wzmacnia jej składowe. Dzięki temu całość brzmi harmonijnie. To nie musi być kwartet. Jeden woli grać w wielkiej orkiestrze, inny w kwartecie, jeszcze inny jako solista. A jak to wychodzi w praktyce? Różnie, bo w grę wchodzi milion czynników. I tyle samo okoliczności. Oraz, jak zawsze, mnóstwo przypadkowych danych, często niedokładnie odczytanych. I kończysz w pojedynkę, mimo że wolisz symfoniczny rozmach, albo na odwrót: marzysz o kameralnym zespole, a otacza cię tłum ludzi, których ledwo znasz, ale którzy uważają się za twoich *best friends ever*. Magda miała kwartet. Doskonały. Pozostała trójka patrzyła na nią teraz wyczekująco. A ona nie mogła dłużej odwlekać wykonania swojej partii utworu, którą właśnie napisało jej życie. To musiało zostać wypowiedziane… Coś ważnego. Najważniejszego.

– Jestem gotowa.

W sprawach osobistych, a już na pewno emocjonalnych, Magda rzadko dochodziła do celu prostą drogą. Tu zaś ewidentnie chodziło o emocje. Uśmiechała się zakłopotana i skrupulatnie poprawiała niewymagający poprawiania dół chabrowej sukienki w białe grochy. Karolina nie wytrzymała:

– Na cokolwiek jesteś gotowa, błagam... Ujawnij to za naszego życia.

Magda nabrała głęboko powietrza, jakby miała skoczyć do głębokiej wody. W sumie tak właśnie było. Przed nią rozciągała się niewiadoma. Czuła się jak pływak, który po raz pierwszy stanął na szczycie klifu. Przed sobą ma przepaść. A daleko w dole spienione fale. Jeszcze mogła się wycofać. Coś tam by naściemniała. Z początku nie uwierzyliby jej, zadawaliby mnóstwo pytań. W końcu jednak daliby spokój. I sekret pozostałby sekretem, czyli niebytem zamiast bytem z wszystkimi konsekwencjami. Bytem i czynem dokonanym. Dla Magdy bowiem wypowiedziane słowa były równie realne, co podpisana umowa.

– Znalazłam pierścionek. Zaręczynowy. – Resztę powietrza wypuszczała jeszcze przez chwilę. Jednocześnie patrzyła na miny przyjaciół. Zaskoczenie, zdumienie, szok. U Agaty szybko przeszło to w pouczającą uwagę:

– Dawno powinniście być po ślubie.

Sebastian spojrzał na nią karcąco.

– Ona dopiero wydusiła, że znalazła pierścionek. Do zaręczyn daleka droga. A ślub to ho, ho!

– Sebek, nie bądź defetystą! – odcięła się Agata.

– Piotrek wie, że znalazłaś? – zapytał Sebastian konkretnie.

– Nie! I nie ma się dowiedzieć. Nigdy. Zrozumiano? – zażądała Magda.

Każde z nich rozumiało, że to słuszna strategia. Karolina sięgnęła po kieliszek z winem.

– Za was!

Magda z ulgą podniosła swój.

– Dzięki – powiedziała i zwróciła się do Sebastiana i Agaty: – A od was oczekiwałam więcej entuzjazmu.

Sebastian usiadł w fotelu naprzeciwko Magdy. Ciepła troska w jego oczach wywołała uśmiech na jej twarzy.

– Byłaś z nim umówiona, że na razie o zaręczynach nie ma mowy. Żeby nie czuł się do niczego zobowiązany. Nie chciałaś typowego scenariusza: zakochują się, zaręczają, biorą ślub...

Magda przerwała mu:

– Nie miałam z Piotrem niczego typowego.

Wkrótce po tym, jak już zamieszkali razem, znajomi zaczęli patrzeć na nich, jakby pytali: „Kiedy? No kiedy wreszcie?". Przecież naturalny kolejny etap to ślub. Albo ciąża. Do tej ostatniej Magda też się nie paliła. Rozumiała, że lepiej przed czterdziestką, ale chciała się trochę okopać w zawodzie. Żeby jej nazwisko stało się na tyle mocne, że po maksymalnie roku od porodu będzie mogła spokojnie wrócić do praktyki. Wytłumaczyła to najpierw Piotrowi, potem przyjaciołom. Sebastian skomentował po swojemu: że wygrywają w niej staropanieńskie nawyki. Że bez formalnych zobowiązań będzie miała poczucie, że wciąż jest tą samą Magdą Miłowicz, stanowiącą o samej sobie i swoim życiu, bo przecież Piotr nie będzie miał do tego żadnych praw. Magda go wyśmiała. Za to z Piotrem ustaliła, że jak już poczuje gotowość do zmian, po prostu da mu znać. Wtedy on może zaplanować najdziksze zaręczyny. W zupełnie niespodziewanym momencie i miejscu...

No może oprócz sali sądowej w czasie rozprawy rozwodowej! Nie byłby to najlepszy omen.

Od tamtej pory minęło kilka lat. I nagle poranne mdłości i pierścionek zdziałały cuda. Bo przecież nie gbur w czarnej furze.

– A właściwie gdzie on jest? – zapytał Sebastian. Oczywiście miał na myśli Piotra.

– Umówił się z kumplami. Mieli jechać do Czerska. Turniej rycerski. – Zmarszczyła brwi. – Nie pytajcie, co w tym fajnego.

Nikt z tego kwartetu nie był zwolennikiem jednośladów.

– Zabronisz mu po zaręczynach czy dopiero po ślubie? – Agata od dawna namawiała Magdę na zdecydowane kroki. Sama ograniczyła wolność Rafała w sposób drastyczny. Praca, dom. Wyjścia tylko z Agatą. Tamtemu to pasowało. Ale Piotr to nie Rafał.

– Tresura chyba nie jest najlepsza dla związku. – Magda się skrzywiła.

– Wywracasz Agacie świat do góry nogami. Przestanie jej się zgadzać południe z południem, a północ z północą. – Sebastian też uważał, że podstawą związku muszą być wspólnota i szczerość. Wzajemność. Wszystko na stole. Zero trupów w szafie.

– Podoba mi się, że jest zadowolony – wyjaśniła Magda.

– Pytanie, czy ty jesteś zadowolona. – Gdyby podsumowania Karoliny brały udział w loterii, zawsze trafiałyby szóstkę. Doskonale rozumiała Magdę. – Agato, twoje metody są na dłuższą metę szkodliwe. Wiesz o tym, mam nadzieję.

– No nie! Teraz nagle mówimy o mnie i to jeszcze krytycznie? Chodzi o Piotrka. I jego motocyklowe szaleństwa – broniła się Agata.

– Nie jeździ na Dakar, tylko do Czerska – ucięła Magda, a jednocześnie zastanowiła się, czy umiałaby zaprotestować, gdyby jej ukochany wybrał jakiś morderczy rajd.

Agata spojrzała na nią jak na dziecko, które upiera się, że dwa razy dwa to osiem, bo tak mówi koleżanka z przedszkola.

– Cieszę się, że jesteś szczęśliwie zakochana. Ale nawet w takim stanie powinnaś zachować odrobinę przytomności. Nie ma faceta, który jest rozsądny, jeśli chodzi o motocykle. No, kurczę, nie ma!

Piotr tłumaczył jej kiedyś, że życie też jest niebezpieczne, a jakoś nikt go nie zamyka w garażu. Co prawda za każdym razem, gdy wsiadał na swojego triumpha, nieprzyjemne uczucie w żołądku trzymało ją aż do jego powrotu, lecz wymuszać na nim, żeby zrezygnował? Czy to nie egoizm? Albo, co gorsza, głupota?

Sebastian podniósł butelkę wina i spojrzał na Karolinę. Ta najpierw odmówiła, ale potem zmieniła zdanie.

– Albo nalej. – Podsunęła kieliszek, po czym zwróciła się do przyjaciół: – Toast za Magdę i Piotra.

Sebastian zaczął napełniać kieliszki. Magda powstrzymała go przed dolaniem do swojego.

– Hej, przyjechałam samochodem. Nie to co one.

– Kiedy cię poznałam, byłaś ledwo opierzonym pisklakiem – zaczęła przemowę Karolina. – Dzikuską. Tak powiedział Waligóra. Dzikuską, ale piekielnie zdolną. Potem już z bliska widziałam, jak się oswajałaś. Nie tylko z nami. Najbardziej ze sobą. I z tej dzikiej, trochę wystraszonej dziewczyny po trochu stawałaś się dojrzałą, świadomą kobietą.

– Mam się zaczerwienić? – rzuciła Magda z uśmiechem.

– Wypadałoby. – Sebastian otoczył ją ramieniem. – Tyle razy trzymaliśmy cię za warkoczyk, że czytamy w tobie jak ojciec Rydzyk w historii swojego konta bankowego. I jarzymy się jak on, kiedy dostaje państwowe przelewy z naszych podatków, które powinny iść na szkoły, szpitale, pomoc starszym…

– Będziemy się teraz skupiać na wątpliwych przymiotach pazernego klechy? – zaprotestowała Karolina i dodała dla pewności: – Jarzymy się?

– Wreszcie będzie mogła powiedzieć o Piotrze „narzeczony" zamiast „partner" – wyjaśnił Sebastian.

– A potem „mąż"! – Agata podniosła kciuk w geście aprobaty. Magda się skrzywiła. – Mąż… brzmi jak wąż. – Ich miny wyrażały pytanie: co ona gada? To był kolejny powód, dla którego tak ceniła sobie ten ich kwartet. Nie trzeba było zawsze być najmędrszym, najbardziej błyskotliwym czy wyszczekanym. Można było gadać głupstwa. I mieć pewność, że nikt za to nie zlinczuje. A to spory komfort w tych czasach.

– Magda, to naprawdę nic strasznego. Ja nawet lubię mówić do Rafała „mężu". To trochę tak, jakbym mówiła „rycerzu" – wyznała Agata.

– Świetnie. Pamiętaj tylko, że ty marzyłaś o dawcy obrączki, odkąd cię znam. A ja… Nigdy nie byłam pewna ani swoich facetów, ani swoich uczuć. Ucieszyłam się, kiedy zobaczyłam pierścionek. Ale może… Tak naprawdę wcale nie wiem, czy on ma jakiś zamiar i czy to ma być dzisiaj… Tylko tak sobie pomyślałam, bo… – Ugryzła się w język. O mało nie wygadała się z jeszcze jednym podejrzeniem.

– Kochasz go? – Rzeczowy ton Karoliny zawsze sprowadzał dyskusje na tor trzeźwej oceny sytuacji.

Magda bez wahania potwierdziła.

– Więc idźcie i cieszcie się życiem w zarejestrowanej wspólnocie.

Magda przyjrzała się Karolinie podejrzliwie.

– To był jakiś żart? Ironia?

– To jest proste. Chcesz, to się zaręczasz i bierzesz ślub. Nie chcesz ślubu, to tylko się zaręczasz. Nie chcesz zaręczyn, nic nie robisz. A potem najwyżej żałujesz. Albo... Cieszysz się wolnością! – wyjaśniła Karolina, sięgając po kieliszek z winem.

– A ja... Pewnie powiem „tak", zanim Piotr zdąży zadać pytanie.

Przerwała. Czy to nerwowe ciśnienie na pęcherz, czy nagromadzone emocje spowodowane potencjalnie nadchodzącymi zaręczynami, czy może ulga po wygranej rozprawie – cokolwiek to było, sprawiło, że Magda musiała natychmiast zamknąć się w łazience Sebastiana. Na chwilę zostać sama. Po chwili usłyszała stłumiony dzwonek swojej komórki z salonu. To był sygnał jej matki. Pani Miłowicz niezawodnie wyczuła, że coś się dzieje. Za niewinnymi pytaniami o pogodę od dawna czaiły się nerwowe ponaglenia typu: „Czy wy już tak zawsze będziecie żyć na kocią łapę?".

– Nie odbierajcie! – krzyknęła dla pewności, a reakcję zagłuszył szum spłuczki i wody lecącej z kranu. Kiedy wyszła z łazienki, Sebastian trzymał w rękach wszystkie testy ciążowe, które kupiła tego dnia. A Karolina i Agata patrzyły na nią z wyrzutem. No tak. Komórka była w torebce.

– Nie wiem. Nie mam pojęcia. Być może – odparła na pytające spojrzenie Sebka, ale to Agata była teraz prokuratorem.

– Wyciśniesz z siebie jeszcze kilka kropel. – Nie było znaku zapytania.

Magda wiedziała, że oto stoi przed próbą wszystkich lat ich wspólnych radości i zmartwień. Że każdy seans *Casablanki* jest teraz sprawdzany pod kątem „prawda czy fałsz". Każde kino, każda lampka wina i każde lody z popcornem są weryfikowane. Wzięła trzy testy na chybił trafił i wróciła do łazienki.

Kiedy wyszła po kilku minutach, nie musieli sprawdzać wyników. Na twarzy Magdy malowało się szczęście. Miało postać błyszczących oczu i niepowstrzymanie zadowolonego uśmiechu. Cała trójka patrzyła na nią tak, jak patrzy się na dziecko, które wróciło do domu po tym, jak się zgubiło na szkolnej wycieczce. Po godzinach strachu, niepewności, przerażenia wreszcie dzwoni do ciebie policja. Maluch usnął na tylnym siedzeniu autobusu. Kierowca znalazł go, kiedy zjechał do bazy. I już nieważne, jak to się stało, że się zgubił, że nauczycielka to przegapiła, że inne dzieci się nie połapały. Ważne, że już nic mu nie grozi. Jest bezpieczny. Ziemia znowu krąży po swojej orbicie. Właśnie to czuła teraz Magda. Ziemia krąży po swojej orbicie. I nic jej z tego nie wytrąci. Ani Ziemi, ani Magdy.

5

Dlaczego Triumph? Piotr miał na to mnóstwo odpowiedzi. Po pierwsze, marka z historią i tradycją. Po drugie, zawsze mu się podobał design ich motocykli. Po trzecie, bardziej cenił motoryzację europejską niż amerykańską i azjatycką. Po czwarte, wybrany przez niego model to Thunderbird Storm, przyprawiający o mocniejsze bicie serca swoim niegrzecznym wyglądem dżentelmena, który pod koszulą z Savile Row ma przerażające dziary. I wreszcie – jego dwucylindrowa rzędówka wywoływała rozkoszny dreszcz lęku, jaki może spowodować tylko ryk lwa tuż przy namiocie w środku nocy na sawannie. Pozornie był to leniwy, spacerowy cruiser, jednak po odważniejszym dodaniu gazu zmieniał świat po bokach szosy w smugę cienia. Ale jednak cruiser, co stanowiło w oczach Piotra wielki, głęboki, pełen miłości ukłon w stronę Magdy i jej motocyklowych obiekcji.

– Przecież to nie ścigacz, kochanie – przekonywał, kiedy zaczął planować zakup. Pech, że niedawno prowadziła sprawę o odszkodowanie dla kierowcy samochodu przeciwko motocykliście, który, owszem, był mocno połamany, jednak to on przekroczył dozwoloną prędkość o pięćdziesiąt osiem kilometrów. I to on wbił się swoją maszyną w bok auta. I to z jego winy kierowca potrzebował długotrwałej rehabilitacji kręgosłupa szyjnego.

– Chłopaku, odpowiedz mi na proste pytanie: czy motocykle są bezpieczniejsze od samochodów?

– To jest pytanie, na które nie mogę odpowiedzieć zgodnie ze swoimi przekonaniami. Tylko zgodnie z obiektywnym stanem rzeczy. A ten nie jest dla mnie korzystny.

Próbował ją rozbawić parodią sądowej gadki. Czasem się udawało. Z reguły jednak motocykle to był dla Magdy za poważny temat. Nawet nie drgnęły jej kąciki ust.

– Dla mnie nie ma żadnego znaczenia, czy to ścigacz, czy nie. Mnie w ogóle ten motocykl nie interesuje. Interesujesz mnie ty. I twoje bezpieczeństwo. Jaką mam gwarancję, że nic sobie nie zrobisz?

Piotr uwielbiał te iskry gniewu w jej oczach. Tak samo jak przychodzące zwykle po nich ciepłe światełko. Tym razem chciał, żeby pojawiło się szybciej niż zwykle. Objął ją.

– Za bardzo cię kocham, żeby zrobić sobie krzywdę.

– To jest argument, na który mogę odpowiedzieć zgodnie z przekonaniami i obiektywnym stanem rzeczy. Ja ciebie też. A teraz daj słowo…

Przerwał jej pocałunkiem. Potem w sypialni długo dawał jej słowo i rozkosz niespiesznymi pieszczotami. A kiedy Magda zaczynała już jęczeć z podniecenia, wszedł w nią nieznacznie, drażniąc się. Czekał, aż podniesie biodra, zagarniając go w siebie.

Piotr jechał mostem Poniatowskiego w stronę centrum. Zachodzące słońce świeciło mu prosto w twarz. W słuchawkach kasku usłyszał intro następnego utworu z jego motocyklowej składanki. Przed chwilą Mick Jagger wyśpiewał *Anybody Seen My Baby?* ze świetnej płyty Stonesów *Bridges To Babylon*. To nie była płyta kanoniczna. Ale lubił wyraźnie słyszalną na niej nonszalancką dezynwolturę Stonesów. Nagrali ten krążek na luzie i to się czuło. Teraz, po krótkim wstępie, pojawił się głos nie do pomylenia z żadnym innym:

Wygrałem w życiu chyba ślepy los.
Kochałem robić to, co chcę.
Zapominałem się jak wielu z nas.
Mówię ci, niczego nie żal mi.

Na pomarańczowoczerwonej tarczy słońca pysznił się pióropusz palmy zdobiącej rondo de Gaulle'a. Zastanawiał się, czy artystka przewidziała, że to plastikowe sztuczne drzewo stanie się dla niektórych ulubionym drogowskazem. Na przykład dla niego. Drogowskazem prowadzącym go do ukochanej kobiety. Panas śpiewał dalej swoją pieśń Włóczykija:

A teraz spadam już do siebie.
Po prostu zrywam się i już.
I znowu będę w siódmym niebie.
Dobrze jest czasami kogoś mieć.

Piotr uśmiechnął się pod szybą kasku. Miłość... Czym była dla niego? Na pewno nie miała nic wspólnego z wielkimi uniesieniami ani pełnymi patosu scenami z fanfarami w tle i deszczem konfetti. Miłość dla niego to radość powrotów do wspólnego domu przy Wiejskiej 16. Niby nic szczególnego. Po prostu wracasz do mieszkania, w którym jest ta druga osoba. Albo zaraz będzie. Nic szczególnego? Przeciwnie. Pamiętał też takie powroty, które były męką. Karą. Niezawinioną, ale bez żadnej taryfy ulgowej. Jakby ktoś wciąż wkładał do rany unurzany w soli palec, nie pozwalając jej się zasklepić. Ktoś, kogo kiedyś kochał. W poprzednim wcieleniu. Dorota. Bolesny rozdział. Co on sobie wyobrażał, kiedy zostawił obiecującą warszawską praktykę, żeby w Zurychu zostać jej sekretarzem i świadkiem kariery? Że tak powinien postąpić kochający mężczyzna? Głupiec. Chociaż teraz już wiedział, że dobrze się stało. Gdyby nie pojechał z Dorotą, ich małżeństwo może przetrwałoby burze i zawieruchy. A wtedy nie spotkałby Magdy. Swojej nagrody. Dlatego Piotr już od dawna nie myślał źle o Dorocie. Nie. Dobrze się stało. Dobrze się skończyło. Dzięki temu teraz mógł wracać do domu z radością.

Wisła ciemniała szeroką wstęgą między brzegami. Niosła dostojnie swoje wody na północ, w stronę Bałtyku. Zawsze do celu. Tak jak Piotr teraz.

Włóczyłem się latami tu i tam.
Wiesz. Poznałem sporo różnych miejsc.
I ludzi dobrych, czasem ludzi złych.
Płynął czas, ja nie zmieniłem nic.

Zjechał z mostu i zmienił pas, żeby ustawić się do skrętu w lewo, w stronę placu Trzech Krzyży. Czekał na zielone. Przed nim w SUV-ie volvo jakaś para gestykulowała gwałtownie. To musiała być kłótnia. Że też im nie szkoda czasu. Piotr pomyślał, że jeśli kiedykolwiek miałby się o coś pokłócić z Magdą, chciałby w ramach ostrzeżenia przypomnieć sobie tę parę. Ich ostre gesty. Usta, które wyrzucają brutalne słowa. I zgodzić się z nią, o cokolwiek mieliby się spierać. Miał gdzieś, czy to męskie, czy nie. Dwudziesty pierwszy wiek, środek Europy, a ludzie wciąż mieli problem z tym, czy ktoś jest męski, czy nie. Zupełnie jakby się zastanawiać, czy jakieś drzewo jest bardziej drzewne od drugiego. Absurd. Dla niego ważne było tylko to, jakim kto jest człowiekiem. Przyzwoitość to pierwsza fundamentalna cecha, jaką by wymienił. I właściwie ostatnia. Mieściło się tu wszystko, co ważne. Człowiek przyzwoity, czyli ktoś, kto innych traktuje z takim samym szacunkiem jak siebie samego. Niewiele potrzeba, żeby ludzkość to ogarnęła. A jednak tak wielu nie ogarnia.

A teraz spadam już do siebie.
Po prostu zrywam się i już.
I znowu będę w siódmym niebie.
Dobrze jest czasami kogoś mieć.

Światło zmieniło się na zielone. Sznur pojazdów ruszył w stronę ronda. Piotr nie zdążył. Czerwone. A gdyby w kłótni chodziło o jego motocykl? Jeśli Magda zażądałaby, żeby go sprzedał? Położył dłoń na pękatym baku. Poczuł lekką wibrację chodzącego na wolnych obrotach silnika. Lubił to. Lubił pędzić szosą na tej ciężkiej maszynie. Ale… Jeszcze bardziej lubił ciepłe światełko w oczach Magdy. A za każdym razem, gdy wychodził z kaskiem w dłoni, widział oczy pełne niepokoju. Lęku. Światełko ostrzegawcze. Magda próbowała to przed nim ukrywać. Doceniał to. Wzruszał się jej dziarskim uśmiechem, kiedy zamykał za sobą drzwi mieszkania. I tym, że dzielnie niosła swój strach – jak bryłę betonu na plecach – aż do jego powrotu.

Na początku miał nadzieję, że Magda się przyzwyczai i przestanie się tak o niego bać. Było wręcz odwrotnie. Gdy wybierał się na motocykl, ona nagle miała coś do zrobienia w fundacji. Albo spotkanie z klientami, z przyjaciółmi, zakupy, kino... Cokolwiek, byleby nie siedzieć w domu i nie czekać nerwowo na jego powrót. Zorientował się przypadkiem. Tamtego dnia Magda przygotowywała się do rozprawy. Gdy Piotr wrócił z jazdy, na ławie przy kanapie były rozłożone akta sprawy. A na papierach leżał długopis z kompletnie pogryzioną końcówką. Dał go Magdzie tuż przed wyjściem, bo zapodziała gdzieś swoje przybory do pisania. Był nowy. Zerknął na akta. Banalna sprawa o uznanie ojcostwa z powództwa ojca. Wynik badania DNA potwierdzał pokrewieństwo. Formalność. To skąd ten zmaltretowany długopis? Magda wyszła z łazienki.

– O, już jesteś? Co tak szybko?

– Za bardzo tęskniłem.

Przygarnął ją i pocałował mocno. Odsunęła się. Ciepłe światełko było na swoim miejscu.

– Zrzuć tę zbroję i weźmy się za kolację, okej?

Piotr poszedł do garderoby, żeby zdjąć skórzane ciuchy. W drzwiach obejrzał się. Magda sądząc, że już jej nie widzi, złapała pogryziony długopis i z wyraźną ulgą wyrzuciła go do kosza na papiery. Wtedy zrozumiał, ile ją kosztuje każda jego przejażdżka. Nawet krótka. Nie było go raptem pół godziny. Co się z nią działo, gdy jechał na dłużej? Na parę godzin, cały dzień, na weekendowy zlot?

Czekając teraz na zielone światło, przypomniał to sobie. I jeszcze coś. Jeden z kolegów ze zlotu rzucił kiedyś przy ognisku, że prawdziwy mężczyzna nigdy nie pozbyłby się motocykla dla baby. Piotr natychmiast odparował:

– Prawdziwy by to zrobił.

Kilka kobiet mu wtedy przyklasnęło. Przyjechały na zlot same albo jako partnerki motocyklistów, ale nawet zapalone miłośniczki dwóch kółek wiedziały doskonale, o co Piotrowi chodzi. Kumpel nie wiedział.

– Chyba ciota, nie bajker.

– Dla mnie ciota to facet, który upiera się przy swoim głupim zdaniu. Bez względu na orientację.

Wszyscy zwrócili w ich stronę głowy, zaciekawieni utarczką. Na razie słowną. W dodatku tym razem Piotr zaliczył nie tylko brawka, ale też akceptujące gwizdy i toasty. Celna riposta wszędzie jest w cenie.

Facet wstał, jakby chciał kontynuować za pomocą pięści. Piotr też się podniósł i czekał spokojnie na ruch tamtego. Doczekał się zwrotu akcji.

– Ja się nie upieram. Zmęczony jestem.

I prawdziwy mężczyzna wycofał się do swojego namiotu. Potem Piotr usłyszał, że gość niedawno stracił pracę w stacji telewizyjnej, gdzie odpowiadał za dział produkcji filmowych. Uszczypliwie żartowano z niego przy ognisku aż do świtu.

– Za drogi szerokie i kierowców z oczami w dupie. – Blondynka w dresie podniosła puszkę z piwem do toastu.

Właśnie tego Magda bała się najbardziej. Że jakiś kierowca kiedyś go nie zauważy. A Piotr nie zdąży. Że ułamki sekund zadecydują o ich wspólnym życiu. Mgnienie oka oddzieli ją od niego, zabierze go. Skradnie. A wtedy na nic ta cała miłość. To tylko pięknie brzmi, że miłość pokona każdą przeszkodę. Ale życie to nie metafora. Ani nie bajka.

Prawie dziesięć lat tej bajki mieli już za sobą. Właściwie mógł poczekać do ich jubileuszu. Może w okrągłą dziesiątą rocznicę wspólnego zamieszkania jego prośba i pytanie miałyby większą moc. Ale on wybrał inny moment na tę graniczną datę. Dziesiątą rocznicę ich pierwszego spaceru po warszawskiej Starówce i pocałunku. Do tego momentu chciał się odwołać wieczorem. Dlatego prosił Magdę, żeby wróciła wcześniej. I dlatego sam wracał z przejażdżki jeszcze wcześniej. Zamówił jedzenie, kwiaty, dekoracje. Trzeba to było tylko odebrać i rozmieścić w mieszkaniu. Drogę od drzwi na taras rozświetlić świecami. Przyczepić do balustrady tarasu napełnioną helem girlandę czerwonych balonów w kształcie serca. Schłodzić szampana. I poczekać na Magdę. Aha, jeszcze wydobyć spod identyfikatorów pierścionek z brylantem. W bezpiecznym kolorze.

Był przygotowany. Nie na darmo od miesiąca ustalał kolejne wersje tego wieczoru z Mariolą i Wojtkiem. Co prawda bez nich też dałby sobie radę, ale nie byłoby balonów i kwiatów – Mariola. Oraz cateringu – Wojtek. Po pierścionek pojechali we trójkę. Piotr wiedział, że musi kupić coś bardziej wyrazistego, niż wybrałby oszczędny z natury Wojtek, i coś zdecydowanie skromniejszego, niż czasem nieco ostentacyjna Mariola. Zawdzięczał im zbyt wiele, żeby trzymać ich z dala od tego wydarzenia. Mimo jednak całej sympatii dla tej dwójki pilnował granicy, której Magda nie chciałaby przekroczyć. Jego dziewczyna miała jakiś tajemny wewnętrzny czujnik, który podpowiadał jej, co jest dobre, a co złe. Co jest w porządku, a co stanowi przykry zgrzyt. To nie ułatwiało wspólnego życia. Piotr wciąż się uczył, jak unikać raf. Jak nie żądać od niej tego, czego nie może mu dać. I jak nie zmuszać jej do tego, czego nie chce. Z jednym wyjątkiem. Motocykla. To było poza jej mocą, poza jej jurysdykcją.

Jednak w tamtej chwili, tuż przed objechaniem ronda de Gaulle'a, Piotr zrozumiał, że sam pierścionek, nawet przy wsparciu balonów, bukietu i cateringu, to za mało. Chciał jej ofiarować dużo więcej, niż mógłby jakikolwiek inny facet na świecie. Zdecydował: sprzeda triumpha. Zdziwiony tą myślą, jakby chcąc się upewnić, że to jego decyzja, że to on ją podejmuje i że nikt i nic go do tego nie zmusiło, powiedział pod szybą kasku:

– Rozstajemy się, stary.

Uśmiechnął się sam do siebie, wciąż zszokowany tym postanowieniem. Jakby nie do końca wierzył, że to się dzieje. Jak wtedy, gdy zrywasz się rano o godzinę za późno, wybiegasz z domu, w windzie wiążesz krawat, wypadasz przed kamienicę i w zdumionym spojrzeniu dozorcy czytasz komunikat: sobota! I na moment się zawieszasz, bo nie wiesz, czy naprawdę masz wolne, czy ktoś cię wkręca...

Wreszcie zapaliło się zielone i Piotr wjechał na rondo. A Janusz Panasewicz wyśpiewał ostatni fragment *Włóczykija*:

A teraz spadam już do domu.
Tam pewnie czeka na mnie ktoś.
I nie uwierzę już nikomu. Nie.
Kto mówi, że samemu łatwiej żyć.

Od Sebastiana Magda podjechała na Solec do Heritage Shop & Wine, sklepu z włoskimi specjałami. Podobało jej się, że ceny były tu więcej niż przyzwoite. I nie chodziło o to, czy ją na to stać, czy nie. Po prostu nie lubiła sklepów, w których kilogram szynki kosztował powyżej stu złotych. To nie były ceny dla bogatych, tylko dla snobów. Poza tym zawsze mieli tu świeże oliwki, pikantne salami spianata i wybór serów. I doskonałe prosecco. Takie kolacje lubili z Piotrem najbardziej. Niewyszukane, za to pełne smaków.

Trafili tu zupełnie przypadkiem. Jechali do Waligórów na letnie przyjęcie i przypomnieli sobie, że nie wzięli z domu wina. Taksówkarz zatrzymał się przy pierwszym sklepie po drodze i od tamtej pory byli jego wiernymi klientami. Nie robili tu zakupów codziennie, ale też dzisiaj nie był zwykły dzień. Dzisiaj był dzień wielkiej, brzemiennej w konsekwencje decyzji. Zabrzmiało to w jej głowie jakoś patetycznie. A tego nie chciała. Wolałaby, żeby to była po prostu miła, urocza chwila. Bez szczególnej pompy. Jak do sprawy podejdzie Piotr? Czy pomyśli o czymś do jedzenia? Do picia? Mężczyźni są nieprzewidywalni. Nawet najbardziej przytomni potrafią wszystko pomylić, pomieszać, pokręcić. Dlatego wolała być przygotowana. Nie zaszkodzi mieć w zanadrzu coś, co pozwoli godnie świętować ten wieczór.

Na wszelki wypadek powinna sobie przygotować zgrabną odpowiedź. Krótką, treściwą i konkretną. Koniecznie konkretną. Konkret pomoże jej uniknąć nadmiernego wzruszenia. Nie chciałaby się rozpłakać, mówiąc Piotrowi, że jest gotowa za niego wyjść. Nie rozpłakać się to jedno, a ubrać to w sensowne słowa – zupełnie co innego. Żeby tylko nie zabrzmiało to ckliwie… Albo roszczeniowo. W sądzie Magda rzadko miała problem z artykulacją myśli. W sądzie. Życie ma jednak swoje prawa – całkiem inne niż te kodeksowe. Tu paragrafy nie mają zastosowania.

Wybrała oliwki i wino. Jeszcze tylko salami. Wciąż się uśmiechała. Sprzedawczyni spojrzała na nią z ciekawością.

– Miły dzień?

– Wie pani… Taki do opowiadania wnukom w zimowe wieczory przy kominku, kiedy na zewnątrz śnieżyca i mróz… I nawet kominek nie daje wystarczająco dużo ciepła. Za to wspomnienie tego dnia rozgrzewa. Z wewnątrz. Z serca.

Kobieta nie była przyzwyczajona do takich wylewnych klientów. Właściwie – zmarszczyła czoło – to już zakrawa na wywnętrzanie się. Zdarzało się to, owszem, tym podchmielonym. Ta klientka wcale nie wyglądała na nagrzaną. A nawet sprawiała wrażenie zupełnie trzeźwej. Zresztą sprzedawczyni ją pamiętała. Czasem przychodziła z takim jednym przystojniakiem. Zwykle była miła i zdecydowana. A dzisiaj? Jakaś taka nieprzytomna…

Magda patrzyła, jak maszyna kroi plastry salami. Nieświadoma procesów zachodzących w umyśle sprzedawczyni, spokojnie czekała. Myślała o tym, jak trudno było jej kiedyś wybaczyć Piotrowi. Po nieszczęsnym pożegnaniu na Centralnym. Pożegnaniu bez pożegnania. Straszne dni, noce, godziny i minuty bez żadnych wieści. Nawet sekundy wlokły się w nieskończoność. Magda leżała czasem w nocy i patrzyła na zegarek. Każda chwila bez Piotra bolała. Tysiące pytań. Dlaczego nie chciał jej zabrać ze sobą na staż? Dlaczego chociaż nie powiedział, gdzie będzie? Dlaczego tak bardzo chciał spędzić tych parę miesięcy bez niej? Sekunda, pytanie, skurcz serca, łza. Bezradność. Ta była najgorsza. Nic bardziej nie przerażało Magdy. Po wyjeździe Piotra była emocjonalnie obolała i totalnie bezradna. W końcu dzięki Marioli zobaczyła wideo, które dla niej nagrał, w razie gdyby walka z toczniem nie odniosła skutku. Nie było żadnego stażu, tylko eksperymentalna terapia w Stanach. Wciąż mogła dokładnie przywołać jego słowa. W każdej chwili…

„Pamiętasz? Powiedziałem ci kiedyś, że będę cię kochał do końca świata i o jeden dzień dłużej. Kłamałem. Zawsze będę cię kochał. Zapamiętam cię z tym ciepłym światełkiem w oczach". Po jego powrocie nie potrafiła mu wybaczyć, że nie był z nią szczery. Że ją od siebie odciął. Skazał na idiotyczne domysły, na próbę układania sobie życia z Filipem. I zmusił do tego, że zaczęła o nim źle myśleć. Jak o kimś podłym.

Dzisiaj jej serce nie zwlekałoby tak długo. Odpuściłaby mu od razu? No może po małej awanturze o to, że nie zapytał jej o zdanie... Okej, dwóch awanturach. A zaraz potem rozkoszne godzenie się przy kolacji ze świecami. Bo teraz Magda była pewna, że Piotr jest jej i będzie jej. Że cokolwiek głupiego zrobi, to na koniec do niej wróci. I zostanie. Dobrze mieć jakiś punkt oparcia. Wystarczy jeden punkt. Nawet jeśli jest kropką w bezmiarze.

Pamiętał, jak zaniedbane i w jakim kiepskim stanie były te kamienice jeszcze parę lat temu. Zwłaszcza te po jego prawej, na początkowym krótkim odcinku Nowego Światu między placem Trzech Krzyży a rondem de Gaulle'a. Nawet nie zauważył, kiedy w miarę współczesna plomba straciła malownicze zasłony z gazet, którymi wyklejono okna na bodajże drugim piętrze. Teraz budynek był schludny, a jego niewyszukana architektura nie raziła jak dawniej, stanowiąc prosty kontrapunkt dla pozostałych budynków. Po drugiej stronie grzeszył urodą były kloc Komitetu Centralnego byłej PZPR, organu zarządzającego byłą PRL. Dawne, bardzo dawne czasy. Dzisiaj nawet Pałac Kultury i Nauki stracił swój stalinowski charakter. Tkanka Warszawy przejęła gmach na własność, wchłonęła go.

Nie jest już symbolem sowieckiego protektoratu, jak mawiał ojciec Piotra, tylko symbolem Warszawy na równi z Syrenką. Może nawet bardziej znanym niż kobieta-ryba z mieczem. Tak Warszawa zemściła się na komunistycznych rządach. Wzięła to, co narzuciły, i uczyniła z tego swoją zabawkę, wizytówkę. Ostatnie lata to zresztą nieustanny rozkwit tego miasta. Miasta Magdy i Piotra. Tak widział Warszawę – z jej kilkoma magicznymi miejscami, które stały się świadkami ich miłości.

Piotr się skrzywił. *Shit*, jestem sentymentalnym dziadem, pomyślał. Kochanie Magdy to przywilej, owszem, ale przecież nie można kompletnie zgłupieć z powodu jednej kobiety. Nie, chyba przesadził z tą sprzedażą motocykla. Kolejne czerwone światło zatrzymało go tuż przed wjazdem na plac. Nie godzi się facetowi oddać całej swojej wolności w zamian za... No właśnie. Triumph za ciepłe światełko? A jednak to dobry interes.

Dwa ostatnie samochody zjeżdżały w Książęcą. Widział odblask pomarańczowego światła na sygnalizatorze dla tych wyjeżdżających od strony Żurawiej. Za chwilę będzie na placu Trzech Krzyży. Placu, który widział ich pierwszy pocałunek. A także to, jak na samym jego środku Magda zostawiła Piotra z Filipem. Dwóch facetów, dwa koguty. Wtedy Piotr zrozumiał, jak bardzo ją skrzywdził, ukrywając swoją chorobę. I że nie ma co liczyć na wybaczenie. Jak dobrze, że się mylił.

Sygnalizator pokazał Żurawiej czerwień. Nowy Świat dostał zieloną zgodę dla wjazdu na plac. Piotr ruszył ostro. To był odruch. Dotrzeć szybko do domu, przed Magdą. Zdążyć wszystko przygotować. A potem zobaczyć w jej oczach to, co tak bardzo kochał. I jeszcze więcej, kiedy poprosi, żeby została jego żoną. Podjął decyzję. Zaręczyny. I koniec z motocyklami. Kupujemy kabriolet, kochanie!

Gdyby ruszył sekundę później, proste prawa fizyki spowodowałyby, że czarny, błyszczący kolos śmignąłby przed nim, po czym bezczelnie i bezkarnie zniknąłby w gardzieli Książęcej. Piotr zdusiłby przekleństwo. Trzydziestolatek za kierownicą, skupiony na pisaniu esemesa, nawet nie zauważyłby tego rasowego, pięknego motocykla ani jego właściciela w czarnej skórze i kasku z ciemną szybą.

Gdyby.

Gdyby kierowca cadillaca escalade w porę zauważył, że zielone światło to przeszłość, a pomarańczowa teraźniejszość ostrzega przed czerwienią, może miałby szansę wyhamować dwuipółtonowym potworem tuż przed pasem ulicy wpadającym z Nowego Światu na plac. Tylko on właśnie kłócił się z ojcem o to, że ten znowu sprał matkę. Dzwoniła godzinę temu. Zapłakana pięćdziesięciolatka. Który to już raz w tym roku? W tym życiu? Ojciec nie odbierał. Zebranie zarządu. Taaa... W luksusowym burdelu pod Warszawą, który przybrał szacowne miano SPA Rozkosze Ciała. Pisał mu właśnie, jakim jest chujem i pojebem. Gdyby spojrzał przed siebie, być może zauważyłby coś czerwonego. Sygnalizacja nie miała jednak szans przebić się przez jego wściekłość.

Gdyby.

Huk był tak potężny, że ludzie, którzy siedzieli w ogródkach knajpek po północnej stronie placu, zerwali się w panice z krzeseł. Ataki terrorystyczne zapisały w ich głowach nieusuwalne wzory. Bomba! Samobójca! Atak!

W kamerze japońskiego turysty wyglądało to jak scena z filmu. Stał na rogu placu, tuż przy zjeździe w Książęcą. Podobała mu się panorama z tego miejsca. Zaczął ujęcie od lewej, z kościołem wypełniającym kadr. I obracał się w prawo, w stronę pierzei Nowego Światu. Na koniec miał zamiar uchwycić rondo z palmą w centralnym punkcie. Po chwili w kadrze pojawił się escalade. Kierowca – potem widać to było wyraźnie na nagraniu, zwłaszcza jak się je odtworzyło w zwolnionym tempie – nawet nie patrzył przed siebie. Gapił się w ekran komórki. Jego twarz wykrzywiał grymas złości, usta międliły jakieś przekleństwo. Jednocześnie na plac wjeżdżał motocyklista. Turysta z Kioto nie widział jego twarzy ukrytej za szybą kasku. Widział za to, jak obraca głowę w prawą stronę. Tę, z której prosto na niego pędził escalade. To nie były świadome wybory. Nie było na nie czasu. Ani szansy. Spięcie mięśni, dodanie gazu, żeby uciec przed czarną bestią. Silnik motocykla zawył. Przednie koło skręciło w lewą stronę. Ucieczka do przodu, jedynie słuszna decyzja. Nie, nie decyzja. Odruch. Gdyby ten odruch przyszedł o sekundę wcześniej…

Gdyby.

To wszystko można było dokładnie obejrzeć dopiero w hotelu, gdzie Japończyk pocieszał się sake ze swoją żoną. Byli już po krótkim, technicznym w zasadzie seksie. Żadne tam *ars amandi*. Ciach, ciach i po krzyku. Potem rytualna szklaneczka trunku. Od dwudziestu lat ten sam schemat. Z tym że teraz, po nalaniu sake, wciąż nagi japoński mąż, z dyndającą śmiesznie fujarką, podłączył kamerę do telewizora. I puścił nagranie w zwolnionym tempie.

Motocykl ruszył w stronę Książęcej. Gdyby kierowca cadillaca go zauważył i zaczął hamować, klienci kawiarni na placu Trzech Krzyży nie mieliby powodu, żeby się zerwać na równe nogi. Ruch na skrzyżowaniu Książęcej i Nowego Światu nie zatrzymałby się na parę godzin. Potężna maska amerykańskiego SUV-a nie dosięgnęłaby tylnego koła triumpha. Tymczasem wgryzła się w nie jak rekin, jednym kłapnięciem rozrywając blachę błotnika, oponę i szprychy. Jakby zamierzała rozszarpać tę małą rybkę, która ośmieliła się znaleźć na jej kursie.

Uderzenie w tylne koło wytrąciło Piotrowi kierownicę z zaciśniętych na manetkach dłoni. W tym momencie nie miał już kontroli nad niczym. Zwłaszcza że siła uderzenia wbiła go prawym bokiem w maskę SUV-a. Z tylnego koła motocykla spadła rozerwana opona. Felga zgrzytnęła o asfalt, sypiąc fajerwerkami iskier.

Kierowca escalade'a zaczął hamować. Za późno. Zatrzymanie takiego kolosa na tak małym odcinku to jak manewry pełnomorskim jachtem w przydomowym basenie. Kolizja murowana. Goła, rzężąca przeraźliwie felga nie dała żadnego poślizgu. Pod ciężarem samochodu zgięła się w ułamku sekundy. Wielka czarna maska z efektownym chromem grilla wessała Piotra z jego maszyną pod swoje cielsko. Zniknęli. I nie pojawili się z tyłu. Kolos zatrzymał się na motocyklu i jego kierowcy. Z groteskowo zadartym zadem. Widać było tylko wystający spod niego kawałek zmasakrowanej tylnej felgi.

Kierowca wyskoczył z auta przerażony. W szoku. Jeszcze nie rozumiał, co się stało. Jeszcze to do niego nie dotarło. Albo miał nadzieję, że to nic takiego. Że się jakoś wykręci. Padł na kolana i zajrzał pod samochód. I zwymiotował. Torsje szarpały nim, kiedy podbiegli pierwsi świadkowie. Nikt nie miał pojęcia, co robić. Ruszać samochód i ryzykować, że to pogorszy stan motocyklisty, czy czekać na odpowiednie służby. Zresztą nie wiadomo było, jaki jest jego stan. Nie reagował na krzyki.

Piotr poczuł tylko pierwsze uderzenie. W tylne koło. Gdy całą swoją prawą stroną wbił się w maskę cadillaca, już nie zdawał sobie z tego sprawy. Zmiażdżona noga nie stanowiła żadnego bufora, więc głowa Piotra jak na sprężynie strzeliła w pokrywę silnika i zaraz odbiła się w przeciwnym kierunku. Wtedy motocykl już się obracał, sypiąc dookoła snopem iskier. Piotr tego nie czuł. Jego zmysły przestały działać, łaskawie oszczędzając mu bólu. Widział za to przed sobą twarz Magdy. I zdziwił się, bo światełko w jej oczach jakby bladło. A przecież do niej jechał. Tymczasem ona, zamiast być coraz bliżej... oddalała się od niego. Niedobrze. Coś jest nie tak... Ale co? Dlaczego? Usłyszał jeszcze, jak przez ścianę, słowa piosenki: „I nie uwierzę już nikomu. Nie. Kto mówi, że samemu łatwiej żyć". Ale nie rozpoznał jej. Nic już nie czuł. Jakby ktoś wyłączył światło w zamkniętym pomieszczeniu. Nagle wszystko pochłonęła ciemność. Bezruch. Bóg klasnął w dłonie i świat zamarł w mroku. Spod cadillaca wypłynęła strużka krwi.

Magda z ulicy Solec skręciła w Ludną, a potem w lewo, żeby z Wisłostrady wjechać ślimakiem przy moście Księcia Poniatowskiego w Aleje Jerozolimskie. Odbiła w lewo i ustawiła się na pasie do skrętu w stronę placu Trzech Krzyży. Ich placu. Śmiała się kiedyś, że w kilku jego miejscach mogliby postawić tabliczki z opisem wydarzeń z ich życia. Co prawda niektóre były bolesne, trudne, ale przecież skończyły się dobrze.

Nie czekała długo na zielone, ale objeżdżając rondo, dostrzegła, że policja zablokowała zjazd w stronę placu. W tle migały koguty straży, policji i pogotowia. Tłumek gapiów zasłaniał wylot Nowego Światu. Policja odsyłała samochody z powrotem na most, do zjazdu na Wisłostradę. Trudno. Magda pomyślała, że pojedzie od Myśliwieckiej w górę do Alej Ujazdowskich, a potem z placu wjedzie w Wiejską. Przecież tych parę minut nie miało znaczenia wobec całego życia, jakie ich czekało. Na szczęście szczyt wieczornych korków już minął.

Zawróciła na rondzie i… w jakimś nagłym, niewytłumaczalnym odruchu zaparkowała na chodniku. Jak zaprogramowana wysiadła i podeszła do policjanta przy radiowozie.

– Przepraszam… Co tam się stało? – Wskazała w stronę placu.

Policjant nie był skory do wynurzeń.

– Wypadek. – Zerknął na jej samochód z włączonymi awaryjnymi. – To pani nie pomoże. Tam nie wolno stawać.

– Tak, tak. Już odjeżdżam. Po prostu mieszkam z tamtej strony placu i…

Tym razem policjant spojrzał na nią życzliwiej.

– To trochę potrwa. Facet na motorze wbił się pod brykę…

Jak to się stało? Dlaczego? Niektórzy tłumaczą to działaniem jakichś sił nadprzyrodzonych. Inni nazywają to głosem Boga. Bogów. Dla jeszcze innych jest to po prostu instynkt. Cokolwiek to było, zmusiło Magdę, żeby ruszyła biegiem w stronę placu. Nie zastanawiała się nawet przez sekundę. Ona! „Chodząca analiza", która każdy kolejny ruch poprzedzała głębokim namysłem, a najlepiej dalekosiężnym planem. Żeby zminimalizować ryzyko pomyłki, wtopy, błędu, wygłupu. Teraz to nie miało znaczenia. Nic nie miało znaczenia. Musiała natychmiast znaleźć się na placu, żeby potwierdzić to, co krzyczało jej serce: TO NIE BYŁ PIOTR! NIE ON! TYLKO NIE ON!

Kiedy znalazła się przy taśmie ograniczającej dostęp gapiów, już wiedziała. Takich motocykli nie widywało się Warszawie codziennie. Nie lubiła pasji Piotra, ale bez wątpienia wybrał piękną maszynę.

Policjant stojący przy taśmie podniósł ostrzegawczo rękę.

– Nie wolno. Wypadek.

– Tak, wiem. Ale ja... Ja...

Magda zamilkła. Zaciskała dłonie na taśmie, jakby chciała poczuć jej opór. Coś, co fizycznie da się pokonać. Coś, co mogłaby skruszyć, zmiażdżyć, jakby to mogło zaprzeczyć, że to ona jest kawałkiem suchej ziemi w rękach losu. Ziemi, która właśnie została rozgnieciona na atomy. Miriady drobinek, które nigdy nie złożą się ponownie w całość.

– Co z... – Jeszcze nigdy jej się to nie zdarzyło. Nagle głos zniknął i choć usta, język i struny głosowe robiły wszystko, by wymówić następne słowo, żaden dźwięk nie wydostawał się na zewnątrz. Widać było tylko ruch ust. O dziwo, czytelny dla policjanta.

– Z motocyklistą?

Magda nie odpowiedziała. Patrzyła na motocykl rozpłaszczony na jezdni, na odciągniętego już na bok SUV-a, na sanitariuszy, którzy zapinali worek na noszach. Widziała to w upiornie zwolnionym tempie i słyszała zwielokrotnione do bólu. Suwak worka na zwłoki wydawał odgłos tysiąca wiertarek, które złośliwy sąsiad włącza o świcie pod twoim otwartym oknem. Sąsiad albo Bóg. Ktokolwiek to robi, ktoś powinien mu przerwać. Natychmiast. Zastrzelić?

– Kim pani jest?

– Ja... Nikim. Ja go tylko kocham.

Jej sukienka powiewała frywolnie, flirtowała z wiatrem wiejącym od strony ronda de Gaulle'a, za nic mając uczucia Magdy. A właściwie to, czego nie czuła. Życia, miłości, nadziei. W tej chwili nie czuła nic. I to NIC chciało stać się jej wszystkim.

Policjant przyglądał jej się uważnie, niepewny, czy ta blada dziewczyna nie szuka po prostu sensacji, którą będzie mogła za chwilę sprzedać w jakimś serwisie plotkarskim albo w bulwarówce.

– Proszę pani…

I wtedy Magda coś poczuła. Nie zrozumiała. Nie domyśliła się. Nie odkryła. Po prostu nagle z tej nicości trafiła do piekła rozszalałego bólu. Jej podświadomość przebiła się na powierzchnię z całą grozą i przerażeniem. Ale nie do świadomości. Świadomość zatrzaśnięta w niezgodzie nie przyjmowała niczego. Prawdę miała poznać dużo później. Poznać, nie pogodzić się z nią. Magda poczuła ból w żołądku. Jej przepona stężała, a podbrzusze przeszył piekący, dotkliwy spazm. Wciąż zaciskała dłonie na taśmie policyjnej, ale nie czuła żadnego oporu. Nie było nic, czego mogłaby się przytrzymać. Żadnego oparcia. Żadnej pomocy. Świat okazał się bezdenną przepaścią, w którą właśnie zaczęła spadać. I to sprawiło jej ulgę. A potem poczuła ciepło między nogami. Kiedy spojrzała w dół, na asfalcie połyskiwały krople krwi. W tym samym momencie czyjeś ręce uniosły ją i oderwały jej palce od taśmy.

6

Lekarka stała przed Magdą i patrzyła na nią niebieskimi, wodnistymi oczami. Nie była naturalną blondynką, zdradzały ją niewielkie odrosty włosów ściągniętych w ciasny kucyk. Drobna, nerwowa w ruchach. Bez żadnych pretensji do podobania się albo zajmowania innych swoją osobą. I szczerze przejęta.

– Przykro mi.

Magda leżała na łóżku w pokoju zabiegowym na ginekologii. Nie czuła żalu, nie było w niej też buntu przeciwko podłemu wyrokowi losu. Była jednak dociekliwość adwokata. Cecha immanentna tych dzieci Temidy, które od siebie i innych wymagały więcej niż zaspokojenia zwykłej ciekawości. I zasilenia konta.

– Czy pani... Czy da się określić... – Magda trochę się plątała. Dla lekarki było to zrozumiałe, dla prawniczki niewybaczalne. Wciąż wydawało jej się, że nie może sobie pozwolić na najmniejsze choćby uchybienie. – Czy to stałoby się niezależnie od okoliczności?

Ginekolożka wyglądała na zakłopotaną. Nie miała do czynienia z wieloma takimi sytuacjami. Takimi, w których kobieta traci partnera i jednocześnie owoc ich związku.

– Przy poronieniach nie ma reguły. Mogło być tak, że przyczynił się do tego stres. Możliwe też, że zarodek nie zagnieździł się prawidłowo i stąd... niezależnie od faktów... to i tak mogło się zdarzyć.

Magda próbowała znaleźć w tym jakieś pocieszenie. To się zawsze może zdarzyć. I każdemu. Tak bywa. Trudno. I od początku, jak mantrę: to-się-zawsze-może-zdarzyć-i-każdemu-tak-bywa-trudno. I jeszcze raz: to-się-zawsze-może-zdarzyć-i-każdemu-tak-bywa-trudno. I jeszcze. Nie działało. Lekarka przed wyjściem powiedziała, że dała jej coś na uspokojenie. Żeby było łatwiej. Ból miał się rozpuścić w jakimś dożylnym diazepamie albo innym relanium. To dlaczego mantra nie działała? Dlaczego Magda nie czuła ulgi?

Patrzyła w sufit. Jarzeniówka miała kolor anielskich piór. Ale co z tego, skoro nie było już Piotra, któremu mogłaby to powiedzieć i wspólnie się z tego pośmiać? Zachichotała. Z pełną świadomością, że to nie jest normalna reakcja na śmierć mężczyzny, który miał jej się oświadczyć. I na poronienie zarodka, bo przecież jeszcze nie dziecka. Do dziecka było jeszcze bardzo daleko. Na razie nosiła w sobie komórki, które dopiero miały przybrać formę kończyn, serca, głowy. Czysta biologia. Człowieczeństwo zaczyna się dużo później. Jednak teraz ta wiedza była bezużyteczna. Jednego wieczoru straciła dwa najważniejsze dla niej istnienia. Cokolwiek lekarka wlała w jej żyły, nie zmieni to wyroku, jaki został wykonany na życiu Magdy.

Ze szpitala odebrał ją Sebastian. Po drodze Magda powtarzała, że świat powinien przestać istnieć. Słońce zgasnąć. Odwieczny taniec planet zatrzymać się. Każda komórka, każdy atom, proton i neutron powinny zamrzeć ze zgrozy. To bez sensu, że samochody wciąż jeżdżą, a samoloty latają. Że ludzie się dokądś śpieszą i wyglądają, jakby w ich życiu coś miało znaczenie.

Potem dojechały Agata i Karolina. We trójkę próbowali jakoś podtrzymać Magdę na duchu, bo pocieszyć nie było jak. Wreszcie udało się ją zaprowadzić do łóżka. A ponieważ Sebastian przytomnie wziął z domu tabletki nasenne, spróbowali wmusić w nią pół proszka.

– Nie, nie, nie. Nie mogę. – Zapierała się rękami, jakby to był fizyczny atak. A przecież Sebastian stał tylko przed nią, trzymając połowę małej tabletki na dłoni.

– Dobrze ci zrobi. Poczujesz się lepiej. Weź. – Karolina używała argumentów, które na ogół działały na jej dzieci. Na ogół, i to kilka lat temu. Teraz mogła sobie mówić, co chciała. Dzieciaki weszły w tę fazę rozwoju, w której nastoletnie istoty są przekonane o swojej dorosłości i nieomylności. Chyba że zaboli rączka, główka, nóżka, wtedy ten w pełni niezależny człowiek w ułamku sekundy staje się maleństwem zwiniętym w pozycji embrionalnej i oczekującym opieki, troski, współczucia i ukochanych racuszków, kogla-mogla albo „tej mojej ulubionej zupki, wiesz, tej, mamo, którą mi gotowałaś, jak byłem mały". Teraz chodziło właśnie o to, żeby Magda pozwoliła się sobą zająć. Ale ona miała swoje zdanie.

– Nie mogę zasnąć. Bo... Nie mogę – upierała się, próbując nie płakać.

Agata płakała. Od dwóch godzin. Nie potrafiła przestać. Była przerażona. Śmierć Piotra i poronienie Magdy uświadomiły jej, że w każdej sekundzie całe życie może się wywrócić bezbronnym brzuchem do góry i zostać rozszarpane przez los, który nie uznaje *fair play*. Pokazujesz brzuch, już cię nie ma.

– Magda… – zaczęła Agata i kolejny spazm wyrwał się z jej płuc. Magda spojrzała na przyjaciółkę z troską.

– Dajcie Agacie. Ona bardziej potrzebuje.

Była przekonana, że nie wolno jej zasnąć. Może zaraz zadzwoni telefon i ktoś powie, że to nieprawda. Pomyłka. Ohydny sen, który już się skończył. I teraz będzie tylko dobrze.

Kiedy po Agatę przyjechał Rafał, poparł ideę tabletki w typowy dla niego sposób. Z grubej rury.

– Magda, skoro Piotrek nie żyje, najlepiej będzie, jak prześpisz ten koszmar.

Agata mimo załzawionych oczu precyzyjnie strzeliła go w ucho. Było jednak za późno. Straszne słowa padły, a potworna świadomość znów przedarła się na powierzchnię. Bali się, że Magda się rozpadnie, posypie. Że te słowa wywołają szaleństwo rozpaczy i bólu. Ale Magda bez słowa wyciągnęła dłoń. Musiała się odciąć od otoczenia. Tabletka w bonusie zapewniała brak snów.

Obudziła się o trzeciej w nocy. Coś jej nie pasowało. Nie zgadzało się. Obok niej spał Sebastian. Tak, to dziwne. Gdzie jest Piotr? Dopiero po chwili dotarło do niej, że nic już nie będzie takie, jakie miało być. Godzinę później Sebastian znalazł ją w kuchni nad miską z trzema rozbitymi jajkami. Obok leżały skorupki. A Magda patrzyła na miskę i nie mogła powstrzymać łez. Piotr uwielbiał jej omlety. Wbiła jajka do miski i to ją załatwiło.

Sebek stał w drzwiach kuchni, a jego twarz wyrażała troskę kogoś, kto wie, że ziemia potrafi usuwać się spod stóp bez żadnego ostrzeżenia. Sru, i nie masz pod sobą nic pewnego.

Spojrzała na niego załzawionymi oczami. Było w nich tak przejmująco bezradne cierpienie, że na chwilę zamarło mu serce. Sebastian zacisnął usta. Tylko się nie rozryczeć. Nie teraz. Potem, w domu, kiedy Magdy nie będzie obok. Teraz musi być silny i spokojny. Dla niej. Dla kobiety, której bez wahania oddałby nerkę.

– Te białka i żółtka mogły być czyimiś dziećmi – powiedziała z bezgranicznym żalem w głosie. – Mogły rozbić skorupkę od środka i wyjrzeć na świat. A potem...

Nie pozwolił jej dokończyć tych bzdur. Odsunął ją od miski, wylał jej zawartość do zlewu i spłukał. Magda patrzyła na to w szoku. Niedowierzaniu dla jego brutalności.

– Jesteś mordercą. – Cichy zarzut zabrzmiał jak wyrok skazujący. Absurdalny. Idiotyczny. Ale skazujący. Sebastian domyślił się, że w stanie, w jakim znajdowała się Magda, nie istnieją takie pojęcia jak „absurd", „idiotyzm", „bzdura". Ani „logika". Jej planetą było teraz cierpienie. A tam nic nie przypomina planety Ziemia.

– Mam resztę tabletki. – Podsunął jej szklankę z wodą.

Tym razem się nie wahała. Tego, co jej się przytrafiło, nie da się przeżyć bez znieczulenia.

Obudziła się z poczuciem, że za chwilę usłyszy cicho przesuwające się zasuwy zamka w drzwiach. Niezawodny znak, że Piotr wraca z biegania. Potem ona zacznie mówić do Mańka Drugiego. Kot pomarańczową plamą zakłóci szarość pościeli. Magda podroczy się z nim chwilę, a potem spojrzy wreszcie na swojego gladiatora opartego o framugę sypialni. I nie powie, czego chce, bo przecież on wie. Dobrze wie. Bo po co śpiewałby... Może to za duże słowo, więc po co wymrukiwałby ich hymn miłości? Tak powinno być. Taki był scenariusz. Inne wersje nigdy nie weszły nawet w fazę preprodukcyjną. I nikt nie miał zamiaru poświęcić im choćby sekundy uwagi.

Magda otworzyła oczy. W progu sypialni nie było Piotra. Po sekundzie przypomniała sobie dlaczego. I dlaczego miała w pamięci obraz zamykanego worka i kropli krwi na asfalcie między stopami. Teraz jej największym pragnieniem, organiczną potrzebą i marzeniem zarazem było zniknąć. Skoro świat nie okazał się na tyle przyzwoity, żeby zatrzymać się w tym idiotycznym galopie, Magda chciała zapaść się w niebyt. Wsunąć się pod podłogę rzeczywistości. Może wtedy udałoby się jej znaleźć w jakimś nieświecie oczekiwania na powrót Piotra. W nieświecie, w którym żaden escalade nie wjechał na czerwonym na plac. I nie zmiażdżył triumpha ani jego właściciela. W nieświecie, w którym Piotr po prostu jeszcze nie wraca, ale żyje. Jest. Tylko nie może dotrzeć na tę zaręczynową kolację, bo przecież lepiej czekać na spotkanie, które nie nadchodzi, niż na spotkanie, którego nigdy nie będzie. Magda nie miałaby nic przeciwko, gdyby udało jej się w takim miejscu zatrzasnąć. Zapaść się w nim, zniknąć, zapomnieć.

Proza życia miała jednak swoje plany. I na pewno nie było w nich miejsca na znikanie. Ani na żaden alternatywny byt, gdzie żałoba zostanie zastąpiona oczekiwaniem. Gdzie zamiast śmierci będzie tylko spóźnienie. Na przykład trzeba było wybrać trumnę – prośba rodziców Piotra. Miała odmówić? Chcieli wsiąść do najbliższego pociągu do Warszawy, ale na dworcu w Zakopanem ojciec Piotra osunął się na chodnik, kiedy wysiadali z taksówki. Wylew. Jedyne, co mogli zrobić, to mieć nadzieję, że senior Korzecki zostanie wypisany przed pogrzebem.

Rodzice Magdy przyjechali rano z Olsztyna i bardzo chcieli pomóc. Tak samo jak Mariola i Wojtek. Każdy na swój sposób starał się jakoś funkcjonować w tym wykrzywionym, zakłóconym obrazie. Telewizor można wyregulować albo wymienić. A co zrobić, kiedy to życie zaczyna śnieżyć? Mariola przyczepiła czarną wstążkę na tablicy kancelarii Korzecki i Płaska. Wojtek starał się zastąpić przyjaciela we wszystkich sądowych sprawach. Rodzice Magdy byli przy niej na zmianę. Nie zostawiali jej nawet na chwilę, chociaż wolałaby być sama. A Maniek przestał ją budzić klepaniem po twarzy. Kiedy otwierała oczy, siedział obok i się w nią wpatrywał. W jego ślepiach naprawdę widziała troskę i współczucie.

Absurd. Wybierasz drewniane pudło dla osoby, którą kochasz i którą w tym pudle zamkniesz. Na zawsze. Sensu w tym nie było wcale. Były za to zadania. Trumna. Garnitur. Buty. Skarpetki. Bokserki...

Od dłuższego czasu stała nad szufladą z bielizną Piotra. Bez ruchu. W jednej ręce trzymała bokserki w granatowo-zieloną szkocką kratę, w drugiej ciemnobordowe w burbońskie lilie. Tak zastał ją Sebastian. Jej rodzice zabrali Mańka na szczepienie.

– Zrobię ci tosta! – krzyknął od drzwi i poszedł wypakować zakupy do kuchni. Magda milczała. Po chwili się zaniepokoił. – Magda?

Brak reakcji. Zaczął jej szukać. I znalazł w garderobie.

– Co jest?

– Kazali mi wybrać ubranie. Bokserki też.

– Nie wiesz które?

– Nie widzę sensu.

Sebastian wyjął z jej rąk bieliznę. Odłożył do szuflady, po czym ją zamknął. A Magdę popchnął w stronę kuchni.

– Najpierw zjesz. Potem zastanowimy się nad sensami.

Posadził ją na hokerze, a sam wrzucił kromkę pełnoziarnistego chleba do tostera. Wyjął z torby szynkę, sałatę, pomidory i kozi ser. Magda patrzyła na jego krzątaninę, ale myślała o czymś innym.

– Po co komuś martwemu bielizna? To idiotyczne.

– Równie idiotyczny jest brak bielizny.

– Ktoś powinien wymyślić jakieś specjalne stroje. Takie długie koszule… To by wystarczyło. Może mam pomysł na biznes?

Sebastian przyjrzał jej się czujnie. Wiadomo, że po śmierci bliskiej osoby ludzie przeżywają piekło, w dodatku każdy na własny sposób. Niektórzy w bardzo dziwny. Wiadomo też, że poronienie potrafi zryć psychikę. I że Magda lekko tego nie przejdzie. Ale to, co działo się teraz, było na tyle niepokojące, że Sebastian natychmiast puścił esemesa do Agaty i Karoliny: „Odlot. Szybko".

Tyle wystarczyło. W ciągu pół godziny obie były u Magdy. Która nie widziała żadnego powodu do niepokoju.

– Nie wygłupiajcie się. Przecież to tylko zwyczajne pytanie o logikę. Jaki jest sens ubierania kogoś w bieliznę do trumny? No, słucham?

Sebastian rozłożył bezradnie ręce. Agata i Karolina siedziały po obu stronach Magdy na kanapie. Waligórowa spróbowała znaleźć odpowiedź:

– Szacunek dla osoby, którą żegnamy. To proste.

Ku ich zdumieniu Magda uznała to za wystarczające.

– Okej. W takim razie te w szkocką kratę. Kupiliśmy je w Edynburgu.

I opowiedziała im o ich szkockiej przygodzie z zepsutym na bezdrożu samochodem, z brakiem zasięgu sieci komórkowej i brodatym szkockim góralem, który pojawił się znikąd na traktorze i zaproponował skromny nocleg (jak się okazało, w jednym z najstarszych zamków Szkocji, który był własnością rodziny brodacza od trzydziestu pokoleń).

Magda jeszcze w drzwiach zapewniała ich, że wszystko jest okej. Że się trzyma, bo Piotr nie chciałby, żeby się puściła. Taki żarcik. Wszystko jest ogarnięte. Jutro przyjeżdżają jego rodzice, zatrzymają się w hotelu. Pojutrze pogrzeb. A skoro bokserki wybrane, to właściwie całość jest gotowa. Jeszcze ich ucałowała, uścisnęła, zamknęła za nimi drzwi, przekręciła zamek i… wbiła mocno zęby w dłoń. Żeby nie usłyszeli, jak płacze. Jak wyje na podłodze w korytarzu. Potem popędziła do sypialni i kiedy rodzice wrócili z kotem, udała, że śpi. Tylko Maniek nie dał się oszukać. Przysiadł przy jej twarzy i polizał słony policzek.

7

BLOG MAGDY M.

Cmentarze to najsmutniejsze miejsca, jakie stworzyła ludzkość. Nawet te, które toną latem w zieleni i słońcu, są jednocześnie zanurzone w szarej, bezbrzeżnej wieczności. Czy jest to wieczność życia po tamtej stronie, czy wieczność rozłąki dla tych, którzy zostali tutaj – zawsze to coś, co nigdy się nie skończy, nigdy nie da się naprawić, odwrócić, odkręcić. Skorygować. Nie pozwoli na wybaczenie, przeprosiny, powrót.

8

Magda otworzyła swój blog drugiego dnia po pogrzebie. Piątego dnia po wypadku. Sto dwadzieścia godzin po tym, jak Piotr... Przez ostatnie lata rzadko zamieszczała wpisy. A jeśli już, wynikało to raczej z chęci zachowania czegoś w pamięci niż dzielenia się z innymi zawartością głowy, serca i duszy. Cofnęła się o kilka wpisów. Trafiła na post o znamiennym tytule: „Nie będę Korzecką!". Skąd, do cholery, już wtedy o tym wiedziała? Była wtedy wkurzona na Piotra. Napisała post, kiedy opór był silniejszy niż miłość. Głupie słowa. Głupie. I prorocze.

Wtedy powrót, wybaczenie, naprawa były możliwe. To jeszcze było w jej zasięgu. I Magda po to sięgnęła. Pojechała do Zakopanego i odnalazła Piotra w górach.

Teraz wpisała krótką notatkę o cmentarzach i zamknęła komputer.

Potem była już tylko czarna smuga w kalendarzu. Dni bez światła. Bez sensu. Bez nadziei. Zasypiała, budziła się. I znów zasypiała. Ktoś chodził po mieszkaniu, ktoś jej podawał jedzenie, picie, tabletki. Któregoś dnia ktoś dał jej ubranie i wyprowadził pod rękę z mieszkania do samochodu. Dziwnie wyglądało to piękne miasto z perspektywy rozpaczy. Wcale nie było już takie wspaniałe, dumne i niezłomne. Nie miało w sobie nic z miasta-bohatera, z Warszawy, która powstała z ruin. Teraz była to tylko dekoracja, za którą krył się podły, podstępny potwór, który zabija dla kaprysu. Bez powodu. Nie ma straszniejszej i bardziej bolesnej śmierci niż ta zadana przez kaprys losu. Niczym niesprowokowana, niezawiniona. Kierowca SUV-a przyznał się do swojej głupoty. Do bezmyślnej nieuwagi. Tylko co z tego? Jakie to miało znaczenie, jeśli wszystko, co ważne, przestało istnieć?

Magda patrzyła na mijane ulice, place. Samochód prowadził Sebastian, obok niego zajął miejsce jej ojciec. Mama usiadła z nią z tyłu. Chciała coś powiedzieć, ale Magda pokręciła głową. Nie chciała słyszeć żadnych słów pocieszenia. Żadnych. Nie było słów zdolnych ją pocieszyć. Ludzkość ich jeszcze nie wynalazła.

Zabrali ją do Łazienek. Był piękny jesienny dzień. Natura szalała z kolorami, jakby chciała przed zimą opróżnić magazyny z farbami. Magda szła posłusznie alejkami. Podawała wiewiórkom orzechy laskowe. Nagle koło niej przebiegła jakaś dziewczyna.

– Piotrek!

Magda obejrzała się za nią. Tamta podbiegła do przystojnego blondyna. Nie był podobny do jej Piotra. W niczym. Ich pocałunek, żarliwy, łapczywy pocałunek zakochanych przypominał jej pocałunki z Piotrem. To wystarczyło. Wbiła spojrzenie w ziemię. W razie gdyby gdzieś czaiły się kolejne szczęśliwe pary. Nie chciała ich widzieć. Cudze szczęście potrafi ranić równie mocno jak własne nieszczęście.

– Zabierz mnie do domu – poprosiła Sebastiana.

– Jeszcze chwilę. Jest tak ładnie. Wyszłaś pierwszy raz od miesiąca…

– Do domu!!! – Magda wrzasnęła histerycznie. Ludzie zaczęli się na nich gapić, spacerowicze przystanęli. Wiewiórka uciekła.

W mieszkaniu poprosiła rodziców, żeby już wrócili do siebie. Do Olsztyna. Mieli swoje życie. Nie było sensu, żeby spędzali je, patrząc, jak ona boksuje się z bólem. Zresztą dopóki tu zostaną, Magda wciąż będzie małą dziewczynką. A to najgorsze, co mogą jej teraz dać. Nadmiar troski rodziców, którzy noszą dziecko na rękach. Jak ma się nauczyć samodzielnie chodzić? A Magda czuła, że trzeba zacząć od nauki chodzenia. Bez niego. I musi to robić sama, bo…

– Przecież jestem sama.

Sama. Coś, czego nie doświadczała od ośmiu lat. Coś, co zniknęło z jej słownika, czego już nie rozumiała. Od ośmiu lat było tylko „my" i to „my" miało dla niej zawsze największe znaczenie. Dlatego tak uparcie nie godziła się na kompromisy, półśrodki czy półprawdy. Jej „my" miało być doskonałe. Mistrzostwo świata. Olimpijskie złoto. Kompromisy? Tak, ale tylko dotyczące wyboru miejsca na kolację, nowej tapety na ścianę sypialni albo lokalizacji na następne wakacje nad ciepłym morzem.

„My" było tą wartością, na którą Magda czekała naprawdę długo. Cierpliwie, z bólem, czasem wręcz beznadziejnie. Doczekała się. Miała swoje „my". Upragnione, wymarzone. A teraz musiała znowu wrócić do „ja".

9

BLOG MAGDY M.

Ja.

Mogłabym jak Gombrowicz w *Dzienniku* zapisać cały tydzień tym „ja". Miesiąc. Całe życie, które mi jeszcze zostało. Ale to gombrowiczowskie „ja" nie było przesiąknięte ponurą rozpaczą. Nie było pisane ze wstrętem. Czytałam to jak żart. Popis egocentryzmu. Autoironiczny dowcip. W moim „ja" nie ma nic z pozy. Literackiej zabawy. Gry z czytelnikiem. To zwykła, szara proza. Z listopadem za oknem. I czarnymi gałęziami szarpanymi przez wiatr. Drżącymi pod zimną mżawką. Zmrożonymi pierwszym śniegiem.

Ja. Ja. Ja. Ja. Ja. Ja. Ja. Ja. Ja. Ja. Ja. Ja. Ja. Ja. Ja. Ja. Ja. Ja. Ja. Ja. Ja. Ja. Ja. Ja. Ja. Ja.

I Warszawa.

Miasto, które wydawało się moim miastem. Co za naiwność. Głupia, łzawa, dziecinna. To nie jest moje miasto. I nigdy nie było. Moje nie pozwoliłoby na to. Moje zadbałoby, żeby zielone światło dla Piotra włączyło się o sekundę później. Tylko tyle. Żeby mógł zauważyć ten samochód. Jedną sekundę.

Wiem. W tym mieście zginęło mnóstwo ludzi. Od wojen, chorób, wypadków, pożarów. I wielu pewnie jeszcze zginie. Nie jestem nikim szczególnym, żebym mogła się domagać specjalnego traktowania. Po prostu – była sobie szczęśliwa kobieta.

Warszawo, co ci szkodziło?

10

Boże Narodzenie, sylwester, walentynki, Wielkanoc. Po drodze jakaś wiosna, która zjawiła się, nikomu niepotrzebna. Magda umawiała się z przyjaciółmi i rodziną. Robiła zakupy, siadała do stołu. Pozwalała się zabierać na spacer, ale nic z tego nie zostawało w jej pamięci. Wykonywała swoje obowiązki z precyzją automatu. Obowiązki w fundacji, bo w kancelarii wzięła bezpłatny urlop na czas… nieokreślony. Wiktor nie protestował. Nawet Bartek, który nigdy nie przepuścił okazji, żeby jej wbić szpilę, tym razem przemilczał sprawę. Zero kąśliwych uwag o płci, która z natury nie nadaje się do szlachetnego zawodu adwokata.

Pomaganie skrzywdzonym kobietom przynosiło Magdzie ulgę, jakiej nie dałyby jej sądowe potyczki zdradzonych małżonków, oszukanych wspólników czy wkurzonych na media celebrytek. Fundacja to było prawdziwe życie. Z całym jego bólem, cierpieniem i beznadzieją. Pomaganie kobietom dawało Magdzie niewielkie wprawdzie, ale jednak pocieszenie. Z kolei dla jej przyjaciół stanowiło powód rosnącego niepokoju. Do tego stopnia, że któregoś majowego wieczoru Agata i Karolina stawiły się w mieszkaniu Sebastiana.

– Powinna wrócić do pracy – zawyrokowała Agata.

Sebastian, który zalewał w czajniczku jakąś kolejną „genialną" herbatę, spojrzał na nią z wyrzutem.

– Przecież pracuje. Codziennie wychodzi do pracy.

Karolina jak zwykle czekała, aż pozostali wyrzucą z siebie emocje, żeby celnym strzałem podsumować sytuację.

– Tak, wychodzi. I nurza się w tych przemocach, molestowaniach, pobiciach... Świetna terapia dla kogoś, kto pochował... – Agata przerwała. Trzydziesty szósty tydzień ciąży rządził nią niepodzielnie. Skrajnie różne uczucia, takie jak wzruszenie i irytacja, następowały po sobie nagle i bez ostrzeżenia. Nie potrafiła nad tym zapanować. Humory plus przeciążony kręgosłup powodowały, że miała dosyć czekania na poród. Gdyby tylko lekarz na to pozwolił, urodziłaby natychmiast. Wspomnienie Piotra poruszyło ją tak mocno, że w jej oczach ukazały się łzy. – Ona sama potrzebuje pomocy. Po tym, co ją spotkało – zakończyła.

Sebastian rozlał herbatę do czarek i postawił je na stoliku przy kanapie. Usiadł w fotelu.

– Potrzebuje – przytaknął. – Ale odmawia terapii. Przecież nie możemy jej zmusić.

– To co? Mamy patrzeć, jak się pogrąża? Znam ją dwadzieścia lat! To nie jest moja Magda. To nie jest moja najlepsza, choć czasem wkurzająca przyjaciółka. To jakiś automat. Robot. Maszyna.

Agata już nie walczyła ze łzami. Popłynęły szerokim strumieniem po policzkach. Za chwilę przeszła wprost do użalania się nad sobą:

– Cholera, zostało mi pięć tygodni do terminu. Nie wiem, jak to wytrzymam. Ryczę z każdego powodu. Wczoraj oglądałam film o rodzinie surykatek. Nie macie pojęcia, ile łez można wylać z powodu tych małych zwierzaków. Zwłaszcza kiedy mama w rozpaczy biegała po okolicy w poszukiwaniu zagubionego malucha...

Karolina z nieziemską cierpliwością przysunęła się do Agaty. Objęła ją.

– Dobrze, że jeszcze nie żądasz rozwodu. Ja pod koniec pierwszej ciąży budziłam się w nocy ze zdrętwiałymi nogami, szarpałam Waligórę i wrzeszczałam, że chcę rozwodu. Natychmiast. Albo niech weźmie tę ciążę i sam sobie z nią chodzi.

Sebastian się uśmiechnął.

– Bardzo wam współczuję. Ale dzisiaj... Cel: Magda. Karolina?

– Widzę przecież, że to nie nasza Miłowicz. – Karolina zerknęła na Agatę. Ta pokazała, że chwilowo się trzyma. – Żałoby nie da się wyłączyć. Ani sztucznie skrócić.

Agata poczuła, że zbliża się kolejny spazm. Waligórowa ścisnęła jej rękę.

– Dostawała już mocno od życia – powiedział Sebastian. – Tylko że to nigdy nie zabijało jej pasji. Do rozpraw, walki w sądzie... Do tej całej adwokackiej przepychanki. Uwielbiała to. A teraz? Pytałem ją, czy nie tęskni do sali sądowej. Wiecie, co odpowiedziała?

Dziewczyny spojrzały na niego.

– Wiemy – odparły jednocześnie. One też pytały, kiedy wróci do kancelarii. Wiele razy. Odpowiedź zawsze była jedna: nie wiem.

– Jak ją namówić?

– Szantaż? Nie pokażę jej dziecka, dopóki nie wróci do pracy – zaproponowała Agata i od razu sama oceniła swój pomysł: – Idiotyczne. No ale chyba nie spodziewacie się, że mój mózg wykrzesze z siebie coś genialnego?

– Idiotyczne podwójnie, bo przecież poroniła. – Karolina skrzywiła się, a Sebastian dobił Agatę.

– Przynajmniej miałaby dziecko i musiałaby się nim zajmować. Niestety. – Zanim skończył, po twarzy Agaty popłynęły kolejne strumienie łez.

Karolina podała jej paczkę chusteczek. A potem powiedziała coś, co pozostałej dwójce wydało się oczywiste i proste. Tylko że żadne z nich na to nie wpadło. Zresztą nawet gdyby wpadli, nie mogliby tego zrealizować. Mogła to zrobić tylko Waligórowa.

11

BLOG MAGDY M.

Lato. Kiedyś czekałam na tę porę z utęsknieniem i chciałam, żeby przedłużała się do października, a nawet listopada. Potem grudzień i styczeń w puszystym śniegu z lekkim mrozem, żeby nie robiła się breja, a od lutego wiosna i zaraz znów lato. Najlepiej już w kwietniu.

Teraz go nie chcę. Nie potrzebuję. Niech zniknie. Nie chcę przypominać sobie, że byłoby to dziesiąte wspólne lato z Piotrem. Właśnie teraz powinniśmy świętować rocznicę jego przeprowadzki do mojego mieszkania. Naszego.

To był koniec czerwca, pachniały już lipy. Chodziliśmy do parku Rydza-Śmigłego i dalej przejściem pod Wisłostradą nad Wisłę. Wtedy nie było jeszcze knajpek przy Płycie Desantu 3. Dywizji Piechoty 1. Armii Wojska Polskiego. Tak, to miejsce ma komunistyczny rodowód. I co z tego? Ktokolwiek oddał tu krew, oddał ją za to, że my żyjemy. To proste. I nie ma sensu robić z tego politycznej jatki. Zwłaszcza po tylu latach. Saperzy, którzy rozbrajali miny po drugiej wojnie, nie robili tego dla Stalina czy Berii. Robili to dla nas, zwykłych ludzi. W każdym razie ja nigdy nie kojarzyłam Pomnika Saperów z komunistami, tylko z bohaterskimi żołnierzami, którzy oddawali swoje życie za to, żeby pozostali mogli kiedyś cieszyć się tym miastem.

Nad Wisłą siadywaliśmy na trawie. Czasem braliśmy ze sobą wino. Teraz, dziesięć lat później, brzegi rzeki w stolicy wyglądają zupełnie inaczej. Po lewej stronie ciąg knajpek, Centrum Nauki Kopernik i bulwary wiślane. Za to po prawej, od ZOO aż do mostu Siekierkowskiego, a nawet dalej, wije się przez zarośla ścieżka spacerowa i rowerowa. Zdążyliśmy jeszcze nacieszyć się razem Cudem Nad Wisłą, Pomostem i Cyplem, gdzie tańczyliśmy do rana.

Dzisiaj po Cyplu nie ma śladu. Po Piotrze został nagrobek na cmentarzu Powązkowskim. A ja nie lubię już lata. Nie lubię tej radosnej aury, która pulsuje nad całym miastem i niecierpliwie czeka na kolejny weekend, żeby spłynąć tysiącami tubylców i słoików nad rzekę. Na jej oba brzegi. Lewy klubowy i prawy plażowy. Nie chcę już lata. Najchętniej wycięłabym tę porę roku z kalendarza. Także dlatego, że latem wszędzie widać zakochanych. Tych, którzy cieszą się miłością. Którym Warszawa jeszcze jej nie odebrała.

Warszawska Syrenka dumnie pręży się przy moście Świętokrzyskim. Patrzy w stronę mostu Gdańskiego, gdzie neon ogłasza „Miło cię widzieć".

Ale zamiast odpowiedzieć na pozdrowienie mostu, woli tkwić w walecznym zapale i grozić mieczem. Zamiast nieść pokój i miłość, sieje zagładę i spustoszenie. Jak można cieszyć się takim miastem?

12

Biuro Fundacji Femina od początku jej istnienia mieściło się przy Wilczej. Miejsce na siedzibę udało się Magdzie zdobyć po długich targach z zarządcą nieruchomości, czyli władzami dzielnicy Śródmieście. Bardziej im tam pasowała jakaś kancelaria niż coś tak podejrzanego jak fundacja pomagająca kobietom – ofiarom przemocy. Burmistrz długo się krzywił. Nieprzekonany, nieufny. W końcu Magda wycisnęła z niego, o co chodzi. Okazało się, że jej organizacja pomyliła mu się z Fundacją La Strada. A co gorsza, wydawało mu się, że La Strada porywa kobiety i wysyła je do domów publicznych. Od tamtej pory wiele razy osobiście wręczał Magdzie i Danusi dyplomy uznania za działania fundacji. Chwalił się artykułami z „Wyborczej" i „Rzepy", które opisywały ich działalność, reportażami w Polsacie, TVP i TVN Style. Kiedy jednak prosiły o większy lokal, już nie był taki otwarty i zachwycony.

Danusia pracowała w ich małym czyśćcu, jak mawiała o fundacji, od samego początku. Czyściec, bo pozwalał kobietom pozbyć się ciężarów poprzedniego życia. Ona też, wiele lat temu, pokonała tę drogę. Odeszła od męża brutala – mimo lęku, niepewności, ataków paniki, że sobie nie poradzi. A jednak dała sobie radę. Z życiem i z sobą.

Potem utrzymanie porządku w Feminie spadło na barki Joli. Ta skromna i cicha dziewczyna z Pragi, uratowana przez Magdę z łap zazdrosnego i skłonnego do rękoczynów wielbiciela Legii, narodowych symboli, kominiarek i kijów bejsbolowych, pomagała im już od kilku lat. Bardzo dbała o to królestwo składające się z dwóch pokojów, łazienki i niewielkiej kuchni.

Biuro mieściło się w pierwszym pokoju od wejścia. Drugi służył do zebrań, szkoleń, kursów i terapii. A żeby nic nie rozpraszało uwagi uczestniczek, stały w nim tylko krzesła i stolik, na którym pojawiały się termosy z kawą i herbatą, jakieś ciastka, paluszki i butelki z wodą. Biurowy pokój był tak przepełniony wszelakim dobrem fundacyjnym, że poruszanie się po nim było chwilami trudne, o ile nie niemożliwe. A znalezienie konkretnej teczki lub książki wymagało ogromnej cierpliwości. Trzy biurka, regały z dokumentacją, materiałami szkoleniowymi, broszurami i literaturą fachową. Jakieś transparenty z poprzednich manifestacji, które być może przydadzą się na następnych. I mnóstwo innych potencjalnie potrzebnych rzeczy. Magda wciąż powtarzała, że powinny zamknąć się w środku na tydzień i zrobić porządek. Raz na zawsze. Ale kiedy miały to zrobić? Pomoc potrzebna była dwadzieścia cztery godziny na dobę. Zdarzało się, że niektóre kobiety musiały tu przenocować. Zamknąć się oznaczało nie udzielić komuś wsparcia. Żadna z nich by się na to nie zdecydowała.

– Nie ma co się oszukiwać. Prędzej zmienimy siedzibę, niż pozwolisz na remont – zawyrokowała Jola. Magda popatrzyła na nią sprzed regału z dokumentami.

– Mądralińska! – rzuciła i wróciła do poszukiwań.

– A nie jest tak? – upierała się Jola. Siedziała przed komputerem i wbijała do niego wniosek napisany przez Magdę i Danusię parę dni temu.

– Powiedz mi lepiej, gdzie jest teczka z ankietami z ostatniego kursu asertywności.

– Trzecia półka od góry, drugi rząd od lewej. Żółta w czerwone kropki.

Magda natychmiast zlokalizowała teczkę.

– Geniusz. – Uśmiechnęła się do Joli. Razem z Danusią naprawdę podziwiały tę dziewczynę. Była wspaniałym i codziennie obecnym dowodem na potrzebę istnienia fundacji. Dziewczyna, która z samego dna, ze studni beznadziei, uparcie wdrapywała się coraz wyżej. Nie dość, że zrobiła maturę, to zaraz potem poszła na psychologię zaoczną. I świetnie zaliczała kolejne semestry. No i miała niewiarygodną łatwość odnajdywania się w ich bałaganie.

– Do usług.

Magda usiadła przy biurku. Otworzyła teczkę. W tym momencie w drzwiach pojawił się bardzo dawno tu niewidziany gość. Wiktor Waligóra.

– Dzień dobry…

Widząc go po raz pierwszy, można było pomyśleć, że to jakiś nieśmiały, skromny… urzędnik? Nie. Jego dojrzała męska uroda nie miała w sobie nic urzędniczego. Może dyplomata? Już prędzej, bo na pewno nie polityk. Waligóra miał w sobie ten rodzaj szlachetności, której politykom często brakowało. Nie musiał głośno krzyczeć o wartościach. On po prostu żył z nimi w zgodzie. Magda doskonale rozumiała siłę uczucia, jakim wciąż darzyła go Karolina. Nawet kiedy się kłócili, kiedy Karolina była bliska wyprowadzenia się z domu, nawet gdy płakała, twierdząc, że go nie znosi, to nigdy, przenigdy nie powiedziała, że go już nie kocha.

Teraz Wiktor stał w drzwiach. Trochę niepewnie. Z nieśmiałym uśmiechem.

– Nie chciałbym przeszkadzać, ale gdybyś mogła poświęcić mi chwilę... – Zawiesił głos.

– Masz problem z przemocą domową? – zażartowała Magda.

Jola się zaśmiała. Znała Waligórów z czasów współpracy Karoliny z fundacją. Mieli wtedy poważny kryzys. Karolina zatrzymała się na granicy światła i cienia. Albo, jak kto woli, na skraju przepaści. Tego małżeństwa już by nie było, gdyby zdecydowała się na romans z ówczesnym psychologiem fundacji. Zatrzymała się dosłownie w bramie jego domu. Wybrała rodzinę i nigdy tego nie żałowała.

Magda domyślała się, co sprowadziło Waligórę w progi Feminy. I wcale jej się to nie podobało. Gdyby była Agatą, asertywnie kazałaby mu wracać do swoich spraw i nawet przez moment nie przejmowałaby się, że poczuje się dotknięty czy urażony. Agata nie miała takich skrupułów. Magda zazdrościła przyjaciółce i nawet planowała kiedyś się tego nauczyć.

Usiedli w kawowej sieciówce w centrum handlowym Plac Unii. Magda zamówiła americano. Dla prawdziwych kawiarzy americano to jak dodawanie kostek lodu do whisky dla ortodoksyjnych wielbicieli szkockiej. Profanacja. Kiedyś może nawet by się przejęła. Ale od kiedy zabrakło Piotra, nie robiła ceregieli z takich rzeczy. Nie była asertywna. Zgadza się. Za to przynajmniej nie przejmowała się duperelami.

Waligóra zamówił wodę niegazowaną. I wsypał do niej jakiś podejrzany zielonkawy proszek z małej fiolki.

– Karolina dba o moje ciśnienie – wyjaśnił, widząc spojrzenie Magdy.

– W kancelarii miałeś herbatkę ziołową. A to?

– Podobno skuteczniejsze. Odtruwa organizm, zwalcza wolne rodniki i w ogóle robi z człowieka cud natury.

Magda uśmiechnęła się. Lubiła jego subtelną ironię.

– Jakbyś wróciła do kancelarii, tobyś wiedziała. Bartek w pierwszym odruchu chciał mnie wysłać na odwyk.

– On by wszystkich chętnie wysłał gdzieś daleko. Bardzo się cieszy, że nie musi mnie oglądać?

Waligóra spoważniał. W jego oczach pojawiła się troska.

– Jak sobie radzisz?

Magda przez pierwsze miesiące bała się tego pytania. Powodowało, że od razu traciła grunt pod nogami. Rodzice, przyjaciele, a nawet dziewczyny w fundacji miały zakaz pytania o to. Ale minęło prawie dziesięć miesięcy. Gruntu pod nogami Magdy nie przybyło. Za to ten skrawek, na którym stała, był w miarę stabilny.

– Siedzę dużo w fundacji.

– A nie chciałabyś już…

– Nie – odparła, zanim dokończył. I zdziwiła się. To było asertywne. – Nie, przepraszam, ale powinnam chyba zwolnić miejsce.

Nie okazał zaskoczenia ani rozczarowania. Niczego, co zdradzałoby jego uczucia. Nie liczyło się to, czego on się spodziewał. Był kompletnie skupiony na niej. Jak to Wiktor.

– Magda, nikt od ciebie tego nie oczekuje.

– Bez sensu blokuję stanowisko – powiedziała, jakby to było coś nieuczciwego. A w jej systemie wartości nieuczciwość od zawsze zamknięta była w szufladzie z napisem „obrzydliwości". Że to nieżyciowe? Magda nawet rozumiała tych, którzy idą na skróty. Mniej wysiłku, szybszy efekt. W tych czasach przecież tylko wynik się liczył. Nie miało znaczenia, że kompetencje marne, doświadczenia brak, a wiedza żenująca. Ważne, żeby szybko przeskoczyć szczeble drabiny, siąść na czubku i spychać butem tych, którzy próbują wdrapać się według zasad. Rozumiała. Nie potrafiła jednak usprawiedliwić. Dlatego dodała:

– Nie chcę być fikcyjną wspólniczką.

– Łatwo temu zaradzić. Wrócisz. Weźmiesz ciekawą sprawę. Wkręcisz się. Zapomnisz o zwalnianiu miejsca.

Na początku studiów na Wydziale Prawa Uniwersytetu Warszawskiego jeden z profesorów zadał rocznikowi Magdy pytanie o wymarzoną sprawę. Magda przedstawiła wtedy wizję obrony człowieka wrabianego w wielomilionowe machloje przez grupę podstępnych biznesmenów. Albo niewinnego oskarżonego o morderstwo. Cała opinia publiczna przeciwko niemu, media już dawno wydały wyrok, a Magda brawurowo udowadnia, że wszystko było ukartowane przez prawdziwego mordercę. W tamtych czasach chciała uczestniczyć w naprawdę wyjątkowych sprawach. A teraz? Co by to mogło być?

– Wiktor... Nie ma już takich spraw.

– Nie wierzę, że nie masz ochoty na ten dreszcz, kiedy jesteś na ostatniej rozprawie, tuż przed wyrokiem... Czekasz. Zachowujesz spokój, bo klient nie może widzieć twoich emocji.

Ale nie wiesz, czy sędzia uznał twoje racje. Czy ławnicy nie mają serca po drugiej stronie. I to pytanie, które zaciska przeponę: czy zrobiłeś wszystko, absolutnie wszystko, żeby wyciągnąć klienta z opresji? A kiedy wreszcie sędzia ogłasza twoje zwycięstwo, nikt prócz ciebie nie słyszy huku, z jakim wielki kamień spada z twoich pleców. Ulga.

– Ja miałam jeszcze takie mrówki wzdłuż kręgosłupa.

Magda uśmiechnęła się, ale Wiktor patrzył na nią poważnie.

– Nie brakuje ci tego?

– Przykro mi.

– Nie wierzę – powtórzył z naciskiem.

Taka sytuacja nie mieściła się w wizji świata Waligóry. Tak dobry adwokat, jakim była Magda, nie rezygnuje z... powietrza, dla którego budzi się rano. Magda milczała. Piła tę swoją amerykańską lurę. Wyglądała tak, jakby dla niej ta rozmowa się skończyła. Jednak Waligóra nie przyszedł tutaj, żeby przegrać. Kiedy brał się do czegoś na serio, to nie było zmiłuj. Zresztą Magda podziwiała w nim tę cechę od czasów studiów. Jeszcze jako jej profesor budził w niej podziw swoją skutecznością. Tą, którą teraz podważała.

– Mówi ci coś nazwisko Orlik? To znany ginekolog.

– Nie, nigdy o nim nie słyszałam. – Nie miała w sobie grama ciekawości, dlaczego Waligóra o to pyta.

– Pacjentka oskarżyła go o gwałt i pobicie. Na razie udało mi się uzyskać zwolnienie za kaucją. Bez zakazu wykonywania zawodu.

– Na pewno świetnie ci pójdzie.

– Nie mogę prowadzić tej sprawy. Pacjentka jest żoną prokuratora Grzelaka. A on, jak wiesz, jest moim kolegą z wydziału. Za blisko.

Magda czuła, że Waligóra przestaje być miłym, troskliwym mężem jej przyjaciółki. Przestaje też być odpowiedzialnym szefem i właścicielem kancelarii. W jego głosie coraz wyraźniej było słychać ton gracza. Wojownika. Przeciwnika.

– To idealna sprawa dla Bartka. – Spróbowała odciągnąć jego uwagę od siebie.

– Orlik nie dogada się z Bartkiem. A Bartek... spartoli. Przez swoją pychę. – Waligóra był niepokojąco, dziwnie wręcz zdeterminowany, żeby jej wcisnąć tę sprawę.

– Wiktor! Nie możesz mi po prostu powiedzieć, co się dzieje? Zwyczajnie.

Waligóra wahał się przez chwilę. Zdawał sobie sprawę, że prawdziwa odpowiedź może w jego ustach brzmieć mało wiarygodnie. Dlatego zrobił retoryczny unik.

– Bardzo mi zależy, żebyś wzięła tę sprawę.

Już na początku pracy w kancelarii Magda zorientowała się, że kiedy Waligóra ucieka od odpowiedzi, nie należy go naciskać. Zawsze mówił tyle, ile uważał za konieczne. Koniec, kropka. Tym razem nie czuła się już zobowiązana zależnością służbową ani żadną inną. Teraz mogła sobie pozwolić na drążenie tematu. Czy to znaczyło, że stawała się asertywna?

– Wykrętny argument. Jeszcze bardziej mnie zniechęciłeś.

– Mam przeczucie... Czuję, że Orlik jest niewinny. I ty możesz go wybronić.

– Czujesz? – Tego się nie spodziewała. Wiktor nie był mężczyzną, który kierował się przeczuciami. A już na pewno nie w pracy.

– Może teraz wydaje ci się, że nie chcesz wracać do zawodu. Że potrafisz bez tego żyć. Ale...

– Kiedyś ci za to podziękuję? – Magda wpadła mu w słowo. – Nie sądzę. Zwłaszcza po tak protekcjonalnej zachęcie.

Wiktora to jednak nie zraziło. Wiedział, dokąd zmierza, i rezygnacja nie wchodziła w grę. Uśmiechnął się. Magda zrozumiała, że nie trafiła. Pudło. Wiktor był górą. Był Waligórą. I nie przejmując się jej odmową, kontynuował:

– Nie możesz zakładać, że na pewno masz rację. Zróbmy tak. Weźmiesz tę sprawę na próbę. Jeśli się okaże, że rzeczywiście cię to już nie kręci, pozwolę ci odejść z kancelarii. Zrobisz, co zechcesz.

– Nie możesz mi zabronić odejść. Jak będę chciała, rzucę tę robotę.

– Mogłaś to zrobić już dawno.

Magda milczała. Za dobry jest. Nie zdoła go pokonać na argumenty. A skoro tak... Może po prostu się zgodzi? Ten jeden raz, żeby zostawił ją w spokoju? Tylko że nie miała ochoty nawet na ten jeden raz. Nie chciała wracać na salę sądową ani do kancelarii. Nie dlatego, że przestała lubić ten zawód. Po prostu bała się, że prędzej czy później trafi na sprawę z rodzaju tych ostatecznych. Choćby pozew o odszkodowanie za śmierć bliskiej osoby. I nie chodziło o to, że Waligóra mógłby się uprzeć, żeby taką sprawę wzięła. Nie zrobiłby tego. Bartek? Nawet jeśli, Magda by się nie przejęła. Obawiała się, że któregoś dnia przyjdzie do niej ktoś, kto ma w sercu to samo co ona. Czarną dziurę. Że poprosi ją o pomoc. A ona nie wytrzyma. Rozklei się. Rozpadnie. Nie będzie w stanie zająć się najprostszymi rzeczami. Nie mówiąc już o tych najważniejszych. Tych, które nadawały sens istnieniu Feminy. I miną miesiące, zanim pozbiera się na tyle, żeby wrócić do fundacji. Tylko tam jeszcze czuła, że coś ratuje, do czegoś jest przydatna. Na sali sądowej czasem chodzi tylko o zemstę, nawet jeśli określa się ją eleganckim słowem „zadośćuczynienie". Nie żeby Magda odmawiała komuś prawa do zemsty. Chociaż tak. Komuś odmawiała. Sobie samej. I dlatego bała się, że może ją to przerosnąć.

Już na ulicy zapytała:

– To Karolina cię przysłała? – Była pewna, że Wiktor nie skłamie.

Rozstali się w zgodzie. Waligóra nie wyglądał na dotkniętego. A nawet jeśli, to miała nadzieję, że szybko mu przejdzie. Ani to pierwszy, ani ostatni lekarz pomówiony przez kobietę. O ile przeczucia szefa są słuszne. Ale to już nie problem Magdy.

Wróciła do fundacji. Na pytanie Joli, co się stało, że Waligóra ich odwiedził, odpowiedziała krótko:

– Chciał się tylko upewnić, czy nie wracam.

Jola uniosła brwi nieprzekonana.

– Naprawdę? No ale skoro sam się pofatygował, to chyba miał dla ciebie jakąś megasprawę?

– Nie ma takich spraw.

Jola uśmiechnęła się znad wniosku o dofinansowanie z Unii. Magda uznała temat za zamknięty.

Do czasu, gdy wieczorem do drzwi jej mieszkania zadzwonił kurier z kwiaciarni. Bukiet był co najmniej imponujący. Kilkadziesiąt róż ułożonych w wymyślną kompozycję. Magda poczuła ukłucie w sercu. Żaden bukiet nie mógł się równać z miniaturowymi słonecznikami, które dostawała od Piotra, ale ten naprawdę robił wrażenie. Pokwitowała odbiór. Przeprosiny Wiktora, że tak ją męczył? Nie, bukiet nie byłby tak ostentacyjny. Ktoś bardzo chciał coś podkreślić. Wręcz wykrzyczeć. Domyśliła się, kto za tym stoi, zanim sięgnęła po bilecik.

Zaparkowała przed kancelarią Waligóry. Właściwie Waligóry, Bartka i swoją. Spojrzała na tabliczkę. Przypomniała sobie, jak bardzo Bartek starał się kiedyś powstrzymać Wiktora przed awansowaniem jej na wspólnika. Bartek. Tak, na niego zawsze można było liczyć, jeśli tylko pojawiła się okazja, żeby komuś zrobić choćby maleńką przykrość. Oczywiście pod pozorem troski i zaangażowania. A przynajmniej w takie barwy trzeci wspólnik próbował ubierać swoją wrodzoną wredotę. Chyba już tylko on wierzył, że jest miły, szczery i sympatyczny. Pewnie pomagało mu to zasypiać w jego wielkim domu, na wielkim łóżku, którego z nikim na stałe nie dzielił. Od czasu burzliwego romansu z Agatą Bartek skupił się na pracy i przygodnych znajomościach z adwokatkami, sędzinami i prokuratorkami. Pilnował, żeby nie wychodzić poza branżę. To ułatwiało rozmowy przed seksem.

Na widok Magdy sekretarka Kasia podniosła się zza pulpitu. Wyszła do niej i objęła ją serdecznie. Po czym odsunęła na odległość ramion i przyjrzała jej się uważnie.

– Jednak wracasz?

Kasia zawsze była konkretna. I dobrze wiedziała, czego chce. Dlatego Bartkowi nie udało się jej pożreć. Ani na śniadanie, ani na obiad, ani na kolację. Kasia była na niego odporna. Raz tylko pękła, kiedy spróbował ją obłapić. Nigdy tego nie powtórzył. Wyczuł, że drugi raz lepiej nie próbować. Kilka lat temu wyszła za Łukasza i tym samym stała się jeszcze bliższa Magdzie, którą z jej mężem łączyła niechęć do trzeciego wspólnika.

– Tylko na jedną sprawę.

– Szef był bardzo zmartwiony, kiedy odmówiłaś.

Magda się uśmiechnęła.

– Za to Bartek się ucieszył. Bardzo. Za bardzo.

Kasi nie trzeba było więcej tłumaczyć. Z uznaniem wyciągnęła do Magdy otwartą dłoń. Przybiły piątkę.

– Ale dlaczego?

Waligóra wyglądał, jakby nie do końca wierzył w to, co się dzieje. Magda rzadko widywała go w takim stanie. Nawet ją to bawiło.

– A to takie ważne? – Siedziała na sofie w jego gabinecie. Przed nią stała kawa.

– Najważniejsze, że poprowadzisz tę sprawę. – Wziął z biurka teczkę z nazwiskiem „Marek Orlik" i położył na ławie przed Magdą.

– Chcesz się najpierw zapoznać czy od razu to sobie omówimy?

W tej chwili drzwi gabinetu otworzyły się z rozmachem. Bartek najwyraźniej chciał coś powiedzieć do wspólnika, ale na widok Magdy zamknął usta, po czym to samo zrobił z drzwiami. A właściwie trzasnął nimi w futrynę, aż odskoczyły z powrotem. Bartek odwrócił się, żeby zrobić to ponownie, ale w drzwiach już stała Kasia.

– Ja zamknę. Umiem to robić bez demolowania kancelarii.

Adwokat nawet jej nie odpowiedział. I Magda, i Wiktor wiedzieli, co to oznacza. Bartek będzie chciał wypić czyjąś krew. Odkąd Magda go znała, był piekielnie skuteczny w pracy i bardzo przewidywalny w kwestiach ambicjonalnych. Czasem okazywał wspaniałomyślność, lecz to się zdarzało sporadycznie – tylko wtedy, gdy czegoś potrzebował. Przez jakiś czas jego potrzeby skupiły na Magdzie. Próbował swoich technik podrywu. Bez skutku. Od tamtej pory traktował to jako plamę na honorze. Być może to, że Magda mu nie uległa, stało się bezpośrednim powodem uwiedzenia Agaty. Taka rekompensata za brak sukcesu. Naturalnie nie mogła tego powiedzieć przyjaciółce. Przy całym swoim umiłowaniu prawdy i szczerości. Czym innym jest jednak kłamstwo, a czym innym chronienie bliskich przed przykrościami.

– Co to ma znaczyć? – wycedził Bartek, robiąc pauzy po każdym słowie.

Magda na początku pracy w kancelarii przejmowała się jego wybuchami. Potem udawała, że ich nie zauważa. Wreszcie nie musiała już niczego udawać. Najlepszą bronią przeciwko Bartkowi było nieprzejmowanie się jego zachowaniem. Uśmiechnęła się teraz cierpliwie. Jak do wkurzającego, ale jednak dziecka.

– Witaj, Bartku.

Olał to. Zwrócił się do Waligóry:

– Wiktor? Mógłbyś mi wyjaśnić, o co tu chodzi?

Wiktor cenił Bartka jako prawnika. Jego wybuchy w sądzie robiły wrażenie na świadkach przeciwnej strony, dzięki czemu często udawało mu się zapędzić ich w kozi róg. I wycisnąć prawdę. Na świadkach tak. Na sędziach już nie bardzo. A na Waligórze wcale. Wiktor nie znosił wręcz, kiedy Bartek próbował stosować swoje techniki w kancelarii, ale też nużyły go dyskusje ze wspólnikiem o tym, jakie to mało etyczne. Dlatego teraz tylko się uśmiechnął.

– Magda się zgodziła. Fantastycznie, co?

Bartek omiótł spojrzeniem gabinet i na ławie przy sofie dostrzegł teczkę Orlika.

– Odmówiłaś.

– Zmieniłam zdanie.

– Niepotrzebnie. Trwaj w odmowie! Ja z palcem w nosie wygram tę sprawę!

O to chodziło. O jego ambicję. Po tylu latach wspólnej pracy wciąż ścigał się z Magdą. Tak jak ze wszystkimi. Dlatego kupował coraz szybsze samochody: musiał zostawiać innych daleko w tyle na światłach. Dopiero to dawało mu poczucie własnej wartości.

– Nie będę z tobą dyskutowała. Biorę sprawę Orlika i koniec.

Ale żywiołem Bartka była właśnie dyskusja. Popisy retoryczne, erystyczne chwyty, zapasy słowne. Musiał wyzwać Magdę na ubitą ziemię.

– A dlaczegóż to nie chcesz dyskutować?

– Bo to nie ma sensu. Zawsze zostajesz przy swoim zdaniu. Szkoda czasu.

– To nie są argumenty *ad meritum* – żachnął się.

– To są argumenty ad Bartłomiejum. A szczególnie odnoszą się do tego kosza kwiatów, który przysłałeś w rzekomej rozpaczy, że nie wracam. Nie mogłam pozwolić, żebyś dłużej wylewał potoki łez z mojego powodu.

Bartek przeszył ją spojrzeniem i zwrócił się do Waligóry:

– Wiktorze, będziemy tego żałowali. Może nie do końca miałem rację, upierając się, żeby Magda skupiła się na dochodowych rozwodach. Wiem, że dla wizerunku kancelarii dobrze mieć kobietę wspólnika, ale... Oskarżenie o molestowanie i to żony prokuratora? Wspomnisz moje słowa. Będziemy żałowali.

Zanim Waligóra odpowiedział, po Bartku zostały już tylko otwarte drzwi. Kasia zamknęła je z wyrozumiałym uśmiechem.

Magda i Wiktor zostali sami.

– Mam nadzieję, że przez Bartka nie zrezygnujesz…

– Naprawdę przysłał mi kwiaty. Nie mogłam się oprzeć, żeby nie zepsuć mu humoru. Dawaj tego Orlika.

Waligóra uśmiechnął się z ulgą. Taką Magdę zatrudnił lata temu w swojej kancelarii. Gotową do walki.

13

Jak poznać prawdziwe oblicze człowieka? Są tacy, którzy uważają, że należy go przenieść w nieznane warunki, bo tylko obce środowisko wyzwala w nas to, czego na co dzień nie pokazujemy światu. Dla Magdy teoria ta była nic niewartą, aczkolwiek błyskotliwą bzdurą. W obcym środowisku nie zachowujemy się naturalnie. Przeciwnie, obce otoczenie często wyzwala w nas coś, czego normalnie nie akceptujemy. Coś, co jest odpowiedzią na stres i nowe otoczenie. Czy na tej podstawie można dowiedzieć się prawdy o człowieku? Naturalność to zbiór bezwiednych odruchów, których nie kontrolujemy, znajdując się w komfortowych, dobrze nam znanych warunkach. To właśnie te odruchy pozwalają czytać człowieka jak książkę wydrukowaną dużymi literami. W obcym środowisku, w stresie, zachowujemy się nieracjonalnie. A to nie mówi niczego o nas samych, za to wszystko o tym, jak reagujemy na stres. Nic poza tym.

Zgodnie ze wskazówkami recepcjonistki dotarła przed gabinet numer piętnaście w nowoczesnej przychodni przy niewielkim szpitalu. Na parterze i pierwszym piętrze mieściły się pokoje lekarskie. Drugie piętro objęły w posiadanie diagnostyka i laboratoria. Trzecie i czwarte zajmowały oddział położniczy, ortopedia i neurologia. Przed gabinetem, w różowo-błękitnej poczekalni, siedziały kobiety w różnych stadiach ciąży. Od tych w bardzo zaawansowanym stanie po takie, które w ogóle nie wyglądały na ciężarne. Może nawet nie były. Może tylko przyszły na badanie do znanego i cenionego lekarza.

Wcześniej Magda wyguglowała Marka Orlika. Oprócz ogólnikowych, dość skromnych artykulików o oskarżeniu o gwałt, znalazła trochę sensacyjnych plotek na temat romansu lekarza z pewną celebrytką. Z jego kwaśniej miny na zdjęciach wynikało, że raczej nie lubi się pławić w blasku fleszy. Poza tym miał mnóstwo doskonałych opinii na portalach z ocenami lekarzy. Zwykle oceny dzielą się mniej więcej na pół. Nikt nie jest w stanie pomóc wszystkim. A już na pewno dogodzić. Czyżby Marek Orlik był ideałem?

Zanim Magda przywitała się z oczekującymi, drzwi gabinetu otworzyły się gwałtownie i wyszła z niego zapłakana kobieta w bardzo zaawansowanej ciąży. Wyglądała, jakby zobaczyła diabła. W każdym razie takie skojarzenie przemknęło Magdzie przez myśl, chociaż osobiście nie wierzyła w diabły. Zawsze uważała, że to ludzie wymyślili sobie doskonałą wymówkę dla swoich słabości. Diabeł mnie zmusił, skusił, namówił. Przez lata nasłuchała się tego w sądzie po sufit. A tak naprawdę to oni sami nie potrafili powstrzymać swoich namiętności.

Kobieta nie domknęła drzwi. Oparła się o ścianę i zaczęła grzebać w torbie. Z gabinetu dał się słyszeć wściekły męski baryton:

– I nie pokazuj mi się na oczy, cholerna idiotko! Słyszysz?! Nie chcę cię widzieć, dopóki nie zmądrzejesz!

Kobiety w poczekalni wyraźnie pobladły. A zapłakana wyciągnęła z torby chusteczkę i skuliła się jeszcze bardziej.

– Następna!

Magda pomyślała, że gdyby to ją ktoś tak serdecznie zapraszał na wizytę, raczej by się nie doczekał. Po prostu odwróciłaby się na pięcie i wyszła. Z krzesła podniosła się trzydziestolatka z małym jeszcze brzuszkiem.

– To ja – szepnęła tak cicho, że nie bardzo było wiadomo do kogo. Po czym uśmiechnęła się, jakby chciała sama sobie dodać odwagi, przeżegnała się i weszła do środka. Drzwi się zamknęły. Kobiety w poczekalni znowu zaczęły oddychać. A Magda podeszła do „cholernej idiotki".

– Co on pani zrobił?

Pacjentka spojrzała na Magdę jak matka na nauczycielkę, która próbuje jej wmówić, że inne dzieci są zdolniejsze i piękniejsze od jej słoneczka. Potem zerknęła na pozostałe pacjentki. Magda dostrzegła w ich spojrzeniach dziwny błysk porozumienia. Znały jakąś wspólną tajemnicę? Wiedziały, kiedy rząd obniży podatki? Albo kiedy Kościół stanie się uczciwą i pożyteczną instytucją? „Idiotka" mimo zapłakanych oczu uśmiechnęła się. Teraz Magda poczuła, jak cierpnie jej skóra na karku. Orlik najwyraźniej zajmował się ciążami kobiet niezbyt stabilnych psychicznie. Delikatnie mówiąc. Pacjentka usiadła. Dźwiganie z przodu wielkiego plecaka wypełnionego wodą, łożyskiem i całym przyszłym życiem kolejnego człowieka może sprawiać przyjemność tylko najemnikom Legii Cudzoziemskiej i komandosom. Oni uwielbiają tak się katować.

– Pierwszy raz do Doktora? – Legionistka spojrzała na nią z politowaniem.

Tak, wyraźnie powiedziała „doktora" przez duże „D". I tylko Magda wyglądała na zdziwioną. Potwierdziła.

– Czyli pani jeszcze nie zna naszego Orliczka kochanego?

Najwyraźniej niektórym kobietom to naprawdę szkodzi na mózg. Magda pamiętała ciąże Waligórów. Ostatnio przechodziła też wszystkie etapy ciążowe z Agatą. I o ile Karolina zachowywała się w miarę racjonalnie, no, może oprócz wyrzucania męża z domu, to Agata potrafiła chwilami odlatywać. Pierwsze, co zrobiła, kiedy lekarz potwierdził wynik testu, to kupiła kilkanaście poradników na temat ciąży. I zgłupiała, bo każdy głosił co innego. Magda, poparta przez Karolinę, kazała jej te książki wyrzucić i słuchać rad Waligórowej. Oraz lekarza prowadzącego.

Z kolei całe osobiste doświadczenie Magdy sprowadzało się do paru godzin, kiedy podejrzewała, że jest w ciąży, a potem tej jednej, kiedy już wiedziała. Tej, która upłynęła między testem zrobionym u Sebastiana a chwilą, kiedy zaciskała dłonie na policyjnej taśmie rozciągniętej między latarniami. Tak naprawdę nie zdążyła się nawet ucieszyć. Nie zdążyła sobie wyobrazić, jaką byłaby matką. Ani jak zareaguje Piotr. To znaczy, jak bardzo się wzruszy. Bo przecież wiadomo było, że się wzruszy. Nie wymyśliła nawet, czy poczeka na jego oświadczyny i dopiero wtedy pokaże mu test, czy też po prostu położy go przed Piotrem i niech się dzieje, co chce.

Tamtego wieczora straciła tak wiele, że teraz postrzegała swoje życie jako ogromną rozpadlinę w ziemi. Taką, której niczym nie da się zasypać. Jedyne, co mogła zrobić, to się z nią oswoić. Posadzić na jej brzegu kwiatki szczęśliwych wspomnień związanych z Piotrem, wyznaczyć ścieżki i ozdobić je kamykami. I każdego dnia przypominać sobie, że w jej życiu wydarzyło się też coś wspaniałego. Kilka wspólnych lat z mężczyzną, którego kochała. Tylko to było warte rozpamiętywania. Dotykała teraz pierścionka zaręczynowego na palcu. Pierwszy raz założyła go w dniu pogrzebu. W ten sposób pielęgnowała ten swój ogród pamięci.

Kobiety w poczekalni wciąż przyglądały jej się z ciekawością, czekając na odpowiedź. A ona czuła się, jakby jakaś obca cywilizacja sprawdzała, czy jest istotą żywą, czy tylko cieniem na różowej ścianie.

– Nie, nie znam.

– Można się przyzwyczaić. Zwłaszcza, że Doktor robi to przecież dla naszego wspólnego dobra. – „Idiotka" położyła dłoń na swoim wydatnym brzuchu.

– Nie lubię, jak ktoś się wydziera. Nawet dla mojego dobra. – Magda się skrzywiła.

Do rozmowy wtrąciła się kobieta z dużą nadwagą. Tak dużą, że nie wiadomo było, czy w ogóle jest w ciąży.

– To mój czterdziesty tydzień. I ważę dwadzieścia sześć kilogramów więcej. Gdyby nie Doktor, byłoby ich ze czterdzieści. Nie pójdę do nikogo innego. Tylko on mnie tak motywuje.

– Wrzaskiem? – Magda nie mogła się z tym pogodzić.

Szczupła blondynka z niewielkim brzuszkiem uśmiechała się sympatycznie. Trudno było uwierzyć, by mogły jej się podobać metody ginekologa.

– To moja czwarta ciąża. Wszystkie z Doktorem. Znaczy jako prowadzącym.

Magda musiała mieć dziwną minę, bo popatrzyły na siebie z rozbawieniem.

Po jakichś czterdziestu minutach usiadła przed biurkiem „Orliczka". Zapisała się na wizytę jako pacjentka, żeby zobaczyć go w naturalnym otoczeniu. Na jego terenie. Tu, gdzie w poczuciu bezpieczeństwa i komfortu mógł być sobą. Gdzie rządził. I gdzie, jak liczyła, mimowolnie odsłoni swój słaby punkt.

Sądząc po głosie, spodziewała się wielkiego, barczystego faceta z nalaną twarzą poprzecinaną pajęczyną popękanych ze złości naczynek. Tymczasem siedział przed nią szczupły, wysoki brunet z zadbanym kilkudniowym zarostem. W okularach o lekko kanciastych, ciemnych oprawkach. Nie wyglądał na tyrana i gbura. Nie podniósł jednak oczu, kiedy weszła.

– Zaraz skończę.

Słychać było tylko cichy stukot klawiszy. Zapewne wpisywał coś do karty poprzedniej pacjentki. Magda rozglądała się po gabinecie, ale nic szczególnego nie wypatrzyła. Nie żeby spodziewała się śladów molestowania. Szukała czegoś osobistego, czegoś, co pozwoliłoby jej sprofilować „Doktora".

– Toaleta jest w korytarzu na lewo.

– Nie, dziękuję.

Słaby wstęp do rozmowy o poważnych zarzutach, jakie ciążyły na tym mężczyźnie.

– To czemu pani się tak wierci?

Rozglądała się, owszem. Ale żeby zobaczyć w tym wiercenie się, trzeba było... Czego? No tak, złej woli. Po prostu. Peany pacjentek z poczekalni to jedno, a trzeźwa ocena – zupełnie co innego. Te kobiety na pewno nie potrafiły spojrzeć na niego tak jak Magda. Trzeźwo.

– Ja?

– A co? Ja?

Magda nie odpowiedziała. Orlik zamaszyście wsunął półkę z klawiaturą pod biurko. I wreszcie na nią spojrzał. Zza okularów, spod ciemnych brwi i spomiędzy gęstych, długich rzęs surowo patrzyły na nią orzechowe oczy.

– Na oko trochę późno na ciążę. To będzie pierwsze?

– Ale ja nie…

– Cicho! – huknął. – Ja mówię, ty słuchasz i się stosujesz. Taki jest układ. Jak ci nie pasuje, droga wolna. Ciąża trwa około dziewięciu miesięcy. Nie wiem, dlaczego wam się zawsze wydaje, że to kosmicznie dużo czasu i można odkładać badania, ćwiczenia i zabiegi. Oczywiście macie milion wymówek! Najpierw torsje, potem bóle, hormony albo kopało w nocy! Mnie to nie wzrusza! Masz wykonywać moje polecenia. Zrozumiano?

Magda poczuła, że jeśli teraz się nie wstrzeli, to następna okazja może pojawić się dopiero po badaniu ginekologicznym w pokoju obok. I po pełnej diagnostyce dwa piętra wyżej. Przez uchylone drzwi widziała kawałek fotela do badań. Wyciągnęła rękę.

– Nie chodzi o ciążę. Tylko o pana kłopoty. Magdalena Miłowicz z kancelarii Waligóry…

Popatrzył na nią czujnie tymi swoimi orzechami. Co wyrażał jego wzrok? Magda próbowała to wychwycić. Jakie było jego pierwsze skojarzenie ze sprawą? Co przed chwilą poczuł? Gniew niewinnego czy strach przed zdemaskowaniem? Co widziała w jego oczach? Błysk niezgody czy lęku?

– Nie tutaj. I nie teraz – rzucił krótko.

A Magda stwierdziła, że nie umie jeszcze ocenić Orlika. Musiała poczekać, aż przyjmie pozostałe pacjentki.

Małe bistro znajdowało się przecznicę od przychodni, w której ginekolog wciąż pracował. Właśnie dlatego nie chciał rozmawiać w gabinecie.

– Kiedy zaczęła się ta sprawa, mogli mnie wyrzucić. W najlepszym razie poprosić, żebym sam się wyniósł. Skoro tego nie zrobili, nie będę w godzinach pracy zajmował się prywatą.

Może to po prostu lekko zbzikowany lekarz, który pod skorupą gada kryje gołębie serce? Nie chciała mu się za bardzo przyglądać. Klienci bywają nadwrażliwi w towarzystwie swoich adwokatów. Lepiej, żeby nie dopatrywał się w jej zachowaniu jakichś niecnych intencji. Zwłaszcza że na razie nie miała żadnych intencji, ale spodobało jej się to odgraniczenie spraw zawodowych od prywatnych.

– Wyciągnie mnie pani z tego?

– Zanim odpowiem, muszę wiedzieć, co pan zrobił.

Grymas gniewu na twarzy. Nie spodziewała się takiej reakcji. Szybko nad sobą zapanował. Ale w jego głosie była już otwarta brzytwa.

– Pani jest moim adwokatem czy oskarżycielem?

Magda musiała natychmiast przejąć kontrolę nad sytuacją. To ona prowadziła rozmowę. Chwila, kiedy klient zaczyna dyktować warunki, to koniec konstruktywnej współpracy.

– Nie wspomniałam o winie. Zapytałam, co pan zrobił.

– Zawsze na początku upokarza pani klienta?

Nie dawał się zepchnąć do narożnika. Orzechowe spojrzenie było teraz chmurne, ciemne, niechętne. Widziała, jak lekarz się zamyka, zanim się jeszcze otworzył. Dziwnie przeczulony na swoim punkcie. O czym to świadczy?

– Pan czuje się upokorzony?

– Nie. Pewnie zaraz poczuję się winny czegoś, czego nie zrobiłem.

– Czyli nie ma pan sobie nic do zarzucenia?

Ryzykowne. Orlik nie był wystraszonym, przejętym chłopczyną, tylko silnym, ostrym zawodnikiem. Nie pozwalał jej prowadzić rozmowy. Jedyna szansa to wytrącić go z równowagi. Żeby pękł. Pokazał piętę achillesową. Słabość. Wrażliwy punkt. Nie po to, żeby go skrzywdzić. Musiała wiedzieć, w co będzie uderzać prokurator. Na pewno wybierze najsłabsze miejsce. Jeśli ona pozna je zawczasu, będzie mogła go na to przygotować. I ochronić.

– Jestem niewinny i potrzebuję pomocy. A pani co? Z nieba Temidy strzela focha, że wielka prawniczka musi pochylić się nad maluczkim?

Na to czekała. Zaczynał atakować. O to chodziło. Stara metoda Waligóry: nie ufaj klientowi, dopóki nie zajrzysz mu w bebechy. Magda czuła, że za chwilę będzie mogła przeprosić Orlika za ten zbyt ostry początek. I już łagodnie doprowadzić spotkanie do końca. Jeszcze tylko jeden test... Pokaże słabość?

– Jak na maluczkiego jest pan za bardzo pyskaty. A jak na ofiarę, przynajmniej na razie, niezbyt przekonujący.

Lekarz błyskawicznie pochylił się w jej stronę, chwycił ją za nadgarstek i przyciągnął do siebie. Jego oczy, już wcześniej pociemniałe, teraz wydawały się prawie czarne. Gniew, wściekłość czy jednak oburzenie i upokorzenie? Winny, niewinny...

– Wiem, że najchętniej ukrzyżowałabyś mnie z całym feministycznym zapałem. Ale mam dla ciebie złą wiadomość. Nie zrobiłem tego. Możesz mnie bronić z czystym sumieniem.

Wytrzymała to spojrzenie. Chociaż poczuła dreszcz na plecach. Niemiły, wilgotny dreszcz. Taki, po którym się natychmiast wstaje i wychodzi. I nie wraca.

Puścił jej rękę i opadł na krzesło. Magda zrozumiała, że nie uda jej się otworzyć Orlika. Może po prostu nie ma nic pod spodem? Nic ukrytego? Może mówi prawdę? A fakt, że ona tę prawdę podważa, wywołuje tak gwałtowną reakcję.

– Nie jesteśmy na „ty" – powiedziała chłodnym, rzeczowym tonem. Zero emocji. Czyste przypomnienie zasad.

Ginekolog zaśmiał się kpiąco. Najwyraźniej miał gdzieś zasady.

– Przyszłaś przekonana, że koleś musi mieć coś na sumieniu. Inaczej nie byłoby sprawy. Tak?

Magda patrzyła na niego spokojnie. Czekała, aż sam sobie zaprzeczy. I wróci do sprawy. Nie wrócił.

– Czyli TAK. Nieładnie. Chociaż z drugiej strony... Zrozumiałe, że w twojej sytuacji zachowujesz rezerwę w stosunku do facetów.

No proszę. Sprytnie. Przerzucił piłeczkę na jej pole, jakby to nie on był zagrożony wyrokiem skazującym.

– A jaka według pana jest moja sytuacja?

Mogła pominąć tę zaczepkę milczeniem. Mogła przejść do jego zeznań, ale coś ją podkusiło. Była ciekawa, co Orlik trzyma w zanadrzu. Co kryje się w ręce schowanej za plecami? Nóż?

– Klasyczna. Kobieta bez mężczyzny. Nie tyle nawet bez mężczyzny, co bez seksu.

Nóż?! Siekiera! Jakim prawem ten facet pozwalał sobie na takie uwagi? Magda pospiesznie szukała riposty. Czegoś, co nie tylko rozbroi opór Orlika, ale go wręcz unicestwi. Jego samego i jego hardy temperament. Od początku nie wzbudzał jej sympatii. A teraz tylko potwierdził, że pierwsze wrażenie było słuszne. Musiała sprawić, żeby poczuł się jak topielec, który potrzebuje koła ratunkowego. Takiego, które może mu rzucić wyłącznie adwokat. Zanim jednak zdołała sklecić błyskotliwe zdanie, Orlik dodał:

– Mówię to jako lekarz... Na kilometr widać niezdrowe napięcie. Gdybym miał ci dać receptę, napisałbym: dużo orgazmów.

Zaczęła się śmiać. Co mogła zrobić innego? Przyznać, że trafił? Opisać, jak boleśnie odczuwa puste miejsce obok siebie w łóżku? Jak okrutnie została pozbawiona zarówno orgazmów, jak i miłości, i przyszłości? Śmiała się z nadzieją, że zawstydzi Orlika. Że zrobi mu się głupio. Zrozumie, jak się zagalopował. Ale kiedy już się wyśmiała, zauważyła, że lekarz cały czas patrzy na nią z powagą. Skupiony, oceniający. Wstała, żeby zachować resztki godności. Niestety zrobiła to tak gwałtownie, że potrąciła stolik i cała zawartość szklanki Orlika wylała się prosto na niego.

– Pan wybaczy, ale... skończyliśmy! – rzuciła, ignorując mokrą plamę na jego koszuli i spodniach, po czym złapała torebkę i szybko wyszła z knajpki.

Ten okropny mężczyzna zrobił z niej kompletną idiotkę, która wybucha zwariowanym śmiechem z głębin swojego odklejonego od rzeczywistości mózgu. Na ulicy odetchnęła głęboko. Po takim występie klienta nie będzie się musiała długo tłumaczyć przed wspólnikami. Cham i mizogin. Do takiego trzeba wysłać faceta. Bartek się ucieszy, a Waligóra da wreszcie spokój. To pozwoli jej spokojnie wrócić do fundacji. I zapomnieć o adwokaturze. Tak jak tego od początku chciała.

– Amen! – powiedziała głośno do siebie, zmierzając do samochodu.

– Amen?!

Nie obejrzała się. Ten głos poznałaby już, choćby ją zbudził z najgłębszego koszmaru. Zwłaszcza że żaden koszmar nie wytrzymałby porównania z jawą, w której koło Magdy znalazł się doktor Marek Orlik.

– Niech pan się odczepi.

– Zostawi mnie pani w takim stanie? – Wskazał plamę na swoim ubraniu.

No nie. To już naprawdę przesada. Wybiegł za nią, żeby się burzyć o trochę wilgoci na spodniach. Żeby to jeszcze był wrzątek! Żeby to chociaż był wrzątek! Och, jak żałowała, że nie był!

– Nic panu nie jest.

Magda odblokowała drzwi samochodu i sięgnęła do klamki. Wtedy stało się coś dziwnego. Coś, od czego ścierpła jej skóra na plecach. Orlik się uśmiechnął. Tak po prostu. Zwyczajnie. Sympatycznie. I wyciągnął do niej rękę.

– Mały falstart. Możemy zacząć jeszcze raz?

Ale w Magdzie ścięła się krew. To było dziwne, bo widziała naturalny, miły uśmiech przystojnego mężczyzny. Bez żadnych podtekstów. Mimo to w jakiejś nagłej panice z rozmachem otworzyła drzwi auta, uderzając stojącego przed nią ginekologa. Który wciąż wyciągał rękę. I wciąż się szczerzył.

– Chce mnie pani zabić? – rzucił lekko, bez pretensji.

– Nie. Śpieszę się, żeby uzupełnić orgazmy.

– Pani Magdo, proszę się nie obrażać. To tylko diagnoza lekarza.

– Z takimi zarzutami w najlepszym razie dostanie pan wyrok w zawiasach. Śmierć zawodowa w bonusie. To tylko diagnoza adwokata.

Wsiadła do samochodu, zamknęła drzwi i pośpiesznie odjechała, zostawiając go na chodniku. Z zawieszoną w powietrzu ręką. Jeśli to miało oznaczać bezradność, nie uwierzyła. Ten mężczyzna nie był bezradny wobec żadnej kobiety.

14

BLOG MAGDY M.

Noszę pierścionek od Piotra, żeby przypominał mi to, co było piękne, dobre i miłe. O tym, co straszne, nie muszę sobie przypominać. Każde spojrzenie w stronę placu sprawia ból. Chciałabym, żeby dobre wspomnienia zakryły te złe. Ale to się nie dzieje. Dobre pozostają dobre. A straszne wcale nie słabną. Czas jest najlepszym lekarzem? Kto to wymyślił? Bzdura. Niczego nie wyleczył. Za każdym razem, kiedy wjeżdżam na plac od strony Jerozolimskich... Za każdym razem, kiedy wychodzę na taras i patrzę w kierunku palmy... Boli. Tak samo mocno. I nie do wytrzymania.

Nie, nie upieram się. Nie zacinam w cierpieniu. Chciałabym bardzo, żeby czas mnie uleczył. Żeby pozwolił mi zapomnieć, że to miasto, które było dla mnie tak dobre i hojne, stało się moim oprawcą. Podła ironia losu, że mieszkam tuż obok miejsca egzekucji. Miejsca, które każdego dnia mnie rani, rozdziera. Może gdzie indziej byłoby mi łatwiej? Daleko od placu. Naszego placu. Może tam pierścionek od Piotra będzie już tylko pamiątką wspaniałej miłości? Przypomnieniem tego, co dobre? Bez skojarzenia z tym, co okrutne i bezwzględne?

15

– Gdzie znajdziesz takie mieszkanie w przyzwoitej cenie? W dzisiejszych czasach?

Zasadne pytanie. Magda kupiła swoje gniazdko niedługo przed gigantycznym wzrostem cen w Warszawie. Dzisiaj mogłaby je sprzedać z dużym zyskiem. I gdyby zrezygnowała z położenia w centrum, miałaby szansę na większy metraż albo chociaż większy taras. Tak to sobie przynajmniej wymyśliła.

– Na Gocławiu.

Agata spojrzała na nią podejrzliwie.

– Na Gocławiu? Dlaczego nie? Jeśli naprawdę nienawidzisz mieszkać na Wiejskiej.

– Nie nienawidzę, tylko nie mogę. Rozumiesz? – Magda nie chciała wałkować tego tematu. Tym bardziej że wcale nie była pewna, czy to dobry pomysł.

– Ale jeszcze nie zdecydowałaś?

– No nie. Tylko przyszło mi do głowy, że... Sama już nie wiem. Poczekam, aż się uleży.

Agata uśmiechnęła się szeroko.

– To fantastycznie. Skoro nie bronisz chamskiego doktora ani nie będziesz na razie szukać kupca na mieszkanie...

jedziesz ze mną. – Klasnęła w spuchnięte, późnociążowe dłonie.

Entuzjazm Agaty był już trochę irytujący. Kobieta w jej stanie może mieć zmienne nastroje i zaliczać na przemian widowiskowe spadki i niespodziewane zwyżki formy. Jednak chwilami trudno było to wytrzymać. Właściwie trudno było o chwilę, kiedy nie było trudno.

– Lekarz na pewno by ci nie pozwolił. – Magda próbowała się bronić.

– Może ten twój Orlik? – Agata nie traciła ani humoru, ani wigoru. Biegała po sklepie dla niemowlaków, jakby zamierzała rodzić za pięć minut i nie miała dosłownie nic dla dziecka.

– Zajmij się śpiochami. O, jakie cudne butki!

– Nie, nie, nie!

Magda wytrzeszczyła oczy, bo przyjaciółka nagle zaczęła pląsać w jakimś tylko sobie znanym tańcu. Z jej wielkim brzuchem wyglądało to tak groteskowo, że stojąca obok sprzedawczyni zaniepokoiła się. No bo co będzie, jak wody odejdą?!

– Pojedziemy. Będzie zabawa. Potańczymy.

Pląsy w sklepie to jednak nie to samo co całonocny bal na zjeździe absolwentów. A właściwie bardziej balanga niż bal. Magda nie miała najmniejszej ochoty brać na siebie odpowiedzialności za Agatę.

– Niech Rafał jedzie. Męża weź!

– Mąż nie może.

Magda rozłożyła ręce z udawaną bezradnością.

– Bardzo mi przykro.

Agata przestała pląsać tak nagle, jak zaczęła. Bez ostrzeżenia. Za to z całkowitą zmianą nastroju. Była bliska płaczu.

– Dlaczego ja nie mogę mieć w życiu żadnych przyjemności?

Jeśli przyjaźnisz się z kimś dwadzieścia lat, niewiele może cię zaskoczyć. I dobrze. Po to jest wieloletnia przyjaźń, żeby wiedzieć, czego się spodziewać. Od zwariowanych akcji są dochodzący kochankowie i przygodni znajomi. Przyjaciele czy życiowi partnerzy mają zapewniać stabilność, pewność, dobre trawienie i spokojny sen. Inaczej relacja staje się polem minowym, dżunglą pełną robali i walących się drzew albo rollercoasterem. Są tacy, dla których to istota dobrego związku. Jak wiadomo, są też tacy, którzy odgryzają małym kotkom głowy. Czy to czyni z nich autorytet?

Magda uśmiechnęła się do Agaty szeroko. Mimo rozpaczliwego tonu przyjaciółki. Mimo łez zbierających się w kącikach jej oczu. Te cudowne, oswojone rytuały, dzięki którym życie jest bezpieczne i takie dowcipne.

– Śmiej się ze mnie! Proszę bardzo. Albo po prostu mnie dobij! Po co mam cię męczyć swoją nieważną i niepotrzebną osobą?!

Magda objęła ciężarówkę i trzymała ją mocno, mimo że brzuch tego nie ułatwiał. Agata próbowała się uwolnić, lecz bez skutku.

– Kocham cię nad życie, słonico. Jeśli jednak nie przestaniesz histeryzować, to cię strzelę w ten barani łeb! I nie przeproszę!

Agata podniosła na nią załzawione oczy.

– Zdecyduj się – powiedziała i zacisnęła usta z uporem.

– Na co?

– Słonina czy baranina… Bo schizy można dostać – mówiąc to, Agata zrobiła się zielonkawa, co oznaczało, że muszą na gwałt szukać toalety.

Potem, na pocieszenie, Magda wzięła kurs na salon Gino Rossi. I namówiła Agatę na srebrne sandały na korku. To znaczy, miała zamiar namówić, bo zanim zdążyła się odezwać, Agata trzymała je już w dłoni z zachwytem godnym zdobycia olimpijskiego złota.

– Nieważne, słonina, czy baranina! Ważne, w jakich sandałach! – orzekła i pożeglowała do kasy, strącając po drodze kilka par butów ze stojaka. Uprzejma sprzedawczyni przyjęła to z pełnym zrozumienia uśmiechem.

A Magda miała już pomysł, jak się wyplątać ze zjazdu absolwentów.

Siedzieli u Sebastiana. Magda od czasu... od tamtego czasu najchętniej umawiała się u niego. Tutaj nikt jej nie pytał o samopoczucie. Na przykład córki Karoliny i Wiktora, które były już nastolatkami i hormony wyraźnie stępiły ich empatię. Obie zastanawiały się na głos, jak by to było, gdyby ich ukochany Rajmund z trzeciej C nagle zginął w wypadku. Z kolei teściowa Agaty, Barbara, dama z klasą i humorem, uparcie przytaczała historię ze swojej rodziny. Klin klinem. Jej kuzynka żyła w rozpaczy i umartwiała się po śmierci męża do czasu, gdy poznała jego przeciwieństwo. I w tym nowym związku zdała sobie sprawę, że poprzedni był daleki od ideału. Właściwie to beznadziejny. U Sebastiana Magda miała gwarancję, że ani on, ani Agata czy Karolina z niczym takim nie wyskoczą.

– Kochani, nie ma mowy. Powinnam tam pojechać, żeby się dobrze bawić i jeszcze lepiej prezentować. A zamiast tego upiję się na smutno i obrzygam orkiestrę.

– Będzie didżej – mruknęła już spokojniejsza Agata.

– Wszystko jedno. Wciąż jestem człowiekiem bez skóry. Boli mnie cały świat. A co dopiero kilkadziesiąt razy zadane pytanie: co u ciebie?

Agata siedziała na sofie ze swoim wielgachnym brzuchem i się nie ruszała. Zdobyła się jednak na niebotyczny wysiłek i podpowiedziała:

– Możesz nie odpowiadać.

– Ale nie przestanę myśleć, że jestem tam bez… Że jestem sama. Bo co innego, gdybym była sama… z wyboru. Albo z braku chętnych. Luz! A tak? Albo będę udawała wesołka, a ból mnie zeżre od środka, albo popsuję innym wieczór. Słonina albo baranina. Nie ma trzeciej opcji.

– Psina.

We trzy spojrzały na Sebastiana. Przekaz był tyleż niespodziewany, co hermetyczny. Podczas gdy Magda i Karolina próbowały wycisnąć z szarych komórek jakąś jeśli nie błyskotliwą, to przynajmniej żartobliwą interpretację, Agata wypaliła:

– Sebek, chyba nie sądzisz, że się domyślę. One może tak, ale ja? Pamiętaj, że dopóki nie urodzę tego smoka, mam wszystko podzielone na pół. Mózg też.

– Wierna psina. Tego jej trzeba. – Wskazał Magdę palcem.

Agata uśmiechnęła się ze zrozumieniem.

– No dobra, tylko jaka rasa? – Zastanowiła się, ale zaraz stwierdziła: – Walić rasę. Weźmiemy jakieś cudo z bidula.

– Rasa: Sebastian – uściślił.

Uśmiech Agaty zgasł. Jednak nic nie zrozumiała. Kompletnie nic.

– Pojadę z wami jako przykrywka – wyjaśnił.

– Przecież nie musisz. Nie będę się nikomu tłumaczyć ze swojego dziecka. – Agata miewała momenty, kiedy zdawało jej się, że świat został stworzony w jednym celu: żeby mogła być w ciąży.

– Magdy przykrywka.

Agata wreszcie pojęła i z nagłym zachwytem odwróciła głowę w stronę przyjaciółki. Obrót całego ciała był już niewykonalny.

– Czyli załatwione.Wreszcie zrzucisz te czarne szaty!

– Czarny to twarzowy i praktyczny kolor. Ułatwia ubieranie się do pracy – upierała się Magda.

– No tak – niechętnie zgodziła się Agata. – Bo ty się już na żadne inne okazje nie ubierasz.

– Praktycznie jesteś kimś w rodzaju świeckiej zakonnicy. – W ustach Karoliny brzmiało to jak gruba obelga. I gdyby nie lata serdecznej przyjaźni, Magda może by się obraziła. Zamiast tego się uśmiechnęła.

– Nie podoba mi się kierunek, w którym zmierzacie.

Agata klasnęła w dłonie. Magda czekała, kiedy zarządzą zabawę w kółko graniaste. W ramach przygotowań do macierzyństwa, rzecz jasna.

– Czyli kierunek Olsztyn?

Zamiast odpowiedzieć, Magda sięgnęła po czereśnię. Pierwsze tego roku. Jeszcze marne w smaku, ale jej nie chodziło o smak. Strzeliła pestką w Agatę.

– Może lepiej wezmę sprawę sympatycznego ginekologa gwałciciela.

– Miałaś go bronić, a nie sądzić. – Karolina jako matka Polka nie znosiła osądzania *a priori*. Chyba że chodziło o Waligórę.

On *a priori* był winny, ale dzięki temu tak błogo było mu potem wybaczać. A przy okazji o coś go poprosić.

– Karolina... Jeśli mogę tu kogoś sądzić, to tylko ciebie. Namówiłaś Wiktora, żeby mnie ściągnął do pracy. – Waligórowa już podnosiła ręce, jakby chciała się bronić przed atakiem, ale Magda ciągnęła: – Na dodatek kompletnie niepotrzebnie. Wystarczyło zapytać mnie. Wiktor nie musiałby tracić czasu.

– Ja tylko powiedziałam, że gdyby miał ciekawą sprawę, to kto wie... Może się skusisz – tłumaczyła się Karolina.

Magda była skłonna uwierzyć, że tak to mogło wyglądać. Po latach małżeństwa wystarczy drobna sugestia zamiast długich wywodów.

– Nie skuszę się.

Sebastian podniósł głowę znad laptopa. Przeglądał zdjęcia z sesji, którą robił tego ranka. Reklama naturalnego jedzenia. Rzecz jasna, fotografowane żarcie było totalnie sztuczne.

– A jeśli jest niewinny? – Spróbował naruszyć fundament decyzji prawniczki.

– Ginekolog i pacjentka. Musiało coś być na rzeczy – zawyrokowała Agata.

– Idąc dalej, każdy pediatra to potencjalny pedofil, a dentysta... O matko! Dentysta! Wyobrażacie sobie?!

Karolina wyobraziła sobie i uśmiechnęła się do Sebka jak do rozbrykanego nastolatka. Agacie się niestety nie udało. Spojrzała na niego zaintrygowana.

– Chodzi ci o wiertło czy obcęgi?

– O wkładanie różnych rzeczy do buzi.

Karolina wskazała go palcem.

– Znajdź sobie kogoś. Brak seksu zaczyna cię kompromitować.

Sebastian niezrażony puścił do niej oko, po czym spojrzał na Magdę.

– Nie chcesz takiej przystojnej przykrywki?

Tego samego wieczora Magda stała na tarasie swojego mieszkania. Trzymała na rękach Mańka i patrzyła w gwiazdy. Kot miał zamknięte ślepia.

– Co on tam robi?

Maniek ziewnął dostojnie. Czasem Magda miała wrażenie, że jej kot uważa się za króla zwierząt.

– Mam cię nazywać Simba?

Zerknął na nią lewym okiem.

– Jak myślisz, co Piotr może tam robić? Koty podobno mają różne talenty. Wiesz, że w średniowieczu Kościół kazał was palić na stosach? Właśnie za to, że wiecie więcej. To co? Maniuś... Gadam do ciebie całe twoje życie. Może czas na trochę wzajemności?

Ale Maniek najwyraźniej wolał przysnąć, niż uchylić choćby rąbka tajemnicy.

Odwróciła się i spojrzała na swoje mieszkanie. Jej salon z jej kanapą, nad którą powiesiła tkaninę w róże, przywleczoną z jakiegoś pchlego targu w Berlinie zaraz po tym, jak zaczęła pracować w kancelarii Waligóry i wreszcie było ją stać na wyjazd. Pamiętny weekend Gay Pride. Szalona zabawa z Sebastianem i Agatą. W głębi kuchnia, gdzie najpierw jadła śniadania sama, a potem z Piotrem. I ten taras, który widział mnóstwo jej łez w czasach, gdy czuła się samotna. I tych, gdy czuła się szczęśliwa. Ulica, na której Piotr wsiadał na swój motocykl. To było jej życie. Co będzie z tym życiem, kiedy się stąd wyprowadzi? Czy te wspomnienia zbledną? Rozpłyną się w nicości?

Spojrzała w stronę placu Trzech Krzyży. Usłyszała odległy warkot motocykla. I odgłos głuchego uderzenia. Zgrzyt metalu o asfalt. Huk... Jakieś krzyki. I znowu... Dźwięki łamiące serce, które powinny na zawsze pozostać na stronach jakiejś książki albo na ścieżce dźwiękowej filmu, w wyobraźni scenarzysty czy autora... Ale nigdy, przenigdy nie przedostawać się do rzeczywistości.

– Magda?!

Usłyszała stłumiony głos Karoliny. Dopiero wtedy zdała sobie sprawę, że ten przerażający huk to... pukanie do drzwi. Mocne. Nerwowe.

– Twoja gospodyni mnie wpuściła. Co się dzieje? Dlaczego nie otwierasz? – Karolina weszła energicznie, gdy Magda wreszcie dotarła do drzwi.

– A ty co tu robisz?

– Przyjechałam po Mańka. – Wzięła kota od Magdy. – Hej, śpiochu. Jedziesz do cioci na parę dni.

– A ja?

Karolina spojrzała na nią szczerze zdziwiona.

– Do Olsztyna.

Po czym zapakowała Mańka do transportera, ucałowała Magdę na drogę i pognała do rodziny. Matka Polka organizatorka.

Rodzinne miasto było dla Magdy zarazem Arkadią i Mordorem. Arkadią, bo w Olsztynie była mama i jej kochające serce, czasem nawet zbyt kochające, a już na pewno zbyt troskliwe. Te paniczne telefony... A to że mężczyzna by jej się przydał, a to że kredyt na mieszkanie wzięła za duży. Co to będzie, jak przyjdzie kryzys? Albo jak straci, nie daj Boże, pracę? Albo jak kancelaria zbankrutuje? Bo przecież może zbankrutować. Wszystko może zbankrutować. Magda cierpliwie tłumaczyła, że to nie takie łatwe, jak się wydaje. Że dokładnie obliczyła swoje możliwości. Że mieszkanie było w bardzo okazyjnej cenie, a ona miała trochę odłożonych pieniędzy. I że ten kredyt spłaci na pewno przed terminem. Kiedy udawało jej się uspokoić mamę w tej kwestii, jak bumerang wracał problem mężczyzny. I znów Magda z uporem i starając się zachować spokój, powtarzała, że kiedy spotka ideał, to nie będzie się wahała po niego sięgnąć. Wtedy matka Miłowicz wzdychała ciężko i znacząco. „Nie jesteś Agatą i obie o tym wiemy", mówiła z ledwie skrywanym żalem, do którego nigdy by się nie przyznała. Magda zirytowana nieraz kończyła rozmowę w pół słowa. Potem miewały kilka cichych dni, a w końcu któraś dzwoniła z pytaniem, czy już można przestać się wygłupiać. Mama zawsze była dla Magdy ostoją, punktem odniesienia. Drogowskazem, czasem szlabanem. Była ważna, najważniejsza. Jej miłość stanowiła Arkadię, krainę bezpieczeństwa.

Mordor to wszystkie lata bez ojca. Kiedy wydawało się, że zapomniał o Magdzie. Uwierzyła w bzdurę, którą sprzedała jej z zazdrości własna matka. Bolało. Dopiero kiedy ojciec przyjechał do Polski po śmierci swojej drugiej żony i kiedy okazało się, że z Teresą łączy go coś więcej niż wspomnienia z młodości i dorosła córka... Dopiero wtedy mama pokazała jej listy od niego. Chowała je przed Magdą przekonana, że tak będzie lepiej. Nie było. Pierwsze spotkanie Magdy z ojcem po latach przypominało tarzanie się po drucie kolczastym. Nie wiedziała, co boli ją bardziej: serce, dusza czy rozum. Czuła ogromny, nieskończony żal do człowieka, który kiedyś był jej autorytetem, ideałem mężczyzny. Stąd zresztą jej późniejsze problemy z zaufaniem do facetów. Magda miała tego świadomość, tylko sama świadomość niczego nie zmienia. Przez wiele lat nie umiała nic z tym zrobić. Do czasu powrotu Jerzego do kraju. I nie tylko do kraju, bo wrócił też do żony. Magda ze zdumieniem patrzyła, jak tych dwoje dorosłych ludzi odnajduje dawną miłość, teraz jeszcze silniejszą. Mordor został pokonany. Została tylko Arkadia.

Uwielbiała obserwować to ich zakochanie, młodzieńczą radość, jaką sprawiały im nawet sprzeczki. Uwielbiała to i jednocześnie im zazdrościła. Jej miłość, też odzyskana, skończyła się brutalnie szybko.

– Hej... Gdzie cię poniosło?

W drzwiach jej pokoju stała Agata. Zadekowali się we troje z Sebastianem w mieszkaniu rodziców Magdy. Teresa i Jerzy właśnie zwiedzali Wietnam i Kambodżę. Magda podniosła głowę znad ekranu iPada.

– Nigdzie. Miałam właśnie zrobić kolejny wpis na blogu, ale...

Magda przerwała. W jej gardle nagle zrobiło się jakoś ciasno. Agata podeszła i usiadła na krześle przy biurku.

– Ale?

Magda odłożyła tablet. Zaplotła ręce, jakby to mogło dodać jej siły.

– Nie chcę się posypać przed imprezą. Skoro Sebastian ma być moją przykrywką, lepiej żebym wyglądała na jako tako zadowoloną. – Uśmiechnęła się gorzko.

Agacie ścisnęło się serce. Może i powinna mówić Magdzie o nadziei, o przyszłości, która na pewno się rozjaśni, o niepoddawaniu się... Ale sama nie chciałaby tego słuchać.

– Zostajemy w domu? Otworzymy wino, znajdziemy na VOD jakiś smutny film i...

– Nie – zaprotestowała Magda zdecydowanie. – Wychodzimy zgodnie z planem. Nie dla mnie, tylko dla ciebie. Ty chciałaś pósć na tę imprezę. A przecież nie puścimy cię samej.

– Na pewno?

– Chyba że chcesz zostać. Kopie? – zapytała, bo Agata położyła rękę na brzuchu.

– Dzisiaj spokój. Zbiera siły na balangę. Magda? Jeśli ten blog cię tyle kosztuje, to może... po prostu go zamknij?

– Nie mogę. Przypomina mi, że Piotra już nie ma. Że nie wróci. Nie stanie w drzwiach i nie powie: chorowałem, tylko nie chciałem cię martwić. Bez bloga... mogłabym zacząć na niego czekać.

– Dla mnie to rozdrapywanie ran.

– Wiem. Ale ja to muszę robić. Żeby wreszcie któregoś dnia nie było rany. Nie było nic do rozdrapania...

– Żeby o nim zapomnieć? – Agata nie do końca rozumiała.

– Nie. Żeby móc żyć bez niego.

Agata wyciągnęła do niej ramiona. Magda wtuliła się w przyjaciółkę. I poczuła ruch w jej brzuchu. Uśmiechnęła się do siebie.

– Gada. Nogą?

– Mam nadzieję, że to nie ręka. Chcę urodzić małą księżniczkę, a nie wojowniczkę ninja.

– Sebek? Zwolnij wreszcie łazienkę!

Zza zamkniętych drzwi dobiegł stłumiony głos, nie wiadomo, czy zgadzający się, czy protestujący. Magda pokręciła głową.

– On tam spędza więcej czasu niż my.

– Tobie nie wypada posługiwać się ohydnymi stereotypami o gejach. – Sebastian stał już w progu pokoju z ręcznikiem na biodrach i mokrymi włosami. Magda zerwała się z łóżka i minęła go w przejściu.

– Agata, zaczekasz?

Przyjaciółka chętnie by jej odpowiedziała, gdyby zdążyła. Magda wpadła do łazienki i zatrzasnęła drzwi. Sebastian podszedł do Agaty.

– I co?

Agata wskazała głową tablet.

– Wiesz, dlaczego ona pisze tego bloga?

– Żegna się z Piotrem.

– No… Nie za długo to trwa?

– Znasz ją. Długo się do niego przyzwyczajała. Odzwyczajanie może potrwać jeszcze dłużej – powiedział Sebek. Agata spojrzała na niego czujnie, ale widać było, że mówi całkiem serio. – Te posty pomagają jej zobaczyć siebie samą. Bez niego. Czytałaś ostatni wpis? Jakiś tydzień temu go wrzuciła.

Agata zaprzeczyła.

– Kupowaliśmy meble do pokoju dziecięcego. Rafał o mało nie rzucił się z mostu. Piętnaście razy zmieniałam zdanie. Poza tym mózg w ogóle mi nie działał.

Sebastian sięgnął po iPada. Odblokował ekran i otworzył aplikację do blogów.

BLOG MAGDY M.

Trzeci czerwca. 21.30.

Jadę do Olsztyna z Agatą i Sebastianem. Zjazd szkolny. Sebastian będzie moją przykrywką, ale nie taką jak kiedyś. Wtedy on udawał mojego faceta, a ja jego dziewczynę. Dzięki temu nikt go nie pytał o orientację, a mnie nikt nie podrywał. A jeśli próbował, to zaraz Sebek stawał przy mnie, obejmował mnie ramieniem i wyglądaliśmy jak idealna para. Teraz niby ma być tak samo, ale nie będzie. Wtedy mnie to śmieszyło. Teraz... Nie wiem, co będzie teraz. Odkąd nie ma Piotra, nie wiem tylu rzeczy, że...

Na zjeździe trzeba będzie udawać, że jest wspaniale. Że mam cudowne życie. Że nic się nie stało. Nie boli... Jak to zrobić? Żeby to chociaż był bal maskowy. Och, jak bym się chciała schować za maską uradowanego błazna! Tak, uradowany błazen byłby idealny.

Sebastian odłożył tablet i spojrzał na Agatę. Kiedy namówili Magdę na wyjazd, byli pewni, że to jej pomoże. Teraz pojawiły się wątpliwości. Przez szpary w ścianach, w parkiecie, przez wywietrznik w oknie napływały najpierw małymi strużkami, a potem coraz większą falą. Ale było za późno. Magda uruchomiła suszarkę w łazience. Oczywiście, żeby potem zebrać włosy w prosty koński ogon.

– Jest praktyczny – ogłosiła, gdy Agata przyjechała po nią przed ceremonią pogrzebową.

Sebastian był wtedy u niej już od rana. Podobnie jak rodzice Magdy, którzy nocowali w jej mieszkaniu. Nie było po niej widać żadnych emocji. Działała jak robot. Wykonywała polecenia, nie miała potrzeb. Nie chciała herbaty, kawy, tarty szpinakowej, ciastka, nie chciała spać ani wstać, nie chciała telewizji, muzyki, nie chciała ciszy. Niczego. Wystarczyło jednak powiedzieć: wypij herbatę, kawę, zjedz tartę, ciastko, idź spać, wstań, włącz telewizor, płytę, wyłącz płytę – a bez wahania robiła, co jest nakazano. Bez udziału własnej woli.

– Widzieliście? – panikował Sebastian. – Gdybym powiedział, że ma trzymać rękę nad płonącą świecą, cofnęłaby ją dopiero na polecenie.

Szykował śniadanie dla Magdy i obecność Agaty, Karoliny i obojga rodziców przyjaciółki w kuchni właściwie nie była potrzebna. Jeden tost z szynką, rukolą i odrobiną parmezanu. Ale pozostali udawali, że muszą mu koniecznie pomóc. Oprócz Jerzego. Ojciec Magdy znalazł się w kuchni dopiero, kiedy jej mama kilka razy przywołała go machnięciem ręki. Wcześniej siedział obok córki na kanapie i nie był w stanie się stamtąd ruszyć. Miał poczucie, że nie może jej opuścić choćby na chwilę. Dopiero kiedy Teresa ponagliła go niecierpliwym gestem, uścisnął Magdę i szepnął: „Zaraz wracam". Córka przyjęła to z całkowitą obojętnością. Jego obiekcje, wyrzuty sumienia czy współczucie nie miały dla niej żadnego znaczenia. Bo co może mieć znaczenie wobec faktu, że dziś jest dzień, w którym skremują twojego ukochanego? Globalne ocieplenie? Wojna w Syrii? Problem uchodźców? Rządowe zachęcanie skrajnej prawicy do agresji? Wzbudzanie nienawiści do mniejszości przez zakompleksionych posłów, senatorów i ministrów? Hejt w social mediach? Co mogłoby być ważniejsze od urny, która zostanie wstawiona do rodzinnego nagrobka? Dlatego Magda siedziała na kanapie, spokojna, bez ruchu. Patrzyła przed siebie. Czekała na moment, kiedy prochy Piotra zostaną zamurowane w krypcie. Musiała tego dopilnować. To był jej obowiązek tego dnia. Obowiązek wobec Piotra. Reszta świata, wszyscy inni, nawet ci bliscy, mogli zniknąć. Tego dnia była tylko ona i prochy Piotra.

Pięć osób w tej maleńkiej kuchni to było zdecydowanie za dużo. Prawie jak sardynki w puszce. Agata zajrzała do salonu.

– I co? – szeptem zapytała Karolina.

– Nic. Siedzi. Patrzy.

– I tak od godziny – jęknął Sebastian. – A do tego ten koński ogon. Może się nie znam, ale u Magdy to stan krańcowej abnegacji.

– Trochę przesadzasz. – Agata sama czasem tak wiązała włosy, nie tylko dla wygody. Uważała, że okiełznana burza kręconych rudych loków dodaje jej wdzięku. Szczególnie związana nisko nad karkiem. Tyle że Magda miała teraz najnudniejszy, najzwyklejszy koński ogon pod słońcem.

– Czy ona się kiedyś tak czesała? – Karolina zwróciła się do rodziców Magdy. Pomyślała, że uczesanie może świadczyć o psychicznej ucieczce do jakiegoś momentu w przeszłości, kiedy ich córka czuła się bezpiecznie. Kiedy świat jeszcze nie zdążył jej odebrać miłości i szczęścia.

– Nie pamiętam. – Jerzy rozłożył ręce w tak bezradnym geście, że w oczach trójki przyjaciół pojawiły się łzy. Natomiast matka Magdy spojrzała na niego z wyrzutem. Te lata, kiedy był daleko, wciąż traktowała jako traumę i przy każdej okazji mu to wypominała. Kochała go. Wiedziała, że nie znajdzie lepszego partnera, że nikt nie będzie wobec niej tak cierpliwy jak Jerzy, a mimo to z jakąś zawziętą satysfakcją wsadzała mu szpile.

– Wiemy. I wiemy dlaczego. – Po czym zwróciła się do przyjaciół Magdy, kompletnie ignorując jej ojca: – Tylko na zawody. Jak grała w siatkówkę. Na co dzień nigdy.

Jerzy spojrzał na nią zdziwiony.

– Grała w siatkówkę?

– Dwa lata w liceum. Podkochiwała się w trenerze – obojętnie wyjaśniła Teresa. Wspomnienie nie zrobiło na niej większego wrażenia. W przeciwieństwie do Jerzego. On, jako wielki nieobecny, wciąż nadrabiał zaległości i dowiadywał się nowych rzeczy o córce.

– Mówiłem. Abnegacja – zawyrokował Sebastian. – Ale i tak ją podziwiam. Nie wyobrażam sobie siebie na jej miejscu... No, kurwa, nie. – Był już bliski łez. – To nie jest egzamin, który można zdać. To egzamin niezdawalny. Ja bym chyba... – Przerwał. Nie tylko z powodu wzruszenia, które duszącą kulą gęsto zbitej waty zaczęło mu się rozpychać w gardle. Przerwał, bo zobaczył, że matka Magdy, Karolina i Agata za chwilę też pękną. Nawet Jerzy zagryzał boleśnie usta. Jeśli nie powstrzymają tej fali, Magda domyśli się, że wcale nie robią tutaj śniadania, tylko opłakują Piotra. I ją.

Gdy wrócili do salonu, Magda jakby nigdy nic sięgnęła po kanapkę i zjadła ją.

Gdy teraz wyszła z łazienki w olsztyńskim mieszkaniu mamy, trzymała jeszcze szczotkę, zaczesując włosy w kucyk.

– Nie możesz rozpuścić? – jęknął Sebastian.

Magda wymachiwała szczotką jak srogi nauczyciel wskaźnikiem.

– Nie. Ja tam idę tylko dla Agaty.

Nie okazali najmniejszego zniecierpliwienia. Spokój, troska, serdeczność. Zero wymówek. Przecież nie można kopać leżącego. Magda bezbłędnie odczytała ich spojrzenia. Była w nich nieskończona cierpliwość i jednocześnie wielkie zmęczenie. W tej chwili pamięć Magdy odtworzyła klip z ostatnich miesięcy. Urywki zdarzeń, skrawki wspomnień. Chwile, kiedy przyjaciele ze stoickim spokojem znosili jej rozpacz objawiającą się tym beznamiętnie praktycznym podejściem do siebie i świata. Magda oparła się o framugę, jakby nagle te wspomnienia przygniotły ją nieznośnym ciężarem.

– Cholera... – szepnęła i tamy puściły. Rozpłakała się.

Sebastian doskoczył do niej i zaprowadził ją na kanapę. Posadził między Agatą a sobą. To był pierwszy płacz od czasu pogrzebu. Wtedy, gdy urna znalazła się w grobie, a grabarze położyli już płytę, Magda płakała po raz ostatni. Ludzie mówili do niej, ktoś ją pocieszał, wyrażał współczucie. A ona tylko stała i płakała. Nie dramatycznym, głośnym szlochem, tylko strumieniami łez, których nie dało się zatrzymać. Aż do wieczora, kiedy zmęczona i bezsilna zasnęła wreszcie w salonie pod pledem. Sebastian i rodzice uznali, że nie będą jej przenosić do sypialni. Lepiej niech się wyśpi. Następnego dnia Magda wstała i pierwsze, co zrobiła, to znowu związała włosy w koński ogon. Nie mogła wtedy podać prawdziwego powodu. Jeszcze nie.

Nieprzepłakana żałoba jest jak powoli działająca trucizna. Jak zasłona, która każdego dnia przepuszcza coraz mniej światła, żeby na końcu ciemność mogła pochłonąć wszystko, co zostało. Sebastian podał Magdzie chusteczki. Po chwili zobaczył, jak przyjaciółka zaciąga ciaśniej gumkę na włosach.

– Piotr lubił, jak miałam rozpuszczone. Kiedy się poznaliśmy, miałam krótkie włosy. Nie było ich nawet jak zebrać. Kiedy zaczęłam zapuszczać, prosił, żebym nie wiązała.

– Okej. – Sebastian starał się nadążać.

Agata oparła się plecami o kanapę i dyszała ciężko. Trochę jak wybiegany pies. Dziecko właśnie grało w piłkę, czyli waliło piętami w jej pęcherz. Albo ćwiczyło do występów w Riverdance...

– Nie. Jednak nie łapię. – Sebastian się poddał.

– Kiedy jesteś z kimś, przyzwyczajasz się do jego obecności. Wiesz, gdzie jest, co robi. Nawet jak go nie widzisz czy nie słyszysz, to go czujesz. To jest ta więź, która wynika z bycia razem. Z obecności. Wracasz do domu i od razu wiesz, czy już jest, czy jeszcze nie.

– Bo na podłodze leżą skarpety albo spodnie na kanapie w salonie? O matko... – wystękała Agata.

Spojrzeli na nią zaniepokojeni.

– Rodzimy? – zapytała Magda.

– Jeśli już, to ja sama. Ale nie. Tańczymy albo ganiamy po boisku. Po porodzie oddam pęcherz do przeglądu. Co z tą obecnością? – Agata ponagliła przyjaciółkę.

Magda milczała. Pozostała dwójka gapiła się na nią wyraźnie skonsternowana. Nie mogli pojąć, co wspólnego może mieć gumka na włosach ze śmiercią jej faceta.

– Mój ojciec najpierw ze mną był, potem go straciłam, a jeszcze później wrócił. Kusi mnie, żeby teraz zacząć czekać na powrót Piotra. Wiem, że to bez sensu. Dlatego związuję włosy. Koński ogon przypomina mi, że kiedy wrócę do domu, jego tam nie będzie. Kiedy obudzę się rano, nie wróci z biegania. Kiedy wyjdę wieczorem z łazienki, nie będzie leżał na kanapie, drzemiąc z nogą na oparciu. Że jego nie ma. I… nie będzie. Że nie mam dla kogo rozpuszczać włosów… Ani na kogo czekać.

Magda zamilkła. Kula waty rozepchała się bezczelnie. Magda nie mogła już mówić. Mogła za to płakać.

Godzinę później siedzieli w taksówce, mimo że Agata i Sebastian postulowali olanie imprezy. Magda chciała ich nagrodzić za miesiące cierpliwych starań. Za to, że wytrzymali. Byli z nią. Pilnowali, żeby nie utonęła w samotnej rozpaczy. I za to, że nie skomentowali jej czarnej sukienki, której jedyną ozdobą był pensjonarski biały kołnierzyk. Czy kazałaby taksiarzowi zawrócić, gdyby przewidziała, czym to się skończy?

16

Agata zajęła strategiczne miejsce na kanapie stojącej we wnęce na podwyższeniu. Loża VIP-owska? Tak jakby. Widać stąd było cały parkiet i stanowisko didżeja po przeciwnej stronie wejścia. Kiedy parcie na pęcherz zmusiło ją do poszukania toalety, zostawiła Sebastiana, żeby pilnował ich kanapy, i trafiła na właściwe VIP-owskie gabinety, ukryte przed wzrokiem ciekawskich w głębi klubu. Wchodziło się do nich klimatycznie oświetlonym korytarzem. Po obu stronach rozmieszczone były drzwi jak do saloonu w westernie – takie, że można było zajrzeć do środka. Agata zapuściła żurawia do dwóch pomieszczeń i poczuła ulgę. Nikt tam nikogo nie gwałcił, nikt nikogo nie katował. Nikt przed nikim nie wymachiwał gołymi cyckami i nie kusił brakiem majtek. Toalety jednak nie znalazła.

Dawno nie była w rodzinnym mieście. Jej rodzice po przejściu na emeryturę wrócili do Sopotu, gdzie mieli mieszkanie po babci Agaty. Zawsze kochali morze bardziej niż jeziora. Naturalny wybór. O ile masz mieszkanie po babci. Za czasów Agaty tego klubu nie było. W ogóle brakowało w Olsztynie wielu miejsc, które teraz czyniły to urocze miasto jeszcze bardziej uroczym. Zagłębiła się w korytarz po lewej stronie od wejścia. Niestety znowu pudło. Gdzie ta Magda? Mogłaby jej pomóc.

Wróciła na salę, żeby zapytać kogoś o toalety, i wtedy zobaczyła na drugim końcu sali stosowny neon w kształcie kobiety i mężczyzny. Przebijając się przez roztańczony tłum absolwentów, dojrzała też Magdę – i zatrzymała się jak wryta. Nie mogła oderwać wzroku od roześmianej przyjaciółki, która szalała na parkiecie z Szymonem. Kto by uwierzył? Jeszcze kiedy jechali taksówką, mina Magdy mówiła: jakoś to zniosę, tylko nie oczekujcie, że będę skakać z radości.

Magda zauważyła ją w trakcie obrotu. Pomachała. Agata uniosła dłoń i poszła dalej. Prawniczka w kolejnym obrocie złapała spojrzenie Sebastiana. Gapił się na nią z podestu. Wyraźnie zszokowany. On też nie dowierzał temu, co widział. Wyglądało na to, że Magda świetnie się bawi! Tak! Bawi! Ona, która jeszcze godzinę temu była w rozsypce, na widok tego faceta pożegnała się z żałobą. I idzie do przodu. W stronę przyszłości, porzucając przeszłość. Idzie? Nie. Tańczy!

Z początku Sebastian miał sprzeczne odczyty w swoim magdografie. Nie pasował mu ten nagły wybuch entuzjazmu. Znał ją przecież na wylot i nigdy nie uwierzyłby, że Magda może tak nagle zmienić się z zapłakanej żałobnicy w entuzjastkę tańców. No tak. Tyle że od śmierci Piotra to nie była Magda, którą dotąd znał. Sebastian nigdy nie zapytał: kim jesteś i co zrobiłaś z moją siostrą z wyboru? To byłby kiepski dowcip. Takie zachowanie pasowało jednak bardziej do Agaty. Lubiła leczyć chandrę klinem. Wierzyła, że najlepszym lekiem na rozstanie z facetem jest następny facet. Ale nie Magda. No, kurczę, nie… Tyle że to właśnie ona szalała na parkiecie. Czy żałoba może zmienić DNA? Najwyraźniej.

Uśmiechnął się do niej. Magda puściła oczko do przyjaciela, wykonała kolejny obrót i tańczyła dalej tyłem do Sebastiana. Musiała być ostrożna. On jeden mógłby się połapać, że coś jest nie tak, bo przecież nie Agata z jej ciążowym mózgiem. I nie ten obcy facet, z którym właśnie tańczyła. No, nie całkiem obcy.

Szymon zawsze był doskonałym tancerzem. Chodził do klasy mat.-fiz., a jego dziewczyna i partnerka do tańca, Paulina, do biol.-chemu. Młodzieżowi mistrzowie Polski w tańcach latynoamerykańskich. Żadna szkolna akademia nie mogła się obyć bez ich pokazu. Szymon poza tańcem udzielał się chyba we wszystkich szkolnych kołach zainteresowań. Trafił także do chóru. Magda nie miała żadnych ambicji muzycznych; po prostu za uczęszczanie na zajęcia nadobowiązkowe dostawało się lepsze oceny. A chór był najmniej bolesną formą tych zajęć.

Nad Szymonem unosiła się poświata idola, ona trzymała się raczej z boku szkolnego życia towarzyskiego. Przez dwa lata wspólnych prób i występów tylko raz zamienili kilka zdań, kiedy przed którymś występem Magda zgubiła guzik od bluzki. Szymon wyczarował skądś spinacz biurowy i pomógł jej tę bluzkę ogarnąć na biuście. Magda przestała oddychać, gdy tam majdrował. Wyczuł to i się uśmiechnął.

– Jak masz na imię?

– Magdalena Miłowicz – wypaliła bez namysłu. Nabrała powietrza i znowu przestała oddychać.

– Imię wystarczy. – Uśmiechnął się ponownie, skupiony na zaginaniu spinacza.

– Magdalena – wyrzuciła z siebie, jakby to był raport składany przed oficerem. I z zażenowania jeszcze bardziej zesztywniała.

– Wiem.

– Skąd?

– Powiedziałaś razem z nazwiskiem – wytłumaczył jak dziecku.

– Aaa!

I to było ostatnie słowo, jakie do niego wypowiedziała, bo w tej samej chwili podeszła do nich Paulina. I nie zważając na to, czym się Szymon właśnie zajmował, obdarzyła go obleśnie głębokim i mokrym pocałunkiem. Obsikała teren. Zabrała księcia do swojej wieży i zatrzasnęła solidne dębowe drzwi. Było jasne, że nigdy, przenigdy nie wypuści go ze swoich szponów.

Magda kilka razy śniła, że tańczy z Szymonem. A raz, że ją po takim tańcu pocałował. Nad Olsztynem kołysał się księżyc w pełni, świadek i powiernik ich miłości. Potem śmiała się z tego z Agatą. A jeszcze później Szymon wyjechał na studia do Gdańska i Magda przestała marzyć o wielkiej miłości pod olsztyńskim księżycem. Skupiła się na przygotowaniach do egzaminów na prawo.

Gdy wysiadała z przyjaciółmi z taksówki przed klubem, nie poznała go, chociaż niewiele się zmienił. Wciąż miał lekko falujące blond włosy i nadal nosił je trochę dłuższe i zaczesywał do tyłu. Spod mocno zarysowanych brwi błyszczały niebieskie oczy. Nie poznała go, bo o nim zapomniała.

– Magdalena! – usłyszała. Sebastian pomagał Agacie wygrzebać się z tylnego siedzenia. Magda odwróciła się.

– Miłowicz! – dokończył z szerokim uśmiechem. Magda skądś kojarzyła tego mężczyznę, ale jeszcze nie mogła złapać skąd.

– Dlaczego nigdy ze sobą nie tańczyliśmy?

Teraz go poznała. Nie rozumiała jednak, po co to mówi. Pewnie, że nie tańczyli, przecież należał do Pauliny. Jej ojciec był lokalnym milionerem z branży budowlanej. Rodzina Szymona miała sklep i zakład jubilerski. Dla Magdy za wysokie progi. Ojciec przysyłał wprawdzie jakieś pieniądze ze Stanów, ale czasy były ciężkie. Pensja mamy w wydziale oświaty ledwie wystarczała na rachunki. Szymon i Paulina za to robili za lokalne książątka. William i Kate Olsztyna czasów transformacji.

– Ale śpiewaliśmy – przypomniała Magda.

– Śpiewanie nie jest takie *sexy*.

Pomyślała, że tym razem się nie zaczerwieni. A nawet gdyby... Wtedy, dwadzieścia lat temu, złościły ją te malinowe rumieńce nagle zalewające jej twarz, a nawet szyję. Złościły, bo chciała być dojrzalsza, niż była. Uważała, że powinna sobie radzić w takich sytuacjach. A nie radziła. Ale teraz... Teraz było jej po prostu miło, że ją rozpoznał. Nie mogło to zrobić na niej żadnego wrażenia. Już nie.

– Gdzie Paulina? – Znów jak za dawnych czasów zabrzmiało to jakoś po wojskowemu. Bardziej komenda niż pytanie. Nie chciała tego. To miała być luźna rozmowa, prawie obojętna. A wyszło, jakby przez dwadzieścia lat czekała niecierpliwie, aby to z siebie wyrzucić.

– Parę lat po naszym ślubie zakochała się w niemieckiej malarce. Serio. Mieszka teraz z Famke w Berlinie.

– Aha – odparła rezolutnie Magda i nie wiedziała, co jeszcze można powiedzieć. Na szczęście Agata stanęła wreszcie przy nich i przytomnie zaprezentowała Sebastiana. Jako swojego kuzyna. Puściła przy tym oko do Magdy. Szymon to zauważył i zaprosił Magdę na parkiet. A ona nie odmówiła.

Reflektory omiatały salę kolorowymi smugami, a szklana kula pod sufitem rzucała swoje czary na tańczących. Didżej po raz kolejny puścił *Ironic* – na życzenie rozmarzonych maturzystek A.D. 1997. W ramionach swoich dawnych kolegów, chłopaków, kumpli, w kilku przypadkach obecnych mężów dawne licealistki oddawały się podróży w czasie. Oni z kolei patrzyli na te dorosłe już kobiety z czułością dawnych kochanków i daleko im było do wypatrywania znaków upływającego czasu. Tego wieczoru widzieli w nich te same dziewczyny co wtedy. Te, które potrafiły szyderczym żartem boleśnie ugodzić nieokrzepłą jeszcze męską dumę, za to gdy w pobliżu nie było koleżanek, pozwalały się przytulić. Pocałować. Czasem same wsuwały ich niezgrabne ręce pod swoje bluzki. Te, które kochali pierwszą żarliwą, zabójczą miłością. I które patrzyły na nich z tym samym zachwytem co wtedy. Nieważne, że w miejsce bicepsów pojawił się nadmiar tłuszczu. Że zamiast błyszczących młodością twarzy cherubinów ich skóra zdradzała pierwsze oznaki zmęczenia ukrytego w zmarszczkach i pajęczynkach alkoholowych żyłek.

Nieważne. To był wieczór czarów. I tym czarom ulegli wszyscy bez wyjątku. Sentyment do własnej młodości, wieku straszliwych upokorzeń i zakochania na zabój, był ich wehikułem czasu. Nikt tu nikomu nie liczył zmarszczek ani lat, które upłynęły od matury. Unosili się w piance wypełnionej kolorami, dymem i Alanis Morissette z jej nieśmiertelnym hitem, którego refren śpiewali razem z całych sił. Jakby znowu mieli dziewiętnaście lat i poczucie, że powietrze przesyca buntownicza ironia.

Za parę godzin któregoś z tych uroczych efebów koledzy znajdą w toalecie. Zarzygany, z opuszczonymi spodniami zaśnie w kabinie. Zrobią mu zdjęcie komórką; zajebiste czasy, nie tylko dzieciaki potrafią się bawić. Inny przyśnie w sałatce. Jeszcze inny w jednym z gabinecików będzie toczył walkę ze słabnącą erekcją, w nadziei, że wreszcie zadowoli swoją szkolną miłość. A ona, rozłożona na aksamitnej sofie, zaśnie pod jego ciężarem, pod ciężarem bigosu i w oparach wódki. Reszta, mniej lub bardziej wstawiona, rozejdzie się do domów, hoteli, rodzin. Jeszcze obiecają sobie, że następny raz koniecznie za rok, bo po co czekać dziesięć lat, przecież czas tak szybko ucieka.

Nie zauważą, że po drugiej stronie ulicy w zaułku stoi dziwna postać, w ciemnym płaszczu, z kapturem nasuniętym na oczy. Nie rozpoznają w niej klasowej piękności. Ona sama też już siebie nie poznaje. Ale miała wystarczający instynkt samozachowawczy, bo jednak nie weszła do klubu. Nie chciała się tłumaczyć z męża, który przestawił jej kości policzkowe i nos. Nie, nie chirurg plastyczny. Przyzwoity człowiek z ustami pełnymi zasad i prawd wiary. I z sercem w dupie – jak mu powiedziała w czasie rozprawy rozwodowej. Ale o tym nikt nie wie i nie ma się dowiedzieć. O świcie piękność, odchodząc, zobaczy swoją twarz w wystawie z napisem „Totalna wyprzedaż", a imprezowicze zaczną trzeźwieć i z zażenowaniem przepraszać za ten numerek, bo przecież żona, dzieci... Za marny seks, bo lata lecą, a PESEL nie kłamie... Bo... co było, nie wróci.

Teraz jednak świat był jeszcze błyszczący i magiczny. Jeszcze uwodziły perfumy, światła, muzyka, feromony. Jeszcze byli paczką przyjaciół z budy. Piękni, młodsi niż na co dzień, dowcipniejsi niż zwykle.

Agata wróciła z toalety i zasiadła na kanapie naprzeciwko Sebastiana. Widział, że zatrzymała się na chwilę przy stoliku z trzema nietańczącymi kobietami.

– Koleżanki z klasy?

– Wiedźmy z *Makbeta* – fuknęła. Obejrzała się i pomachała do znajomych z serdecznym uśmiechem.

– Obgadują nas?

Zerkały w ich stronę, wyraźnie czymś poruszone.

– Powiedziałam im, że ojcem jest prezydent. Polski. – Położyła dłoń na brzuchu nagle zatroskana. – Sorry, skarbie. To kłamstwo. Ale te krowy nie muszą o tym wiedzieć. – Po czym zadowolona zaczęła się rozglądać za Magdą.

– Agata…?

Nawet nie odwróciła wzroku od parkietu. Załatwiła, co chciała załatwić, i już jej to nie interesowało. W przeciwieństwie do Sebastiana.

– Halo?

– Przez całe liceum słyszałam, że jestem brakującym ogniwem ewolucji.

– No i?

Uśmiechnęła się szeroko.

– Czujesz spaleniznę? To ich mózgi.

Magda nie pamiętała, żeby kiedykolwiek w życiu przetańczyła tyle piosenek i to właściwie bez przerwy. Nie miała nawet czasu, żeby pobiec do Agaty i Sebastiana. Kiedy chciało jej się pić, Szymon podsuwał jej kieliszek wina. Magda machała do przyjaciół i wracała na parkiet.

Ci na początku byli zdziwieni i zaniepokojeni. Teraz patrzyli już tylko z podziwem na wyczyny Magdy i Szymona. Serie obrotów, przeplotów… Albo nie wiedzieli, że Magda nocami ćwiczy akrobacje, albo Szymon był geniuszem tańca i potrafił prowadzić tak, że każda przy nim dorównywała mistrzom.

Dwójka przyjaciół spoglądała na siebie od czasu do czasu. Nie było za dużo do powiedzenia. Z Magdy jakby spadła czarna zasłona. Z żałobnego kokonu wykluł się motyl i właśnie cieszył się pierwszymi chwilami wolności. Przecież o to im chodziło. Chociaż gdyby nie Rafał i brzuch, Agata wyrwałaby kudły i przetrąciła gicze każdej lasce, która przeszkadzałaby jej się dobrać do tego szkolnego ciacha. Które ciachem pozostało. Dlatego rozumiała doskonale entuzjazm Magdy. Bo tak odbierała jej roztańczenie. Magda wreszcie mogła dorwać się do Szymona. Sebastian tylko uśmiechnął się do Magdy. I w tym uśmiechu była radość pomieszana z dumą. Jakby Magda zdała jakiś trudny egzamin.

Kiedy wrócili do mieszkania, Sebastian przygotował Agacie zieloną herbatę i włączył kawałek Małgorzaty Ostrowskiej. O wiośnie, która spóźnia się boleśnie. Nie chce nadejść.

A ja mam dość,
Ja tańczę po niebieskim niebie
I szlaki już przecieram
Ode mnie do ciebie
I niecierpliwe myśli zbieram do podróży
Żeby w podróży wolnością je odurzyć.

Właśnie trwała wiosna. A Magda właśnie przetańczyła całą noc!

Agata poszła się kąpać. Sebastian jeszcze raz włączył Ostrowską. Piosenka *Po niebieskim niebie* mogłaby być jego życiowym credo. Czasem jest beznadziejnie, ale najgłupsze, co można zrobić, to się poddać. No i ten fenomenalny wokal. Przy *Tańcu pingwina na szkle* Sebek pierwszy raz całował się z chłopakiem. Na początku liceum. W czasie szkolnej zabawy pobiegli na drugie piętro zapalić blanta. Podawali sobie dym z ust do ust, a z dołu, z sali gimnastycznej, dobiegało wycie *Pingwina*. Didżej był zdeklarowanym wielbicielem lat osiemdziesiątych i dopiero pod koniec szkolnych andrzejek puścił coś współczesnego.

Chłopak przestraszył się tej miłości, rodzice wywieźli go do innego miasta. Dzięki *Szklanej pogodzie* Sebastian przetrwał niejeden dół po rozstaniu. I mógł wyrzucić z siebie cały ból i bunt wobec społeczeństwa, które traktowało innych z niczym nieuzasadnioną wyższością, podczas gdy samo gnało w pośpiechu, żeby zamknąć się w czterech ścianach i tuczyć telewizyjną papką. Tak, Ostrowska pomagała przetrwać. Może dlatego jedyne fanowskie zdjęcie z artystą w jego życiorysie to właśnie selfie z Małgorzatą?

Zaśpiewał z nią refren:

A ja mam dość,
Ja tańczę po niebieskim niebie
I szlaki już przecieram
Ode mnie do ciebie
I niecierpliwe myśli zbieram do podróży
Żeby w podróży wolnością je odurzyć.

– Śniło mi się, że Magda tańczy? Mamy metamorfozę? – zażartował, kiedy Agata wyszła w piżamie z łazienki. Ziewała rozdzierająco.

– Sebuś, to za trudne słowo. Dobranoc. A właściwie dzień dobry – oznajmiła, zerkając na plamę porannego słońca na podłodze.

Sebek zastanawiał się chwilę, czy nie zadzwonić do Magdy albo nie puścić kontrolnego esemesa. Może trzeba ją ratować z opresji? Nie żeby ten Szymon wydawał się groźny, ale może oprzytomniała i chce wracać do domu, tylko nie wie którędy? Zaraz… Przecież to ona urodziła się w Olsztynie.

Przed snem sprawdził jeszcze Grindra. Zaglądał do tej apki coraz rzadziej. Jednak bardziej niż szukaniu kogoś na stałe, służyła radosnemu randkowaniu. A Sebastian chciał prawdziwego związku. Wiedział, że to mieszczańskie i w sumie całkiem konserwatywne marzenie, ale był zmęczony poznawaniem fajnych facetów na chwilę rozkoszy. Pragnął po prostu mieć rodzinę. W apce znalazł, tak jak się spodziewał, kilka propozycji szybkiego seksu. Plus parę pytań o szczegóły anatomiczne. Coraz częściej podejrzewał, że faceci, którzy myślą o poważnych związkach, nie buszują w internecie. Skasować profil? Poradzę się Magdy – postanowił i zasnął. Śniła mu się Małgorzata Ostrowska pląsająca z jego przyjaciółką po niebieskim niebie.

Rzeźba w parku Zamkowym zawsze ją przerażała. Kiedyś miała nawet przez nią powtarzający się koszmar senny. Siedziała na tej ogromnej, strasznej maszkarze, a ona unosiła ją w morze. Przerażona Magda oglądała się za siebie, krzyczała, wzywała pomocy, ale brzeg był coraz dalej i nikt jej nie słyszał. Ledwo już było widać kemping we Władysławowie, gdzie spędzali wakacje. Dwa obrazy, fontanna i morze, nałożyły się na siebie i sześcioletnia Magda przez kilka miesięcy zrywała rodziców w środku nocy panicznym krzykiem. Dzisiaj mogła się już z tego tylko śmiać.

Odkąd pomachali Agacie i Sebastianowi, gdy tamci odjeżdżali taksówką sprzed klubu, Magda się zmieniła. Jakby ta roześmiana, roztańczona kobieta należała do strefy nocy i sztucznych świateł. Jakby wschodzące słońce odbierało jej dobrą energię.

– Chodź. Muszę coś sprawdzić – powiedziała i ruszyła w stronę parku Zamkowego.

Szymon poszedł za nią bez zastanowienia. Instynkt łowcy mówił mu, że to zwierzyna godna wysiłku.

Magda zatrzymała się przed fontanną potocznie zwaną Rybą i opowiedziała mu o swoich dziecięcych lękach. Przetańczona noc zniknęła. Pękła mydlana, bajecznie kolorowa bańka. Świat stracił powab. I znowu był krainą pełną zagrożeń.

– Łatwiej było tańczyć – powiedział cicho.

Spojrzała na niego. W świetle poranka nadal był tym fajnym, miłym Szymonem. Tylko że teraz nie miała już ochoty tego ciągnąć. Czy mógł coś sobie wyobrazić? Lepiej, żeby nic. Agata i Sebastian byli daleko. Odjechali taksówką w poczuciu, że ich *mission impossible* przyniosła spektakularny skutek. Jakoś im wytłumaczy, że nie było szans na ciąg dalszy. Teraz musiała to wytłumaczyć Szymonowi. Wyciągnęła do niego rękę.

– Miło było cię spotkać. Trzymaj się.

Nie tego się spodziewał. Magdzie było trochę wstyd. Nie chciała, żeby myślał, że go wykorzystała. Trzeba to jakoś pokolorować.

– Świetnie się bawiłam. I dziękuję za spacer – dodała z miłym w swoim mniemaniu uśmiechem.

Szymon nie podał jej ręki. Za to przygarnął ją do siebie i pocałował. I zanim zdążyła coś zrobić, odsunął się. Właśnie dlatego, że nic nie zrobiła. Pocałunek nie polega na dotykaniu ustami spiętych warg drugiej osoby. Nie takiej reakcji oczekiwał.

– Magda...

– Pewnie wysłałam jakieś mylne sygnały. Nie chciałam.

Szymon uśmiechnął się, co ją zdziwiło. Spodziewała się, że będzie nadęty, obrażony. Że potraktuje to jako afront. Typowo. A on się sympatycznie uśmiechał.

– Ja chciałem. I cieszę się, że przetańczyliśmy całą noc.

Magda usiadła na ławce i wskazała Szymonowi miejsce obok siebie. Gdy usiadł, nie patrzyła na niego, tylko na rybę pośrodku fontanny. Nie była włączona.

– Chyba powinnam ci coś powiedzieć. – Chciała się wytłumaczyć. Żałoba, przyjaciele, ich wysiłki i jej pragnienie, żeby poczuli, że było warto.

– Słyszałem – wszedł jej w słowo Szymon.

Magda spojrzała na niego zdziwiona.

– O wypadku – sprecyzował.

Milczała, bo co mogła powiedzieć, żeby nie poczuć znowu wacianej kuli w gardle? Wstała i podeszła do obramowania fontanny.

– Dlaczego nie działa? – Nie chciała rozmawiać o Piotrze. Wciąż brakowało jej jego obecności. Wciąż łapała się na tym, że po wyjściu z fundacji chce sięgnąć po telefon, żeby zapytać, gdzie jest i co robi. Odpowiedzieć mu, że też go kocha.

Szymon stanął obok. Patrzył na nią.

– Bardzo ci współczuję.

– Dzięki. Ale... Nie chcę o tym rozmawiać. – Zamknąć temat. Koniec. Niech on już przestanie. Nie przestał:

– Agata i Sebastian martwią się o ciebie. Nie chciałaś im sprawić zawodu. Dlatego tak „świetnie" bawiłaś się na imprezie?

Magda poczuła, że za chwilę łzy przedrą się kanalikami i wypełnią jej oczy. A ona ich nie ukryje. Będzie stała słaba, bezradna i bezbronna przed tym właściwie obcym mężczyzną. Przecież kilka godzin tańca nie tworzy bliskości między ludźmi. To znaczy może stworzyć. Ale nie stworzyło. Jedynym namacalnym dowodem i skutkiem ich tańców były obolałe nogi.

– To nie było trudne do poskładania – dodał po chwili.

Nie chciała mu pokazywać swoich łez. I kiedy poczuła, że dłużej ich nie powstrzyma, z fontanny strzeliła woda. Poranny wiatr zniósł krople prosto na jej twarz. Zimna mgiełka przyniosła ulgę.

– Jeśli poczułeś się wykorzystany... przepraszam. I dziękuję.

Szymon chciał coś jeszcze powiedzieć, ale Magda odwróciła się i odeszła. Patrzył za nią. Po kilku krokach się obejrzała. Podniosła dłoń na pożegnanie i skręciła w poprzeczną alejkę. Z ulgą wyszła z parku na ulicę Zamkową.

17

BLOG MAGDY M.

To jednak dziwne uczucie, kiedy po latach spotykasz szkolną miłość. Chociaż czy ja wiem... Nie, to było jednak ledwo zauroczenie. O miłości wtedy, w liceum, jeszcze nic nie wiedziałam. Nie miałam też o niej pojęcia przez całe lata później. Zdarzały się jakieś większe lub mniejsze porywy serca. Ale miłość... Jeśli ktoś mówi wam, że serce jest pojemne, że nie tylko wiele zmieści, ale i wiele zniesie, nie wierzcie. Tak może twierdzić tylko ktoś, kto jeszcze nie kochał. I kto, być może, nigdy nie będzie umiał kochać.

I żeby było jasne, życie z Piotrem nie było ideałem. Bywał uparty. Przecież dlatego już go nie ma...

Po powrocie z O. pierwszy raz od miesięcy obudziłam się bez poczucia, że moje mieszkanie jest dla mnie dziesięć razy za wielkie. Że jest w nim wszystkiego za dużo: powietrza, ścian, sufitów. A moje łóżko to jakaś niekończąca się przestrzeń, której krańce sięgają za horyzont. Nie czułam też braku Piotra. To mnie przeraziło. Wcale nie było przyjemnie. Dotąd kiedy stwierdzałam jego brak – bolało. Ale teraz, kiedy nagle nie zabolało – było dziwnie. Rozumiem niepewność ludzi, którzy po miesiącach leżenia w łóżku mają zrobić pierwszy krok. Wszyscy oczekują wybuchu radości. To niemożliwe. Pierwsze kroki są nie mniej trudne niż leżenie bez ruchu. Tyle że inaczej.

I tak jest po śmierci bliskiej osoby. Najpierw boli cię jej brak. Strata. Nieobecność. Twoje uczucia, myśli są zwrócone ku temu, co się bezpowrotnie skończyło. A potem zdajesz sobie sprawę, że twoje życie być może jeszcze jest warte zachodu. Że wciąż może cię cieszyć, dawać poczucie spełnienia. Że czeka cię jeszcze mnóstwo zdarzeń, spotkań, szans. Choć wiesz, że tej osoby w tym wszystkim nie będzie. To inny ból. Równie dotkliwy.

Piotra już nigdy nie będzie w żadnym z ważnych momentów życia, jakie mi pozostały. A statystycznie rzecz biorąc, zostało ich więcej, niż minęło. Cokolwiek się zdarzy, nie będzie tego świadkiem. Zadzwoniłam do jego rodziców. Nie chcieli żadnych rzeczy po nim. Niech się przydadzą potrzebującym. Spakowałam więc jego ubrania i oddałam do schroniska dla bezdomnych. Zostawiłam tylko parę sztuk, na których przetrwała resztka jego zapachu. Czasem go potrzebuję. Kładę wtedy podkoszulek Piotra na poduszce obok i szybciej zasypiam. Niestety coraz bardziej pachnie mną, ale i tak zapewnia lepszy sen.

18

Karolina była przekonana, że Agata i Sebastian dali ciała. Skoro pojawiła się okazja, trzeba było Szymona zaklepać. Dopilnować. Namówić do przyjazdu do Warszawy.

– Duet rajfurów? Świetnie! Zwłaszcza Agata się nadaje – ironizował Sebastian.

Siedzieli na tarasie u Agaty, która już nie bardzo chciała się ruszać z domu. Wór na życie, jak mawiała, który wyrósł jej pod piersiami, miał swoje prawa i je egzekwował.

– Karolina, nawet ja, czyli istota, która jest już tylko inkubatorem pozbawionym mózgu, wiem, że to by go bardziej spłoszyło, niż zachęciło – orzekła przyszła matka z wygodnego leżaka z podparciem lędźwiowym. Podobno idealnego na ciążowe niewygody.

– Co się z wami dzieje? Skapcanieliście totalnie. Trzeba było improwizować. Wymyślić jakąś imprezę, rocznicę, okazję, na której mógł się pojawić jako osoba towarzysząca. Agata, że też ty na to nie wpadłaś...

Karolina przerwała. Spojrzenie Agaty znad wielkiego brzucha i rozdętych piersi mówiło wyraźnie, że nie można na nią liczyć. Ich właścicielka nie mogła liczyć nawet sama na siebie.

Jak nie nagłe parcie na pęcherz, to senność albo czkawka, jak nie paniczny głód, to spuchnięte nogi... W dodatku lekarz opieprzył ją za wyjazd do Olsztyna. Nie miał dobrego zdania o tamtejszym oddziale ginekologicznym. Najlepiej byłoby, gdyby Agata w ogóle nie oddalała się od łóżka. Co dziwne, koleżanki z dzieciństwa Magdy i Agaty wyrażały się w samych superlatywach o olsztyńskim szpitalu. W końcu Agata użyła resztki szarych komórek i przeprowadziła małe śledztwo. No i wydało się, że pracuje tam była narzeczona jej ginekologa. Była, bo wybrała chirurga naczyniowego, który miał szansę na ordynaturę.

Agata wyraziła słuszne oburzenie tym przerzucaniem osobistych urazów lekarza na cały oddział i miała nadzieję, że dzięki temu ginekolog nie wróci już do przykrego tematu leżenia. Ale wrócił. Dlatego na wszelki wypadek nie ruszała się z domu i dbała o to, żeby nie zostać sama. Co prawda są przecież komórki, ale po pierwsze, komórka Agaty wrednie wykorzystywała jej stan i ciągle gdzieś się przed nią chowała. Ile razy była potrzebna, to, do jasnej ciasnej, ani razu nie znajdowała się w kieszeni ogrodniczek, które okazały się najlepszym strojem na ostatnią, hipopotamią fazę ciąży. A po drugie, nawet gdy Agata pamiętała, gdzie telefon jest w danym momencie, to nie znaczy, że sama była w jego pobliżu. A przecież mogła być dosłownie wszędzie – jak na przykład parę dni temu, kiedy jeszcze miała nadzieję, że potrafi być samodzielną, samobieżną i stanowiącą o sobie istotą.

Tego dnia, zupełnie nagle i ku swojej radości, przypomniała sobie, gdzie są jej ulubione srebrne sandały Gino Rossi na korku. Była pewna, że przyniosą ulgę jej stopom umęczonym noszeniem dwóch osób. Z trudem wdrapała się więc na drabinkę w garderobie, bo nie wiedzieć dlaczego umieściła je pod samym sufitem, na szczycie pudełek z butami. Wtedy zaczęła dzwonić komórka. Rafał. Poznała po sygnale, jaki jej ustawił: *Nessun Dorma* w wykonaniu nieśmiertelnego Pavarottiego. Pamiętała, że kładła telefon na blacie w kuchni. Cholera! A miała go nosić ze sobą. W razie czego. Złapała sandały i zaczęła schodzić na dół. Szczebel po szczeblu. Jednak zanim zdołała dotrzeć do podłogi, telefon przestał dzwonić. I prawie natychmiast odezwał się sygnał teściowej, czyli *Blue Suede Shoes* Presleya. Rafał uważał, że to świetny pomysł, bo jego rodzice właśnie przy tej piosence po raz pierwszy się pocałowali na zabawie karnawałowej w przedszkolu. Rodzina Rafała miała mnóstwo takich legend. Agata, zdyszana i mokra od potu, była już na korytarzu pierwszego piętra, kiedy usłyszała *Prócz ciebie nic*. To Kayah i Kiljański wyznawali sobie miłość za pomocą dzwonka Magdy. Aha, czyli Rafał zadzwonił do matki, żeby sprawdzić, czy jest w domu. Jego matka natychmiast zadzwoniła do niej, a gdy Agata nie odpowiedziała, teściowa zaalarmowała Magdę. Agata wykończona zatrzymała się na półpiętrze. Dzwonek zamilkł. Wreszcie. A jednak nie! Bo już Edyta Górniak oznajmiała wszem wobec, że jest kobietą. No jasne, Karolina! Agata bywała zazdrosna o Magdę, potrafiła jej dogryźć, ale w jednym zawsze, absolutnie zawsze się z nią zgadzała. Jeśli któraś z nich miała prawo stanąć na każdym placu świata i zawołać: „Jestem kobietą", była to Karolina Waligórowa. I obie wiedziały, że decydowało o tym coś, z czym trzeba się urodzić. Żadna tam szkoła, wychowanie czy trening.

Teraz już tylko dziesięć schodków, żeby znaleźć się na parterze. Agata ruszyła dalej, trzymając się mocno poręczy. Zgadła, co teraz usłyszy. Była gotowa ostatnie stopnie pokonać prawie tanecznym krokiem. O ile można tak nazwać poruszanie się na kolumnach doryckich. To te najgrubsze, co pamiętała z objazdu greckich zabytków, który parę lat temu zarządziła matka Rafała pod hasłem: „Trzeba dotknąć kamieni, które są kolebką naszej kultury". Teraz Agata czekała na dzwonek Sebastiana. Właściwie to chyba on miał najlepiej dobrany sygnał. Pierwszy raz zobaczyła Sebka pod koniec ubiegłego stulecia na studenckim obciachparty w stylu lat siedemdziesiątych. Przyglądała się temu fantastycznie tańczącemu brunetowi z pazerną przyjemnością, gdy podeszła do niej spóźniona Magda. „Nie nasz target" – wyjaśniła krótko. A Sebastian szalał na parkiecie nieświadomy, że Magda urządziła mu właśnie *coming out*. I rzeczywiście – teraz buchnęły z telefonu pierwsze takty *Dancing Queen* Abby. W tym momencie Agata zorientowała się, że telefon dzwoni z drugiego piętra. Bo to w łazience gościnnej sypialni doznała olśnienia, że potrzebuje natychmiast ukochanych sandałów. Nie, już nie miała siły wdrapywać się z powrotem. Osunęła się na kanapę w salonie, żeby odsapnąć. Po paru minutach usłyszała podjeżdżające pod dom samochody i zdenerwowane okrzyki. Wreszcie sygnał karetki pogotowia, którą Rafał wezwał na wszelki wypadek. Po chwili do domu wpadła teściowa, za nią Magda, Karolina, Sebastian, lekarz, dwaj pielęgniarze i przerażony Rafał. Agata z sandałami w rękach patrzyła na ten pochód z nie mniejszym przejęciem. Od tamtej pory nosiła komórkę na skórzanej smyczy zawieszonej na szyi. Jak klucze w dzieciństwie.

Karolina usiadła w ratanowym fotelu. Sebastian w jakimś nagłym poczuciu winy spuścił z tonu:

– Może powinniśmy coś zrobić… Ale znasz Magdę. Gdybyśmy się wtrącili, mogłaby się wycofać. A ona tak się bawiła…

– Jak ty na obciachparty. *Dancing Queen*! – Agata zachichotała. Nikt nie zwrócił na nią uwagi. Jej nastroje i stany wciąż się zmieniały jak w kalejdoskopie.

– Jak go znaleźć? Przez Facebooka? Czy ona w ogóle ma go wśród znajomych? – Karolina miała już plan. Teraz pozostało go tylko zrealizować.

– Kto? Kogo? – Usłyszeli głos Magdy.

– Jak już się spóźniasz, to rób to solidniej. Tak żebyśmy mogli skończyć spiskować – jęknął Sebastian.

Magda ucałowała Agatę i dotknęła jej brzucha.

– W porządku?

– W porządku, pod warunkiem że zabierzesz stąd tego żandarma. – Agata wskazała Karolinę, kiepsko udając oburzoną. Zresztą Karolinie „ten żandarm" wcale nie przeszkadzał. Najważniejsza była misja.

– Co ci zrobiła?

– Bije nas – poskarżył się Sebastian.

Magda nie miała wątpliwości, że żartują. I specjalnie przesadzają. Sama jechała tu zestresowana akcją z mężem jednej z podopiecznych fundacji. Wpadł do biura pijany, żądając, żeby natychmiast dały mu adres ośrodka, w którym umieściły jego żonę. Odmówiły. Wtedy wyciągnął nóż, ale nie zdążył nawet przyłożyć ostrza do swojego nadgarstka, bo Jola w ułamku sekundy znalazła się za nim, błyskawicznym chwytem obaliła go na podłogę i unieruchomiła z wykręconą na plecy dłonią. Podciągnęła ją jeszcze mocniej, aż puścił nóż. Potem faceta zabrała policja. A Jola, zadowolona z siebie, zadzwoniła do instruktora samoobrony, żeby zdać relację z interwencji.

Magda z ulgą usiadła obok przyszłej matki i nalała sobie lemoniady. Wprawdzie trochę obawiała się konfrontacji z teściową Agaty, ale dla przyjaciółki była w stanie zaryzykować jakieś uwagi na temat za długiej żałoby. Na szczęście matki Rafała nie było w domu.

– Kto zacznie? – zapytała.

Karolina nie wahała się nawet sekundy:

– Te paple i tak ci powiedzą, więc nie ma sensu z tym zwlekać.

– Racja. – Magda uniosła szklankę z lemoniadą, jakby piła toast za Agatę i Sebastiana.

Karolina wyjęła komórkę i weszła w aplikację Facebooka. Pozostali patrzyli na nią, czekając na wynik. Karolina szybko przewijała stronę.

– Zaraz, zaraz... No nie ma. – Spojrzała na Magdę. – Dlaczego nie masz go wśród znajomych?

– Jakiego „go"?

– Dobrze wiesz. Mamy tu małą sensację, odkąd wróciliście z Olsztyna. Czekałam cierpliwie, aż coś się wydarzy. Wygląda na to, że nic nie ma się wydarzyć. Można wiedzieć dlaczego? – Ton Karoliny miał być oskarżycielski, ale nie do końca udało jej się wejść w rolę.

– Po pierwsze, nie wiem, czy on ma konto na fejsie. Po drugie, mieszka w Szczecinie. I nie zdradził się ani słowem, że chciałby się ze mną jeszcze spotkać.

Dla Magdy był to koniec tematu. Najwyraźniej tylko dla niej. Agata spojrzała na nią uważnie.

– To jeszcze niczego nie wyklucza.

– Wyklucza wszystko – upierała się Magda.

Sebastian miał swoje zdanie.

– Gdybym spotkał przystojnego faceta w odpowiednim wieku, który chciałby założyć ze mną rodzinę… Szczecin nie byłby za daleko.

Magda rzuciła mu zatroskane, czułe spojrzenie.

– Sebuś, z czegoś trzeba będzie zrezygnować. Albo przystojny, albo wiek, albo rodzina.

– Nie lubię, kiedy jesteś taka obrzydliwie mądra. – Skrzywił się pociesznie.

– Mam posypać głowę popiołem?

– Halo! – zgasiła ich Karolina. – Ja jednak chciałabym wiedzieć, co dalej z tym słynnym już Szymonem.

Magda spojrzała na przyjaciół i poczuła, jak ogarnia ją wzruszenie.

– Pamiętam, jak wypytywaliście mnie o Piotra. Na samym początku. Kiedy się umówię? Dlaczego nie chcę? I jak wysyłaliście mnie do Zakopanego po jego powrocie ze Stanów. Byliście cały czas obok. Cały czas się troszczyliście… – Nie mogła dalej mówić.

Agata położyła jej dłoń na ramieniu:

– Nikogo nie ubyło, o ile umiem policzyć do trzech.

– Wtedy było o co się troszczyć – dokończyła Magda, a oni wiedzieli, że czarne kolory nadal będą rządzić w jej szafie. I w sercu. I nic na to nie poradzą. Tylko Magda sama mogła sobie pomóc. A to jest zawsze najtrudniejsze.

Pomaganie było dla niej od zawsze oczywistym odruchem. Ratowanie piskląt, które wypadły z gniazda, osieroconych kotków znalezionych w piwnicy, chorej suczki dojrzanej z samochodu w przydrożnym rowie, gdy wracała z rodzicami z kempingu nad morzem, czy robienie zakupów wiekowej sąsiadce i wysłuchiwanie w kółko tych samych okupacyjnych wspomnień. Czasem to pomaganie przynosiło niespodziewane skutki. Jak wtedy, gdy poznała Agatę.

Pierwsza lekcja w liceum. Magda siedziała z jakimś chłopakiem i męczyła się straszliwie. W ogóle nie lubiła siedzieć z chłopakami, a ten w dodatku gburowato milczał. Niestety nie było wolnego miejsca. Magda z desperacją rozglądała się po klasie. Szybko zauważyła, że jedna z dziewczyn dość natarczywie zerka na jej sąsiada, więc na przerwie skwapliwie zaproponowała zamianę. Agata była szczęśliwa tylko przez dwie lekcje. Z każdą kolejną coraz wyraźniej czuła, że sąsiad ma problem z higieną. Wreszcie stanęła przed Magdą. Wydawało jej się, że to ciacho, a okazało się, że skwaśniały skunks. Czy mogą siedzieć razem? Solidarnie wyrzuciły skunksa z ławki.

Potem Magda zauważyła, że koleżanka nie zawsze ma drugie śniadanie. Dodała dwa do dwóch i potraktowała to jako przejaw jakiejś strasznej biedy. Kiedy próbowała dopytać, o co chodzi, Agata szybko zmieniała temat. Niewiele myśląc, przyszła pani mecenas zmusiła mamę, żeby zrobiły rodzinie Agaty zakupy spożywcze. Pani Miłowicz próbowała protestować, ale Magda przedstawiła sprawę jasno. Tam jest marnie. Jeśli mama najpierw pójdzie z nimi pogadać, to mogą się zawstydzić i nie przyjąć pomocy. Zresztą najlepiej, jak odwiedzi ich w czasie lekcji. Wtedy będzie szansa, że Agata się nie dowie, bo wygląda na dumną osobę. „Trzeba pomóc, mamo!" – zakończyła tyradę.

Następnego wieczora pod blokiem Magdy zatrzymała się miejska śmieciarka. Po chwili odezwał się dzwonek do drzwi. To ojciec Agaty razem z córką przywieźli z powrotem makarony, kasze i konserwy z pasztetem i rybami. Tamtego dnia, kiedy pani Miłowicz wybrała się z wizytą, zastała tylko mamę Agaty. Zostawiła jej pudło produktów, sama trochę zawstydzona tą nachalną pomocą. Zwłaszcza że matka Agaty jasno dała do zrozumienia, że nie chce żadnych darów. Wzięła je dopiero, kiedy zdesperowana Teresa przyznała, że ich córki są koleżankami i Magda bardzo chciała zrobić Agacie taki „prezent".

Ojciec Agaty postawił pudło na progu i szturchnął córkę w bok. Ta miała w oczach upokorzenie i nienawiść. Jednocześnie.

– Dziękujemy. Ale nie jesteśmy żebrakami.

Matka Magdy zaczerwieniła się i stęknęła:

– Ta panna się panu wytłumaczy.

Wciąż pełna najlepszych chęci Magda brnęła dalej:

– Ale to tylko taka mała pomoc. Jak będzie trzeba, zrobimy zbiórkę w całej szkole…

– W dupę sobie wsadźcie tę pomoc! Agata! – warknął mężczyzna i popychając latorośl przed sobą, zbiegł z drugiego piętra.

Do Magdy nie od razu dotarło, że przesadziła. Była oburzona. No jak to tak: ojciec rodziny nie chce zadbać o swoich bliskich? Przy okazji dostało się też jej własnemu ojcu. Nie odzywał się od lat. Miał w nosie córkę i żonę.

– Ale przysyła pieniądze. – Matka próbowała rozjaśnić ten czarny wizerunek.

– Nie chcę jego pieniędzy! Nie jesteśmy żebraczkami! Co on… – Magda nagle zamilkła. Wreszcie pojęła, co narobiła.

Następnego dnia po wejściu do klasy zobaczyła w swojej ławce kolegę skunksa. Agata nie odzywała się do niej jeszcze długo. Pogodziły się, gdy Magda nakryła Agatę, jak ta karmiła swoją kanapką bezdomnego psa w parku. W jej domu nie brakowało jedzenia. Za to matka wciąż wyrzucała córce, że jest za pulchna, a jednocześnie nie wypuszczała jej bez kanapek. Dlatego Agata pozbywała się drugiego śniadania. Magda zrozumiała, że jeśli pomoc ma być skuteczna, nie można jej udzielać wbrew woli ani bez sprawdzenia sytuacji zainteresowanego.

Ta lekcja bardzo jej się przydawała w Feminie. Żadna ofiara przemocy domowej nie jest gotowa do zmiany, dopóki sama o nią nie poprosi. Pomoc musi być bowiem powiązana ze współdziałaniem ofiary. A przecież i to nie zawsze wystarczało. Choćby po konfrontacji z wymaganiami fundacji. Właśnie wtedy kobiety najczęściej się wycofywały – na samym początku. Potem, za jakiś czas, wracały. Jeszcze bardziej pobite, udręczone, upokorzone. Wdeptane w ziemię. Z pytaniem: dlaczego on uważa, że mu wolno? Magda unikała wtedy odpowiedzi. W takim momencie należało je chronić przed prawdą. Nie powinny słyszeć, że ani tradycja rodzinna, ani system prawny i edukacyjny nie chronią słabszych przed silnymi. To od lat było niezmienne. Kobiety nadal uczy się, że bez mężczyzny sobie nie poradzą. Nie ma systemowej pomocy dla tych, które decydują się na rozwód. Pozostaje więc tkwić w opresyjnym związku. Jedynie organizacje pozarządowe próbują pomagać kobietom ułożyć sobie życie od nowa oraz uświadamiają im, że są ofiarami i mają prawo reagować. Niestety, większość z nich jest nadal bierna wobec przemocy. Także tej wobec własnych dzieci.

Magda po kilkunastu latach pracy miała świadomość, że to, co robi, jest kroplą w morzu potrzeb. A przecież nie chodziło tylko o pomoc udzielaną konkretnym kobietom czy rodzinom. To były także akcje uświadamiania politykom, że przeciwdziałanie przemocy jest ważne. Że słabych należy chronić. Wciąż pamiętała pewną panią senator, która na widok ulotek Feminy rzuciła krótko: „Niech dziękują Bogu, że mają chłopa w domu". Takie słowa miały jednak skutek odwrotny do zamierzonego. Przekonywały, że tym bardziej, tym mocniej, tym skuteczniej trzeba robić swoje. Te konkretne działania przynosiły największą satysfakcję. Każda uratowana z opresji kobieta, każde dziecko z matką odseparowane od przemocy fizycznej, psychicznej czy finansowej stanowiły sukces i powód do dumy. Nawet jeśli trzeba było przejść z ofiarą kolejne etapy zwątpienia. Tak jak z Sylwią. Czterdziestolatką, która już trzy razy zwracała się do fundacji o pomoc, a potem rezygnowała.

– Pani Magdo, on wczoraj przysięgał, że już nigdy tego nie zrobi. I błagał o szansę. To co ja miałam powiedzieć?

– Uwierzyła mu pani?

Sylwia milczała. Magda nie widziała jej oczu. Ciemne okulary skrywały wielkiego siniaka. Domyślała się, że kobieta z trudem powstrzymuje łzy. Przerażenie nowym życiem walczyło z przerażeniem życiem po staremu. Stała bezradnie. Przed chwilą wyszły z Feminy. Miały ustalony plan, ale nagle w głowie Sylwii odezwał się głos jej męża. Logistyka w firmie transportowej. I damskiego boksera.

Magda tylko po ruchu warg poznała, że Sylwia coś powiedziała. Odgadła co, ale musiała to usłyszeć wyraźnie. Nie dla siebie, tylko po to, żeby usłyszała to sama Sylwia.

– Nie dosłyszałam – stwierdziła Magda spokojnie.

– Nie, nie uwierzyłam. – Teraz Sylwia zdjęła okulary. W oczach miała resztki strachu. Dobre i to.

– Ile razy dawała mu pani szansę? – zapytała Magda.

Część z tych kobiet miała poczucie winy, w znacznym stopniu wypracowane dzięki wysiłkom ich mężczyzn. Poczucie własnej wartości? A co to takiego? Po latach poniżania nie potrafiły powiedzieć o sobie nic dobrego. Do szukania pomocy nie zmuszało ich przekonanie o niesprawiedliwości, bo jak bije czy dręczy, to pewnie ma za co. Zmuszał je ból. Najzwyklejszy, fizyczny, przerażający ból. Dlatego takie pytania były ryzykowne. Bo do poczucia winy za to, że on bije, mogło dojść nagle poczucie winy, że tak długo mu na to pozwalała. Ale Sylwia już przeszła ten proces. Popatrzyła Magdzie w oczy.

– Za dużo.

– Muszę wiedzieć, co pani zdecydowała.

Sylwia się wahała. Magda czuła, że ją traci. Znowu. I nie mogła jej do niczego zmusić. W tej chwili na ramię kobiety spadła ptasia kupa. Biała, rzadka i paskudna. Obie spojrzały w górę. To musiał być jakiś przelatujący nad podwórkiem ptasi flejtuch. Magda sięgnęła do torebki po chusteczki, lecz zatrzymała się w pół gestu, bo Sylwia nagle zaczęła się śmiać.

– Dobra wróżba. Na szczęście.

Co dokładnie miała na myśli? Śmiała się jeszcze chwilę, na granicy histerii. Wreszcie spoważniała.

– Czyli poradzę sobie bez niego. Koniec. Koniec z nim.

– Niech się pani spakuje. O osiemnastej przyjadą po was z ośrodka. Tam będziecie bezpieczni.

Sylwia była ofiarą przemocy fizycznej i finansowej. Mąż rozliczał ją z każdej złotówki. Każdą niezgodność karał biciem. Musiała zatrzymać się w ośrodku, bo nie miała za co żyć. A nie chciała już, żeby dzieci oglądały te sceny upokarzania jej za trzydzieści groszy. Na pomoc rodziców nie mogła liczyć, bo to oni zmuszali ją, by wracała do męża.

Kobieta uśmiechnęła się, założyła okulary i ruszyła w stronę przystanku. Magda stała chwilę i patrzyła za nią. O chwilę za długo. Gdyby wcześniej wsiadła do samochodu, zdążyłaby odjechać, zanim na podwórko wjechało czarne audi. Za kierownicą siedział Marek Orlik.

– Dzień dobry. – Wyskoczył z samochodu.

– Witam. – Przecież nie mogła odwzajemnić energicznego „dzień dobry", bo sam widok lekarza zaprzepaszczał szanse na to, że ten dzień może być choćby znośny. Dopiero kiedy Orlik podszedł, zauważyła, że wcale nie jest wesoły. Energiczny – tak, ale nie wesoły. Raczej poważny.

– Ile pani chce? Za moją sprawę? – Krótko, konkretnie, wprost do celu. Właściwie Magda powinna to docenić. Sama nie lubiła kluczenia, wykrętów i wybiegów. Albo, jak mawiała jej mama, „owijania w pazłotko". Ale u doktora Orlika to nie była zaleta. On w ogóle nie miał żadnych zalet. Po prostu nie stwierdzała ich obecności. Zero.

– Zapłacę każdą sumę – dodał. O, bynajmniej nie był to proszący ton. Koleś rozkazywał. To właśnie przeszkadzało Magdzie. Jego arogancja. Przyjechał prosić, a rozkazywał?

– Nie jestem na sprzedaż. – Magda otworzyła drzwi auta. Lekarz zrobił krok w jej stronę. Zbyt gwałtowny. Magda cofnęła się odruchowo i z ręki wypadł jej kluczyk do samochodu. Schylili się jednocześnie. Ona, bo nie chciała mu niczego zawdzięczać. On, bo chciał zrobić dobre wrażenie na adwokatce. Zderzenie głowami rzadko bywa przyjemne. Ale pół biedy, kiedy przytrafia się znajomym albo bliskim, a gorzej, kiedy walisz czołem w łeb gbura. Magda wyrwała mu kluczyki.

– Przepraszam.

Nie wiedziała, czy mówi to, bo powinien, czy naprawdę ma poczucie, że dał ciała.

– Polecam mecenasa... Malickiego. – Niech się Bartek ucieszy. Niech ma satysfakcję. Magdzie nie jest potrzebna.

Patrzył na nią wcale nie jak zbity pies. Nic z ofiary. Nic z zaszczutego zwierzaka. To, co widziała w jego oczach, to był... czysty testosteron. Brutalny. Przerażający.

– Broniła pani niejednego gnoja. Założę się. I co? Tamci byli okej, a ja nie? – To też nie było pytanie faceta, który ma problem. To było ostre pytanie faceta, który stwarza problemy.

– Proszę pana...

– Chodzi o to, co mówiłem o seksie, tak? O receptę na orgazmy? Bez przesady. Proszę się nie zachowywać jak dziesięciolatka.

Miała go dość. Od początku wiedziała, że to bez sensu. On też powinien to wiedzieć. Ile razy można takiemu powtarzać?

– Ja już nie bronię. Nie zajmuję się tym. Do widzenia.

Chciała wreszcie wsiąść do samochodu. Otworzyła drzwi i pochyliła się. W tej samej chwili poczuła, że mężczyzna chwyta ją za przedramię. Za mocno. I chyba sam się tego wystraszył, bo natychmiast cofnął rękę.

– Tak to się zaczęło? Próbował pan ją do czegoś przekonać, ona nie chciała, a wtedy testosteron zalał szare komórki?

– Nie, nie... Ja tylko... Przepraszam, nie chciałem. Ja...

Widziała, że jest coraz bardziej zdenerwowany. Rozejrzała się szybko po podwórku. Nie było nikogo. Żadnych świadków. Chciała stąd jak najszybciej uciec.

– Do widzenia. Nie mogę panu pomóc.

– Ja wiem. Wiem. To przez to, że... Nie umiem się sprzedawać. Trzeba się smutno uśmiechać, robić zbolałą minę. Pokazywać, jak się cierpi. Tylko że ja nie cierpię. Ja jestem, proszę pani, wkurwiony. Przez tę kobietę zaraz zacznę zawalać pracę. A to ostatnie, co chciałbym zaniedbać.

– Kariera najważniejsza? – Każdym słowem tylko potwierdzał pierwsze odczucia Magdy. Co ona tu jeszcze z nim robi?

– Kariera? – Wydawał się szczerze zaskoczony.

Magda nie pojmowała, co go tak zdziwiło w jej pytaniu. W gruncie rzeczy było retoryczne. Sam powiedział, że chodzi mu tylko o pracę. Czyli karierę. Proste.

Patrzył na nią i po raz pierwszy Magda dostrzegła w jego oczach coś oprócz buty. Coś w rodzaju smutku. Wrażenie jednak natychmiast zniknęło, bo Orlik uśmiechnął się ironicznie.

– Naprawdę mam pani kadzić? Że jest pani taka dobra? Że nikt inny, tylko pani może mi pomóc? Naprawdę to pani potrzebne? Wyżej panią oceniałem. Ale dobra. Jest pani najlepsza. Tylko pani...

– Niech pan się już nie wydurnia.

– On mówił, że pani to lubi… – Przerwał, bo zorientował się, że już nie ma o co walczyć. – Nieważne. Niepotrzebnie zawracałem pani głowę.

Odwrócił się i ruszył do swojego samochodu.

– Jaki „on"?! – krzyknęła za nim Magda.

W sekretariacie kancelarii nie było nikogo. Magda podeszła do pulpitu, za którym zwykle siedziała Kasia, i dopiero wtedy ją zauważyła. Sekretarka z rozpaczą w oczach klęczała przed otwartym wnętrzem kserokopiarki.

– Cześć. Jeszcze nie kupili nowej?

Kasia skrzywiła się z rezygnacją i wstała.

– Bartek powtarza, że skoro tak świetnie sobie z nią radzę, to po co wydawać pieniądze.

– A Wiktor?

– Szef jak zwykle zapomina o wszystkim oprócz rozpraw i sądu.

– Pocieszające, że są jeszcze miejsca, w których nic się nie zmienia. – Magda się uśmiechnęła. I dostrzegła, że Kasia uważnie się jej przygląda.

– Co się dzieje?

Kasia zawsze bezbłędnie wyczuwała nastroje prawników. Potrafiła też wczuć się w stan klientów, co się bardzo przydawało w kancelarii. Gdy ktoś na przykład był umówiony z Bartkiem, a Kasia widziała, że się nie dogadają, sprytnie kierowała taką osobę do Łukasza. Czyli swojego męża. Magda uśmiechnęła się do wspomnień ich rodzącej się miłości, potem związku, ciąży Kasi i nadopiekuńczości Łukasza.

To wszystko działo się w tym samym czasie, kiedy ona miała problemy z Piotrem. Bez znaczenia z dzisiejszej perspektywy.

– Uśmiechasz się pierwszy raz od miesięcy. To przez Olsztyn? – zapytała Kasia.

– Olsztyn? Skąd wiesz?

– Pani Karolina jest moim szpiegiem. Naprawdę się cieszę, że... No bo masz się lepiej, prawda?

Magda nie chciała wchodzić w szczegóły. Potwierdziła skinieniem głowy. I zmieniła temat.

– Są obaj? Pogadam z nimi o nowej maszynie. – Magda ruszyła do drzwi gabinetu Waligóry.

– Ooo, to może przelać czarę goryczy – ostrzegawczo rzuciła Kasia.

Prawniczka obejrzała się z nierozumiejącą miną.

– Dzwonił już doktor Orlik. I nie chciał Bartka zamiast ciebie. Rozumiesz? Urażona ambicja wycieka na ulicę.

Waligóra siedział za swoim biurkiem. Obok niego Bartek opierał się łokciami o blat. Gapili się w monitor laptopa.

– Nie są zbyt ostentacyjne? – zapytał Waligóra z wyraźnym wahaniem.

– Ostentacja jest lepsza od fałszywej skromności. – Na stanowczość sądów Bartka zawsze można było liczyć. Nawet gdy się mylił, był stuprocentowo pewny siebie.

– To co? Dwudziestki? – Waligóra nie odrywał wzroku od ekranu.

– Szukacie asystentek? – Magda obeszła biurko i zajrzała szefowi przez ramię. Na monitorze królowały felgi samochodowe.

Cóż by innego! Jak kobieta ma doła, pędzi do fryzjera. Facet zmienia felgi. – Aż tak was zabolała sprawa z Orlikiem?

Bartek się wyprostował. Spojrzał na Magdę, jakby ją dopiero teraz zobaczył.

– Wiktor, przyjacielu, pamiętasz, jak ci mówiłem, że ona to zrobi, a potem przyjdzie napawać się satysfakcją, że wystawiła nas do wiatru? *Ecce* Magda!

– Niczym się nie napawam. Przyszłam prosić, żebyście na mnie nie nasyłali klientów. Zwłaszcza takich, którzy wypytują o orgazmy.

Waligóra się skrzywił. Czyli to nie jego sprawka. Właściwie Magda już to wiedziała. Bartek uśmiechnął się z politowaniem.

– Magdusiu, byłem gotów swego czasu udostępnić ci możliwość doświadczenia boskich wręcz orgazmów, ale... – Teatralnie rozłożył ręce w geście bezradności. Waligóra podniósł się z fotela.

– Bartek, stop.

– Wiktor, przyjacielu...

– Stop! – Po czym Waligóra zwrócił się do Magdy: – Obaj namawialiśmy Orlika, żeby spróbował cię przekonać. Sama wiesz, że to będzie głośna sprawa. Reklama.

– Z tego, co wiem, zawsze byliśmy szanującą się kancelarią. I nie potrzebowaliśmy reklamowania się paskudnymi sprawami.

Bartek nie wytrzymał. Zanim Waligóra zdążył go powstrzymać, wypalił:

– Nie ma paskudnych spraw. Są tylko wygrane albo przegrane. Bałaś się klęski?

– Niezależnie od satysfakcji z wygranej sprawy, zawsze jest ryzyko niestrawności. Tego się bałam.

Waligóra uniósł ręce, jakby chciał ich przekląć. Bo chyba nie pobłogosławić?

– Bartek, musimy uszanować decyzję Magdy. Koniec, kropka.

Bartek spojrzał na koleżankę z typową dla siebie protekcjonalną niechęcią. Właściwie już jej to nie wkurzało. Śmieszyło raczej.

– Brakowało mi tej twojej wrednej natury – oznajmiła.

– O, czyżbyś planowała wrócić?

Waligóra spojrzał na nią uważnie.

– To byłaby wreszcie jakaś dobra wiadomość. – W tym oznajmującym zdaniu Wiktora czuło się jednak wyraźny znak zapytania.

– Nie musiałbyś kupować tych piekielnie drogich felg, zgodnie z teorią naszej domorosłej pani psychoanalityk. – Bartek obdarzył Magdę uroczym w swoim mniemaniu uśmiechem. Dla Magdy było to jak szczerzenie zębów rekina zamkniętego w solidnej klatce. Żałosny popis bezradnej złości.

Spojrzała przepraszająco na Waligórę.

– Kup te felgi. Wytłumaczę cię przed Karoliną.

W drzwiach Magda zatrzymała się jeszcze.

– I szarpnijcie się na nowe ksero. Bo wstyd!

Wyszła. Bartek chciał w dramatycznym geście walnąć pięścią w biurko, ale spojrzenie Waligóry go powstrzymało. Przez chwilę międlił w ustach jakieś przekleństwo, aż wreszcie wybuchł:

– I ona jeszcze mówi o wstydzie?!

Waligóra nie skomentował. Usiadł przy biurku i potwierdził zakup.

Są takie chwile w życiu, kiedy robisz coś, co wcale nie jest nadzwyczajne, lecz satysfakcja przekracza najśmielsze oczekiwania. Klasyczny przykład: starsza, ewidentnie schorowana kobieta przed apteką prosi o złotówkę, bo zbiera na maść, która przynosi jej ulgę, a jest nierefundowana, trzeba zapłacić całą kwotę, i przeprasza, że zaczepia, bo gdyby było ją stać, to nigdy… A ty prosisz, żeby weszła z tobą do środka, i kupujesz jej tę maść. I widzisz łzy w oczach kogoś, kogo życie nie oszczędzało. A w dodatku ten ktoś chwyta cię za rękę i mówi: „Mam na imię Marianna, niech ci Bóg błogosławi". Chociaż prawda jest taka, że to ona bardziej potrzebuje tych błogosławieństw. Ty sobie radzisz bez pomocy sfer niebieskich.

Magda stała przed kancelarią Waligóry przy Koszykowej. Patrzyła na tabliczkę: „Waligóra, Malicki, Miłowicz". Ależ była dumna, kiedy ją zobaczyła na fasadzie. Nie ma studenta prawa, który o tym nie marzy. Wbrew pozorom same studia niczego nikomu nie gwarantują. No, może oprócz szczęśliwców z rodzin prawniczych. Reszta, do której należała Magda, nie mogła liczyć na ułatwienia. Nikt im niczego nie obiecał. Nie mieli żadnej gwarancji, że po latach wkuwania, po egzaminach, które wypruwają z ciebie wszystkie siły, po upokorzeniach, kiedy twoi profesorowie popisują się klasyczną łaciną, a ty nie wiesz, o czym mówią, i cała twoja wiedza nagle staje się nic niewarta, po podstępnych pytaniach, przy których przesłuchanie przez służby wydaje się zabawą w piaskownicy, po całej tej katordze – nie mieli żadnej pewności, że życie przyniesie im choć odrobinę satysfakcji. Pieniądze? No tak, zarobisz na siebie. Satysfakcja nie jest jednak wpisana w ten zawód jak w zawód lekarza. Każdy lekarz ma bowiem pewność, że kogoś uratuje. A prawnik? Nic z tych rzeczy.

Niezależnie od wybranej specjalizacji możesz skończyć za biurkiem w korporacji, gdzie będziesz sprawdzać umowy. Do końca życia.

Uśmiechnęła się. Nie do tej tabliczki na ścianie budynku, tylko do siebie samej, bo fakt, że jej nazwisko widniało na szyldzie, był wyłącznie jej zasługą. I rezultatem wielu wyrzeczeń. Studia na Wydziale Prawa Uniwersytetu Warszawskiego. Ze swoimi niezłomnymi zasadami i ostentacyjną przyzwoitością wkurzała swoją grupę do tego stopnia, że przestali ją zapraszać na imprezy. Bali się, że donosi profesorom. Niesprawiedliwość tego podejrzenia bolała ją do żywego. Gdy zaczęli ją znowu zapraszać, bo wiedzieli już, że Magda jest beznadziejnie uczciwa, nie mogła się przemóc. Nie poszła ani razu, przekonana, że więcej zyska, kując prawo rzymskie i kodeks cywilny, niż patrząc na upokarzające ekscesy alkoholowe koleżanek i kolegów z roku. I rzeczywiście. W ten sposób zapewniła sobie doskonałe oceny i jeszcze przed dyplomem propozycję pracy u mecenasa Wiktora Waligóry, który prowadził zajęcia z prawa cywilnego. Magda wahała się wtedy, czy ją przyjąć. Obawiała się, że nie podoła. Czy to dla niej nie za wysokie progi? Czy nie lepiej byłoby wrócić do Olsztyna i zacząć od aplikacji w kancelarii mecenasa Trybuszki? Trybiki poszły jednak w ruch. Waligóra należał do tych, którzy wiedzą, czego chcą i jak to osiągnąć. A Magda dowiedziała się, że kancelaria Waligóry jest jej przeznaczona, gdy na korytarzu Wydziału Prawa zaczepiła ją zjawiskowo piękna kobieta.

– Magdalena Miłowicz?

Magda obejrzała się zaciekawiona. Szła właśnie z indeksem po wpisanie zaliczenia. Kobieta nie uśmiechała się, ale w jej oczach igrały wesołe ogniki.

– Mówiłam mu, żeby wybrał brzydką. Dla dobra naszego małżeństwa. Wolał najzdolniejszą.

Szczupła, w luźno zwisającej, długiej jedwabnej sukience, z wielkimi oczami o lekko kpiącym, ale życzliwym spojrzeniu i wydatnymi kośćmi policzkowymi, które lekko zaostrzały jej urodę, z jakąś niewiarygodną gracją wyciągnęła do Magdy rękę.

– Cześć. Karolina, żona Waligóry.

– A... Aha.

Karolina się uśmiechnęła. Serdecznie. Jak do dobrej znajomej.

– Spieszysz się czy skoczymy na kawę?

Magda błyskawicznie zdobyła wpis u asystenta od retoryki i kilkanaście minut potem były już w Telimenie na Krakowskim. Usiadły na piętrze, skąd miały widok na skwer Hoovera. Karolina popatrzyła w okno.

– Wiesz, dlaczego za niego wyszłam? Bo nic innego nie miało sensu. Waligóra nie jest zwykłym facetem. To znaczy jest. Ma wszystkie cechy takiego prawdziwego, normalnego, ograniczonego samca. Ale czym jest skarpetka w lodówce wobec tego, co Wiktor daje w zamian?

Magda milczała. Nie czuła się komfortowo, wysłuchując małżeńskich zwierzeń żony swojego, wciąż jeszcze, dziekana.

– Serio. Znalazłam rano po sylwestrze. Za to butelka po kefirze wylądowała w koszu z brudną bielizną. I nie. Nie był pijany.

– Na zajęciach nigdy mu się to nie zdarza.

– Nie ma pod ręką lodówki. – Karolina zaśmiała się.

Kiedy kelnerka podeszła do ich stolika, Waligórowa zamówiła dwie kawy. Dla Magdy bez cukru z kroplą mleka. Magda nawet nie zdążyła się odezwać. Popatrzyła na nową znajomą zszokowana i podejrzliwa. Co tu się dzieje? Karolina mrugnęła do niej.

– On widzi takie rzeczy i je zapamiętuje.

– To na pewno dobre dla ciebie. Dla waszego związku. Co ja mam z tym wspólnego?

– Wiktora.

Karolina powiedziała to tak zwyczajnie, tak po prostu, że nawet grom z jasnego, albo i ciemnego nieba nie zrobiłby na Magdzie takiego wrażenia. Waligórę? To znaczy, że co?! Żona dziekana podejrzewa, że Magda... Ona, która nigdy o żadnym przystojnym i zajętym facecie nie pomyślała nawet, że „ciacho" albo chociaż „niezły", albo najniewinniejszego: „szkoda, że zajęty". O nie. Trójkąt jako forma społeczna istniał dla niej wyłącznie w przypadku, gdy trzecim elementem było dziecko pozostałych dwóch osób, albo chociaż jednej z nich. Magda z oburzeniem spojrzała na Karolinę.

– Zwariowałaś?

– Tak. W chwili kiedy zdecydowałam, że będzie moim mężem. Powinnam wybrać jakiegoś urzędnika albo chociaż dentystę. Czy wtedy mogłabym jednak liczyć na ten dreszcz emocji? Nie. Waligóra trzyma mnie w stałym napięciu.

– Dlatego mnie podejrzewasz?

– O co? O nie... Magda!

Magda milczała. Nic już nie rozumiała. Karolina spoglądała na nią rozbawiona.

– Wiem, że jesteś w porządku. Gdyby było inaczej, nie wspomniałby o tobie ani słowem. Waligóra kocha cię jako prawnika. A skoro tak, przyjmij jego ofertę. Ty będziesz miała karierę, ja święty spokój. *Deal?*

Magda uścisnęła wyciągniętą dłoń Karoliny. I w ten sposób znalazła się w kancelarii Wiktora Waligóry. Wszystko, co zdarzyło się w jej życiu potem, było konsekwencją tamtej decyzji i tamtego momentu.

A teraz ten etap naprawdę się kończy. Nie dlatego, że miała dosyć prawa, jego zawiłości czy skomplikowanych, czasem strasznych, a czasem śmiesznych spraw. Koński ogon miał ją przyzwyczajać do tego, że Piotra już nie ma. Kancelaria, sąd i rozprawy boleśnie przypominałyby jej o tym, że był. Wspólni znajomi, miejsca... To wszystko rozdrapywałoby świeże wciąż rany. Magda nie chciała się na to narażać. Nie mogła, jeśli kiedykolwiek jeszcze miałaby cieszyć się swoim... No dobra. Niech będzie: życiem. Chociaż bez Piotra to jednak za duże słowo.

Otworzyła drzwi swojego mini. Jeszcze raz spojrzała na budynek, który mieścił jeszcze wciąż jej kancelarię. Widziała okno swojego gabinetu i fragment balustrady tarasu, na który uciekała, żeby pogadać z Łukaszem. Tak, to ostateczne rozstanie. Nie będzie już tu nawet przyjeżdżać. To, co się skończyło, musi zostać tam, gdzie jego miejsce. W przeszłości. To była ta jej nienadzwyczajna decyzja, która miała przynieść wspaniały efekt. W tym wypadku ulgę.

Nagle usłyszała dzwonek swojej komórki. Zerknęła na ekran i się zdziwiła.

19

– Rafał? Hej…

Najpierw nie mogła zrozumieć, co mąż jej przyjaciółki mówi. Nie dlatego, że krzyczał. To był jakiś dziwny jęk, bełkot. Pierwsza myśl:

– Jesteś pijany?

Cisza w telefonie. Przerwało połączenie? Nie. Po sekundzie Magda usłyszała, że on… płacze.

– Agata. O Jezu! Agata krwawi! Je…

W tle usłyszała wystraszony głos Agaty:

– Magda, powiedz mu, żeby przestał ryczeć, bo go zabiję.

– Rafał, daj ją na głośnik! – rozkazała Magda i natychmiast usłyszała Agatę.

– Jest głośnik.

– Krwawisz?! Agatka, mów do mnie! – Była tak zdenerwowana, że zawróciła na torach tramwajowych. Jeśli coś jest nie tak z Agatą, to na pewno jadą do Bielańskiego. Mieli tam swojego lekarza.

– Och, robią niepotrzebną aferę! Zgadza się, doktorze? – Agata starała się zaśmiać, ale nie wyszło, głos jej się załamał.

Magda usłyszała w słuchawce obcy głos. Bardzo poważny:

– Niech pani leży spokojnie.

I odpowiedź Agaty:

– Chcę tylko podać mężowi chusteczkę!

– Cholera! Nie wolno się pani ruszać! – Stało się jasne, że ratownik był spanikowany. A niewiele jest sytuacji, które mogą zmącić ich profesjonalny spokój. Co nie znaczy, że nic ich nie rusza. Przeciwnie, rusza ich wiele. I staruszka, co o trzeciej nad ranem snuje się po parku w nocnej koszuli sztywnej od odchodów i nie pamięta ani nazwiska, ani adresu. I młody chłopak z fiutkiem zakleszczonym w butelce od coli. I dziecko pobite przez konkubenta matki, podczas gdy ona uparcie twierdzi, że samo złamało sobie rączkę, bo jest niedorajdą… Rusza ich. Tylko nie mogą tego po sobie pokazać. Co tam się działo, że ten pokazał?

– Co tam się dzieje? – Magdzie udzieliła się panika. Rafał też nie ryczałby bez powodu. Wciąż słyszała jego ciche zawodzenie.

– Wyrwałam sobie z ręki to coś… Jak to się nazywa? Niechcący. – Agata brzmiała dziwnie. Niby na luzie, ale kompletnie nie było w tym jej radosno-zaczepnego charakteru. To był luz, który miał pokryć… Przerażenie? – Pan się nie denerwuje.

– Wenflon – rzucił ratownik.

Przez chwilę Magda słyszała tylko wycie syreny ambulansu.

– Cholera, zjeżdżaj! Agatka, to nie do ciebie, kochana! Do idioty, który mi zajechał drogę. Jestem już przy Hali Mirowskiej. A wy?

Nie poznawała głosu Rafała. Zapłakany, krańcowo przerażony mężczyzna to jednak rzadkie zjawisko. Chyba zwrócił się do ratownika.

– Aaa… my?

– Dojeżdżamy – usłyszała ten sam poważny głos.

– Agata, słyszysz? Zaraz będziecie w szpitalu. Zajmą się wami! Będzie dobrze! I ręce precz od wenflonu!

Agata powtórzyła jeszcze:

– Niech on przestanie ryczeć. – I połączenie zostało przerwane.

Magda wpadła na oddział położniczy. Przed gabinetem lekarskim stał Rafał. Bez ruchu. Gapił się na młodego lekarza, blondyna z lekko wyłupiastymi oczami. Za wąskie wargi jak na tak młodego faceta, ale w sumie miły i budzący zaufanie. W najgorszym wypadku Magda uznałaby go za podejrzanego, gdyby chodziło o kradzież bielizny pielęgniarek z ich szafek w szatni. Ale nic ponadto. Lekarz tłumaczył coś Rafałowi, a ten gapił się na niego niewidzącym wzrokiem. Widać było, że nic nie dociera do jego mózgu.

– Magda Miłowicz. Jestem przyjaciółką pani Żywieckiej – przedstawiła się Magda, podchodząc do nich. – Co z nią?

Lekarz spojrzał na Rafała. Ten skinął głową.

– Pani Agata nie zgadza się na cesarskie cięcie. – Lekarz stał przed nią poważny i przejęty. – Pacjentka krwawiła z macicy. Szczęśliwie udało się zatrzymać krwotok. Nie wiadomo, na jak długo. Powinniśmy natychmiast zakończyć ciążę. Jeśli zareagujemy za późno, być może pojawi się konieczność wycięcia macicy. Ale to i tak drobiazg w porównaniu z dzieckiem. Może nie przeżyć.

– Byłeś u niej? – Magda zwróciła się do Rafała. Miał zapuchnięte od płaczu powieki. Potwierdził.

– Rzuciła we mnie komórką. – W dłoni miał wybebeszony telefon Agaty. W wytrzeszczonych oczach rozpacz i bezradność. Wyglądał, jakby za chwilę miał umrzeć.

Magda zorientowała się, że Rafał przestał oddychać. Odruchowo strzeliła go pięścią w splot słoneczny. Mężczyzna z głośnym jękiem wciągnął powietrze. Przepona zaczęła pracować. Lekarz spojrzał na prawniczkę z uznaniem.

– Prawidłowa reakcja.

– Panie doktorze, czy mogę... – Ledwo zaczęła, lekarz otworzył przed nią drzwi.

Gdzieś w zakamarkach ludzkiej psychiki ukryty jest mały mechanizm, albo może jakiś gen, który powoduje, że lubimy się ścigać. Z czasem, z innymi ludźmi, z własnymi niedoskonałościami. Z ograniczeniami ciała i umysłu. Sprawia, że wciąż szukamy nowych wyzwań, które będą nas zmuszały do przekraczania nowych granic. Zdobywania następnych szczytów. Zamieniania kolejnych „niemożliwych" w „jak najbardziej możliwe".

Tak, cała ludzkość to ma. Niektórzy tak głęboko ukryte, że uaktywnia się raz, może kilka razy w życiu. Nagle czują wyrzut adrenaliny do organizmu. Serce pompuje krew tak szybko, że cały świat dookoła wydaje się zwalniać. Jak w Matriksie. Prawdą jest też, że gdyby nie ten mechanizm, czy może gen, do dzisiaj siedzielibyśmy w jaskiniach. Bez ognia. Bo pierwszy, który zaczął penetrować okolicę, szukać poza znanym terenem, który oswoił ogień, potem materię, zaczął wytapiać żelazo, a w końcu stworzył maszynę parową i smartfona, to za każdym razem był właśnie osobnik o najsilniej rozwiniętym genie ścigania się.

Gdzieś pośrodku w tej stawce znajdował się mężczyzna na wypasionym rowerze Speca. Z jednej strony lubił poczuć totalne zmęczenie jazdą, ale z drugiej nie miał potrzeby ryzykowania życia i zdrowia. Karbonowe rama i koła, podwójne zawieszenie, wyposażenie z górnej półki. Nie na darmo ten model miał w nazwie mało skromne słówko „Expert". Mocna, zwinna, lekka i cholernie szybka szlakowa maszyna. Sprzęt, który sprawiał, że każda trasa dawała przyjemność z połykania kolejnych kilometrów bez szans na przyglądanie się widokom. Właśnie to lubił jego użytkownik. Szybkie pokonywanie szlaków. Szosówki odpadały z powodu smrodu spalin. Zjazdowe szaleństwa nie wchodziły w grę, bo czuł się zbyt odpowiedzialny, i to wcale nie za siebie. Liczba kontuzji w downhillu znacznie przekraczała średnią urazów w sporcie rowerowym. Zresztą po co łamać sobie kości, skoro jemu wyrzut adrenaliny dawało porządne wydziczenie się na szlaku? Pola, łąki, bezdroża, leśne dukty, ścieżki i prędkość.

Dojechał z Powiśla na Bielany. Był już blisko wjazdu do parku Młocińskiego, kiedy zadzwonił telefon. Kliknął pilota słuchawek. To był bezdyskusyjny priorytet: odebrać telefon o każdej porze dnia i nocy. Niezależnie od tego, co i z kim robił, czym lub kim był zajęty, co zaprzątało jego myśli. Głos, który usłyszał w słuchawce, był ostatnim, jakiego się spodziewał.

– Potrzebuję pomocy.

Kilkanaście minut wcześniej, kiedy Magda stanęła przy łóżku Agaty, usłyszała:

– Żadnego cesarskiego ani królewskiego! W ogóle żadnego szatańskiego cięcia mi nie zrobią! – W oczach przyjaciółki zobaczyła coś, czego tam nie powinno być. Szaleństwo. To nie była Agata. To była jakaś wariatka, która szarpała się na łóżku z rękami przywiązanymi do poręczy.

– Agatka, co się dzieje?

– Chcą mnie zabić. I dziecko też. – Spojrzała wymownie na kobietę w białym kitlu, która przy sąsiednim łóżku sprawdzała stan kroplówki innej ciężarnej. Zarzut nie zrobił wrażenia na pielęgniarce.

– Musieliśmy panią unieruchomić, bo wyrywała pani wenflon – wyjaśniła spokojnie. Widocznie nie takie numery już widziała.

– Bo ja chcę rodzić. A nie faszerować się sztuczną krwią!

– Sztuczną? – Magda się zaniepokoiła.

– Nie jest sztuczna. Tłumaczyłam też, że jak nie będzie zgody na cesarskie, to pewnie lekarz dyżurny wezwie sąd. Żeby ratować pani życie. I dziecka. – Pielęgniarka mówiła rzeczowym tonem. Nie wyglądała na potwora, który chce kogokolwiek skrzywdzić. Dodała jeszcze: – Niech pani ją przekona.

Argumenty prawniczki nie zadziałały. Ani te o odpowiedzialności, ani o zdrowiu Agaty i dziecka, ani o zaufaniu do lekarzy. Agata już nie miotała się na łóżku, tylko szeptem prosiła Magdę, żeby ją uwolniła i zabrała z tej kostnicy. Tu się umiera. Magda próbowała się dowiedzieć, skąd to przekonanie, ale przyjaciółka tylko przewracała oczami i szeptała:

– Z pewnego źródła. – A na pytanie, co to za źródło, robiła tajemniczą minę. – Nie mogę powiedzieć, bo się domyślą.

Magda w poczuciu całkowitej bezradności wróciła na korytarz i dowiedziała się, że szpital wezwał sędziego. Wtedy właśnie zadzwoniła do Orlika.

Długość, wysokość, waga mają w sobie coś z niepodważalnego konkretu. I żelaznej kosekwencji. A czas? Niby mamy sposób na zamykanie go w klatkach zegarów. Na stronach kalendarzy. Tylko on tam nigdy nie zostaje. Zawsze znajdzie sposób, żeby się wydostać, żeby sekunda nie była równa sekundzie, a godzina godzinie. Żeby żaden luty nie był taki sam jak poprzedni ani jak następny. Żeby jeden rok wlókł się w nieskończoność, a następny przemknął w okamgnieniu.

Magda chodziła nerwowo w tę i z powrotem po korytarzu, obracając telefon w dłoni. Gdy docierała do końca, sprawdzała na ekranie, ile upłynęło czasu. Potem zawracała i po czterdziestu krokach osiągała punkt przy drzwiach sali zabiegowej, gdzie znów zerkała na komórkę. Sekundy płynęły tak wolno, jakby ktoś wrzucił wszystkie zegary do basenu z miodem. Wiadomo, że czas miewa takie właściwości. Potrafi zwolnić albo przyspieszyć. W tej chwili Magdzie było potrzebne przyspieszenie. Żeby zapewnić bezpieczeństwo Agacie, dziecku i Rafałowi. Ale czas właśnie teraz sobie zwolnił. Sekundy człapały coraz wolnej. Jakby przedzierały się w tym gęstym miodzie w stronę brzegu basenu. Ze słabnącą nadzieją, że się uda. Że to w ogóle możliwe. Że kiedykolwiek nastąpi.

Rafał siedział na krześle, obejmując głowę dłońmi. Magda nie widziała jego twarzy, ale wiedziała, że płacze. Trudno było się nie domyślić; na podłogę spadały łzy. To nie były delikatne kapnięcia. Każda ważyła tony. Tony miłości do Agaty, tony lęku przed utratą jej i dziecka, wreszcie tony bezradności. Magda słyszała każdą z nich. Razem z tykaniem zegara nad drzwiami oddziału tworzyły jakieś ponure, nerwowe staccato.

Ktoś wciąż przechodził korytarzem, pojawiali się ojcowie – nie zawsze trzeźwi, tych nietrzeźwych ochrona wyprowadzała, matki szły do sali wcześniaków zobaczyć swoje maleństwa, młody chłopak przyprowadził babcię, żeby pokazać jej swojego syna, ale starowinka źle się poczuła i trzeba było jechać na kardiologię, jakiś mężczyzna wyprowadzał z oddziału zapłakaną kobietę, szepcząc jej coś o złym Bogu... To wszystko działo się tuż obok. Magda mijała tych ludzi w swojej wędrówce między ścianą a drzwiami i powtarzała sobie, że ich sprawy jej nie dotyczą. Ani jej, ani Agaty, dziecka czy Rafała. Ani lekarza, na którego czekała.

Kiedy wyszła z sali, w której leżała Agata, Rafał spojrzał na nią pytająco. Magda pokręciła przecząco głową. Bezdenna bezradność w oczach dorosłego faceta to widok, po którym trudno myśleć o ludzkości jak o silnym gatunku. W takim spojrzeniu objawia się cała kruchość naszego jestestwa.

Wreszcie ktoś przekręcił potencjometr w drugą stronę. Czas ruszył z kopyta. Na korytarz wbiegł Marek Orlik. Nie tracił ani chwili na powitania.

– Gdzie ona jest?

Magda wskazała drzwi, zmierzając w jego stronę z końca korytarza. Chciała mu powiedzieć, że... Nie zdążyła. Orlik wpadł do środka. Drzwi zamknęły się przed jej nosem. Obejrzała się na Rafała, ale ten niczego nie zauważył. Wciąż siedział ze spuszczoną głową. Zza drzwi Magda usłyszała stłumione głosy. Nacisnęła klamkę.

– Spróbuj. Sędzia już jedzie – powiedział znany jej już blondyn. Magda przypomniała sobie, że Orlik robił tutaj specjalizację. Teraz stał przed Agatą, a ta patrzyła na niego szeroko otwartymi oczami.

– Kim pan jest? Czego pan chce? – Była wyraźnie przestraszona. – Pan z sądu?

Magda wsunęła głowę do środka. Widziała strach w oczach Agaty.

– Agatko, to jest Orlik. Ten Orlik – doprecyzowała.

– Ten gwałciciel? Jak to? Skąd się tu wziął? – Agata podniosła się na łóżku, jednocześnie podnosząc głos. Pielęgniarka czujnie ruszyła w jej stronę.

– Proszę się uspokoić – poprosiła łagodnie.

Agata nie miała jednak zamiaru nikogo słuchać.

– Wezwijcie policję, niech zobaczą, co robicie z ludźmi! – krzyknęła do siostry.

Orlik tylko spojrzał na blondyna, a ten natychmiast pokazał pielęgniarce, żeby się wycofała. Sam zaciągnął zasłonę przy łóżku Agaty. Została sama z Orlikiem. No, nie całkiem. Magda za milczącym pozwoleniem lekarza stanęła niewidoczna po drugiej stronie kotary.

– O co pani chodzi? Proszę powiedzieć. To moi znajomi ze studiów i ze specjalizacji. Załatwię to z nimi. Zgoda? – Orlik powiedział to, jakby pytał, gdzie kupiła taki fajny żakiet. Albo którędy na lodowisko. Agata milczała. Magda wiedziała, że przyjaciółka ma zaciśnięte usta i patrzy w sufit. To był jej sposób na to, żeby problem zniknął. Ale Orlik nie znikał.

– Co jest złego w cesarskim?

– Nie wie pan? To co z pana za lekarz? – Wzrok cały czas wbity w sufit.

– Wiem, jakie są zagrożenia. Wiem też, jakie są zagrożenia przy krwotoku. To, że udało się go zatrzymać, nie czyni pani bezpieczną. Ani dziecka. – Mówił tak łagodnym i dobrodusznym tonem, jakby przekazywał jej jakąś miłą nowinę. To nie brzmiało strasznie. To brzmiało przyjemnie. Magda zrozumiała, że ginekolog przede wszystkim nie chce Agaty straszyć. Próbował rozładować jej stres, a dopiero potem przekonać.

– A jak mnie potniecie i zaszyjecie mi w brzuchu nożyczki? Albo połamiecie dziecku nóżki? Albo dostanę za dużo znieczulenia? I skończę jako roślina domowa, to co? Co wtedy? – rzuciła Agata oskarżycielsko.

– Czego się pani naczytała? Blogów w internecie? – zapytał zdumiony.

– Nie mogę powiedzieć. – Najwyraźniej źródło informacji miało pozostać tajne.

– To tajemnica? – Ściszył głos do szeptu. Budził zaufanie. Chyba większe niż Magda.

– Bo... bo w szpitalach lekceważą wszystko, co mówi pacjent. Liczą się tylko te wasze statystyki! I następny, proszę! I następny! Te kobiety przez to przeszły. Nie wymyśliły sobie!

Zapadła cisza. No tak. Mądrości z Google'a! Agata całymi dniami wertowała internet i blogi młodych matek. Paranoja na własne życzenie.

– Tam jest sama prawda! Jedna ma dziecko z porażeniem, drugie zmarło, a ja... Ja chcę, żeby moje było zdrowe. To tak trudno zrozumieć?! – wykrzyczała.

– Równie dobrze można powiedzieć, że skoro jeden motocyklista zabił się na drodze, to motocykle są seryjnymi mordercami.

Przez twarz Magdy przebiegł ledwo widoczny skurcz.

– Dlaczego pan mówi o motocyklach? – zaciekawiła się Agata.

– Bo to dobry przykład – odparł Orlik. – Wypadki są pojedynczymi losowymi zdarzeniami. Nie tworzą reguł. Tutaj pracują naprawdę świetni lekarze. Urodzi pani błyskawicznie. To co?

Cisza. Magda już chciała wyjrzeć zza zasłony, kiedy Agata się odezwała.

– A zasiedlanie florą bakteryjną? Po cesarskim nie wolno! A bez tego dziecko jest bezbronne! – wyrzuciła z siebie desperacko. To był chyba jej ostatni argument.

– Jeśli ktoś nie pozwolił położyć dziecka koło matki, to musiał mieć powody. Na przykład wcześniactwo albo konieczność reanimacji noworodka. To też są wyjątki. Zrobimy, co w naszej mocy, żeby pani urodziła bez problemu. A potem położymy dziecko obok pani i wpuścimy tatę, żeby jego flora też zasiedlała malucha. W porządku?

– Flora taty też?

– Koniecznie.

Prawniczka nie wytrzymała i wyjrzała zza zasłony. Rozanielona Agata miała oczy pełne łez. A Magda zauważyła, że kostki na dłoniach Orlika są zbielałe od zaciskania ich na ramie łóżka. Czyli ten spokój i cierpliwość to były pozory. W napięciu czekał na reakcję ciężarnej. Wreszcie Agata zapytała:

– Obiecuje pan?

Matka Rafała, pani Barbara Żywiecka, stała przed szpitalem i paliła papierosa. Prawdziwego. Kiedyś Rafał zaproponował jej przejście na elektroniczne.

– W życiu, synku, kurwa, *never* – zamknęła temat.

Hrabiowskie korzenie nie przeszkadzały jej użyć siarczystego słowa, jeśli miała na to ochotę. Poza tym zawsze pachniała jakimiś obłędnymi perfumami i miętówkami. No tak, przecież od damy nie może walić dymem papierosowym.

Wyszły razem przed budynek. Tam, w szpitalu, na lewo od wyjścia z poczekalni, gdzieś za kilkoma parami drzwi wciąż trwała walka o Agatę i jej córkę. Niestety, zanim rodzącą znieczulono do cesarskiego, krwotok się powtórzył. Teraz matka spała po operacji i transfuzji, a dziewczynka była badana. Lekarze czuwali nad Agatą. Nie wolno było jeszcze do niej wchodzić.

– Jak będzie? – zapytała Barbara, zaciągając się dymem.

– Nie wiem... To znaczy, mam nadzieję, że dobrze.

Barbara uśmiechnęła się lekko. Nie beztrosko, tylko nieznacznie. Siatka zmarszczek na jej twarzy odrobinę się poruszyła. Dodawały jej tylko klasy.

– To samo powiedziałam ojcu Rafała, kiedy zaczęli się dobijać nad ranem trzynastego grudnia. Stał w piżamie w przedpokoju i patrzył na drzwi. Mocne były. Przedwojenne. Kazałam mu się spokojnie ubrać. Drzwi rozwalili. Ale on nie złapał grypy jak inni.

Barbara wyjęła papierosy, podsunęła Magdzie, lecz ona tego nie zauważyła. Patrzyła na ambulans, z którego właśnie wyciągali nosze z młodym mężczyzną w skórach. Motocyklowych. Barbarze jeden rzut oka wystarczył, by wiedzieć, co się dzieje. Ale milczała. Każdy musi sam uporać się ze stratą. Nie da się przyspieszyć żałoby. A po żałobie nie ma sposobu na to, żeby przestać odczuwać ten nagły ucisk w żołądku. Ten, który zapewne czuła teraz Magda.

Mężczyzna na noszach jęczał. Jedna z jego nóg była jakąś bezkształtną masą. Ratownicy wjechali z nim do wnętrza.

Szpital wchłonął jego ból. Magda zauważyła spojrzenie Barbary. Milczała.

– Postaraj się, żeby następny nie był motocyklistą.

– Nie będzie następnego. – Magda była pewna swoich słów. I wierzyła głęboko, że wie, co mówi. Barbara miała jednak inne zdanie.

– Będzie. Musi być. Inaczej życie nie miałoby sensu. Tylko nie motocyklista.

Magda nie miała ochoty dyskutować. Po co? To był punkt widzenia Barbary. Z punktu widzenia Magdy żaden następny mężczyzna nie miał najmniejszej szansy na jakąkolwiek szansę, żeby mieć kiedykolwiek szansę na szansę zostania „następnym". Gdyby było inaczej, gdyby Magda brała pod uwagę, że ktoś kiedyś pojawi się w jej życiu i zajmie miejsce Piotra, wtedy na pewno nie powinien mieć nic wspólnego z motocyklami. A przecież wiadomo, że nikogo takiego nie będzie.

Barbara obrzuciła ją tym swoim lekko ironicznym spojrzeniem.

– Widzę te czarne szaty. Ciągle opłakujesz. Nawet nie zaprzeczaj, bo będę musiała zmienić zdanie i traktować cię jak idiotkę, a nie sensowną kobietę. Czarne pozwala ci trzymać się Piotra. Tylko po co? Wszystko, co ci dał, masz w sercu, we wspomnieniach. A nie w tym eleganckim, ale jednak ponurym kolorze. Jeśli liczysz, że wdowia barwa odstraszy inne samce, to się bardzo mylisz. Z historii i z doświadczenia wiemy, że atrakcyjna samica pozostaje atrakcyjna bez względu na to, w jakie barwy się oblecze.

– Pani Barbaro... Swoją żałobę przeżywam po swojemu. Proszę mi na to pozwolić.

– Nie zabraniam ci marnować życia. Proszę bardzo, marnuj sobie do woli. O ile robisz to świadomie.

Magda miała wrażenie, że jest w pułapce. Niemalże słyszała, jak zatrzasnęły się za nią drzwiczki klatki z serem, który niestety okazał się wabikiem, a nie darmową wyżerką. Teraz musiała zapłacić za to, że się skusiła. Myszka Magda dała się złapać. I co teraz? Czy najlepszą obroną nie jest atak?

– Ja sobie marnuję? Ja? Ja jestem ofiarą. Wyciągał rękę i głaskał mnie po ramieniu, kiedy siedziałam nad jakimś wrednie skomplikowanym pozwem. Jego cichy oddech uspokajał mnie w nocy, kiedy nie mogłam spać, bo nazajutrz czekało mnie spotkanie z podstępnym adwokatem, a nie miałam pojęcia, co wyciągnie z rękawa. Kładłam rękę na jego sercu i jego bicie mnie usypiało. Czy kolorowa sukienka mi to przywróci?

Barbara wyobraziła sobie Magdę w wiosennej kolorowej sukience. Ładny widok. Niestety przed tą dziewczyną była do tego jeszcze bardzo długa droga. Z Warszawy do Władywostoku piechotą? Mniej więcej.

– Masz rację. Sukienka nie przywróci ci radości życia. Ale też nie zniweczy pamięci o Piotrze ani nie zniszczy twoich wspomnień.

– To po co mi ona? – Magda wzruszyła ramionami.

To gadanie o wychodzeniu z żałoby było zawsze najpierw irytujące, a potem nudne. Czy oni naprawdę nie mogą zrozumieć, że ona chce być w żałobie? Że uznała ją za swój naturalny stan? Jedyny, jaki jest w stanie znieść. Jedyny, który pozwalał jej żyć, oddychać, a nawet pomagać innym. W sumie było jej w tej żałobie już całkiem wygodnie. Prawie ją lubiła. Żałoba, ciemna nisza rzeczywistości, jej osobista nyża. To słowo zapamiętała z lektury Konwickiego. Znalazła jego powieści w pudle z piwnicy. Matka nie skomentowała tego, że Magda przyniosła pożółkłe wydania z czasów stanu wojennego i zabrała się do lektury. To był jej sposób na podtrzymanie kontaktu z ojcem.

Na ciągłość relacji. Tak jak pamięć o Piotrze. Owszem, jego już nie było. Mimo to nie czuła się zwolniona z obowiązku dochowania mu wierności. Wciąż była narzeczoną Piotra. Prawie narzeczoną. Wciąż należała do niego, tak jak on należał do niej. A ponieważ on już nigdy nie będzie należał do nikogo innego, ona również nie potrafiła nawet o tym pomyśleć.

– Pani Barbaro...

Chciała powiedzieć matce Rafała, że nie ma o czym mówić. W tym momencie szklane skrzydła drzwi szpitala się otworzyły i wyjrzała z nich przejęta Karolina.

Szpital. Sale pacjentów, operacyjne, reanimacyjne i zabiegowe. Brutalna kraina wszelkich cierpień. I pole walki z odmawiającym współpracy organizmem. Ciałem, które swój bunt wyraża chorobą. To, że chorzy cierpią, jest oczywiste. Trudno, żeby skakali z radości przed poważną operacją albo czekając na ostateczną diagnozę. Czasem uciekają w grubiańskie żarty, czasem w pełne napięcia milczenie, to znów wylewnie dzielą się informacjami o wszelkich objawach z każdym, kto się napatoczy. Po to, żeby ukryć strach. Stłumić panikę. Zamaskować przerażenie. Ale są jeszcze korytarze...

Szpitalne korytarze przypominają plażę nudystów. Nic się nie ukryje. Niczego nie schowasz. A nawet jeśli spróbujesz, to i tak coś wylezie na zewnątrz. Emocje, relacje, powiązania. Nienawiść i fascynacje. Nie tylko na korytarzach, także przy windzie, w kawiarence, przed budynkiem, w holu, na parkingu, w toalecie. Wszędzie tam, gdzie można spotkać rodziny, znajomych i przyjaciół chorych. A czasem nieprzyjaciół.

Magda w drodze do windy obejrzała się za skromnie ubraną czterdziestolatką. Miała podkrążone oczy. Może nocami pracuje. Raczej nie w ochronie ani w policji. Może sprząta biurowce. Kobieta z wyrzutem patrzyła na nastolatka o regularnych rysach i krótkiej, ciemnej fryzurze. W dżinsach i koszulce z krótkim rękawem nie wyglądał jak źródło kłopotów. Zauważył spojrzenie prawniczki i uśmiechnął się miło. Magda usłyszała głos jego matki:

– Nie pójdziesz do ojca. To go wykończy.

– Jak ma się wykończyć, to lepiej, żeby wiedział, kim jestem – upierał się chłopak.

– A po co mu to?! – wrzasnęła nagle zdesperowana matka.

I ruszyła w stronę wind, gdzie stały już Magda, Karolina i Barbara. Po chwili chłopak znalazł się obok matki.

– Patryk, błagam, ty mnie nie dobijaj – szepnęła, rzucając nerwowe spojrzenie trzem kobietom obok.

– Wstydzisz się, że jestem… gejem? – Sympatyczny nastolatek najwyraźniej był gotowy do konfrontacji ze światem. Nie do wojny czy ataku. Nie było w nim agresji. Tylko pragnienie, żeby świat wreszcie zrozumiał, kim jest i że ma do tego takie samo prawo jak inni.

Kobieta błyskawicznie szarpnęła go za rękę. Słowo „gejem" właściwie uwięzło mu w gardle. Nie zdążyło się wydostać z krtani wskutek panicznej reakcji matki.

– Ciszej… – syknęła ostro.

Patryk spojrzał Magdzie w oczy. Nie matce, tylko Magdzie. Trudno było zgadnąć, czy szukał ratunku, czy spodziewał się oburzenia z powodu wyjawienia swojej orientacji. Magda mrugnęła do chłopaka i odwróciła się do swoich towarzyszek.

– Mówiłam wam już, że Sebastian ma nowego chłopaka?

Zdumienie Barbary było warte własnoręcznego zniszczenia najlepszych szpilek, za to Karolina natychmiast zorientowała się w sytuacji.

– Właśnie miałam cię pytać, co u niego.

– Chyba wreszcie trafił na ideał. Chirurg kardiolog, specjalizacja, wykłady na uczelni. Publikacje w periodykach na całym świecie. Wydaje w Stanach drugą książkę. Opracował rewolucyjną metodę bezinwazyjnego leczenia czegoś tam. W dodatku przystojny, uroczy, kulturalny. Baryton w chórze akademickim. Biega. Zero nałogów.

Magda spojrzeniem dyskretnie wskazała za siebie, gdzie stał Patryk z matką. Barbara przyjrzała im się badawczo.

– Magda, ten chłopiec jest za młody na chirurga – szepnęła z pobłażliwą naganą w głosie.

Matka Patryka była wyraźnie coraz bardziej zdenerwowana. Karolina stała do niej przodem i widziała, jak kobieta skubie pasek torebki.

– Czyli ideał? – upewniła się Waligórowa.

– A przynajmniej pan perfekcyjny – odparła Magda, a Karolina uśmiechnęła się z żalem, jakby sama nie miała swojego Wiktora.

Drzwi windy się otworzyły. Matka odsunęła syna palcem.

– Pobiegnę schodami i będę tam przed tobą – zagroził.

– Patryk… – jęknęła zmęczona kobieta.

– Ja też mam chłopaka. Od roku. Kochamy się. Chcę, żeby ojciec go poznał. Jeśli ty nie chcesz, to trudno – wyrzucił z siebie jej syn.

Z windy wyszli już prawie wszyscy pasażerowie. Teraz wysoki i barczysty pielęgniarz wyprowadzał tyłem wózek z mężczyzną w szlafroku.

– Przyprowadź go jutro. Teraz biorą mnie na EKG – powiedział pacjent, gdy pielęgniarz odwrócił wózek przodem. Kobieta i Patryk patrzyli na niego bez ruchu. Drągal przez chwilę stał zdezorientowany.

– Jedziemy – rzucił do niego mężczyzna spokojnym głosem.

– Ale Wojtek... – zaczęła kobieta. Mąż przerwał jej, podnosząc rękę.

– Daj spokój, Diana. Daj spokój.

Pielęgniarz poprowadził wózek w głąb korytarza. Patryk patrzył to na wózek z ojcem, to na matkę.

– Widzisz, co narobiłeś?! – rzuciła Diana i ruszyła do wyjścia.

– Magda! – Karolina ponagliła przyjaciółkę.

Prawniczka weszła do windy jako ostatnia. Drzwi zaczęły się zamykać, ale zdążyła jeszcze zobaczyć w oczach chłopca triumf. Radość. I ulgę. Wydało się to, co miało się wydać. Na korytarzu. Na szpitalnej plaży nudystów.

Winda zatrzymała się na drugim piętrze, gdzie mieściły się porodówka i oddział neonatologii. Trzy przejęte kobiety przeszły przez mały hol i minęły szklane drzwi automatyczne. Na korytarzu czekał Rafał. Wciąż ze łzami w oczach, ale uśmiechnięty od ucha do ucha. Na widok matki i przyjaciółek Agaty wykonał serię dziwnych przykuców, obrotów, jakieś esy-floresy za pomocą nóg, wymachy ramionami, aż wreszcie dopadł Barbary, złapał ją za ręce i nie zważając na jej wiek, zaczął z nią kręcić młynka. Śpiewał przy tym: „Tę pszczółkę, którą tu widzicie, zwą Jagódką". Po chwili z dyżurki wyjrzała pielęgniarka.

– Jest szansa, żeby pan śpiewał ciszej? – Głos miała zdecydowany, ale w oczach czaił się uśmiech i zrozumienie dla tego szału uniesień.

Rafał puścił matkę bez ostrzeżenia. Szczęśliwie Magda zdążyła ją podtrzymać. Tymczasem jej syn już salutował przed pielęgniarką.

– Rozkaz, siostro przełożona! – Stał wyprężony jak na defiladzie. Kiedy pielęgniarka wróciła do dyżurki, Rafał podbiegł z powrotem do Barbary.

– „Tę pszczółkę..." – Ale tym razem matka przerwała mu występ.

– Rafał! Gdzie one są?

– Tutaj! Tu, o tu, dwójeczka!

Otworzył przed nimi drzwi. Sala była skromna: dwa łóżka, stolik z dwoma krzesłami, wbudowana w ścianę szafa i monitor telewizora na uchwycie pod sufitem. Na łóżku przy drzwiach nie było nikogo. Na poduszce łóżka pod oknem widać było burzę rudych loków Agaty. A obok niej leżała ona. Maleńka Jagódka. Rafał też miał się położyć, ale za chwilę, jak już się nacieszą szczęśliwym zakończeniem. Agata obudziła się parę-naście minut temu, przytomna, głodna i w dobrym humorze. Zdążyła już podziękować lekarzom. I Orlikowi. Teraz chciała zobaczyć przyjaciół.

Wszystko to opowiadał im właśnie Rafał. Wciąż jeszcze był w szoku. Co chwilę dotykał dłoni Agaty, która podtrzymywała maleństwo. Mimo uśmiechu na twarzy i bijącej od niej dumy widać było, że jest wykończona.

– Rafał, potrzebujesz czegoś na uspokojenie? – rzeczowo spytała syna Barbara.

Rafał nie widział w swoim zachowaniu nic dziwnego. Uśmiechnął się do matki.

– Żartujesz sobie, tak? – Ale ona wskazała mu krzesło przy stoliku. Rafał spojrzał na Agatę. To ona tutaj decydowała.

– Usiądź. I nie mów przez chwilę – poprosiła jego żona cichym, słabym głosem. Usiadł bez wahania. Jak grzeczny uczniak. Magda i Karolina zerknęły na niego z uśmiechem i stanęły po lewej stronie łóżka. Po prawej zajęła miejsce Barbara.

Jagódka spała, leżąc wtulona między bok Agaty a jej ramię. Jej maleńka buzia była wyjątkowo ładna jak na niemowlaka. Oczywiście każdy rodzic uważa, że jego dziecko jest najpiękniejsze, dopóki nie zacznie przynosić jedynek albo nie zaćpa pierwszy raz na imprezie z kumplami. Prawda jest jednak taka, że mało który noworodek wygląda zachęcająco. Są zaczerwienione, pomarszczone od wód płodowych, zapuchnięte. Jagódka zaś była różowa – w przepyszny sposób. Na czołem miała rudawe, zabawnie poskręcane włoski.

– Przepiękna jest – szepnęła Magda.

Agata miała oczy pełne łez.

– Sorry, ale nie mogę przestać ryczeć. Co na nią spojrzę, to nie wierzę, że ją mam. I że ona ma mnie… I że jak mi odbiło, to jej nie zabiło… – Przerwała. Nie mogła dalej mówić, bo kolejny atak płaczu zacisnął jej gardło, ale nie starł z jej twarzy uśmiechu szczęścia.

Magda sięgnęła po chusteczkę i osuszyła Agacie oczy. Ta spojrzała na przyjaciółkę z wdzięcznością.

– Miałaś genialny pomysł z tym Orlikiem. Wszystko mu powiedziałam.

– Dlaczego nie mnie?

– Jedna laska zaklinała na blogu, żeby broń Boże nie wygadać, co odkryła. Bo oni w szpitalach pobierają w tajemnicy tkanki na kosmetyki dla niemieckich milionerek... I jak się zorientują, mogą zabić. – Agata wyglądała na świadomą paranoi, w jaką się wpędziła. I potężnie zawstydzoną.

– Dla niemieckich milionerek? Agata! – jęknęła Karolina.

– Bałaś się, że cię wydam? – dopytywała się Magda. Nie z ciekawości czy przewrażliwienia na swoim punkcie. Chciała po prostu zrozumieć mechanizm. Nigdy nie wiadomo, może kiedyś dzięki temu powstrzyma inną matkę od szaleństwa?

– Nikomu nie można ufać. Nawet własnemu mężowi. – Agata spojrzała ciepło na Rafała, a ten zerwał się na równe nogi.

– Coś podać? – odezwał się.

– Nie, nie, kochanie. Radzimy sobie – szybko rzuciła Barbara. I zwróciła się cicho do Agaty: – Mam go stąd zabrać?

Agata odmówiła ruchem głowy.

– Chcę, żeby został. Tylko niech już nie mówi tak głośno. I nie śpiewa.

– Załatwione.

Karolina przypominała sobie swoje porody i patrzyła na śliczną buzię śpiącej Jagódki.

– Waligóra po moim pierwszym porodzie przyjechał na oddział z akordeonistą, bo ubzdurał sobie, że tego potrzebuję. A ja tylko pochwaliłam płytę Kayah i Bregovicia.

Agata spojrzała na nią przerażona.

– No to mam szczęście. Wczoraj przypadkiem włączyłam na YouTubie orkiestrę dętą.

Barbara nie pochyliła się nad Agatą, nie wykonała rytualnego cmoknięcia. Nie próbowała też dotknąć Jagódki. Po prostu położyła dłoń na ramieniu synowej. Była jednak w tym zwykłym geście jakaś niezwykła czułość i troska. Patrzyły sobie w oczy.

– Dziękuję. Za ciebie też. Za was obie.

Pierwsza wizyta nie powinna trwać dłużej niż kilka minut. Ważne, żeby w tych dniach rodzice mogli być sami z maleństwem. Budowanie więzi zaczyna się od pierwszej chwili po narodzinach. Więzi bezpośrednich. Wcześniej też się budują, ale za pośrednictwem brzucha, myślała Magda, wychodząc z Karoliną i Barbarą od Agaty. Więzi. Te niewidzialne nici, pasma uczuć, emocji, które trzymają nas przy bliskich i pozwalają nie zgubić się na bezdrożach życia. Czasem napięte do granic wytrzymałości, czasem zwisające luźno, czasem... zerwane.

Dziewięć wspólnych lat z Piotrem to jednak co innego niż nie do końca zagnieżdżony zarodek. Pragnęła dziecka. Ale też nie mogła opłakiwać kilku komórek bardziej niż dojrzałego człowieka. Co nie znaczy, że gdyby udało jej się utrzymać ciążę, miałaby z tym jakiś problem. Przeciwnie. Dziecko Piotra byłoby wspaniałym darem. Dziedzictwem. Przedłużeniem jego życia. Teraz jednak cieszyła się szczęściem Agaty. I nie myślała o swoim nieszczęściu. A już na pewno nie wtedy, gdy zobaczyła Orlika. Wyszedł z pokoju lekarzy i oddalał się w głąb korytarza. Magda miała przez chwilę dziwne uczucie, że jej niedoszły klient znika. Jakby miał się rozpłynąć w powietrzu.

– Doktorze! – zawołała niezbyt głośno. Nie chciała budzić śpiących matek i ich dzieci.

Dopadła go za zakrętem. Czekał na windę.

– Panie doktorze, bardzo dziękuję.

Przeglądał w telefonie listę połączeń.

– Nie ma za co. Odwiedziłem przy okazji dawnych kolegów.

– Za Agatę i jej córeczkę.

– Zrobiłem, co do mnie należało. – Najwyraźniej nie chciał rozmawiać.

Magda wyjęła z kieszeni komórkę. Odnalazła zdjęcie, jakie zrobiła przed wyjściem z sali przyjaciółki.

– Dużo więcej, doktorze.

Orlik podniósł wreszcie głowę i spojrzał na zdjęcie. Agata zerkała w obiektyw, Jagódka właśnie ziewała. Milczał. Po prostu patrzył na ten zwyczajny, ale pełen niezwykłej energii obrazek. Magda ze zdumieniem zauważyła, że oczy mu zwilgotniały, a w kącikach ust pojawił się cień uśmiechu. I prawie natychmiast zniknął. Orlik wrócił do swojego smartfona.

– Co mi pani tak doktoruje?

Magda opuściła komórkę. Uśmiechnęła się do niego.

– Wygląda na to, że można panu zaufać.

Spojrzał na nią. Dopiero teraz. Na jego twarzy nie było już śladu wzruszenia. Patrzył na nią lekko zwężonymi oczami. Magda widziała, jak w tęczówkach odbijają się jego gęste rzęsy i... Ona.

– To znaczy, że jednak zaczęła pani uprawiać seks? Brawo. I zdrowo.

– Nie chodzi o seks – powiedziała bez złości.

Dlaczego tym razem pozwala mu wygadywać te impertynencje? Czy to przez wzruszenie, niedawne przeżycia, poczucie, że kiedy rodzi się nowy człowiek, świat musi stanąć w miejscu? Też. Przede wszystkim jednak z powodu przekonania, że ten facet nie mógł zrobić czegoś takiego. Zgwałcić. I zasługiwał na obronę bardziej niż ktokolwiek inny.

– Jeśli pan nadal chce, mogę poprowadzić tę sprawę. – Magda poczuła ucisk w dołku. To było dziwne, nie powinna czuć czegoś takiego w towarzystwie klienta. Tyle że to nie był zwykły klient. To był lekarz, który uratował życie jej przyjaciółki.

– Dlatego że zrezygnowałem z przejażdżki rowerem? To wystarczyło?

Droczył się czy kpił? A może chciał ją upokorzyć za to, że wcześniej odmówiła? Magda nie umiała odgadnąć, w co Orlik z nią pogrywa. Znowu to on narzucał styl i decydował, kto ma piłkę. Jedyne, co mogła teraz zrobić, to postawić na szczerość.

– Zobaczyłam, że pod maską gbura kryje się wrażliwy człowiek. To daje szansę, cień szansy na skuteczną współpracę. A skoro tak… – Przerwała. Nie chciała powiedzieć mu za dużo miłych słów. Jednak doświadczenie i znajomość charakterów ludzkich podpowiadały jej, że cynizm i ironia to najczęściej maski. Jeśli tak się chronił, to jego sprawa. Jej sprawą było, żeby niewinny człowiek nie został skazany. Zwłaszcza że ten człowiek po jej telefonie bez wahania porzucił swoje rowerowe bezdroża. Wyciągnęła do niego rękę i czekała.

20

BLOG MAGDY M.

Nie wystarczy po prostu biec przed siebie. Ta cała życiowa gonitwa jest kompletnie nieważna. To, co najważniejsze, nie ma nic wspólnego z codziennym pośpiechem. Z pilnym, czujnym, stresującym dreptaniem. Ze ściganiem króliczka. To, co najważniejsze, dzieje się poza czasem. Na przykład tkwisz w szpitalnej poczekalni. Godziny mijają. I co z tego? Jakie to ma znaczenie? Żadnego. Ważne jest nie to, jak długo czekasz, ale to, co jest na końcu czekania. Jeśli to sobie uświadomisz, czekanie znika. Nie ma go. Jest nieważne.

Agata i dziecko mają się doskonale. Jagódka dostała dychę w skali Apgar. Czym w porównaniu z tym jest jakakolwiek gonitwa?

Wracałam do domu ze szpitala. Myślałam o tym, co powiedziała mi matka Rafała. Kiedyś lubiłam kolorowe sukienki. Najlepiej w grochy. Kiedyś... Teraz najlepsze są czarne. Zresztą, przecież czarny to też kolor. Co do grochów... Odeszły razem z Piotrem.

Okej, bywam uparta. A właściwie JESTEM uparta. Ale gdybym nie była, to moim pierwszym facetem byłby Jacek, który chodził za mną przez początkowe dwa lata studiów. Nawet wtedy, kiedy byłam poza grupą, bo uważali, że jestem kujonką, a może nawet donosicielką. Jacek był przystojny i bardzo się starał. I przekonywał, że jak mało kto potrafi zdeflorować dziewczynę. Jak można było mu się oprzeć? Zwyczajnie.

Uparłam się, że defloracja tak, ale po ślubie. Dwa lata próbował mnie namówić, twierdząc, że to głupie, niedzisiejsze, że zacofane, wsteczne i zaściankowe. Dzisiaj Jacek jest prokuratorem okręgowym w Krakowie. Widziałam go w TVN24, jak opowiadał o swoim pokazowym procesie przeciwko brutalnej grupie przestępczej. Wielki sukces. Nadal jest przystojny. Ale nie żałuję. Wprawdzie nie wiem, co bym zrobiła, gdyby zgodził się na ślub, ale na szczęście najwyraźniej nie chciał mnie aż tak bardzo.

Jechałam przez miasto, uśmiechając się do kierowców obok. To zawsze jest zabawne. Nie wiedzą, co z tym zrobić, ani o co chodzi wariatce za kierownicą. Bo że wariatka, to pewne. A ja po prostu miałam doskonały humor. Nie tylko z powodu Agaty. Orlik podał mi rękę, a ja poczułam, jak bardzo mi jednak brakowało rozpraw, wyzwań, emocji.

Zaparkowałam pod domem. Na szczęście było miejsce. Zdarza się przecież, że parkuję przy Buffo albo nawet na skarpie, przy samym parku Rydza-Śmigłego. W takich chwilach myślę o sprzedaży samochodu. Ale kiedy znajduję miejsce tuż pod domem, sprzedaż znika z horyzontu. Życie jednak potrafi być przyjemne.

Wysiadłam z samochodu z szerokim uśmiechem, zrobiłam coś w rodzaju piruetu, po czym zanuciłam coś, co od biedy można było uznać za wstęp do piosenki, i lekkim krokiem ruszyłam do bramy przy Wiejskiej 16. Taka chwilka beztroskiej radości. Zapomniałam już, jakie to uczucie. Jak po drugim kieliszku szampana. Dookoła fruwały bąbelki. Trochę to było dziwne, bo zwykle są w środku. I raczej nie mienią się tęczowo. I chyba nie są takie duże...?

Wtedy usłyszałam śmiech mężczyzny. Przed moją kamienicą stał Szymon, a przed sobą miał wiadro jakiegoś płynu. Maczał w nim sznur z pętlą, a kiedy go podnosił, ze sznura odrywały się kaskady tęczowych baniek.

21

Siedzieli w Why Thai. Magda często tu bywała, bo knajpka znajdowała się niedaleko jej mieszkania, ale od odległości ważniejsze było to, że uwielbiała tutejsze przystawki. Sajgonki kosztowały dwadzieścia złotych i taka porcja była dla niej w sam raz. Nie miała poczucia, że się przejada ani że przepłaca, chociaż ceny dań głównych w tej restauracji nie były na zwykłą kieszeń.

Nigdy nie była przesadnie rozrzutna. Pierwszy samochód kupiła po roku pracy u Waligóry. I to tylko dlatego, że znajomy sprzedawał go za naprawdę okazyjną cenę. Co prawda dwa pasy biegnące przez maskę, dach i bagażnik to nie było jej wyobrażenie o idealnym aucie, ale zmieniła zdanie, kiedy usłyszała od Bartka, że taki szrot niegodnie reprezentuje ich kancelarię. Odpowiedziała mu wtedy, że marny los firmy, jeśli on uzależnia jej godność od tych czterech kółek. Waligóra próbował ich uspokajać. Potem, kiedy pasiasty staruszek zaczął się sypać, Bartek w rzadkim ludzkim odruchu dał Magdzie namiar na swojego dilera i zmieniła auto na małe suzuki. Z dobrym rabatem. Nie przepłacając. Do restauracji też miała taki stosunek. Nie przejadać się i nie przepłacać.

– Lubisz tajskie jedzenie? – zapytała Magda, patrząc na towarzysza znad talerza.

Szymon ubrany był z nieco nonszalancką elegancją. Granatowe mokasyny, o ton ciemniejsze chinosy, bladoróżowa koszula w sine prążki i popielata dzianinowa marynarka. Aha, jeszcze poszetka. W popielate i czerwone esy-floresy. Magda nie była przyzwyczajona do mężczyzn szafujących kolorami i wzorami. Wolała raczej zachowawcze, klasyczne rozwiązania, bliżej londyńskiego City niż włoskich katalogów. Tym bardziej że na jej tle Szymon wyglądał prawie jak bożonarodzeniowa choinka. Nie można było jednak zaprzeczyć, że całość się świetnie komponowała. A przydługie włosy, opadające niesfornymi falami po obu stronach czoła, tylko wzmacniały pozytywny efekt. Po prostu dobry zestaw.

Prawniczka zawsze potrafiła docenić urodziwych i dobrze ubranych mężczyzn. Piotr przypadł jej do gustu od pierwszego wejrzenia. Tak bardzo, że bała się do tego przyznać nawet sama przed sobą. Potrafiła też docenić wygląd mężczyzn, do których nie czuła pociągu, a nawet takich, do których czuła coś wręcz przeciwnego. Taki Bartek. Zawsze doskonale się prezentował. Ale nawet ten świetny look z trudem maskował podły charakter. Za to w Szymonie wszystko się zgadzało.

W odpowiedzi odsłonił ładne zęby. Nieco dłuższe kły dodawały jego miłej twarzy odrobinę drapieżnej męskości.

– Lubię jedzenie. Każde. Zwłaszcza kiedy jestem głodny. – Upił łyk wina. I sięgnął po kawałek grillowanego kalmara.

Zdążył już wytłumaczyć, że zdobył jej adres od organizatorów zjazdu szkolnego. Przyjechał do Warszawy z pomysłem na bańki i czekał pod jej domem od kilku godzin. Nie chciał odchodzić, żeby nie przegapić jej powrotu.

– Mogłeś po prostu zadzwonić. Albo wrócić wieczorem i skorzystać z domofonu. Ludzie tak robią, wiesz? – zażartowała i natychmiast pożałowała. Nie była pewna, czy Szymon nie poczuje się dotknięty. Nie chciała tego, ale on nie wyglądał na obrażonego.

– Naprawdę wolałabyś, żebym tak po prostu zadzwonił?

Nie. Oczywiście, że nie. Bańki były idealnym zakończeniem tego trudnego dnia. Gdyby Szymon pojawił się z nimi kiedy indziej, nie zrobiłyby na niej takiego wrażenia. Ale nie była gotowa opowiedzieć mu o Agacie, jej córce, o swoim lęku. O gburowatym lekarzu, który nagle okazał się ostatnią deską ratunku, a na koniec także wrażliwym człowiekiem. Chociaż tylko na chwilę. Uśmiechnęła się na wspomnienie wilgotnych oczu Orlika i nagle przypomniała sobie, że jest tu i teraz, a nie w szpitalu dwie godziny wcześniej. Szymon wciąż czekał na odpowiedź.

– Powiesz mi wreszcie, co cię sprowadza? – zapytała go.

Nie zraził się jej nagłą ucieczką od tematu baniek. Może będzie okazja do niego wrócić. A jeśli nie, to nie szkodzi. Zrobiły, co do nich należało. Odsunął od siebie talerz i oparł się plecami o ścianę za sobą. Nie spieszył się. Patrzył na Magdę. Ładnie jej było w czerni. Chociaż wyobrażał ją sobie też w kwiecistych wzorach. Albo geometrycznych. Tylko nie w kracie. Nie, tartanowe wzory do niej nie pasowały. Kwiaty, geometria lub gładkie pastelowe barwy. Rzecz jasna, widział ją także w bieliźnie i nago. Miał sprawną wyobraźnię. Uniósł kieliszek.

– Wypijemy za nowy etap mojego życia?

Magda nie miała pojęcia, co Szymon ma na myśli. Może się żeni? Spotkał jakąś piękną kobietę i się zakochał? Poczuła ulgę. Przez chwilę niepokoiła się, że te bańki to trochę za dużo jak na wstęp do zwykłego spotkania dawnych znajomych. Wolała, żeby Szymon nie miał żadnych intencji. Bańki tak, intencje nie! Wpadła w popłoch na samą myśl, że mógłby... Że próbowałby... To byłoby o wiele za dużo. Skoro się żeni, to cudowna wiadomość. Kolejna tego dnia!

Poderwała swój kieliszek do góry.

– Pewnie! Kim ona jest i kiedy ślub?

Już miała zanurzyć usta, ale mina Szymona ją powstrzymała. Zamarła w mało komfortowej i jeszcze mniej eleganckiej pozie. Kieliszek przechylony, usta otwarte. I wzrok pod tytułem: gdzie jest najbliższa rozpadlina, w której mogę zniknąć bez śladu? Bo wyraz twarzy Szymona wyraźnie mówił, że nowy etap niekoniecznie oznacza szczęście małżeńskie, a nawet samo małżeństwo, choćby i bez szczęścia.

Odstawiła kieliszek, jakby ją parzył, wkurzona na siebie nie tylko za zbyt pospieszną interpretację słów Szymona, ale też za to, że nowy etap automatycznie utożsamiła ze ślubem. Dlaczego właśnie takie skojarzenie pojawiło się w jej głowie? Szybka analiza własnych uczuć jeszcze bardziej ją zirytowała. Nie, nie może być tak, że nowy etap życia to w pierwszej kolejności jakaś nowa sytuacja emocjonalna. Ona miała już swoją „sytuację". Dla niej to już zamknięty rozdział. Nie powinna mieć takich skojarzeń. Nie ona – osoba, która nie oczekiwała już od życia żadnych emocjonalnych etapów. Nowy etap powinna kojarzyć z karierą, zdrowiem, finansami, polityką... Ale nie z emocjami. *Finita la Commedia.* Chociaż trzeba przyznać, że w przypadku Magdy koniec nie był wcale komediowy. Poczuła znajomy skurcz. Jakby oddech nie dostarczał odpowiedniej ilości tlenu. Kiedy zaczynasz panikować, że się udusisz. Wciąż jej się to zdarzało. Nagłe wspomnienie Piotra, skurcz, panika.

Musiała dziwnie wyglądać, bo Szymon patrzył na nią z autentyczną troską i lekkim przerażeniem.

– Magda?

Próbowała się uśmiechnąć, żeby uniknąć pytań. Ale zdała sobie sprawę, że przez cały ten czas miała otwarte usta. Pewnie wyglądała jak ciężko upośledzona. To może nawet lepiej. Pożegna się szybko z Szymonem i schowa w swojej samotni, żeby opłakiwać Piotra i życie bez niego. A Szymon na pewno nie będzie jej próbował zatrzymać. Zwłaszcza teraz, kiedy zobaczył jej prawdziwą twarz. Twarz niezbyt inteligentnej Magdy. Odłożyła serwetkę na stół. Wstała.

– Lepiej już pójdę.

– Nie zapytasz, co to za etap? – Szymon wyglądał na rozczarowanego.

Nic dziwnego. Przecież właśnie dała mu do zrozumienia, że jego sprawy jej nie obchodzą. I chociaż naprawdę chciała wyjść, żeby się już bardziej nie kompromitować, to jednak usiadła. Nie chodziło nawet o to, co pomyśli o niej Szymon, tylko o to, co myślała o sobie sama. A nie myślała życzliwie.

Przez ostatnie lata wydawało jej się, że dobrze już sobie radzi w sferze relacji międzyludzkich. Niestety, tylko jej się wydawało. Towarzyskie piruety nigdy nie były jej mocną stroną. Po prostu tak było. Tylko podczas związku z Piotrem jej to nie przeszkadzało i mogła być sobą, czyli niezbyt wygimnastykowaną towarzysko, ale za to oddaną pracy adwokatką.

Zawsze zazdrościła tym, którzy niezależnie od sytuacji wiedzieli, jak się zachować, co powiedzieć, kiedy i jak się uśmiechnąć. Może jej wrogiem był zbyt analityczny umysł? Pierwszy odruch zawsze wynikał z rozumowania. Nie była wyrachowana, raczej nie do końca ufała swoim emocjom. Tylko czy to rozsądek podpowiedział jej, że Szymon się żeni? Nie miała przecież po temu żadnych danych. A palnęła, jakby to był news dnia na wszystkich portalach. Rozsądek profesjonalistki zawiódł. Nie lubiła tego. Co innego, kiedy zdarzało jej się to przy Piotrze albo przyjaciołach. Przy Sebastianie na przykład mogła palnąć największe głupstwo. Sebek nigdy nie zrobiłby z tego wrednego użytku, nawet jeśli pozwalał sobie na kąśliwy komentarz. Agata, owszem, potrafiła takie kąski wykorzystać przeciwko niej. Karolina z kolei miała cierpliwość bogini-matki. Najwyżej upominała Magdę, żeby się za bardzo nie podkładała. Tak, z bliskimi było bezpiecznie. Żadna wpadka nie groziła kompromitacją. W najgorszym razie obracała się w anegdotę. Teraz jednak siedziała naprzeciwko właściwie obcego faceta.

Sięgnęła po kieliszek z winem i uniosła go ponownie.

– Za twoje plany.

Wielu ludzi twierdzi, że nieuchronność jest domeną czasu. Kompletna bzdura. Nieuchronność nie ma z czasem nic wspólnego. Gdyby miała, wszyscy wstawalibyśmy o tej samej porze, jedli, siadali, wypróżniali się, uprawiali seks lub miłość, umierali i rodzili się z dokładnością co do sekundy. Cmok – cała ludzkość nieuchronnie o siódmej trzydzieści całuje partnerów i partnerki przed wyjściem z domu. Klap – o ósmej cała ludzkość zajmuje stanowiska pracy. Mlask – o jedenastej spożywa brunch. I tak dalej. Szesnasta trzydzieści – opuszczenie stanowisk pracy. O osiemnastej kolacja z rodziną. O dwudziestej pierwszej krótki, wymierzony co do sekundy seks. Nieuchronnie dwa, ewentualnie trzy razy w tygodniu. Częstszy nieuchronnie zakłóciłby harmonogram. Czy można to sobie wyobrazić? Tak. A przełożyć na rzeczywistość? Akurat! Gdyby nieuchronność miała cokolwiek wspólnego z czasem, bylibyśmy robotami. Maszynami automatycznie wykonującymi swoje zadania.

Tymczasem ludzkość jest z natury anarchistyczna. Przepełniona duchem wolności, samowoli i samostanowienia. Dlatego wszelkie autorytaryzmy mają coraz krótsze okresy gwarancji, po których rozsypują się w proch. I z powszechną ulgą są zamiatane z ulic do rynsztoka. Właśnie dlatego, że nieuchronność jest domeną losu. Te wszystkie „na pewno nadejdzie", „w końcu się zdarzy", „musi wreszcie przyjść", podawane jako funkcja czasu, tak naprawdę odnoszą się do losu. Los każdego z nas nieuchronnie obejmuje kolejne stany, fazy, zjawiska i procesy. A przez to, że następują one w różnej kolejności i z różnym natężeniem, nie można ich w żaden sposób rozpisać na tarczy zegara ani na kartach kalendarza.

W życiu Magdy nieuchronnie nadszedł moment, kiedy po kolacji z Szymonem wróciła do domu. Zamknęła za sobą drzwi. Zrzuciła szpilki. Odłożyła klucze i torebkę. Pocałowała Mańka między uszami. I pobiegła do łazienki, gdzie spędziła pół godziny targana kolejnymi falami torsji.

Kiedy znalazła się już w łóżku z herbatą miętową, Mańkiem na kołdrze i obolałym gardłem, zaczęła się zastanawiać, co się właściwie stało. Grypa żołądkowa? Nie miała żadnych innych objawów. Niewiele wymyśliła.

– Możesz sobie marszczyć ten swój zgrabny nosek – pastwił się nad nią Sebastian pochylony nad tabletem, w którym przeglądał zdjęcia z ostatniej sesji reklamowej. W kadrze znajdowały się samochód i tyczkowata modelka. – A my i tak wiemy, że zatrucie to twój najmniejszy problem. Zgadza się?

Fotograf siedział na parapecie w pokoju szpitalnym Agaty. Karolina oparła się wygodnie na poduszce obok przyjaciółki pod pozorem bólu kręgosłupa, a tak naprawdę napawała się zapachem świeżego macierzyństwa. To było coś, do czego bardzo tęskniła. Choć nie do końca zdawała sobie z tego sprawę. Za to Magda krążyła między drzwiami a parapetem, z którego zwieszały się nogi Sebastiana. Właśnie kopnęła jedną z nich swoją klasyczną szpilką. Jasne, że klasyczną. Nigdy nie nosiła tych dziwnych wariacji na temat damskiej elegancji pod tytułem platformy czy koturny. Oxfordki, szpilki, espadryle to były normalne buty. Reszta, z kowbojkami na czele, mogła dla niej nie istnieć. Wciąż była też wierna jednej barwie: głębokiej czerni. Od stóp do głów.

Czubek czarnej szpilki trafił w goleń Sebastiana. Nieprzypadkowo.

– Au! – zawył.

Karolina i Agata patrzyły teraz na Magdę z pobłażliwą ironią.

– Co wam się wylęgło w tych kreatywnych główkach? – syknęła Magda.

Sebek spojrzał na Karolinę.

– Nie dźgaj mnie spojrzeniem – rzuciła matka Polka w jego stronę. – Mówiłam, że mnie boli. Nie mogę się narażać na kopnięcie tej wściekłej osy. – Najwyraźniej nie chciała być tą, która pierwsza przejdzie do konkretów.

– Trzeba było nie przekopywać całego klombu własnoręcznie jak... – zaczęła Agata, ale Karolina przerwała jej:

– Użyłam łopaty.

– Szpadla! – jęknął Sebastian. – Do kopania służy szpadel. Łopatą przerzuca się węgiel. Albo śnieg.

Nie znosił, kiedy ktoś używał słów niezgodnie z ich znaczeniem. Kiedyś nawet zakończył z tego powodu całkiem obiecujący związek. Facet był miłym, ale nieco zakompleksionym copywriterem w sieciowej agencji reklamowej. Tam się zresztą poznali. Mariusz napisał scenariusz, a Sebastian miał wypełnić spot zdjęciami. Żeby pogadać o koncepcji, spotkali się na mieście. Potem poszli do Sebastiana, żeby przejrzeć jego zdjęcia. Mariusz został do rana. I było naprawdę miło. Nie dość, że gość był niezbyt owłosiony, to jeszcze nie udawał mistrza seksu ani nikogo innego. W dodatku pocił się bezwonnie. Niestety, kiedy sofę nazwał kanapą, dywan chodnikiem, a biurko stołem, zaczął tracić w oczach Sebka.

Precyzja jest pierwszym przykazaniem fotografa. Nie ostrość, nie kadrowanie, nie supersprzęt. Precyzja! Tylko ona gwarantuje doskonały efekt. Może to rodzaj zboczenia zawodowego, ale Sebastian lubił, kiedy na każdym poziomie komunikacji utrzymywano tę samą precyzję. Dlatego między innymi tak bardzo sobie cenił przyjaźń z Magdą. Prawniczka zwykle starannie formułowała swoje myśli. Zwykle, bo przecież nie zawsze. Ale nawet jeśli była czegoś niepewna albo wręcz gadała bzdury, to przynajmniej nie zmieniała znaczenia słów.

Po kilku tygodniach spotkania z Mariuszem stały się męką ciągłego poprawiania. Sebastian nie mógł się powstrzymać, a chłopak nie potrafił znosić tego z humorem. Kiedy w czasie arii Kalafa *Nessun Dorma* z opery *Turandot* szepnął Sebkowi, z całą pewnością chcąc być miły, że to fajny kawałek, ten jęknął na pół widowni Opery Narodowej: „Kawałek to może być sznurka, a to jest aria!". Szczęśliwie po końcowym *Vincero* rozległy się rzęsiste brawa i zagłuszyły ten wybuch. To było ich ostatnie spotkanie.

Magda zgodziła się z przyjacielem, że budowanie relacji na pokonywaniu niechęci do partnera to słaby fundament. A właściwie gwarantowana katastrofa. Nic nie było w stanie uratować tego związku. A właściwie zalążka związku. Kiełka. Zarodka. Zygoty ledwo. Nie było też czego za bardzo opłakiwać. Nawet jeśli odtąd Sebastian wydawał się Magdzie nieco cyniczny.

Teraz patrzyła na niego zirytowana.

– Nie czepiaj się słówek, tylko mów, o co wam chodzi!

– Nie było zatrucia. Tylko mocne i głębokie wyparcie – wygłosił swoją diagnozę.

– Wyparcie? – Głos Magdy zniżył się, po czym przeszedł w śmiech. Miał to być śmiech ironiczny, a wyszło coś na granicy rechotu. Teraz już było jasne, że Seba miał rację. Próbowała jeszcze udawać, że to chrypka albo zaschnięte gardło, chrząknęła dwa razy, skrzywiła się, po czym dała sobie spokój. Nie miała szansy ich nabrać. – Ale niby co miałabym wypie... Nie! Chyba nie mówicie serio?

Agata uśmiechnęła się ze swojego macierzyńskiego łoża z pobłażliwością starożytnej pramatki wszelkich istnień:

– Za to twoje reakcje mówią wszystko.

– Ooo, pani psycholog się znalazła. Bardzo przepraszam, ale rodziłaś ledwie parę godzin temu...

– Dwadzieścia siedem – cierpliwie poprawiła Agata.

– No, czyli masz powypalane hormony, skrzywione postrzeganie i trudno liczyć na twój zdrowy rozsądek – orzekła Magda, ale czuła, że opór jest bezcelowy. Może zmiana tematu? – Wracam do zawodu! Wzięłam Orlika!

Nikt się tym nie przejął. Nikt nawet nie udawał, że się przejął. Po prostu nikogo to nie obeszło. Liczył się tylko Szymon.

– Co na to Szymon? – zapytała Agata.

– A co on ma do tego? – Adwokatka próbowała jeszcze odwlekać to, co nieuchronne.

Karolina patrzyła na nią pobłażliwie. Milczała. Podobnie jak Agata i Sebastian.

– To się nazywa wsparcie przyjaciół?

Magda z rozłożonymi rękami czekała na jakąś ripostę. Mogłaby się wtedy odciąć czymś, co zamknęłoby tę, jak próbowała sama sobie wmówić, idiotycznie abstrakcyjną dyskusję. Agata nie odpowiedziała. Splotła tylko dłonie na wciąż jeszcze pokaźnym poporodowym brzuchu. Magda zwróciła się do Karoliny. Waligórowa podniosła ręce w geście: poddaję się, mnie nie ruszaj. Chyba naprawdę dokuczał jej kręgosłup. Na Sebastiana Magda już nawet nie spojrzała. Pokonali ją. A właściwie nie oni, tylko… naturalne pragnienie każdej istoty, żeby mieć przy sobie drugą istotę. I nie ma znaczenia, czy jesteś człowiekiem, mrówką, surykatką czy słoniem. Samotność zabija. No, może poza paroma wyjątkami, które w samotności czują się najlepiej. Większość jednak to stworzenia dążące do bliskości z innymi. I wcale nie chodzi o to, żeby mieć z kim pogadać, bo pogadać można z sąsiadką, ze sprzedawcą w sklepie, z lekarzem albo telefonem zaufania. Prawdziwa bliskość, ta absolutna, nieskończona, to mieć z kim pomilczeć. Kiedy sama obecność tej osoby daje ci energię. Daje siłę, poczucie wspólnoty i bezpieczeństwa. To właśnie to pragnienie pokonało Magdę. Pragnienie, którego spełnieniem miał się okazać… Szymon? Nie chciała tego. Nie planowała. Nie była gotowa na nową miłość, a już na pewno nie chciała zastąpić Piotra innym mężczyzną. Zresztą to przecież niemożliwe. Ale to się po prostu stało.

Usiadła bezradnie na krześle. Nikt się nadal nie odzywał. Kątem oka Magda odnotowała, że Sebastian opuścił iPada na kolana i patrzy na nią. Ona też milczała. Nie było sensu paplać o tym, co już wszyscy wiedzieli. I za co, Magda była tego pewna, trzymali kciuki.

– Nie wiem, co robić – powiedziała wreszcie.

Straciła nadzieję, że uda się odłożyć tę rozmowę. Specjalność jej kuchni emocjonalnej: odłóż na potem. Nie było na to szans. Magda czuła się, jakby patrzyły na nią trzy ludojady. Magdojady. Tylko zrządzeniem losu, a raczej kaprysem natury, miały kształt ludzi, a nie rekinów. Krążyły po lagunie szpitalnej sali i czekały na prawdę. Po chwili cicho, prawie z rezygnacją, wyszeptała:

– Szymon przenosi się do Warszawy. Dla mnie.

To zrobiło wrażenie. I to z tych piorunujących.

– Dopiero teraz nam to mówisz? – zgłosił się z pretensją magdojad Agata.

– Przenosi się dla ciebie? To straszne – ironizował magdojad Karolina. Czuło się w tym satysfakcję kobiety, która wie, że nie ma takiej katastrofy, po której nie można się podnieść.

Trzeci magdojad odłożył iPada i tylko wyciągnął do Magdy ręce.

Kiedy chwilę później pielęgniarka przyniosła Jagódkę na karmienie, zastała, ze swojego punktu widzenia, sytuację niebudzącą wątpliwości.

– Przyjdę, jak państwo skończą się modlić.

Agata leżała na łóżku, Karolina usadowiła się na jego brzegu, z drugiej strony siedziała Magda, a miejsce w nogach łóżka zajął Sebastian. Trzymali się za ręce, tworząc… krąg modlitewny? Karolina się zaśmiała.

– Och, nie. To nie to. My po prostu…

Agata wpadła jej w słowo, wyciągając ręce po Jagódkę:

– W zasadzie to była modlitwa. Dziękczynno-wspierająca. A teraz poproszę moją córaszkę.

Pielęgniarka zamknęła za sobą drzwi. Sebastian przymierzał się do zrobienia zdjęcia.

– Córaszka? Pierwsze słyszę – skomentował.

– Ja też. – Agata uśmiechnęła się, patrząc na dziecko. – Chyba to właśnie wymyśliłam.

Wcześniej nikt o nic nie zapytał. Nie musieli mówić. Po latach przyjaźni i troszczenia się o siebie nawzajem można darować sobie słowa. Uścisk mówi wszystko.

Ten uścisk miał dodać Magdzie odwagi. I na chwilę dodał. Potem na powierzchnię zaczęły wypływać wątpliwości. No bo jak Szymon poradzi sobie w Warszawie? Jak zniesie przeprowadzkę? Odcięty od swojego poprzedniego życia, środowiska? Zdany na miasto, w którym tak łatwo zapaść na chorobliwą wyższość? Magda i Agata, same przyjezdne, widziały mnóstwo przypadków tej choroby. Zarówno wśród tubylców, jak i przyjezdnych. Zarażony słoik sadzi się nie mniej niż zarażony tubylec. Objawy są podobne. Pycha, arogancja, chamstwo, pogarda. Najchętniej okazywane słabszym. Chory słoik dodatkowo pragnie być zakorzeniony z dziada pradziada, przynajmniej od insurekcji. A może nawet od przeniesienia stolicy z Krakowa. Zarażeni nie wiedzą, że o kulturze i klasie świadczą skromność i umiar. Nie jest górą ten, kto się wbija przed innych w korku czy w kolejce. Nieważne, czy to market, kino czy filharmonia. A im bardziej się wpycha, im bardziej się puszy i rządzi, tym lepiej widać, że jest nieszczęsną ofiarą choroby. Przez kilkanaście lat w stolicy Magda napatrzyła się na wiele takich osób. We wszystkich zawodach, grupach społecznych, na każdym poziomie zamożności. Choroba wynoszenia się ponad innych, pokazywania, kto może więcej, kogo stać i co wolno wojewodzie...

Trzy sytuacje: jedna stołeczna, jedna podmiejska i jedna zagraniczna. Czterdziestolatek spod Koszalina, szef regionu w warszawskiej filii światowego potentata chemicznego, wracając z firmowej wigilii, swoim przesadnie wielkim SUV-em wjechał w małe, stare autko przedszkolanki. Rzucił jej dwieście złotych i odjechał. Odmówił uznania swojej winy. Odmówił odszkodowania. Odmówiłby nawet powietrza, gdyby mógł. Kobieta zgłosiła się do Magdy, bo nie było jej stać na naprawę. Co usłyszała prawniczka, gdy zapytała, dlaczego gość ryzykuje, że będzie musiał pokryć koszty i naprawy, i procesu? „Bo mnie na to stać". Magda uzyskała dodatkowe odszkodowanie, które pozwoliło przedszkolance zmienić samochód na nowy. Czy to nauczyło czegoś buraczanego światowca? Szczerze?

Inny przypadek. Sprawa kobiety, którą potomek dawnych właścicieli willi z lat dwudziestych w Konstancinie podstępnie pozbawił mieszkania. Najpierw podpisał z nią umowę, że po remoncie domu będzie się mogła wprowadzić z powrotem, a potem, w trakcie modernizacji, zlikwidował jej mieszkanie, zamieniając je w ogromny salon dla siebie. I zostawiając ją w wynajętej kawalerce. Dlaczego tak postąpił? A kto mu zabroni? Magda długo z nim walczyła, ale ostatecznie musiał kupić oszukanej mieszkanie.

I trzeci przykład. Przy okazji pozwu i rozprawy o mieszkanie na Pradze Magda poznała córkę poszkodowanej. Kinga była kiedyś stewardesą. W stanie wojennym zeszła z pokładu LOT-owskiego samolotu w Zurychu i poprosiła o azyl.

W sklepiku na osiedlu, na którym zamieszkała, spotykała uroczą, choć skromnie ubraną kobietę w wieku własnej matki. Ciepły uśmiech i zawsze miłe słowo starszej pani łagodziły tęsknotę za rodziną. Kiedyś Kinga zapytała o nią sklepikarza. „To najbogatsza kobieta w Szwajcarii" – odpowiedział i wcale nie wyglądało na to, że żartuje. Stare pieniądze nie tylko lubią ciszę i spokój. Nie mają też potrzeby wynosić się nad innych.

Magda uważała za profesorem Bartoszewskim, że warto być przyzwoitym. Ona sama uparcie, czasem jak osioł, trzymała się zasad. I nigdy tego nie żałowała. A teraz pewien przyzwoity człowiek zdecydował się dla niej wywrócić swoje życie do góry nogami. Tylko czy ona tego chciała? Czy chciała na kolejny zjazd klasowy pojechać z Szymonem? Iść na żywioł? Ale Magda nie była Agatą. Nie czuła się pewnie w takich sytuacjach. Chociaż, trzeba przyznać, droga wydawała się prosta, jasno oświetlona, bez dziur i z szerokim, bezpiecznym poboczem. A to już coś.

Jednak niedaleko biegła inna droga. Kręta, wyboista, poprzecinana korzeniami, wykrotami, zryta przez dziki. Zarośnięta kolczastym ostrokrzewem. Magda nie chciałaby na nią trafić z Szymonem. Jednak w życiu niczego nie można wykluczyć. A jeśli okaże się, że wcale nie jest przyzwoity?

Magda starała się odgonić natrętne myśli. Nie tylko ona.

– Czy to nie szanowna pani mecenas zwykle twierdzi, że dopóki czegoś nie zrobisz, masz sto procent pewności, że nie wyjdzie? Ale jeśli zrobisz, to fifty-fifty? – ironizował Sebastian, pomagając jej wnieść nowy monitor do biura Feminy. Dostawa kosztowała sześćdziesiąt złotych, a to przecież koszt dziennego utrzymania matki z dzieckiem. Magda miała to precyzyjnie policzone. Żadne pieniądze w fundacji nie były wydawane bez obejrzenia kilka razy każdego grosza. Potrafiła szukać obiadów o złotówkę tańszych, bo to dawało miesięcznie trzydzieści złotych oszczędności, które przydawały się następnej podopiecznej.

– Umiesz obliczyć procenty? Brawo! – odcięła się.

Postawili monitor na biurku i Sebastian zaczął go podłączać do komputera.

– Ale ja, moja droga, ryzykuję. Nawet jeśli wydaje się, że nie ma to sensu.

– To jest bez sensu.

– Nie. To jest zapewnianie sobie większej szansy, niż daje samo życie. Dlatego odpowiedziałem na ogłoszenie tego trzydziestolatka, który szukał tylko fotografów i rówieśników. Bo moje trzydzieści osiem to nie to samo co czyjeś trzydzieści osiem.

Sebastian zanurkował z wtyczką pod biurko. Magda nie musiała patrzeć mu w oczy, dlatego pozwoliła sobie na brutalną bezpośredniość.

– Potraktował cię jak starego dziada, który błaga o litość. Zrobiłeś sobie kuku.

– Naciśnij.

Magda posłusznie sięgnęła do włącznika monitora. Na ekranie rozbłysło logo producenta.

– Dałem sobie szansę. I jemu też. Mógł się spotkać i przekonać, że nie jestem starym dziadem. I zmienić swoje ciasne poglądy. – Puścił do Magdy oko. – Chyba że jestem. I to ja powinienem zmienić poglądy.

– Jesteś głupi. Wydaje ci się, że ludzie chcą zmieniać poglądy. Nie chcą. Jak w coś raz uwierzą, to koniec. – I asekuracyjnie dodała: – Na ogół.

Sebastian uśmiechnął się triumfalnie.

– Na ogół to nie znaczy zawsze! Czyli nigdy nie masz pewności, czy tym razem nie będzie dobrze. Sama mi to powtarzasz: nie można przestać szukać. Teraz sama się zastosuj.

– To ty chcesz kogoś znaleźć. A ja nie wiem, czy chcę. To było miłe. Te bańki i że przyjechał. Ale…

Na ekranie monitora pojawiły się teraz dziwne paski, śnieżek, zygzaki, potem obraz stał się nieregularną plamą i zdechł.

– Spokojnie, masz gwarancję.

– Na związki albo chociaż zalążki związków też przydałaby się gwarancja. – Magda westchnęła.

Sebastian pakował monitor z powrotem do pudła. Nagle zamarł w pół ruchu.

– Chodzi o Piotra. Zgadza się?

Milczała.

– Ale ty wiesz, że to nie będzie żadna zdrada? – Powiedział to najdelikatniej, jak potrafił. I tak zabrzmiało ponuro i groźnie.

– Chodzi o to, że jest za wcześnie. Że jakoś tak… za szybko. Ja nie mówię, że nigdy i wcale. Przeciwnie. Mam nadzieję, że nie będę do końca życia tylko towarzyszką kota. Ale…

– Wyszukujesz każde możliwe „ale", żeby to odwlec.

– Skoro on chce się przenieść do Warszawy dla mnie, to znaczy, że już teraz jestem za niego odpowiedzialna. Jeszcze nic się nie wydarzyło, nie ma żadnego wspólnego zbioru dla Magdy i Szymona, a ja już mam na głowie jego życie. Kiedy nie wiem jeszcze, czy w ogóle coś z tego będzie.

– Powiedz mu to. Brak komunikacji to największa bolączka związków.

– Nie ma żadnego związku. – Magda demonstracyjnie wzniosła spojrzenie do nieba, a właściwie do sufitu biura Feminy. I pomyślała o malowaniu. Położenie w centrum miasta miało swoje wady i jedną z nich był z pewnością smog osadzający się na ścianach.

– Ale to nie wyklucza komunikacji. – Sebastian podniósł pudło z monitorem i ruszył do drzwi.

Magda zbierała się kilka dni, ale w końcu zadzwoniła do Szymona.

– Magda... Dobrze cię słyszeć. – Wydawał się autentycznie ucieszony.

Nie było to po jej myśli. Wolałaby, żeby był bardzo zajęty albo, jeszcze lepiej, żeby w ogóle nie odebrał. Wtedy mogłaby pomyśleć, że to wszystko tylko jej się zdawało. Że to figiel wyobraźni. Że nie było ani baniek, ani spotkania w tajskiej knajpie. I wcale nie powiedział pod bramą jej domu:

– Przeniosę się do Warszawy. Przez ciebie. I dla ciebie.

A ona milczała długą chwilę, nie wiedząc, co odpowiedzieć. Na tyle długą, że Szymon uśmiechnął się zakłopotany.

– Jeśli wyrwałem się jak filip z konopi, to przepraszam. Nie chciałem cię przestraszyć. Ja po prostu... Magda, nie umiem kłamać w kwestii uczuć. Nie umiem kluczyć, zwodzić, grać. Chciałbym, byłoby mi łatwiej. Ale nie umiem. Jeśli moja szczerość cię wkurza, po prostu powiedz.

– Szczerość jest w porządku.

Teraz to Szymon milczał. Czekał, aż Magda mu powie, po co zadzwoniła. Czuła to oczekiwanie po drugiej stronie sieci. Dobra. Powie i się rozłączy. Nic trudnego.

– Szymon... Bo ja muszę wiedzieć, czy... Powiedziałeś, że to dla mnie. A przecież to bez sensu. Nie możesz zakładać, że to się uda. Że wyjdzie i będzie działało.

– Nie zakładam. – Odpowiedź była spokojna, rzeczowa. Nie było w niej niczego, co mogłoby niepokoić. Po prostu rozsądny mężczyzna, który całe ryzyko bierze na siebie. Czego można chcieć więcej?

– Ale skoro dla mnie... Jeśli coś nie wyjdzie, to będzie moja wina?

Chwila ciszy na łączach masztów GSM spowodowała, że Magda poczuła nagle jakiś brak. Jakby jej coś odebrano, brutalnie, bez ostrzeżenia. To nie było miłe.

– Halo? – rzuciła ostrożnie w niezmierzone przestrzenie sieci komórkowych.

– Jestem. Powiedz słowo, a się rozłączę – usłyszała po chwili. I wcale jej się to nie spodobało.

– Nie chcę, żebyś się rozłączał. I nie chcę czuć się odpowiedzialna za ciebie już teraz. Kiedy jeszcze nie wiadomo, czy będę chciała potem. Ewentualnie.

Rozległ się jego serdeczny śmiech. Długi i beztroski. Śmiech, który nie obrażał, nie urażał, tylko cieszył. Po chwili Magda zorientowała się, że też się uśmiecha.

– Skwasiłam?

– Nie. W uroczy sposób pokazałaś, że zrobiłem na tobie wrażenie.

– Jak to? – zapytała, zanim zdążyła się zastanowić, czy takie pytanie nie będzie zbyt bezpośrednie.

– Bo teraz wiem, że o mnie myślisz.

W Magdzie natychmiast odezwała się przekora. Cecha, o której już zdążyła zapomnieć, która nie objawiała się od dawna.

– Nie pochlebiaj sobie – rzuciła do telefonu, zakładając, że Szymon zrozumie to dokładnie tak jak trzeba.

– Dobrze – odparł poważnie, choć w jego głosie słychać było satysfakcję i zadowolenie. – Będziesz czuła się bardziej komfortowo, jeśli powiem, że rozważam przeprowadzkę do Warszawy z powodów osobistych?

– Brzmi doskonale. – Magda poczuła, że gdyby komórka miała kabel, jak dawne domowe aparaty, właśnie nawijałaby go na palec. Tak jak bohaterki starych filmów, kiedy flirtowały przez telefon. Do czego prowadzi takie kręcenie kabla?

Na przykład do wspólnego zamieszkania. Naturalna konsekwencja? Taak, ale... Nie, to nie wchodziło w grę. Tym bardziej że nawet w dojrzałych związkach to nie jest proste. Niestety. Chyba że dotyczy istot, którym brakuje wyobraźni, żeby to dostrzec.

Dwie osoby pod jednym dachem? Nawet przy silnej zażyłości nie zawsze da się obronić taki układ. Para niezależnie od płci to dwa wszechświaty. Nie da się obliczyć lat świetlnych między dwojgiem ludzi. Nawet sami zainteresowani tego nie potrafią. Poznajesz kogoś, zakochujesz się w nim, pragniesz go, sprawdzasz, testujesz i przekonujesz się, że to ten i tylko ten. I jesteście razem, a świat nabiera koloru. Lecz natura ludzka jest przekorna. Nie znosi stagnacji. Gdyby nie było dopustów bożych, plag egipskich, zawirowań losu i życiowych zakrętów, na pewno w pocie czoła sami byśmy je stworzyli. I właściwie to robimy. Mimo że wspólnota z dwiema niezależnymi lokacjami świetnie się sprawdza, nie spoczniemy, póki nie spróbujemy. I zaczyna się. Przychodzi moment, kiedy rytuały bycia razem, ale osobno, są już tak dokładnie rozpoznane, że powstaje ciśnienie na coś nowego. Na zmianę. Razem już ma dość mieszkania osobno. Teraz musi wypróbować mieszkanie wspólne. I wymyślanie nowych rytuałów.

Dzielenie przestrzeni z inną istotą zawsze odbywa się tak samo. Nie ma znaczenia, czy to jaskinia, czy apartamentowiec. Zaczyna się od ograniczenia przestrzeni własnej. A to potrafi zaboleć. Nagle w szafie albo garderobie jest dziwnie mało miejsca. Pojawia się też problem z deską klozetową, bo albo jest wciąż otwarta, albo niewygodnie zamknięta. Druga szczoteczka do zębów, która tylko od czasu do czasu wyłaziła z szafki, teraz panoszy się na półce pod lustrem i zostawia ślady pasty na nieskazitelnej dotąd powierzchni. Albo ta, która zwykle rozwalała się pod lustrem, zostaje zmuszona do karnego stania na baczność w kubeczku. Nie mówiąc już o szklankach, talerzach, przyprawach, chemii domowej, ulubionych bibelotach – wszystko to zaczyna falować w czasie i przestrzeni. Talerze z szafki na górze przenoszą się do szafki na dole. Szklanki i kieliszki zamieniają się miejscami. Ulubiony kubek okazuje się wazonikiem do świeżego szczypiorku. A pastelowa kojąca przestrzeń przedpokoju zostaje zakłócona obecnością męskiego roweru, którego nie ma kiedy umyć. Ukochana makatka po babci zyskuje miano koszmarnego starocia z second-handu, a na komodzie rozwala się PlayStation ze swoimi ohydnymi kablami. Lub, co gorsza, konsola do gier nagle znika w szafie, bo nie komponuje się ze świecznikami od mamy, żartobliwie zwanej teściówką. Co nie wywołuje uśmiechu.

Miesiące, a nawet lata muszą upłynąć, zanim poskłada się z tego jakiś wspólny dom. Nie, Magda nie brała pod uwagę, że Szymon mógłby zamieszkać u niej. Nawet cień takiej myśli nie pojawił się w jej głowie. Żadna synapsa nie strzeliła ładunkiem elektrycznym w sąsiednią komórkę z informacją: mieszkanie razem – wykonać. Nie było takiej możliwości. A nawet nie było jeszcze „razem". Dopiero coś tam kiełkowało. Dlatego zapytała:

– Gdzie się zatrzymasz?

Znalazł pokój hotelowy w promocji. Przyjedzie i zacznie się rozglądać za pracą. Poczuła ulgę. I dopiero wieczorem, kiedy weszła do garderoby, żeby wybrać rzeczy na jutro, zdała sobie sprawę, skąd się to uczucie wzięło. Kiedyś ta garderoba z trudem mieściła ubrania jej i Piotra. Po prostu przestraszyła się, że kiedyś znajdą się tu rzeczy Szymona. Nie dlatego, że znowu zrobi się ciasno. Po prostu nie chciała tutaj żadnych innych rzeczy. Stąd ta ulga. Na szczęście Szymon wcale nie zamierzał się do niej wprowadzać. Inaczej po co brałby pokój w hotelu? Więc po co te lęki? No po co?

Wiosenny grill? Taki szeroko-towarzyski? Nie malutki, prywatny? Jak to? Przecież Karolina od lat organizowała pierwsze przyjęcie w sezonie. Letnim. Więc skąd pomysł na wiosenny grill?

Umówiły się z Agatą i Jagódką w Cudzie nad Wisłą, obok którego przebiegała trasa treningów świeżo upieczonej matki. Kupiła sobie specjalny wózek dla biegaczy i pchała go przed sobą, pokonując trasę od portu Czerniakowskiego do mostu Poniatowskiego i z powrotem. W ramach zwalczania ciążowych kilogramów. Właściwie tego dnia przypadał jej treningowy debiut, bo wcześniej Orlik nie pozwolił jej na taki wysiłek. Jak na pierwszy raz przystało, Agata potrzebowała asysty na mecie. Magda i Karolina powitały ją oklaskami. Teraz przyjaciółki siedziały na leżakach, a obok, w cieniu drzewa, stał wózek z Jagódką.

– Magda, musisz być taka podejrzliwa? Po prostu jest ładna pogoda, chcę z tego skorzystać.

Magda nie była podejrzliwa. Chciała tylko dać Karolinie szansę na szczerą odpowiedź.

– Zrobisz sama sobie konkurencję? Po co? – dopytywała.

Grill w połowie czerwca był towarzyską tradycją warszawskiej palestry. Przyjemność dla jednych i bolesne doświadczenie dla drugich. Waligórowie zapraszali bowiem wyłącznie osoby o nieposzlakowanej opinii. Reszta gryzła palce, domyślając się, że nie są uważani za godnych dostąpienia tego zaszczytu.

Wiktor Waligóra hołdował przekonaniu, że pierwszej ligi nie tworzą karierowicze, usłużne błazny i posłuszne kreatury. Ani ci, którzy używają prawa przeciwko obywatelom albo pomagają je zmieniać tak, żeby utrudniało życie, zamiast je ułatwiać. Nie należą do niej również tacy, którzy dopasowują ustawy do własnych poglądów, nie rozumiejąc, że prawo z natury rzeczy musi stać ponad poglądami i wierzeniami. Tylko wtedy jest bezstronne. Tylko wtedy Temida może nadal być ślepa – traktując każdego, bez względu na płeć, pochodzenie, rasę, narodowość, orientację, wiarę i poglądy, dokładnie tak samo. Inaczej zostaje dziwką stojącą przy szosie na brzegu lasu. Nieważne kto, byle zapłacił. A płacili chętnie, krzycząc przy tym o wartościach, zwalczaniu korupcji i wstręcie do łapówek. U Waligórów? Nie do pomyślenia. To był świat złożony z ludzi, dla których wartości są chlebem powszednim. A ci, którzy żyją w zgodzie z wartościami, nie mają potrzeby o nich trąbić i pouczać innych, bo każdy może żyć według własnych zasad, o ile nie czynią one krzywdy bliźniemu. Dla towarzystwa zbierającego się u Waligórów świadomość tego była jak oddychanie. Mimowolna i naturalna.

Tradycja przyjęcia Karoliny pozostawała niezmienna. Aż do dzisiaj. Bo nikt nigdy nie podważył jej tak jak... sama Karolina.

– Nie wygłupiajcie się. Jaka konkurencja? Maleńki grill dla najbliższych. Otwarcie sezonu to kompletnie co innego – broniła się.

– Ale dlaczego akurat w tym roku? – cisnęła Magda, chociaż sama bez problemu mogła odpowiedzieć na to pytanie.

Karolina patrzyła na nią z uśmiechem znad szklanki z sokiem.

– W zeszłym nie przyszło mi to do głowy – odparła niewinnie.

– Dlaczego? – nie ustępowała Magda.

Agata odstawiła butelkę po soku pomidorowym. Przy wysokiej temperaturze matka karmiąca powinna uzupełniać potas w organizmie.

– Magda, katujesz.

– Ja katuję?

– Katujesz – zawyrokowała Agata. I widać było, że ani myśli to rozwijać, bo zajrzała do śpiącej Jagódki. Mała rzucała się nerwowo, bo zgubiła smoczek. Kiedy Agata wsunęła go do buzi córaszki, ta natychmiast się uspokoiła.

– Taka to ma dobrze. Niewiele jej trzeba do szczęścia – zauważyła Karolina.

– Nie zmieniaj tematu – próbowała ją zdyscyplinować Magda.

– O matko. Ty naprawdę katujesz – jęknęła Waligórowa. – Pewnie sama już masz gotową odpowiedź. Dawaj. Nie każ nam się domyślać.

– Wolałabym to usłyszeć od ciebie. – Magda powiedziała to tak służbowym tonem, że zaraz postarała się go złagodzić: – Droga przyjaciółko.

– Uhu, z grubej rury! – Karolina uśmiechnęła się od ucha do ucha. – Przez całe lata wyzywa mnie od matek Polek, a teraz nagle „przyjaciółko"!

– Nie chcesz się przyznać, trudno. Wiem, co cię nagle naszło. I za cały wywód wystarczy jedno imię: Szymon.

Agata przeniosła spojrzenie z Jagódki na Magdę, a potem na Karolinę. Ta milczała dyplomatycznie. Adwokatka wzięła Jagódkę na ręce, żeby zyskać na czasie, i usiadła z nią na leżaku.

Czasem żeby coś osiągnąć, nie wystarczy tego chcieć. Czasem trzeba jeszcze stworzyć odpowiednie okoliczności. Na przykład wypróbowaną metodą Karoliny. Otóż kiedy Waligórowa miała jakieś marzenie, celowo nie mówiła mężowi, żeby odebrał jej sukienki z pralni. Następnie mogła mu z bólem wypominać, że zapomniał, czyli już jej nie kocha. I w końcu na jego pytanie: „Jak mam cię przeprosić i dlaczego to znowu jest biżuteria?" przytulała się do niego i szeptała mu do ucha: „Wysłałam ci zdjęcie na mejla, obiecali, że zatrzymają do jutra". U Waligórów działało to niezawodnie, bo oboje znali reguły gry, w której brali udział. Wiktor z cierpliwością Buddy pozwalał się Karolinie urabiać, a ona miała poczucie, że nie jest roszczeniową, rozpaskudzoną żoną. Nie, nie potrafiłaby po prostu przyjść i kazać sobie kupić to czy tamto. I tak miewała coś w rodzaju wyrzutów sumienia, że za dużo na siebie wydaje. Dlatego zwykle po kilku dniach od otrzymania prezentu uzgadniała z Waligórą dofinansowanie jakiegoś projektu w fundacji Magdy albo robiła przelew na konto kogoś potrzebującego.

Tym razem Karolina stwarzała okoliczności, które miały pozwolić im poznać Szymona.

– Przecież cię znamy. Nie przyprowadziłabyś go z własnej woli. A z tego, co słychać, do mieszkania go na razie nie wpuszczasz. To gdzie mamy mu się przyjrzeć? Na fejsie? – Tym samym matka Polka przyznała się do podstępu. To było dokładnie w stylu, w jakim zdobywała nowe błyskotki. Przy czym warto dodać, że jej błyskotki rzadko były błyszczące. Wolała kamienie od metali. Najlepiej łączone z drewnem. Coś w rodzaju biżuterii etnicznej. Często były to pojedyncze egzemplarze ręcznie wykonywane przez projektantów. Miała kilku ulubionych twórców.

– A co z przyjęciem na otwarcie sezonu? Odwołane? – droczyła się Magda.

– Magdo, mówimy o małym, podkreślam, małym rodzinnym grillu. Agata z Rafałem, Sebastian, ty z Szymonem i ja z Waligórą. Siedem osób! Jak to miałoby konkurować z otwarciem sezonu?

– Bardzo łatwo. Kiedy już się zgodzę, okaże się, że z siedmiu zrobisz siedemnaście albo siedemdziesiąt. Tak niechcący. I wszyscy będą chcieli poznać Szymona. I natychmiast stanie się moim nowym facetem. A jak nam potem coś nie wyjdzie, to będę się musiała tłumaczyć, gdzie podział się ten miły narzeczony, którego poznali u Waligórów. Rozumiesz? Zanim coś się naprawdę wydarzy, będzie już pozamiatane.

Agata dopiła sok. Jagódka beknęła i z bardzo zdziwioną miną spojrzała na Magdę.

– Nawet moja córaszka nabija się z ciebie. Przecież w tłumie łatwiej się ukryć! I to powinno ci wystarczyć jako argument za tym, żeby to było nawet sto osób. A jeśli będzie siedem, to przyjrzymy mu się krytycznym, ale życzliwym okiem. Rozumiesz? Sprawdzimy, czy pozostał tym fajnym tancerzem ze szkolnego zlotu. W porządku?

Magda milczała. To, że jej myśli chętnie leciały w stronę Szymona, że jakieś nadzieje, emocje powodowały szybsze bicie serca, wydawało jej się dosyć zrozumiałe. Czuła się, jakby po zbyt długiej mroźnej zimie natura podniosła odrobinę temperaturę i dorzuciła trochę światła. Po miesiącach rozpaczy i bólu Magda jak wiosenny krokus czy sasanka wyrywała się do tego ciepła i blasku. Do czegoś, co dawało nadzieję na życie po jasnej stronie ulicy. Nadzieję, bo jak dotąd Magda nawet nie wyszła z cienia. Tylko pomyślała, że mogłaby wyjść. Wciąż to Piotr wyznaczał horyzont jej uczuć. Limit nieba. Nieprzekraczalny. Wiedziała, że Szymon tego nieba nie uniesie. Takiego nieba nikt nie byłby w stanie dźwignąć wyżej. Tylko Piotr. A Piotra nie było.

Pod tym bezmiarem nieba wiało pustką przepłakanych nocy, przemilczanych dni. Pustką, której nie udało się zapełnić ani fundacją, ani przyjaciółmi, ani troską rodziców. Mama dzwoniła prawie codziennie, na zmianę z ojcem. Czasem dwa razy dziennie. Magda nie miała im wiele do powiedzenia. Mama wkurzała się, że córka za długo tkwi w żałobie, ojciec wkurzał się, że mama się wkurza. Kilka razy spięli się w czasie rozmowy. Wtedy wpadła na pomysł, że trzeba ich gdzieś wysłać. Daleko. Na parę miesięcy. Niech skorzystają z amerykańskiej emerytury Jerzego. Najpierw polecieli do Bangkoku. Dwa miesiące zwiedzania Tajlandii, Kambodży i Wietnamu. Potem miało być Sydney i miesiąc w Australii. Wreszcie półtora miesiąca w Stanach. W Angkorze zostali dłużej, niż planowali. W czasie rozmów przez FaceTime Magda nie powiedziała im nic o Olsztynie. Ani o Szymonie. Znając mamę, spodziewała się, że ta przerwałaby podróż i wróciła do Polski pilnować, żeby córka nie zepsuła szansy na nowy związek. A Magda wcale nie miała zamiaru niczego psuć. Przeciwnie. Skoro to już się działo, chciała spróbować. Sprawdzić, czy Szymon chociaż trochę wypełni tę pustkę ziejącą pod wysokim niebem. Chociaż trochę.

Dlatego gdy Karolina dodała: „Tylko może włóż coś mniej… wyzywającego niż ta czerń", Magda się uśmiechnęła. Tak, nie miała nic przeciwko, żeby trochę odpuścić. Ale nie tak szybko, jak pragnęliby tego jej przyjaciele. To jednak powinno się toczyć swoim rytmem. Nie chciała, żeby ktoś ją ponaglał, ani nie chciała ponaglać Szymona. Pędzić na złamanie karku, lecieć jak ćma do lampy? Nie. Trzeba się oswoić, przyzwyczaić do temperatury. Powoli.

– Jeśli go nie zaprosisz, my to zrobimy. Żaden problem. – Sebastian zagroził bezczelnie, opierając rower o drzewo, pod którym stał wózek córaszki. Skończył wcześniej zdjęcia do kalendarza dla firmy produkującej sprzęt rolniczy. Wiadomo, kombajny najlepiej komponują się z półnagimi dziewczynami. Chociaż zawsze przy takich okazjach Sebastian miał wizję kombajnów z rozebranymi chłopakami.

– Dorośli tak nie postępują. – Karolina próbowała przywołać go do porządku. W jej ustach brzmiało to jak wyrok Najwyższej Rady Najmądrzejszych Matek Polek.

– Magda nie jest dzieckiem – wtórowała jej Agata.

Ale jego już pognało tam, gdzie nie miały dostępu. Żadna z nich nie lubiła tych momentów. Najczęściej zdarzało mu się to, kiedy przeklinał swój los po kolejnym poparzeniu serca. Był wtedy wściekły, rozżalony, obolały. Teraz jednak dodatkowo widziały w tym jakąś desperację. Co sprawiło, że tak bardzo chciał postawić Magdę pod ścianą?

– Dlaczego? – zapytała sama zainteresowana.

Zaczął coś ściemniać, że tak będzie lepiej, że ona tego potrzebuje, dość się nacierpiała, że najwyższy czas wyjść z nory, porzucić piwnicę, że platońska jaskinia, no i te czarne ciuchy.

A wreszcie wyrwało mu się, że nie pozwoli jej tego zepsuć. Magda poczuła, jakby nagle znalazła się w domu. Rodzinnym.

– Kiedy rozmawiałeś z moją mamą?

Jeszcze przez chwilę próbował się wykręcać, sięgnął nawet po rower, pod pozorem, że musi wrócić na sesję. A praca w tych czasach jest na wagę złota, nawet jeśli płacą jak za żelazo. Magda przytrzymała kierownicę. Stanowczo.

– Chciała od razu wracać. Obiecałem, że cię dopilnuję i będę jej donosić. – Był naprawdę skruszony. Magda napawała się przez chwilę jego spojrzeniem winowajcy. – Przecież nie chcesz, żeby wracali. Zgadza się?

Nie chciała. Ale też nie mogła pozwolić, żeby ktokolwiek decydował za nią. Wymusiła na całej trójce obietnicę, że powstrzymają się od ingerencji. I komentarzy. A z mamą sama już sobie pogada. Przy okazji.

Najtrudniejsze nawet sprawy, problemy i obrabianie ich z przyjaciółmi to sama przyjemność w porównaniu z tym, co ją jeszcze czekało. Miała tego dnia spotkanie pojednawcze z jedną z podopiecznych i jej mężem. Facet rozładowywał stres szybkimi numerkami w czasie pracy. Najczęściej w samochodzie na firmowym parkingu. Miał ulubione miejsce w kącie, słabo oświetlone, a z tyłu auta ciemne szyby. Prostytutka, z którą się umawiał, dyskretnie wsiadała, a potem znikała bez śladu. Udawało się to trzymać w tajemnicy do czasu, kiedy żona postanowiła zrobić facetowi niespodziankę urodzinową. Pewna, że mąż zaharowuje się na piętnastym piętrze biurowca, zjechała do garażu i już miała przylepić do przedniej szyby wozu śmieszne serduszko z napisem „100 lat", kiedy zobaczyła jego rytmicznie poruszające się pośladki. Poznała je bez trudu, bo na prawym miał znamię w kształcie gruszki, które badali w zeszłym roku. Po obu stronach jego zadka sterczały i poruszały się w zgodnym rytmie kobiece kolana.

Jakiś czas później wyprowadziła się do ośrodka, bo chociaż spłacała z mężem stumetrowe mieszkanie, nie miała gdzie się podziać z dziećmi, a z urzędniczą pensją nie było jej na wiele stać. Przynajmniej do momentu przyznania alimentów. Na wszystko potrzebny jest czas. Femina była właśnie tym miejscem, które daje czas, pomaga przetrwać najgorsze pierwsze tygodnie czy miesiące. Kobieta musiała się wyprowadzić, bo jej małżonek wypierał poczucie winy, urządzając wściekłe awantury. Zupa mu nie pasowała? Walił talerzem o ścianę. Chociaż przez dziesięć lat wspólnego życia chwalił i zupę, i żonę. Pyłek na podłodze? Szklanka leciała przez cały pokój. Teraz, po trzech miesiącach, mieli się spotkać, bo chciał przeprosić. Ale Klara nie chciała być z nim sama. Poprosiła o obecność Magdę i psychologa fundacji.

Potem Magda postanowiła zadzwonić do Szymona i zapytać, czy przyjedzie na grilla u Waligórów. Ale o ile w sprawie Klary miała nadzieję na pozytywne zakończenie, czyli że para się porozumie, o tyle w przypadku Szymona liczyła na to, że on odmówi. Żeby, zgodnie z planem, nie spieszyć się za bardzo. Ale życie to wieczny żartowniś i kpiarz. Dlatego stało się dokładnie odwrotnie.

22

Warszawska Sadyba to dzielnica nie tak znana jak Mokotów czy Żoliborz albo Praga, za to pełna podmiejskiego wdzięku, chociaż do centrum jedzie się zaledwie kilka minut. Jeśli nie ma korków. Co zdarza się dosyć rzadko. Wakacje, święta, ferie, długie weekendy – tak, wtedy Karolina docierała na Wiejską do mieszkania Magdy w parę minut. A zdarzały się takie momenty, kiedy niezbędna była natychmiastowa obecność. Nawet nie interwencja, tylko właśnie obecność. Błyskawicznie się wtedy zdzwaniali i wkrótce pukali do drzwi przyjaciółki. Potem na stół wjeżdżały popcorn i lody. Najczęściej czekoladowe. A na tacy DVD lądowała *Casablanca*. Że dorosłe osoby powinny panować nad emocjami? A wsadźcie sobie tę mądrość, gdzie chcecie! Karolina od zawsze wiedziała, że każdy, także dorosły, potrzebuje od czasu do czasu upuścić trochę pary z garnka. Inaczej wybuchnie. A wybuchów nikt nie lubi.

Rzecz jasna, nie zawsze się udawało. Czasem, zanim pokrywka została bezpiecznie odsunięta, para już waliła prosto w sufit. Nie inaczej było, kiedy Waligóra uznał, że miejsce Karoliny jest przy dzieciach. Ona się gotowała, a on mocno trzymał pokrywkę z góry. W końcu postawiła na swoim i pracowała przez jakiś czas w Feminie. To wtedy o mały włos nie zdradziła Wiktora. I przeraziła się sama sobą, kiedy zrozumiała, że ryzykuje rozpad swojej rodziny. Gdy po śmierci Piotra Magda zdecydowała się oddać fundacji cały swój czas, Karolina wróciła do opieki nad rodziną i dziećmi. I poczuła ulgę. Oczywiście nigdy się do tego nie przyznała – ani Wiktorowi, ani nikomu innemu. Nawet Magdzie. W jakiś sposób ukrywała to również przed sobą samą, udając, że raczej poświęca się dla dobra innych. A prawda była taka, że Karolina największy sens widziała w dbaniu o bliskich.

Grill w ogrodzie stanowił kolejny element mitu matki Polki. Zadbać o wszystkich tak, żeby poczuli się komfortowo. I bezpiecznie. Tak, ambicją Karoliny było takie urządzanie świata, żeby każdemu było w nim wygodnie, jak w pluszowym, przytulnym kokonie.

– Agata, chcesz dodatkową poduszkę?

Agata nie zwróciła na pytanie uwagi, zajęta wypytywaniem Szymona o jego poprzedni związek i miejsca pracy. Dlatego Karolina poszła do salonu, przyniosła poduszkę i wsunęła Agacie za plecy.

– Co… – Świeżo upieczona matka obróciła się zdziwiona.

Magda pospieszyła z wyjaśnieniem:

– Pytała, czy chcesz, nie odpowiedziałaś, więc zrobiła to, co uważa za najlepsze.

Agata posłała Karolinie całusa i wróciła do rozmowy z Szymonem.

– Pamiętam Paulinę. W życiu bym nie pomyślała…

Szymon rozłożył tylko dłonie. Magda popatrzyła na niego współczująco. Nie dlatego, że Paulina zmieniła preferencje i zakochała się w kobiecie, którą poznała w czasie wakacji na Krecie. Orientacja seksualna zawsze była dla Magdy drugorzędna. Kiedyś nawet żartowały z Agatą, że gdyby jakimś cudem chciały być z kobietą, wybrałyby Karolinę, więc musiałyby o nią walczyć i przestać się przyjaźnić. Uznały wtedy, że to wyklucza zmianę preferencji. To, że żona Szymona odkryła w sobie albo ujawniła nową siebie, było w porządku. Nikt nie powinien żyć w zakłamaniu, zaprzeczając własnej naturze. Chodziło o to, w jaki sposób go o tym powiadomiła.

Szymon pracował jako kierownik budowy autostrady A6 na odcinku wzdłuż Puszczy Goleniowskiej. To, że była to akurat ta puszcza, nie miało wielkiego znaczenia. Za to jego późne powroty do domu, bo nie odpuszczał ani pracownikom, ani sobie, już miały. Zdarzało się, że kiedy wyskakiwał jakiś problem, wracał dopiero w nocy, czasem nad ranem. A problemy pojawiały się prawie bez przerwy. Nawet nie dlatego, że ktoś zawalał. Wystarczył kaprys pogody, na przykład wiało tak mocno, że groziło to przewróceniem dźwigu do stawiania filarów. Kilka godzin przestoju, dzień albo dwa i cały harmonogram do kosza. A potem idiotyczne artykuły w mediach, bo zaraz ktoś donosił o skandalicznych opóźnieniach, ktoś inny pytał, ile to kosztuje, a trzeci już był pewny, że to przekręt. Bo jak to możliwe, że kilometr autostrady w Hiszpanii kosztuje tyle taniej? A czy ktokolwiek brał pod uwagę różnice w klimacie? Nie, bo łatwiej wysmażyć sensacyjny tekst o rzekomych przekrętach. Kiedy pracownicy pokazywali Szymonowi takie rewelacje, mówił zawsze: „Olać i do roboty. Samo się nie zbuduje". I brali się do pracy.

Paulina wiedziała, że mąż nie marnuje czasu. Dlatego zdziwiło go, kiedy pewnego czwartku uparła się, żeby wrócił o określonej porze. Szymon zastanawiał się, co to za okazja, ale rocznicę ślubu mieli w sierpniu, jej urodziny przypadały w maju, jego w listopadzie. Poznali się we wrześniu, zaczęli randkować w grudniu. Pierwszy pocałunek to też grudzień. Kwietniowy czwartek nie pasował do wzoru, ale Paulina nie chciała słyszeć o odmowie. Wreszcie się domyślił: musi chodzić o ciążę. Co prawda ich pierwotny plan był taki, że Paulina najpierw skończy specjalizację z kardiochirurgii, a dopiero potem urodzi dziecko, ale... Niespodzianka?

Szymon rozdzielił zadania, pouczył trzy razy, że samo się nie zbuduje, i rzucił sakramentalne: „Olać i do roboty". Po drodze zgarnął jeszcze wielki bukiet róż z kwiaciarni i zdążył wpaść do jubilera. Paulina lubiła bransoletki Pandory. Dokupił jej jednego charmsa-aniołka i drugiego w kształcie dziecięcego wózka, po czym z szerokim uśmiechem wszedł do mieszkania o umówionej godzinie. Pusto. Zatrzymał się w salonie połączonym z kuchnią. Po chwili usłyszał jęki dobiegające z sypialni.

– Podziwiam, że możesz o tym tak spokojnie mówić – wtrąciła Magda, kiedy jej o tym opowiadał tamtego wieczoru w tajskiej knajpce.

– Może to dlatego, że spotkałem ciebie.

– A co ja mam z tym wspólnego? – zdziwiła się.

– Pojechałem na zjazd do Olsztyna jako nieudacznik. Tak się wtedy czułem. Żeby nie przyznawać się do porażki, miałem kłamać, że Paulinie w ostatniej chwili wypadł dyżur w szpitalu. Dzięki tobie nie musiałem. Tak dużo tańczyliśmy, że chyba z nikim nie rozmawialiśmy...

– No, nie. Przywitaliśmy się tylko z paroma osobami.

Zaśmiał się. Miał ładny uśmiech. Wciąż młody. Magda patrzyła na niego poważnie. On też po chwili przestał się uśmiechać. I dokończył swoją opowieść:

– Wszedłem do sypialni. Paulina była w łóżku z tą kobietą. Spojrzała na mnie. Nie widziałem w jej oczach strachu, wstydu, zaskoczenia czy zażenowania... Nie. Tam była tylko ulga. Wyszedłem. Po chwili przyszła do salonu w szlafroku. Jakby się wstydziła swojej nagości. „Nie wiedziałam, jak ci powiedzieć".

Szymon od razu się spakował i wyprowadził do hotelu dla pracowników. Potem był szybki rozwód. Paulina wyjechała z partnerką do Berlina. I koniec.

– Będziesz szukał czegoś w budowlance? – zapytał Rafał. Przyniósł właśnie z grilla kolejną porcję mięs i warzyw. Wiktor królował przy piecu w rogu ogrodu. Rafał podsunął Agacie dwa skrzydełka. Ona w podziękowaniu klepnęła go w pośladek. Magdzie podobało się to, że wciąż zachowywali się jak narzeczeni w pierwszej fazie, czyli fazie wzlotu.

– Jak chcesz, mogę popytać. Mamy kilku deweloperów wśród klientów – zaproponował Waligóra.

– Byłoby świetnie. – Szymon wyglądał na autentycznie ucieszonego.

Sebastian przyglądał mu się zaciekawiony.

– Zaraz, zaraz... Czyli tańczyłeś z Magdą, żeby nikt cię o nic nie pytał? – Wycelował w Szymona widelec. Nie było w tym nic agresywnego. Po prostu typowa zaczepka Sebastiana. I podejrzliwa mina. Też typowa.

– Od dawna o tym marzyłem. – Szymon nie dał się złapać w pułapkę. I nie wyglądał, jakby ją w ogóle dostrzegł.

– Mogłeś odnaleźć Madzię wcześniej, skoro tak o niej marzyłeś. To nietrudne w czasach Facebooka.

Brzmiało to, jakby Sebastian żartował, co zmyliło Agatę i Karolinę. Ale nie Magdę. Wiedziała, że przyjaciel mówi serio. Nie wiedziała tylko, czy zdąży rozbroić zapalnik granatu, zanim Sebek rzuci nim w Szymona. Żeby sprawdzić, czy facet jest godny jego przyjaciółki.

– Sebuś, nie chcesz mięsa? – Magda zatroszczyła się o jego talerz i nałożyła mu dwa kawałki słynnej rosyjskiej karkówki.

Przepis na nią Waligóra zdobył w czasie jakiejś mocno zakrapianej nocy na studiach. Trafił wtedy z kolegami do słynnego Ścieku, gdzie chętnie bywali artyści czasów PRL. Przy sąsiednim stoliku siedziało polsko-rosyjskie towarzystwo filmowe. Jeden z Rosjan tłumaczył polskiemu aktorowi przepis na karkówkę z rusztu. Plastry mięsa wymieszać z pokrojoną cytryną i cebulą i zalać mocno gazowaną wodą. Na godzinę. Potem odsączyć, dodać sól, pieprz i na ruszt. Waligóra nie pamiętał już, kto siedział przy tamtym stole. Za to przepis – owszem. Rano, totalnie skacowany, zapisał go w notatniku do prawa gospodarczego. I teraz ta wspaniała karkówka wylądowała na talerzu Sebastiana. Trudno było jej się oprzeć. Ale Sebek przezwyciężył pokusę i spojrzał na Magdę.

– Zdaje się, że właśnie „mięso" przyciąga Szymona do Warszawy.

Teraz Magda wiedziała, że poszły konie po betonie. Nie było na co czekać.

– Jedz, bo ci wystygnie! – rzuciła z ledwo skrywaną paniką. – Przecież nie lubisz zimnego. Jak nie zjesz, Wiktorowi będzie przykro. A chyba nie chcesz, żeby mu było przykro, prawda? Albo komukolwiek innemu? Sebuś, jedz!

Słowo „komukolwiek" zabrzmiało tak wymownie, że Karolina i Agata natychmiast zrozumiały, co się dzieje. Szymon wyglądał, jakby nie umiał się odnaleźć wobec zaczepnego tonu Sebastiana. Który, niestety, już nawet nie patrzył na karkówkę.

– No zaraz… Ale serio. Dlaczego jej nie szukałeś?

Szymon milczał. Przeniósł wzrok na Magdę. Na jego twarzy pojawił się zakłopotany uśmiech.

Gdyby to było dziesięć lat temu, Agata już planowałaby, jak odbić Magdzie tego chłopaka. Teraz, jako żona i matka, pozwoliła sobie tylko na łzę wzruszenia. Spojrzenie Szymona było czyste jak górski strumień. Niewinne jak noworodek. I szczere jak własna matka. Agata wiedziała o tym najlepiej – jej rodzona matka była zabójczo szczera, nazywając ją czule swoją tłustą krówką, kiedy tylko Agata ustawała w pilnowaniu diety.

– Nie miałem odwagi – powiedział w końcu Szymon.

Tym samym zdał się na łaskę Magdy. Od tej chwili to ona miała nad nim władzę. Który facet potrafi zdobyć się na coś takiego dla kobiety? Albo faceta? Magda chciałaby, żeby Sebastian spotkał kogoś takiego. Od lat trzymała za to kciuki i na każde Boże Narodzenie życzyła mu bezwarunkowej miłości. Na razie nieskutecznie. Być może dlatego jej przyjaciel nie zrozumiał Szymona.

– A co w tym trudnego wbić jej nazwisko w Google'a i zadzwonić? – drążył temat.

Karolina zorientowała się, że Magda nie chce wprost fuknąć na Sebastiana. Słusznie. Wtedy Szymon mógłby zrozumieć, że coś tu się podskórnie odbywa. Magda musiałaby się tłumaczyć. Szymon nabrałby niechęci do Sebka i musiałaby wybierać. Niedobrze.

– Sebastian, nad czym teraz pracujesz? – Gospodyni spróbowała zmienić temat.

Ten jednak nie zamierzał przerywać krucjaty. Najwyraźniej nikt poza nim nie rozumiał powagi sytuacji. Wkurzało go to i chciał, żeby te trzy kobiety przejrzały na oczy. Wiktor niekoniecznie. Rafał, który właśnie wyszedł z ogrodu do toalety, też niekoniecznie. Ale te trzy kobiety... Te najważniejsze kobiety w jego życiu powinny to dostrzec i zrozumieć. Przecież nie mógł wprost powiedzieć: facet, ściemniasz i ja to czuję. Wyszedłby na histeryka, głupka, w najlepszym razie pajaca. Z drugiej strony czuł, że one nie są gotowe do zmierzenia się z tą mglistą prawdą. Bardzo mglistą. Tak naprawdę nie był w stanie określić, co mu w Szymonie nie pasuje. Wiedział tylko, że coś nie pasuje. I to bardzo.

Kilka dni po grillu Sebastian wpadł do Feminy zdenerwowany.

– Dlaczego nie odbierasz?! – prawie wrzasnął od drzwi.

Magda popatrzyła na niego jak na wariata. Kolejny raz przeglądała sprawozdanie finansowe fundacji z poprzedniego kwartału. Wciąż nie zgadzała jej się kwota wydatków z kwotą wpływów. Trzeba odgrzebać faktury. Naprawdę nie miała teraz czasu ani ochoty na nerwicę Sebka.

– Jestem zajęta.

– Wtedy kiedy ja dzwonię? – Był autentycznie zdumiony. I rozgoryczony. No tak. Teraz Magda zrozumiała, skąd ten atak na Szymona. Zazdrość. Pies ogrodnika.

– Wyłączyłam telefon, bo muszę się skupić – wyjaśniła cierpliwie, jakby tłumaczyła choremu dziecku, że zastrzyk chwilę poboli i przestanie.

Sebastian usiadł po drugiej stronie biurka. Torbę z aparatami postawił na podłodze.

– Martwię się. Z nim jest coś nie tak, a ty... – zaczął ostrożnie.

Magda przerwała mu:

– Z nim czy z tobą? – Brzmiało to, jakby znała odpowiedź. – Niedawno chciałeś pilnować, żebym tego nie zepsuła, i donosić mojej mamie o postępach. A teraz co? Wróg numer jeden?

– Zaraz, zaraz. Od kiedy to nie prosisz mnie o radę? Od kiedy mnie nie słuchasz? Od kiedy nie mam nic do powiedzenia? – indyczył się Sebastian.

– Proszę. I masz. Czasem tylko coś ci się pomyli. Tak jak teraz.

– Nie czujesz tego? Nie widzisz?

Magda kochała Sebka jak brata. I to takiego, któremu życzysz jak najlepiej, a nie wolisz, żeby trzymał się od ciebie jak najdalej. Teraz było jej go żal. Obgadała już tę grillową aferę z Agatą.

– Wiem, że boisz się o swoją pozycję, ale jest niezagrożona. Spokojnie.

– O ciebie się boję! – wrzasnął. – O ciebie, bo nie chcę, żeby stała ci się krzywda!

Magda wstała zza biurka i obeszła je. Stanęła przed Sebastianem i wzięła jego twarz w dłonie.

– Posłuchaj, braciszku z wyboru. Agata podsumowała to tak: „Sebek martwi się z przyzwyczajenia. A ty masz teraz szansę dobrać się do ciacha, które było obiektem naszych westchnień przez całe liceum. Ty, bo dla mnie już za późno. Zrób to za nas obie".

Sebastian milczał pokonany żarliwością przekazu Agaty.

– Mam jej odmówić? – Magda uśmiechnęła się do niego.

Wahał się przez chwilę, ale wreszcie przyznał, że chyba faktycznie przesadził. Że to bardziej zazdrość kazała mu się rzucać na Szymona niż niepokój. Magda ma prawo do własnych decyzji. A on wreszcie powinien zacząć myśleć o sobie. Chwilowo został jedynym singlem. I nie pomoże tu nawet najlepiej wyposażona torba z aparatami.

Magda nie widziała absolutnie żadnego powodu, dla którego rodzice mieliby przerwać swoją podróż. O północy czasu kambodżańskiego zadzwoniła więc na FaceTime ojca. Siedzieli oboje, ramię w ramię, przed kamerą iPhone'a. Za nimi widać było basen małego butikowego hotelu w Siem Reap. Wzruszył ją ten widok. Nie basenu, tylko tych dwojga ludzi. Tak jak wzruszała ją ich historia, którą ona w jakiś sposób odtworzyła z Piotrem. Miłość. Bolesne rozstanie. Próba powrotu – najpierw nieudana, potem zwieńczona sukcesem. Tylko że Magda już zakończyła swoje dzieje z Piotrem. A historia jej rodziców wciąż trwała, rozwijała się. I najwyraźniej miała się dobrze.

Patrzyli na nią teraz z troską. Cały impet, z jakim Magda zamierzała rzucić się na matkę, zniknął. Ulotnił się. Zostało tylko wzruszenie.

– Córeczko... Co tam u ciebie? – zapytał Jerzy.

– Miałam zamiar was opieprzyć. I to mocno.

Matka milczała ze skruszoną miną. No tak, na złodzieju czapka gore. Przynajmniej nie próbowała ściemniać. Tego by już Magda nie zniosła. Nie tym razem. Nawet nie dlatego, że ten konkretny spisek „dla dobra Magdy" był jakiś szczególnie inny od pozostałych. Po prostu tym razem matka przesadziła.

Poza tym Magda była już na to za dorosła. Z drugiej strony wiadomo, że dla matek dzieci zawsze pozostają dziećmi, tak jak dla dzieci matki są zawsze matkami i tak dalej. Ostatnio prawidłowość ta ujawniła się wyraźnie u Waligórów. Julka, ich adoptowana córka, nie sprawiała większych problemów mimo swoich osiemnastu lat. Za to pozostała trójka, czyli Zuzia, Kalina i Kuba, dawała im chwilami popalić. Akurat byli w fazie buntu i wyparcia. Z jednej strony mieli dość matki, z drugiej potrzebowali jej bardziej niż kiedykolwiek.

Magda patrzyła teraz na swoją matkę, poruszona jej szczerym poczuciem winy. Ale wtedy Teresa spojrzała na Jerzego.

– A nie mówiłam, żebyś się nie wtrącał?

Magda zerknęła na ojca. Kochał jej matkę. Co do tego nie było wątpliwości. Czasami jednak miał ochotę ją udusić. I Magda doskonale rozumiała dlaczego.

– Błagam cię… – zaczął Jerzy ostrożnie. Natychmiast mu przerwała:

– Jakie „błagam cię"? Nie mogłeś się powstrzymać? – Patrzyła na męża oburzonym wzrokiem. Jerzy się uśmiechnął.

– Kochanie, posłuchajmy Magdy, dobrze? Może ma nam do powiedzenia coś ważnego.

Magda uwielbiała ojca za ten jego stoicki spokój. I poczucie humoru. A przede wszystkim cieszyła się, że ma go z powrotem. Obie go mają. Przez wiele lat wydawało się, że go nie potrzebują, że są pogodzone z jego nieobecnością. Ale to był pozór. Cienka warstwa lakieru, pod którą kryły się rdzawe zacieki tęsknoty i żalu.

– Ona już powiedziała. Chce nas opieprzyć. Tylko nie wiem, dlaczego nas. Prosiłam, żebyś nie spiskował z Sebastianem. – Głos matki zaczynał łapać jakąś niepokojącą wibrację.

Rozedrganą jak trzepot skrzydeł wystraszonego ptaka w za ciasnej klatce. Magda i Jerzy wiedzieli, co się zbliża, i wiedzieli, że zaraz nie będą już mogli nad tym zapanować.

– Mamo, daj spokój. Nic się nie stało. – Magda postanowiła odpuścić. Może w ten sposób uda się sprawić, że matka się zatrzyma, zwolni, opanuje. Zrozumie, że nie ma sensu walczyć z prętami klatki, trzeba poczekać na otwarcie drzwiczek.

– Dziecko, ale jak to nic się nie stało? Dlaczego ja mam odpowiadać za to, co zrobił ojciec? Gdzie tu sprawiedliwość? – Teresa odsunęła się od męża, prawie znikając z kadru. Oczywiście. Od wrogów trzeba trzymać się z daleka. Jerzy spojrzał bezradnie na Magdę.

– Dawno jej się to nie zdarzyło. – W jego głosie była bezradność i rezygnacja mężczyzny na skraju wyczerpania. Mimo całej swojej miłości ledwo wytrzymywał te ataki. Tę furię, która wzbierała falami i długo nie dawała się poskromić. Aż do wyczerpania. Aż do momentu, kiedy Teresa zasypiała w pozycji embrionalnej, mamrocząc jeszcze pod nosem zarzuty i wymówki.

– Nigdy mnie nie słuchasz. Nigdy. Zawsze twoje musi być na wierzchu. W ogóle cię nie obchodzi, co przeżywam – rozkręcała się w swoich żalach i wyrzutach wobec całego świata. Nie, nie całego. Tylko Jerzy zbierał cięgi za jej zawiedzione nadzieje.

Magda poczuła, że musi wkroczyć.

– Mamo, co ty pleciesz? Przecież ojciec dba o ciebie jak nikt inny!

Teraz matka wyglądała, jakby trafił w nią w piorun. Jej twarz wyrażała szok i niedowierzanie.

– Chcecie mnie zabić? Wykończyć? Co ja wam zrobiłam, że jestem tak traktowana? Za co mnie to spotyka? – Teresa była już w pendolino prującym przez wszystkie kręgi nieszczęść, głównie wyobrażonych.

Takie stany zaczęły się z początkiem klimakterium i niestety nie ustępowały. Magda i ojciec pilnowali, żeby Teresa przyklejała sobie plastry regulujące poziom hormonów, ale ona twierdziła, że od tego się tyje, i bardzo chętnie o nich zapominała. Wtedy chemia zaczynała szaleć. A matka szukała winnych swojego samopoczucia wszędzie, tylko nie w sobie.

– Mamo, co z plastrami? – Magda nie miała zamiaru wchodzić w dyskusję na temat rzekomych win i zasług. Teraz potrzebny był konkret.

– A co mi plastry pomogą… Nic mi już nie pomoże. Zmarnowałeś mi życie! – Nadeszła kolejna faza: głośnego płaczu. W ruch poszła paczka chusteczek.

Magda patrzyła na ojca ze współczuciem.

– Może zadzwonimy później? – zaproponował, znacząco zerkając na żonę. Ta właśnie wycierała nos, pogrążona w rozpaczy.

– Nie, tato. Mam tego dość. Albo teraz to załatwimy, albo nie będę już z mamą rozmawiać. Nigdy.

W Teresę trafił kolejny piorun. Patrzyła znad chusteczki na Magdę i gdyby to było możliwe, z pewnością spopieliłaby ją wzrokiem. Na szczęście w rozmowach wideo jest tak, że jeśli patrzysz w ekran, to nie patrzysz w oczy rozmówcy, a jak patrzysz w kamerę, to nie widzisz rozmówcy. To pozwala uniknąć spopielenia przez własną matkę, która nie kontroluje swoich hormonów.

– Dziecko, czy ty nie rozumiesz…

– Przyklej sobie ten cholerny plaster na tyłek i przestań nas szantażować! To nie do zniesienia! – wycedziła Magda.

Naprawdę miała dosyć jazd matki. Jak długo można wytrzymywać to użalanie się nad sobą, obwinianie bliskich o swoje humory, marudzenie, narzekanie, pretensje i zarzuty? A do tego kłamstwa? Jak to możliwe, że ta niegdyś sympatyczna, energiczna kobieta stała się takim wrzodem i utrapieniem?

– Nie kochasz własnej matki! – wycharczała Teresa z głębin swojej boleści. Zabrzmiało to jak wyrok sądu w Norymberdze.

– Nie kocham matki, która spiskuje z moim przyjacielem, a potem nie umie się do tego przyznać.

– Potwarz! Ohydna! Jak możesz mnie o to podejrzewać? – Matka podniosła głos.

– Bo ojciec nigdy by tego nie zrobił. On nie jest taki podstępny – wyjaśniła Magda.

Matka żachnęła się. Ktoś obcy może dałby się nabrać na to święte oburzenie, ale nie Magda. Teresa o tym wiedziała. Ale czy to nie nadzieja umiera ostatnia?

– Nie wiem, o czym mówisz. Nie rozmawiałam z Sebastianem na temat Szymona… – Urwała. O jeden argument za daleko. Spłoszone spojrzenie przyłapanej na gorącym uczynku błądziło teraz gdzieś po prawej stronie od ekranu.

– Nie spiskowałaś, a jego imię wyczytałaś w gwiazdach nad Angkorem? Mamo, mam prawie czterdzieści lat. Nie możesz…

Matka nie wytrzymała i przerwała błagalnie:

– Nie mów tego głośno! To przynosi pecha!

Jerzy spojrzał na żonę, jakby chciał jej powiedzieć coś do słuchu, ale odpuścił. Rozłożył bezradnie ręce. Rozumiała ojca. Ale ona już nie mogła odpuścić.

– Nie chcę takiej matki, która zatruwa życie sobie, ojcu i mnie. Oddaj mi tamtą, która była czasem upierdliwa, ale za to miała poczucie humoru. Nie użalała się nad sobą z idiotycznych powodów i potrafiła przyznać, że nabroiła. – Magda przerwała.

Dyszała ciężko, jakby wbiegła na szesnaste piętro. Sama trochę przestraszyła się tą tyradą. Nigdy wcześniej nie objechała matki w ten sposób.

Teresa nie odpowiedziała. Płakała, mamrocząc coś pod nosem. Przekazu nie dało się zrozumieć. Jerzy pochylił się do telefonu.

– Córeczko, do jutra. Pa!

W tej chwili z piersi matki wyrwał się szczególnie mocny szloch. Teresa zerwała się i odeszła za leżak, na którym siedzieli. Trzymała się za piersi i próbowała złapać oddech. Wyglądało to tak, jakby miała się udusić. Histeria sięgała zenitu. Jerzy rzucił się do niej, zapominając o połączeniu.

– Teresa! Uspokój się. Proszę, oddychaj. Spokojnie. Zaraz ci przejdzie…

W tej chwili matka Magdy zaczęła okładać go pięściami.

– Przejdzie? Co mi przejdzie?! Mogłam wyjść za takich facetów, że nawet pojęcia nie masz! A ty nie potrafisz mnie docenić. Nie widzisz, jaki masz skarb. A mogłam mieć każdego! I bogatszego, i ładniejszego. Tacy się o mnie starali, że brać, wybierać, a ja…

Magda najchętniej wdarłaby się w oko kamery, wyskoczyła w Siem Reap z ekranu telefonu i strzeliła matkę w twarz. Żeby ją otrzeźwić. To był środek ostateczny, ale czasem konieczny. Magdzie zdarzyło się go stosować w czasie interwencji u podopiecznych Feminy. Nie znosiła tego, ale wiedziała, że nie ma skuteczniejszego sposobu na przywrócenie przytomności osobie, która się dławi emocjami. Można jeszcze spróbować wrzucić ją do basenu. O ile jest pod ręką.

– Mamo! Zamknij się, zanim powiesz za dużo!

Oboje się zdziwili, że Magda wciąż tam jest. Teresa spojrzała na nią ze łzami w oczach.

– Radzisz mi jako córka czy jako prawnik?

– Jako prawnik taty – odparła zimno Magda. – Jeśli nie przestaniesz go dręczyć, sama namówię go do rozwodu. – Zagłaskiwanie osoby w takim stanie powoduje tylko kolejne godziny żalów, rozpaczy, chlipania i pretensji. A to trzeba było przerwać. Natychmiast.

W odpowiedzi matka zaczęła łapać powietrze jak ryba wyrzucona na brzeg. Ale nie mogła go nabrać. Coś się zablokowało. Magda krzyknęła do telefonu:

– Wrzuć ją do basenu! Już!

Jerzy nie wahał się ani sekundy. Tak jak stał, popchnął małżonkę wprost w podświetloną podwodnymi lampami błękitną taflę, która połyskiwała za nią. Teresa z krzykiem zniknęła pod bryzgami wody. Jerzy w pierwszym odruchu chciał skoczyć za nią, ale Magda znowu krzyknęła:

– Tato, stój!

Tym razem się zawahał. Zerknął na ekran komórki i znów w stronę basenu.

– Jeśli ją wyciągniesz, nic się nie zmieni. Będzie cię dalej szantażowała, zamiast przykleić sobie plaster.

– Ale... Nie mogę. Ona nie umie pływać.

– Widziałam zdjęcia. Woda sięga do ramion. – Magda mówiła to wbrew sobie. W jakimś totalnym dystansie do samej siebie. Zupełnie jakby nie była Magdą, a Teresa nie była jej matką. Jakby Magda nie bała się, że matce stanie się krzywda. A bała się. Potwornie się bała, że matka ucierpi. Ale jeszcze bardziej bała się, że związek rodziców, z takim trudem odbudowany, tak dobrze rokujący po latach rozstania, teraz może się skończyć. Tylko dlatego, że matka nie potrafi sobie poradzić z tym, z czym każda kobieta musi się zmierzyć.

Oboje mieli oczy wlepione w powierzchnię basenu. Nagle spod wody wyłoniła się głowa Teresy. Jak apokaliptyczny potwór. Ze zmierzwionymi włosami i otwartymi, łapczywie wciągającymi powietrze ustami. Magda zorientowała się, że ona też nie oddychała. Dopiero kiedy zobaczyła matkę, złapała haust powietrza. Jerzy chciał rzucić się żonie na pomoc, ale Magda znowu go powstrzymała.

– Poczekaj!

Patrzyli oboje, jak Teresa brodzi do brzegu basenu, a potem wspina się po drabince. W milczeniu. Z nieprzewidywalnym wyrazem twarzy. Wreszcie stanęła na brzegu, oblepiona kolorową, mokrą sukienką kupioną na ulicy Rambuttri w Bangkoku, strzepała z siebie krople wody i podeszła do męża.

– Przepraszam – wyszeptała.

– Co takiego? – Do Jerzego jeszcze to nie dotarło.

Teresa nie odpowiedziała. Pocałowała go mocno, namiętnie. Magda zamknęła oczy. Po chwili usłyszała:

– Kochanie, zadzwonimy za jakąś godzinę. Zgoda?

Zobaczyła ich tuż przed telefonem. Uśmiechniętych.

– Powinieneś ją częściej wrzucać do basenu. – Magda odwzajemniła uśmiech.

– Nie mam nic przeciwko – powiedziała matka i się rozłączyli.

Godzinę później Jerzy wysłał do córki esemesa: „Zejdzie nam jeszcze trochę, nie wracamy, dbaj o siebie. Trzymamy kciuki". I po chwili następny: „Mama przysięga, że będzie nosić plastry".

Magda odpowiedziała tylko uśmiechniętą buźką. I zaczęła przeglądać teczkę ze sprawą Marka Orlika.

23

W co ja się wkopałam?! – to była jej pierwsza myśl po przebudzeniu i ani kawa, ani śniadanie nie zdołały jej przegnać. Siedziała przy stole w kuchni i patrzyła w miseczkę. Słonecznik, dynia, siemię lniane, kilka orzechów włoskich, łyżeczka kurkumy i tyle samo miodu lipowego z połową gęstego, ale odchudzonego jogurtu. Wersja zimowa zamiast jogurtu przewidywała ciepłe mleko bez laktozy i łyżkę stołową płatków owsianych zmieszanych z jaglanymi. Proste i zdrowe. Żadna filozofia. Wiadomo, co i jak, bez zbędnych pytań i komplikacji. No, chyba że Maniek zajrzy do kuchni, przeciągnie się i miauknie, domagając się swojej porcji kocich smakołyków. Właśnie zajrzał i miauknął.

– No już, już. Przepraszam, że skupiłam się na sobie, ale przecież spałeś – tłumaczyła się Magda z udawaną skruchą. Zsunęła się z wysokiego stołka i otworzyłą saszetkę z kocią karmą. Połowa zawartości wpadła do miski.

Maniek nie był młodym kotem. Nie okazywał już spontanicznej ochoty na zabawę czy rozrabianie. Stateczny, dojrzały kocur. W dodatku przez lata wyrobił sobie bardzo zdecydowane zachowania. Wiedział, czego chce, i egzekwował to bez żadnych skrupułów. A Magda nigdy nie potrafiła się temu przeciwstawić. Zresztą nie było powodu. Maniek się nie przejadał, nie miał też zwyczaju żebrać przy stole. Bo po co? I tak dostawał to, co lubi. Uważał, że mu się te smakołyki należą, a kiedy Magda zwlekała z ich podaniem, potrafił się o nie upomnieć. Zwierzęta mają swoje sposoby, żeby sobie tak zwanych właścicieli owinąć wokół ogona. Tak zwanych, bo kto tu jest czyją własnością?

Kot pochylił się nad miską i ze smakiem zajadał kurczaka z ananasem. O tym, że to jego śniadaniowy przysmak, dowiedziała się przypadkiem parę lat temu. Zostawiła Mańka na kilka dni z Sebastianem, ten pomylił zamówienia, a Maniek był zachwycony. Magda tymczasem podziwiała Piotra i jego kunszt naciarski w Hiszpanii. Sama była już na etapie: „mogę bez tego żyć". Piotr szalał na desce, pokonując el Aquila, najdłuższą trasę zjazdową w górach Sierra Nevada, a Magda miała wtedy czas na „opalanie", jak nazywała wylegiwanie się z tabletem i nadrabianie zaległości w książkach. Zawsze starała się czytać finalistów nagrody Nike, chociaż, trzeba przyznać, nie zawsze zostawiali ślady w jej literackiej świadomości. Ale lekturę z tamtego wyjazdu zapamiętała bardzo dobrze, wręcz dotkliwie. *Księgi Jakubowe* Olgi Tokarczuk, historię żydowskiej rebelii, która, jak każda inna, była szansą na spełnienie marzeń o lepszym świecie. Dopóki nie stała się karykaturą samej siebie.

Księgi Jakubowe mówią bolesną prawdę. Naprawianie świata kosztuje. Czasem za dużo. Idee rewolucji, czyli równość i braterstwo, przerodziły się w zniewolenie i wyzysk. Dotykały one zarówno Żydów, chłopów, jak i kobiet – istot pozbawionych praw, skazanych na kaprysy losu i możnych, albo nieco tylko możniejszych, jak noszącej się z pańska zaściankowej szlachty.

Dopiero dwieście lat później kobiety zaczęły uzyskiwać prawa obywatelskie. Dzięki własnej rebelii, tłumionej więzieniem, podłością i pomówieniami tych, którzy chcieli żyć według tradycyjnych wartości i zasad. Dziwne, że zawsze równały się one zniewoleniu słabszych.

Taki kocioł myśli wylewał się codziennie na Piotra, kiedy ten wracał ze stoku i zastawał Magdę z wypiekami na twarzy przedzierającą się przez epickie dzieło Tokarczuk. Któregoś dnia zapytał:

– Kochanie, czy ty jesteś feministką?

Magda spojrzała na niego uważnie. Właśnie opowiadała mu o uwięzieniu Jakuba Franka w klasztorze na Jasnej Górze. Klasztor pozwolił się wykorzystywać jako więzienie!

– Co ma piernik do wiatraka, kochanie? – odpowiedziała zaczepnie.

– Nie miałem pojęcia o historii tego Żyda i cieszę się, że mi ją opowiadasz. Ale mam wrażenie, że gdybyś mogła przenieść się do osiemnastego wieku, zostałabyś takim właśnie Jakubem. Naprawiaczem świata. Tyle że dla kobiet.

Magda nie była pewna, czy Piotr ją prowokuje, czy z niej kpi. Sympatycznie, owszem, ale jednak… A w tematach równościowych Magda nie uznawała żartów.

– Nie, nie byłabym Jakubem. Nie mam w sobie nic z mesjasza. I nie jestem szczególnie religijna. To znaczy, wierzę w jakąś siłę, energię albo może wzór, według którego działa wszechświat, ale nie odważyłabym się twierdzić, że to Bóg i że mam o nim jakieś pojęcie. – Sięgnęła po latte. Upiła łyk.

Piotr się uśmiechnął. Magda pomyślała, że ten uśmiech mógłby topić lodowce z taką samą łatwością, jak topił jej serce.

– Rozumiesz mnie?

Łagodniejszy ton miał być informacją, że nie jest to kłótnia o pryncypia, a tylko wymiana opinii. Jakby Piotra dało się nabrać. Czuł, że Magda się spięła. Ale też chciał uzyskać odpowiedź na nurtujące go pytanie.

– To tak jak ja. Ale co z feminizmem?

– Jeśli pomaganie innym, współczucie słabszym, troska o dobro wspólne, tolerancja, domaganie się równości i poszanowania wszystkich ludzi i istot żywych jest feminizmem, to tak, jestem feministką.

– Niezrzeszoną.

Znowu ten ton. Kpina czy prowokacja?

– To kpina czy prowokacja? – Magda nastroszyła się. Czy on czegoś nie rozumiał, czy tylko udawał, że nie rozumie? Po tylu latach wspólnego życia?

– Pytanie, czy nie chciałabyś swojej działalności podeprzeć ideologicznie.

No dobrze. Nie ma co się spinać. W końcu siedział przed nią mężczyzna jej życia. Kłótnia nie byłaby najlepszym sposobem spędzania zimowego urlopu.

– Rozumiem doskonale działaczki i działaczy na rzecz równości. Jak wiesz, Femina co roku idzie w tęczowej paradzie. Ale nie jestem zwierzęciem politycznym. Nie potrzebuję ideologii. Wystarczy mi stara dobra przyzwoitość. – Uspokajająco poklepała go po kolanie. Siedzieli obok siebie na tarasie kawiarni i patrzyli na ozłocone zachodzącym słońcem szczyty. To był ich mały rytuał – obserwować gasnący dzień. W poczuciu, że owszem, przeminął, ale pozostawi po sobie przyjemne wspomnienia.

– W porządku. Ale gdybyś chciała… To wiesz.

– Gdybym co chciała i co wiem? – zapytała, tuląc się do jego ramienia.

– Gdybyś chciała zapisać się do jakiejś partii, będę cię wspierał – oznajmił, jakby napomykał, że wyrzucił śmieci.

– Co? Przecież wiesz, że nigdzie się nie zapiszę.

– Ale gdybyś.

– Nie.

– No ale…

– Piotrusiu!

– Madziu!

Spojrzeli na siebie. Ona widziała w jego oczach moc topienia lodowców, on w jej – ciepłe światełko. Całowali się jeszcze, kiedy słońce ostatecznie zniknęło za granią. Gdy wstawali od stolika, Piotr powrócił do tematu:

– Ostatnie zdanie. Gdybyś kiedykolwiek jednak chciała wejść w politykę, uważam, że świetnie się nadajesz.

– W polityce trzeba obiecywać, a tego nie znoszę. Wolę robić.

Stanął przed nią i położył jej ręce na ramionach. Wyglądał dziwnie poważnie.

– Właśnie dlatego się nadajesz. – Przygarnął ją ciasno do siebie.

Ekolodzy będą wkurzeni. Właśnie stopniał kolejny lodowiec.

Nie powinna sobie na to pozwalać. Nie potrafiła jednak powstrzymać nawiedzających ją wspomnień. Wypełniały jej głowę, serce, duszę. Wypełniały kuchnię, mieszkanie, cały świat.

Druga albo trzecia noc w Pradollano. Po południu wybrali się na lodowisko. To była jej chwila chwały. Jeździła lepiej od Piotra. A może specjalnie się nie popisywał, żeby zrobić jej przyjemność… Po kolacji weszli jeszcze do baru, skąd dobiegały dźwięki flamenco. Piotr zamówił butelkę wina.

Koło północy wracali do pensjonatu. Kiedy skręcali w uliczkę hotelu, Piotr przyciągnął ją do siebie i pocałował. Mocno, odważnie. Po chwili oderwał się od niej i popatrzył na nią z tymi swoimi żartobliwymi iskierkami w oczach.

– Właśnie to chciałem ci powiedzieć.

Magda poprawiła mu szalik.

– Czyli co?

– Że cię kocham. Trzeba ci tłumaczyć? – droczył się z nią.

Magda schyliła się i pierwsza rzuciła w niego śnieżką. Zanim dotarli do pensjonatu, mieli śnieg wszędzie. W pokoju rozbierali się nawzajem, drżąc z zimna i podniecenia. Potem ściągnęli kołdrę z łóżka i kochali się na niej w świetle płonącego kominka. Nie przejmowali się, że to kiczowate i mało oryginalne. W szampanie, zaręczynowym pierścionku i ślubnej sukni też trudno dopatrzyć się oryginalności. A mimo to ogromna większość ludzkości nie może się im oprzeć.

Magda wciąż stała z saszetką kociego jedzenia w ręce. Drugą sięgnęła po papierowy ręcznik. Odruchowo. W geście, który wykonywała już tyle razy, odkąd Piotra zabrakło, że nie musiała sobie tym zaprzątać świadomości. Oderwała kawałek papieru i przyłożyła go do oczu. Obrazy tamtej nocy przed kominkiem nie dawały się odpędzić. Płakała cicho i nieprzerwanie. Z rozpaczy wyrwało ją dopiero niecierpliwe miauknięcie Mańka, który domagał się resztki karmy.

– Wiesz, kiedy mnie przywołać do porządku. – Pogłaskała kota, ale w tej chwili nie miał ochoty na pieszczoty. Chciał dokończyć śniadanie.

Maniek po odejściu Piotra bardzo się zmienił. Czy była to kwestia wieku i osiągnięcia pewnej dojrzałości, czy chodziło raczej o jakieś niewytłumaczalne poczucie odpowiedzialności za Magdę? Nie wiadomo. Ale nie raz i nie dwa miauknięciem czy ocieraniem się o nogi przywoływał ją do rzeczywistości. Potrafił nawet w desperacji zrzucić coś z komody. Czy wiedział, co robi, czy tylko chciał skupić jej uwagę na sobie? A jakie to ma znaczenie, skoro udawało mu się wyrwać ją z otchłani wspomnień?

Po przejrzeniu akt Orlika Magda pomyślała, że to najgorsza sprawa, jaką kiedykolwiek prowadziła.

– W co ja się wkopałam? – powtórzyła głośno.

Zajęty poranną higieną Maniek nie był skłonny jej odpowiedzieć ani nawet wyrazić współczucia. Nie, nie załamała rąk. Nie tak łatwo było ją wystraszyć. Niestety, nie widziała niczego, co pozwoliłoby jej podważyć oskarżenie. Nie miała nic na obronę lekarza. Za to prokurator dostał wszystko, czego potrzebował. Obdukcję ofiary z potwierdzeniem śladów przemocy na ciele, potwierdzenie logowania się komórki lekarza przez maszt znajdujący się najbliżej mieszkania ofiary i, jakby tego było mało, nagranie z monitoringu, na którym Orlik wychodzi od niej chwilę przed tym, jak wezwała policję i pogotowie. Magda dostała kopię nagrania. Co gorsza, lekarz nie tyle wychodził z budynku, ile wybiegał. Wyraźnie zdenerwowany szarpał się z drzwiami, ciągnąc je do siebie, zamiast popchnąć na zewnątrz.

W zeznaniach złożonych na komendzie jeszcze tego samego wieczora nie przyznał się do gwałtu. Magda czytała jego zeznanie dziesięć razy. Pani Anna Grzelak poprosiła go o wizytę domową. Przyjechał. Zbadał ją. Śpieszył się, dlatego szybko wyszedł. Koniec. I od początku. Pani Grzelak nalegała na wizytę. Jest stałą pacjentką. Zgodził się w drodze wyjątku. Nie, nie jeździ do wszystkich. Tylko do tych stałych. To kwestia etyki zawodowej. Pojechał. Zbadał. Wypisał receptę. Wyszedł nerwowo, bo było późno, a on miał tego wieczoru dyżur w szpitalu. Jeszcze raz? Ile można pytać o to samo? Już mówił. Zadzwoniła, że źle się czuje. Nalegała na wizytę domową. Nie odmówił, bo ona jest pod jego opieką od kilku lat. Podejrzewał, że chodzi o receptę, dlatego pojechał. Lekarz ma prawo wypisać receptę. On uważa, że wręcz obowiązek. Klauzula sumienia jest jakimś prawnym bohomazem, kiczem etycznym, bękartem uczciwości. Jeśli lekarz nie zamierza pomagać ludziom, powinien zmienić zawód, bo nie jest od tego, żeby swoim sumieniem obarczać pacjenta. Dlatego wypisał receptę na środki poronne. Tak jak powinien zrobić każdy lojalny wobec pacjenta lekarz. Lojalny wobec swoich poglądów może być człowiek, od którego nie zależy ludzkie życie. W żadnym aspekcie.

Potem oglądała materiał z monitoringu. Czy tak zachowuje się ktoś, kto wychodzi ze zwykłej wizyty domowej? Szarpie się z drzwiami wejściowymi do apartamentowca, jakby uciekał? Jakby był wkurzony? Wściekły? Jakby miał coś na sumieniu.

– Nie uciekałem! – warknął przez zaciśnięte zęby. Było w tym tyle z trudem tłumionej złości, że żaden sędzia nie miałby wątpliwości: winny.

Orlik siedział naprzeciwko niej w swoim gabinecie. Spotkali się już po godzinach przyjęć. Lekarz był purpurowy na twarzy, kostki jego zaciśniętych pięści aż pobielały. Trzymał ręce na biurku, pozornie bez ruchu. Magda widziała jednak, że prawie konwulsyjne je zaciska. Widziała też pulsujące mięśnie żuchwy.

– Nagranie z monitoringu mówi co innego – powiedziała spokojnie.

Liczyła, że ton jej głosu pomoże mu się uspokoić i wreszcie będą mogli przejść do konkretów. Spojrzał jej w oczy. Nienawidzi mnie, pomyślała. I dotarło do niej, że z takim furiatem dużo nie zwojuje. Nawet jeśli uda jej się wymyślić jakąś linię obrony, on i tak to zepsuje. Jedno mordercze spojrzenie na sędzinę albo sędziego i będzie po sprawie. Zanim Magda się odezwie, on już będzie skazany. Nie miała złudzeń. Wyroki opierały się na prawdziwie rzeczowych argumentach tylko wtedy, gdy dowody okazywały się bezsporne. Reszta spraw to były „wrażeniówki". Dużo zależało od tego, jak zaprezentował się oskarżony. W przypadku Orlika najlepiej by było, gdyby w ogóle nie pojawił się na sali rozpraw.

– To co? Mam skłamać, że zgwałciłem?

– Jest pan oskarżony o brutalne napastowanie seksualne, czyli tak naprawdę usiłowanie gwałtu. A właściwie gwałt. Nikt nie będzie wnikał w niuanse. Media zrobią z pana bestię, zanim sąd wysłucha argumentów początkowych.

Tętnice pulsowały po obu stronach jego szyi, usta miał zaciśnięte, a mięśnie żuchwy wciąż drgały niebezpiecznie. Magda znała takich facetów. Przez lata praktyki adwokackiej spotkała ich wielu – zarówno po stronie powoda, jak i pozwanego. Gotują się, emocje im w środku bulgoczą, ale na zewnątrz niewiele się wydostaje. Dla nich z pewnością nie jest to zdrowe, ale dla otoczenia – zdecydowanie bezpieczniejsze.

Nie wybuchają, nie rozwalają mebli, nie demolują oblicza żony ani nie katują dzieci. Najwyżej gdzieś na samym końcu drogi, kiedy już nie da się zaprzeczyć, że przegrali, i nikt oraz nic nie jest w stanie im pomóc, wtedy najczęściej… strzelają sobie w łeb. Wieszają się w piwnicy albo w garażu. Rozpędzają samochód i wjeżdżają w mur. Nagły impuls mówi im: tak, to drzewo! I z pełną prędkością walą prosto w solidny pień. Drzewa mają niezwykłą umiejętność wychodzenia z takich kolizji prawie bez szwanku. W przeciwieństwie do samochodów i ich kierowców. Magda nie chciała być drzewem, w które walnie Orlik. Czekała, aż opadnie w nim ta piana wrzącej wściekłości.

– To po co pani tu przyszła? – zapytał, prawie nie otwierając ust. Tak cicho, że Magda musiała się domyślić jego słów.

– Po pierwsze… – zaczęła najbardziej łagodnie, jak umiała.

– Po pierwsze, jestem już skazany – wszedł jej w słowo Orlik. – O ile dobrze zrozumiałem. A skoro tak, to po cholerę pani marnuje mój i swój czas?

Nie była strachliwa, zwłaszcza wobec klientów. Miała na koncie setki trudnych sytuacji, z których wychodziła cało. Ale tym razem jasne było, że nie ma co liczyć na rzeczową rozmowę. Orlik gotował się coraz bardziej.

– Proszę mnie wysłuchać – poprosiła łagodnie i czekała na jego zgodę.

Ginekolog zerwał się zza biurka tak gwałtownie, że Magda o mało nie odsunęła się z krzesłem w stronę drzwi. Ale on tylko stanął przy oknie tyłem do niej. Po chwili wycedził:

– Niech pani mówi.

Patrzyła na jego mocne, proste plecy. Szerokie, umięśnione ramiona. Widać było, że to krzepki, wysportowany mężczyzna. Mało która kobieta miałaby szansę poradzić sobie z taką siłą. Natychmiast odegnała tę myśl. Podjęła się jego obrony, bo zobaczyła w nim wrażliwego człowieka. Wtedy, kiedy uratował Agatę i Jagódkę. Oczywiście żaden sąd nie uznałby takiego argumentu, bo był oparty na przeczuciu, a nie dowodzie. Teraz też wydawało się, że się na nią rzuci, a tymczasem zapanował nad sobą i był gotowy jej wysłuchać. Czyli... Może nie jest taką bestią, na jaką wygląda w papierach?

– Materiał dowodowy prokuratury jest niestety jednoznaczny. Dla nich jest pan wcieleniem zła.

– Jeśli chciała mnie pani pocieszyć, wyszło beznadziejnie.

Trudno było zgadnąć, czy żartuje, czy wylewa gorzkie żale. Z tonu nie dało się niczego wywnioskować. Żeby go nie prowokować, na wszelki wypadek zbyła jego słowa milczeniem.

– Naszym zadaniem, pańskim i moim, będzie ten wizerunek odwrócić. Musimy udowodnić sądowi, że jest pan odpowiedzialnym i uczciwym człowiekiem. Wrażliwym. Czułym. Prostolinijnym. I zachowującym zimną krew. Potrzebujemy świadków, którzy to potwierdzą. Jak najwięcej.

Zamilkła. Jego reakcja powie jej, czy może zapytać go o to, co najważniejsze, czyli co naprawdę stało się w mieszkaniu prokuratora. Odwrócił się do niej. Zacisnął dłonie na rancie parapetu, na którym przysiadł. I spojrzał jej w oczy.

Magda zapamiętała ten moment bardzo dokładnie. Nagle ogarnęło ją poczucie, że coś ją trzyma za gardło i dusi. Że życie uchodzi z niej powoli i nie ma nawet siły, żeby wołać o ratunek. Lekarz milczał. Patrzył na nią. Po chwili szybkim, nerwowym gestem otarł oczy. Wtedy dopiero Magda złapała oddech i ze zdumieniem pomyślała, że chyba przez chwilę poczuła to co on. Bezsilność i lęk bezpodstawnie oskarżonego człowieka.

– Jak długo pani w tym pracuje? – zapytał Orlik tonem, w którym gorycz łączyła się ze zmęczeniem w gorzką rezygnację.

– Co to ma do rzeczy?

Jego usta wykrzywiły się w gorzkim uśmiechu.

– Ja mam piętnaście lat praktyki. Nie liczę studiów i stażu. Tylko samodzielna praca. Potrafię powiedzieć, która ciąża rokuje, a która jest beznadziejna. I nie ukrywam tego przed moimi pacjentkami. Na tym polega układ. Bezwzględna szczerość w zamian za bezwzględne podporządkowanie się moim zaleceniom. Te, które nie potrafią się podporządkować...

– Słyszałam, jak pan na nie wrzeszczy.

– Bo na to zasługują. Pytanie: czy pani potrafi ocenić sprawę, którą pani prowadzi?

Nie mogła pozwolić mu na podważanie swoich kompetencji. Dla jego dobra.

– Tak jak pan potrzebuję badań. Dopiero na ich podstawie stawiam diagnozę.

Coś pojawiło się w jego oczach. Trwało to mniej niż mrugnięcie powiek. Coś jakby mignięcie, odblask światła. A może to tylko promień słońca odbił się od szafki za plecami Magdy i smagnął po oczach mężczyzny? Tyle że słońce było akurat zasłonięte kożuchem jasnoszarych chmur. Dziwne. Zobaczyła w jego oczach coś jakby... szlachetnego. Coś, co potwierdzało jej przeczucia. Ale w żaden sposób nie nadawało się do sądu.

– Jakie to badania?

Jego pytanie zabrzmiało tak rzeczowo, że Magda na chwilę straciła rezon. A może to wszystko razem wytrąciło ją w równowagi? Jego agresja, nagła łagodność, wreszcie rzeczowy ton.

– Na początek... Co pana zdaniem tam się stało?

– Nie mam pojęcia.

Odpowiedź była natychmiastowa. Tak szybko na tak trudne pytanie odpowiada tylko ktoś, kto nie ma wątpliwości albo zna wcześniej pytanie.

– Pana pacjentki potwierdzają, że jest pan doskonałym lekarzem. Ale równie chętnie opowiadają, że furiatem. Że potrafi pan na nie wrzeszczeć, wyrzucać je z gabinetu, obrażać…

– Zasługują na to!

– Nawet jeśli, to ten obrazek nie zrobi dobrego wrażenia w sądzie. – Magda całkowicie skupiła się na sprawie. Emocje zostały zepchnięte poza strefę zawodowego zaangażowania. Już jej nie dotyczyły. Była skupiona i spokojna. – Potrzebna mi lista pana przyjaciół. Ludzi, którzy znają pana słabości. I potrafią o nich opowiedzieć w pozytywnym świetle.

– Nie mam przyjaciół.

To nie było stwierdzenie faktu, tylko bezwzględne zatrzaśnięcie drzwi do prywatnego życia. Ale Magda tak łatwo się nie poddawała.

– Każdy ma jakichś…

– Nie ja – przerwał jej. A ponieważ milczała, dodał po chwili: – Nie miałem czasu na przyjaźnie. Może nie umiałem ich zauważyć i podtrzymać, nawet jeśli była okazja. Chociaż gdyby to było wartościowe, pewnie bym zauważył. Przyjaźń to dla mnie coś bardzo głębokiego. Coś, co wymaga czasu, chęci, oddania. Kto dzisiaj ma na to dość sił?

Zamilkł. Widocznie uznał, że temat jest wyczerpany. Magdę znowu ogarnęła konsternacja. Nagle Orlik wygłosił prawie tyradę o przyjaźni. Niebywałe jak na niego. Tyle słów naraz? I to sensownych, chociaż demaskujących go jako emocjonalnego suchotnika. Czy sąd będzie miał zaufanie do kogoś, kto nie ma przyjaciół? Nawet nie ma sensu się zastanawiać.

– A rodzina? Pana bliscy? – To była ostatnia szansa na jakiekolwiek ocieplenie jego wizerunku. Ocieplenie, które może nie zdjęłoby z niego oskarżenia, na to trudno było liczyć, ale mogłoby zmniejszyć wyrok.

– Życie u boku dorabiającego się lekarza nie jest ciekawe. Zapewniam panią. Moja żona nie wytrzymała wiecznych dyżurów, wezwań do pacjentów, nadgodzin... Po kilku latach wyjechała do Kenii ze znajomymi. Prowadzi tam hotel. Rozwiedliśmy się zaocznie. Potem nie miałem już czasu na żadne związki.

Nie od razu zrozumiała, co ją zdziwiło w tym, co mówił o przyjaźni i rodzinie. Czuła tylko, że pod spodem coś się kryje. Coś, co ją zaskoczyło, a czego nie umiała nazwać. Wieczorem siedziała na tarasie z Sebastianem. Maniek przysnął na jej kolanach. Powtórzyła przyjacielowi słowa Orlika.

– Chyba Frankenstein był bardziej uczuciowy – rzucił Sebek żartem.

I miał nadzieję na zakończenie tematu. Orlik nie interesował go za bardzo. W przeciwieństwie do relacji Magdy z Szymonem.

Magda pokiwała głową i szeptem, żeby nie budzić Mańka, wyjaśniła:

– To jest to! Orlik jest pozbawiony empatii. Mówił o przyjaźniach i o żonie, jakby to były naczynia w zmywarce. Nic godnego uwagi. Nic, czym warto się przejmować. Ale... z drugiej strony wzruszył się Jagódką.

– Może ma słabość do dzieci, którym pomaga przyjść na świat?

Sebastianowi ta sprawa już dawno przestała się podobać. Owszem, on jako pierwszy stwierdził, że Magda powinna wrócić do zawodu. Ale dlaczego od razu do jakiegoś psychopaty? Psychopata to człowiek, który ma problemy z emocjami, zgadza się? Magdzie to nie mogło w niczym pomóc.

– Możesz mu odmówić?

Sięgnęła po kieliszek i upiła łyk australijskiego shiraza.

– Nie mogę. Sama się do niego zgłosiłam.

– Idiotka! – Sebastian podniósł kieliszek w toaście. Magda trzepnęła go w ramię.

– A kto mnie namawiał?

– Jeszcze większa idiotka.

Żartował. Magda natomiast była poważna. Próbowała zrozumieć, co się stało w czasie spotkania z Orlikiem. Bywały chwile, kiedy wydawał się godny zaufania, a za moment nikt nie uwierzyłby ani jednemu jego słowu. No i to okropne wrażenie, że coś ją dusi, dławi, kiedy tak mocno wczuła się w jego emocje. Ale przecież Orlik jest pozbawiony empatii. Co w takim razie czuła tak naprawdę Magda, kiedy myślała, że przejmuje jego uczucia?

Kiedy skończyła, Sebastian długo milczał. Głaskał Mańka i patrzył gdzieś w stronę placu Trzech Krzyży. Wreszcie Magda szturchnęła go w bok.

– Usnąłeś?

– Nie. Próbuję sobie tylko przypomnieć, czy kiedykolwiek tak bardzo bałaś się jakiegoś klienta. I nie, nie było jeszcze nikogo takiego.

– Że niby się go boję? – To nie było pytanie, tylko ironiczne zaprzeczenie. Na pewno nie czuła lęku przed Orlikiem.

– Wiesz, co cię dusiło? Stres. Dlaczego? Bo masz do czynienia ze złym człowiekiem. To normalne. Nie musisz się tego wstydzić ani wypierać. Przyzwoici ludzie w kontakcie ze złymi ludźmi zawsze odczuwają stres. Z nieziemsko przystojnymi też.

Magda nie od razu to skomentowała. Poczekała, aż Sebek opowiedział, jak spotkał na klatce zjawiskowe metr dziewięćdziesiąt doskonałej mieszanki krwi ormiańsko-żydowskiej. Zjawisko uśmiechnęło się, błyskając białymi zębami spomiędzy karminowych warg i ciemnego parodniowego zarostu, odgarnęło z czoła niesforne czarne loki i wyciągnęło do Sebastiana dłoń o długich, szczupłych palcach.

– Cześ, ja Rusłan z Armienii. Budu żić na wtarom etaże.

– Sebastian, parter. Miło mi.

Potem Rusłan zniknął w czeluściach bramy, a Sebastian jeszcze długo stał w drzwiach klatki i zastanawiał się, czy to, co widział, to człowiek czy zjawa. Demon czy marzenie.

– Sebuś... – Magda zaczęła z lekkim uśmiechem, a on już wiedział, że w jej głowie otworzyła się jakaś klapka z dawno zapomnianym, ale cennym nagle wyjaśnieniem: – *Jentł*. Barbra Streisand. Młody Mandy Potiomkin?

– Patinkin – poprawił ją Sebastian.

Tak, Rusłan był niezwykle podobny do aktora ze słynnego filmu Streisand. Filmu, który Sebastian przepłakał kilka razy w życiu. Utożsamiał się z wyklętą przez rodziców bohaterką. Jego rodzice do dzisiaj woleli siedzieć w kościelnej ławce, niż spotkać się z synem. W dodatku, a może przede wszystkim, Sebastian doskonale rozumiał słabość Jentł do przystojnego Żyda.

Teraz Magda triumfalnie celowała w niego palcem.

– Projekcja. To nie ja przeżywam stres z powodu Orlika, ale ty z powodu Rusłana.

– Madziu, a czego ja mam się bać? On o mnie już dawno zapomniał. I ja też o nim zapomnę. – Nie brzmiało to jednak przekonująco.

– Nie zapomnisz. I boisz się, że następnym razem zobaczy w twoich oczach to, co zobaczył Avigdor w oczach Jentł. – Magda sama się zdziwiła, że pamięta imię męskiego bohatera filmu Streisand. Ona też przeżywała tę historię. I też utożsamiała się z Barbrą. To znaczy z Jentł.

– Niczego nie zobaczy, bo niczego w nich nie będzie. Przystojny, zgoda. I miły. Koniec pieśni.

Na podkreślenie tego Sebastian rozlał do końca wino i podniósł kieliszek do toastu. Magda poszła za jego przykładem:

– Za Jentł! Dziewczynę, która wiedziała, czego chce, i nie wahała się po to sięgnąć!

Nie mogła zasnąć. Gdy chwilami udawało jej się zdrzemnąć, śniła jej się Jentł na zmianę z Elsą z *Casablanki*. To arcydzieło gatunku z 1942 roku było jej filmowym numerem jeden przez wiele lat, zanim poznała Piotra. *Casablanca*, popcorn i lody! Święta trójca skutecznie pocieszająca po każdym upadku i niepowodzeniu. Potem Sebastian dołączył do zestawu dwa filmy wielkiej Barbry: *Jentł* i *Księcia przypływów*. Agata i Karolina nie miały nic przeciwko, aczkolwiek ta pierwsza zamieniłaby *Jentł* na *Notting Hill*, a druga chętnie oddałaby *Księcia przypływów* za ukochany film swojego Waligóry, *Ziemię obiecaną*.

Owszem, same starocie. Nie dlatego, że współczesne filmy ich nie poruszały. Kogo nie ruszył *Titanic*? Albo *Lepiej być nie może* z Nicholsonem? Czy waleczna *Erin Brockovich*, szczególnie bliska Magdzie? Wspaniały *Capote*. *Slumdog*! Albo biblia Sebastiana, czyli *Tajemnice Brokeback Mountain*! Z ostatnich lat *Wołyń* Smarzowskiego, a na przeciwnym biegunie lekkie i prześmieszne włoskie *Mine Vaganti*. Lista ich ulubionych filmów była znacznie dłuższa. Ale kanon to kanon. Trzeba było się na coś zdecydować.

Magda wciąż przewracała się z boku na bok. Próbowała liczyć akta na swoim biurku w kancelarii, to znaczy w czasach, kiedy jeszcze tam chodziła. To zawsze usypiało ją skuteczniej niż liczenie baranów, ale teraz nie pomagało. Zza akt po chwili wyglądał Orlik, a ją łapał skurcz przepony. Wreszcie gdy Orlik, pochylając się nad nią, wycedził, że ona też nie będzie miała ani przyjaciół, ani rodziny, zerwała się z krzykiem. Przejęta usiadła na łóżku. Było jeszcze wcześnie. Zegar tykał spokojnie, a w sypialni nie było nikogo. Dopiero po chwili połapała się, że to jej się tylko śniło. Domyśliła się dlaczego. Rano czekała ją akcja fundacji w asyście policji.

Czasem wzywała policję na wizyty domowe do swoich podopiecznych. Na wszelki wypadek – żeby zabezpieczyć się przed nerwowym mężem czy partnerem. Kobiety, które trafiały pod skrzydła Feminy, często sądziły, że wystarczy, jak znikną na parę dni z mieszkania. Facet pomyśli, obieca poprawę, a wtedy wrócą i tyle. Potem okazywało się, że tych parę dni pod opieką fundacji było dla nich jak sto lat łagodności.

Nie wiedziały, jak sobie z tym poradzić. Jak przetrwać w świecie, w którym nie trzeba walczyć o przetrwanie? Gdzie nikt nie poniża, nie ubliża, nie wyzywa. Niektóre z nich popadały w okresowy stupor. Inne podejrzewały podstęp. Wietrzyły zdradę. Ale były też takie, które przyjmowały to jako wreszcie odnaleziony po latach azyl, który dawał im szansę na normalność. Magda musiała czasem zabierać policjantów, aby uprzedzić ruch drugiej strony, bo ci mężczyźni wcale nie byli skłonni pozwolić odejść swoim kobietom. Kto będzie sprzątał, prał, prasował, gotował? Dwudziesty pierwszy wiek niczego pod tym względem nie zmienił.

Skoro i tak nie miała już szans na zaśnięcie, odpaliła laptopa i weszła na swojego bloga.

24

BLOG MAGDY M.

Wiem, wiem. Nie powinnam opowiadać Sebastianowi o kliencie. Naczelna Rada Adwokacka nie pochwaliłaby tego. Ale prawda jest taka, że adwokaci rozmawiają o sprawach i klientach. Naprawdę. To nie wynika ze złej woli ani z głupoty. Nie chcemy szkodzić. I nie szkodzimy, bo zwykle wiemy, komu możemy się zwierzyć.

Klienci to bardzo często wrzody na dupie. Niektóre z nich osiągają imponujące rozmiary. Wrzody, nie dupy. I żeby zachować odrobinę rozsądku, zdrowia psychicznego albo chociaż złapać trochę dystansu do sprawy... A dystans jest potrzebny, żeby wymyślić strategię, która uratuje klienta! Zatem, żeby przytomnie pracować, potrzebujemy się komuś wygadać. Potrzebujemy uszu, które nie zapamiętają zbyt wiele. I nie będą swojej wiedzy przekazywać ustom, które mogłyby z niej zrobić użytek.

Wiem, że Sebastian nie robi żadnego użytku z moich wyznań. Chyba że chodzi o mnie. Wtedy nie ma litości. Natychmiast zdaje pełną relację Agacie, Karolinie i, *last, but not least*, mamie. I przynajmniej jedna z nich w ciągu pół godziny bez korków, do godziny z korkami, staje przed moimi drzwiami z zapasem kleeneksów, nową cyfrową wersją *Casablanki* i kilkoma pudłami lodów.

Ale poza tym mam absolutną pewność, że nikt się niczego nie dowie. Z tej prostej przyczyny, że tak naprawdę to Sebka te moje sprawy i ich zawiłości nie bardzo interesują. Dla adwokata to układ idealny. Mieć cierpliwego słuchacza, który nie będzie zakłócał toku myślenia swoimi uwagami, a jednocześnie pozwoli obejrzeć relację z klientem jak pod mikroskopem.

Tym razem sama wiedziałam, że nie będzie łatwo. Nie spodziewałam się jednak, że będzie aż tak beznadziejnie! Zostałam sama ze swoim idiotycznym zapałem do ratowania faceta, który ocalił Agatę i jej córeczkę. Zeznań jego pacjentek nie mogę wykorzystać. Pogrążą go jako furiata, mizogina i agresora. Nie mam też zeznań jego rodziny ani przyjaciół. Ani jednego pozytywnego obrazka na jego korzyść.

Jedyne, co mam, to jego strach, który ja też poczułam. Strach przed wyrokiem skazującym, poniesieniem kary. Strach odczuwają wszyscy oskarżeni. No może oprócz psychopatów. Dlatego nie jest to żaden dowód na niewinność. Czyli nie dość, że nie wiem, jak bronić klienta, to w dodatku nie mam pewności, co tak naprawdę się stało. Nic. Zero. Nie wiem, kim on jest. Gwałcicielem? Gburem? Cwaniakiem? Manipulatorem? Ofiarą? Dowolne skreślić.

Ostatni raz czułam się tak bezradna przy wyjeździe Piotra. Peron na Centralnym. Ruszający pociąg. On za szybą wagonu. Byłam pewna, że chodzi o coś więcej niż tylko staż. Że coś się nie zgadza, ale nie miałam na to żadnego dowodu. Niczego, co mogłoby potwierdzić moje przeczucia.

Teraz też wiem, że coś jest przede mną schowane. Coś zostało zasłonięte grubą kotarą, tak żebym tego nie dostrzegła. Czy to może być dowód niewinności? Nie spotkałam jeszcze oskarżonego, który nie sięgnąłby do najgłębszej studni, żeby wyciągnąć wiadro z uniewinniającym dowodem. Z dumą, prosto na światło dzienne i w twarz składowi sędziowskiemu. Nie spotkałam też winnego, który byłby w stu procentach szczery wobec swojego obrońcy.

W co się wkopałam? W obronę lekarza, który uratował dwa nieziemsko ważne dla mnie życia. I, jak twierdzi prokurator, sponiewierał inne życie.

25

Parę dni później z dołującego poczucia bezsilności wyrwał Magdę telefon Szymona. Znowu miał przyjechać do stolicy. Wtedy gdy Karolina urządzała grilla, wpadł tylko na weekend. Odprowadził ją potem pod drzwi kamienicy i pocałował. Krótko. Nie próbował robić nic więcej. A Magda skłamałaby, gdyby stwierdziła, że to nie było przyjemne. Było. Prawdą było też, że sama się zdziwiła, jak bardzo. Po pocałunku zaczął się tłumaczyć:

– Naprawdę nie miałem odwagi się odezwać. Świetnie sobie tutaj radzisz. Znana kancelaria. Warszawa. A ja…? Kierownik budowy. Z czym do królowej? – mówił, a Magda zastanawiała się, kiedy wreszcie wydusi z siebie, że to pomyłka. Że nie tak sobie wyobrażał początek ich wspólnego życia, a jej przyjaciele potraktowali go tak obcesowo, że już nie ma zamiaru czegokolwiek szukać nie tylko u Magdy, ale i w stolicy. Nie wydusił.

Żeby ukryć zakłopotanie, poprawiła pasek torebki na ramieniu i powiedziała:

– Okej. Rozumiem. Naprawdę nie musisz kończyć. Było miło i…

Ale Szymon jej przerwał. I w tym momencie pojawiło się coś, czego się nie spodziewała. Coś, co było już zamknięte, pogrzebane sto metrów pod ziemią. Albo i dwieście, żeby nawet poszukiwacze złotego pociągu nie trafili na najmniejszy ślad. Rów Mariański. Podwójny. I tam, w głębinie, do której nie dotrze nawet najmocniejszy batyskaf, w ciemności, której nie przeniknie najbystrzejsze oko, i pod ciśnieniem, które zabija w ułamku sekundy, na katafalku prehistorycznych skał głębinowych, w otoczeniu poszarpanych law zastygłych przed milionami lat, w najbardziej nieprzyjaznym otoczeniu pojawiła się... nadzieja.

– I nadal będzie miło, bo jesteśmy dla siebie stworzeni. – Wtedy Magda w jego oczach zobaczyła dokładnie to, co właśnie poczuła. Nadzieję. Ona, która nigdy nie lubiła takich otwartych deklaracji, bo kojarzyło jej się to z jakimiś turniurowo-wachlarzowo-gorsetowymi czasami, a w najlepszym razie z Titanikiem, czyli albo niewygodnie, albo śmiertelnie. W każdym razie były to formy wyznań z dawnych czasów, kiedy patos nikomu nie przeszkadzał, a nawet mógł uszlachetniać. W innych okolicznościach, z innym mężczyzną, pewnie potraktowałaby to jako zdanie mocno na wyrost i zbyła je jakimś żartem. Na przykład, że co do stworzenia, zdania nadal są podzielone. Dla jednych odpowiedzialna jest za nie ewolucja, dla innych kreacja. Przypomniała sobie tamto pożegnanie, trzymając komórkę przy uchu. Chciała mu powiedzieć, jak bardzo ucieszyła się z jego telefonu. Ale zdołała wykrztusić ze ściśniętego nagłym wzruszeniem gardła tylko jedno:

– Kiedy wrócisz?

Właśnie wracał. Sebastian pokpiwał z tego od kilku dni. Tak jak tylko on potrafił – celnie i serdecznie. Rzadka sztuka. Magda czasem oburzała się na niego *pro forma*, żeby sobie nie myślał, że ujdzie mu na sucho. Sebastian dobrze jednak wiedział, że są to dąsy na niby i po chwili mogli w pełnej zgodzie otworzyć następną butelkę primitivo. Lubiła je za bogaty owocowy bukiet. Z tego upodobania Sebastian też sobie drwił:

– Przecież to raczej kompot niż wino.

– Ty sobie pij te swoje shirazy, a od mojego kompotu się odwal. – I odsunęła od niego butelkę.

– Nie powiedziałem, że zły kompot. – I dolał sobie mocno powyżej połowy kieliszka.

– Nieelegancko – skwitowała Magda.

– Za to nie muszę nalewać dwa razy. – Zaśmiał się i wskazał zestaw: czarne legginsy i połyskująca złotawo siatkowa tunika na czarnym spodzie. Obok leżały jeszcze ołówkowa, grafitowa spódnica i biała koszula z wysokim kołnierzykiem i brylantowymi guzikami oraz mała czarna wykończona białymi lamówkami. W sam raz do czarnych czółenek z białym czubkiem.

Sebastian pierwszy raz od pogrzebu Piotra pomagał Magdzie w wyborze ubrania. Zrobił zdjęcie i puścił je Messengerem do Agaty i Karoliny. Raz, żeby wiedziały, że oto Magda wychodzi z czerni. Dwa, żeby poczuła presję i nie próbowała się rozmyślić. Przyjaciółki potwierdziły, że zestaw ze złotą siatką jest świetny. Agata dodała, że zarazem wygodny w razie potrzeby szybkiego pozbycia się ciuchów.

Magda, żeby uniknąć komentarza Sebastiana, pospiesznie zapytała:

– Co z Rusłanem? – Spojrzała na niego uważnie. Lubił w początkowych stadiach swoich miłości udawać, że to nic ważnego. Tym razem nie przybrał lekceważącej miny. Raczej rozczarowaną.

– Nie widziałem go więcej. Zniknął.

– I jak ci z tym? – zatroszczyła się. I sama trochę się zdziwiła, bo przecież to był tylko jakiś przypadkowy facet, sąsiad spotkany na klatce schodowej. A ona nagle nadaje temu jakieś znaczenie, którego nie ma. – Przepraszam, głupoty gadam – pokajała się i z ciepłym uśmiechem zmierzwiła mu czuprynę.

Sebastian wzruszył ramionami. Nie było w tym obojętności, tylko rezygnacja.

– Sebuś?

Usiadła obok. Stuknęła swoim kieliszkiem w jego kieliszek. I czekała. Chwilę zbierał się w sobie.

– Nienawidzę desperacji. Jest obrzydliwa, obślizgła i żenująca. Nie ma nic bardziej paskudnego na świecie. Serio.

Uśmiechał się, ale to była poza, która kryła smutek. Ten smutek, który jest wstępem do rozpaczy. Przytuliła go do siebie. Nie musiała zachęcać, żeby mówił dalej. Sebastian wiedział od lat, że każde wyznanie w tym towarzystwie, nawet najbardziej wstydliwe, jest bezpieczne jak w najgłębszej studni.

– Widziałem go raz. Przez minutę? Półtorej? A potem zaczęło się to szaleństwo. Natręctwo kretyńskich myśli samotnego faceta. A może to on? Może trzeba coś zrobić? Tylko co? Soli pożyczyć? Pomyśli, że źle się odżywiam. Cukru? Jeszcze gorzej. Czyhać przy drzwiach, aż będzie przechodził, i niby przypadkiem wyskoczyć na klatkę? Rozumiesz? Jestem desperatem. Nienawidzę tego.

Zamilkł. Magda głaskała go po ramieniu. Wiele razy mówiła mu, że za rogiem na pewno czeka najwspanialszy facet świata, który całe życie marzył właśnie o Sebastianie. Tak wiele, że już jej to nie przechodziło przez gardło.

Nie ma nic bardziej wzruszającego niż bezbronny mężczyzna. Zwłaszcza taki, który nie jest ani ciapą, ani słabeuszem.

Sebastian się nie mazgaił. Nie użalał nad sobą. Nie skupiał na swoich problemach. Wolał zająć się czymś innym, niż jojczeć nad własnym losem. Magdzie pękało serce, bo gdyby tylko mogła, przychyliłaby mu nieba. I sama poszłaby w miasto polować na tego jego jednego jedynego.

– Powiedz mi to – poprosił cicho.

– Co takiego? – zapytała, wyrwana z niewesołych myśli.

– To, co zawsze – odparł z westchnieniem.

Wiedziała, co chciał usłyszeć.

– Za rogiem na pewno czeka najwspanialszy facet świata, który całe życie marzył właśnie o tobie.

Sebastian się uśmiechnął. Nie dlatego, że słowa Magdy go pocieszyły. To już dawno tak nie działało. Dzięki nim jego skorupa stawała się grubsza. Stawał się mniej podatny na zranienie, bo wiedział, że nie ma takiego rogu ani takiego faceta. Wiedział. Co wcale nie znaczy, że gdzieś na samym dnie jego serca nie tlił się maleńki i słaby, ale jednak wciąż wyraźny płomyczek nadziei.

– Trzymam za was kciuki. – Cały Sebastian. Chwila dla siebie, cała wieczność dla innych.

Plac Zbawiciela bez tęczy wydawał się Magdzie bezbarwny. Znak czasów: tęcza, z jej całą radosną symboliką, zniknęła. A szansa na jej powrót na Zbawiaka była niewielka. Właściwie żadna. Szkoda. Szkoda jej było też przeciwników tęczy. Ludzi, którzy zapiekli się w nienawiści tak odległej od nauk Jezusa, jak Ziemia od Andromedy. Te kilka tysięcy kwiatków miało zniszczyć polskie rodziny, a nawet Polskę? Ktoś karmił tych protestujących pogardliwą hejterską propagandą. W szczuciu ludzi przeciw sobie szukał zysku. I niestety znajdował go.

Magda była pierwsza. Usiadła na ławce. Patrzyła na skwer na środku placu: wypełniony kwietnikiem, którego granice wyznaczało rondo, przecięty torami tramwajowymi, które przy odrobinie wyobraźni tworzyły znak hipisów, pacyfę. Trochę zniekształconą, ale zawsze. Wolność i miłość. Pomyślała o Sebastianie. Może jednak powinna z nim zostać. Chciała, ale wygonił ją na randkę z Szymonem.

– Sio. Jestem dorosły, nie takich Rusłanów przetrzymałem.

Uśmiechnęła się z czułością, myśląc o przyjacielu. I nagle zobaczyła przed sobą bukiet z pięknie rozwiniętej bladoróżowej eustomy.

Sympatyczna kelnerka w Heritage, filii knajpki i sklepu z Solca, przyniosła wazon, żeby Magda mogła wstawić kwiaty do wody. Kiedy przyjęła od nich zamówienie i odeszła, Magda badawczo spojrzała na Szymona. Czuła, że coś jest nie tak. W takich chwilach włączał jej się zawodowy odruch troski o drugą osobę, który pozwalał jej dojrzeć prawdziwe emocje. Tylko że teraz było to coś mocniejszego. Głębszego. Gdzieś pod przeponą, w najintymniejszym miejscu, poczuła, że naprawdę się o niego martwi.

– Co się dzieje?

– Pięknie wyglądasz.

– A tak na serio? – zapytała łagodnie.

Szymon milczał przez dłuższą chwilę. Nie chciała go ponaglać. Ludzie czasem nie przyznają się do problemów, bo nie chcą nikogo nimi obarczać, zwłaszcza swoich bliskich. A poza tym histeryczne dopytywanie wcale nie budzi zaufania.

Po latach prawniczych i fundacyjnych doświadczeń Magda nie miała wątpliwości, że to komfort, a nie przymus jest podstawą porozumienia. Przypomniała sobie ostrą reakcję Orlika na pytanie, co się stało w mieszkaniu Grzelaków. Nie zapytała, czy skrzywdził swoją pacjentkę. Zapytała, co tam się stało. I to niewinne pytanie, które niczego nie rozstrzygało, a tylko dociekało prawdy, wystarczyło, by lekarz poczuł się oskarżony. Magda zapewniła mu komfort, a on po prostu nie skorzystał.

Czekała spokojnie na reakcję Szymona. I doczekała się.

– To bukiet na przeprosiny – usłyszała.

Rzeczywistość w przeciwieństwie do świata marzeń stawia nas bez przerwy przed zadaniami. Żadnej ulgi. Każdego dnia, w każdej chwili musimy z czymś się zmierzyć, coś pokonywać, a choćby tylko coś wykonać. Nie pomoże ucieczka do świata wyobraźni. Rzeczywistość i tak stanie przed drzwiami i zaskrzeczy: do roboty. Magda na ogół w miarę dobrze sobie radziła z wyzwaniami losu. Chociaż miała też słabsze chwile na koncie. Pierwsze spotkanie z ojcem po jego powrocie ze Stanów to jedna z tych gorszych. Powrót Piotra po leczeniu – podobnie. Najlepiej, gdyby nigdy nie odchodzili. Rzeczywistość jednak chciała inaczej. I nawet jeśli potem wracali, trudno było się tym w pełni cieszyć. Cukierek szczęścia miał już posmak goryczy rozstania. Ale jednak był to cukierek.

Po śmierci Piotra świat stał się dla Magdy miejscem gorzkim i podejrzanym. Rzeczywistość pokazała jej środkowy palec.

Znając jej, tej rzeczywistości, zjadliwe poczucie humoru choćby z praktyki adwokackiej i przypadków w fundacji, Magda nie spodziewała się już po życiu niczego pozytywnego. Aż do tego dziwnego wieczoru w Olsztynie.

Kiedy stanął przed nią Szymon w dawnej aurze najbardziej pożądanego chłopaka w szkole, Magda dostrzegła w tym szansę, aby przekonać Agatę i Sebastiana, że warto było tłuc się na ten zjazd, a ich plan się powiódł. Tylko dlatego pozwoliła porwać się na parkiet. Dopiero przy fontannie zrozumiała, co tak naprawdę tu się stało. Miała uwierzyć, że los chce się zrehabilitować za Piotra, dając jej Szymona. Magda przejrzała plan i nie dała się nabrać. Rzeczywistość przesadziła w swojej arogancji, bo przysłała na pokuszenie mężczyznę, który był zbyt doskonały, żeby pamiętać jej imię. Był ze świata marzeń, które nigdy się nie spełniają. O świcie Magda zrozumiała, że Szymon z jego urodą i magnetyzmem był tylko mamidłem, które miało jej przynieść kolejne ciosy. Jasne było, że nigdy już go nie zobaczy. Zamknięte pudełko na półce w piwnicy. Bez kluczyka, który już dawno zaginął.

A tu nagle Szymon przyjeżdża i czeka godzinami, żeby dla niej puszczać bańki mydlane! Czyli nie jest tylko zajączkiem na ścianie? Ostatnim autobusem jak zwykle odjeżdżającym parę minut za wcześnie? Nie jest mamidłem? I wreszcie Magda połknęła haczyk. Wielkie tęczowe bańki płynące nad ulicą Wiejską były jak powrót tęczy na plac Zbawiciela. Nadzieja ożyła. Może jednak czeka ją jeszcze na tym świecie coś dobrego?

Ale rzeczywistość nie odpuszcza. Jest pamiętliwa jak sfrustrowany polityk. Jak królowa zeszłorocznego balu, która w tym roku odpadła w półfinale. Nieudacznik, który zawalił wszystkie zadania, ale nie może pojąć, dlaczego znowu nie dostał awansu. Rzeczywistość, jak zawsze, okazała się... Gollumem. Żeby było jasne, nie Sméagolem, wiedzionym na pokuszenie, ale właśnie Gollumem. Pozbawioną rozumu kupką skwaśniałych emocji, które buchają prosto w twarz nieostrożnym wędrowcom, zamieniając wszystko wokół w zaropiałą i rakowatą ohydę zawiedzionych nadziei. Nie można pokonać losu. A triumf w jednej bitwie z rzeczywistością to tylko chwila nieuwagi tej ostatniej. Bo wojna zawsze będzie klęską.

Teraz wojna dobiegła końca. Kiedy Magda była już gotowa skusić się na wspaniałą ucztę, zobaczyła, że stół pokrywa zgniłe, toczone robactwem truchło. Szymon przyniósł kwiaty, żeby odejść. Zanim na dobre przyszedł. Coś z tego strumienia myśli musiało przedostać się do jej spojrzenia, bo nagle zaniepokojony chwycił jej dłoń.

– Co sobie pomyślałaś? Nie chciałem cię wystraszyć.

I wytłumaczył, za co te przeprosiny. Jeszcze trzy miesiące musi zostać w firmie. Nie wypłacą mu premii, jeśli odejdzie przed końcem kontraktu. A to niebagatelne pieniądze. Nie może sobie na to pozwolić, zwłaszcza że nie wiadomo, jak długo będzie szukał pracy w stolicy. Na dodatek od czterech miesięcy płacą mu tylko część zarobków i to nieregularnie, bo jego pracodawca nie dostał przelewu od inwestora. I nie wiadomo, kiedy dostanie. To przyjaciel, więc na pewno mu odda, ale na razie nie ma z czego. Do Olsztyna Szymon przyjechał za pożyczone pieniądze. W ogóle w ciągu tego półrocza musiał się nieźle zapożyczyć. Wierzyciele się wkurzają, a on nie ma z czego oddać. Dlatego musi wytrzymać do końca kontraktu i wtedy może wystąpi na drogę prawną. Może nawet Magda zgodzi się go reprezentować?

Przez ułamek sekundy Magda miała nadzieję, że to żart. Że Szymon to zmyślił i zaraz się razem pośmieją. Ale to nie był żart.

– O ile wcześniej wierzyciele mnie nie dopadną.

Magda zauważyła, że kąciki jego ust drżą nerwowo. Czyli to jest dużo poważniejsze, niż jej przedstawia.

– Kim oni są? – spytała.

– Znajomi. – Szymon skrzywił się, ale spojrzenie Magdy nie pozwoliło mu jej zbyć. – Samotny facet w mieście szuka jakiegoś przyjaznego miejsca. Najlepszym wyborem jest bar. O ile się nie pomylisz. Ja się pomyliłem. Miły barman zaoferował pożyczkę. Coś tam podpisałem. Teraz procent rośnie każdego dnia, a ja czuję się jak kretyn.

– Ile tego jest?

– Magda, nieważne. Uporam się z tym, skończę kontrakt i przyjadę. Z czystą kartą.

– Ile? Powiedz mi.

– Dziesięć tysięcy – powiedział, spuszczając wzrok.

To nie było mało. Ale też nie była to kwota niemożliwa do zdobycia. Widocznie nawet taki dług go zawstydzał. Skrupuły Szymona wzruszyły ją. Widać było, że nie jest mu łatwo ani wygodnie.

– Potrzebne mi dane tych ludzi…

Miała pozwolić, żeby jakieś lichwiarskie męty ciągnęły go na dno? Nie można nikomu bezkarnie grozić. Od tego jest policja, żeby robić porządek… Nie dokończyła tej skądinąd słusznej tyrady, kiedy Szymon jej przerwał:

– To cudowne, że masz w sobie taką żarliwą wiarę w sprawiedliwość. Naprawdę mnie to zachwyca. Ale… Sprawiedliwość czy prawo to tylko miraże wyświetlane na ekranie, żeby zmylić naiwne umysły. Niestety skutecznie. Życie uczy czegoś innego. Jeśli masz na kogoś liczyć, licz na siebie. – Szymon zamilkł, ale po sekundzie dodał: – A jeśli chcesz być wolny, nie ufaj nikomu.

Teraz rzeczywistość ułożyła się w czytelny wzór. Gollumem był wierzyciel Szymona. Należało jak najszybciej rzucić mu pierścień, żeby się odczepił. To proste.

– Pożyczę ci – zdecydowała Magda. W jej słowach nie było pytania, propozycji czy wahania. Było za to rozwiązanie problemu. Od razu lepiej się poczuła. Najwyraźniej tylko ona.

– Nie prosiłem o to.

Ton Szymona zmroził Magdę. Zorientowała się, że przesadziła. Jak to odwrócić? Jak sprawić, żeby to, co postanowiła, nagle stało się czymś, co ewentualnie byłaby skłonna rozważyć, gdyby o to zapytał?

Patrzyła na niego znad szklanki z wodą. Czy to wina jakiegoś błędu genetycznego? Kiedy pojawia się godny zainteresowania facet, to za chwilę musi się okazać, że nic z tego. Może w słynnej podwójnej helisie Franklin, Cricka i Watsona jest ukryty jakiś zawijas, który powoduje tę aberrację? Co prawda z Piotrem udało się przełamać schemat, ale nie na długo… Magda upiła łyk wody i pogłaskała eustomy. Tak jak głaszcze się obcego, przypadkiem spotkanego na ulicy psa. Kiedy nie można zabrać go do domu, a nie można też powstrzymać się, żeby nie okazać mu odrobiny czułości. Minimum, które uspokaja twoje sumienie, ale nie rodzi jeszcze nadmiernej nadziei w zwierzaku.

– Nie chciałam, żeby to zabrzmiało protekcjonalnie. To po prostu pierwsze, co wpadło mi go głowy.

Cokolwiek pomyślał Szymon, oferta pożyczki była z jej strony szczerym, serdecznym odruchem wobec mężczyzny, który miał problemy. A przecież, jeśli ktoś miał problemy, to Magda zawsze była gotowa... Nagle przed jej oczami stanął Marek Orlik. On też twierdził, że było inaczej, niż się wydawało. Który z nich wyglądał na bardziej prawdomównego? Bardziej godnego zaufania? Potrząsnęła głową. Żaden. Orlik na pewno nie mówił całej prawdy. Z kolei Szymon... Wierzyła mu. Ale jego odmowa pomocy włączyła sygnał alarmowy, a ten z kolei uruchomił proces analizy sytuacji, która pokazała Magdzie to, czego wcale nie chciała widzieć.

Prawniczka spojrzała na mężczyznę z wyraźnym rozczarowaniem.

– Nie chcesz przyjąć ode mnie pomocy? To co tu robimy?

Wstała. Nie wyjęła kwiatów z wazonu. Chciała natychmiast opuścić Heritage, stoliki na rogu Nowogrodzkiej i Zbawiciela i wreszcie samego Szymona z jego mętnym i żałosnym pożegnaniem, kiedy usłyszała:

– Kocham cię.

Na całej kuli ziemskiej, i w galaktyce Mlecznej Drogi, i poza granicami znanego wszechświata nie było istoty bardziej wątpiącej w takie wyznania. W tak natrętnie bezpośrednią emanację emocji. Nie dlatego, że Magda nie wiedziała nic o miłości. Wiedziała i to aż za dużo. Dzięki swoim podopiecznym z fundacji. Dzięki dziesiątkom rozwodów, na które Bartek skazywał ją przez pierwsze lata w kancelarii. Dzięki rodzicom, którzy rozstali się na wiele lat, zanim odnaleźli się na nowo. Dzięki Piotrowi, z którym przeszła przynajmniej część dantejskiego piekła. Z każdej strony świat krzyczał do niej: miłość to kłamstwo! Nie daj się nabrać! Wszystko to wiedziała, czuła, rozumiała. A poza tym czy rzeczywistość zasługuje na drugą szansę? Miłość nie polega na kompromisach, jak powiedziała kiedyś Eartha Kitt. Kto jej nie zna, niech wbije w wyszukiwarkę, najlepiej z tytułem *C'est Si Bon*.

A jednak Magda mimo tego, czego nauczyło ją życie, co już sama wiedziała i czego dowiodły kinematografia, literatura, wspomnienia i codzienność, zamarła, słysząc to bezbronne wyznanie. Odsłonięty brzuch?

– Chyba się przesłyszałam?

Dlaczego to powiedziała? Spotkała w życiu mnóstwo kobiet, które nie pytały, tylko bez zastrzeżeń, od razu wierzyły w to, co słyszały. W zasadzie każda z podopiecznych fundacji pasowała do tego wzoru. I wiele innych, których historie Magda znała ze słyszenia. Ile ich było? A czy to ważne? Jeśli chociaż jedna została oszukana, wykorzystana lub zawiedziona – to o tę jedną za dużo! Większość z nich została nauczona kłaść uszy po sobie, udawać, że nic złego się nie dzieje, i dziękować bogom, że w domu jest mężczyzna.

Magda zastanawiała się kiedyś, dlaczego kobiety nie stworzyły własnej religii. Takiej, która dałaby im wolność wyboru i zapewniała szacunek do samych siebie jako równoprawnych stworzeń. Bo, umówmy się, trudno uznać Matkę Boską za kobietę wyzwoloną. Nie, równouprawnienia nie ma. Nadal. Kobieta może sobie najwyżej wywalczyć trochę więcej praw niż inne kobiety. Dlatego Magda, z natury skłonna do współczucia, nie miała go dla mężczyzn tak dużo jak dla przedstawicielek własnej płci. Facet źle traktowany przez kobietę dostaje wsparcie w całym systemie prawnego i pozaprawnego faworyzowania. Kobieta ma numer niebieskiej linii, dopóki ktoś nie wpadnie na pomysł, że te pieniądze można lepiej wykorzystać i zatrudnić w ministerstwie kolejnego kuzyna albo znajomka.

Jeśli chodzi o życie we dwoje, Magda od dawna nie miała złudzeń. Znalezienie idealnej drugiej połówki nie graniczyło nawet z cudem. To było mniej więcej tak prawdopodobne jak powstanie życia na Ziemi. W kosmicznej loterii – prawdopodobieństwo prawie zerowe. A to, że jednak powstało, jest wyjątkiem, nie regułą. Przy czym druga połówka to taka, która pasuje we wszystkich aspektach wspólnego życia. Chyba że komuś wystarcza seks i wynoszenie śmieci. Wtedy jest łatwiej. A co z wzajemnym szacunkiem, współodpowiedzialnością, dobrą wolą, lojalnością i bezwarunkową miłością? Przydałyby się? Właściwie wystarczą dwa słowa: szacunek i miłość. Ale nie te deklarowane – jak troska polityków o dobro narodu. Bla, bla, bla. Nie obiecywane, tylko okazywane, i to każdego dnia. I naprawdę nie chodzi o bukiety wielkości miejskiej rabaty znoszone codziennie do domu. Tylko o zwykłą troskę. Uwagę. Małe gesty, które czynią miłość odporniejszą.

Żeby dostąpić udziału w takim cudzie, nie wystarczy zjeść beczki soli. Trzeba jeszcze pożreć śledzie, które w niej były. A potem każdego dnia dbać o tę słabą i wiotką roślinkę, jaką jest miłość. To wcale nie jest tak, że ona przetrwa wszystko. Czy Szymon był tego wart? Wydawało się, że tak, ale lepiej byłoby mieć pewność. Tylko że ta przychodzi znacznie później. Wtedy, gdy już uda się do siebie zbliżyć. A nawet usłyszeć, co się robi w łazience. Bo to, niestety, słychać.

Dzięki pytaniu Magdy miał szansę się wycofać. Mógł przecież odpowiedzieć, że tak, że się przesłyszała. Że nie wie, o co jej chodzi. Że było miło, ale musi zajrzeć do chorej matki. Albo jest umówiony z kolegami na mecz. Jednocześnie Magda zabezpieczała się przed rozczarowaniem. Asekuracja ratowała ją wiele razy w życiu. To nie najgorsza umiejętność, jaką można wyrobić w sobie dzięki doświadczeniu.

W dzieciństwie była ufną, otwartą i bezpośrednią dziewczynką. Czasem nawet przesadnie – według dorosłych, bo dziecko przecież nie zna granic. Dopiero później uczy się je rozpoznawać, potem nie przekraczać tych, które należą do drugiej osoby, i przekraczać te, które ograniczają własny rozwój. Uczy się, że to, co jest dobre dla niego, nie zawsze musi być dobre dla innych. Inni też mają prawo do dobrego samopoczucia. Dlatego konieczne są kompromisy. Niektórzy mylą kompromis z kompromitacją. Magda wiedziała, że kompromis jest istotą postępu, ewolucji i rozwoju. Rewolucja z łacińskiego oznacza toczenie się do tyłu, powrót. Czyli regres. Ewolucja – progres. Proste. Wystarczy rozumieć pojęcia.

Jako mała dziewczynka niechcący przekraczała granicę, pytając sąsiadkę, dlaczego ma taki duży brzuch. Sąsiadowi zanosiła mydło, bo brzydko pachniał. Na podwórku to ona wyznaczała role: i w zabawie w wojnę, i w grze w zbijaka. To ona organizowała dokarmianie kotów w piwnicy, przedstawienia ze szmacianymi kukiełkami dla maluchów z przedszkola i dyżury w robieniu zakupów dla pani Urszuli z trzeciego piętra. Do czasu, kiedy ojciec wyjechał do Stanów. A właściwie do pierwszego Bożego Narodzenia po jego wyjeździe. Dzieci zafascynowane Ameryką pytały, co Magda dostała od ojca pod choinkę, a ona nie była w stanie przyznać, że nie miała od niego nawet marnego słowa. Nie zadzwonił, nie przysłał kartki. Prościej było przestać wychodzić na dwór, zakopać się w książkach i pod pozorem braku czasu unikać koleżanek i kolegów. Po latach jej matka wyznała, że ojciec pisał, dzwonił, próbował się kontaktować, ale ukrywała to przed córką, za bardzo zraniona jego wyjazdem i nękana wyrzutami sumienia z powodu własnej zdrady. Ale wtedy było już za późno na odwyk. Zawiedzione serce małej Magdy nadal wysyłało komendę: asekuracja.

Szymon stał przed nią teraz z zaciśniętymi ustami i dłońmi. Nie wyglądał jak uwodziciel, raczej jak desperat albo wojownik szykujący się do ataku.

– Może nie powinienem, może to za wcześnie i wyjdę na idiotę. Nie obchodzi mnie to. Możesz się śmiać, jeśli cię to bawi. Albo kpić. Zrozumiem. I nie będę ci stawał na drodze. Chciałem tylko, żebyś wiedziała. To wszystko.

Zamilkł. Nagle Magda zobaczyła w tym mężczyźnie przeciwieństwo tamtego chłopaka, który na zakończeniu roku szkolnego poratował ją spinaczem. Tamten był pewnym siebie królem zwierząt. Łaskawie pomógł jej spiąć bluzkę, sprytnie zwijając spinacz, żeby nie było go widać. Jej samej nie zauważał. Dla niego była wtedy tylko tłem obrazu. Nic nieznaczącą postacią ukrytą w rogu płótna. Centralne miejsce zajmowała Paulina i występ szkolnego chóru z Szymonem jako solistą. Wtedy był uprzejmym, ale jednak arogancko pewnym siebie mężczyzną o wyglądzie chłopca. Teraz stał przed nią mężczyzna, którego życie pozbawiło tej arogancji. A w jego oczach pojawiła się chłopięca nieśmiałość i niepewność. Kogo by to nie ruszyło?

– To dlaczego… – Nie dokończyła pytania. Wiedziała dlaczego. Nie chciał zaczynać od wyciągania ręki. Nawet jeśli to nie on wyciągał ją z prośbą, tylko ona z pomocą. Szanowała to. Szanować czyjś punkt widzenia to nie znaczy jednak zgadzać się na kilkumiesięczną rozłąkę. Związki na odległość to ryzykowna zabawa. – Trzy miesiące? Żeby się spotkać, będziemy musieli płacić za bilety i nocleg. Jeśli to będzie pięć, sześć razy, uzbiera się parę tysięcy – wyliczyła racjonalnie. Zupełnie jakby nie słyszała jego żarliwego „kocham".

– Możemy oszczędzać – zaproponował.

– To nie ma sensu – wypaliła. I zamilkła. Gdyby się nie zgodził, gotowa była go wepchnąć do basenu. O ile miałaby jakiś pod ręką. Szymon zbliżył się do niej i musnął wargami jej usta. To było jak pytanie. Odpowiedziała.

Obudziła się nad ranem. Obok leżał mężczyzna i lekko oddychał. Już sięgała, żeby go obudzić, ale zatrzymała się. Przebiegła pamięcią ostatni rok. Tragiczny wypadek na rogu Nowego Światu i placu Trzech Krzyży. Krótkie wzmianki w paru serwisach o potężnym cadillacu, który nikomu i niczemu nie dałby żadnych szans. Potem jeszcze ktoś mimochodem wspomniał, że kierowcy zabrano prawo jazdy, ale ze względu na niekaralność dostał wyrok w zawiasach. Magda nawet się nie oburzyła. Cokolwiek zdecydował sędzia, nie mogło to przywrócić jej Piotra. Nic też nie mogło przywrócić jej wiary w sens miłości, związku, wspólnoty z innym mężczyzną. I oto nagle obudziła się obok tego innego. A po chwili z ulgą położyła dłoń na jego piersi…

Poprzedniego wieczora jechali taksówką do domu. Warszawa z jej nocnymi światłami nie istniała. Nie było miasta, państwa ani świata. Byli tylko oni i pocałunki. A potem… Nie była nowicjuszką. Nie żeby miała Bóg wie jakie doświadczenie. Mimo wszystko tych kilku mężczyzn pozwoliło jej wyrobić sobie coś w rodzaju skali porównawczej. Dotąd jej partnerzy byli zdobywcami, wojownikami. Wiedzieli, co zrobić i jak ją poprowadzić, żeby było im dobrze. Szymon okazał się inny.

– Nie za szybko? – zapytał, kiedy już w mieszkaniu sięgnął dłonią pod jej stanik.

Nikt nigdy nie zadał jej takiego pytania. Nie z braku szacunku czy z arogancji. Po prostu było wiadomo, że kiedy Magda zgadza się na pocałunek, to zgadza się także na dalszy ciąg. Skąd? Choćby stąd, że nawet na pocałunki nie zgadzała się łatwo. Intymność zawsze była dla niej bardzo ważna. I nie do naruszenia bez jej zgody. Kiedy więc pozwalała na pocałunek, zgoda obejmowała wszystko inne. Szymon, zadając to pytanie, umieszczał swoich poprzedników, w tym Piotra, na półce agresywnych samców. To było dla niej coś zupełnie nowego. Ktoś pytał, co ma zrobić, żeby było jej najlepiej! Czy można się temu oprzeć? Albo przeciwstawić? Powodzenia!

Pamiętała wszystko. I wzajemne rozbieranie się na kanapie w salonie. I to, jak nagi Szymon niósł ją, nagą, do sypialni. Jak ją położył i zapytał, czy woli pozycję klasyczną, czy może niekoniecznie. Jak zatroszczył się o antykoncepcję. Jak całował jej kolano, gdy zarzuciła nogi na jego ramiona. A wreszcie jak ją przytulił, kiedy zasypiała w jego objęciach. (Zaraz po tym, jak elegancko czmychnął do łazienki, żeby pozbyć się prezerwatywy). Magda zasypiała z poczuciem przełomu. Oto jej życie obróciło się o sto osiemdziesiąt stopni. Oto odzyskała nad nim władzę. A mężczyzna, który jej w tym wydatnie pomógł, leżał koło niej.

Teraz trzymała dłoń na jego klatce piersiowej, a on właśnie się budził. I przeciągał nagi pod kołdrą, o czym świadczyło jego biodro zawadiacko sterczące spod pościeli. Nie było to biodro, które wpędza człowieka w poczucie winy. Ani w melancholię. Ale i tak Magda poczuła, jak truchleje jej serce. To był ten moment, w którym przeszłość, nawet ta najbardziej bolesna i dojmująca, straciła już nad nią panowanie. Została zamknięta w szufladzie z napisem „przeszłość" przez zapobiegliwą teraźniejszość i jej serdeczną przyjaciółkę przyszłość. Dopóki nie pokłócą się na śmierć i życie. Co zdarza im się dość często.

Magda odzyskała oddech. Obok niej leżał i budził się Szymon. Piotr był przeszłością. Bolesną, ale też niezagrażającą niczym więcej niż tylko czułym wspomnieniem. Wstała najciszej, jak potrafiła, i przymknęła za sobą drzwi sypialni. Wyszła z kawą na taras. Maniek Drugi pałaszował w kuchni swoje ananasowe śniadanie. Miała chwilę tylko dla siebie. Spojrzała w dół na ulicę. Zaparkowane samochody, wścibska gospodyni, która zgarniała na szufelkę jakieś śmieci z chodnika. Jeszcze pusto. Za wcześnie na ruch. Mimo to jakiś ruch był. Kolorowy. Krągły i ulotny. Nad ulicą leciały bańki. Niektóre łączyły się w większe, inne pękały na latarniach lub ścianach kamienic. Unosiły się majestatycznie, nic sobie nie robiąc z jej zdumienia. Patrzyła, jak oddalają się w stronę placu, jak krążą między samochodami. Obijały się o wieżę kościoła Świętego Aleksandra, baraszkowały ze sobą, krążąc w tę i z powrotem, bawiły się grawitacją, nie wiedząc, że wiele miesięcy temu to miejsce było świadkiem tragedii. I rozpaczy. Że ten plac jest blizną na mapie miasta. Czarnym punktem, nad którym tęczowe bańki bezczelnie odgrywały teraz nieprzyzwoicie radosny taniec.

W Magdzie zaczął się rodzić bunt. Już miała wyskoczyć z tarasu na ulicę, pobiec na plac i zakazać bańkom tej radości – nie tutaj! – kiedy... obudziła się po raz drugi.

Czy bańki były sennym marzeniem, czy raczej koszmarem? – zastanawiała się, znowu stojąc na tarasie z kawą. Tym razem przytomna i pewna, że nie śni. W zasięgu wzroku nie latało nic kolorowego. Ani nad Wiejską, ani nad placem. Ale właściwie dlaczego nie? Poranek był rześki, słoneczny. Bańki wyglądałyby pięknie i świątecznie w tym jeszcze nieprzesyconym spalinami powietrzu. Czyli jednak marzenie. A skoro tak, nie będzie musiała zamieniać swojego mieszkania na inne. Na takie, które nie jest związane z jej historią, które nie pamięta jej wzlotów, upadków, jej szczęścia i bólu. To pamiętało. I zapamięta ostatnią noc. Pełną czułości i namiętności. Magda uśmiechnęła się do placu Trzech Krzyży widocznego u wylotu ulicy. Jej ulicy.

Potem, przy śniadaniu, nie było potrzeby owijać czegokolwiek w bawełnę.

– Mogę pożyczyć ci pieniądze. Nie ma żadnego problemu. Zrobisz, co zechcesz, ale wiesz chyba, że to ja mam rację – przekonywała Magda nad grzankami z twarożkiem i dżemem ananasowym bez cukru oraz cappuccino. Zawsze uważała, że czarna kawa nadaje się do poganiania czasu w ciągu dnia, a nie do jego rozpoczynania.

Szymon przegarnął włosy z zakłopotaną miną.

– Stawiasz mnie pod ścianą.

Magda pozwoliła sobie na minę pełną triumfu.

– To całkiem przyjemne. – Nałożyła twarożek na grzankę i podała Szymonowi. A on odgryzł kawałek wprost z jej ręki.

Siedzieli we czworo w ogrodzie Agaty na Młocinach. Zadbany dom z lat trzydziestych ubiegłego wieku otaczały stare drzewa i gęsty żywopłot. Skalny ogródek na wprost tarasu był pozostałością z czasów, kiedy dziadek Rafała fascynował się botaniką i wydawało mu się, że zostanie ogrodnikiem. Potem jednak przyszła wojna. Po śmierci dziadka w Katyniu babka została sama z kilkuletnią wtedy córką, a w domu zakwaterowano trzech niemieckich żandarmów. Ci okazali się w miarę przyzwoici, czego nie można było powiedzieć o sąsiadach, którzy nie ukrywali podejrzeń, że Żywiecka puszcza się ze Szwabami.

Po wojnie domeldowano tu dwie rodziny z dziećmi, więc panie Żywieckie musiały się zadowolić jednym pokoikiem. W latach siedemdziesiątych młodsza, Barbara, matka Rafała, dzięki znajomości angielskiego i francuskiego dostała pracę w centrali handlu zagranicznego. Dopiero wtedy kobiety odżyły po latach upokorzeń. Wkrótce z płomiennego romansu z dyrektorem centrali urodził się Rafał. Dyrektor zdecydował się zostać z żoną, siostrą wysokiego funkcjonariusza komunistycznego rządu, ale był na tyle uprzejmy, że urządził Barbarę w domu na Żoliborzu, na tyłach parku Żeromskiego. I zadbał, żeby jej i chłopcu niczego nie brakowało.

Rafał w czasach szkolnych pomieszkiwał u babki. Właśnie wtedy zakochał się w tym domu, odnowił zaniedbany ogródek skalny, a kiedy jeszcze był na studiach, zaczął wieloletnią batalię o odzyskanie posiadłości dla rodziny. Udało się dopiero pięć lat temu. Potem dwa lata generalnego remontu i wielka parapetówka. Babka Rafała nie dożyła tego momentu, ale zanim odeszła, dom znowu, jak przed wojną, należał już tylko do Żywieckich. Agata podziwiała upór Rafała w odzyskiwaniu rodowej siedziby. I uważała, że Magda zrobi głupstwo, jeśli opuści swoje mieszkanie na Wiejskiej.

– Wiedzieliśmy, że tak będzie. To była tylko kwestia czasu. – Brzmiała teraz co najmniej jak Pytia.

– Niby skąd? – Magda nie dawała im wcześniej żadnych sygnałów, że się rozmyśliła. Albo że jeszcze się waha. Wiedzieli tylko, że chce zmienić lokum.

– Bo widzisz... – Agata zamilkła na sekundę, jakby szukała słów. – W tym domu na przykład działy się różne rzeczy. Ludzie się rodzili, umierali, kochali, nienawidzili, mordowali, gwałcili, przepraszali, wybaczali, cieszyli się i rozpaczali. To wszystko się tu wydarzyło. I miało prawo się wydarzyć. Uciekać od tego albo to wypierać, to jak uciekać od życia. Albo udawać, że się nie żyje.

Karolina patrzyła na Agatę z jeszcze większym zdumieniem niż Magda. Właściwie była to mieszanka podziwu i zdumienia.

– Coś nie tak? – zapytała matka Jagódki.

– Dokładnie dlatego też nie chciałam zmieniać naszego domu. Wolałam tamten stary. Nawet jeśli był za ciasny. Niedługo dzieci pójdą na studia, a my zostaniemy z Waligórą na tych dwustu metrach z hakiem. I bez mnóstwa historii, które się wydarzyły w starym. Szkoda. – Karolina posmutniała.

– Ale skąd niby wiedzieliście, że się nie przeniosę gdzieś indziej? – dopytywała się Magda.

Sebastian podniósł spojrzenie znad wyświetlacza aparatu.

– A zatrudniłaś jakąś agencję?

Pytanie było retoryczne. Magda zdała sobie sprawę, że rzeczywiście nie zrobiła żadnego ruchu, żeby się wyprowadzić z Wiejskiej.

Ulokowana w bujaku Jagódka z wielkim zainteresowaniem bawiła się własną stopą. Agata rozlała miętowo-ogórkową lemoniadę do szklanek. Karolina korzystała z okazji, że jej dorastające dzieci nie kłóciły się w pobliżu, i prawie przysypiała na hamaku. Sebastian kucał przed Jagódką i robił jej milionowe doskonałe zdjęcie. A Magda kończyła właśnie zdawać relację z postępów swojego związku.

– Ktoś tu komuś je z ręki. – W głosie Sebastiana nie było słychać entuzjazmu.

Co dziwne – i podłe – dziewczyny także nie mdlały ani nawet nie klaskały z zachwytu. Dlaczego? Magda spodziewała się, że pogratulują jej albo nawet podrzucą ją kilka razy w górę. A przynajmniej odetchną z ulgą. Potem mogłyby zacząć się zastanawiać, który miesiąc jest najlepszy na ślub (wiadomo, że początek września, bo obie były wrześniowymi pannami młodymi). A tu nic. Słychać tylko jakieś owady, bo nawet ptaki zapadły w popołudniową drzemkę. Daleki szum ulicy. Skrzypienie drewnianego stojaka, na którym zawieszony był hamak. Delikatny trzask migawki canona.

Magda oglądała tę scenę jak w kinie. Albo jak duch, który przypadkiem znalazł się w czyjejś rzeczywistości.

– Halo? Czy ktoś mnie słyszał? – Chciała, żeby to zabrzmiało żartobliwie, ale na pierwszy plan wyraźnie przebił się ton rozczarowania.

– Co? Aaa, tak. Jasne – mruknęła leniwie Karolina. Nawet nie otworzyła oczu.

Agata przyglądała się rabacie po swojej lewej stronie.

– Karolino, podobają ci się moje hortensje? – zapytała.

– Kocham je. Jak nie będzie cię w domu, przyjadę z koparką i tyle je widziałaś.

Cała trójka wymieniła się porozumiewawczymi spojrzeniami. Jagódka zaczęła gaworzyć wesoło. Magda była coraz bardziej zdziwiona.

– Hortensje to jakieś tajne hasło?

Agata zaprzeczyła, kręcąc głową. Karolina nawet się nie ruszyła.

– Sebek, czy one zwariowały? – I znów zamiast żartu słychać było niepokój.

Sebastian nie oderwał oka od wizjera aparatu. Nadal robił zdjęcia córeczce Agaty.

– Nie sądzę. – I koniec.

Agata spojrzała na niego, nagle ożywiona.

– A Rusłan? Widziałeś go jeszcze potem?

– O, właśnie. Co z tym Tuhajbejowiczem? – zaciekawiła się Karolina.

Tego było dla Magdy za wiele. Zazwyczaj przyjaciele poświęcali jej naprawdę dużo czasu. Ona zaś nie pozostawała dłużna. Na każde zawołanie i w każdej sytuacji była gotowa zostawić wszystko, byle pomóc któremuś z nich. Bez wahania. Bez liczenia minut czy godzin. Tak działa wspólnota. W dwie strony. Nigdy w jedną.

– Azja zniknął. Może był tam przelotem. A może tylko o nim śniłem.

– Co się z wami dzieje? – zapytała już wprost Magda.

Patrzyli na siebie, jakby jej tu nie było. Agata poprawiła Jagódce pampersa.

– Za dokładnie go opisałeś. – Agata podała w wątpliwość tezę o śnieniu.

I słusznie. Sebastian był pewien, że ten nieziemski facet uścisnął mu rękę na klatce schodowej praskiej kamienicy. Ten facet uśmiechał się do niego i patrzył mu w oczy tymi swoimi ciemnymi, prawie czarnymi ślepiami. A nad nimi, i to również był niezbity fakt, miał rzęsy o długości wywołującej skurcze przepony. I prostaty. Ten facet był jak marzenie. I to jeszcze dałoby się znieść. Nie do zniesienia było to, że naprawdę istniał. I naprawdę zniknął. Sebastian widział go tylko ten jeden jedyny raz.

– Możemy nie skupiać się na moim upadku? – zaprotestował.

– Upadku? – Karolina najwyraźniej nie rozumiała, jak upokarzające jest marzenie o kimś nieosiągalnym.

– W wieku prawie czterdziestu lat mam fascynację godną piętnastolatka! Niech to szlag! – jęknął Sebastian.

– Sebuś, ja ci bardzo współczuję. Serio. Ale nie rozumiem, co się tu dzieje. Potrzebna pomoc. – Magda wyrzuciła to z siebie jednym tchem.

Nie lubiła takich sytuacji. Niespodziewanych. Niespodzianki były niebezpieczne. Człowiek nieprzygotowany nie wie, jak się zachować, więc zachowuje się bez sensu albo jak idiota. Tak czy siak, obciach. Rzecz jasna, zdarzały się też miłe niespodzianki. Zaręczyny Agaty z Rafałem czy ponowne małżeństwo rodziców Magdy – te z pewnością były pozytywne. Trudno uznać za przykrą sytuację, kiedy rodzice odkrywają, że jednak są sobie przeznaczeni. Magdzie nie chodziło o niechęć do niespodzianek w ogóle, ale do niespodzianek nieprzyjemnych. Zresztą kto lubi, kiedy nagle wytrącają świat z orbity i wprawiają go w nieskoordynowane, chaotyczne drgania, zamiast utrzymywać harmonijny kurs? Tak właśnie było teraz. Magda czuła, że wypadła z orbity. Na dodatek Sebastian nie był skłonny łapać ją za warkocz i przytrzymywać. Niespodziewanym kołem ratunkowym okazał się mąż Agaty. Wrócił właśnie z jakiegoś zjazdu banksterów i bezceremonialnie wparował do ogrodu.

– Hejka! – Rafał zawsze próbował nadążać za językowymi modami. Z marnym skutkiem. – Jak tam, Magda, wytrzymali?

Błagam, powiedz, że nie. Założyłem się z żoną o skrzynkę prosecco.

Spanikowana mina Agaty mówiła sama za siebie. Pozostali wyraźnie usiłowali uciec wzrokiem. No tak. Magda znała tę trójkę na wylot i na wyrywki. Wiedziała o każdym z nich wszystko, albo prawie wszystko. Pamiętała też ich fortele, kiedy próbowali ją podtrzymać na duchu, ewentualnie postawić do pionu. Teraz, kiedy Rafał przywitał się już z żoną, córką i pozostałymi znajomymi, Magda stanęła obok niego.

– Od początku wiedziałam, że coś tu nie gra – ogłosiła z satysfakcją.

Rafał trzymał Jagódkę na rękach, co nie podobało się Agacie.

– Zepsujesz ją. Nie przychodź potem z płaczem – ostrzegła męża. Obecnie uważała, że dzieci nie należy rozpieszczać. W przeciwieństwie do poprzedniego tygodnia, kiedy to rozpieszczanie było najlepszą metodą wychowania geniusza.

– Nie gra? Co ty mówisz? Wszystko gra – broniła się Karolina.

Agata poszła inną drogą:

– Jezu Chryste, skąd ci się biorą takie podłe podejrzenia?!

Jako wczesne nastolatki Magda i Agata wyobrażały sobie Jezusa jako nieziemsko przystojnego faceta, który obdarzy je taką miłością, jakiej miała szczęście doświadczyć Maria Magdalena w *Ostatnim kuszeniu Chrystusa*. Martin Scorsese zrobił ten film na podstawie książki Kazantzakisa, tego od *Greka Zorby*. Przyjaciółki zobaczyły go na jakimś klubowym pokazie w Olsztynie tylko dlatego, że wybierał się na niego ówczesny wymarzony materiał na męża Agaty. Z małżeństwa nic nie wyszło, ale film zaliczyły. I były pod wrażeniem.

– Agato, nie używasz imienia Boga na serio, niestety. – Karcące spojrzenie Magdy miało w sobie jakąś apokaliptyczną siłę. Nie dlatego, że potępiała używanie boskich imion. Chodziło o nagłe zakłamanie przyjaciółki. Agata nie była w stanie się bronić.

– Willem Defoe nie jest może najpiękniejszym mężczyzną świata, za to jego męska emanacja jest porażająca – zaczęła nieco mętnie. – W każdym razie ja traktowałam go w roli Boga bardzo poważnie. Tak samo jak ciebie teraz. Ja i my wszyscy tutaj. Cokolwiek robimy, robimy to z miłości. Więc się nie awanturuj, tylko ciesz naszym uczuciem do ciebie.

Agata wyglądała na zakłopotaną. Karolina i Sebastian też. Tylko Rafał zachowywał luksusowy spokój faceta, który ma okazję pobawić się z córeczką, zanim w przyszłym tygodniu lub miesiącu poleci na kilka dni do Mediolanu, Paryża czy Hanoweru na kolejne banksterskie knowania.

– Ile razy wam powtarzałam, że najgorsza prawda jest lepsza od najpiękniejszego kłamstwa? Milion? Szczerość poproszę! – wrzasnęła Magda, a przejęty Rafał pośpiesznie wszedł z córeczką do domu. Zbytnia ostrożność, bo Jagódka była tym razem pochłonięta oglądaniem wzoru na jego krawacie i wrzaski cioci Magdy nie robiły na niej żadnego wrażenia.

Prawniczka wzięła trzy głębokie wdechy i już chciała kontynuować atak, kiedy Sebastian odezwał się ze skruchą w głosie:

– Umówiliśmy się, że pod żadnym pozorem nie będziemy komentować twojego związku. Zresztą sama nam zabroniłaś.

– A od kiedy to mnie słuchacie? – Magda była kompletnie zaskoczona.

Agata oskarżycielsko wycelowała palec w Sebastiana.

– On to wymyślił. Zaraz zaczęłybyśmy planować ślub i Bóg wie co jeszcze. A ty stoisz nad przepaścią i trzeba siedzieć cicho, żeby cię nie wystraszyć. Bo spadniesz. Znaczy, spieprzysz.

– Tak powiedziałeś? – Magda spojrzała na przyjaciela.

Sebek zerknął na nią zatroskany.

– Chcemy, żeby ci wyszło – wyznał jak ktoś, kto nabroił po pijaku i niewiele pamięta. Tylko przyzwoitość każe mu poczuwać się winy.

– Zdaje się, że już wyszło – rzuciła Karolina. A w jej oczach widać było figlarne błyski. I pytanie. Czy aby na pewno?

26

BLOG MAGDY M.

Kim jest przyjaciel? Kimś, kto nie opuści w biedzie? Czy to takie proste? Litościwa dusza, która kupi ci kanapkę, kiedy bank zablokuje kartę? Ktoś, kto wspomoże w nieszczęściu, w kłopotach? Zatrzyma cię, zanim wpadniesz pod rozpędzony autobus? Czy to jest przyjaciel? Na pewno ktoś, kto uratował ci życie. Dar niebios. Ale przecież marynarz, który wyławia cię z morza po tygodniach dryfowania na falach, nie staje się automatycznie twoim przyjacielem. Ani jego kapitan, który kazał zatrzymać kontenerowiec, żeby cię uratować. Przyjacielem nie staje się też ten, kto zachowa czujność na drodze, nie wjedzie w twoje auto i nie pozbawi cię życia. To po prostu dobry kierowca. Czy przyjaciel w ogóle musi nas przed czymś lub przed kimś uratować? Czy nasze życie powinno zawisnąć na włosku, żeby można było stwierdzić, kto zasługuje na to miano? Czy skrajna sytuacja jest najlepszym sprawdzianem przyjaźni? I potwierdzeniem jej wartości? Nie. Ratowaniem życia nie zajmują się przyjaciele, tylko wyspecjalizowane służby. Rzecz jasna, to nie wyklucza, że przyjaciel zrobi ci tracheotomię, kiedy zakrztusisz się jakimś świństwem. Ani że przyjacielskie dokarmianie może mieć funkcję ratującą życie. Każda sytuacja ostateczna może się zdarzyć w przyjaźni.

Ale nie musi. Bo i bez nich przyjaźń, ta właściwa, powinna mieć się dobrze.

Moimi przyjaciółmi są Agata, Sebastian i Karolina. Podstawowa komórka społeczna mojego świata. Nie rodzina, tylko przyjaciele. Nawet w czasie związku z Piotrem to oni byli fundamentem i bazą mojego życia. Odnośnikiem, drogowskazem i podpowiedzią. No, może nie we wszystkim. Jeśli chodzi o punkt G, wiedziałam sama, gdzie go mam i jak poprowadzić Piotra, żeby nie tracił czasu na poszukiwania.

Dla mnie przyjaciel to osoba bliska mojej wrażliwości, mojemu odczuwaniu świata, mojej wizji tego, co dobre i co złe. Moje alternatywne „ja". Czasem lepsze, czasem gorsze. Czasem bardziej frywolne, wywrotowe, innym razem bardziej zasadnicze. Ale zawsze bliskie. Podobne. Stworzone z tego samego rdzenia.

To szczęście mieć koło siebie ludzi, którym można zaufać, szczególnie gdy nie do końca ufa się samej sobie. Szczęście i przywilej. Pomijając momenty, kiedy ta ich troska wkurza i prowokuje do morderstwa. W moim przypadku potrójnego.

Potem jednak przychodzi refleksja. A jeśli te wkurzające słowa są prawdziwe? I nawet jeśli niezbyt miło, to jednak wskazują na właściwy problem? Tym razem jednak nie musieli ze mną walczyć i narażać się na moje fochy, żeby dopiero dużo później usłyszeć, że mieli rację. Tym razem najpierw wpadłam w kompot, a dopiero potem Agata, Karolina i Sebek próbowali mnie namówić, żebym się skusiła na mały łyk.

Tylko że ja już cała byłam w dzbanku.

27

Jeśli życie z jego wszystkimi zakrętami, niespodziankami i wywrotkami jest totalnym rollercoasterem, to i tak nic nie tłumaczy telefonu, który Magda odebrała pewnego popołudnia. Spodziewała się, że to Szymon z wiadomością, że sprawy na Pomorzu są ostatecznie zamknięte i odtąd będzie już tylko Magda, Warszawa i wspólna przyszłość. Tak, ta sama Warszawa, która pozwoliła sobie odebrać jej Piotra. Uniewinnienie jeszcze nie nastąpiło. To miasto musiało teraz zapracować na wybaczenie. Miało przecież swoje sposoby; udowodniło, że dla niego niemożliwe jest jak najbardziej możliwe. Chociaż nie od ręki. Wprawdzie już parę lat po wojnie, która prawie doszczętnie zniszczyła stolicę, ludzie bawili się na ulicach Mariensztatu, na placu wokół Pałacu Kultury i Nauki, wreszcie na Starym Mieście, gdzie wciąż nie było Zamku Królewskiego. Jego brak długo stanowił wielką ranę w ciele Warszawy, ale przecież miasta nie podnoszą się ze zniszczeń za machnięciem czarodziejskiej różdżki. Tym bardziej ludzie. Na razie Magda była na etapie zakończenia odbudowy Starego Miasta. Już można było wjechać ruchomymi schodami z Trasy W-Z na plac Zamkowy jej serca. I czuła, że Szymon jest u podnóża tych schodów. Znalazł już wejście. Lada chwila zacznie wznosić się coraz wyżej i wyżej, aż w końcu...

Dzwonek telefonu wyrwał ją z zamyślenia. Nie spojrzała na wyświetlacz. Sygnał był standardowy, bo nie przypisała jeszcze melodii Szymonowi. To znaczy, nie zrobił tego Sebastian, bo to on był odpowiedzialny za wszystkie ustawienia i konfiguracje jej telefonu. Ta jakże istotna funkcja przypadła Sebkowi w tej samej chwili, kiedy Magda odebrała z salonu swój pierwszy smartfon. Namówił ją, dlatego musiał ponosić konsekwencje tej decyzji. Magda doceniała dostęp do maili, przeglądarki, do swojego bloga i mediów społecznościowych, nie doceniała za to umiejętności konfiguracji systemu. To ją przerosło. Zdarzało się, że dzwoniła do Sebastiana późnym wieczorem z rozpaczliwym komunikatem:

– Nie odbieram maili.

– Masz włączone wifi? – upewniał się cierpliwie w czasach, kiedy dostęp do internetu nie był jeszcze tak powszechny.

– A co to jest wifi? – pytała, mimo że wcześniej tłumaczył jej wiele razy podstawy sieci domowej.

Przy drugim smartfonie Magda już to wiedziała i potrafiła sama się zalogować, ale konfiguracja sieci wciąż ją przerastała.

W każdym razie Sebek nie ustawił jeszcze osobnego dzwonka dla Szymona i dlatego Magda, odbierając telefon po godzinach urzędowania fundacji, spodziewała się raczej telefonu od niego niż od kogokolwiek innego.

– Szymon? Jak miło... – zaczęła, ale przerwał jej kobiecy głos.

– Dzień dobry, Kama Zatorska. Jestem siostrą Marka.

Magda nie skojarzyła. Bo niby jak? Nawet adwokacka intuicja nie jest w stanie pomóc w przewidywaniu przyszłości ani tym bardziej w skojarzeniu koligacji rodzinnych na podstawie brzmienia głosu. Miłego, ciepłego altu.

– Przepraszam, czyją? – rzuciła do telefonu, jednocześnie mocując się z zapięciem w segregatorze podopiecznych z 2009 roku.

Musiała sprawdzić, jak przebiegła interwencja u pewnej kobiety z Ursusa. Parę godzin temu zgłosiła się ponownie. I przysięgała, że tym razem nie będzie tak jak poprzednio, czyli w 2009. Miała już wtedy załatwioną nową pracę, miejsce w ośrodku, a nawet perspektywę mieszkania komunalnego na Woli. I nagle zniknęła, przestała odbierać telefon. Zero informacji. Po tygodniu przysłała esemes, że jest z mężem w Wejherowie, miłość i szacunek wróciły, a on obiecał, że pójdzie na terapię.

Odpowiedź, jaką Magda usłyszała, nie zwaliła jej z nóg. Za to zwaliła segregator. Na podłogę.

– Marka Orlika. Tego głupka, którego pani broni.

Najdziwniejsze było chyba to, że w głosie kobiety nie pobrzmiewały żadne żałobne tony. Przeciwnie: sowizdrzalskie poczucie humoru, zupełnie jakby płatała komuś figla.

– To on ma siostrę? – zaryzykowała Magda, licząc, że rozmówczyni się rozłączy, a wtedy będzie mogła dalej wierzyć w zapewnienia swojego klienta, że nie ma żadnych przyjaciół ani krewnych, którzy mogliby zeznawać na jego korzyść.

– Nie tylko – odparła Kama Zatorska.

Marzenia i ich realizacja to dosyć nieprzewidywalna sfera życia. Owszem, zdarza się, że marzysz o porsche i dostajesz porsche. Czekasz na brylant wielkości kamienia nerkowego i taki kamień ląduje na twoim palcu. Marzysz o weekendzie w paryskim Ritzu i wkrótce znajdujesz bilety samolotowe na szafce nocnej. Ale jeśli zamiast porsche dostajesz roczny abonament na rower miejski, to mimo całej sympatii do rowerowego stylu życia trudno będzie ci skakać do góry z radości. Jeśli spodziewany brylant okaże się skórzaną bransoletką wyplecioną przez beduina na pustyni, to z całym szacunkiem dla jego wysiłku, będziesz mieć to w tyle, i to nie głowy. A jeśli w dodatku paryski Ritz nabierze kształtu taniego rodzinnego hoteliku gdzieś na zapyziałym bezludziu Bretanii, to marzenia staną się najbardziej znienawidzoną formą myślenia o przyszłości.

Prawdą jest, że Magda ani na porsche, ani na brylanty, ani tym bardziej na Ritza by nie poleciała. Rozumiała jednak kobiety, dla których akurat takie rzeczy wyznaczały horyzont marzeń. Zaspokajały ich wyobraźnię i potrzeby. Dla Magdy plecionka wykonana przez poganiacza kóz gdzieś w głębi Maroka miałaby większą wartość. Oczywiście nie materialną. Dlatego gdyby kobieta po drugiej stronie połączenia powiedziała, że jest dziedziczką którejś z bajecznych fortun świata i chce, żeby Magda zajęła się jej funduszami, nie zrobiłoby to na niej większego wrażenia niż fakt, że Orlik ma kogoś bliskiego. Kogokolwiek. W ten sposób spełniło się pragnienie Magdy prawniczki. Oto mogła zastosować wymarzoną, choć niedoskonałą linię obrony.

Umówiły się w centrum, w pasażu Wiecha. Knajpka nazywała się Słoiki. Magda sama kiedyś czuła się słoikiem. Jednak odkąd kupiła mieszkanie w stolicy, była tu zameldowana i płaciła warszawskie podatki, nie uważała się za przybysza z obcej planety. Słoik to ktoś, kto pracuje tutaj, ale zameldowany jest tam. Tam też płaci podatki i rejestruje samochód. I owo TAM jest jego stałym miejscem pobytu. A Warszawa to miejsce tymczasowe. Zero związku, zero zobowiązań. Słoik wstawiony chwilowo na półkę z napisem „Warszawa". Magda była już na dobre zakorzeniona. A Słoiki lubiła za poczucie humoru i nieczarowanie, że wszyscy ludzie w stolicy to warszawiacy.

Kiedy weszła do środka, od razu zauważyła drobną, ciemnowłosą i ruchliwą dziewczynę przy stoliku pod oknem. Nie zastanawiając się, podeszła do niej.

– Magda Miłowicz. Jesteśmy umówione.

Kama spojrzała na nią uważnie i z życzliwym uśmiechem podała jej rękę. Magda źle znosiła uścisk omdlałych dłoni; przypominało jej to macanie meduzy. Na szczęście uścisk Kamy był mocny i konkretny. Jej krótko ostrzyżone jedwabiste włosy tworzyły niesforną ciemną ramę dla czoła i policzków, a drobna twarz potęgowała wrażenie młodości. Z kolei lekkie pajączki w kącikach oczu zdradzały, że może mieć już trzydzieści lat, w porywach do trzydziestu paru. Do luźnego, miętowego swetra z bawełnianej dzianiny założyła kremowe rybaczki z małym, klasycznym rozcięciem na dole nogawki. Różowe espadryle współgrały z podobnej barwy workowatą torbą. Na stoliku przed nią leżały okulary przeciwsłoneczne w rogowej oprawce. Zero biżuterii. Albo była skromna, albo tak pewna siebie, że nie potrzebowała niczego więcej do uwodzenia świata. Śladowy makijaż wskazywał raczej na to drugie, bo nawet bardzo pewna siebie kobieta na spotkanie z nieznajomą stara się dodać sobie urody. To stara, potwierdzona badaniami prawda: kobiety ubierają się dla innych kobiet. Mężczyznom czasem pozwalają się rozebrać. Albo kobietom.

Magda od razu oceniła siostrę Orlika pozytywnie. Może dzięki temu bezpretensjonalnemu uśmiechowi. Nie wyczuwała niczego sztucznego czy podejrzanego, żadnej pozy. Wrażenie mogło być jednak błędne. Magda z natury była idealistką, dlatego łatwiej było jej uwierzyć w te lepsze cechy natury ludzkiej. Złe zdarzało jej się wypierać.

– Wiem, że mój głupi brat ma kłopoty. – Kama przeszła do sedna, kiedy tylko kelner postawił przed nimi szklanki z wodą.

– Głupi? – Magda nie spodziewała się tak bezceremonialnego podejścia do sprawy. Facetowi groziło wieloletnie więzienie i utrata prawa do wykonywania zawodu. Infamia. Kraty i koniec lekarskiej kariery. A jego siostra luzacko nazywała go głupim?

Magda uznała, że pierwsze wrażenie, choć niezwykle sympatyczne, musiało być mylne. Z takim nastawieniem do problemów brata Kama była mało przydatnym świadkiem w sądzie. Niefrasobliwość w jej głosie pozwalała przypuszczać, że na sali sądowej mogłaby wypalić jakimś mało wybrednym żartem z zagrożenia, jakie zawisło nad Orlikiem. Niestety. Spotkanie, które jeszcze parę minut temu zapowiadało się nader obiecująco, teraz stało się niepotrzebną stratą czasu.

Magda zaczęła myśleć, jak tu się urwać. Zamarzyła o telefonie od któregokolwiek z przyjaciół. Udałaby wtedy, że ktoś ją wzywa w pilnej sprawie. W ostateczności sama mogła włączyć sygnał telefonu i udawać, że rozmawia, ale w tak bliskiej odległości od rozmówcy i przy aktorskich umiejętnościach Magdy było to niewykonalne. Dla Magdy. Za to Agata potrafiła tak manewrować telefonem, że nikt, nawet siedząc tuż przy niej, nie wiedział, kto dzwoni i czy dzwoni. Jeśli ona tego nie chciała.

– Możemy sobie mówić na ty? – zapytała Kama.

Prawniczka zgodziła się skinieniem głowy. W sumie było jej wszystko jedno, jak siostra Orlika do niej mówi. I tak nic z tego nie wyjdzie.

– Super – ucieszyła się Kama. – Mój brat jest najbardziej wkurzającym facetem na ziemi. Kocham go, ale jednocześnie nie znoszę za to, że jest tak kretyńsko honorowy. Wiesz, on uważa, że nie musi się bronić, bo prawda i tak wyjdzie na jaw. I go obroni. Idiota! – skwitowała i sięgnęła po szklankę. Upiła łyk wody.

Magda poczuła się zagubiona w swoich ocenach. Na tyle, że postanowiła poczekać na rozwój wypadków.

– Co masz na myśli? – zapytała.

Nie pokazać swoich emocji, za to pozwolić drugiej stronie się wygadać – sprawdzało się to setki razy. Proste pytanie zmuszało rozmówcę do precyzyjnego wyłożenia swoich racji, a tym samym dawało Magdzie szansę na trafniejszą ocenę jego intencji. Nie tym razem.

– Ale co? Czego nie zrozumiałaś? – odpowiedziała pytaniem Kama.

Wyraz jej twarzy nie pozostawiał wątpliwości. Szczerość, otwartość, uczciwość. Niczym deklaracja narodów. Nie górnolotne pustosłowie, tylko najwyższej rangi akt absolutnego zaufania. Ktoś taki mógł zrobić wrażenie na sądzie. Może jednak warto zaryzykować? A nawet trzeba, bo wobec zebranych dowodów prokurator miał wyrok w kieszeni. A także zapewniony solidny byt medialny, co przekładało się na przyznawane sprawy i całą resztę prokuratorskiego sukcesu. Włącznie z szansą na awans do centrali.

Były momenty, kiedy Magda też uważała Orlika za winnego. Przyszedł, użył przemocy, zgwałcił, uciekł. Prosty scenariusz. Zero wątpliwości. Na pewno? A co z *Trzema kolorami* Kieślowskiego? Te trzy filmy zrobiły dla Europy więcej niż wszystkie traktaty. Traktaty pokazują to, co wspólne, obowiązujące, uniwersalne. A *Trzy kolory* pokazały to, co odrębne. Co wyłamuje się z obrazka i nie pasuje do wzoru. Mimo to widzowie w całej Europie, oglądając je, czuli dokładnie to samo. Kieślowski znalazł wspólnotę w różnorodności. To był triumf filmu i życia nad polityką. Polityka zawsze próbuje równać, uśredniać, spłaszczać. Ograniczać. Centralizować. I prędzej czy później zaciska pętlę na szyi w brutalnym przekonaniu, że jest tylko jedna racja. Tymczasem życie, historia i zwykłe ludzkie doświadczenie pokazują, że racji jest wiele. To w tej różnorodności jest piękno i sens świata. Trzeba tylko otworzyć oczy.

Magda spodziewała się, że Kama ma jakiś pomysł na uratowanie brata. Że pomoże udowodnić przed sądem, że szarpanina Orlika z drzwiami ma zupełnie inne wyjaśnienie niż to, które narzuca prokurator ze swoją jedynie słuszną racją.

– Myślałam, że skoro chciałaś się ze mną spotkać… Masz pomysł, jak można mu pomóc?

– Nie mam – odparła Kama. – To ty znasz się na prawniczych sztuczkach. Ja jestem tylko siostrą Marka i znam go aż za dobrze. O niektórych jego cechach wolałabym nie wiedzieć. Ale bardzo nie chcę, żeby go skazali za to, czego nie zrobił.

Przecież jej tam nie było. W ogóle jej nie było. Jeszcze niedawno nie istniała – ani jako człowiek, ani jako siostra, bo Orlik nawet nie zająknął się o rodzinie.

– Skąd wiesz, że tego nie zrobił? – W Magdzie po chwilowym oszołomieniu obudził się prawnik.

Emocje na bok, czas na konkret i fakty. Wcale tego nie lubiła. Często współczuła swoim klientom lub ich świadkom, gdy musiała zadać im te wszystkie, bywało, że piekielnie niekomfortowe pytania. Nie lubiła. Ale musiała to robić. Żeby ich bronić i uzyskać korzystny wyrok. Żeby niczego nie przeoczyć. Nie zostawić stronie przeciwnej niczego, co można by wykorzystać. Czym można zaskoczyć. Pogrążyć. Dla dobra klienta Magda za każdym razem próbowała poznać szczegółowo jego sytuację, a potem ustawić się w roli prokuratora albo adwokata drugiej strony i przejść przez pole minowe wszystkich zarzutów i podejrzeń.

Kama zdecydowanie pokręciła głową. Jednocześnie jej ręce spokojnie spoczywały na brzegu stolika. Żadnych nerwowych ruchów palcami, żadnego zaciskania pięści. Spokój i pewność siebie.

– Nie wiem, co zrobił, bo mnie tam nie było. Za to wiem, że Marek nigdy, przenigdy nie skrzywdziłby drugiej osoby. Niezależnie od tego, kto to jest. On... On nie potrafi krzywdzić. – Kama westchnęła, jakby nieumiejętność krzywdzenia była wstydliwą wadą.

– To nie jest argument, którego można użyć w sądzie. Tam liczą się fakty. – Powoływanie się na wiarę rodziny w niewinność oskarżonego, na przekonanie przyjaciół, współpracowników, kochanek, sąsiadów czy kumpli, że nie zrobił tego, za co jest sądzony, miało długą sądową tradycję argumentów, których nikt nie bierze pod uwagę. Ale w desperackiej próbie rzuca się je na stół. Walczyć trzeba do końca. – Zwykle – dodała Magda.

– Faktem jest, że on się nie broni. Chcesz wiedzieć dlaczego?

Magda skinęła głową. Tak, to mogło pomóc. Trzeba pokazać, jakim Orlik jest człowiekiem. W opozycji do potwora, którego będzie pokazywał prokurator.

– Żona zdradzała Marka na długo przed wyjazdem do Tajlandii. Nawet się z tym szczególnie nie kryła. Im bardziej był wyrozumiały, tym bardziej robiła się bezczelna. Nigdy nie podniósł na nią ręki. To kolejny fakt. Nasza matka była alkoholiczką. Ojciec ją zostawił. Nie przejmował się nami za bardzo, ale płacił alimenty. Matka miała za co pić i za co stawiać gachom. Budziliśmy się czasem w środku nocy, kiedy próbowali jej zwinąć ostatnie pieniądze. A to było nasze śniadanie, obiad czy wycieczka szkolna. Marek nigdy nie powiedział jej złego słowa. Wystarczy? Matka nie żyje, zapiła się na śmierć. Nie może zeznawać. A ja… – Zawahała się.

– Ty możesz i powinnaś – Magda wpadła jej w słowo. – Nie przekonamy sądu, że tego nie zrobił. Nie wiemy, co się stało. Możemy jednak podważyć pewność prokuratury, że twój brat jest złym człowiekiem.

– On by mnie zabił – oznajmiła Kama. Bez strachu. To była tylko smutna konstatacja, że nie będzie jej dane pomóc bliskiej osobie. – Metaforycznie – dodała na widok miny prawniczki. I dokończyła: – A gdyby się dowiedział, że się z tobą spotkałam… Obiecaj, że mu nie powiesz.

To miłe, że Kama, nie znając jej, założyła, że można zaufać jej słowu. Tylko że kompletnie nieprzydatne. Magda miała obiecać, że nie spróbuje bronić swojego klienta wszystkimi możliwymi środkami?

– Obiecuję – odpowiedziała, chociaż nie powinna się na to godzić. Powinna zaprotestować. Namawiać Kamę, żeby zmieniła zdanie. Żeby przekonała Marka do zmiany zdania. Tymczasem przytaknęła, jakby chodziło o coś zupełnie nieważnego. Jakby Kama prosiła, żeby Magda przy okazji pozdrowiła jej brata. Zgodziła się wbrew interesowi klienta. I wbrew swojej ambicji. Jej celem zawsze było wygrać. Choćby częściowo, poprzez zmniejszenie wyroku. Co spowodowało, że się zgodziła? Kama była przecież obcą kobietą. Co Magdę obchodziło, że brat będzie miał do niej pretensje? Dlaczego uznała, że powinna uszanować jego żądanie? Gdyby to był ktoś bliski, ktoś z jej przyjaciół, to byłoby zrozumiałe. Teraz było za późno. Magda dała słowo. Pech chciał, że była prawniczką, która dotrzymuje słowa.

– Marek ma nadzieję, że jeśli nie będzie się bronił, proces przebiegnie bez rozgłosu i szybko się skończy – mówiła dalej Kama. – Nie wiem, co było między nim a tą kobietą. I czy coś było. Ale mogło być. Kobiety zawsze na niego leciały. – Widocznie nieraz wyciągała brata z tarapatów.

– To się nie przyda. Wyjdzie na podrywacza. – Nie miało sensu rozmywanie odpowiedzi w miękką, bezbolesną papkę. Magda stosowała to tylko wobec klientów o wyjątkowo słabej kondycji. A Kama na pewno nie była słaba.

– Marek opiekował się też kilkoma znanymi kobietami. Z jedną z nich nawet przez chwilę się spotykał, ale kiedy ich zdjęcia pojawiły się na jakiejś plotkarskiej stronce, zerwał z nią. Teraz boi się, że media skojarzą jego nazwisko z celebrytką, zaczną grzebać i dotrą do rodziny. A Marek ma córkę, która wychowuje się w moim domu. Co będzie, gdy jakiś dziennikarz zapyta ją, jak to jest być córką gwałciciela? Bo według Marka media natychmiast rzucą się na nią z tym pytaniem.

W głosie Kamy pobrzmiewała drwina, ale Magda wiedziała, że nie ma takiego newsa, którego nie da się kupić. Etyka dziennikarska była już prawie wyłącznie kwestią ceny. Niestety. Czasem tylko trzeba dłużej poszukać dostawcy.

– Rzucą się. Bez wahania. – Nawet nie siliła się na miły ton. Rzeczowa informacja. To nie był etap, kiedy można cokolwiek owijać w bawełnę. Albo w sreberko.

Kama spojrzała na prawniczkę ze zdziwieniem, a na dnie jej oczu pojawił się strach. Magdzie nie o to chodziło. Chciała tylko ostrzec siostrę Orlika, uświadomić ją, rozwiać różowe chmurki jej optymizmu. Świat z jego pazernym pożądaniem newsów nie ma litości i nawet nie próbuje udawać, że ją ma. Nie jest mu to do niczego potrzebne. Gwiżdże na etykę czy przyzwoite zachowanie. Moralność jako niewolnica politycznych trendów od dawna nie ma wiele wspólnego z przyzwoitością. Mówi się, że mamy epokę postmodernistyczną. Magda uważała, że to epoka „postmoralna". Epoka, która nastąpiła po upadku moralności – takiej, która uznawała prawdę obiektywną za dobro wyższe od pragmatycznego kłamstwa. Teraz kłamstwo przestało już być kłamstwem w dawnym znaczeniu tego słowa. Najpierw stało się interpretacją, by zaraz potem przeobrazić się w prawdę nowych czasów. Mimo że nadal, w swej istocie, było kłamstwem.

To wszystko Magda próbowała wyjaśnić Kamie. Żeby nie pozostawiać jej w złudzeniu, że ich spotkanie w czymś pomoże. Nie mogło pomóc, bo gra toczyła się o wrażenie, jakie Marek zrobi na sądzie. On i jego świadkowie. Potrzebował ludzi, którzy pokażą życzliwego i pomocnego, nawet jeśli czasem gburowatego lekarza. Przyjaciela i brata. Nie potrzebował ludzi, którzy się w tym sądzie nie pojawią.

– Ale... – Kama zamilkła. Zrozumiała, że jej dobre chęci niczego nie załatwią. Że tymi chęciami naprawdę jest wybrukowane piekło. I tyle z nich pożytku.

– Pomożesz mu, jeśli zgodzisz się zeznawać w sądzie.

– On się nie zgodzi. Nigdy.

Magda rozłożyła bezradnie ręce. Prawnik ma pomagać, doradzać, podpowiadać, ale decyzje zawsze należą do klienta. Skoro tak chciał Orlik, miał do tego prawo.

Adwokat nie jest terapeutą. To zdanie powinno wisieć na drzwiach wszystkich kancelarii świata. A przynajmniej w tych krajach, gdzie psychoanaliza i terapie nie są jeszcze dostatecznie popularne. Adwokat nie jest po to, żeby podstępem wyciągać z klienta prawdę, tylko po to, żeby znaleźć najskuteczniejszą drogę obrony. Albo ataku. Adwokat nie ma czasu, żeby rozgryzać zagadki i zastanawiać się, czy wersja klienta jest prawdziwa. Nie jest też od tego, żeby klienta oceniać. Adwokat to nie ksiądz, który rozgrzesza albo i nie, zależnie od tego, co usłyszy. Ksiądz nie bierze pod uwagę okoliczności łagodzących. Tymczasem adwokat może sądowi wiele wytłumaczyć, doświetlić, dopowiedzieć... Dlatego tak ważne są przygotowanie, zaufanie i otwartość obu stron.

Magda nigdy nie okłamywała swoich klientów. I czasem ich przez to traciła. Woleli usłyszeć gładkie kłamstewka Bartka niż rzetelną prawdę Magdy. Zdarzało się, że po przegranym procesie przychodzili do niej skruszeni z prośbą o pomoc przy apelacji. Dlatego tak bardzo uczulała ich wszystkich na szczerość, w zamian gwarantując dyskrecję. Miała nadzieję, że pozwolą jej zajrzeć za kulisy, zobaczyć, kto i jak pociągał za sznurki, a w efekcie ocalić ich skórę. Niełatwe zadanie. Przecież do prawnika nie przychodzi człowiek, który nie ma problemów. Ani nic do ukrycia. Z takimi na ogół prawnicy nie mają do czynienia. Za to z krętaczami wszelkiej maści – bez przerwy.

Czy Kama ściemniała? Czy to było tylko przedstawienie, czy rzeczywiście tak bardzo przejmowała się losem brata? Chciała mu pomóc czy tylko skomplikować współpracę z prawnikiem? Właściwie Magda nie była nawet pewna, czy Orlik naprawdę ma siostrę. Kim właściwie była ta kobieta? I jak Magda miała to sprawdzić? Pokręciła głową nad własną głupotą. Od czego są media społecznościowe?

Bardzo prywatny profil na Facebooku. Tylko imię, nazwisko i zdjęcie profilowe – chyba z wakacji, bo w letnim kapeluszu z szerokim rondem i dużych ciemnych okularach. Prześwietlone słońcem. Tak naprawdę wcale nie było łatwo rozpoznać kobietę, z którą spotkała się Magda. Nazwisko się zgadzało. Zdjęcie w tle przedstawiało jakiś bajeczny ogród. Wydawało się, że takie miejsca istnieją tylko na starych ilustracjach do książek albo w grach o wysokiej rozdzielczości. Poza tym żadnych informacji na temat miejsca zamieszkania, zajęcia. Znajomi też byli ukryci. Tajemnicza siostra. Podobnie jak brat. Jeśli to była jakaś ich gra, Magda nie chciała się w nią bawić.

Gdyby Kama przyszła i oznajmiła, że chce zeznawać na korzyść Orlika, wtedy to spotkanie miałoby jakiś sens. Tymczasem ona nie dość, że nie chciała brać udziału w procesie, to jeszcze nalegała, żeby Magda zachowała ich spotkanie w tajemnicy. Przed Orlikiem. Jeśli chciała w ten sposób utwierdzić prawniczkę w przekonaniu, że jej brat jest niewinny, to skutek był dokładnie odwrotny. Mecenas Miłowicz miała teraz więcej wątpliwości niż przed spotkaniem.

Wyszła z Sebastianem z kina. Oscarowy *Spotlight* zrobił wrażenie na obojgu. Obejrzeli go długo po premierze, na przeglądzie filmów Marka Ruffalo, aktora, który zajmował poczesne miejsce w Sebastianowym kanonie przystojniaków.

– Wiesz, jak to zapowiedzieli w publicznej? Film o pedofilii w Bostonie. – Sebastian był głęboko oburzony. – W Bostonie! Równie dobrze mogli powiedzieć, że to historia dziennikarskiego śledztwa. Koniec. Niestety, proszę państwa, to film o pedofilii w Kościele i o próbach jej ukrywania.

– Wiem, przed chwilą go widziałam. – Nie chciała, żeby to zabrzmiało sarkastycznie. Sebastian mówił to już przed seansem. Magda uważała, że za bardzo się emocjonuje. Do 2013 roku kościoły w USA wypłaciły ofiarom prawie trzy miliardy dolarów odszkodowań. Śledztwo zapoczątkowało lawinę, a ta przyniosła zadośćuczynienie znacznej części pokrzywdzonych. Rzeczywiście temat był skrzętnie ukrywany nie tylko przez hierarchów kościelnych, lecz także przez lokalne społeczności oraz władze na każdym szczeblu. Cicho sza. Coś dla hipokrytów.

– A jakby przyszedł do ciebie taki ksiądz, broniłabyś go? – Sebastian znał Magdę i wiedział, że potrafiła oddzielić prywatne od zawodowego. Nawet jeśli czasem współczucie naruszało tę granicę. Wiedział też, że Temida ma zasłonięte oczy nie bez powodu. Nie może kierować się powierzchownym sądem ani poszlakami. Stanem, wyglądem ani zasobnością. Tylko twarde dowody. Tylko fakty. A skoro tak, prawo do obrony miał każdy obywatel. Co wcale nie czyniło zawodu adwokata łatwym ani przyjemnym. – Broniłabyś – odpowiedział sam sobie. Oskarżycielski ton zabrzmiał zbyt wyraźnie, żeby Magda mogła to zignorować.

– Wiesz dlaczego, Sebuś. – Nie chciała się z nim spierać o imponderabilia. Nie po filmie, który otwierał nóż w kieszeni.

– Ślepa Temida. Wiem. Ale tacy ludzie nie powinni mieć prawa do obrony – gorączkował się.

– Każdy ma. Na tym polega wielkość Temidy, że nie kieruje się emocjami. Liczą się fakty. To, co się stało i co można udowodnić. Wtedy i tylko wtedy można kogoś skazać. Za podejrzenia i pomówienia nie można.

– A jeśli taki będzie wszystkim wokół wmawiał, że to dziecko go sprowokowało? Przecież tak mówią!

– Na to też trzeba mieć dowód. Zasady są takie same dla obrońców i oskarżycieli. Sąd zauważy krętackie usprawiedliwienia, ale też nie będzie rozpatrywał sprawy, w której ktoś bez dowodów próbuje kogoś oskarżyć. Zresztą, przecież ty to wszystko wiesz. – Magda zirytowała się.

– Ślepa ta sprawiedliwość.

– Ślepa na pomówienia, na kłamstwa, manipulacje, potwarz i oszczerstwo. Ale, jak wiemy, nic nie jest idealne. Czasem Temida błądzi. I uniewinnia winnego albo skazuje niewinnego – tłumaczyła cierpliwie.

– Mam nadzieję, że nigdy nie będziesz broniła takiego skurwysyna, bo nie wiem, czy to zniosę. – Sebastian nie odpuszczał.

Chciała odciągnąć jego myśli od tej hipotetycznej sytuacji. Z drugiej strony powinna mu przypomnieć, jakie wyznaje zasady. Na wszelki wypadek.

– Mogę dostać taką sprawę z urzędu. Moi koledzy w takich przypadkach próbują lawirować, wykręcać się i oszukiwać. Dobrze wiesz, że tak nie umiem. Jeśli to spadnie na mnie, trudno. Postaram się, żeby to był uczciwy proces. I zapadł odpowiedni wyrok. Niezależnie od tego, jak bardzo brzydzę się oskarżonym i współczuję ofierze. Albo odwrotnie.

W sprawach zawodowych Magda zawsze była niezwykle zasadnicza. I pragmatyczna. Prawo, wbrew temu, co sądzi większość ludzi, nie jest płynną substancją, którą można umieścić w dowolnym naczyniu, twierdząc, że tylko ono nada mu właściwą formę. Prawo nie jest podatne na interpretację. Prawo to konkret. Nieważne, czy to kodeksowe europejskie, czy to zwyczajowe amerykańskie. Zawsze odnosi się do konkretu – paragrafu lub podobnej sprawy. To jednak nie znaczy, że jest nieomylne. To oznacza tylko, że zawsze, w każdych, nawet najstraszniejszych czasach jest konkretne i jednoznaczne. Nawet wtedy, gdy chodziło o ukaranie demonstrujących na ulicach kobiet tylko dlatego, że chciały uzyskać prawo do głosowania, czyli domagały się uznania siebie za pełnoprawne obywatelki. Skazując je na więzienie, sędzia działał zgodnie z prawem. Niestety. Nawet wtedy, gdy w hitlerowskich Niemczech można było wsadzać ludzi do paki za dowcip o Führerze. Podobnie jak o Stalinie – we wszystkich krajach bloku wschodniego.

Prawo zawsze działa według stanowionego przez władzę kodeksu, który nakłada ramę na orzekanie. Odtąd dotąd. Za to i za to. Tyle, ile się należy. Działa w sposób bezwzględnie logiczny. Jeśli według kodeksu karane ma być gwizdanie w łazience podczas golenia, to będzie. O ile zostanie komuś udowodnione. Jeśli karane ma być myślenie o niebieskich migdałach, udowodnienie tego staje się absurdalne. Ale jeśli zostanie przeprowadzone, nikt nie uniknie kary. W demokracji prawo jest nastawione na dobro obywatela. Tak mówią przepisy, tak nakazuje etyka prawnicza. Ustroje totalitarne wcale nie muszą się do tego stosować. Wystarczy, że zmuszą prokuratorów i sędziów do działania zgodnie z interesem partii. Tyle że wtedy to już nie jest prawo, tylko manipulacja, oszustwo – krótko mówiąc: bezprawie.

Szli z Kinoteki do samochodu Sebastiana zaparkowanego od strony Teatru Dramatycznego. Był ciepły letni wieczór. Na placu przed głównym wejściem do pałacu stało kilkanaście food trucków.

– Nie jesteś głodny?

Sebek miał słabość do wegańskich burgerów. To dawało szansę na odwrócenie jego myśli od filmu, Temidy i trudnych spraw. Przez żołądek do spokoju.

Dziesięć minut później siedzieli na składanych krzesełkach. Oboje zdecydowali się na burgery z buraków, humusu i rukoli. Słuszna decyzja.

– Rusłan się nie pojawił? – zapytała Magda po kilku kęsach.

Sebastian milczał, zajęty jedzeniem.

– No, mów! – Ponagliła go.

– Pojawił... – Zaczął i zabrzmiało to wyjątkowo ponuro.

Dokładnie dwa dni wcześniej Sebastian miał sesję do jakiegoś magazynu. Spieszył się, wziął więc z mieszkania od razu cały sprzęt. Torby z aparatami, statywy, blendy. Na szczęście drabinę woził w samochodzie, ale i tak było tego dużo. Kiedy zamykał drzwi, oparte o ścianę statywy przechyliły się złośliwie i zjechały po schodach z przenikliwym łoskotem. Sebastian zaklął siarczyście, przekręcił klucz w drzwiach, zarzucił torby na ramię i już sięgał po blendy, kiedy usłyszał nad sobą:

– A co wy się tak rozwalacie? – To Rusłan-Avigdor-Patinkin patrzył na niego ciemnymi oczami i szczerzył zęby nad gołym torsem.

Sebastian zaniemówił, także z wrażenia na widok rzeźby sąsiada. Typowe dla chłopaków z mafii: siłownia, mięśnie, przemoc, krew na rękach, poderżnięte gardła. Mignęły mu przed oczami ofiary zakopane w lesie, skatowane przydrożne prostytutki, porwane dla okupu dzieci w starych fabrykach. Wszystkie te koszmary, o których czyta się codziennie w serwisach.

Dlaczego Sebastian nagle zobaczył w Rusłanie potwora? Żeby łatwiej ukryć swoje zainteresowanie. Musiał go sobie obrzydzić – tak było bezpieczniej. Dzięki temu Rusłan nie dostrzeże w jego oczach pożądania, tylko rezerwę. A ona pozwoli Sebastianowi się nie zdradzić. I być może zachować życie. Chyba że Tuhajbejowicz jest tak naprawdę bohaterem, który ma zniszczyć ormiańską mafię od środka. I potrzebuje jego pomocy. A kiedy już wyzwoli Armenię z łap szajki, wdzięczne państwo wprowadzi prawo równościowe i wezmą ślub na największym placu Erywania. Aha, na pewno! Bajki to Sebastian opowiadał sobie przez całe życie. Pora z tym skończyć!

– Samo poleciało – wykrztusił wreszcie z siebie jakże błyskotliwą odpowiedź.

Skrzywił się z politowaniem do swoich myśli. Ciągle sobie obiecywał, że z tym zerwie. Nauczy się twardo stąpać po ziemi. Skończy z rojeniami o miłości, która potrwa dłużej niż kilka kolacji i nocy. Parę seansów filmowych, jakiś teatr, wystawa. Na koniec wieczór w klubie, gdzie niedoszły partner na całe życie zniknie bez słowa, bo ktoś spojrzał na niego tak, że nie mógł się oprzeć. Co prawda Sebastian miał też na koncie związki, które nie kończyły się zdradą, ale to zawsze on inwestował w nie więcej wysiłku niż druga strona. Na dłuższą metę przynosiło to więcej goryczy niż satysfakcji.

Gorzka mina nie umknęła uwadze Rusłana.

– Ja skazał głupotu? – próbował zgadnąć.

Sebastian zakaszlał, żeby zakryć swoje zakłopotanie. I żeby Rusłan nie zaczął się domyślać powodów jego zachowania. A już na pewno, żeby nie odgadł, o czym Sebastian myślał wcześniej.

– Nie, skąd! Wszystko w porządku – zapewnił skwapliwie w nadziei, że jego głowa nie zostanie znaleziona w krzakach nad kanałem Żerańskim. A ciało nie spłynie Wisłą, by nigdy nie zostać znalezione. To znaczy, zostanie. Za trzysta lat. Kości w mule. Ciekawostka dla archeologa z roku 2316... No, ty piekielna wyobraźnio, odwal się! Sebastian zagryzł usta.

Teraz Rusłan patrzył na niego podejrzliwie.

– U ciebie choroba? Źle czujesz?

Świetnie, tylko tego brakowało, żeby Rusłan zaczął go leczyć i naszprycował narkotykami. Doprowadzi go do uzależnienia, a potem do ruiny, sprzedając mu kokę za coraz wyższe stawki. Żyć, nie umierać!

– Nic, nic. Po prostu spieszę się na sesję, do pracy. I wszystko mi leci z rąk... Sorry, już ogarniam. – Chciał jak najszybciej zbiec po schodach i tym sposobem przerwać tę kłopotliwą sytuację.

Wyobraźnia pomaga artystom przemieniać rzeczywistość w sztukę. Zdjęcia Sebastiana znajdowały uznanie na wielu wystawach, sprzedawały się za przyzwoite kwoty, zdobywały prestiżowe nagrody. Jego nazwisko było gwarancją jakości i artyzmu. I emocji. Na czym to polegało? Magda doszła do tego dawno temu, kiedy siedzieli na Polu Mokotowskim, oglądając zrobione przez Sebka zdjęcie. Fenomen tych fotografii polegał na czymś bardzo prostym, choć trudnym do uchwycenia. Sebastian lubił ludzi. I to było widać na jego zdjęciach. Patrząc przez wizjer, zawsze szukał w fotografowanej osobie czegoś miłego, dobrego, sympatycznego. Czegoś, co przybliża, a nie oddala. Co powoduje, że chcesz wiedzieć o tej osobie więcej. Skąd to jasne spojrzenie, skąd w tej twarzy tyle radości, skąd w tych oczach takie ciepło? Skąd światełko? Wyobraźnia za każdym razem podpowiadała mu jakieś pozytywne scenariusze. Niestety, ta sama wyobraźnia okazywała się czasem życiowym balastem, kijem wsadzonym w szprychy i ogniem w tunelu.

– Pomogu – oznajmił po prostu Rusłan.

– Nie, nie, nie. Naprawdę... – próbował oponować Sebastian, ale było już za późno.

Rusłan jedną ręką chwycił pokrowiec z blendą, a drugą położył na ramieniu Sebastiana i popchnął go w dół. Na półpiętro. Do futerału ze statywem.

– Idzi, idzi. Ja poradzę – usłyszał Sebastian, sięgając po statywy i grzecznie schodząc po schodach.

Nie obejrzał się za siebie ani razu. Nie mógł. Siła bijąca od tego mężczyzny wydawała się tak potężna, tak bezkompromisowa, że nie było sensu podejmować jakiejkolwiek dyskusji. Należało się podporządkować, po czym zniknąć z nadzieją, że już nigdy nie dojdzie do spotkania. I zapomnieć. Amen.

Fotograf pośpiesznie otworzył bagażnik i wrzucił torby z aparatami i obiektywami obok drabiny. Dopiero wtedy się odwrócił.

– Dzięki. – Wyciągnął ręce po blendy i statywy.

Rusłan podał mu je bez wahania z czymś w rodzaju szacunku.

– Ty rabotajesz w fotografii?

– Jak ktoś potrzebuje. Takie życie. – Sebek czuł, że robi z siebie idiotę. Nie wiedział tylko, czy to samo czuje Avigdor-Patinkin. Może jest zbyt pochłonięty planowaniem kolejnych zbrodni, żeby zauważyć kretyńskie zachowanie Sebastiana? Może ta sąsiedzka pomoc, ten ludzki odruch to tylko gra i przykrywka dla wielu przestępstw, które z pewnością ma na sumieniu?

Sebastian zapakował już wszystko do bagażnika, więc odwrócił się znowu do Rusłana, żeby rzucić szybkie podziękowanie. Wtedy zobaczył jego lekko przechyloną głowę i wzrok wbity w jakiś punkt we wnętrzu samochodu.

– *Bulwar*! Poslednij film Robina Williamsa. Znaju. Pedalska istorija.

Sebastian w panice obejrzał się za siebie. No tak, w bagażniku obok drabiny leżało DVD, które zapomniał zabrać do domu. I postawić na półce w kolekcji filmów i seriali z wątkami LGBT.

– Too? Aaa… Nie wiem, nie widziałem. Ktoś mnie prosił, żeby to przekazać znajomemu, ale zapomniałem. Chyba mogę wyrzucić… – Sebastian miał dość. Siebie, swojej wyobraźni i Rusłana w tej historii. Nie chciał już tego ciągnąć. Jeszcze bardziej nie chciał, żeby Rusłan zaczął go katować, wyzywać i opluwać. Bo kiedy Ormianin zacznie, tamy puszczą i w jego ślady pójdzie reszta kamienicy. A wtedy pozostanie tylko sprzedaż mieszkania. Ze stratą, bo przecież od pedałka łatwo kupić taniej, jak mu się zrobi koło pióra… I zamiast swoich ukochanych siedemdziesięciu metrów na Pradze będzie musiał pokochać czterdzieści na Białołęce.

– Posmotri. Choroszeje kino – rzucił Rusłan i poszedł.

Sebastian patrzył za nim, póki ten nie zniknął w klatce. Co to miało być? Co to, do cholery, było?

Magdzie sytuacja wydawała się jasna i czytelna. Nie żeby porządnie odżywiona burgerem dostała jakieś dodatkowe moce. Po prostu chciała, żeby Sebastian był szczęśliwy. A poza tym nie zamierzała wracać do dyskusji o Temidzie.

– Uważaj na niego – powiedziała i puściła do fotografa oko, ale ten, pogrążony we własnych myślach, tego nie zauważył.

– O matko. Tak myślałem. Wjedzie mi na chatę z ganem i mnie rozwali. A zanim ktoś wezwie policję, będzie dawno po drugiej stronie granicy.

Magda wiedziała, że Sebastian żartuje. Po części. Wyceniła ją na jakieś trzydzieści procent. Reszta to była asekuracja wynikająca z wielu przeszłych rozczarowań i z obawy przed następnym. Nawet jeśli w wyobraźni Sebek stworzył sobie obraz Rusłana jako człowieka mafii, to w rzeczywistości chętniej by go zobaczył w roli swojego chłopaka.

– Nie rozumiesz. On na ciebie leci. – Spodziewała się spojrzenia pod tytułem „chyba cię Bóg opuścił", ale nie miała pojęcia, że to spojrzenie potrafi zabijać. Prawie. – Serio. Daj się sprawom rozwinąć, to zobaczysz.

Powiedziała to, chociaż gdzieś podskórnie czuła, że powinna myśleć mniej życzeniowo. To było silniejsze od rozsądku. Uważała, że Sebastian zasługuje na kogoś wyjątkowego. Kogoś, kto będzie się nim opiekował i pozwoli się opiekować sobą. Na co dzień, gdzie potrzebne są wzajemna życzliwość, troska i serdeczność. A nie wybuchy endorfin, po których godzinami nie można dojść do siebie. Rusłan po prostu podniósł statywy i blendy. Nic wielkiego, ale to znaczyło, że miał dobre odruchy. A skoro tak... może... kto wie?

Dotknęła pocieszająco ramienia przyjaciela. Ale on prychnął zirytowany:

– Skarbie, chyba Bóg cię opuścił.

– Dlaczego? Skąd wiesz, co w nim siedzi?

– Tysiąc procent heteryckiego testosteronu.

– I taki heterycki testosteron pochwalił film o facecie, który zostawia żonę dla innego faceta? – upierała się.

Bohater Williamsa wbrew całemu światu, a przede wszystkim wbrew własnej rodzinie, poszedł tam, gdzie go niosło, a nie tam, gdzie chciano go widzieć. Kto tego nie zna, niech pierwszy rzuci kamieniem. Czujesz, że wreszcie robisz to, co trzeba było zrobić już dawno. Wreszcie jesteś w zgodzie ze sobą. A spojrzenie w lustro pozwala ci zobaczyć dumną istotę. Oczywiście taka pycha może też skończyć się źle, bardzo źle. I czasem tak się kończy. Na szczęście tylko czasem.

– Czyli co? Mam faceta? – ironizował Sebastian.

W jego oczach Magda widziała kpinę i dystans wobec całej tej sytuacji. Ale gdzieś na samym dnie, tam, gdzie nikt oprócz naprawdę najbliższych nie sięga ani wzrokiem, ani sercem, czaiła się nadzieja, że przyjaciółka potwierdzi. Choć przypuszczenie było absurdalne, bo to, co wydarzyło się z Rusłanem, nie świadczyło absolutnie o niczym. Nawet tekst o dobrym filmie. Mógł pomylić tytuły. Mógł pomylić aktorów. Wszystko mógł. Magda jednak tak bardzo chciała, żeby Sebastian znalazł wreszcie kogoś na stałe, że gotowa była naginać fakty, kłamać i manipulować, byleby wreszcie poczuł się dobrze. Hipokryzja? Nie. Robiła to z miłości, a kochała go jak brata, przyjaciela, jak część własnego ciała. Dlatego chciała, żeby był szczęśliwy. Tym bardziej że ona czuła się szczęśliwa. Dzięki Szymonowi.

Jej chłopak wrócił właśnie do Szczecina, żeby zamknąć swoje sprawy i spłacić dłużnika. Zanim wyjechał, Magda wypłaciła z konta gotówkę i wręczyła mu kopertę. Kiedy jeszcze próbował się opierać, przekonała go pocałunkiem.

Teraz patrzyła na Sebastiana, jak przeżuwa ostatni kęs swojego burgera. I czeka na jej odpowiedź.

– Na razie nie masz. Pożycz od niego trochę soli albo cukru. Albo poproś, żeby potrzymał drabinę, jak będziesz zmieniał żarówkę. Kto wie, co się wydarzy? – zażartowała ostrożnie. Chciała mu dać nadzieję, jednocześnie nie dając fałszywej gwarancji.

– Dobrze wiesz co.

Pod tym względem byli z Magdą do siebie podobni. Nigdy nie radzili sobie w sytuacjach niespodziewanego flirtu. Reagowali albo zbyt zachowawczo, albo zbyt entuzjastycznie. Obie drogi prowadziły do katastrofy. Nawet ktoś naprawdę życzliwy z trudem znosił napady chichotu, nerwowe zwijanie serwetki w rulon i inne natręctwa. Wiedzieli o tym aż za dobrze. Czasem potrafili się nawet z tego śmiać. Typową reakcją Sebastiana na okazane mu zainteresowanie była panika. Galopada myśli. Jakiś głupi tekst na dobicie samego siebie. Z Magdą było podobnie. To Karolina i Agata zawsze wiedziały, co powiedzieć, kiedy robiło się intymnie. Pozostała dwójka zazdrościła im tej umiejętności. Niby z wiekiem powinno się to zmieniać… I zmieniało, ale za wolno. Co innego na gruncie zawodowym. Jedno i drugie w pracy było pewne siebie, zdecydowane i profesjonalne. Prywatnie? Dzikusy.

– Może on lubi dzikusów?

Ale ten żart nie rozbawił Sebastiana. Zgarnął ze stolika pudełka po burgerach, serwetki i butelki i wyrzucił je z rozmachem do kosza przy food trucku. Ruszyli do samochodu.

– Wiesz, czego bym chciał? Ale tak naprawdę? Chciałbym być przezroczysty. Żeby nikt mnie nie widział. Miałbym wszystko z bani. – W jego głosie pobrzmiewała gorycz.

– Może wyjedziemy gdzieś na parę dni? Porobisz zdjęcia w plenerze... Zapomnisz o Rusłanie.

– Nie chodzi o niego, tylko o całokształt. Jestem wkurzony na siebie za tę desperację. Nie znoszę tego w sobie.

– Desperacja to by była, gdybyś się rzucał na każdego przystojnego faceta. – Pocieszanie za pomocą żartu było ich stałą metodą. Na ogół działało.

– Raczej męska nimfomania. – Zaśmiał się gorzko. – Po prostu Rusłan, czy jak mu tam, obnażył moje egzystencjalne oszustwo. Samotność nie jest dobra. Tylko bywa. Muszę sobie dalej wmawiać, że to lepsze niż uganianie się za chłopakami po klubach albo szukanie łatwego seksu przez Grindra. Muszę. Inaczej szlag mnie trafi. Ale... – Zamilkł.

Stali już przy samochodzie. Magda objęła przyjaciela. Chwilę trwało, zanim się uspokoił.

– Poza tym, wiesz... – szepnął po chwili. – Już nie muszę się martwić o ciebie. Dlatego moje robaki wylazły na wierzch.

Odsunęła go i spojrzała mu w oczy.

– Dobra. Zapytam tylko raz. Mam rzucić Szymona? – Tym razem żart zadziałał. Sebastian się uśmiechnął.

– Ale ty głupia jesteś. – Uścisnął ją.

Po chwili, kiedy jechali Jerozolimskimi w stronę mostu Poniatowskiego, zapytał:

– Co zrobisz z Orlikiem?

Magda patrzyła przed siebie. Odpowiedziała dopiero po jakimś czasie:

– Złapię byka za rogi.

28

Spodziewała się, że byk grzebnie wściekle kopytem w trocinach, następnie okrąży arenę, zrobi nawrót i efektowną szarżą ruszy z opuszczonymi rogami prosto na nią. Była przygotowana na wrzaski, awanturę i odpieranie protestów. Czekała, aż Orlik nabierze powietrza, żeby naskoczyć na nią i jej podłe zamiary. Zamiast tego milczał. A Magda patrzyła, jak uchodzi z niego powietrze. Jak marnieje w oczach. Jak kurczy się i wewnętrznie zapada. Tak ludzie reagują na nagły cios. Nie na nadzieję. A ona przecież dawała mu właśnie nadzieję.

– Nie mamy za dużo możliwości. Niestety.

Lekarz naprawdę wyglądał, jakby ktoś spuścił z niego powietrze. Z całego organizmu jednocześnie. Naraz. Sru! Magda stwierdziła, że to idealny moment, żeby go przycisnąć. Teraz albo nigdy.

– Bardzo przyda nam się fakt, że ma pan siostrę i córkę. To ociepli pański wizerunek. Musimy działać PR-owo. Pokazać, że jest pan świetnym ojcem i bratem.

To był ten pomysł Magdy na złapanie byka za rogi. Równie prosty, jak ryzykowny. Bez żadnej gwarancji, że klient zrozumie jej intencje. Nie zaproponowała mu tego pod wpływem nagłego impulsu. Ani nie miała zamiaru dokonywać za niego wyboru. W tej chwili jej jedynym obowiązkiem było uświadomienie mu konsekwencji jego decyzji. Jakiekolwiek by były.

Wciąż milczał. Nie patrzył na nią. Jeśli nie podobało mu się, że poznała tę jego nie-wiadomo-dlaczego-tajemnicę, okazywał to co najmniej dziwnie.

– Sąd nie powinien zobaczyć zgorzkniałego, wściekłego na cały świat samotnika. Nie będę pana oszukiwać. Trzeba pomyśleć o zminimalizowaniu rozmiarów przegranej.

Siedzieli w gabinecie Magdy w kancelarii. Nadal był do jej dyspozycji. Nic się tu nie zmieniło od czasu, kiedy wyszła z niego prawie rok temu, żeby nigdy nie wrócić. No tak. Nigdy nie mów „nigdy".

Orlik wreszcie zareagował. Podniósł się.

– Dziękuję za pani wysiłki. Nie będę ich już potrzebować.

Na sekundę zaniemówiła. To było tak absurdalne, że naprawdę nie wiedziała, co powiedzieć.

– Mówiąc wprost, rezygnuję z pani pomocy. Do widz...

– Co takiego?! Pan rezygnuje? To ja powinnam zrezygnować z powodu braku współpracy. Ukrywania istotnych okoliczności. Mimo to wciąż próbuję...

– Proszę w takim razie zrezygnować – uciął spokojnie. Na zimno. Jak skalpelem.

– Wsadzą pana na dziesięć lat za brutalny gwałt. Sprawa będzie pokazowa. Prokurator na pewno zechce się wykazać, a sąd go poprze. Media będą ogryzać pana do kości. Chce pan skończyć w upokorzeniu i pokąsany przez tabloidy?

– Przyznam się i będzie po krzyku.

– Powinien mi pan powiedzieć o rodzinie, zamiast ukrywać prawdę. Żebyśmy chociaż mogli to omówić. Brak zaufania nie jest dobrym fundamentem współpracy. – Magda zorientowała się, że mówi za głośno. – Nie chcę mieszać w to pańskiego dziecka, ale siostra…

– W takim razie rezygnuję.

Magda opuściła bezradnie ręce. Orlik wyszedł z gabinetu, bezszelestnie zamykając za sobą drzwi. A ona długo jeszcze stała za biurkiem w zdumieniu.

– Nie rozumiem. Miałaś takiego klienta i zrzuciłaś go z widelca? – gorączkował się Bartek, krążąc między oknem a sofą, którą zajmowali Magda i Łukasz. – Chociaż nie. Rozumiem. Nie ty go zrzuciłaś, tylko on zorientował się, że nie ma co liczyć na wygraną! – Z zapałem zwrócił się do Wiktora: – Ostrzegałem cię lata temu, że to Jonasz. I burza nie ustanie, póki nie znajdzie się za burtą. No i co? Oczywiście miałem rację!

Magda z pozoru spokojnie sięgnęła po filiżankę z kawą, którą Kasia postawiła przed nią parę minut temu. Wobec swoich sprzecznych emocji wolała nie okazać żadnej. Z jednej bowiem strony była wściekła na Bartka, z drugiej – było jej żal Waligóry.

Bartek wyszedł, trzaskając drzwiami. Łukasz rzucił jej pocieszające spojrzenie.

– Magda, on tak nie myśli. To tylko takie złośliwe gadanie. Wierz mi. – Po czym spojrzał na Waligórę. – Zgadza się, szefie?

Wiktor się nie odezwał. Wyglądał na zmęczonego i zmartwionego. Magda pomyślała, że być może szef zgadza się z Bartkiem i zaraz zacznie szowinistycznie podważać jej profesjonalizm. Ale czy to ważne? Skończyła z adwokaturą. Nie miało znaczenia, co pomyśli czy zrobi Waligóra. Uznała jednak, że powinna się wytłumaczyć.

– Wiktorze, czego on nie zrozumiał? Mam mówić do niego wielkimi literami? Chciałam, żeby siostra Orlika ociepliła jego wizerunek, a przynajmniej była w czasie rozprawy w sądzie. Bliska osoba przejęta losem oskarżonego to jest jakiś atut. Nic wielkiego, lecz mogłoby coś zdziałać. Tymczasem nie mam kompletnie nic. Klient nie współpracuje.

Waligóra sięgnął do chińskiego kubka w smoki, zdjął pokrywkę, Wrzucił do wrzątku zawartość małej torebki. Zamieszał. Zapach dotarł do Magdy. To musiało być ohydne. Wiktor nawet się nie skrzywił i powiedział:

– Bartek wszystko zrozumiał, dlatego jest taki wściekły. Wie, że tracimy dobrego klienta, i wie, że nie zależało to od nas. Musiał się na kimś wyżyć.

– Nie na kimś, tylko na mnie!

– Na mnie też się czasem wyżywa – przypomniał Łukasz. – Taki już jest.

Magda uwielbiała Łukasza za dobre i szczere serce, ale czasem doprowadzał ją do szału. Nie można tłumaczyć wadą charakteru kogoś, kto stale krzywdzi innych.

– Jeśli tobie to pasuje, proszę bardzo, pozwalaj mu robić tak dalej. Ja nie mam zamiaru – wygarnęła mu.

Łukasz, jak to on, rzucił jej tylko nieśmiałe spojrzenie.

– Ja mu nie pozwalam. On mnie nie słucha. Co mam zrobić? Pozwać go czy pobić? – zapytał niewinnie.

Zawsze ją potrafił rozbroić. Jego podejście do życia było tak bezkolizyjne, że nawet Bartek nie potrafił wyprowadzić go z równowagi. A starał się każdego dnia, odkąd Łukasz pojawił się w kancelarii. I nic. Przez te wszystkie lata Łukasz był ponad to. To jeszcze bardziej wkurzało Bartka. Że nie może Łukasza niczym dotknąć. W świecie Łukasza, jeśli ktoś zachowywał się brzydko, świadczyło to o nim, a nie o drugiej stronie. Proste i skuteczne. Jeśli mówisz o mnie coś podłego czy ohydnego, wystawiasz świadectwo sobie, a nie mnie. Gdyby takie podejście dało się upowszechnić! Albo gdyby można się było nim zaszczepić jak na choroby. Uodpornić na hejt, pomówienie, insynuacje. Tak, żeby ohydne słowa nie mogły zrobić nam krzywdy. Żeby inwektywy nie dotykały, nie raniły ani nie sprawiały bólu. Taa, marzenia.

Magda uśmiechnęła się do Łukasza.

– Ty jesteś jak pierwsi chrześcijanie, a ja jak święta inkwizycja. Spaliłabym na stosie każdego mizogina. – Po czym zwróciła się do szefa: – To naprawdę nie zależało ode mnie. Próbowałam, ale się nie udało. Przykro mi ze względu na kancelarię. Chociaż nie żałuję, że to koniec mojej przygody z tym człowiekiem. – Odstawiła filiżankę i wstała.

– Wrócisz? – odezwał się Waligóra.

– Nie, Wiktorze. Nie wrócę. W świecie cierpiących kobiet czuję się potrzebna. W świecie cierpiących mężczyzn czuję się jak zdrajca własnej sprawy.

Waligóra popatrzył na nią uważnie. Nie oceniał. To było jasne. Kalkulował, czy jest sens dalej ją przekonywać. Po chwili wstał zza biurka i podszedł do niej.

– Powiesz mi, jak zmienisz zdanie? Chcę wiedzieć pierwszy.

Magda zgodziła się kiwnięciem głowy. Znali się jednak tak dobrze, że Wiktor nie miał wątpliwości. Jeśli Magda zechce kiedykolwiek wrócić, nie stanie się to prędko.

Gdy wyszła przed budynek, zza pierzastej, pękatej chmury wyjrzało słońce. Potraktowała to jako znak akceptacji od losu. Los to dobre określenie na to, co czasem próbuje kierować naszym życiem i czasem mu się to udaje. Rzecz jasna, równie dobrze można nazywać to Bogiem, opatrznością, przeznaczeniem... Energią. Nazwa nie jest ważna i nie ma sensu dla niej wbijać nikogo na pal ani przeklinać, wyzywać czy obrażać. Każdy ma prawo do własnych wierzeń. I przekonań. Norm jest wiele. I w porządku, dopóki nikt nie zmusza nikogo do przestrzegania swoich.

Magda patrzyła na promienie słońca przebijające się coraz odważniej przez pierzynę chmur i widziała w tym metaforę swojego życia. Po latach dotarła do miejsca, w którym najważniejsza była dla niej pomoc kobietom. Dlaczego? Bo są grupą społeczną najbardziej narażoną na represje. Z prostego powodu: rodzą. I wiadomo, że zawsze najważniejsze będzie dla nich dziecko. Dlatego tak łatwo je szantażować. Tak łatwo im wmówić, że jak nie będą posłuszne, to zostaną same. I że nikt, nigdy i nigdzie im nie pomoże. Tylko ten jeden jedyny. Mężczyzna. Że czasem przyłoży? To przecież facet. Musi. Niezgoda Magdy na ten stan rzeczy była tym większa, że widziała szczęśliwe związki. Agaty z Rafałem, Karoliny z Wiktorem. A nawet związek swoich rodziców. Ci, co prawda, przeszli przez swoje ucho igielne, ale udało im się zacząć od nowa, tym razem z powodzeniem. Na świecie jest mnóstwo udanych związków. Chodzi o to, żeby nikt nie kazał utrzymywać na siłę tych nieudanych.

Tak, Magda nie miała wątpliwości, gdzie naprawdę jest potrzebna. Już miała wsiąść do samochodu, kiedy nagła myśl zawróciła ją do kancelarii. Zajrzała do gabinetu Waligóry.

– Wiktorze, właśnie myślałam o kobietach i przemocy, i o tym, że rząd obcina dotacje... – Przerwała, żeby zaczerpnąć powietrza.

– Ile potrzebujesz? – zapytał jej szef rzeczowo. Gdyby wciąż używano książeczek czekowych, pewnie już otwierałby swoją i brał do ręki wieczne pióro.

– Nie, nie. Nie o to chodzi. Zresztą przecież co miesiąc wspierasz Feminę.

– Ale mogę…

– Posłuchaj – przerwała mu. – Powiedz następnemu adwokatowi Orlika, żeby koniecznie zrobili niezależną ekspertyzę obrażeń na ciele żony Grzelaka. W dowodach są tylko zdjęcia i obdukcja.

Wkrótce Magda zapomniała o Orliku, o adwokaturze i kancelarii. Wysłała tylko Waligórze pisemną rezygnację z funkcji wspólnika. Wiktor opłakał to w ramionach Karoliny, o czym ta natychmiast doniosła Magdzie, ale nie przekonywała jej, że powinna wrócić. Karolina nie potrafiła przedłożyć egoizmu żony nad współodczuwanie z przyjaciółką. Waligóra zlecił wszystkie stosowne działania, żeby kancelaria z powrotem nosiła tylko dwa nazwiska: jego i Bartka. Sugestie Magdy, że nowym wspólnikiem powinien zostać Łukasz, nie odniosły skutku z prostej przyczyny. Łukasz zadzwonił do niej i błagał, żeby mu tego nie robiła. Jego marzeniem było zarobić na adwokaturze tyle, żeby otworzyć gospodarstwo agroturystyczne gdzieś w głębokich Bieszczadach. I tyle. Nie chciał robić kariery. Prawo było tylko środkiem do celu. Magda, z jej misją ratowania kobiet, rozumiała to doskonale. Dla niej praca w kancelarii też okazała się tylko etapem, a nie zwieńczeniem kariery.

Pochłonięta zdobywaniem nowych sponsorów i walką o przetrwanie fundacji, kompletnie straciła z oczu oskarżonego o gwałt ginekologa. Z Danusią i Jolą wymyśliły akcję, w której za datki przekazane na działalność Feminy można było wygrać zabiegi upiększające, wizytę w SPA, wczasy w Grecji, biżuterię, zestaw mebli wypoczynkowych, poradę stylisty, sesję fotograficzną i tak dalej. A wszystko dzięki uprzejmości i wsparciu firm prywatnych. Wielkie spółki skarbu państwa miały teraz zupełnie inne zobowiązania. One wspierały wyłącznie jedną sprawę. Jedną normę. Zdecydowanie zaangażowaną wyznaniowo. Z mniej lub bardziej otwartą niechęcią traktując pozostałe.

Właśnie sprawdzała w necie, czy da się znaleźć tańszego dostawcę wody, chociaż biorąc pod uwagę jakość wody w warszawskich wodociągach, rozważały już przejście na kranówkę. Magda była w biurze sama. Pierwszą godzinę pracy poświęcała zwykle sprawom biurowym i organizacyjnym. Między dziewiątą a dziesiątą rzadko ktoś wpadał. Dlatego zdziwiła się, gdy w drzwiach zobaczyła brunetkę przy kości o nieco nalanej twarzy, za to w doskonale skrojonym kostiumie z dumnie wpiętą w klapę błyszczącą broszką.

– Dzień dobry. Czy to Fundacja Femina?

Wprawdzie na drzwiach wywalone były wielkie „FF", ale widocznie kobieta potrzebowała dodatkowego potwierdzenia.

– Owszem. Mogę w czymś pomóc?

Tamta w odpowiedzi zdjęła swój nienaganny i nudny żakiet, podwinęła rękaw bluzki i wskazała wyraźne na przedramieniu sińce, krwiaki i skaleczenia. Magda bez słowa wyjęła kartę, żeby założyć teczkę nowej podopiecznej.

– Pani imię i nazwisko?

– Mogę podać panieńskie?

– A jakie ma pani w dokumentach?

Magda od początku istnienia fundacji nie pozwalała na żadne odstępstwa od regulaminu. Albo od razu rozmawiamy uczciwie, albo wcale. Wiedziała, że kobiety, które podają fałszywe albo nieaktualne dane, tak naprawdę chcą tylko postraszyć mężczyznę. I kiedy obieca poprawę, szybko do niego wrócą. Wcale nie zamierzają zmieniać swojego życia. Dlatego pilnowała, żeby dane były prawdziwe. W dodatku je weryfikowała. Dzięki temu podopieczne czuły się bardziej odpowiedzialne za swoje słowa. I czyny.

– Nieważne – powiedziała kobieta ze smutkiem. – Jeśli nie mogę pod innym, to dziękuję.

– Zapewniamy dyskrecję. Nie współpracujemy z mediami, nikt się nie dowie, jeśli pani nie będzie tego chciała. – Magda podniosła się zza biurka.

– Ze służbami też nie współpracujecie? – zapytała kobieta już z dłonią na klamce.

– Jakimi? Co pani ma na myśli? – Magda się zdziwiła.

Kobieta zawahała się w drzwiach.

– Nie mogę się tu zarejestrować pod nazwiskiem męża. Nie ma innej opcji? – Jej determinacja była tak oczywista jak kolejna nominacja Meryl Streep do Oscara.

– Przykro mi. Nie mogę robić wyjątków – stwierdziła Magda.

Trzaśnięcie drzwiami.

Magda nie miała wpływu na to, że kobieta zrezygnowała, ale czuła wyrzuty sumienia, że nie próbowała jej przekonać. Wiedziała jednak, że ofiara sama musi podjąć decyzję. Uznała, że Broszka pewnie już nigdy nie wróci do fundacji, i postanowiła o tym zapomnieć.

Dorosła, rozsądna kobieta nie wpada w paranoję i nie zaczyna się zamartwiać z byle powodu. Chyba że ma powody. Problem z Agatą polegał na tym, że ich nie potrzebowała. Cecha ta objawiała się zwłaszcza wtedy, kiedy Rafał wyjeżdżał na jakieś szkolenia czy konferencje.

– Nie odbiera! Wiesz, co to znaczy? Kochanka! Lafirynda jakaś się do niego dobrała! – nie raz i nie dwa krzyczała od progu kancelarii.

W takich chwilach Magda pospiesznie wciągała ją do gabinetu i zamykała drzwi.

– Zostawił ci szczegółowy plan dnia?

– Spróbowałby nie zostawić! – Agata siadała zrozpaczona w fotelu Magdy. – Konferencja konferencją, a kochanka kochanką!

Wtedy Magda siadała zwykle naprzeciwko, na krześle dla klientów, i patrzyła na przyjaciółkę z pobłażliwą cierpliwością. Wiedziała, że to histeria. Wiedziała, że Rafał jest wiernym mężem. I że ich związek będzie tak długo szczęśliwy, jak długo uda się jej powstrzymać Agatę od zatrucia go chorobliwą zazdrością.

– Czyli jak dzwoniłaś, to on według planu powinien mieć konferencję?

– Właściwie wykład. „Rynki wschodzące w kontekście umowy transatlantyckiej". Sama pomagałam mu opracować temat. – W głosie zazdrośnicy brzmiała autentyczna duma. I z Rafała, i z siebie.

– I zadzwoniłaś w czasie wykładu? – Magda nie chciała, żeby to zabrzmiało szyderczo. Nie udało się uniknąć odrobiny ironii. Agata natychmiast to wyczuła.

– Ale co? Przecież zawsze ma telefon przy sobie.

– Agatko!

Agata w końcu niechętnie przyznawała Magdzie rację. A także Karolinie i Sebastianowi, jeśli mieli okazję być świadkami jej napadów. Magda przerabiała to już tyle razy, że traktowała to jako dopust Boży lub upierdliwy bonus przyjaźni. I zawsze miała nadzieję, że sama nigdy nic wystąpi w takiej roli. Jednak po tygodniu nieobecności Szymona i tylko trzech telefonach od niego poczuła, że ilość pary pod pokrywką przekracza stan alarmowy. Chciała, żeby jej facet był tutaj, a nie w Szczecinie. Jak długo można zwijać swoje życie w jakimś obcym mieście?

– A co ci powiedział? – zapytała rzeczowo Agata.

Było późne letnie popołudnie. Cud nad Wisłą. Prawie bezchmurne niebo. Leżaki ustawione na ciepłym piasku. W cieniu drzewa. Okoliczności, które upodobało sobie nie tylko wielu mieszkańców stolicy, ale też mnóstwo turystów z całego świata. Relaks. Nic, tylko cieszyć się i korzystać. Pod warunkiem że pogoda pozwala. Bo na ogół nie pozwala. Albo wieje, albo leje, albo pochmurno i zaraz będzie lać. Jednak w te kilka letnich dni i wieczorów, kiedy temperatura, wilgotność i zachmurzenie idealnie się komponowały, plażowanie na Wisłą było po prostu rozkoszne. Szczególnie doceniała to Agata, której wreszcie udało się na chwilę wyrwać, czy raczej wyczołgać spod góry pampersów Jagódki.

– Ma trzymiesięczne wypowiedzenie, a urlop wykorzystał na początku roku na wędrówkę po lasach Kanady. Dlatego teraz musi to wypowiedzenie przepracować. Przy okazji próbuje sprzedać meble, których nie potrzebuje w Warszawie. – Magda wiedziała, że to się trzyma kupy, ale w żołądku czuła jakiegoś mola. To zupełnie co innego niż motyle w brzuchu.

– Jak dla mnie, nic podejrzanego – orzekła Karolina, sięgając po kieliszek z prosecco.

– Dla mnie też. – Sebastian pił fritz-kolę. Przyjechał samochodem, a podobnie jak Magda restrykcyjnie trzymał się zasady rozdziału alkoholu od prowadzenia pojazdów. Karolina wzięła taksówkę.

– Dla mnie w sumie też – powiedziała Magda i bardzo chciała, żeby to była prawda.

– Nie możesz nagle zostać mną – zażartowała Agata.

Magda przytaknęła tak energicznie, że od razu wiedzieli: Magda właśnie została Agatą.

– Dobra. Kiedy ostatnio dzwonił?

W takich sytuacjach trzeba jak najszybciej zejść z kruchego lodu domysłów na twarde pole konkretów. Karolina wiedziała to niezależnie od prawniczego zawodu męża i Magdy. Konkret ma uzdrawiającą siłę. Nawet jeśli to uzdrowienie czasem trochę boli.

– Dzisiaj rano. Obudził mnie. Na szczęście, inaczej bym zaspała. Pogadaliśmy chwilę. Potem przysłał mi esemesa z życzeniami miłego dnia i serduszkami. No wiecie... Te emotikony.

– Jeszcze ci mało? To czego byś chciała? – zapytał Sebastian.

Magda milczała przez chwilę, jakby musiała zastanowić się nad odpowiedzią. A przecież nie musiała. Tylko było jej trochę głupio. Ona, dorosła, rozsądna kobieta, nagle czuje się bezbronna wobec czyjejś nieobecności.

– Żeby już tu był.

– Czyli nie możesz się doczekać? W sumie o to chodziło. – Sebastian mrugnął z satysfakcją. Jakby założył się z kimś, że tak właśnie będzie, i teraz szykował się do odebrania wygranej.

Za to Agata podniosła oskarżycielsko palec.

– Zaraz, zaraz. To jego nie będzie na chrzcinach?

W tej chwili Magda zrozumiała, co to za mól w żołądku. Będzie musiała iść na chrzciny bez Szymona. Rano powiedział jej, że mają opóźnienie w budowie i pracują nawet nocami, więc nie wyrwie się ze Szczecina na żaden z kolejnych trzech weekendów. Wolałaby, żeby jej towarzyszył. Ale przecież rozsądna kobieta nie powinna z tego powodu urządzać scen. Ani się niepokoić. A już na pewno nie powinna szukać dziury w całym. Obiecała to solennie przyjaciołom, zanim Karolina uraczyła ich kolejną historią na temat swoich nastoletnich dzieci i ich buntów.

Sprawa była poważna: czas mijał, a Magda wciąż nie miała pojęcia, co powinna kupić Jagódce jako matka chrzestna. Od dawna nie utrzymywała bliskich stosunków z Kościołem. Najpierw, jeszcze w liceum, urwała się z Agatą z religii. Potem przestały chodzić na mszę. I co? Nic. Nie było gromów, rozstępujących się chmur ani karcącego głosu z nieba. Nic się nie stało. Mama Magdy widząc, że córka całkiem nieźle radzi sobie z systemem wartości z dala od umoralniających kazań, nie naciskała. Od tamtej pory Magda podziwiała więc w kościołach architekturę, rzeźbę i malarstwo. Z Bogiem spotykała się w bardziej prywatnych okolicznościach. Wierzyła, że jest jakaś siła sprawcza, która organizuje wszechświat, ale widziała też, że czasem działa ona w sposób ślepy. Jak Temida. Czy Bóg był Temidą? Magda tego nie wykluczała. Nigdy też nie zabrnęła dalej w swoich przemyśleniach czy przeczuciach. Wystarczała jej świadomość, że Bóg jest wszędzie. Jego moc odnajdywała w kolorze jesiennych liści, w mądrości Karoliny, pasji Agaty czy trosce Sebastiana. Kiedyś także w miłości Piotra. Od niedawna w tym, że pojawił się w jej życiu ktoś nowy.

Teraz miała zostać matką chrzestną Jagódki. Z miłością do tej istotki nie miała żadnego problemu. Ani nawet z religijnym kontekstem chrzcin. Za to kompletnie nie wiedziała, jakim prezentem uczcić tę uroczystość. Googlowała z Sebastianem przez ostatnią godzinę, ale to, co wypisywano na forach, niespecjalnie ją zachęcało. Hitem była na przykład srebrna łyżeczka z krzyżem, żeby dziecko nigdy głodne nie chodziło – ale przecież łyżeczki nie da się zjeść, a jej wartość po spieniężeniu nie dawała nadziei na długie lata bezpiecznego bytu. Chyba że byłaby to kilkukilogramowa chochla. Głupi przesąd i tyle. W grę wchodziły jeszcze dewocjonalia, podobno szczególnie mile widziane, ale Magda jakoś nie mogła się przemóc. Wydawało jej się, że najlepiej będzie, jeśli Jagódka sama zdecyduje, czy i w kogo wierzy, jak już będzie dorosła. W ogóle tylko takie podejście wydawało jej się sensowne. Każdy powinien decydować za siebie. Niektórzy mogliby się oburzyć, że to wbrew tradycji, ale przecież kiedyś tradycją było, że feudał spędzał pierwszą noc po ślubie poddanego z jego żoną. Ktoś chciałby to przywrócić?

– Chyba nie wyskoczysz z tymi przemyśleniami do Agaty i Rafała? – zaniepokoił się Sebastian, kiedy z rozmachem opuściła ekran laptopa. Była zdecydowana wręczyć Agacie kopertę z paroma stówkami, byleby nie dać się wmanewrować w kupowanie grzechotki z krzyżem.

– Sto lat temu, kiedy mówiłam Agacie, że z przyjemnością zostanę matką chrzestną jej dziecka, nie wiedziałam, że trochę zmienię swoje podejście do tych spraw. – Magda skrzywiła się i upiła łyk primitivo. Po chwili wahania dokończyła kieliszek. – Sebuś, musimy zacząć mniej pić. Mówię serio – deklarowała po chwili w kuchni, otwierając następną butelkę.

Sebastian przejął korkociąg.

– Taa, bardzo jesteś przekonująca.

Sprawnie otworzył wino. Wrócili na taras. Magda podstawiła kieliszek, ale Sebastian cofnął butelkę.

– Daj mu pooddychać.

Spojrzała na niego zdziwiona. Nigdy dotąd nie przejawiał takich nowobogackich zwyczajów. Wąchanie korka, wino musi oddychać... No dobra. Takie za dwadzieścia tysięcy niech sobie oddycha. Ale Magda chciała się napić, a nie delektować wydaną forsą. A do tego, jej zdaniem, sprowadzało się to całe celebrowanie wina. Zwłaszcza że wąchanie korka to jednak zajęcie dla megafachowców. W wykonaniu zwykłego śmiertelnika jest po prostu żenujące i głupie. Równie dobrze można wąchać etykietę. Magda przysunęła kieliszek.

– Zapłaciłam i to ja decyduję, kto tu będzie oddychał. – Zaśmiała się. Było jasne, że poprzednia butelka zrobiła swoje. Z nadwyżką. W końcu Magda sama nalała sobie pół kieliszka, po czym zakręciła winem i popatrzyła poprzez rubinowy płyn na światło latarni na placu. – Wiesz, co zrobię? Nie zakocham się w Szymonie, dopóki nie będę pewna, że nic mi go nie odbierze. Rozumiesz? Zabezpieczę się. – Znowu się zaśmiała, przekonana o genialności swojego planu.

– Świetnie!

Sebastian nie mógł pozwolić, żeby sama wypiła całą butelkę przyzwoitego skądinąd trunku. Nalał więc sobie porządnie i rozsiadł się na sofie. Maniek podszedł i niecierpliwym miauknięciem zażądał dostępu do kolan. Nie można było mu odmówić.

– Wiem. – Magda była z siebie naprawdę dumna. Stuknęła w kieliszek Sebastiana, o mało go nie rozbijając. – Czasem sama się sobie dziwię!

Samouwielbienie u osób, które na co dzień cierpią na galopujący samokrytycyzm, to podejrzana sprawa. Umiarkowane samozadowolenie, proszę bardzo. Nawet wskazane. Nikt nie powinien się za mocno dołować. Ale samouwielbienie? Niebezpieczne. To jak wyskoczyć z samolotu bez spadochronu, licząc, że coś na dole zamortyzuje upadek. Albo że ktoś ze spadochronem zlituje się, podleci i złapie. Sebastian uznał, że pora na otrzeźwienie.

– A jak to zrobisz?

Niewinne pytanie miało siłę paralizatora. Magda z rozmachem obróciła się do Sebastiana, rozlewając trochę wina na podłogę. Popatrzyła na niego podejrzliwie.

– Co takiego?

– Jak chcesz się w nim nie zakochać? Skoro to już się stało?

Sebastian dobrze wiedział, że Magda nigdy nie wpuściłaby do łóżka kogoś, do kogo nie czułaby czegoś znacznie więcej niż sympatia. Sympatia po prostu nie wystarczała jej do seksu. I nawet jeśli ludzie się zmieniają, to nie aż tak. A już na pewno nie ona.

– Wcale nie! – upierała się mimo to. Chyba jeszcze wierzyła, że nie zaszło nic poważnego, i była w tym przekonaniu urocza.

Sebastian wiedział, że jej nieustępliwość to przede wszystkim zasługa primitivo. Dlatego postanowił nie reagować. Czasem lepiej zostawić kogoś z jego oceną sytuacji, żeby sam ją zweryfikował. Po odzyskaniu trzeźwości. Może.

– Masz rację. Nie ma o czym mówić. – I tu powinien skończyć. Niestety nie skończył. – Tylko nie rozumiem, dlaczego w takim razie wpuściłaś go do łóżka.

Nabrała powietrza, żeby zdecydowanie odpowiedzieć, ale po sekundzie wahania wypuściła je z płuc. Rozpłynęło się w wieczornym świetle i po początkowej energii nie został nawet ślad. Magda posmutniała, a Sebastian pożałował, że się nie powstrzymał. Przecież nic by go to nie kosztowało, a ona mogłaby chwilę dłużej spędzić w swojej niewinnej mrzonce. Tyle że uczucia Magdy nie były niewinne. Stanowiły realną siłę, która mogła jej zrobić krzywdę. Dlatego warto było mimo wszystko otwierać jej oczy i włączać światło.

– Co ja takiego zrobiłam? – Nie było to zaczepne. Raczej obronno-rozżalone.

– Zrobiłaś to, co chciałaś. I w porządku. Tylko teraz nie udawaj, że tego nie było albo że było nieważne. – Teraz już Sebastian nie miał zamiaru odpuścić. Uważał, że skoro powiedziała „a", nie powinna się zatrzymywać na „b", tylko iść dalej.

– Może jednak za szybko? – Zmarszczyła brwi. – Tak, za szybko. Ale kiedy... Kiedy powiedział, że mnie kocha... Wiem, że dorosłe kobiety nie powinny się zachowywać jak egzaltowane nastolatki, ale w tym „kocham cię" musi być jakiś hormon. I zanim się człowiek obejrzy... Jest rano.

Tylko jedno pytanie w tej sytuacji miało sens i Sebastian nie wahał się go zadać. Zwłaszcza że był cholernie ciekaw odpowiedzi.

– Żałujesz?

Chciała odpowiedzieć konkretnie. Zdecydowanie. Jak przystało na prawniczkę. Zastanowiła się i w końcu wypaliła:

– I tak, i nie.

Kiedy tamtego ranka stała na tarasie i patrzyła w stronę placu, a w jej łóżku spał Szymon, wszystko się zgadzało. Teraz... Zaczynała wątpić we własne uczucia. Może to był tylko wyrzut endorfin do krwi po, nie ma co ukrywać, udanej nocy? Jednak to by znaczyło, że chodziło tylko o seks. A przecież wtedy, na tarasie, była przekonana, że coś do Szymona czuje. Teraz, gdy nie było go obok, pojawiły się wątpliwości. Może to jednak chwilowe zauroczenie? Moment sympatycznej, ale jednak słabości? „Kocham cię" wywołało pozytywny, lecz krótkotrwały odzew?

– Jak zwykle komplikujesz – ocenił jej wywód Sebastian.

On, który sam potrafił skomplikować najprostsze sytuacje! On próbował pouczać Magdę!

– Sebuś, posłuchaj jeszcze raz, tylko uważnie, a zrozumiesz.

Podniósł ręce w niemej zgodzie.

– Kiedy usłyszałam „kocham cię", poczułam się szczęśliwa i pomyślałam, że ja też go kocham. Trochę. Przecież musiałam coś czuć, inaczej nie byłoby seksu. Z perspektywy czasu widzę, że niekoniecznie coś czuję. To znaczy teraz. Wtedy na pewno czułam, skoro był seks. Czyli to było takie krótkie zakochanie. Minęło. Było jednak, więc ten seks to nie było tylko ćwiczenie fizyczne. Rozumiesz?

Przez chwilę patrzył na nią z tak bezbrzeżnym politowaniem, że spróbowała zaprotestować:

– Nie, nie, nie. Nie rób tej sztuczki z litością. Nie cierpię... – Dłużej nie dała rady. Pokonał ją. – Ale że co?

– Wiesz, co z tego zrozumiałem? Że masz poważny problem z seksem – oznajmił Sebastian, po czym podniósł klapę laptopa i wpisał coś w wyszukiwarkę.

– Ja? Błagam!

– No to z emocjami. – Cierpliwie znosił jej kluczenie, wiedząc, że dotrą wreszcie do prawdy. Magdojad.

– Na pewno nie.

– To jaki masz problem z Szymonem? – Znał odpowiedź. Wiedział też, co po niej nastąpi. Luksus przyjaźni polega na tym, że zapewnia ona ten komfort psychiczny, jakim jest przewidywalność.

– Nie mam żadnego… To znaczy… – I to był moment, na który czekał Sebastian. Docierali do sedna. – Mam. Te chrzciny będą dziwne, jeśli pójdę bez niego. To znaczy, ja będę się czuła dziwnie. Wszyscy wiedzą, że on jest, a jego nie będzie. Trochę niezręczne, co?

Sebastian nie wytrzymał i roześmiał się. Serdecznie, głęboko i z ulgą. Bardzo chciał, żeby Magda musiała się mierzyć tylko z takimi problemami.

Nietrudno było zgadnąć, dlaczego tak ryczy, jakby chciał obudzić pół ulicy. Albo jakby miał nadzieję, że go usłyszą w hotelu sejmowym. Nie zaśmiewał się życzliwie, o nie. Rżał ironicznie, wrednie, kpiąco i szyderczo. I wcale jej się to nie podobało. Zwłaszcza że miał rację. Niestety.

– To potworne. Współczuję – wydusił z siebie w końcu.

Zamachnęła się na niego. Niech sobie nie myśli, że tak łatwo się z nim zgodzi. Ale spryciarz złapał ją za rękę i nie pozwolił się szturchnąć.

– No. Już, już. Bez przemocy w rodzinie! – bronił się.

– A psychiczna się nie liczy? Wolno ją stosować? – stawiała się Magda.

– Nie wolno żadnej. Dlatego nie tylko przestaniesz marudzić, że Szymona nie będzie na chrzcinach, ale też potulnie kupisz złotą grzechotkę bez krzyża. Jak Jagódka będzie Jagodą, przerobi ją na pierścionek.

Odwrócił ekran w stronę Magdy. Spojrzała na powiększone zdjęcie.

– W kwiatki? Super.

Spojrzał na nią, czy aby na pewno problem mają rozwiązany. Magda puściła do niego oko. Przyjaźń zapewnia jeszcze coś. Można wiele powiedzieć bez mówienia.

29

Wjechała na parking przed kościołem na Młocinach pół godziny przed uroczystością. Nie z powodu tremy. Religijny aspekt imprezy nie powodował u niej przyśpieszonego bicia serca. Przyjechała wcześniej, bo obudziła się z pewnym planem. Bardziej nawet pytaniem niż planem. I miała nadzieję przez te trzydzieści minut uzyskać odpowiedź.

Tego ciepłego lipcowego poranka po niebie sunęły fantazyjne okręty cumulusów. Magda dopiła kawę na tarasie, wygłaskała Mańka i poszła do garderoby. Od randki z Szymonem pozwalała, aby w jej ubiorze stopniowo pojawiały się inne barwy niż żałobna czerń. Nie zrezygnowała z niej jeszcze całkowicie, ale bluzka albo spódnica czy spodnie mogły już być w jakimś stonowanym, pastelowym kolorze. Dzisiaj wybrała pistacjową jedwabną koszulę, czarne rybaczki i czarne baleriny Gino Rossi z elegancką kokardką. No, tak. Czarne. Ale takie cichobiegi to jak mała czarna, *must have* w szafie. Do tego lakierowana torba z imitacji skóry aligatora. Na szczęście Agata nigdy nie była przesadnie sztywna w kwestii strojów i chrzestna mogła sobie odpuścić jakieś megaformalne i sztywniackie kostiumy.

Spojrzała w lustro, żeby ocenić całość, i zamarła. Przecież to styl Kamy, siostry Orlika. Przypomniało jej to, że spotka go na ceremonii. Miał zostać ojcem chrzestnym Jagódki. Teraz jeszcze bardziej pożałowała, że u jej boku zabraknie Szymona. Będzie musiała udawać, że jest jej miło, że się cieszy i w ogóle czuje się wspaniale. A tymczasem jej sąsiadem przy stole będzie człowiek, z którym nie chciała mieć nic wspólnego. Co więcej, Jagódka też nie powinna mieć z nim nic wspólnego. Niestety, decyzja Agaty była inna.

– A jak go skażą? Ojcem chrzestnym Jagódki ma być lekarz skazany za gwałt? – Magdzie to się nie mieściło w głowie.

Matka Rafała, która była przy tej rozmowie, akurat zaciągała się papierosem. Podniosła dłoń, żeby powstrzymać Agatę od odpowiedzi. Rafał nawet nie próbował się wtrącić. Te dwie silne kobiety zajmowały wystarczająco dużo miejsca w jego życiu. Dzięki temu on sam mógł czuć się w domu jak niezbyt odpowiedzialny chłopiec. Po stresie w banku bardzo mu to odpowiadało. Zaczekali, aż Barbara wydmucha w powietrze zgrabne kółko dymu. Puściła przy tym oko do Magdy. No tak. Nie ma co się napinać?

– Moja droga. Są ewidentne zbrodnie i przestępstwa. Takie, które należy potępić, za które należy skazać i za które trzeba odpokutować…

– Gwałt się do nich nie zalicza? – przerwała jej Magda. Nie rozumiała, jak Barbara może relatywizować coś takiego.

Starsza pani przyglądała jej się pobłażliwie. Magda poczuła się jak w podstawówce. Znowu stała przy tablicy, a surowa nauczycielka cierpliwie znosiła głupoty, które wygadywała ta mała Miłowicz. Siadaj, pała.

– Zalicza się, jak najbardziej – ciągnęła spokojnie Barbara z łagodnością życzliwego wychowawcy. – I jeśli doktor Orlik jest winny, poniesie, mam nadzieję, stosowną karę. Wcale nie będę go bronić.

Magda odetchnęła z ulgą, bo podwójne standardy to nie było to, czego się spodziewała po matce Rafała.

– To jest jedna sprawa. Druga jest taka, że ten człowiek uratował dwa najważniejsze dla mnie życia. Moją synową i moją wnuczkę. Za to zawsze będę mu wdzięczna – oznajmiła Barbara. Po czym czule, ale z domieszką ironii spojrzała na syna. – Naturalnie twoje też jest ważne, kochanie.

Magdzie to się jednak nie zgadzało. Co pomyśli kiedyś Jagódka, kiedy się dowie, że jej ojcem chrzestnym został mężczyzna skazany za gwałt? Jak się poczuje?

– Mam nadzieję, że uda nam się ją tak wychować, żeby nie ferowała łatwych sądów. Świat nie składa się z dwóch barw. Czerń i biel to tylko skrajne kolory, pomiędzy którymi mieści się cała wspaniała różnorodność życia. – Tu Barbara spojrzała na łososiową bluzkę Magdy. – Dobrze, że zaczęłaś to znowu doceniać. – I ciągnęła dalej: – Jeśli skrzywdził tamtą kobietę, powinien za to zapłacić. Tak jak my powinniśmy być mu wdzięczni za to, że nas uratował. To proste. – Barbara zgasiła niedopałek papierosa.

Magda długo się nad tym zastanawiała. A im dłużej myślała, tym bardziej była skłonna przyznać Barbarze rację. Sama przez wiele lat nosiła w sobie wyrok skazujący własnego ojca. I musiała to zweryfikować, kiedy okazało się, że gdy Jerzy nocą drukował ulotki, mama Magdy miała romans z jego przyjacielem. Twierdziła potem, że mąż ją zaniedbał, a ona potrzebowała czułości. Ojciec się wkurzył i wyjechał, a matka została z Magdą, oburzona na niego, że wybrał łatwiejsze jej zdaniem rozwiązanie. Wszyscy mieli swoje za uszami. Skazywanie jednej osoby nie miałoby żadnego sensu. Ani żadnej mocy naprawczej. W rodzinie Magdy naprawy dokonały kolejne lata spędzone osobno i pamięć o tamtych, sprzed rozstania, które były szczęśliwe i pełne miłości.

W przypadku Orlika chodziło o coś dużo poważniejszego. Rozumiała wdzięczność, jaką darzyła go rodzina Agaty. Sama też była mu wdzięczna. Wiedziała jednak również, że w jego obecności będzie się czuła niezręcznie. Traktowanie go jako klienta, bez emocji, było dla niej naturalne i oczywiste, ale prywatna sytuacja na chrzcie Jagódki stanowiła przekroczenie jakiejś granicy. Zgoda, Orlik nie był już klientem Magdy. Wykopał ją z tej sprawy. Jednak wciąż wisiało nad nim to straszne oskarżenie. A teraz Magda miała wraz z nim pochylić się z troską i miłością nad maleńką Jagódką. Pozostało mieć nadzieję, że gdyby był winny, nie przyjąłby takiego zaproszenia ze zwykłej ludzkiej przyzwoitości. Z drugiej strony nieraz miała do czynienia z przestępcami, którzy doskonale udawali niewiniątka.

– W każdym razie ja nie będę oceniać jego moralności. Od tego jest Bóg, o ile istnieje – ucięła rozmowę matka Rafała.

Magda właściwie zgadzała się z Barbarą. Każdy człowiek ma swoją własną busolę moralną i kieruje się jej wskazaniami. Poza psychopatami. A tych jest przecież niewielu. Większość społeczeństwa nie przekracza granic ani nie łamie prawa. Czy zrobił to Orlik? Odpowiedzi nie było. Tym bardziej Magda wolałaby, żeby Szymon jej towarzyszył. Byłby jej tarczą, mogłaby się odgrodzić od oskarżonego lekarza. Ale to nie z powodu Orlika postanowiła wyjechać trochę wcześniej.

Weszła do pustego jeszcze kościoła. Świątynie, katedry, bazyliki, kapliczki... Lubiła czasem zaglądać do takich miejsc, zwłaszcza gdy nie było w nich tłumów. Lubiła patrzeć na wizerunki świętych i wyobrażać sobie ich życie. Nie to oficjalne, zgodne z pełnymi patosu, a zarazem infantylnymi opowieściami o ich rzekomym męczeństwie, tylko to prawdziwe. Zwykłych ludzi, którzy żyli życiem żon, mężów, kochanek, kochanków. Żebraków i książąt. Żyli, cierpieli, śmiali się, płakali i kochali jak wszyscy inni. Lubiła też wyobrażać sobie zwykłych zjadaczy chleba, którzy znali przyszłych świętych. I którzy przeżyli swoje życie nie mniej szlachetnie, a czasem nawet znacznie bardziej, ale nie mieli dość szczęścia, żeby ktoś zechciał ich dostrzec i wynieść na ołtarze. Albo żeby się to komuś opłacało.

Szanowała potrzebę udziału w życiu religijnym. Są ludzie, którym to zapewnia poczucie wspólnoty, a to z kolei daje im poczucie bezpieczeństwa. W miejscach kultu łatwo o porządek i szacunek wobec zasad. Nawet jeśli jest tylko deklarowany. To była namiastka jej świata. Świata prawa, który rządzi się bezwzględnymi regułami. I te także bywają tylko deklarowane. Dostrzegała podobieństwo między religią a prawem. Ani tu, ani tu nie wchodziło w grę negocjowanie zasad, przykazań, nakazów i zakazów. I przewin, lub, jak kto woli, grzechów. Wina jest zawsze winą, a grzech grzechem.

Magda nie potrafiła powiedzieć, czy wierzy w Boga. Na pewno wierzyła w skuteczność Temidy. Chociaż wskaźnik recydywy wśród kryminalistów zdawał się jej przeczyć. Czy podobnie nie było jednak z zatwardziałymi grzesznikami? Swoim postępowaniem też podważali skuteczność Boga. Mimo to wielu ludzi wciąż wierzyło, że Bóg potrafi najskuteczniej rozwiązać ich problemy. Jeśli wiara w prawo i jego sens jest podobna do wiary w Boga, to tak, Magda wierzyła, ale nie w jakieś dziwne połączenie Ojca, Ducha Świętego i Syna, czyli Trójcę Świętą. Jeden Bóg w trzech osobach? To nie wzbudzało jej zaufania. Zawsze jednak lubiła postać Jezusa – jako zwykłego człowieka, który nauczał w trudnych czasach. Mądrze i uparcie. Mit poświęcenia się Jezusa za grzechy ludzkości oraz sposób, w jaki przedstawiała go tradycja chrześcijańska, nie przemawiały do niej, ponieważ domagały się od człowieka wiary absolutnej, wiary, która odrzucała empirię i logikę. Skoro bowiem Jezus poświęcił się dla ludzkości, żeby zmyć jej winy, to dlaczego grzech nadal istnieje? Z kolei to, co zostało dorobione do historii Mesjasza przez wszystkie sobory, było dla niej przekombinowane. Nadal jednak na początku tej opowieści stał mądry nauczyciel. Ten, który walczył, żeby ludzie byli dla siebie życzliwi i dobrzy. I jego podziwiała. Dlatego szanowała wiarę, która z założenia była nośnikiem uniwersalnych wartości. I jednocześnie nie ufała religii, która starając się sprostać wierze, była często tylko pustym ceremoniałem i obrzędem.

Siedziała teraz w pustym kościele i patrzyła na Jezusa wiszącego na krzyżu. Chciałaby temu mądremu człowiekowi zadać jedno pytanie. Takie, którego nie mogła zadać już nikomu innemu. Jej bliscy i przyjaciele nie potrafili udzielić na nie obiektywnej odpowiedzi. Za bardzo skupiali się na tym, żeby Magda była szczęśliwa. Żeby jej życie po strasznym doświadczeniu śmierci ukochanego mężczyzny powróciło na tory nadziei i jasności. Pogodnej wizji świata. A ona po pierwszych uniesieniach z Szymonem nie była już taka pewna, czy... Nie chodziło o to, czy jest gotowa. Już samo to, że pozwoliła mu się zbliżyć, pokazywało, że jest. To, czego nie wiedziała, zamykało się w pytaniu: czy ja tego znowu chcę? Znowu się zakochać. Zaufać drugiej osobie. A przede wszystkim zaufać losowi, że tym razem nie odbierze mi tego małego skrawka jasnej strony ulicy. Jeśli bowiem zdarzyło się to raz, dlaczego nie miałoby się powtórzyć?

Pierwsza zasada w sytuacji przemocy w rodzinie to uświadomić ofiarom, że skoro ktoś raz podniósł rękę, może to zrobić ponownie. I nie chodzi tu o straszenie, tylko o uzmysłowienie zagrożenia i wypracowanie mechanizmu zapobiegającego. Najważniejsze jest wykluczenie możliwości przemocy. Dla Magdy po latach pracy w fundacji było to jak odruch. Jeśli doszło do przemocy, trzeba tak przemodelować sytuację, żeby zagrożenie nie mogło znowu się pojawić. Wiązało się to albo z aresztowaniem sprawcy i usunięciem go z domu, albo, jeśli to było niemożliwe, przeprowadzką ofiary i dzieci do ośrodka, gdzie czekały na rozwiązanie spraw majątkowych, socjalnych i zawodowych.

Jak Magda mogła uniknąć ponownej przemocy ze strony losu? Jaka fundacja mogłaby jej pomóc? Niestety, tak jak nie była w stanie dać żadnych gwarancji swoim podopiecznym, kiedy wracały do mężów czy kochanków, tak samo ona nie mogła ich od nikogo dostać. Nawet od tego mądrego człowieka, którego okrutny los umieścił na krzyżu. Wisiał tam bezradny wobec pytania Magdy.

Wielkie, cudownie fiołkowe oczy Jagódki śledziły z zaciekawieniem i zdumieniem gesty kapłana. Magda zastanawiała się, jakim człowiekiem będzie ta mała istota. I w jakim świecie przyjdzie jej dorastać i żyć. Czy będzie to świat szczęśliwszy, bezpieczniejszy? Czy przeciwnie, demony nienawiści, przemocy, nacjonalizmu zagarną wszystkie sfery życia i będą dalej odbierać ludziom godność i wolną wolę oraz likwidować różnorodność na rzecz monochromatycznego widzenia świata? Taki wymuszony społeczny daltonizm. Życzyła Jagódce, żeby całe jej długie życie upłynęło w świecie radości, miłości, bezpieczeństwa i dostatku. Jednocześnie coś jej mówiło, że te życzenia mogą być bardziej naiwne niż kiedykolwiek wcześniej. Terroryzm, podziały społeczne i ekonomiczne, szerzący się wraz z dostępem do internetu hejt i populizm – co zrobić, żeby uchronić przed tym wszystkim to małe jeszcze i nieświadome stworzonko? Kochać je, dbać o nie i doglądać, odpowiedziała sobie. Wychowywać do świadomych i mądrych wyborów, samemu dając przykład. Poważne zobowiązanie. Czy w końcu nie na tym powinna polegać funkcja rodzica chrzestnego?

Magda trzymała Jagódkę w ramionach. Obok niej stał Marek Orlik. Jakim on będzie ojcem chrzestnym? Absurdalna sytuacja. Owszem, pamiętała tłumaczenia matki Rafała. Owszem, wtedy wydawało się to nawet sensowne. Teraz jednak, stojąc przed ołtarzem, nie potrafiła dostrzec sensu żadnego z tamtych argumentów. To nie jest normalne, żeby ojcem chrzestnym zostawał mężczyzna, na którym ciąży tak straszne oskarżenie. Wprawdzie wyroku jeszcze nie było, w dodatku sąd zgodził się za kaucją na odpowiadanie z wolnej stopy, ale w jaki sposób miało to uchronić Jagódkę przed rozczarowaniem przeszłością chrzestnego? Magda postanowiła, że będzie matką chrzestną w dwójnasób. Będzie hipergalaktyczną megamatką. Tak bardzo, że Jagódce nawet nie przyjdzie do głowy pytać o ojca chrzestnego. Istniała też szansa, że Orlik po kilku latach wyjdzie z więzienia za dobre sprawowanie. Wtedy wytłumaczy się małej, że był za granicą. Może uwierzy. O ile nie przyjdzie jej do głowy go wyguglować. A może Orlik da się namówić na zmianę nazwiska? Tak, to by rozwiązało problem.

– Magda? – usłyszała głos Agaty. Dopiero teraz dotarło do niej, że ksiądz już skończył obrządek. Orlik przyglądał się jej uważnie, jakby próbował czytać w jej myślach. Uśmiechnęła się nieco zbyt sztucznie, żeby dało się to zrzucić na karb tremy. Choć faktycznie po raz pierwszy została matką chrzestną. Rafał dziękował księdzu, ściskając wylewnie jego rękę.

– W porządku? – zapytał Orlik.

Co miała mu odpowiedzieć?

– W porządku – odparła cicho, jakby się bała, że głośno wypowiedziane kłamstwo zdradzi się samo. Ustawili się do zdjęcia. Magda i Orlik z Jagódką, po bokach Agata i Rafał, a przy nich matka Rafała i rodzice Agaty. Fotograf skakał przed nimi w różnych pozach. Błyskał fleszem. A Magda jeszcze bardziej żałowała, że nie ma z nią Szymona, i marzyła, żeby to się już skończyło. Z kościoła do restauracji, gdzie był zaplanowany obiad, wiozła Sebastiana, którego kolejne stare volvo rozsypało się, kiedy ruszał spod domu.

– Miałaś mało uduchowioną minę. Chodziło o kościół? – zapytał, zapinając pas.

Zaprzeczyła ruchem głowy.

– O Orlika. Dziwisz się?

– Nie, skąd. – Spoważniał i rzucił od niechcenia: – Przystojny gość.

– Nie z tego powodu! – zaprotestowała tak gwałtownie, że Sebastian spojrzał na nią zaskoczony.

Włączyła kierunkowskaz, żeby skręcić w uliczkę wiodącą do włoskiej restauracji.

– Usiądziesz koło mnie? To znaczy między mną a nim. Proszę.

Sebastiana to trochę śmieszyło. A trochę nie. Rozumiał jej obiekcje w stosunku do lekarza, ale z drugiej strony, co ją to obchodziło? Wiadomo, że taki ojciec chrzestny, bez żadnego związku rodzinnego czy przyjacielskiego, a nawet choćby biznesowego, nie będzie się szczególnie angażował. Czyli Jagódka i tak zostanie na placu boju z superchrzestną Magdą. A ten cały Orlik, bez względu na to, czy pójdzie siedzieć, czy nie, pozostanie jednorazowym kaprysem.

– Jak mus, to mus. Chociaż dziwię ci się. Może między daniem głównym a deserem wyciągnęłabyś z niego trochę prawdy. Nie chcesz spróbować? – Naigrywał się tak bezczelnie, że musiała coś zrobić. Nie namyślając się, palnęła go ręką w ramię. Sebastian syknął, jakby mu przywaliła młotkiem. I to z całej siły.

– Co to było?

– Nie pytaj – poprosił.

Magda wyciągnęła rękę, jakby miała zamiar mu znowu przyłożyć.

– Powiem! – Sebek nie dał jej szansy.

Wczoraj wieczorem wracał do domu ze spotkania z klientem, który właśnie zaakceptował pierwszy etap kampanii i zaprosił pół agencji na kolację. Następny etap miał ruszyć natychmiast, jak tylko dział kreacji dopracuje koncepcję. Dla reklamowych wyjadaczy nie był to najlepszy moment na świętowanie. Przecież czekały ich jeszcze nieskończenie wkurzające i skończenie sensowne wielogodzinne debaty, narady i burze mózgów. Skoro jednak klient chciał świętować w modnej knajpie z kuchnią molekularną, trudno było odmówić. Szef zarządził obecność obowiązkową.

Wyrafinowane wina, intelektualne rozmowy (które wkrótce przerodziły się, jak zwykle, w pseudointelektualne). Kuchnia molekularna zawierała w sobie tyle subtelności, że tylko molekularne podniebienie potrafiłoby je docenić. Co nie przeszkadzało zgromadzonym zachwycać się smakami, które rzekomo wyczuwali. Sebastian nie znosił tej hipokryzji, tego cmokania nad każdym kęsem, opisywania bukietu wina. Nie znosił pretensjonalności nowobogackich. Zawsze w takich chwilach przypominała mu się rodzinna anegdota o jego babce. W lutym 1940 roku, w czasie transportu ze Lwowa, pociąg stanął pośrodku stepowego pustkowia. Dokoła nic. Trawa. Nie da się jeść trawy. Dzieci płakały z głodu, dorośli wariowali. Babka Sebastiana, Liliana Goszczyńska *primo voto* Sobraniecka, poszła do maszynisty, wręczyła mu swoje futro z norek i rzuciła krótko: „Jedź, chuju!". Pociąg ruszył. Okazało się, że do najbliższego miasta było tylko półtorej godziny drogi. Tym „chujem" uratowała wiele żywotów. Sebastian miał ochotę wstać i rzucić w stronę tych zakłamanych, fałszywych uśmiechów: „Zjeżdżajcie, chuje!".

W kwaśnym nastroju wypił duszkiem kilka kieliszków tych wykwintnych win. To pozwoliło mu się znieczulić na egzaltowane opowieści o tym, gdzie są najlepsze mule w Brukseli i kto ma dojście do Amara, żeby przeskoczyć kolejkę. I na to, co nastąpiło potem. Jak zwykle po czwartej butelce na powierzchnię zaczynały wychodzić robaki. Faceci opowiadali sobie, gdzie są najlepsze dziwki, a panie bez zażenowania dzieliły się informacjami o szczegółach anatomii swoich panów, kiedy ci nie byli obecni przy stole. Mówiono tylko o nieobecnych. Sebastian zawsze przypłacał te imprezy podwójnym kacem. Alkoholowym i moralnym. Nieodmiennie przychodził moment, kiedy zaczynał się wstydzić przed obsługą restauracji. Porzucał wtedy stół dla baru. Wypijał jedną tequilę i po angielsku wychodził. Dokładnie tak jak poprzedniego wieczoru.

Pod dom przyjechał taksówką. Przeszedł przez bramę, wbił kod domofonu, otworzył drzwi klatki schodowej i… Przed własnymi drzwiami na parterze po lewej zobaczył Rusłana. Ormianin wsuwał coś między drzwi mieszkania a framugę. Łom? To musiał być napad! Bo co innego? Niestety Rusłan już go zobaczył, a skoro tak, na pewno jest zdecydowany na wszystko. Trzeba uciekać. Sebastian nie zastanawiając się, w pijanym widzie otworzył drzwi do piwnicy i… potknął się na pierwszym schodku.

Następne, co pamięta, to pochylająca się nad nim zatroskana twarz Rusłana. Zdaje się, że bandyta wziął go na ręce i zaniósł do mieszkania! (Sebastian zerknął pod koc, którym był okryty). I rozebrał! Potem sprawdził jeszcze, czy Sebastian nie ma poważnych obrażeń. Opatrzył zadrapanie na jego ramieniu i pogratulował mu stanu upojenia, bo zapewne tylko to uchroniło go przed wielokrotnymi złamaniami wszystkich kończyn. Na koniec podał mu tabletki przeciwbólowe, zostawił na kartce swój numer telefonu i wyszedł. Sebastian przez cały ten czas nie odezwał się ani słowem. Wcale nie był pewny, czy to nie są majaki po pijaku. Albo czy nie umarł w tej piwnicy i właśnie doświadczał pośmiertnego wyrzutu jakichś hormonów do mózgu. Mechanizm łagodzący chwilę śmierci. Milczał zdumiony i patrzył na Rusłana. Rusłana opiekuna.

Kiedy sąsiad odkażał mu spore zadrapanie na ramieniu, Sebastian czuł wyraźnie jego zapach.

– Jaki? – chciała koniecznie wiedzieć Magda. Skręcała już na parking restauracji.

Problem w tym, że nie umiał odpowiedzieć w sensowny sposób. Przecież nie uwierzyłaby, że anielski.

– Anielski.

Magda przyjrzała mu się z troską. Teraz już była pewna, że to wszystko się Sebastianowi przyśniło. Wrócił z imprezy porządnie zaprawiony winem, potknął się na schodach, dowlókł do mieszkania, padł na łóżko i śnił o troskliwym Tuhajbejowiczu. Zaparkowała.

– Nie opowiadaj tego nikomu. Zgoda? – poprosiła, widząc już oczami wyobraźni, jak Agata się z niego nabija. Czule. A jednak nabija. W stanie takiego rozmarzenia, w jakim znajdował się Sebastian, najlżejsza kpina boli jak smagnięcie batem.

– Dlaczego? To było wspaniałe – sprzeciwił się. – A wiesz, co wsuwał w drzwi? – Zabrzmiało to tak, jakby naprawdę wierzył, że to nie sen.

Magda skrzywiła się. Bardzo chciałaby, żeby to była jawa. Niestety, trzeba będzie wydobyć Sebka z tego Matrixa.

– Tak, tak. Mówiłeś. Łom. Na pewno ogromny, ostry i potwornie niebezpieczny. Za kilka dni zapomnisz. – Miała nadzieję, że za parę dni naprawdę będzie po krzyku. Było jej żal przyjaciela, lecz nie mogła się nad nim litować i wzmacniać jego złudzeń. Sen powinien pozostać tam, gdzie przynależał. W świecie majaków.

– To. – Położył jej na kolanach złożoną w czworo kartkę.

Magda rozłożyła papier. Miała przed sobą ręcznie napisany list. Krótki: „Jesli ty nie widieł filmu Boulevard, to my posmotrim drug z drugom? Rusłan kwartira 10". I nie był to charakter pisma Sebastiana.

Magda przyglądała się kartce i było jej głupio. Podejrzewała najbliższego jej człowieka o rozpaczliwe fantazjowanie, a tymczasem on przeżywał coś, co... No, właśnie. Co on przeżywał?

– Przepraszam. Małpa ze mnie.

Nie miał zamiaru zaprzeczać. Ubodło go to niedowierzająco-uspokajające: „Za kilka dni zapomnisz".

– Nie uwierzyłaś... Tak jakby... – Był tak zdumiony, że nie potrafił ubrać tego w słowa.

Magda rozumiała, o co mu chodzi. Wreszcie w jego życiu zdarzyło się coś, o czym marzył, a ona w to zwątpiła. Jakby nie wierzyła, że to możliwe. Głupio.

– Głupio mi. – Oddała mu kartkę. – Ale już wierzę. Przepraszam. To kiedy będzie to oglądanie?

Sebastian już dawno nie czuł się tak bezpiecznie, jak przez te kilkanaście minut od momentu, kiedy Rusłan znalazł go w piwnicy. Jęczącego nie tyle z bólu, co ze wstydu. I zażenowania. Kiedy Avigdor-Tuhajbejowicz stanął nad nim zatroskany i odgarnął z czoła swoje czarne loki, Sebastian postanowił udawać bardziej pijanego, niż był. Na wypadek gdyby Rusłan-Patinkin dostrzegł, jak bardzo podoba się sąsiadowi, i chciał go za to zabić. Albo gdyby nie zauważył, ale i tak chciał zabić, bo został przyłapany na próbie włamania.

To, co działo się potem, było spełnieniem marzeń Sebka. Mężczyzna, który troszczy się, dba, opatruje i nie robi wymówek jak znużona życiem żona. Rusłan zdecydowanie nie był materiałem na żonę. Wszystko wskazywało na to, że był idealnym kandydatem na męża. Dla mężczyzny. Przynajmniej tak to wyglądało w marzeniach Sebastiana. Teraz jednak, kiedy sen miał się ziścić, Sebastian czuł coraz większy lęk. I ogarniały go coraz większe wątpliwości. A jeśli to po prostu zwykła słowiańska serdeczność? Jeśli pod spodem nie ma nic więcej? Co wtedy?

Magda miała na to gotową odpowiedź:

– Wtedy obejrzycie sobie film z Robinem Williamsem. Nic strasznego.

Sebastian dostrzegł szansę na odbicie piłeczki.

– A jak powiem ci, że miejsce obok cenionego lekarza to też nic strasznego?

Magda roześmiała się serdecznie.

– Zwłaszcza że wyciągnął z tamtego świata Agatę i Jagódkę – dodała sama z siebie. W przeciwnym razie Sebastian użyłby tego jako argumentu za tym, żeby nie spełnić prośby Magdy.

Nie dokończyli, bo przed restauracją zobaczyli Rafała, który machał do nich niecierpliwie.

– I co, Magda? Ksiądz jakoś cię nie zjadł. – Siedząca obok chrzestnej Agata nie mogła sobie darować.

Z drugiej strony Magda miała Sebastiana. Za to obok Agaty siedział… nie, wcale nie jej mąż. Obok Agaty siedział doktor Marek Orlik! I dopiero po jego prawej stronie Rafał Żywiecki, mąż Agaty. Ojciec Jagódki. Człowiek o złotym sercu i żelaznej cierpliwości, który znosił wszystkie jazdy swojej żony z mądrością Salomona i spokojem Buddy. Również to dziwaczne usadzenie przy stole, które zaplanowała. To znaczy, nie do końca.

Kiedy Magda z Sebastianem weszli na salę, pozostali goście zbierali się wokół tacy z szampanem, którym mieli wznieść toast za pomyślność Jagódki. W tym czasie Magda rezolutnie zerknęła na stół za ich plecami. Od lewej mieli siedzieć Sebastian, Magda, Orlik, Agata i Rafał. Spojrzała błagalnie na przyjaciela i zaczęła zagadywać towarzystwo, zachwycając się niewzruszonym spokojem chrześnicy podczas ceremonii. Kiedy po toaście wszyscy ruszyli do stołu, wizytówka z imieniem Agaty stała już przy wizytówce Magdy, natomiast Orlik wylądował między Żywieckimi. Magda natychmiast zajęła miejsce. Lekarz też już siadał, rozmawiając przy tym z Rafałem. Wtedy Agata spojrzała ze zdziwieniem na wizytówki. Była absolutnie, święcie wręcz przekonana, że nie pomyliła ustalonej i zapisanej w tablecie kolejności. I teraz nie rozumiała, jak to się stało, że obok Magdy siedzi ona, a nie ojciec chrzestny. Może w nerwach coś przeoczyła? Sprawdzała wszystko cztery razy, ale może o jeden raz za mało? Usiadła. Sebastian szeptał coś gorączkowo do Magdy. Co to za tajemnica? W tej chwili spojrzeli na nią oboje.

– Zadowolona? Wszystko dobrze? – zapytała Magda z niewinnym uśmiechem.

Sebastian też próbował się uśmiechnąć, ale jakimś cudem zachłysnął się powietrzem, więc sięgnął po szklankę z wodą. Agata już wiedziała. A oni widzieli, że ona wie, bo jej mina mówiła wszystko.

– Agatko, tak będzie lepiej – szepnęła Magda.

Agata uśmiechnęła się naprawdę szeroko i serdecznie. Tak mogliby pomyśleć postronni obserwatorzy. Przyjaciele wiedzieli jednak, że jest to uśmiech ludojada. Właśnie wtedy zadała na cały głos to pytanie o księdza. Wszystkie głowy zwróciły się w ich stronę, a spojrzenia spoczęły na Magdzie.

– Próbowałam być niestrawna – odparła matka chrzestna.

Agata klasnęła w ręce z udawanym zachwytem.

– Udało się wspaniale! – W jej głosie nikt nie domyślał się rosnącego gniewu. To znaczy, nikt oprócz jej bliskich.

Matka Rafała zaczęła alarmująco stukać nożem w kieliszek.

– Chcę wznieść toast!

Sebastian natychmiast to podchwycił:

– Uwaga, toast!

– Cisza, proszę! – Przyzwyczajony do zarządzania bankiem Rafał zawsze w większej grupie gubił swój domowy miękki charakter kochającego męża i ojca na rzecz nawyków wymagającego dyrektora.

Barbara podniosła kieliszek z winem.

– Kochani, los bywa podły, wredny i okrutny. Każdy z nas potrafiłby przytoczyć niejeden przykład potworności, jakimi nas częstuje. Ale potem przychodzą takie chwile jak ta. I całe zło świata, wszystkie jego mroczne strony znikają. Dzięki takim spotkaniom. I dzięki temu, że potrafimy je docenić i się nimi cieszyć. Na zdrowie! – Barbara wyraźnie wzniosła toast w stronę Agaty. Subtelna, lecz wyraźna sugestia: to jest dzień na radowanie się życiem i bliskimi, a nie rozrabianie.

Agata odwróciła się do Magdy z zaciętą miną. Zanim to zrobiła, zauważyła, że Rafał patrzy na nią błagalnie. Z boku stołu wychyliła się Karolina. Ona też wiedziała, co się święci. Agata po chwili podniosła kieliszek.

– Za was, kochani. I za wszystkie niespodzianki, jakich dzięki wam doświadczamy.

Magda i Sebastian nie mieli wątpliwości, do czego pije. Pozostali przyjęli to jako dosyć szczególne, ale zrozumiałe wobec tak wielkich wzruszeń podziękowanie za obecność na chrzcinach Jagódki.

Winowajcy odetchnęli z ulgą. Agata miała naturę furiatki. I choć dosyć dobrze się kontrolowała, zwłaszcza publicznie, to zawsze istniało ryzyko, że siła wybuchu przekroczy moc zabezpieczeń. Największe zagrożenie pojawiało się w ciągu kilku chwil po zdarzeniu; czas naprawdę miał na Agatę zbawienny wpływ. Po godzinie albo dwóch potrafiła się już nie gniewać, a po dobie nawet zaśmiewać z sytuacji, którą w pierwszym odruchu uznałaby za zamach na swoją wolność, samostanowienie i niezależność.

Kelnerki zaczęły zbierać zamówienia, więc wszyscy skupili się na wyborze między stekiem, kaczką a owocami morza. Dzięki temu Agata mogła pochylić się do Magdy.

– Wiem, co zrobiłaś, i nigdy ci tego nie zapomnę.

– Chodzi ci o grzechotkę w kwiatki? Wolałabyś taką z krzyżem? – Magda zaryzykowała pokonanie gniewu przyjaciółki za pomocą żartu.

– Wolałam swoje ustawienie gości. Przecież teraz jest idiotycznie. Zupełnie jakbyśmy tworzyli jakiś seksualny czworokąt. Rodzice biologiczni wymieszani z chrzestnymi w radosnej komunie! – Agata zaczęła jednak niepokojąco podnosić głos. Na szczęście nie wybijał się zbytnio w ferworze zamówień.

– A o czym miałabym z nim rozmawiać? Przecież… – Magda zamilkła, bo zorientowała się, że Orlik na nią patrzy.

Kiedy się witali, bez słowa podał jej rękę i nawet się uśmiechnął. Magda odwzajemniła gest bez uśmiechu. Na tym się skończyło. I bardzo dobrze. Poczuła ulgę, że niedoszły klient nie próbował z nią rozmawiać. Nawet o pogodzie czy architekturze kościoła. Teraz jednak patrzył na nią jakoś inaczej. Poczuła się skrępowana. Chyba nie będzie jej zaczepiał ani przekonywał o swojej niewinności? Już jej nie interesował. Nic a nic. Za to zainteresował Sebastiana i Agatę, którzy spojrzeli na Orlika w tej samej chwili. Ten wyprostował się i udawał, że rozgląda się po sali.

– Czego on chce? – szepnął Magdzie w ucho Sebastian.

– A skąd mam wiedzieć? – Wzruszyła ramionami i poprosiła kelnerkę o sałatę z owocami morza.

Sebastian zdecydował się na luzowaną kaczkę i wrócił do tematu:

– Niech Agata go zapyta.

– Zwariowałeś.

– Ma bliżej.

– Ale ja nie chcę wiedzieć. Poza tym jeśli Agata go zapyta, to zaraz wszyscy będą wiedzieli. A on pomyśli Bóg wie co. Nie, Sebuś. Nic z tym nie będziemy robić. Tak jak ty już nigdy nie będziesz uciekał do piwnicy przed Rusłanem.

To imię obudziło czujność Agaty. Pospiesznie zamówiła sałatkę i odwróciła się do nich z ciekawskim uśmiechem.

Reszta przyjęcia upłynęła miło, a czasem nawet zabawnie. Agata z przyjemnością opowiadała wszystkim o swoich ciążowych przygodach, a Rafał chwalił się, ile razy jeździł po nocnej Warszawie w poszukiwaniu lodów z orzechową posypką albo świeżej orkiszowej bułeczki, którą wreszcie wybłagał o czwartej nad ranem w piekarni.

Przed deserami Magda wyszła do toalety. Kiedy wracała, zadzwonił telefon. Mama. Magda wyszła przed restaurację. Rodzice właśnie zwijali się z Kambodży. Następnym punktem programu miała być zatoka Hạ Long. A co u Magdy? Wszystko dobrze. Szymon nie mógł przyjechać na chrzciny, ale i tak jest miło, już ona o to zadbała. Mama uśmiała się z zamiany wizytówek.

– Nie chciałam ryzykować, że będę musiała rozmawiać z Orlikiem, jakby... – Magda zamilkła.

Lekarz stał parę kroków od niej przed wejściem do restauracji i przyglądał się jej w taki sam nieprzenikniony sposób, w jaki patrzył na nią przy stole. Wyjątkowo wkurzające.

– Muszę kończyć, całusy dla taty. – Mimo protestów z drugiej strony słuchawki Magda rozłączyła się i już miała zaatakować ginekologa pytaniem typu „o co chodzi" albo „czy mogę panu w czymś pomóc", po czym zwiać do środka, ale nie zdążyła.

– Świetnie wyglądasz. Naprawdę. Kama ubiera się podobnie.

Do czegokolwiek był to wstęp, nie mógł przynieść pozytywnych rezultatów. No, cholera, nie. Nie zaczyna się rozmowy z kobietą od stwierdzenia, że wygląda jak czyjaś siostra. Nawet jeśli jest to najzwyklejsza sytuacja towarzyska. Bo przecież nie zawodowa!

– Dzięki. Odkąd ją poznałam, szukałam w sklepach czegoś podobnego. Mam naturę naśladowczyni.

Chłodny uśmiech Magdy wyrósł przed Orlikiem jak góra lodowa. Wiedział już, kto w tym starciu jest Titanikiem i kto pójdzie na dno. Z drugiej strony i tak był na dnie. Co można stracić, leżąc na dnie?

– Nie, nie myślę, że to naśladownictwo. Raczej styl, który pasuje i do ciebie, i do mojej siostry. Taki pech – powiedział to tak zwyczajnie, że Magda zapomniała o pomyśle ucieczki do środka. A jeszcze dodał: – Kama bardzo cię polubiła.

I uśmiechnął się miło i serdecznie. Bezinteresownie. Tak jak uśmiechają się do siebie ludzie, którzy nie mają niecnych zamiarów. Rzadko spotykane w kraju nad Wisłą. Bezinteresownie to my się uwielbiamy nienawidzić. Magda spodziewała się raczej złośliwych uwag i ironii. Ale serdeczny uśmiech? Miłe słowo pozbawione jakiejkolwiek zaczepki? Tak po prostu?

Przypomniała sobie moment w szpitalu po narodzinach Jagódki. Wzruszenie Orlika. Tam chodziło o dziecko, tutaj o jego siostrę. Może rodzinne skojarzenia miały na niego silny wpływ? Zmieniały mu chemię, energię, emanację? Bo oto Magda miała przed sobą mężczyznę, któremu w tej chwili nie wahałaby się zaufać. Nawet gdyby prowadził ją przeżartym przez korniki mostkiem linowym nad przepaścią gdzieś w odludnych Andach. O ile tam są korniki. Zaśmiała się. Nie takiej reakcji oczekiwał.

– Powiedziałem coś głupiego?

– Nie, to ja coś głupiego pomyślałam. – I nie zostawiając miejsca na interpretację ani domysły, dodała: – Bez związku.

– Możemy mówić sobie na ty?

Najwyraźniej nie chciał już samowolnie przekraczać granicy. Magdzie odpowiadało to zdecydowanie bardziej niż jego niestosowna bezpośredniość, kiedy zalecał jej uprawianie seksu. Przytaknęła. Skoro już znalazła się z nim sam na sam, chciała się dowiedzieć, czego chce. Oczywiste było przecież, że nie znalazł się tutaj przypadkiem.

– Mam nadzieję, że nie namieszałem ci za bardzo w życiu.

Rozczarowanie. Szkoda, że znowu wylazła z niego ta pycha lekarza, który traktuje swoje pacjentki jak idiotki. Co skłoniło go do przypuszczenia, że mógłby w jakikolwiek sposób namieszać jej w czymkolwiek? W planie dnia co najwyżej. A w życiu? Niesłychane, jak niektórzy faceci nie potrafią zapanować nad swoim samczym protekcjonalizmem. Aż tak bardzo testosteron zalewa im szare komórki?

– W niczym. Naprawdę – odpowiedziała najspokojniej, jak potrafiła.

Kobiety, które przychodziły do niego na wizyty, musiały mieć naturę niewolnic. Albo były na tyle spacyfikowane przez mizoginiczny świat, że nawet nie zauważały, jak bardzo agresywne jest jego zachowanie. Magda nie była ani pacjentką, ani niewolnicą. Nigdy też nie pozwoliła się nikomu spacyfikować. Nic z tego, doktorku!

– To dobrze. Chociaż i tak chciałem przeprosić. – Uśmiechnął się rozbrajająco, widząc minę Magdy.

Magda poczuła, że się czerwieni. I wcale jej się to nie podobało. Bała się, że będzie wyglądać jak Prosiaczek z Kubusia Puchatka. Skutek szkolenia przez mamę w dzieciństwie. Dla Orlika była niespodziewanie urocza z tym lekkim rumieńcem na twarzy. Dotąd uważał ją za zmaskulinizowaną prawniczą piranię. Teraz dostrzegł w niej wdzięk dziewczyny. Coś, czego kobiety-piranie zdecydowanie nie mają.

Magda tymczasem pragnęła tylko jednego: cofnąć nagranie o parę minut i znaleźć się w restauracji, zanim wyszła porozmawiać z mamą i zanim Orlik się do niej odezwał. A telefon wyciszyć. Niestety było za późno. Zamiast na zimną, opanowaną piranię, Orlik patrzył teraz na różową świnkę. Cudownie!

– Dlacze… Za co?

– Nie potrafiłem docenić tego, co próbujesz dla mnie zrobić. Kama mi to wytłumaczyła. O ile bezlitosny ochrzan można nazwać tłumaczeniem.

Poczuła, że Orlik nie kłamie. Nie próbuje z aktorskim talentem pokazać swojej lepszej strony.

– Ochrzaniła cię? – Magda nie czuła satysfakcji. To był raczej żal, że wsparcie ze strony jego siostry przyszło tak późno.

– I miała rację. Nie powinienem był ci stawiać żadnych warunków, tylko zgodzić się na twoje. Tak jak nie pozwoliłbym nikomu diagnozować moich pacjentek, nie powinienem ładować się na twoje pole.

Wyraźnie spodziewał się reakcji. Tylko że ona nie wiedziała, co powiedzieć. Miała go pocieszać? Niedorzeczne. Odejść? Niegrzeczne. Wyśmiać? Idiotyczne. Stała więc, patrzyła na Orlika i czekała na ciąg dalszy. Przecież coś musiało się wydarzyć. Może ktoś wyjdzie ich szukać? Albo zadzwoni telefon? Jej czy jego, obojętne. Byleby coś się stało. Byle coś przerwało to jego patrzenie na nią, jakby czegoś od niej chciał. Miała nawet desperacki przebłysk, żeby dyskretnie wywołać dzwonek w smartfonie. Orlik stał jednak za blisko, mógł się zorientować. A wtedy wstyd sięgnąłby głębin Rowu Mariańskiego. Przypomniała sobie, że na spotkaniu z jego siostrą też wpadła na taki sam głupi pomysł. Dlaczego ta rodzina robi z niej taką idiotkę? Nie podobało jej się to. Musiała znowu stać się konkretną, zdecydowaną prawniczką. Wrócić do tego, co jej wychodziło najlepiej.

– Świetnie się rozmawia, ale muszę już iść. Obowiązki matki chrzestnej. – Uśmiechnęła się najsympatyczniej, jak potrafiła, i ruszyła do wejścia restauracji.

– Magdo, proszę.

Było w tych dwóch słowach coś, co zmusiło ją do zatrzymania się. Stanęła z dłonią na klamce drzwi i odwróciła się do Orlika. Wtedy dodał:

– Przepraszam i proszę.

30

BLOG MAGDY M.

Przepraszam i proszę. Dwa słowa pojednania. Współpracy. Właściwie powinno być jeszcze trzecie słowo: dziękuję. Jak w *Mateuszku na zaczarowanej wyspie* Stefanii Szuchowej. Kiedyś Karolina skarżyła się, że jej dzieci mają kłopot ze stosowaniem podstawowych słów dobrze wychowanego człowieka. Znalazłam tę książeczkę w jakimś antykwariacie. Podobno pomogła. Teraz to Orlikowe „przepraszam i proszę" przywołało okładkę z małym chłopcem w pomarańczowej łódce z żółtym żaglem. Płynął samotnie na spotkanie nieznanego, które miało go nauczyć empatii, życzliwości i przyznawania się do własnych błędów. Tyle że Orlik nie był już krnąbrnym chłopcem na bezkresnym oceanie, tylko dorosłym mężczyzną w potężnych tarapatach.

Zgodziłam się. To był impuls. Trwały właśnie chrzciny Jagódki. Agata odpuściła mi karę za zamianę miejsc. Sebastian dostał liścik od Rusłana. A przede mną stał TEN doktor. I mimo moich wątpliwości dobrze mu z oczu patrzyło. Pomyślałam nawet, że gdyby wszyscy lekarze byli tacy jak Orlik, z kuli ziemskiej wyparowałaby przynajmniej połowa cierpienia. No i tuż obok, w restauracji, Jagódka bawiła się przednio, podgryzając bezzębnymi dziąsłami palce własnej stopy. Ta część jej maleńkiego ciała miała jakieś oszałamiające pięć centymetrów. Może ktoś potrafi w takich okolicznościach być twardym i zdecydowanym, ale nie ja.

W każdym razie wokół było tyle pozytywnej energii, że zgodziłabym się na dużo więcej. Stop. Jakie dużo? To już było dużo. Miałam przecież znowu wejść do adwokackiej rzeki.

Zdziwiłam się, że od tamtej pory nie udało mu się znaleźć innego adwokata. Przecież nigdy nie brakuje chętnych na taką sprawę. Wtedy okazało się, jak bardzo wypadłam z zawodu. Obrońcy musieli teraz liczyć się nie tylko z kodeksami, ale też z politycznymi koneksjami. Bartek, na początku taki chętny do obrony Orlika, zwodził go tygodniami, ponieważ zorientował się, że może to zostać wykorzystane przeciwko niemu: znany prawnik brutalnie atakuje żonę prokuratora, który walczy z układem! Nieważne, z jakim układem ani czy naprawdę walczy. Przecież prawda nie ma już żadnego znaczenia. Bartek, który sam potrafił sprytnie mijać się faktami, wolał nie ryzykować, że stanie się ofiarą kampanii oszczerstw. Wiktor z kolei był zakopany w swoich sprawach gospodarczych. Poza tym kiedyś przyjaźnił się z mężem ofiary i obawiał się konfliktu interesów. Mimo że nie utrzymywali kontaktów, odkąd prokurator został gorliwym wyznawcą opcji politycznej, która dawała mu szansę na szybki awans w zamian za spełnianie życzeń przełożonych. I ich przełożonych. Wiktor próbował pomóc, polecając Orlika w innych kancelariach, wszyscy jednak traktowali tę sprawę jak gorący kartofel. Zadzieranie z prokuraturą mogło się źle skończyć, więc większość adwokatów wolała nie ryzykować. Ale ja? Co może mi zrobić prokurator generalny? Albo raczej co mógłby zlecić swoim podwładnym? Pomówienie fundacji w prawilnych mediach o machlojki? Nadużycia? Zgodziłam się i prawie natychmiast pomyślałam: będziesz tego żałować. Trudno. Życie to ciągły egzamin.

31

Najbardziej zdziwił się Szymon. Zwłaszcza że weekend tuż przed rozprawą miał wolny i chciał przyjechać.

– Mam nie przyjeżdżać? – zapytał, a Magda musiała stoczyć walkę między poczuciem obowiązku a pragnieniem przyjemności. Odwieczną. I zawsze tak samo rozdzierającą. Albo masz wyrzuty sumienia przez niewykonane zadania, albo doła z powodu straconych rozrywek. Jeśli ktoś twierdzi, że da się to pogodzić, kłamie. Wyjście jest tylko jedno.

– Chciałabym, żebyś przyjechał. Tylko nie mogę obiecać, że będę miała dużo czasu. Muszę tysiąc razy przejrzeć akta sprawy. Może znajdę jakiś haczyk?

– Będę przeglądał z tobą.

W jego głosie słyszała uśmiech.

– Czyli dokonamy niemożliwego. Połączymy przyjemność z obowiązkiem. – Magda też się uśmiechała. Podobała jej się ta wizja. Ona grzebie w dokumentach, zeznaniach, raporcie policji, a Szymon obok czyta nowego Browna. I ekscytuje się kolejną tajemnicą Watykanu albo jakiegoś zakonu.

– Czyli?

– Odbiorę cię z lotniska – zdecydowała.

Nie mogła odmówić Orlikowi. Nie darowałaby sobie tego. Karolina i Sebastian też tak uważali. Agata była z Jagódką i Rafałem w Łebie, więc nie stawiła się na placki alzackie w praskim kulinarno-kulturalnym Centrum Zarządzania Światem, gdzie Sebastian ściągnął swoje przyjaciółki. Właśnie z powodu tych placków. I zupy tom yum.

– Jaka ostra! – jęknęła Magda po pierwszej łyżce.

– Idealny wstęp do ostrego weekendu. – Sebastian puścił oko do Karoliny.

Magda już miała zaprotestować, ale ich miny ją powstrzymały.

– Możesz sobie wmawiać, co chcesz, ale prawdy i tak nie ukryjesz – oznajmiła matka Polka.

– A jaka to prawda? – zapytała Magda. Miała nadzieję, że Karolina nie będzie jej wmawiać szaleńczego zakochania w Szymonie. Jeśli bowiem można było mówić o jakimś uczuciu, to na pewno nie szaleńczym.

– Niezbyt pocieszająca dla twojego klienta. Za to całkiem korzystna dla twojego weekendu.

Karolina lepiej znosiła pikantne potrawy, dlatego w jej talerzu była już tylko połowa zupy. Teraz i ona odłożyła łyżkę.

– Wiktor?

Nietrudno było się domyślić. Karolina potwierdziła.

– On też nie znalazł niczego, czym można byłoby pomóc Orlikowi. Niestety. Jedyne, co możesz zrobić, to ograniczyć straty.

– Chciałam. Namawiałam go, żeby zgodził się na zeznania siostry. Ale nie! – Magda prawie krzyknęła. Ktoś z sąsiedniego stolika zerknął zaciekawiony. Uśmiechnęła się przepraszająco.

– Zrobił to? – Ciche pytanie Sebastiana zawisło na chwilę między talerzami zupy. Patrzyli na Magdę w oczekiwaniu, a ona nie wiedziała, co powiedzieć.

– Wydaje mi się... – zaczęła, ale natychmiast przerwała. Musiała uporządkować swoją wiedzę na temat Orlika. – Nie wiem. – Jednak na nic więcej nie mogła się zdobyć. Tym bardziej że ekspertyza obrażeń potwierdziła znaczną siłę, z jaką zostały zadane. To musiała być krzepka osoba.

– Czyli zrobił. – Słowa Sebastiana zabrzmiały jak wyrok.

– Prawie wszystko świadczy o tym, że tak. Oprócz jednego. Samego Orlika. Nie ma w nim nic z faceta, który stosuje przemoc. Z drugiej strony nawet gestapowcy kochali swoje dzieci i dbali o żony.

Ostatnim razem przyjaciele widzieli Magdę taką bezradną po wyjeździe Piotra. Kiedy nie wiedziała, że chodziło o leczenie.

– A jego zachowania wobec pacjentek? Nie są agresywne? – zdziwił się Szymon.

Magda uśmiechnęła się kwaśno.

– Nawet jeśli, to jednak im pomaga. Stawia do pionu. A kiedy są głupie i nieodpowiedzialne, wymusza poprawę – powiedziała i pomyślała, że raz kozie śmierć. Zamiast zastanawiać się nad winą Orlika, po prostu będzie go bronić. Dla Jagódki.

Szymon przyleciał w piątek wieczorem i tym razem nie zatrzymał się w hotelu. Na prośbę Magdy. Nie, nie przyznała się, nawet sama przed sobą, że jej na tym zależy. Nie. Za to z całą powagą przedstawiła inny powód: dwie doby pod jednym dachem pozwolą im się lepiej poznać i dzięki temu unikną rozczarowań w przyszłości. Na przykład gdyby miało się okazać, że Szymon przeraźliwie chrapie. Albo puszcza przez sen śmierdzące bąki. Pachnące, lecz głośne też były niewskazane. Dwie noce to niski koszt za taki test.

Był jeszcze jeden, całkiem racjonalny powód. Magda przekonała Orlika, żeby na świadków powołać pacjentki. Desperackie? Owszem. Ryzykowne? Tak samo jak brak obrony. Kto wie, może sędzia uzna, że wyrok w zawiasach wystarczy? Musiała przez weekend obdzwonić pacjentki, które wytypował lekarz, aby uzyskać ich zgodę. A potem zapoznać je ze swoimi pytaniami i ostrzec przed ewentualnymi pytaniami prokuratora. Była więc jeszcze bardziej uziemiona, niż wcześniej zakładała.

Szymon wyglądał na zadowolonego, kiedy Magda wykonywała telefon za telefonem. I przejętego, kiedy kolejne pacjentki wymyślały najdziwniejsze powody, dla których nie mogły zeznawać. A to wyrostek robaczkowy, a to nagły, przełomowy dla kariery wyjazd służbowy, a to zepsuty samochód. Szczytem kreatywności był zabieg powiększania ust, który wypadał akurat tego dnia co rozprawa. Magda próbowała namawiać, przekonywać, odwoływać się do przyzwoitości albo chociaż wdzięczności za szczęśliwy poród, Szymon trzymał kciuki, ale niestety: bilans pokazywał więcej porażek niż sukcesów.

W sobotę wieczorem po całym dniu telefonicznych batalii poszli do Łazienek. Magda chciała pokazać Szymonowi swój ukochany chiński ogród. Z Wiejskiej skręcili w Myśliwiecką i aleją Hopfera dotarli między kolorowe lampiony. Weszli do pawilonu, na którego dachu pyszniły się baśniowe smoki, i usiedli na poręczy. Było już po zmroku i raczej pustawo.

– Będzie dobrze. – Szymon objął ją ramieniem i przytulił do siebie. – Z rozprawą.

To miłe, że próbował ją podnieść na duchu.

– Nie rozumiem tych kobiet. Ostatnia przyznała, że gdyby nie awantury Orlika, zmarnowałaby ciążę. Jest mu wdzięczna, że kiedy lekceważyła zalecenia, wyzywał ją od kretynek. Wie doskonale, że to było dla dobra jej i dziecka. Zeznawać jednak nie będzie. Dlaczego? Nie chce się mieszać. Zapytałam, czy jej zdaniem Orlik byłby zdolny do przemocy. Wrzasnęła: „On? W życiu!". I się rozłączyła. Z tych dwudziestu kilku kobiet z listy zostało mi raptem sześć. Za mało, żeby zrobić na sędzim wrażenie. Niestety.

– Podobno zeznania jednego świadka potrafią zmienić przebieg procesu. – Szymon szukał czegoś, co pomogłoby Magdzie uwierzyć w szansę na sukces.

– Nie w tym przypadku. One nie mają nic do powiedzenia o jego relacji z powódką. Za to dużo o jego stosunku i podejściu do kobiet. Potrzebuję masy krytycznej, która swym ciężarem osłabi dowody prokuratora. Chociaż trochę.

– Rozumiem. Chcesz zalać sędziego wdzięcznością pacjentek.

Magda nie wiedziała, z której dynastii pochodzi pawilon chiński w Łazienkach. Była za to pewna jednego: sędzia miał władzę chińskiego cesarza. Czy chińscy cesarze daliby się przekonać zeznaniami kobiet, które jakiś lekarz przeprowadził bezpiecznie przez ciążę i poród? Może chociaż jeden? To byłaby jakaś iskierka nadziei. Teraz nie chciała się nad tym zastanawiać. Była w ogrodzie chińskim z Szymonem. I wolała się tym cieszyć.

– Podoba ci się tutaj? – zapytała.

Szymon rozejrzał się, jakby szukał powodów jej zachwytu tym miejscem. Uśmiechnął się niezręcznie.

– Taak... Nawet ładnie. – Teraz zrobił przepraszającą minę.

To ją rozbawiło. Wstała zdecydowanie.

– No dobra, idziemy.

Nocny Market na dworcu Warszawa Główna działał od niedawna, ale już był jedną z tych miejscówek, które na weekendowej mapie miasta stanowiły punkt obowiązkowy. Kolorowe jarzeniówki, atmosfera tłumu na peronie, zapachy kulinarnych rozmaitości: od ślimaków, ośmiornic i muli po falafele, wegańskie hamburgery i lody zawijane w gofry. Tłum rozgadanych, uśmiechniętych ludzi. Można kręcić nosem, że to „farszafka", że modnisie i koczkodany. Pozerstwo, dragi i polowanie na laski. I na facetów. A do tego jeszcze szczury i karaluchy, czyli nieodłączni towarzysze nocnego życia wielkich metropolii. Tylko co z tego? Cynizm to też poza. Optymistą człowiek się rodzi, a cynikiem zostaje, najczęściej z powodu zbitej dupy.

Magda jeszcze nigdy tu nie była. Szymon też. Patrzyli dookoła z radością niedźwiedzi, które dorwały się do miodu. Muzyka, dobre jedzenie, świetna atmosfera. I właściwa osoba u boku. Magda skusiła się na falafel z kurczakiem, Szymon wybrał mule z barku w starym furgonie citroëna, które na winie przyrządzał autentyczny Francuz. Usiedli z jedzeniem na murku, bo wolnych krzeseł już nie było.

Miała wrażenie, że śni. To musiał być sen. To buchające gwarem i życiem miejsce i troskliwy chłopak, który właśnie okrywał jej ramiona swoim swetrem. Ta Warszawa uśmiechająca się do nich swoimi murami, ulicami i ludźmi. To nie może być prawda. Przecież Magda tkwi głęboko w żałobie po Piotrze. Ona nie może cieszyć się tym miastem. Ona wciąż ma temu miastu za złe to, co jej zrobiło. Nie znosi go. Nie lubi. Nie podoba jej się. A to, że są ludzie, którzy potrafią się tutaj świetnie bawić, świadczy tylko o tym, że nie mają pojęcia, co dla nich Warszawa szykuje. Nie wiedzą, że to miasto zazdrośnie zabierze im wszystko, co kochają. I zostawi zgliszcza. Pożogę. Rozpacz i gniew. Dokładnie tak samo, jak zostawili Warszawę hitlerowcy. Upokorzoną, bezradną, zburzoną do piwnic. Właściwie to Magda powinna wstać i ostrzec wszystkich obecnych. Wykrzyczeć, żeby uciekli z tego miasta, póki mogą.

Nagle dostrzegła, że Szymon wpatruje się w jej twarz z niepokojem.

– Co się stało? – zapytał. Było tak głośno, że właściwie wyczytała to z ruchu jego warg.

Poczuła, że coś ją łaskocze w policzek. Dotknęła go dłonią. Miała mokre palce. Z zatroskanej miny Szymona wyczytała, że to łzy.

Kochali się tej nocy niespiesznie, celebrując siebie nawzajem. A kiedy zasypiali, Magda czuła na twarzy lekkie pieczenie od zarostu Szymona. Prawdę mówiąc, nie tylko na twarzy.

Kiedy Magda wchodziła do Sądu Rejonowego przy alei Solidarności, nie miała pojęcia, co ją czeka. Owszem, przed wejściem stał samochód z logo stacji telewizyjnej, ale przecież nikt nie kojarzy takich obrazków automatycznie z własną osobą. Hol także nie wyróżniał się niczym specjalnym. Rozprawa miała się odbyć na drugim piętrze. Dla zdrowia ruszyła po schodach, zamiast wjechać windą, i wtedy dostała esemes od Orlika: „Nie przychodź pod salę. Czekaj w holu". Posłusznie cofnęła się z trzeciego schodka i stanęła przy ladzie szatni. Po chwili z góry zbiegł przejęty lekarz. Zatrzymał się przy niej zdyszany, z jakimś dziwnym napięciem na twarzy. Nie spodziewała się po nim aż takich emocji. Wcześniej jego lęk był schowany, nieoczywisty. Teraz widziała coś wręcz namacalnego.

– Zlinczują mnie, moją córkę i moją siostrę. Już wisimy i dyndamy na gałęziach.

– Przed rozprawą nie można być niczego pewnym. Będziemy walczyć. – Próbowała go uspokoić. – Ważne, żebyś przed sędzią mówił rzeczowo i spokojnie, nie okazywał emocji. A szczególnie paniki.

– Taak? To stań naprzeciwko dziesięciu mikrofonów i paru kamer, a potem pogadamy! – wyrzucił z siebie.

Magda skojarzyła fakty. To musiała być ta niegdyś związana z nim celebrytka. Zapewne chciała powrócić na nagłówki Pudelków, Kozaczków i Plejad, co przekładało się na zaproszenia na imprezy promocyjne i do wszelkiej maści telewizyjnych *talent shows*. Prawnie nikt nie mógł zabronić byłej dziewczynie Orlika promować się na jego nieszczęściu. A etycznie? „Przepraszam bardzo, a co to jest etyka? Da się tym zapłacić rachunki?" – usłyszała kiedyś Magda od pewnej aktorki, kiedy zapytała ją, czy to etyczne domagać się odszkodowania za zniszczenie samochodu przez pieszego, którego ta potrąciła na pasach. Bardzo możliwe, że celebrytka wyznawała podobne zasady. Związany z nią przez chwilę Orlik był już na zawsze obiektem do wykorzystania. Towarem do sprzedania w sensacyjnym tytule. Kością do ogryzania.

– To było pięć lat temu. Rozstaliśmy się w zgodzie. Lubiłem ją nawet. Najbardziej, kiedy wciąż zapominała różnych rzeczy w moim mieszkaniu. To było zabawne, bo musiała ciągle po nie wracać, ale wstydziła się tego i udawała, że chciała mnie jeszcze raz pocałować... – nerwowo tokował Orlik.

Magda nie znała go od tej strony. Nagle zobaczyła faceta, który pozwala sobą manipulować cwanej kobiecie. Bo te jej powroty były przecież starannie zaplanowaną akcją. Poza tym Orlik nie powiedział o byłej dziewczynie jednego złego słowa. Nie powiedział nawet, że to podłe z jej strony wykorzystywać jego nieszczęście. Między wersami dawał wręcz do zrozumienia, że to miła osoba.

– Przestań gadać. – Z łatwością przejęła dowodzenie. Była na swoim terenie, w swoim żywiole. Nie miała czasu na zwierzenia. W jakikolwiek sposób przeszłość lekarza próbowała do niego wrócić, nie było sensu o tym rozprawiać. Trzeba działać. Budynek sądu przy alei Solidarności od lat nie miał dla niej żadnych tajemnic. Zadzwoniła do szefa ochrony. Po chwili dostała informację: korytarz czysty.

– Idziemy – rzuciła do Orlika.

Niestety nie przewidzieli, że ochrona będzie sprowadzać media i celebrytkę schodami głównymi i w połowie piętra natknęli się na grupę eskortowaną przez strażników. Na jej czele szła obrażona gwiazda.

– Niestety nasze rozstanie było bardzo brutalne – nadawała wprost do mikrofonu z logo jednej z telewizji internetowych. – Przez tydzień nie mogłam chodzić na castingi.

Kamerzysta schodził tyłem, cały czas trzymając twarz celebrytki w zbliżeniu. Dramat najlepiej oglądać z bliska. Gdyby mógł, wbiłby obiektyw prosto w jej serce, żeby pokazać widzom, jak krwawi z rozpaczy.

– Brutalne rozstanie? – dociskała dziennikarka. – Bił cię.

Tak, ona to stwierdziła. I otworzyła przy tym szeroko oczy, dając kobiecie do zrozumienia, że to jest wreszcie temat. Nie ryzykowała pytania; mogłaby przecież usłyszeć zaprzeczenie. A skoro padło stwierdzenie, zawsze była nadzieja, że celebrytka skusi się na cykl artykułów. Prasową telenowelę. Opowie o początkach miłości, potem o jej rozkwicie, o pierwszych sygnałach kryzysu, próbach ratowania związku, wreszcie o tsunami przemocy. Sześć aktów rozdzierania szat. Do tego wywiady w programach śniadaniowych i audycje radiowe. Kilka tygodni darmowej promocji we wszystkich mediach. Aha, i koniecznie książka z poradami, jak uchronić związek przed rozpadem. Może nawet biografia – podpisana przez celebrytkę, ale, rzecz jasna, napisana przez ghostwritera.

Widać było, że gwiazdka dostrzegła wszystkie za, a żadnych przeciw, i już chce się zgodzić z dziennikarką: „Tak, bił. Bił straszliwie", kiedy usłyszała dochodzący z dołu schodów ostry, zdecydowany głos. Ewidentnie jakiejś suki.

– Nie radzę. Chyba że chce pani zaliczyć serię procesów o zniesławienie i płacić grube odszkodowania na domy dziecka.

Celebrytka przyjrzała się tej pindzie i dostrzegła przewieszoną na jej ramieniu adwokacką togę. Czyli to obrońca Orlika. Jej byłego faceta. Faceta, który miał wykonać swojej ostatnie zadanie: stać się żerem i trampoliną dla jej podupadającej karierki. W oczach kobiety pojawiły się łzy. Zraniona gwiazdka pokazywała, jak niesprawiedliwe są razy zadawane przed tę adwokacką sucz.

Dziennikarka ruszyła z odsieczą.

– Może pan doktor skomentuje? – Podsunęła mikrofon Orlikowi, a kamerzysta obrócił się, żeby widzowie mogli delektować się zarzynaniem kolejnej ofiary na ołtarzu mediów. Nie uchwycił momentu, kiedy dziennikarka wytrzeszczyła oczy, bo sucz, czyli Magda we własnej osobie, chwyciła mikrofon i przytrzymała go przed swoimi ustami.

– Jeszcze raz powtarzam. Jeśli ktokolwiek z państwa w jakikolwiek sposób naruszy dobra mojego klienta, nie wygrzebie się z finansowania domów dziecka, fundacji przeciwdziałających przemocy i wszystkich innych organizacji niosących pomoc tam, gdzie jest potrzebna. Jeśli ktoś nie zrozumiał, mogę powtórzyć. – Oddała mikrofon.

Dziennikarka uśmiechała się jak hiena, która już zabierała się do posiłku, kiedy z buszu wyszedł lew i stanął naprzeciwko. Nie pozostawało jej nic innego, jak tylko szczeknąć „smacznego". Nie byłaby jednak sobą, gdyby na koniec nie puściła bąka.

– To zamach na wolność mediów! – syknęła i zeszła po schodach, a za nią pozostałe świetlane postaci mediów, których jedynym celem było dostarczanie prawdy na ekrany komputerów, tabletów i smartfonów.

Celebrytka została sama.

– Ja… Ja tylko… Marek, do cholery, pozwolisz mnie tak obrażać?

Orlik już miał zamiar coś odpowiedzieć, ale Magda dała mu znak, że nie powinien. Następnie wskazała mu drogę i mijając kobietę bez słowa, poszli schodami na drugie piętro. Już na korytarzu do sali rozpraw Orlik powiedział cicho:

– Przepraszam za ten spektakl. I dziękuję, że go przerwałaś.

– Do usług – zamknęła temat Magda. Jej myśli były już przy zaczynającej się właśnie rozprawie. Zdążyła tylko rzucić mu uśmiech, zadowolona, że docenił jej wysiłek.

Nie było zbędnych pytań ani występów. Szybkie akcje obu stron. Ze strony Magdy, niestety, szybsze, niż się spodziewała. Z sześciu pacjentek stawiły się tylko trzy. Za to zachwycały się Orlikiem tak, jakby były w nim bez pamięci zakochane. Pierwszą Magda musiała wręcz stopować w jej infantylnych wynurzeniach, prosząc co chwila, żeby nie opowiadała o swoich odczuciach, tylko o faktach.

– Wysoki Sądzie, to jest fakt. Doktor Orlik to cudotwórca. Jego ręce czynią absolutne cuda. Jak Wysoki Sąd będzie w ciąży, to koniecznie proszę się zgłosić do doktora – paplała dwudziestosiedmiolatka, która pół roku temu powiła trojaczki.

Sędzia Kalicka patrzyła na Magdę, jakby chciała ją zabić. I to nie paragrafem czy wyrokiem, tylko własnoręcznie.

– Długo jeszcze chce pani marnować czas sądu? – zapytała.

– To wszystko, nie mam więcej pytań – szybko rzuciła Magda.

Dalej było jeszcze gorzej. Przy drugiej pacjentce sędzia nie wytrzymała:

– Pani mecenas, do czego to prowadzi? – przerwała, kiedy zażywna trzydziestolatka zaczęła opowiadać, jak to w snach widziała doktora ratującego tysiące matek i ich dzieci przed złymi mocami.

Wreszcie prokurator podniósł swoje zwaliste, na oko stutrzydziestokilogramowe cielsko i oznajmił:

– Mamy tu do czynienia z cyrkiem, Wysoki Sądzie. To obraża powagę instytucji. Wnioskuję o ukaranie mecenas Miłowicz grzywną. Albo o zakończenie rozprawy.

Kalicka, jasna blondynka koło pięćdziesiątki, z wyłupiastymi oczami rozwodnionego koloru, popatrzyła na Orlika. W tym momencie Magda widziała w jej spojrzeniu nie obietnicę sprawiedliwego wyroku, nie mądrość i bezstronność Temidy, a krwiożerczość ziejącego ogniem smoka. Gapiła się ze smoczej perspektywy, obojętna wobec wszystkiego, co stanie na jej drodze. Smok nie miał żadnych odruchów empatii. Uznał dowody prokuratury za wystarczające. I ustami sędzi Kalickiej ogłosił wyrok.

Monumentalny budynek sądu został otwarty dwa miesiące przed drugą wojną światową. Wkrótce potem od strony dzisiejszej alei Solidarności graniczył z gettem warszawskim, a od ulicy Ogrodowej ze stroną aryjską. To właśnie przez ten budynek przemycano ludzi w jedną stronę, a żywność, lekarstwa i broń w drugą. Jego korytarze, ściany, szerokie schody pamiętają niejedną tragedię i niejedną udaną ucieczkę. Dzisiaj ta imponująca architektura, która swym ciężarem oddaje powagę sprawiedliwości, nadal robi wrażenie. I nadal potrafi przytłoczyć.

Marek wyglądał, jakby cała ta masa kamieni i betonu właśnie spadła mu na plecy. Wyszli z budynku i zeszli w milczeniu po schodach. Magda chciała powiedzieć coś, co podniesie lekarza na duchu, ale przychodziły jej do głowy same banały. Na banały ten mężczyzna nie zasługiwał. To już wiedziała.

– Jeszcze dzisiaj napiszę odwołanie.

– Po co? – W głosie Orlika brzęczały noże, żyletki i sztylety. Nie było w nim nic z wcześniejszej łagodności. Został tylko zgrzyt metalu o szkło. – Przecież trzy lata za kratą i pięć zakazu wykonywania zawodu zlecą jak z bicza jebnął. Daj spokój z odwołaniem. Nie warto!

I odszedł. Po prostu. Zanim zdążyła znaleźć sensowne słowa, żeby go pocieszyć, wytłumaczyć, że nie wszystko stracone. Walczyć trzeba przecież do końca. A nawet jeszcze dłużej. Nie miała jednak szansy mu tego powiedzieć. Orlik zniknął za rogiem Solidarności i Jana Pawła, a ona została sama.

Chwilę trwało, zanim ochłonęła po tej patologicznej zmianie osobowości. Nie, nie dziwiła się, że żona Marka uciekła do Tajlandii. Każda rozsądna kobieta uciekłaby od takiego furiata. Całe szczęście, że nie zwymyślał sędzi. Z jednej strony bestia, a z drugiej ciepły, wrażliwy człowiek? Tylko które z nich jest prawdziwym Orlikiem? Magda próbowała się usprawiedliwiać przed samą sobą. Co mogła więcej zrobić? Nie pomagał w przygotowaniach do procesu. Wręcz bojkotował jej starania. Odmówił powołania swojej siostry na świadka, co byłoby, jak się okazało, kluczowe, skoro pacjentki nie dopisały. Nie mogła siebie za nic winić. Wszystkiemu zawinił Orlik i jego zmienne ego. Doktor Jekyll i pan Hyde? Być może.

Magda z natury była skłonna do samobiczowania się. Nie tym razem jednak. Dlaczego więc było jej tak źle? Dlaczego czuła się taka zawiedziona? Bo został skazany? Nie, przecież się tego spodziewała. To o co chodziło? Czyżby o jego zachowanie po rozprawie? O to, że rzucił cyniczny tekst i zniknął? Nie zdążyła znaleźć odpowiedzi, bo usłyszała dzwonek telefonu. To Szymon dzwonił z lotniska. Nie w Szczecinie. Właśnie wylądował na Okęciu.

Są takie prawdy, których banalność trudno znieść, ale z którymi nie da się dyskutować. Może na tym polega banał? Jest tak oczywisty, że samo wypowiadanie go czy zapisywanie jest nieco żenujące. Jednak Magdzie było to w tej chwili kompletnie obojętne. Rzuciła się w ramiona Szymona z taką ulgą, jakby ściągnął ją ze skalnej półki w Himalajach po tygodniu zamarzania. Beznadziei i rozpaczy. Po tygodniu, który trwał rok, sto lat, nieskończoność. Szymon – lina ratunkowa, helikopter, tobogan i cud ozdrowienia.

– Doleciałem do Szczecina, ale już po drodze wiedziałem, że wrócę na proces. Nie powinienem cię zostawiać z tym samej. Przepraszam, kochanie. – Tulił ją do piersi, całował we włosy. Czuła jego życzliwie bijące serce. Jej biło tak samo. I nawet jeśli to był banał, Magda w tej chwili miała to centralnie w niepoważaniu. Tym bardziej że dowodzenie przejął Szymon.

Najpierw zabrał ją do Hali Koszyki, gdzie w Port Royal podają świetną zupę rybną. Potem spacer po Łazienkach, w czasie którego omawiali plany wakacyjne. Wymyślił, że zanim zacznie pracę w Warszawie, pojadą gdzieś zapomnieć o całym świecie. Cieszyć się sobą, piękną pogodą, pysznym jedzeniem, morzem i plażą.

– Czyli dokąd? W listopadzie Europa już się nie nadaje na wakacje. – Magda obliczała długość urlopu, jaki powinna wziąć w Feminie. Oby nie więcej niż dziesięć dni. Pewnie fundacja dałaby sobie bez niej radę i pół roku; to ona nie wyobrażała sobie dłuższej przerwy w pracy.

– Dominikana – zdecydował Szymon. – W listopadzie są jeszcze przyzwoite ceny.

– Ale to podobno turystyczny moloch. – Magda skrzywiła się. Nie lubiła ani wielkich kurortów, ani wielkich hoteli, ani wielopiętrowych basenów, w których pijani turyści prześcigali się na wrzaski i rubaszne dowcipy.

– Poszukamy czegoś kameralnego. Dla zakochanych. – Spojrzał jej w oczy.

Nie można czuć się źle pod takim spojrzeniem. Po prostu się nie da. Uśmiechnęła się.

– Dobrze, że wróciłeś.

Jakiś dziwny, ledwie widoczny grymas przemknął przez twarz Szymona. A może to był tylko cień przelatującego nad ich głowami gołębia? Albo maleńka chmura na ułamek sekundy zakryła słońce? Nie miała czasu się nad tym zastanowić. Szymon zarządził powrót do domu, żeby mogli się przebrać na kolację, po której zabierał ją na dancing pod Pałacem Kultury. Samolot miał jutro rano, więc czekała ich jeszcze cała noc. Teraz zadowolili się kilkoma pocałunkami w windzie i Magda poszła się szykować. Kiedy buszowała w garderobie, zadzwonił Sebastian.

– Dlaczego się nie odzywasz? – Nie była to pretensja, raczej pozbawiony gniewu wyrzut. Właściwie to Sebek wiedział dlaczego. Przegrana zawsze sprawiała, że Magda chowała się w skorupkę. Gdyby wyrok był po jej myśli, zadzwoniłaby.

– Wiesz dlaczego – odpowiedziała zgodnie z przewidywaniami, ale coś w jej głosie go zdziwiło.

– Magdo Miłowicz, z całą miłością i współczuciem, jakie dla ciebie żywię… Nie brzmisz jak przegrana. Dlaczego nie zadzwoniłaś? – naciskał.

– On przyleciał – szepnęła.

– Jak to? – Sebastian zdziwił się ponownie, a kiedy dowiedział się, dlaczego Szymon wrócił do Warszawy, skomentował krótko: – No, no.

Jedli kolację w Cafe Kulturalna, w foyer Teatru Dramatycznego. To było jedno z ulubionych miejsc Sebastiana, o czym Szymon nie wiedział.

– Ale gdybym wiedział, to tym bardziej wybrałbym to miejsce. Podobno mają świetną kuchnię, kapitalne wydarzenia i kompletnie żadnego zadęcia – zachwalał.

Magda była tu już kilka razy i zgadzała się z tym całkowicie. Ostatnim razem poszła do Kulturalnej dwa lata temu, jeszcze z Piotrem, na wystawę zdjęć Sebastiana z bezludnych rejonów Malezji. Teraz zapatrzyła się w refleksy światła w kieliszku z białym winem. Tyle się od tamtego czasu wydarzyło. Śmierć Piotra, zerwanie z kancelarią, spotkanie Szymona, powrót na wokandę, przegrana sprawa Orlika. Magda się skrzywiła. Czuła jednak gorycz porażki. Obecność Szymona osłabiała ten nieprzyjemny smak, ale był tam. Czaił się i nie pozwalał o sobie całkiem zapomnieć.

Czyżby Szymon przyglądał jej się z ponurą miną? Nie, wydawało się jej. To jej własne niewesołe myśli rzucały cień na ten wspaniały wieczór. Zaraz po kolacji mieli przejść dosłownie parędziesiąt metrów przed Teatr Studio, gdzie odbywał się warszawski dancing z orkiestrą swingową. Spróbowała się uśmiechnąć mimo gorzkiej pigułki, która utkwiła jej w gardle. Chyba nie bardzo się udało.

– Czym się martwisz? – zapytał Szymon bardzo konkretnie. I jakoś tak służbowo. Chłód w głosie, dziwny jak na niego. A może to Magda ma coś z uszami? Jakaś różnica ciśnień? Ale przecież nie byli w górach, tylko na mazowieckiej nizinie.

– Słucham?

Stara rada adiunkta Waligóry z czasów studenckich. „Jeśli nie wiesz, co powiedzieć, udawaj, że nie słyszysz". Trochę było jej głupio, że stosuje ten trik wobec Szymona, ale naprawdę miała poczucie, że coś dzieje się z ciśnieniem. A może ze wszystkim naraz, bo widziała przed sobą Szymona, to się zgadzało, ale jednocześnie nie był to Szymon, tylko jakiś obcy mężczyzna o surowej twarzy. Spojrzała na kieliszek z winem. Piła dopiero drugi. Niemożliwe, żeby to był wpływ alkoholu. Pokręciła głową.

– Chyba schodzi ze mnie napięcie po rozprawie.

Upiła łyk trunku i uśmiechnęła się. Lekkie chardonnay. Idealne na taką okazję. I do tańca. Dziwne, bo jej uśmiech nie udzielił się Szymonowi. Wciąż miał to surowe spojrzenie. A kąciki ust ułożyły mu się w nieprzyjemny grymas. Ironii? Kpiny? Chyba naprawdę wstawiła się tymi dwoma kieliszkami i teraz ma pijackie zwidy. Jej chłopak przecież się tak nie zachowuje. Coś tu się nie zgadza. Ukradkiem uszczypnęła się w udo. Zabolało, ale poza tym nic się nie stało. Nie obudziła się z tego dziwnego, coraz bardziej niepokojącego snu.

– Dlaczego masz taką minę? – zapytała cicho, mimo że w Kulturalnej brzęczał rój głosów przemieszanych z alternatywną muzyką spadkobierców new romantic i italo disco z lat osiemdziesiątych ubiegłego wieku. Ale o tym wiedział chyba tylko didżej zapodający nowe rytmy. Magda nie miała pojęcia, co płynie z głośników, i niewiele ją to obchodziło. Obchodził ją Szymon. A jeszcze bardziej to, co się z nim stało. Mężczyzna, którego miała przed sobą, coraz mniej Szymona przypominał.

A jeśli ktoś jej wsypał jakieś paskudztwo do kieliszka?! Jest naćpana! Musi natychmiast zadzwonić do Sebka albo do Karoliny. Do Agaty nie można na razie dzwonić w nagłych wypadkach ze względu na Jagódkę. Ta myśl uspokoiła ją nieco. Nie może być całkiem niepoczytalna, skoro pamięta Jagódkę, swoją chrześniaczkę. I Orlika. Magda przez całą rozprawę pilnowała, żeby dowody były nazywane pośrednimi, a w mowie końcowej pokreśliła, że owszem, na nagraniu widać, że lekarz wyszedł z budynku, ale zanim powódka wezwała policję, upłynęło dziesięć minut. W tym czasie mógł ją pobić ktoś inny. Nikt nie złapał Orlika na gorącym uczynku. Nie było też śladów penetracji. To ważne w takich sprawach. Potem żona Grzelaka z zapałem opowiedziała, jak broniła się przed mężczyzną. Magda zapytała tylko, dlaczego jej zdaniem przerwał. Skoro był taki brutalny i nie reagował na jej protesty, to dlaczego nie doprowadził sprawy do końca? Prokuratorowa kazała jej zapytać o to napastnika. I koniec. Wyrok. Orlik znikający za rogiem ulicy.

Magda przechyliła kieliszek. Refleksy światła w winie połyskiwały zachęcająco. Było w nich coś radosnego. Jak w oczach Orlika, kiedy uratował Jagódkę i Agatę. Nagle Magda przypomniała sobie, gdzie jest. I z kim. Uśmiechnęła się przepraszająco do towarzysza.

– Już. Wróciłam z sali sądowej. Idziemy tańczyć?

– Co tylko chcesz – rzucił, jakby Magda wydała mu rozkaz.

Dał znak kelnerowi, że chce zapłacić, a ona próbowała odczytać wyraz jego twarzy, zajrzeć w jego myśli. Gdyby miała taką moc, życie i praca w fundacji byłyby bajecznie łatwe. W sądzie też. Od razu wiedziałaby, kto i co zbroił, i czy zbroił. Kto kłamie, a kto nie. No tak. Tylko wtedy Temida nie byłaby ślepa. Nic z tego. Szymon zapłacił z kwaśną miną, a ona nadal nie wiedziała, o co tu chodzi.

– Chciałaś iść. – Zabrzmiało to jak zarzut. A przecież to był jego plan.

Nie wstała. Szymon wyraźnie z czymś walczył. Z czym?

– A ty? Czego ty chcesz? – zapytała.

Był spięty jak człowiek, który idzie pierwszy raz do wymarzonej pracy i boi się, że nie podoła. Albo jak chłopak, który ma poznać rodziców swojej dziewczyny. Albo jak facet, który ma... się oświadczyć! Magda zakryła dłonią usta, żeby Szymon nie dostrzegł jej uśmiechu i jednocześnie szoku. No tak. To dzisiaj! To ten dzień! Przecież wszystko zaplanował. I jest tu dla niej. A ona krąży myślami po sali sądowej. Głupia! Wstała i pocałowała go w usta.

– Od teraz robimy to, co ty chcesz. Jesteś kaowcem, a ja zamieniam się w uczestniczkę rejsu – zażartowała. – Mogę nawet wydać odgłos konia. – Chciała, żeby się rozchmurzył, chciała uratować ten wieczór. Cały świat. Teraz naprawdę poczuła wpływ wina, wzmocniony jej przypuszczeniami. Zachichotała. – A ty zrób, co chcesz.

Jak to sobie wymyślił? Czy będzie chciał klękać tutaj, w Kulturalnej, czy też zaszaleje i poprosi ją o rękę na parkiecie pod chmurką? Właściwie wolałaby, żeby to się stało na dziedzińcu Pałacu Kultury. To byłoby takie maleńkie, co prawda niewystarczające, ale jednak jakieś zadośćuczynienie od Warszawy za krzywdę, jaką jej wyrządziła. Tak jakby zazdrosna ekskochanka musiała pogratulować rywalce i celebrować jej szczęście. Dobrze, zgoda. Magda była skłonna przyjąć to jako przeprosiny. Nie żeby cokolwiek załatwiały; nic nie jest w stanie zadośćuczynić śmiertelnemu wypadkowi. Magda już sobie ze śmiercią Piotra poradziła. Teraz musiała poradzić sobie z resztą swojego życia. A to przecież drobiazg w porównaniu z tym, co stało się na placu Trzech Krzyży.

– Dlaczego mam taką minę? – W głosie Szymona były jakieś dziwnie obce dźwięki. Nieznane nuty. Zgrzytliwe brzmienia. – Przez cały dzień byłaś ty i tylko ty. Ja dla ciebie nie istnieję.

Przecież miały być oświadczyny i zaręczyny, a nie jakiś prymitywny wybuch emocji. Złych, negatywnych, niepotrzebnych. Takich, o których trudno później zapomnieć. A nawet jeśli dadzą się zamieść pod dywan, nie znikną. Po jakimś czasie się wybrzuszają. Wystają. Atakują wzrok, psychikę, emocje. Magda zrozumiała, że przekroczyła jakąś granicę. Rozpanoszyła się, zajmując całe miejsce i nie zostawiając Szymonowi ani skrawka. Może nie tego się spodziewał? Może nie mieściło się to w standardach żony doskonałej? Przecież nie miała złych intencji. Wydawało jej się, że przyjechał z jej powodu, dla niej. Korzystała z tego z przyjemnością i ani przez chwilę nie wyczuła, że coś jest nie tak. Że mu niewygodnie. Czy dlatego doszedł do wniosku, że ona ma gdzieś jego i jego sprawy? Co się działo w jego głowie albo w życiu, że tak zareagował? I dlaczego jej o tym nie powiedział? Milczał. Magda po chwili powtórzyła pytanie:

– Co się dzieje i dlaczego nie powiedziałeś od razu?

Zupełnie już wytrzeźwiała. Nie było mowy o chichotaniu, tańcach ani oczekiwaniu na niespodziankę. Magda czuła się winna, że pochłonięta przegraną sprawą nie zauważyła, że Szymon ma jakiś problem.

– Naprawdę cię to obchodzi? – Teraz w jego głosie pojawiła się bezradność.

Magda dotknęła jego dłoni.

– Mam ci to jakoś udowodnić? – zażartowała. Chciała, żeby dzięki temu Szymon poczuł się przy niej bezpiecznie, ale naprawdę była gotowa zrobić dla niego całkiem sporo. Przecież byli parą, a z tym wiąże się wzajemna odpowiedzialność i troska. Jeśli potrzebował jakiegoś dowodu jej szczerych intencji, była gotowa mu go dać. Pod warunkiem że nie oczekuje spaceru nad przepaścią. Jej lęk wysokości nic sobie nie robił z uczuć. Nawet tych największych.

– Chciałem, żebyś zapomniała o przegranej sprawie. Żeby ci było przyjemnie i miło. Planowałem... – Przerwał. Nerwowo przełknął ślinę, jakby się bał, że... Że się rozpłacze? Widziała, jak zacisnął usta. Starał się zapanować nad emocjami.

Nagle Magda poczuła, że powietrze wokół nich gęstnieje, a czas zwalnia. Szymon sięgnął do kieszeni i położył przed nią granatowe skórzane pudełeczko.

– Chciałem w czasie dancingu poprosić cię o rękę, ale nie mogę. Przepraszam. – Widać było, że jest mu ciężko. – Nie mogę tego zrobić.

Zamilkł. Ona też milczała. Co można powiedzieć, kiedy marzenia się spełniają i w tej samej chwili okazują się bańką mydlaną?

Magda nie sięgnęła do pudełeczka. Nie była ciekawa, jakiego zaręczynowego pierścionka nie dostanie. Chociaż wiedziała, co powie Agata: że jest głupia, bo powinna sprawdzić. Karolina przeciwnie, pochwali Magdę za opanowanie. Sebastian potrzyma za warkoczyk, kiedy emocje wezmą górę. A sama Magda? Co ona miała o tym myśleć? I przede wszystkim: co zrobić? Czuła się, jakby ktoś napluł jej do zupy i poprosił o serwetkę. Facet, któremu uwierzyła, zaufała, którego wpuściła do swojego świata i za którego była gotowa wyjść, facet, który pokonał jej żałobę i smutek, położył właśnie przed nią pierścionek zaręczynowy i oznajmił, że zaręczyn nie będzie. Ktoś tu powinien się zapaść pod ziemię. Tylko dlaczego to Magda miała na to ochotę?

– Szymon, to... To jest tak, jakbyś uciekł sprzed ołtarza. Jakieś słowo wyjaśnienia? Czy wolisz wyjść? Jeśli to drugie, to zabierz ze sobą pudełko. Nie chcę wiedzieć, co tam jest. – W jej głosie nie było bólu ani szoku. Nie było słychać ucisku w żołądku ani zawiedzionego serca. Była tylko Magda rzeczowa i konkretna. Pragmatyczna. Magda wobec problemu, który trzeba rozwiązać. Z prawniczym spokojem. Chociaż za tym profesjonalnym opanowaniem właśnie waliły się kolejne piętra, zapadały sufity, strzelały iskry z instalacji, a huk walącej się katedry jej związku z Szymonem zagłuszał wszystko dokoła.

Tyle że w jego oczach nie było niczego, co mogło przyczynić się do takiej destrukcji. Nie było siły niszczącej. Negatywnej. Teraz to zobaczyła. W jego oczach były tylko wstyd i zażenowanie. Upokorzenie?

– Skoro nadal tutaj siedzisz, to może mi wyjaśnisz, co się stało? Dlaczego tak się zachowujesz? – ponowiła pytanie.

Czuła, że należy jej się jakaś odpowiedź. Jakakolwiek. Nawet niezbyt sensowna. Życie nauczyło ją już, że nie chodzi w nim o sens, logikę czy związki przyczynowo-skutkowe. Logika była wymysłem ludzi, którym wydawało się, że los to przewidywalna substancja. Prosta matematyka. Że związki przyczynowo-skutkowe są stałe, określone i niezmienne, a sens jest prymarną cechą każdego istnienia. Nic bardziej mylnego, drodzy państwo! Totalna bujda na resorach. Nie liczcie na to, że sens, przyczyna i skutek albo logika załatwią wam w życiu cokolwiek. Nic z tego! Magda przerobiła to wiele razy z klientami, ale także z Piotrem. Przecież w jego ukrywaniu choroby, w tajemniczym wyjeździe do Stanów czy w wielomiesięcznym milczeniu nie było ani sensu, ani logiki. A jednak to wszystko się wydarzyło.

Nie spodziewała się już reakcji, która da się ująć w sensowne, przyczynowo-skutkowe czy logiczne ramy. Chciała dostać cokolwiek. Choćby pierwszą z brzegu odpowiedź, którą zapisze albo zapamięta, żeby przez wszystkie następne lata pocieszać się, że to nie był on. Że Szymon, który siedział teraz przed nią i patrzył na nią skruszonym wzrokiem, to nie był ten sam Szymon, któremu uległa. Któremu chciała ulec.

– Znasz odpowiedź. Dlatego, że cię kocham.

Nie zrobiło to na niej takiego wrażenia jak za pierwszym razem. Nie. Teraz to było raczej irytujące. Co on sobie wyobrażał? Że będzie zachwycona i wdzięczna? Że się wzruszy? Zaśmiała się krótko, twardo, ale wcale nie było jej do śmiechu.

– Wiadomo. Jak ranić, to najlepiej z miłości. A im większa, tym głębsze rany i trwalsze blizny. Wiele razy widziałam ślady tego wspaniałego uczucia na ciałach moich podopiecznych. Albo na ich psychice. Albo na sercu. Taa... Bo przecież miłość to cierpienie. – Mogła jeszcze długo z niego szydzić, lecz nagle odechciało jej się mówić. Po co? Zresztą nie ma takich słów, którymi można opisać coś tak dziwacznego jak to leżące przed nią pudełko, do którego nie dano jej prawa.

– Nie mogę, bo... – Zawahał się, jakby musiał coś jeszcze przemyśleć. – Dobra. Powinnaś wiedzieć, co się stało. Chociaż nie jest mi łatwo. To kurewsko upokarzające mówić ci o tym, bo wychodzę na... Zresztą, sama oceń. Okazało się, że wiszę firmie dwieście koła. Wrobił mnie szef, mój wieloletni przyjaciel. Jego firma dostała zlecenie na nasz kawałek autostrady. To znaczy na prace przygotowawcze. Wiesz, tam jest dużo etapów, wykonawców, podwykonawców, każdy ma swoją działkę. My robiliśmy wszystko, co jest związane z karczowaniem, kopaniem, usypywaniem i tak dalej. Drenaże... Dużo tego. Nieważne. Grzesiek wrobił mnie w podmianę kamienia z lepszego na gorszy. To właśnie te dwieście tysięcy. Na zleceniu jest mój podpis. Nie zgłosi tego do prokuratury, jeśli dostanie pieniądze. Jeśli ja to zgłoszę, on pokaże mój podpis. Dlatego jestem ugotowany. I nie chcę obarczać cię tym, co się wydarzy. Tak to wygląda.

Patrzyła na jego dłonie. Szczupłe, o długich palcach i owalnych nasadach paznokci. Takie dłonie mógłby mieć pianista. Ktoś, kto wygrywa na instrumencie doskonałe melodie i wywołuje w słuchaczach wzruszenia. Uśmiech albo strach. Steruje emocjami za pomocą dźwięków. Szlachetna manipulacja. Czy nie na tym polega sztuka? Teraz te czarodziejskie dłonie leżały płasko na stole. I lekko, prawie niezauważalnie drżały. Magda śledziła minimalne przykurcze palców, jakby starała się domyślić wydobywającej się spod nich melodii. Nie było słychać muzyki, a słowa Szymona nie wzruszały. One wkurzały.

– Nie możesz decydować za mnie – wycedziła.

– Zdecydowałem za siebie. Nie będę cię wciągał w bagno, w którym tonę. – Sięgnął po szklankę i wypił parę łyków wody.

Magda popatrzyła mu w oczy. Czy był szczery? Uczciwy? Naprawdę chciał ją chronić?

– Nie wiem, jakimi ścieżkami do tego doszedłeś. Nie mam jednak wątpliwości, że doprowadziły cię na manowce... – zaczęła, a on podniósł dłonie.

Czy to był gest obrony? Irytacji? Łatwo jest odczytać intencje kogoś, kto myśli i działa podobnie. Ale to były antypody tego, co dla Magdy znaczyło „kochać". Być razem? Tak. W radości?

Tak. W kłopotach? Też. W wielkich kłopotach? Wielkich też. Bo wtedy właśnie to „razem" się sprawdza. I co to, do cholery, za problem, że ktoś go wrobił?

– Masz kompletnie pokręcone pojęcie o związku dwóch osób, wiesz? – stwierdziła. Nie chciała powiedzieć wprost: „przestań pieprzyć i dawaj ten pierścionek", chociaż byłoby to dokładnie to, co teraz czuła. I chyba zupełnie co innego, niż czuł Szymon.

– Możesz tak myśleć. Masz prawo. Żyj sobie w tej złotej klatce, w której największy dramat to przegrany proces.

– Jakiej klatce? – To ją ruszyło. No, kurczę, nie! Nie żyła w żadnej klatce, a już na pewno nie złotej. Wiedziała doskonale, co to ból rozstania, ból śmierci, ból pustki. Złota klatka? Raczej ciemnawa piwnica, do której po całych miesiącach mroku Szymon wpuścił trochę światła.

– Przecież twoje kontakty z prawdziwym życiem odbywają się przez pancerną szybę.

Czy on próbował być protekcjonalny? Naprawdę?

– No tak, możesz tak myśleć, bo przecież ukryłam przed tobą, że pracuję w fundacji. Że mam na co dzień do czynienia z kobietami, które utknęły w piekle. Próbują się wyrwać, ale często nie mają dość siły albo ja nie potrafię jej im dać, i wciąż do niego wracają. Oto moja złota klatka. Życie usłane płatkami róż. – Ironia zalała ją jak nagła fala początkującego surfera. Czuła, jak woda rzuca nią w pianie i piasku, ale nie mogła nic z tym zrobić. – Jestem w bajce, kiedy czterdziestoletnia kobieta przychodzi do mnie z ranami na plecach. Jej mąż wie, że na twarzy byłyby widoczne. Albo dwudziestosześciolatka, którą teściowa przypaliła żelazkiem za to, że chciała zgłosić, że jej mąż, a syn mamusi z żelazkiem, przywiązuje ją do łóżka i gwałci. Albo pani doktor po siedemdziesiątce, którą mąż kolejny raz sprał, a potem wyrzucił z domu. Trzydziestka, która w zimie, nocą, uciekała z dziećmi w piżamach, szukając schronienia u sąsiadów. Niestety nikt jej nie otworzył, bo nie chcieli się wtrącać. Tak, masz rację. Bajka otacza mnie z każdej cholernej strony. – Tu już nie było ironii. Tu był gniew.

– Bądźmy serio – poprosił cicho Szymon.

– Chcesz być serio? To wynajmij prawnika, żeby cię wyciągnął z kłopotów. Proste – rzuciła.

Drwiący uśmiech potrafi zbić z tropu. Ale nie kobietę, której odebrano szansę na zaręczyny. Z twarzy Szymona po chwili zniknęła drwina. Spoważniał.

– Wydaje ci się, że nie wpadłem na ten genialny pomysł? Niestety to byłoby moje słowo przeciwko mojemu podpisowi w papierach.

Wyglądał na udręczonego. Gdyby to jej ktoś wyciął taki numer, też nie byłaby zachwycona.

– Powinieneś od razu mi powiedzieć. Tak robią ludzie w związku.

Wziął ją za rękę, pochylił się i pocałował wnętrze jej dłoni.

– Przepraszam.

Dreszcz i skurcz przebiegły jej ciało. Przez wszystkie żyły, tętnice i ścięgna przemknął ładunek wybuchowy, strzelając iskrami pożądania, aż dotarł do jej podbrzusza i tam eksplodował. A echa wybuchu dotarły do jej oczu, które zmrużyły się na chwilę, a po otwarciu ukazały zamglone tęczówki i źrenice rozszerzone jak po atropinie. Co to było? Nie, nie orgazm. To była reakcja jej ciała na tego mężczyznę. Spazm rozkoszy. Jeszcze przed orgazmem.

– Naprawdę czy tylko tak dla dobrego wrażenia? – zapytała cicho.

– Naprawdę. I jest mi bardzo wstyd. Podwójnie. A nawet potrójnie. Nie dość, że dałem się tak idiotycznie wrobić, to jeszcze chciałem przed tobą ukryć następny problem, chociaż już to przerabialiśmy. Posypuję głowę popiołem. – Uśmiechnął się i otworzył pudełko. – Wybaczysz mi?

To jej wystarczyło. Nie potrzebowała żadnych dodatkowych słów, żeby natychmiast, w tym momencie, uciec z nim na Wiejską. Do mieszkania. Do sypialni.

W taksówce Szymon założył jej pierścionek na palec, po czym poprosił, żeby kierowca podjechał do sklepu nocnego. Długo całował Magdę, zanim wysiadł. A potem wrócił w kosmicznym tempie z butelką Dom Pérignon i chciał ją od razu otwierać.

Nie żałowała, że nie poszli na dancing. Przecież to, co się wydarzyło, cementowało ich związek bardziej niż jakiekolwiek romantyczne okoliczności. Te, owszem, bywają jak najbardziej wskazane i nadają życiu smak, ale jego treścią nie są zachody słońca nad Canale Grande ani bukiet kwiatów bez okazji. Treścią życia są utrapienia dnia codziennego. Zepsuta pralka, niewyrzucone śmieci, zapomniane rachunki. Poplamiona koszula. Rozbieżne opinie na temat nowych zasłon albo obicia kanapy. Nie mówiąc już o wakacjach. A zwłaszcza o urodzinowym prezencie dla teściowej. Jeden z najtrudniejszych tematów. Treścią życia są miliony małych i średnich problemów przetykanych chwilami spokoju, radości i szczęścia. Tych ostatnich jest jednak stosunkowo mało. Tak jakby tymi gorszymi trzeba było zasłużyć na lepsze. Czasem mamy serdecznie dość tej codziennej udręki, ale tylko na chwilę, bo wiadomo, że trzeba iść dalej. Trzeba pozałatwiać, co jest do załatwienia, zanim góra spraw przebije sufit. Pomaga serdeczność. Troska. Wspólne mierzenie się z problemami. Dokładnie tak jak teraz z Szymonem.

Tak myślała w taksówce. W taksówce ich przyszłość była niezagrożona. Tylna kanapa stanowiła cały ich świat i świat ten obiecywał im długie lata udanego związku. Trudno, żeby było inaczej, skoro już na początku nauczyli się pokonywać groźne kryzysy.

Kiedy weszli do mieszkania, wyjęła kieliszki do szampana. Szymon otworzył butelkę.

– Za nas i naszą przyszłość! – Wzniosła toast. I była pewna swych słów. Całkowicie. Bezapelacyjnie. Nieodwołalnie.

Szymon uśmiechnął się, a Magda zobaczyła w tym uśmiechu szansę na dziecko. I kłótnie, do jakiej szkoły je posłać. To ją wzruszyło.

– Za nas, kochanie – powtórzył.

Wypili. Potem Magda pocałowała go, a on pociągnął ją do sypialni. Było inaczej niż za pierwszym razem. Trochę się zdziwiła, że Szymon jest taki nieuważny, że się tak spieszy, ale przecież mieli za sobą trudny wieczór, no i ten jego stres z fałszywym oskarżeniem. Można to zrozumieć. Zresztą kto przejmowałby się jednym orgazmem, skoro ma przed sobą cały ich ocean?

Kiedy skończył i wyrzucił prezerwatywę, wrócili do salonu. Szymon był głodny, więc zrobiła jajecznicę na szynce, a do tego tosty z pesto i parmezanem.

– Nalejesz szampana? – poprosiła, serwując kolację.

Szymon uzupełnił kieliszki i zaczął jeść. Magda czekała na jego reakcję, lecz nie skomentował kolacji. Po chwili spojrzał na Magdę.

– Kochanie… Jak myślisz… Co zrobić z tą kasą? – zapytał z zakłopotanym uśmiechem. Wyglądał jak chłopiec, który już trzeci raz w miesiącu zmasakrował piłką ukochaną rabatę sąsiadów. I naprawdę nie zrobił tego specjalnie. Dlatego mu tak bardzo wstyd.

– Już mówiłam. Należy to zgłosić… – Przerwała, bo Szymon się żachnął. Odstawił talerz nerwowo i wstał. Schował ręce w kieszeniach spodni. Magda milczała. Nie dlatego, że grała na zwłokę. Naprawdę jeszcze wtedy nie rozumiała. Agata stwierdziła potem, że wszystko było już jasne, kiedy Szymon położył na stole pierścionek i oznajmił, że jej go nie da. Mądra Agata po szkodzie! Karolina i Sebastian mieli więcej wyrozumiałości dla zakochanej kobiety. Ślepota Magdy ich nie dziwiła. Nie żeby ją usprawiedliwiali. Nic z tych rzeczy. Ale też nie oskarżali jej, co w tej sytuacji było bardzo pomocne. Sama miała do siebie wystarczająco dużo zastrzeżeń.

– Tylko że… On nie będzie czekał, aż policja z tym coś zrobi, tylko zaniesie ten papier do prokuratora. Ma jednego w rodzinie. Świeży awans do krajówki. Będzie chciał się wykazać. Nie wygrzebię się z tego, Magda.

Sięgnął po kieliszek. Wypił duszkiem resztę szampana i usiadł w fotelu. Schował twarz w dłoniach. Człowiek zgięty pod brzemieniem problemu. Magdzie zrobiło się głupio.

– Będziemy się odwoływać. Nie może być tak, że jakiś oszust zniszczy ci…

– Ile to potrwa? – Znów jej przerwał.

Miała zamiar go przekonać, że to sprawa do wygrania, że na pewno znajdzie sposób, żeby go wybronić, tylko... No właśnie. Ile to potrwa? Rok? Dwa? Trzy?

– Nie będę cię oszukiwać – odparła po chwili. Bezradność. Najgorsza jest bezradność. Nie strach. On może cię sparaliżować, ale też sprowokować do ucieczki albo do ataku. Do działania. Bezradność nic nie może; wciąga tylko jak ruchome piaski. I nigdzie nie ma gałęzi, której można by się złapać.

Milczał. Ona też. Po chwili zauważyła, że obraca nerwowo pierścionkiem na palcu. Jakby ją uwierał. A przecież nie uwierał. Poczuła zimny dreszcz. Jakby jakiś oślizgły robak wypełzł z piwnicy i wdrapywał się jej na plecy.

– Chyba że... – Szymon spojrzał na nią niepewnie, ale to wystarczyło, żeby robal czmychnął z powrotem do swojej dziury.

– Mów – poprosiła.

– Nie, to bez sensu. Zapomnij.

– Szymon! – W jej głosie był prawie nakaz. Bez względu na to, jaki miał pomysł, choćby był najgłupszy, należało go rozpatrzyć. Na tym przecież polega bycie razem, czyż nie?

– Chyba że... Że mi pożyczysz. A ja nagram gościa, jak będę mu wręczał tę kasę. I tak poprowadzę rozmowę, żeby się przyznał do winy.

– Ale ja nie mam. Zresztą, nawet gdybym miała... Skąd pewność, że ten człowiek cokolwiek powie? Albo że przyzna się do szantażu? – zastanawiała się głośno. Bezradność znowu podnosiła łeb.

– Dla ciebie to nie problem zorganizować taką kasę, prawda? Chyba że nie chcesz... Wtedy zrozumiem. Tylko powiedz wprost. Nie lubię niejasnych sytuacji.

Równie dobrze mógłby poprosić, żeby kupiła żarówkę do lampki nocnej albo jogurt bez cukru. W sensie tonu. Nic w nim nie sugerowało, że chodzi o coś niepokojącego czy dziwnego. Najzwyklejsze pytanie, jakich setki zadają sobie codziennie wszystkie pary świata. Mimo to Magda poczuła jakieś ostrzegawcze wibracje. Coś zabrzęczało fałszywie. Jak rozstrojona struna w gitarze. Niby melodia się zgadza, lecz jeden dźwięk nagle zakłóca harmonię.

– Szymonie, chcę ci pomóc. Tylko w rozsądny sposób. Jesteś zdenerwowany, nie myślisz jasno. Wrócimy do tego jutro. Zgoda? – Starała się nie pokazać po sobie tego nagłego lęku, który zaatakował jej brzuch. Chciała tylko, żeby ten instrument złożony z dwojga ludzi znowu zaczął grać czystą melodię. Nawet nie musi być jakaś niewiarygodnie piękna. Wystarczy zwyczajna i miła. Bez fałszywych dźwięków. Tylko tyle.

Nawet nie powiedział, czy mu smakowało, przemknęło jej przez głowę. Skrzywiła się. To była ta słynna myśl. W chwili, kiedy ważyły się losy małżeństwa, związku, kiedy miłość i przywiązanie były wystawione na ostateczną próbę, kobiety uciekały myślami do czegoś podstawowego. Do czegoś, czym można zasłonić nagłe pęknięcie wspólnej ziemi. Dobry obiad? Jak było w pracy? Chcesz dokładkę? Przygotować ci coś innego? Wszystkie podopieczne fundacji, którym udało się pomóc, stały teraz i patrzyły na nią. Popełni ich błąd i będzie udawała, że niczego nie zauważyła? Czy zrobi to, co im radziła, czyli stanie odważnie wobec problemu? Teraz się okaże, czy szewc bez butów chodzi. To tym kobietom Magda zawdzięczała to, że nie próbowała zmienić tematu. Zagadać lęku. Ani zakrzyczeć fałszywej melodii. Czekała.

– Magdo, kochanie. Jeśli nie oddam tej kasy, zamkną mnie w więzieniu. Nie zrozumiałaś? – Szymon wstał, przesiadł się na kanapę obok Magdy. Patrzył jej z bliska w oczy i uśmiechał się, jakby rozmawiali o niedzielnym obiedzie we włoskiej knajpie. Focaccia była trochę za sucha. Och, naprawdę? Nie zauważyłaś? Zauważyłam, że… Że coś kręcisz, chłopie. Niestety. A kiedy coś takiego raz zalęgnie się w zakamarkach szarych komórek, to nie da się już tego usunąć. Będzie się rozrastać, mnożyć, włączać alarmy, wywoływać spięcia i rodzić podejrzenia. Coraz bardziej napastliwe i destrukcyjne. Zawsze radziła podopiecznym, żeby się nie chować, nie unikać trudnych tematów i nie pozwalać się zapędzić do kąta.

– Zrozumiałam. I chcę ci pomóc. Pójdziemy do prokuratury. Przecież to wymuszenie. – Jeszcze raz podała mu nastrojony instrument do ręki. Wystarczyło na nim zagrać. Najprostszą melodię. Do tego nie potrzeba żadnej wirtuozerii, tylko trochę chęci i szczerego serca. Nic więcej. A potem poradziliby sobie z każdym, kto stanąłby na ich drodze. Czekała, aż Szymon odpowie na jej wezwanie, ale podejrzenia już się kłębiły w jej mózgu. I krzyczały, że nic z tego.

– Nic z tego – powtórzył za jej myślami. Za tymi, które go oskarżały, które uznały go za winnego bez procesu. – On ma papiery…

– Wiem – weszła mu w słowo, nie chcąc wysłuchiwać tych samych argumentów. Chciała usłyszeć coś innego. Do diabła z melodią. Chciała wiedzieć, czy on… Czy on jej przypadkiem nie naciąga? Jeśli tak, to całe te oświadczyny są tylko częścią gry. „Kocham cię" też. A co z jej „kocham go"? – Będziemy walczyć. Nie można ulegać szantażowi. Szantaż nigdy się nie kończy.

– Magdo, albo załatwisz te pieniądze, albo... będziemy musieli się rozstać. Ja nie chcę cię...

Nie dokończył, bo Magda znowu mu przerwała. Tym razem, żeby dokończyć za niego:

– Dłużej okłamywać. Chodziło o pieniądze, a nie o ciebie. Skoro nie chcesz dać kasy, to spadaj?

Zamilkła. Ostatni akord jeszcze mógł odwrócić los tego utworu. Wiadomo, że finał jest najważniejszy. Potrafi ocalić dzieło, lecz także je zniszczyć. Jak będzie tym razem? Czy Szymon zaprzeczy, czy potwierdzi? Jeśli zaprzeczy, będzie musiał to udowodnić, czyli zgodzić się na rozwiązanie sądowe. Jeśli potwierdzi, wtedy... Nie, nie musi potwierdzać. Wystarczy, że nie zaprzeczy. Ewentualnie mógł wyciągnąć rękę po pierścionek. Nie wyciągnął. Nie zaprzeczył. Sięgnął po marynarkę z granatowego lnu i wyszedł. A Magda zdjęła pierścionek.

32

BLOG MAGDY M.

Od tamtego wieczoru minęło pięć dni. Nie były ani długie, ani krótkie. Były normalne. Życie samotnej kobiety w okolicy czterdziestki. Jedyne atrakcje to tłumaczenie się przed przyjaciółmi z mojej głupoty, przeczesywanie internetu przez Agatę i Sebastiana, ich telefony do firm budowlanych ze Szczecina oraz wizyta Karoliny u jubilera. Miejsce pracy okazało się fikcją, złoto pierścionka tombakiem, a brylant cyrkonią.

Śmiałam się, że wcale by mi to nie przeszkadzało, gdyby tombak z cyrkonią były dodatkiem do miłości. Wcale. Jakikolwiek pierścionek, o ile uczucia byłyby prawdziwe. Te, którymi obdarzył mnie Szymon, były na pewno precyzyjnie wycenione.

Agata przepytywała znajomych ze szkolnego zjazdu. Ktoś słyszał, że Szymon ma problemy. Ktoś inny o pożyczonych sporych kwotach... Poprosiłam Agatę, żeby przestała drążyć. Dość. Chciałam zapomnieć.

Trudno jednak to zrobić, kiedy człowiek czuje się jak idiota. Bo uwierzyłam. Ja. Kobieta, która od lat uczy inne kobiety nie ufać czułym słówkom, przysięgom i obietnicom poprawy. Żeby potrafiły się chronić. Szewc bez butów chodzi? Zdecydowanie.

Co teraz? Złożyć doniesienie o wyłudzeniu dziesięciu tysięcy? Nie wzięłam pokwitowania. Nie mam umowy, potwierdzenia, niczego. Wypłaciłam z konta gotówkę i dałam mu w kopercie. Karolina i Sebastian nie pytali dlaczego i widziałam w ich oczach zrozumienie. Za to Agata pytała, a właściwie krzyczała, że zgłupiałam, że to kompletna paranoja i jak mogłam dać się tak wykorzystać. No tak, dałam się wykorzystać. Tak, czuję się idiotycznie. Czy złożenie doniesienia mi w czymś pomoże? Wątpię.

33

Teraz najważniejsze było, żeby ostatnia sprawa, w jakiej Magda brała udział, ten jej ostatni prawniczy akord, była poprowadzona jak najsprawniej, skoro już nie mogła stać się sukcesem. Błyskawicznie napisała apelację i złożyła papiery w sądzie. Pozostało czekanie na termin rozprawy. W ponurym nastroju. Niestety Orlik był ofiarą ślepego trafu. Wszystko sprzysięgło się przeciwko niemu. Rozumiała doskonale jego wściekłość i bunt. Przechodziła przez to samo po śmierci Piotra. A kiedy wydawało się, że z tego wyjdzie, dostała kolejny strzał. Kiedy Orlika zostawiła żona, pewnie też sądził, że wyczerpał limit batów od życia. A jednak nie. Trzeba mu było jeszcze dowalić procesem.

Magda zadzwoniła do niego po złożeniu apelacji. Nie odebrał. Nagrała wiadomość z datą rozprawy. Nie oddzwonił. Jego decyzja. Tak myślała przez kilka dni. Potem zaczął w niej rosnąć gniew. Ilekroć przypomniał jej się nieszczęsny ginekolog, była coraz bardziej wkurzona. Zadzwoniła jeszcze raz, znowu sekretarka i zero reakcji. W porządku. Skoro jemu nie zależy, dlaczego ona miałaby się przejmować?

Siedziała właśnie z komórką w dłoni i od dziesięciu minut wahała się, czyby jeszcze raz nie zadzwonić. Powtarzała sobie, że nie powinna. Z drugiej strony Orlik był klientem. Być może nie wiedział, że powinni jeszcze raz przegadać tamten wieczór. A jeśli jakiś szczegół umknął i jemu, i jej? Coś pozornie bez znaczenia, co odwróci bieg losu? Już miała wybrać numer, kiedy drzwi Feminy otworzyły się z rozmachem. W progu stał zdyszany Sebastian. Wyglądał, jakby miał gorączkę. Infekcja latem? Kiepsko. Magda już otwierała kontakty w telefonie, żeby zamówić wizytę u lekarza, gdy Sebastian wydusił:

– Chodź na skwerek. – Po czym posłał Joli szeroki i szczęśliwy uśmiech. – Cześć, Jolu. Uwielbiam cię, jesteś najlepszym przykładem na to, że warto się starać.

Jola podziękowała mu serdecznym, choć trochę zaskoczonym uśmiechem. Sebastian nigdy nie był taki wylewny. Nie ma też chyba takiej choroby, która powoduje, że ludzie stają się mili dla innych. Ale zaraz przypomniała sobie, że jednak jest. Miłość.

Usiedli na ławce.

– Rusłan – powiedziała, bo nie było sensu pytać.

Sebastian westchnął głęboko jak człowiek, który po latach życia w zamkniętym pomieszczeniu nagle wydostał się na świeże powietrze i nie może nacieszyć się jego aromatem. Co było o tyle dziwne, że znajdowali się w ścisłym centrum miasta.

Poprzedniego wieczoru ktoś zapukał do drzwi. Cicho. Sebastian dopiero po chwili zorientował się, że to do jego mieszkania. Był w domowym dresie i starej dziurawej koszulce z napisem „Take Your Chance!". Otworzył. Przed nim stał Rusłan. W domowym dresie, japonkach i koszulce z napisem „Anytime

You Want!". W jednej ręce trzymał butelkę z jakimś płynem, w drugiej przezroczystą torebkę, w jakie pakuje się warzywa w marketach, z czymś brązowym w środku. Wyobraźnia Sebastiana odpaliła: w butelce jest koktajl Mołotowa, a w torbie podpałka do grilla, żeby się lepiej hajcowało. Tuhajbejowicz przyszedł, aby mu wymierzyć narodową sprawiedliwość. To, co wtedy powiedział na widok filmu Williamsa, było prowokacją, która pomogła zdemaskować obmierzłego sąsiada. Przyszła pora zapłaty za to, że Sebastian urodził się gejem.

Ktoś rodzi się z kręconymi włosami, ktoś inny z prostymi jak druty. Te same prawa natury sprawiają, że jedna osoba pragnie odmiennej płci, druga tej samej, a jeszcze inna obu. „Dla wszystkich starczy miejsca pod wielkim dachem nieba", przekonywał kiedyś Edward Stachura w *Pieśni na wyjście*. Są jednak ludzie, którzy tego nie rozumieją. Są też tacy, którzy wmawiają innym, co mają myśleć, rozumieć i czuć. Pogardy i nienawiści łatwo nauczyć. A potem już bez wyrzutów sumienia można splunąć na bliźniego swego. Bo nie jest już bliźnim. Bo przylepiono mu etykietę zdradzieckiej mordy, kanalii, wroga, dżendera... Cokolwiek, byle odczłowieczyć. Nawet jeśli Jezus kazał go miłować jak siebie samego.

Czy Rusłan-Avigdor był jednym z nich? Tych napędzanych nienawiścią? Bo po co przyszedł? Cóż, jeśli po ból i cierpienie, to wybrał idealnie. Sebastian mógł uciec tylko w głąb mieszkania. A w oknach, niestety, miał kraty. Zostały po poprzednich właścicielach, a on wolał ich nie demontować. Sąsiedzi mogliby to odebrać jako zachętę do niezapowiedzianych wizyt. Zrozumiał, że już nigdy nie zrobi Magdzie pięknego portretu na Barbakanie ani w parku Rydza-Śmigłego, którym lubili schodzić od Wiejskiej do knajp nad Wisłą. Nie doda do portfolio kolejnego zdjęcia plastikowej pizzy, która wygląda na najświeższą i najlepszą na świecie. Już nigdy nie pomarzy o fajnym facecie, na przykład takim jak ten. Stara, podsycana doświadczeniem asekuracja podpowiadała, że ten mężczyzna nie przyszedł tutaj w pokojowych zamiarach. Życie nie jest takie piękne. Nie jest bajką o Ormianinie, który zakochuje się w Polaku.

Galopadę myśli przerwał baryton Rusłana, który zapytał, czy Sebastian ma jeszcze ten film, bo on chętnie obejrzy go jeszcze raz. A żeby się lepiej oglądało, wziął samogon, bo był w domu i przywiózł. Dzisiaj wrócił z Erywania. A do tego polska kiełbasa. To co? Fotograf bez słowa cofnął się do mieszkania. Postawił kieliszki. Wsunął płytę do odtwarzacza i nacisnął play. Rusłan w tym czasie zamknął drzwi, przekręcając zamek. Aha, wszystko jasne. Usiadł obok na kanapie, rozlał samogon i podał Sebkowi kieliszek. Z podziwem patrzył, jak ten wypija zawartość jednym haustem. Do dna. Nawet się nie zakrztusił, chociaż poczuł siedemdziesięcioprocentowe płomienie w gardle. Tuhajbejowicz wypił tak samo, po czym podstawił sąsiadowi pęto kiełbasy do ust. Sebastian odgryzł kawałek. Rusłan odgryzł następny. I nie patrzył na ekran, tylko na sąsiada. To było krępujące, przerażające i wkurzające jednocześnie. Najbardziej wkurzające. Przecież Sebek chciał, żeby ktoś tak na niego patrzył. Tak jakby nie było żadnego filmu ani w ogóle całego świata. Ale dlaczego to musiał być ormiański psychopata-morderca? Bo przecież to było psychopatycznie powolne zabieranie się do egzekucji. A może Rusłan chciał sprawdzić, czy Sebastianowi podoba się film? Testował, czy ma go zatłuc, czy nie. Jak kot, który nie zjada myszy od razu. Bawi się nią, a nawet pozwala jej uwierzyć, że nie chce jej zrobić krzywdy. Że jest jeszcze szansa na ratunek!

Sebastian-mysz wiedział, że to beznadziejne, ale musiał spróbować. Wcale nie chciał umierać.

– Może jakiś inny film włączę? Mam wszystkie części *Transformersów*. Nie chcesz obejrzeć czegoś… – I nie dokończył. Już nigdy. Bo Rusłan szepnął tylko: „choczu tiebia" i zwalił się na niego swoim stukilowym, umięśnionym ciężarem. A ustami przywarł do ust Sebastiana tak mocno, jakby wrócił z planety, gdzie było wszystko prócz seksu. Po chwili zdzierali z siebie pospiesznie ubrania. Koszulki z napisami spadły na podłogę, za nimi poleciały spodnie i slipy. Chociaż nie. Avigdor najpierw pieścił Sebastiana, zanim półprzytomnego z podniecenia rozebrał do końca. Film obejrzeli nad ranem, mocno już upojeni. Samogonem i miłością.

– I co? – ponagliła Magda, bo wydawało jej się, że powinien nastąpić jakiś ciąg dalszy.

– Obudziłem się po dziewiątej. W jego ramionach. Rozumiesz? O tak. – Pokazał na Magdzie, jak Rusłan oplatał go ramionami. – Wyplątałem się i poszedłem do kuchni z tą jego kiełbasą. – Przerwał pod spojrzeniem Magdy.

– Tą z Erywania? – zapytała z łobuzerskim uśmiechem. Też się uśmiechnął.

– Siostro moja ukochana z wyboru, ty to jednak jesteś zepsuta. Nie, naszą, rodzimą. A niby z jaką? Podałem mu jajecznicę do łóżka i prawie się oświadczyłem. Wymyśliłem nawet, którą szufladę mu oddam na skarpetki i bokserki. Tymczasem on wstał, ubrał się i w drzwiach rzucił: „Tiszyna, nikomu nie gowori". I wyszedł.

Dopiero co przekonywali Magdę, jakie miała szczęście, że nie zabrnęła z Szymonem dalej. Teraz trzeba będzie to samo zrobić z Sebastianem. Magda objęła go i przytuliła.

– Głupi ten Rusłan. Nie poznał się, jaki miał skarb. A skoro tak, to znaczy, że nie zasłużył. Dlatego...

Sebastian wyswobodził się z jej ramion. Spojrzał na nią poważnie, ale bez rozpaczy.

– Magdo, miałem genialną noc. Fantastyczny seks. I nie trzeba mnie z tego powodu pocieszać. Chodzi o ciebie. Gdyby Rusłan wyłudził ode mnie pieniądze, to mimo tego seksu i samogonu poszedłbym do sądu.

– To masz szczęście, że nie wyłudził – markotnie stwierdziła Magda. I ciągnęła dalej, bo bezpieczeństwo Sebastiana wydawało jej się teraz o wiele ważniejsze od własnych problemów: – Sebek, to nie są żarty. Musisz o nim zapomnieć. Najlepiej udawaj, że go nie znasz. I że nie miałeś z nim nic wspólnego. Właściwie to powinieneś się gdzieś przeprowadzić. Chociaż na jakiś czas. Nie śmiej się. – Nadąsała się, bo co to ma znaczyć? Ona walczy tu o jego życie, a ten się szczerzy w najlepsze. – Nie rozumiesz? Zabronił ci o tym mówić. To jest najgorszy rodzaj faceta. Taki, co to od czasu do czasu pozwala dojść do głosu naturze, a potem wraca do kajdan wychowania i społecznej akceptacji. Na pewno ma żonę i dzieci. I z kolegami przy piwie jest totalnym homofobem. Pół biedy, jeśli się nie zakochasz. Ale...

Przerwała. Mina Sebastiana wskazywała, że ostrzeżenie przyszło za późno. Udało jej się tylko wymóc na przyjacielu, że będzie ostrożny. Że kiedy znowu spotka dwulicowego Avigdora, nie pokaże mu, co czuje. Sebastian solennie jej to przyrzekł, ale Magda za dobrze go znała, żeby nie wiedzieć, jakim wzrokiem będzie patrzył na ormiańskiego boga.

Sebastian z kolei nie odpuścił, dopóki nie obiecała, że złoży doniesienie na Szymona. Przekonał ją tym, że przecież sama wciąż mówi, jak to w statystykach są zaniżone dane o przestępstwach wobec kobiet, bo ofiary ich nie zgłaszają. A jak nie ma ich w statystykach, to mężczyźni mogą do woli opowiadać, że ustawa antyprzemocowa nie jest nikomu potrzebna, bo jako społeczeństwo nie mamy przecież takich problemów.

I już była umówiona na składanie zeznań, gdy w skrzynce na listy znalazła kopertę. Bez adresu nadawcy ani odbiorcy. Za to w środku było równo dziesięć tysięcy. Nie, Szymon nie odkupił swoich win w jej oczach. Nadal chciała o nim zapomnieć. Tak jak o wszystkim, co przypominało jej upokarzający finał związku ze szkolnym idolem. Z ulgą przekazała pieniądze na stypendia naukowe dla dzieci. I znalazła jakieś pocieszenie w tym, że w efekcie jej pomyłki przybędzie na świecie zadowolonych kujonów.

Otworzyła wino, a Maniek wskoczył jej na kolana. Wcześniej włączyła sobie płytę Mietka Szcześniaka z piosenkami do tekstów Twardowskiego. Czy potrzebny był do tego jakiś osobnik rodzaju męskiego?

– Tylko ty, Maniuś – szepnęła w ciepłą, miękką sierść.

Owszem, zbliżała się do czterdziestki. Owszem, szansa na macierzyństwo malała z każdym dniem. I wolałaby, żeby jej życie wyglądało nieco inaczej. Ale... Wyglądało właśnie tak, jak wyglądało. Miała kota i przyjaciół, troskliwych rodziców i fundację, którą założyła lata temu. Sięgnęła po kieliszek. Wino smakowało doskonale i... W gruncie rzeczy samotność też nie była zła. Podobało jej się, że nie musi czekać na żaden telefon. Że nikt nie może zburzyć rutynowego, bezpiecznego planu dnia. I nikt nie będzie już pytać, jak jej się układa. Wszyscy przecież wiedzą, że jest tą, której nie ma co się układać. I która w swoim życiu już nie chce żadnego układania. Miała za sobą wspaniałą miłość. Taką, którą można wspominać przez wieczność. Która sięgała nieba. Co mogło ją przebić?

Teraz, rok po śmierci Piotra, czuła, że jest wolna od tej najgorszej rozpaczy. Tej, która zabiera powietrze, światło, która zamyka serce i umysł w głębokiej piwnicy. Wyroki, takie jak ten wykonany na Piotrze, są ostateczne. Można się z nimi nie zgadzać, ale nic nie da się zrobić. Nie ma sądu, który przyjmie odwołanie, nie ma szansy na kasację. Pierwszy wyrok jest ostatni. W dodatku nikt nie bawi się w ocenę winy. Losowo. Ten! I po krzyku. Następny proszę. Coś ci się nie podoba? Twoje prawo, ale nikogo to nie obchodzi.

Magda już nie rozpaczała nad niesprawiedliwością losu. Doszła do etapu, kiedy pojawiający się nagle ból przeradzał się w czułe wspomnienie. Kiedy od żalu szybko przechodziła do wzruszenia jakąś anegdotą, przygodą. Jak wtedy, gdy wróciła z sądu skonana po ciężkiej rozprawie. Powód urządził dziką awanturę, widząc, że linia obrony Magdy obala wszystkie jego kłamliwe opowieści. Twierdził, że został zgwałcony przez stażystkę, która żądała od niego alimentów. Na szczęście kobieta miała nagranie zrobione komórką, na którym było widać, że to on na nią napadł, a potem nerwowo i obleśnie obiecywał, że partia o nią zadba, niech już ona się nie boi, bo on może wszystko. Sąd przyznał dziewczynie alimenty, a powód wykrzyczał, że jego kolega z ministerstwa zrobi z tym porządek. Nie mieściło mu się w głowie, że ktoś tak ważny musi odpowiadać za swoje czyny. W jego mniemaniu było to bezprawne, głęboko niesprawiedliwe i po prostu antypolskie.

Magda weszła wtedy do domu w nadziei, że położy się w wannie z kieliszkiem wina i zapomni o sądzie do poniedziałku. W przedpokoju czekał Piotr z dwiema kabinówkami. Nie wyjawił jej, dokąd lecą, aż do momentu odprawy, bo wtedy musiał jej dać bilet do ręki. Teneryfa. Parę godzin później podziwiała słońce zachodzące nad oceanem. I była bardzo wdzięczna Piotrowi, że to nie jej wanna.

Tak, przyznawała sama przed sobą, że życie z Piotrem nie przypominało spokojnego i przewidywalnego bytowania. Magda nigdy nie wiedziała, kiedy zostanie spakowana i zmuszona do opuszczenia swojego komfortowego mieszkania. Ani kiedy będzie musiała stawić czoło motocyklowej pasji Piotra, bo właśnie zadzwonili koledzy i szykuje się wspaniała jazda. Kochała go. Bez wątpienia. Nie była to jednak miłość łagodna i pozbawiona kantów. Bardziej spływ górską rzeką niż powolne kajakowanie na biebrzańskich rozlewiskach.

– ...brakowało tchu – tłumaczyła nagrobkowi Piotra. – Ale nie zamieniłabym tego na nic na świecie. I ty o tym wiedziałeś. Bo przecież wiedziałeś, prawda?

Płyta była już uprzątnięta. Kwiaty ułożone, znicze zapalone. Magda siedziała na ławeczce, którą rodzice Piotra kazali zamontować dla jego babci. Podobno przychodziła tu po śmierci swojego męża codziennie. Parę miesięcy później sama odeszła. Mówiło się, że serce jej pękło z tęsknoty. Spędziła z dziadkiem Piotra prawie pięćdziesiąt lat. Zmarli oboje, na długo zanim Magda poznała ich wnuka. Ławeczka została i przydawała jej się przez ten ostatni rok. Dzisiaj była rocznica.

Dla Magdy był to wiek żałoby, smutku i żalu, który mozolnie zamieniał się w chłodny, nieskończony spokój. Tak muszą się czuć zmarli. Umęczeni życiem doczesnym, wreszcie mogą się cieszyć słynnym spokojem wiecznym. Najwyższą i najlepszą formą bytowania. Doczesność jest nieobliczalna; w nosie ma nasze potrzeby, plany czy marzenia. Robi swoje – jak chce, kiedy chce i komu chce. Daje i odbiera. Pełna samowola. Stąd oczekiwanie, że tam, po drugiej stronie, będzie spokojnie, miło, bez nerwów, strachu i całej tej mrówczej gonitwy. Bez niespodziewanych zwrotów akcji. Łagodność maja zamiast śnieżnych burz stycznia albo skwaru sierpnia, który przy każdym oddechu zapycha płuca niczym gorąca wata. Maj miesiącem wiecznego spokoju.

Teraz był jednak koniec czerwca. Dokładnie dwudziesty piąty. Dzień, w którym rok temu Magda dowiedziała się, że Piotr szykuje oświadczyny, a ona jest w ciąży. Dzień, który na zawsze zostanie bolesną datą w jej życiorysie. Wyryty w jej pamięci jak obrazy na ścianach jaskiń w Lascaux. Data, która po tysiącach lat wciąż będzie widoczna. Niezatarta żadnym nowym zdarzeniem.

Nagrobek był prostą, skromną płytą z granitu, na której stały trzy tablice, również granitowe. Dziadków i Piotra. Wyglądało to trochę jak wystawa w księgarni. Skoro każde życie jest opowieścią, to czemu nie? Magda uśmiechnęła się do tej myśli. Może kiedyś, na starość, opisze historię ich miłości? I wrzuci do netu, żeby każdy mógł sobie ją przeczytać. Tylko czy wtedy jeszcze ktokolwiek będzie czytał?

– A ty co tu robisz? – usłyszała za sobą.

Nie musiała się oglądać. Znała ten głos doskonale. Surowy. Prawie agresywny. Ale pod pozorami oschłości kryjący wielką serdeczność i troskę. Po chwili obok niej usiadł ojciec Piotra. Magda spojrzała na niego z sympatią. Tomasz przekroczył już siedemdziesiątkę, ale wciąż był magnetycznie przystojnym mężczyzną. Takim, któremu trudno się nie przyglądać, a jeszcze trudniej nie ulec. To nie były żadne tam ślady dawnej urody. Ani resztki. To był męski powab w pełnym i bezczelnym rozkwicie.

– Nie patrz tak – mruknął i sięgnął do kieszeni. Otworzył piersiówkę i podał Magdzie.

Odmówiła, kręcąc głową. Tomasz pociągnął spory łyk.

– Pigwówka. Poprawia obraz świata. – W jego głosie słychać było prowokację. Tak, skłonność do prowokowania była jedną z jego głównych cech.

– Wyraźniej widać? – Spróbowała zgadnąć, co miał na myśli.

– Nie widać szczegółów. A to dodaje światu urody. – Tomasz zacisnął usta. Walczył ze wzruszeniem. Jak zawsze unikał okazywania czułości, jakby mogła zarazić go jakąś chorobą. Słabością. A słabość przecież nie przystoi mężczyźnie. Magdę trochę to wzruszało, a trochę wkurzało. Doskonale rozumiała się z matką Piotra, bo syn był bardzo podobny do ojca. Zofia powiedziała jej kiedyś, że gdyby Tomasz zachorował, zrobiłby dokładnie to samo co Piotr.

Teraz ten bardzo dojrzały już mężczyzna drżącą ręką wylał parę kropel nalewki na płytę nagrobka.

– Ludzie uważają, że to cygański zwyczaj. Niedokształciuchy. Nie mają pojęcia, czym jest grecka libacja, która ma uczcić bogów.

Magda milczała. Nie chciała wdawać się w dyskusję o rzeczach, które nie miały dla niej teraz żadnego znaczenia. Tomasz chyba się domyślił.

– Pieprzę? – Westchnął. – Muszę gadać o głupotach, bo inaczej... Ręka mnie świerzbi, żeby rozwalić ten grób. Wywlec szczątki Piotrka i... i nie wiem co. Chciałbym go skarcić. Stłuc. – Tomasz pociągnął łyk z piersiówki i schował ją do kieszeni.

Magda obejrzała się. Spodziewała się, że Zofia nadejdzie chwilę po mężu, ale nigdzie nie było jej widać.

– Zosia jest w szpitalu w Zakopanem. Zapalenie płuc. Nie wiem, czy z tego wyjdzie.

– Dlaczego nie zadzwoniłeś? Odwiedziłabym ją. – Magda i tak miała wyrzuty sumienia, że za rzadko się z nimi kontaktuje. Piotr był ich jedynym synem, a ona jego najbliższą osobą. To czyniło z nich rodzinę. Niezwiązaną pokrewieństwem czy formalnościami, ale emocjonalnie bliską. Z drugiej strony z własnymi rodzicami też często nie rozmawiała. Życie.

– Właśnie dlatego – odparł Tomasz, patrząc na tablicę z datami urodzin i śmierci Piotra. – Żebyś nie zajmowała się naszym życiem. Tylko swoim. Bo nam już nic nie potrzeba. Nawet twojej obecności.

– Ale przecież... – Chciała go przekonać, że razem będzie im raźniej. Nie zdążyła.

– Zaczęlibyśmy o nim rozmawiać. Tego nie da się uniknąć. A my nie chcemy sobie przypominać, że straciliśmy tego głupola. Wygodniej myśleć, że wyjechał. I jest bardzo zajęty. – Tomasz zamilkł.

Magda dopiero po chwili zebrała się na odwagę, żeby na niego spojrzeć. Bała się, że zobaczy w jego oczach szaleństwo. Jakiś odlot. Że w tym dorosłym mężczyźnie ujrzy przerażone życiem i jego wyrokami dziecko. Tomasz był jednak spokojny. Uśmiechał się z lekką ironią. Dotknął jej ręki. Sucha, pergaminowa skóra była zaskakująco ciepła. Jakby ktoś w zimowy, mroźny wieczór położył jej na dłoni termofor. Kojący i dodający otuchy. Pozwalający wierzyć, że po zimie przyjdzie wiosna. Świat się zazieleni i rozkwitnie.

– Jakby wciąż był z nami. Jakby wystarczyło napisać maila. Zadzwonić nie można, bo operator informuje, że takiego numeru już nie ma. – Tomasz uśmiechnął się smutno.

– Ja tak nie umiem. – Miała nadzieję, że ją tego nauczy. Że wytłumaczy, jak żyć bez Piotra, tak jakby nic się nie stało. Jakby zaraz, lada dzień, miał wrócić. I nie było pogrzebu, rozpaczy, żałoby. Czego mogła chcieć bardziej, niż poczuć, że on nadal istnieje?

Tomasz spojrzał na nią uważnie. Było w nim coś z patriarchy, który patrzy na swoje plemię, na chwilę zanim wypowie ostatnie przykazanie.

– I bardzo dobrze. Ten idiota nie zasługiwał na ciebie, skoro nie potrafił odpuścić swoich dwóch kółek.

W pierwszym odruchu chciała zaprotestować, ale... trudno było się nie zgodzić. Tomasz wyraził dokładnie to, co Magda już dawno nosiła w sercu. Pretensję, że Piotr nie odpuścił. Nie wrzucił na luz. Jakby jeszcze nie dotarł do miejsca, w którym widać napis „my", a nie tylko „ja".

– Ale niezależnie od swojej głupoty, nie chciałby cię oglądać w żałobie. Za bardzo cię kochał. Dlatego przez pamięć o nim powinnaś iść dalej. Żyć. A jemu pozwól odejść. Skoro był tak głupi, że nie umiał temu zapobiec.

Wydawało się, że dla Tomasza sprawa jest prosta. Kiedy jednak Magda spojrzała na jego twarz, zobaczyła mokre ślady na policzkach. Strata zawsze zostawia ślad. I nawet jeśli uda się go zetrzeć niecierpliwą dłonią, bruzda cierpienia zostaje. Na zawsze.

Ojciec Piotra zgodził się na wspólny obiad w Złotych Tarasach, skąd miał blisko do pociągu. Tego samego dnia wrócił do Zakopanego. Do żony.

Słowa Tomasza naprawdę miały w sobie jakąś patriarchalną siłę, która rozdarła zasłonę lojalności. Magda wreszcie zobaczyła w Piotrze ten męski egoizm, który nie pozwolił mu się pozbyć ulubionej zabawki. Oczywiście mógł zginąć w każdy inny sposób. Chodziło nie tyle o sam motocykl, ile o podejście do wspólnego życia. Ona nie robiłaby czegoś, co przyprawiałoby go o przedwczesną siwiznę. Dla niej miłość nie była jedynie emocją, lecz także odpowiedzialnością. Czym była dla Piotra?

Mężczyźni tylko pozornie mają bardziej pragmatyczne podejście do związków niż kobiety. W rzeczywistości jest na odwrót. To kobiety odruchowo działają na rzecz wspólnoty. Stada. To one dbają o komfort wszystkich członków grupy. Związku. Jak zwał, tak zwał. Mężczyźni mają ten gen mocno ograniczony. Może to pozostałość epoki łowów, kiedy musieli zapewnić swoim ludziom jedzenie i ochronę? Żeby zadbać o bliskich, wyruszali czasem na wiele dni w niebezpieczny świat, a to uruchamiało w nich blokery pozytywnych, łagodnych emocji i aktywowało wzmacniacze wściekłości, agresji, strachu i czujności. Z kolei po powrocie z polowania trzeba było się tych emocji pozbyć. Jak? Poprzez męskie rytuały. Egoistyczne, wyłącznie w męskim gronie. W ruch szedł alkohol albo narkotyki. Szamani potrafili zadbać o odpowiednie używki.

Dzisiaj to rytualne oczyszczenie zastępują mecze i piwo. Albo motocykle. Wprawdzie współczesne kobiety świetnie się odnajdują na meczach, a także radzą sobie z piwem i motocyklami, ale w męskim porządku świata wciąż króluje egocentryzm myśliwego, który protekcjonalnie traktuje i samicę, i potomstwo. Ona nie wie, jak to jest upolować dorodnego jelenia. I nie rozumie, czym jest lekko drżąca moc silnika między udami. Czasami ten protekcjonalizm przybiera łagodną formę, taką jak u Piotra. Częściej jednak przeradza się w brutalne wyznaczanie hierarchii w stadzie. W agresję, która znajduje ujście w przemocy. I znowu ten mechanizm nie jest zarezerwowany wyłącznie dla mężczyzn. Płeć piękna też potrafi posłużyć się przemocą. Niemniej statystyki od lat są nieubłagane. Przytłaczającą większość ofiar przemocy stanowią kobiety.

Weźmy chociażby Wilanów, piękną dzielnicę Warszawy. Dwudziesty pierwszy wiek, środek Europy, kraj nad Wisłą. Nowoczesne budynki, trochę na wyrost zwane apartamentowcami, choć cenami doganiają wyższą półkę. A wskaźniki przemocy oraz niebieskich kart najwyższe w mieście. W grupie wykształconych i zarabiających sporo powyżej średniej krajowej. Dla Magdy oznaczało to jedno: status finansowy nie ma znaczenia. Chodzi o coś bazowego: kulturę i religię, które nie dość wyraźnie potępiają przemoc. A czasem, chociaż nie wprost, usprawiedliwiają ten sposób okazywania męskiego egoizmu. Albo strachu. Albo bezradności. Powodów jest tyle, ilu agresorów.

Nawet Magda po tylu latach pracy w Feminie nie wymyśliłaby, że może chodzić o partię polityczną. Były same, bo Jola wyszła wcześniej, żeby zdążyć na przedstawienie szkolne, w którym grało jej dziecko.

– Partię? – upewniała się prawniczka.

– Niestety tak. Ma w sobie tak głębokie pragnienie, żeby prezes go doceniał, że… nie wytrzymuje ciśnienia.

Kobieta była bardzo spokojna. Magda od razu ją sobie przypomniała. Żakiet z broszką. Tym razem położyła na biurku dowód osobisty. Agnieszka Karczeńska. Magda znała to nazwisko. Świecznik. Mówiło się, że niezwykle oddany i ambitny.

– A kiedy namawiam go, żeby zrezygnował, żeby wypisał się z polityki i wrócił na uczelnię, w ruch idą pięści.

– Ma pani niebieską kartę?

To była absolutna podstawa jakichkolwiek działań. Agnieszka zaprzeczyła ruchem głowy.

– A obdukcję? – dopytywała Magda, jednocześnie wypełniając formularz w komputerze. Nie usłyszała odpowiedzi. Podniosła wzrok i zobaczyła ironiczny półuśmiech.

– Pamięta pani, jak byłam tu poprzednio? – Magda potwierdziła. – Miałam świeże… ślady. Pomyślałam, że jak pokażę mu obdukcję, to się wystraszy. Pojechałam na ostry dyżur… – Zamilkła nagle. Zaczęła szukać czegoś w torebce.

Magda spojrzała na jej twarz i podsunęła pudełko z chusteczkami. Kobieta wytarła policzki i po chwili się opanowała. Starała się wrócić do rzeczowego tonu.

– Dałam mu obdukcję, a on przeczytał ją uważnie. Śledziłam jego oczy. Dotarł do końca i zaczął od początku. A potem wycedził: „Świstek od konowała? Tylko na tyle cię stać?". I podarł dokument. Następnego dnia zniknął z dziećmi na dwa tygodnie. Nie miałam pojęcia, co się stało. Nikt mi nic nie chciał powiedzieć. W biurze poselskim z grzecznym uśmiechem powtarzali, że ma urlop i nic więcej nie wiedzą. Policja odmówiła przyjęcia zgłoszenia o zaginięciu. Jego rodzice też nie chcieli ze mną rozmawiać. Czułam się jak w *Procesie* Kafki. Działo się coś, czego nie rozumiałam, co nie miało prawa się wydarzyć, a wszyscy dookoła udawali, że jest jak zwykle. Nasi przyjaciele, jego koledzy z partii... Nikt nie pisnął ani słowa, mimo że płakałam, błagałam, prosiłam. Poszłam nawet do księdza... Wie pani którego. On wie wszystko, co się dzieje w partii. Uśmiechał się i zalecił różaniec, najlepiej trzy razy dziennie, w intencji szczęśliwej rodziny... – Przerwała. Oddychała ciężko, ściskając chusteczkę w dłoniach. Wyraźnie musiała zebrać siły na ciąg dalszy: – Kiedy wrócili, byłam bliska obłędu. Wtedy mąż wytłumaczył mi, że jeśli jeszcze raz spróbuję mu zaszkodzić, nie zobaczę dzieci już nigdy. I żaden sąd ani adwokat mi nie pomogą. Bo ja jestem nikim, a on kimś. Dlatego tu jestem. – Zrobiła małą przerwę, po czym dodała: – Pytanie, czy pani i fundacja pójdziecie na starcie z tym czołgiem. I czy jest szansa to starcie przetrwać? – Czekała na odpowiedź.

– Jeśli pani jest zdecydowana, spróbujemy. – Magda chciała, żeby to zabrzmiało zdecydowanie i pocieszająco. Kobiety, które zgłaszały się do Feminy, potrzebowały przede wszystkim wsparcia. Poczucia, że ktoś się za nimi ujmie. Zrozumie, będzie obok, nie skrytykuje. Nie zwymyśla. Nie wyrzuci poza nawias i środowisko, dlatego że nie chcą godzić się na przemoc.

W odważnych społeczeństwach takie sytuacje są powodem do głębokich zmian w edukacji i prawie. I obyczajach. Takich, dzięki którym każdy człowiek będzie mógł mieć poczucie, że jest wartościowym członkiem wspólnoty. Rozumiały to organizacje, które tak jak fundacja Magdy wspierały i ratowały ofiary przemocy, homofobii, rasizmu, ksenofobii czy antysemityzmu. Każda ofiara jest godna tego, żeby jej wysłuchać, podać rękę, okazać serce i troskę i wyprowadzić ją na bezpieczną drogę. Żadna nie zasługuje na to, żeby w imię wierzeń zmuszać ją do pozostania z katem.

Agnieszka położyła przed Magdą starannie posklejany dokument. Przezroczystą taśmą. To, co zostało z obdukcji. Obok położyła komórkę. W dniu, kiedy jej mąż zniknął z dziećmi, zrobiła zdjęcia wszystkich obrażeń na ciele.

Magda wiedziała, że obdukcja to przydatny, ale nie ostateczny dowód. Potrzebne są konkrety. Fakty potwierdzone dowodami. Nie tylko zeznaniami, ale też śladami z miejsca zdarzenia, nagraniami z monitoringu i tak dalej. Jak na tym tle wyglądały szanse Agnieszki? Niestety marnie. Nie było świadków przemocy ani innych dowodów oprócz jej zeznań, posklejanej obdukcji i kilkunastu zdjęć. Adwokaci strony przeciwnej bez trudu, w triumfie i blasku fleszy, wyprowadziliby Karczeńskiego z sądu.

Magdzie nie przyszło do głowy dopytywać się, w jaki sposób mąż Agnieszki ją katował. Czy kierowała się delikatnością? Częściowo. Już na samym początku swojej pracy w fundacji spotkała kobietę, która miała poparzenia pochwy. Mąż uznał, że za długo układa włosy, i wbił w jej ciało rozgrzaną lokówkę. Okrucieństwa, jakie popełniali mężczyźni wobec kobiet i dzieci, nie miały granic. Pytanie o szczegóły powodowało, że musiały znowu przez to przechodzić. Magda wolała im tego oszczędzić. I tak było pewne, że na sali sądowej obrońcy będą wyciągali z nich każdą sekundę kaźni, w nadziei że znajdą coś, co da się podciągnąć pod prowokację. No tak, miała za krótką spódnicę, więc zasłużyła, żeby przyłożyć jej sekatorem albo wbić śrubokręt w udo. Prawda?

Osobą, która musiała jednak wypytać Agnieszkę o szczegóły, był fundacyjny psycholog. Karol Ligała pracował w Feminie od kilku lat. Sam przeszedł w życiu horror z powodu ojca, który rozczarowany ocenami syna chciał go zmotywować do cięższej pracy. Potem chłopak udawał na wuefie, że boli go głowa, żeby nie rozbierać się w szatni. W szkole średniej zapisał się na boks. Kiedy po kilku miesiącach ojciec z głębokiej rodzicielskiej troski znowu podniósł na niego rękę, Karol wykonał blok i w ostatniej sekundzie powstrzymał się przed zadaniem ciosu. Po raz pierwszy zobaczył wtedy w oczach ojca strach. Od tamtej pory nigdy już nie odważył się zaczepić syna. Po maturze Karol wybrał psychologię, w nadziei że ten kierunek pomoże mu zapanować nad gniewem i pozwoli pomóc innym. Był drobnym, ciemnym blondynem z kwadratową szczęką i nieco za szerokim nosem. Wyglądał bardziej jak bokser wagi piórkowej niż poważny psycholog kliniczny.

– Kłamie? – zapytała Magda, kiedy zostali sami. Ona nie dopatrzyła się kłamstwa w tym, co mówiła nowa podopieczna. Nie była w końcu psychologiem.

– Dlaczego tak myślisz? – zaciekawił się Karol. Odruch zawodowy: najpierw pytanie.

– Według obdukcji ślady powstały prawdopodobnie wskutek ściskania i uderzania dłońmi, a nie narzędziem. I to drobnymi. – Nie chciała podejrzewać Agnieszki o samookaleczenie, ale… Desperacja czasem popycha ludzi do dziwnych czynów.

– Nie, nie, nie – stanowczo zaprzeczył Karol. – Myślę, że on jej to robi.

– Ale jak przekonać sąd, że nie ona sama? Jego adwokat oprze linię obrony na samookaleczeniu. I jak znam życie, z powodzeniem. – Zmartwiła się, lecz na Karolu nie zrobiło to wrażenia.

– Powinna go nagrać. Choćby dyktafonem. Sam dźwięk. To razem z obdukcją mogłoby wystarczyć. – Był rzeczowy jak zwykle.

– Nie mogę jej do tego namawiać. Gdyby się zorientował... Na razie dam te zdjęcia kilku lekarzom z prośbą o opis. Może coś wypatrzą. Wtedy zobaczymy, co dalej.

– Czyli nie złożymy papierów od razu? – upewnił się Karol.

Zwykle Magda szybko załatwiała takie sprawy. Głównie po to, żeby szanowny małżonek nie zdążył się ogarnąć. Na przykład przepisać majątek na kogoś innego, jak to zrobił pewien przedsiębiorca z Trójmiasta. A żeby pokazać sądowi, że nie ma nie tylko na alimenty, ale też na dentystę, wyrwał sobie zęby. I w czasie rozprawy seplenił.

– Na razie będzie udawała, że nic się nie dzieje. Żeby go nie prowokować do działania.

– Wytrzyma? – Miał te same wątpliwości co Magda. Nigdy nie było wiadomo, czy w akcie rozpaczy czy bezsilności dręczone kobiety nie wykrzyczą, że znalazły już pomoc. Nie było jednak innego wyjścia. Iść do sądu bez dowodów przeciwko takiemu czołgowi to byłoby samobójstwo. A Magda bardzo chciała, żeby to czołg wylądował na złomowisku. Nie jego ofiara.

Siedziała na tarasie Karoliny. Kiedy dzieci Waligórów wyjeżdżały na wakacje, ten dom i ogród stawały się cudownym azylem. Nie dlatego, że Magda nie lubiła młodych. Byli na swój nastoletni i zbuntowany sposób urokliwi. Tylko w ich obecności Karolina nie potrafiła się wyluzować. Gen matki Polki brał górę i trudno było jej skupić uwagę. Co dziwne, kiedy dzieci były mniejsze, Karolina miała więcej luzu. Tłumaczyła to lękiem przed zagrożeniami, jakie czyhają na nastoletnie głupie gąski. Z kolei Agata i Magda uważały, że to jej nadopiekuńcza natura daje o sobie znać. Dzieci Waligórów, przy wszystkich oczywistych w ich wieku huśtawkach hormonów, wciąż były grzecznymi i dobrze wychowanymi latoroślami.

– Latoroślami! Boże, Magdo, skąd wzięłaś to słowo? – zdziwiła się Karolina. – To są bestie, które ukrywają się w ciele moich dzieci. Kosmici przejęli ich rozumy. Nie widzisz tego?

– Wcale tak nie myślisz – zawyrokowała Magda. Za dobrze znała Karolinę, żeby uwierzyć w jej apokaliptyczną wizję własnych dzieci. – Kosmici? No, chyba że ukochani.

– Nie kocham ich. Nie mogę na nich patrzeć. Zwłaszcza odkąd Zuzia doszła do wniosku, że depilacja to objaw męskiej supremacji, i z dumą hoduje krzaki pod pachami. A Kuba nie pozwala sobie zmienić pościeli, bo jest dumny ze zmaz nocnych. Oboje wmawiają mi zresztą, że nadmierne dbanie o higienę doprowadziło ludzkość do alergii i mnóstwa innych schorzeń. Proszę was, to nie są moje dzieci.

Magda zamilkła, bo zabrakło jej argumentów. Za to Agata znalazła rysę w portrecie doskonałej matki.

– Pewnie bardziej kochasz Kalinę i Julkę. Mam nadzieję, że pozostałe dwa biedactwa mają wsparcie w ojcu.

Karolina posłała jej uśmiech pełen wyrozumiałej pobłażliwości. W końcu Agata była świeżo upieczoną matką, co mogła wiedzieć o problemach z nastolatkami?

– Kalina jest śmiertelnie zakochana w trenerze aikido. Żonatym czterdziestolatku z dwojgiem dzieci. Miesiąc temu uciekła wieczorem z domu i stała przez pół nocy pod jego oknem.

Julka... mało z nami rozmawia. Za to dużo gugluje: jak znaleźć prawdziwych rodziców? Widziałam w historii przeglądarki na jej laptopie. Jeszcze jakieś pytania?

Nie miały. Za to Magda spróbowała pocieszenia:

– Ze wszystkiego się wyrasta. Podobno.

– To moja jedyna nadzieja – skwitowała Karolina.

Agata nie dała za wygraną. Też chciała pocieszyć przyjaciółkę.

– Tak naprawdę to nie robią przecież nic złego. Gorzej byłoby, gdyby wdali się w narkotyki, i tylko patolog sądowy mógłby stwierdzić, co im się stało. To znaczy gdyby któreś z nich zostało znalezione po nie wiadomo jakim czasie w lesie albo rowie. – Zamilkła w poczuciu dobrze wykonanego zadania.

Karolina chciała coś odpowiedzieć, ale nie mogła znaleźć wystarczająco mocnych słów, które jednocześnie nie byłyby krańcowo obraźliwe. Odwróciła się po pomoc do Magdy, ale ta wpatrywała się właśnie w ścianę winorośli pnącej się po ogrodzeniu.

– Moje dziecko? Znalezione w lesie? Agata, porąbało cię?! – Jej głos przeszedł w ochrypły kontralt.

Do Agaty dotarło, że się nie zrozumiały.

– Właśnie ci tłumaczę, że nic takiego ci nie grozi! Na szczęście! Niech sobie Zuzia zarasta, a Kuba śpi w sztywnej pościeli. No, tylko Kalinę musisz ogarnąć. A Julce pomóż szukać. I po krzyku.

– Magda? Ty ją słyszałaś? – Matka kosmitów ponownie zwróciła się do prawniczki, która sama wyglądała trochę kosmicznie, kiedy tak siedziała z otwartymi ustami, nadal gapiąc się na winorośl. Pozostałe kobiety podążyły za jej wzrokiem.

Zielone liście na brązowych gałązkach obwieszone kiściami drobnych, ciemnych owoców. Nic nadzwyczajnego.

– Halo?

Magda wstała pospiesznie.

– Dziwne ślady. Patolog. Genialne. Wstyd mi, że sama na to nie wpadłam – wyrzuciła z siebie, sięgając po torbę.

– Ej, co ty bredzisz? – Karolina zaniepokoiła się nie na żarty.

– Wiecie, co robi z nas rutyna? Bezmyślne, prymitywne urządzenia. Coś na poziomie młotka, w najlepszym razie śrubokrętu. W nieskończoność powtarzane te same czynności. To zemsta schematów. Przemoc zawsze odbywa się według schematów. Wyciąganie z przemocy, niestety, także. Ale czasem, raz na sto przypadków... trzeba wyjść poza rutynę!

Magda pochyliła się nad Agatą i cmoknęło ją w czoło.

– Nie wiem, czy to dzięki Jagódce stałaś się taka odkrywcza, ale chyba właśnie pomogłaś mi uratować kobietę z broszką – oznajmiła, po czym posłała całusa Karolinie i ruszyła do furtki.

– Kogo? – zaciekawiła się gospodyni.

– Moją nową podopieczną. Muszę wracać do ratowania świata. Pa!

Po wyjściu Magdy Karolina i Agata spojrzały na siebie nierozumiejącym wzrokiem.

– Co ja takiego powiedziałam? – dociekała matka Jagódki.

– Dziwne ślady. Patolog. Genialne. – Karolina próbowała odtworzyć kolejność.

– To powiedziała Magda – zaprotestowała Agata.

– Ty mówiłaś okropne rzeczy o moich dzieciach! – Matka Polka wycelowała w nią palec.

I w związku z tym Agata spędziła następną godzinę na tłumaczeniu, że nie miała nic złego na myśli. A Karolina na wpadaniu w coraz większe rozbawienie, bo doskonale o tym wiedziała. Co jej szkodziło zabawić się kosztem matki jednego dziecka, i to jeszcze tak mało szkodliwego w porównaniu z czwórką zdziczałych kosmitów?

Następnego dnia Magda była już u Romana Górki, polecanego i cenionego patologa sądowego. I jak przystało na gwiazdę, irytująco zakochanego w sobie. Wyczuła to od razu po wejściu do jego biura. Zdecydowanie odmówił pomocy, tłumacząc się brakiem zainteresowania istotami żywymi. Nawet nie spojrzał na zdjęcia obrażeń Agnieszki.

– Tylko martwi? – zdziwiła się w nadziei, że facet zaprzeczy, żeby nie wyjść na zaburzonego.

– Pomagam tym, którym już nikt inny nie pomoże – wycedził, patrząc na nią zza grubych szkieł okularów w czarnej kwadratowej oprawie. Z jajowatą, łysą głową wyglądał jak uczony robak.

– To świetnie się składa. Jest pan ostatnią osobą, która może pomóc ofierze. Bez tego wkrótce z pewnością będzie martwa – wypaliła ryzykownie, bo mogło to po nim spłynąć. Spłynęło.

– Ale jak na razie jest żywa. Do widzenia. – Podał jej kopertę ze zdjęciami.

Magda liczyła, że ją niechcący zostawi. A wtedy ruszy go zawodowa ciekawość. Niestety.

– W takim razie niech pan mi kogoś poleci. Kogoś tak dobrego jak pan. – Uznała, że pokorna prośba już i tak nie zaszkodzi.

– Nie ma takiego. – Uśmiechnął się do niej złośliwie.

Miała go dosyć. Nadęty robal nie będzie się tu przed nią puszył. Posłała mu lodowaty uśmiech, zupełnie jak zwłoki, którymi tak lubił się zajmować. Czym by tu mu dopiec? Tak żeby ten arogancki uśmieszek zamarł, a potem zniknął. Tak żeby facetowi zostało poczucie niewygody. Zażenowania samym sobą. Jak skarcić takiego typa, żeby naprawdę to poczuł?

– Znajdę lepszego. A potem przyślę panu jego nazwisko. – Nie zasłużył na „do widzenia", dlatego odwróciła się i ruszyła do drzwi. Kiedy sięgała do klamki, usłyszała:

– Ostatecznie mogę zerknąć. W przyszłym tygodniu.

Kilka dni później wpadła wieczorem do supermarketu, żeby zrobić jakieś zakupy, bo lodówka chłodziła już tylko powietrze. Akurat wrzucała do wózka mleko, gdy zadzwoniła komórka i na wyświetlaczu pojawiło się: „Marek Orlik". W pierwszym odruchu miała ochotę odrzucić połączenie. Potem nie odebrać. Niech się nagra. Potem przypomniała sobie, że wyłączyła sekretarkę, bo liczba zostawianych wiadomości ją przerastała. Czasem także ich długość. Kobiety, które zgłaszały się do Feminy, w stresie potrafiły mówić bardzo dużo. Wreszcie odebrała. Raz kozie śmierć.

– Hej, co u ciebie? – usłyszała totalnie beztroskie pytanie.

Jasne! Facet! Jak większość z nich kompletnie pozbawiony wyobraźni i umiejętności przewidywania. A nawet jakiegoś prymitywnego instynktu samozachowawczego. Skoro pierwsza instancja uznała go za winnego, należało się spodziewać, że druga raczej podtrzyma ten wyrok, niż go zmieni. Zwłaszcza że prokurator słynął z zarabiania punktów na sprawach, które można było wykorzystać dla kariery. Tutaj miał świetną okazję. Znany lekarz, świetne dochody, krezus, myślał, że stoi ponad prawem i może sobie gwałcić pacjentki. „Otóż nie, szanowny doktorze. Już nigdy nie skrzywdzi pan żadnej kobiety!" – grzmiał na konferencji prasowej po wyznaczeniu terminu rozprawy odwoławczej. Magda, oglądając to w internecie, zastanawiała się, jak to możliwe, że Marek jest taki głupi i nie przejmuje się jatką, która mu grozi. Zamiast potraktować zagrożenie poważnie i walczyć do końca, ten sobie po prostu znika. Nie szkodzi, że szanse małe. To nie wielkość szansy decyduje o wyniku. Często jest to zupełnie przypadkowy czynnik. Na przykład śniadanie sędziego. Jeśli było zbyt ciężkie, dostanie wzdęcia i każdy oskarżony stanie się przeszkodą do tego, żeby wrócić do domu, zażyć coś na trawienie i odpocząć. Każdy oskarżony stanie się winowajcą spęczniałych i bolesnych jelit. I każdy zapłaci swoją cenę. Jeśli zaś lekkie śniadanie wprawi sędziego w dobry humor, będzie wyrozumiały dla ludzkości. A gdy odpowiednio poinstruowany oskarżony wzbudzi przy tym choć odrobinę sympatii, wtedy... może nawet uda się wywalczyć zawiasy?

Na ostateczny wyrok składało się tak wiele drobiazgów, że pominięcie któregokolwiek z nich było dla Magdy grzechem śmiertelnym. Dlatego gdy usłyszała w telefonie beztroskie pytanie, krew ją zalała. Miała ochotę się rozłączyć, a jednocześnie zwymyślać Orlika od idiotów, a gdyby był pod ręką, to dodatkowo jeszcze zrzucić ze schodów. Człowiek w jego sytuacji nie może sobie pozwolić na beztroskę. No tak, Marek był facetem! I jak każdy facet walczyłby, tyle że stając z wrogiem twarzą w twarz. Ale z takim, którego nie widać? Który jest jeszcze za horyzontem? Takim jak na przykład potencjalnie śmiertelne konsekwencje jazdy motocyklem? Jakimś cudem Magdzie zlepiło się to w całość. Piotr z jego pasją do jednośladów i Marek ze swoim beztroskim pytaniem.

– Czy ty jesteś normalny?! Nie, nie jesteś. Gdybyś był choćby odrobinę normalny, odbierałbyś telefony od swojego prawnika albo przynajmniej oddzwaniał! Ale nie! Po co? Przecież jeszcze nic się nie stało! Jeszcze cię nie zamknęli! To czym się przejmować? Nie ma powodu! Możesz sobie dalej pruć motocyklem przez świat! Nie ma problemu… – Magda przerwała nagle. Zabrakło jej tchu. To, co się z niej wyrwało, było niezgodą, buntem, złością i żalem jednocześnie. Przede wszystkim niezgodą. Chociaż jeszcze nie dotarło do niej, co właściwie powiedziała.

– Nie mam motocykla. I nie planuję mieć. – W głosie lekarza nadal słyszała jasne nuty. Chyba się nieźle bawił.

Miała mu tłumaczyć, skąd jej się to wzięło? Ale jak? Sama nie umiała tego wyjaśnić. Pozostało brnąć dalej. W nadziei, że Orlik potraktuje to jako metaforę. Że nie będzie zadawał pytań.

– Zachowujesz się tak, jakbyś miał. I jakbyś totalnie olewał, co o tym myślą twoi bliscy! A tak nie wolno! Nikt nie ma prawa olewać bliskich. Jak mówią ci, że tego nie chcą, że się tego boją, że to ich przeraża, to tego, do jasnej cholery, nie robisz! Proste! Nie wiem, dlaczego trzeba to za każdym razem od nowa tłumaczyć! – strzelała słowami jak z karabinu. Nie chciała. Czuła, że to za dużo, że przekracza jakąś niewidzialną granicę, że robi coś, czego nie da się odwołać. To było jednak silniejsze od niej. Nabrała powietrza: – Jak można tego nie rozumieć? Nie wiem, co jest z wami, facetami, nie tak. Pamiętam, jak w szpitalu patrzyłeś na zdjęcie Jagódki. Wtedy byłeś człowiekiem. Miałeś normalne ludzkie emocje. Takie, jakie mają ludzie, kiedy widzą, że udało się uratować czyjeś życie. Że nie trzeba się pogrążać w bólu i rozpaczy po stracie! Za to można cieszyć się wspólnym szczęściem! A teraz co? Co cię tak bawi? No co?! – krzyknęła na koniec.

W słuchawce panowała cisza. Magda pomyślała, że może przerwano połączenie i Orlik nie słyszał tej tyrady. Już miała się z ulgą rozłączyć, kiedy usłyszała:

– Przyjedź, to zobaczysz.

34

BLOG MAGDY M.

Adwokat nigdy nie powinien działać według zaleceń klienta. To pierwszy krok do anarchii, a anarchia w sądzie przynosi wyłącznie klęskę. Od ustalania, co, jak i kiedy zostanie powiedziane czy zrobione, jest adwokat. Klient może najwyżej przyjąć strategię albo ją odrzucić. Ale nie może narzucać swojej woli. Dlatego nie powinnam jechać do domu jego siostry.

Dlaczego pojechałam? Nie chciałam oddać tej ostatniej sprawy bez walki. Nie chciałam, żeby prokurator miał ułatwione zadanie. Nie chciałam za dziesięć lat myśleć, że była szansa na złagodzenie wyroku, lecz jej nie wykorzystałam. Tak. Egoistycznie myślałam o własnym sumieniu.

Pojezierze Pomorskie. Droga wiła się wzdłuż jeziora. Na końcu drogi brama. W oddali za bramą spory odrestaurowany dworek. Przejeżdżając przez nią, nie miałam zielonego pojęcia, że za chwilę znajdę się w krainie baśni.

35

Tuż za Magdą na posesję wjechała wielka ciężarówka. Orlik wyskoczył z domu w samych szortach i T-shircie, machnął Magdzie na powitanie, wskazał jej drzwi wejściowe i pobiegł do kierowcy tira.

Magda zatrzymała się na ganku domu. Co tu się dzieje...?

– Fajnie, że przyjechałaś.

Obok niej stanęła siostra Orlika. Miała dziwnie czerwone dłonie. Zauważyła spojrzenie Magdy i uśmiechnęła się.

– Nie, to nie krew.

Po chwili siedziały w kuchni i drylowały wiśnie. Po prostu. Magda nie przypominała sobie, żeby kiedykolwiek to robiła. Kama bezceremonialnie wręczyła jej właściwe urządzenie. Pestki do kosza, wiśnie do miski.

– Normalnie mamy tu kompletny sajgon. Niby to tylko ósemka dzieciaków, ale jak się rozkręcą...

– Ósemka? – Magda nie opanowała zdziwienia.

– Rodzinny dom dziecka. Mój Olaf pojechał z nimi na parę dni do Wicia. To nad morzem. Żeby nie widziały, co Marek tu szykuje.

Dla Kamy to były oczywiste i zwyczajne sprawy, ale spojrzenie Magdy zdradzało, że nic nie rozumie. I rzeczywiście nadal nie łapała, o co w tym wszystkim chodzi.

– Nie powiedział ci? – spytała siostra Orlika.

– Nic a nic. – Magda chciała, żeby nie było w tym słychać pretensji. Niestety nie wyszło.

Kama odłożyła drylownicę.

– Kawa?

Magda przesunęła po stole szklankę z resztką jasnego płynu na dnie.

– Wolę dolewkę.

Kama po chwili usiadła naprzeciwko niej z kawą. Nie piła. Obracała kubek w dłoniach. Za to Magda prawie duszkiem wypiła drugą szklankę świeżo tłoczonego soku z jabłek.

– Przez ostatnie tygodnie sprawdzał oferty, obliczał, negocjował ceny, jeździł oglądać... Prosiłam sto razy: zadzwoń do Magdy. Nie. I jeszcze groził, że jeśli ja zadzwonię, to wyjedzie i nigdy nie zbuduje tego placu zabaw dla dzieciaków. A zobaczymy się dopiero na widzeniu w pierdlu. Ta ciężarówka przywiozła właśnie pierwsze elementy.

– Kto normalny tak się zachowuje? – bardziej stwierdziła, niż zapytała Magda i poczuła, że przyjazd był błędem. Orlik nie potrzebował pomocy prawnika. Tylko lekarza. Psychiatry. Być może tylko terapia pomogłaby mu zrozumieć bezsens własnego postępowania.

– A kto powiedział, że jest normalny? – odpowiedziała pytaniem Kama. Nie zabrzmiało to dowcipnie. Magda usłyszała w tym jedynie bezradność. – Kocham go nad życie, ale nie mogę uchronić przed błędami. Nie wiem, dlaczego to robi. Dlaczego nie walczy z tą wariatką. Dlaczego się nie broni. On już taki jest. Jak sobie coś wymyśli, to koniec.

– Konsekwentny? – W głosie Magdy była ledwo wyczuwalna ironia.

– Nie. Uparty jak osioł. – Kama uśmiechnęła się smutno. Magda mogła w tym momencie wstać i odjechać. Wrócić do swojego świata. Świata, w którym obowiązują jasne i czytelne reguły. Tylko taki świat pozwala utrzymać równowagę na przekór chwiejności, niepewności i wirażom losu. Albo wręcz przepaściom, w których tak łatwo stracić życie.

Orlik najwyraźniej nic sobie nie robił z tego, że jego los wkrótce mógł zatrzasnąć za nim bramę więzienia. Była tylko jedna odpowiedź, która przynajmniej częściowo pozwalała zrozumieć to szaleństwo. Facet! Powróciło skojarzenie z Piotrem. Ten upór w trzymaniu się własnej, choćby całkiem absurdalnej wersji. Ale to panowie we własnym gronie do rozpuku wyśmiewają kobiety za ich zmienność, nieprzewidywalność i brak konsekwencji. To takie łatwe: usiąść z kolegami i narzekać, jak te żony, kochanki, dziewczyny i laski dają popalić, że skaranie boskie z nimi. W porządku. Każdy ma prawo widzieć świat własnymi oczami. Ale może jednak niezamkniętymi? Która kobieta upierałaby się przy ryzykownym hobby, gdyby jej mężczyzna błagał, żeby dała sobie spokój? Która miałaby w nosie, że grozi jej wysoki wyrok i niedługo nie tylko kariera, ale też całe jej życie legnie w gruzach? Co byście powiedzieli o takiej kobiecie? Że jest porąbana. A facet? Konsekwentny. Do diabła z takimi zaletami! Nie ma w nich nic dobrego.

Orlik dyskutował właśnie z robotnikami, którzy wypakowywali elementy konstrukcji obok sporego terenu pokrytego jakimś specjalnym tworzywem w czerwono-zielone esy-floresy. Najwidoczniej plac zabaw miał się składać z kilku stref. Marek upewniał się, czy gumowana nawierzchnia jest tak bezpieczna, jak głosiły dokumenty. Czy naprawdę chroni dzieci przed urazami? I tak dalej.

Magda stała z boku w cieniu dużej topoli. Obok była ławka, mogła usiąść. Zamiast tego patrzyła na Orlika i zastanawiała się, co zrobić, żeby odsłonił miękkie podbrzusze. Jak zmusić go, żeby... Tak, to było to. On po prostu nie chciał spojrzeć prawdzie w oczy. Dlaczego? Lekarz, który nieraz miał do czynienia z sytuacjami ostatecznymi, w swoim własnym życiu uciekał w fantazję, że nic mu nie grozi? Że jest bezpieczny? Że sprawiedliwość zwycięży?

Zauważył ją i wydał jakieś polecenia robotnikom. Po chwili stanął obok niej.

– Ucieszą się? Jak myślisz? – Patrzył na miejsce wyznaczone palikami z tak beztroską radością w oczach, że Magdzie ścisnęło się serce. A może Orlik był bożym idiotą? Miał jakiś defekt emocjonalny, który nie pozwalał mu się przejmować sobą, za to kazał poświęcać się innym?

– A zależy ci na tym? – Zabrzmiało to jakoś szyderczo. Nie tego chciała. Miało być żartobliwie. W jego oczach zobaczyła wyrzut.

– Niby po co to robię? Żeby miały radochę.

Czekał na jej reakcję. Jakby pytał, czy zrozumiała, czy jeszcze coś musi wytłumaczyć. Na jego twarzy widziała zniecierpliwienie. A przecież to ona miała prawo być zniecierpliwiona, zawiedziona, rozczarowana. Ona miała prawo do tych emocji. On co najwyżej do wstydu. Jednak nie mogła mu tego powiedzieć. To nie byłoby skuteczne.

– Mógłbyś to zrobić po rozprawie. Gdybyś dobrze się przygotował, byłaby szansa na zawiasy. Wiesz o tym.

Chciała mu dać jak najwięcej przestrzeni. To czasem działało. Kiedy nie wywierała presji, klient czuł się bezpiecznie, a wtedy mogło ujawnić się to coś. Coś, co zmieniało bieg sprawy.

Patrzył na nią przez chwilę, jakby się wahał, czy zdradzić jej tę tajemnicę. Podzielić się prawdą. Uważne, przeszywające spojrzenie. Oceniające, czy warto. Czy to, co powie, zostanie użyte zgodnie z przeznaczeniem? We właściwy sposób?

– Magdo, nie potrzebuję naiwnego pocieszania. Po rozprawie mogą mnie wyprowadzić od razu do pierdla. Nie mogę ryzykować, że moja... Że dzieciaki zostaną bez tego, co im obiecałem. To jest teraz najważniejsze. Wywiązać się z obietnicy. A potem... – Przerwał.

– Niech się dzieje, co chce? – Zaczepne pytanie Magdy wywołało tylko jego uśmiech.

– Nie, jasne, że nie. Potem... zobaczymy.

Jego spojrzenie nie było spojrzeniem głupka ani lekkoducha. To było spojrzenie mężczyzny, który podjął świadomą decyzję, który wie, co robi. Nie kieruje się chwilowym kaprysem ani tym bardziej niekontrolowaną namiętnością. On wiedział co, dlaczego i po co. A ona poczuła tak silny ucisk w dołku, że przez chwilę wydawało jej się, że coś w niej pękło. To było jak uderzenie w splot słoneczny. Zabrakło jej tchu.

Orlik uśmiechnął się jeszcze szerzej.

– Oddychaj. To pomaga.

W pierwszej chwili nie zrozumiała. Nie miała pojęcia, że przestała oddychać. Zanim odpowiedziała, był już przy robotnikach, którzy właśnie zaczęli zakotwiczać karuzelę.

– Nie ma mowy! – usłyszała od Kamy, kiedy chciała się pożegnać. – Zostajesz na kolacji. Dzieciaki już jadą, poznasz córkę Marka.

Magda nie odpowiedziała. Stała już przy samochodzie. Bardzo chciała zostać, ale coś jej podpowiadało, że powinna natychmiast wyjechać. Wmawiała sobie, że Orlik po raz kolejny nadszarpnął zaufanie adwokata do klienta. Dopuścił ją na sekundę do swojego świata, ale ta sekunda minęła i Magda nie miała tu już nic więcej do roboty. Tyle że zobaczyła mężczyznę, który dane słowo ceni wyżej niż własną wolność. Mężczyznę, który ma tak ustawiony system wartości, że... No właśnie: że zapiera dech.

Z jednej strony jako prawniczkę wkurzało ją, że klient lekceważy rozprawę. Z drugiej, irytowała się na samą siebie, bo poczuła coś, czego wcale nie chciała czuć. Nie podobało jej się, że coraz bardziej go... podziwia. Nie chciała tego. Chciała tylko pomóc w miarę możliwości złagodzić wyrok. I była gotowa na naprawdę wiele, żeby tego dokonać. On najwyraźniej przeciwnie. Nawet nie zaproponował, żeby została. A ona i tak czuła ten głupi podziw.

– Nic tu po mnie – rzuciła krótko, otwierając auto. Kama wyciągnęła rękę, jakby chciała przytrzymać drzwi samochodu.

– On jest społecznie zaburzony, ale to dobry człowiek. – Zabrzmiało to żałośnie. Magda nie wiedziała, jak zareagować. Żal jej było Kamy, nie mogła jednak udawać, że potrafi pomóc.

– To dorosły mężczyzna. Podejmuje dorosłe decyzje. I poniesie dorosłe konsekwencje tych decyzji.

W tej samej chwili na podwórze wjechał, trąbiąc wesoło, kolorowy van z bandą roześmianych dzieciaków w środku i zatrzymał się tak, że Magda nie miała szansy wyjechać.

Zaczął się rozgardiasz powitań. Dzieci wyciągały swoje bagaże. Magda przywitała się z Olafem, mężem Kamy, i Anką, drobną szatynką ostrzyżoną na paryską chłopczycę, która pomagała im ogarnąć „trzódkę". Prawniczka próbowała zgadnąć, która z czterech dziewczynek jest córką Orlika. Jakieś podobieństwo? Przynajmniej jedną można było wykluczyć od razu. Bardzo śniadą, prześliczną dziewczynkę o afrykańskiej urodzie. I jeszcze piegowatego rudzielca z krótkimi sprężynkami włosów. Nie dało się dopatrzeć jego cech w żadnej z nich. A dwie pozostałe? Blondynki. Jedna szczuplutka, druga po słowiańsku przysadzista. Urocza mazowiecka pyza. Nie. W sumie Magda była bezradna w tej zgadywance. Poza tym co ją to obchodziło? Chciała stąd jak najszybciej wyjechać, wrócić do Warszawy. Nie szkodzi, że była zmęczona. Wolała jechać, niż zostać i czuć się jak piąte koło u wozu. Zupełnie jakby przyjechała błagać o czyjąś uwagę. Jakby była petentem, a nie kołem ratunkowym!

– Uratujesz mojego tatę od wyjazdu? – usłyszała nagle. Obejrzała się. Za nią stała ciemnoskóra dziewczynka.

– Marek pokazywał jej twoje zdjęcie na stronie kancelarii. I mówił, że jesteś jego kołem ratunkowym. I może nie będzie musiał wyjechać na długo za granicę – wyjaśniła Kama z naciskiem, po czym przedstawiła jej afrykańską księżniczkę: – To jest Zosia.

– Na cześć Mickiewicza! – dodała Zosia z dumą. Czyżby w tym domu czytało się *Pana Tadeusza*?

Zza domu wybiegł Orlik.

– Co tu robicie? Mieliście wrócić jutro! – krzyknął, wyciągając ręce do córki. Dziewczynka rzuciła się biegiem w jego stronę, a on chwycił ją w ramiona i uniósł wysoko nad głowę.

Po chwili spojrzał na Magdę stojącą przy samochodzie i szepnął coś Zosi do ucha.

– Zapraszamy na kolację. – Na oko sześcioletnia córka Orlika dygnęła przed Magdą. I zatrzepotała długimi rzęsami swoich prawie czarnych oczu.

To była wielka rodzinna uczta. Zaproszono też Ankę. Jak się okazało, ta dwudziestoparolatka w razie potrzeby przyjeżdżała tu do pomocy z pobliskiego miasteczka. Na co dzień pracowała z rodzicami w małym pensjonacie dla wielbicieli Pojezierza.

Magda siedziała cicho na końcu stołu i obserwowała tę radosną bandę. Na ich twarzach nie widziała świadomości zagrożenia. Nie było w nich cienia smutku. Magda z jej odpowiedzialnym podejściem do spraw zawodowych nie czuła się tu na miejscu. Oczywiście nie miała zamiaru uświadamiać dzieci w kwestii sytuacji ich ojca i wujka. Najmłodsze, chłopczyk o egzotycznym imieniu Amar, miało cztery lata. Najstarsza była dwunastoletnia rudowłosa sprężynka Kalina. Skoro nieobecność Orlika dorośli chcieli im wytłumaczyć wyjazdem, w porządku. Mieli do tego prawo. Ale ani Kama, ani Olaf, spokojny, nieco zaokrąglony łysiejący blondyn, ani Anka nie wydawali się przejęci tym, co dla Magdy było bestią czyhającą tuż za kręgiem ciepłego światła, jaki z werandy sięgał kawałek w głąb ogrodu. Drapieżnikiem, który wciąż szczerzył zęby, żeby wpaść w ten krąg, jednym kłapnięciem mocarnych szczęk zmiażdżyć lampę i pogrążyć świat w ciemności.

Dzieci, zmęczone podróżą, a potem testowaniem placu zabaw, omawiały swoje rekordy i osiągnięcia. Kama i Olaf opowiadali Magdzie o pasjach każdego z nich. A Orlik żartował z zamiłowania Anki do wędkarstwa, dopytując, czy nie żal jej robaków, i prowokując ją do przekomarzanek. Widać było, że ją lubi. Może nawet coś więcej. Była atrakcyjna, a przy tym dowcipna, uroczo zaczepna. Bez żadnego cienia pod spodem. Nie czuło się, że to ktoś z problemami albo szukający problemów. Takie kobiety łatwo znajdują oddanych partnerów.

Kiedy Kama doszła do Zosi, Orlik się wtrącił.

– Zosia korzysta z gościny w tym zwariowanym domu. A ponieważ sama jest trochę zwariowana, to czuje się tutaj jak...?

Zosia już była gotowa do odpowiedzi:

– Jak zwariowana! – krzyknęła i przybiła piątki z Kaliną i Damianem. Widać było, że wszyscy się tym cieszą.

– Ja też jestem zwariowana? – zapytała Anka.

Dzieci potwierdziły.

– A ja? – domagał się Orlik.

– Wujek to chyba najbardziej – oznajmił poważny ośmiolatek Józio.

– A pani? – Zosia zwróciła się do Magdy.

– Ja? Nie wiem. – Może była to mało konkretna odpowiedź, ale za to dyplomatyczna. Jeśli powie, że nie jest, mogą uznać to za afront, a jeśli potwierdzi – za spoufalanie.

– Magda jest najbardziej zwariowaną prawniczką, jaką znam. – Orlik patrzył na nią śmiejącym się wzrokiem, choć minę miał poważną.

Wszyscy spojrzeli teraz na Magdę, jakby spodziewali się, że udowodni tę śmiałą tezę. Nie miała żadnego pomysłu, co zrobić, ale nie chciała psuć atmosfery przy stole. Jak zachowuje się zwariowana osoba? Agata często zachowywała się jak wariatka, zwłaszcza w czasach, kiedy polowała na dawcę obrączki. Ale przecież Magda nie mogła opowiedzieć dzieciom żadnej z seksualnych przygód przyjaciółki jako swojej. Sebastian też odpadał. Przebieg jego najświeższego spotkania z Rusłanem wykraczał nieco poza standardy rodzinnej kolacji. Może posłuży się jakąś zwariowaną anegdotą z życia Karoliny? Wszystkie związane były z dziećmi. Słabo. Coś musi wymyślić. Niestety jedyne co jej przyszło do głowy, to…

Podniosła ręce, wywaliła język, po czym zaczęła jęczeć i trząść głową. Że niby taka zwariowana. Czekała na wybuch śmiechu albo brawa. Nic takiego nie nastąpiło. Po chwili zamilkła. Opuściła ręce. Czuła, że rumieni się z zażenowania, ale to było nic.

– Tak robił Maciek, jak miał atak padaczki – powiedziała jedna z blondynek. Dorośli mieli zakłopotane miny. Teraz Magda chciała umrzeć. I zniknąć. Albo w odwrotnej kolejności. Byleby wszyscy o niej natychmiast zapomnieli.

– Przepraszam… Ja tylko…

Anka wstała gwałtownie.

– Muszę jechać do domu. Miło było panią poznać.

Magda rzuciła jej wdzięczne spojrzenie, lecz Anka już na nią nie patrzyła. Olaf odprowadził ją do samochodu. Kama zarządziła sprzątanie stołu. Magda chciała jakoś pomóc, ale gospodyni nie pozwoliła. Orlik nalał prawniczce i sobie wina i wskazał ławkę przed werandą.

– Rodzice oddali go z powodu padaczki, kiedy miał trzy lata. Wydawało się, że już z nim w porządku. Ataki słabły. Poszedł normalnie do szkoły, bardzo pilnie się uczył. Niestety kolejny atak przyszedł na schodach, w czasie lekcji. Maciek poszedł po kredę. Spadł i uderzył się w skroń. Zmarł, zanim przyjechała karetka. To było dwa lata temu.

Magda milczała. Myślała o tym, że powinna wyjechać, zamiast dać się namówić Zosi na kolację. A jeszcze lepiej w ogóle nie przyjeżdżać. Nie była zwariowana. Była po prostu głupia.

– Przepraszam. – Wydawało jej się, że się przesłyszała. Może na Pojezierzu wiatr tak szumi w koronach drzew? Pszszszszepraszszszaaaaammmm... Spojrzała na Orlika.

– Bardzo cię przepraszam – powtórzył.

– To ja...

Nie pozwolił jej skończyć:

– Za wszystko. Próbowałem udawać, że to mnie nie przeraża. Że się nie boję. Że luz, bo będzie, co ma być. A musi być dobrze, bo przecież nie można skazać człowieka za coś, czego nie zrobił. Wiem, zdarzają się pomyłki. Myślałem, że mnie to na pewno nie spotka. Nie ma co się przejmować. A jeśli się nie uda, to przynajmniej te ostatnie tygodnie spędzę, jakbym naprawdę miał tylko wyjechać. Nie pozwolę sobie zepsuć tych godzin z rodziną, z Zosią. – Zamilkł. Wydawało się, że skończył. Magda spodziewała się, że wstanie i odejdzie. A on powtórzył przez zaciśnięte zęby: – Nie pozwolę!

Spojrzała na niego i zobaczyła, że ma wilgotne oczy. Jedna łza toczyła się już po policzku. Za nimi w świetle werandy ucichł już harmider sprzątania. Byli sami. Magda chciała go jakoś pocieszyć, dodać mu otuchy. Powinna poklepać go po ramieniu. Najbezpieczniejszy gest. Nie zanadto prywatny. Zero spoufalania. Tak można pocieszyć nawet obcą osobę, której telefon wpadnie z mostu do rzeki. Zamiast tego starła mu tę łzę z policzka. Po czym zdumiona własnym gestem wypiła wino do dna. Odstawiła kieliszek. Musiała odchrząknąć, żeby wydobyć z siebie głos:

– Nie masz za co przepraszać.

– Wsadziłem cię na minę z tym zwariowaniem. To było idiotyczne.

– Mam nadzieję, że dzieci szybko o mnie zapomną. Wyjadę, zanim wstaną.

Nie zwrócił na to uwagi.

– Nie podziękowałem ci za to, że przyjechałaś. To dla mnie ważne.

– Dlaczego?

Milczał przez chwilę zagapiony w ciemność. Tam, gdzie czaiła się bestia.

– Nie byłem pewny, czy wzięłaś tę sprawę, bo cię prosili, czy dlatego, że chciałaś. Teraz wiem, że chciałaś. Nikt inny nie tłukłby się taki kawał.

Nie odpowiedziała. Może to był wpływ tej rodziny, może alkoholu, może powietrza. Musiałaby powiedzieć, że to prawda, że jej zależy, ale w połączeniu z tym, co zrobiła przed chwilą, to byłoby o wiele za dużo. A ona przecież przyjechała tu z powodów zawodowych. I tego należało się trzymać. Kurczowo.

– Skoro to doceniasz, może dowiem się wreszcie, co tam się stało. W mieszkaniu Grzelaków.

Orlik upił łyk wina. Dolał Magdzie.

Nie zaczął od razu. Przez chwilę zmagał się z jakimś... wstrętem? Tak to wyglądało. Miał minę człowieka, który znajduje pod kołdrą wielkiego obrzydliwego robala.

Pacjentka wezwała go do siebie z powodu bólu jajnika. Nie chciała jechać do szpitala, błagała o wizytę w domu. Otworzyła drzwi w samej bieliźnie. Kiedy chciał ją zbadać, owszem, położyła się, ale jej ręce powędrowały do jego rozporka i paska spodni. Orlik odsunął się. Spróbowała jeszcze raz, najpierw wdzięcząc się do niego, a potem grożąc, że jeśli jej nie przeleci, to już ona go załatwi. Wywalą go z pracy i pozbawią zawodu. Mąż, który z prokuratury awansował do ministerstwa i usłużnie wykonuje polecenia pryncypała, nie będzie miał skrupułów, żeby ścigać jakiegoś tam lekarza za niewinność. Zwłaszcza jeśli przy okazji nałapie trochę punktów do swojej śliskiej kariery. A jeśli z kolei ją przeleci i będzie robił to regularnie, ona postara się, żeby się opłaciło. W rządowych elitach liczba aborcji wśród żon, kochanek, sekretarek, asystentek i stażystek jest proporcjonalna do arogancji i pychy. Czyli nieograniczona. I bardzo dobrze płatna. To do roboty, doktorku. Rozłożyła nogi. Wtedy Orlik wyszedł. Bez słowa.

– To wszystko? – Magda odezwała się dopiero po chwili. Potwierdził.

– Ale dlaczego… – zaczęła kolejne pytanie.

– Tak mnie wychowano. – Odpowiedź była krótka i treściwa. Żadnych wątpliwości.

W pierwszej chwili chciała go wykpić. Co to za starożytne podejście? A na dodatek absurdalne! Od kiedy wychowanie każe robić sobie krzywdę? Zanim nabrała powietrza, przypomniała sobie wszystkich polskich bohaterów, powstańców i buntowników. Wychowanych do tego, żeby zachować się przyzwoicie. Honorowo. Żeby w sytuacji konieczności nie zawahać się, nawet gdyby oznaczało to własną krzywdę. Dobrze, w czasie wojny. Na wezwanie ojczyzny… Ale w sądzie? Tu nie było mowy o bohaterskiej walce. Tu nikt nie musiał ciałem zasłaniać armaty. Wystarczyło, żeby opowiedział, co stało się tamtego wieczora… W tej chwili zrozumiała.

Mówienie o tym, co się stało, było poniżej jego godności. Samo wspomnienie spotkania z tamtą kobietą mierziło go, a co dopiero opowiadanie tego komuś innemu. A zwłaszcza drugiej kobiecie. Ku własnemu zaskoczeniu Magda nie tylko rozumiała ten punkt widzenia, lecz także go akceptowała. No dobrze. A gdyby jakaś kobieta czuła się do tego stopnia zażenowana wyczynami jakiegoś mężczyzny, że nie chciałaby o tym rozmawiać? Czy byłoby w tym coś dziwnego? Nie, byłoby to tak samo zrozumiałe. Orlik po prostu szanował siebie i nie chciał się brudzić czyimś postępowaniem, ale tym samym nie chciał też ujawniać, jak bardzo brudne było to, co ten ktoś zrobił.

– Spróbuj przypomnieć sobie wszystko, co wiesz na temat Grzelakowej – poprosiła.

Potaknął i znowu dolał jej wina.

– Chcesz upić swojego prawnika? – Zaśmiała się.

Popatrzył jej w oczy, podając kieliszek.

– Chcę, żeby kobieta, obok której mam przyjemność siedzieć, poczuła się dobrze.

Nie odpowiedziała. Przyjęła lampkę i upiła łyk. Z nerwów się zakrztusiła, więc Orlik szybko odebrał jej szkło. Podniosła ramiona w górę, a on uderzył ją między łopatkami. Po chwili przeszło. Spojrzała na niego załzawionymi od kaszlu oczami, a Marek pochylił się do niej. Nie odsunęła się, nie wiedziała dlaczego. Chciała się odsunąć. Powinna to zrobić, a nie była w stanie wykonać żadnego ruchu. Zupełnie jakby ją sparaliżował tym swoim orzechowym spojrzeniem.

– Co jej robisz? – Spojrzeli jednocześnie w górę. Z okna werandy wychylała się Kama.

– Zakrztusiłam się winem – wytłumaczyła Magda.

– Późno. Idę spać. – Siostra Orlika miała dziwną minę. Coś w rodzaju półuśmiechu błąkało się na jej wargach. Magda zerwała się z ławki.

– Ja też. Jestem wykończona. Dobranoc.

Leżała potem długo w łóżku. Wsłuchiwała się w odgłosy domu i zastanawiała się, co robi Orlik. I co mu powie, kiedy zapuka do jej drzwi, a ona nie otworzy. Czy spróbuje wejść? Naciśnie klamkę? W drzwiach nie było klucza, nie mogła się zamknąć. A może otworzy i powie mu… Powie, że…

– Cześć.

Głos dobiegł ją na ogromnej łące. Magda plotła wianek z chabrów. Siedziała w wysokiej trawie, słuchając pracowitego brzęczenia pszczół i leniwego świergotu ptaków. Godzina była południowa. To ten moment na polskich łąkach, kiedy wszyscy ich goście, chcąc nie chcąc, wpadają w ekstazę. Właśnie ten stan próbował oddać Leśmian, pisząc *W malinowym chruśniaku*. Te łąki powinny być dobrem narodowym. Pod ochroną.

Magda otworzyła oczy i zobaczyła tuż nad sobą twarzyczkę Zosi. Chwilę trwało, zanim skojarzyła, gdzie jest, co tutaj robi i dlaczego patrzy na nią ciemnoskóre dziecko z wesołymi ognikami w oczach.

– Będziesz jeszcze spać? Bo wolę, żebyś nie spała.

Beztroska i bezpretensjonalność dzieci zawsze ją rozbrajały. Takie były kiedyś dzieci Karoliny. Może taka będzie Jagódka Agaty? Chyba wszystkie maluchy to mają, dopóki szkoła, grupa rówieśnicza czy po prostu konieczność kompromisów nie zetrą z nich tej błyszczącej warstwy czystej asertywności.

– W takim razie nie będę.

– To ubierz się. Coś ci pokażę.

Domek ulokowany był na rozłożystej, bardzo starej topoli. W gęstwinie liści trudno go było wypatrzeć. Zaciszne miejsce, idealne do medytacji, ale chyba nie dla sześciolatki? Kiedy Magda wdrapała się za nią do środka, Zosia wyjęła z metalowej skrzynki pudełko herbatników i butelkę z sokiem.

– Zanim wszyscy się obudzą, możesz zjeść ciastko. Jeśli jesteś głodna – wyjaśniła. Ta dziewczynka da sobie radę w życiu, pomyślała Magda.

– Gdybyś miała tu kawę... – To nie do końca był żart. Zaspanym mózgiem rządziło wieloletnie przyzwyczajenie. Kofeina o poranku.

– Kawa nie jest dobra dla dzieci. – Zosia pozbawiła ją nadziei.

Magda się rozejrzała.

Na podłodze domku leżał fotel wypchany granulatem, obok niego taki sam puf. Do ścian poprzybijane były rysunki, jakieś uschnięte kwiatki i pocztówka z widokiem palmy na plaży i napisem „Thailand". Z okna widać było plac zabaw, dom i drogę dojazdową. Świetny punkt obserwacyjny.

– Ładnie tu masz.

– Mamy. Wszyscy mogą korzystać z domku. A jak ktoś chce być sam, to musi zamówić wcześniej – tłumaczyła mała, przyglądając się prawniczce uważnie. – Mogę ci załatwić kawę. Jeśli mi coś obiecasz.

– Co takiego? – Magda nie spodziewała się, że ta rezolutna dziewczynka okaże się dużo trudniejszym rozmówcą, niż wynikałoby to z jej wieku.

– Zrób tak, żeby tata nie poszedł do więzienia. – Czarne tęczówki błyszczały nadzieją. A Magda z ulgą pomyślała, że gdyby wzięła ciastko, to teraz właśnie zakrztusiłaby się nim na śmierć. A zaraz potem ogarnęła ją panika, bo co miała zrobić z tym, że mała wie więcej, niż wszyscy myśleli? Potwierdzić, zaprzeczyć, przemilczeć?

– Słucham? – Może tylko się przesłyszała. Szum liści, śpiew ptaków... Zakłócenie akustyczne.

– Mówi, że to wyjazd. Ale ja i tak wiem swoje. Zła pani oskarżyła go, że jej zrobił krzywdę. Może iść do więzienia. Uratujesz go?

Co mogła zrobić? Zapewnić ją, że wszystko będzie dobrze? Zosia nie zasługiwała na gładkie kłamstwo. I na pewno nie chciałaby go usłyszeć. Gdyby było inaczej, wystarczyłaby jej wersja ojca.

Jakby w odpowiedzi na myśli, które przelatywały przez głowę Magdy, dziewczynka dodała:

– Tata tak mówi, żeby mnie nie martwić. Tak w ogóle to on nigdy nie kłamie.

– Twój tata... niestety, może pójść do więzienia. Będę się starała, żeby do tego nie doszło, tylko... – Adwokatka przerwała. Nie, może jednak nie powinna tak szczerze odpowiadać. Może powinna najpierw ustalić to z Orlikiem. Przecież to on jako opiekun Zosi decyduje, czy i jak wprowadzać ją w sprawy dorosłych. Z drugiej strony córka wie, co mu grozi. Wie, co się stało.

– Będę o niego walczyła.

Nagle to małe ciałko przylgnęło do niej całą swoją powierzchnią. Zosia wtuliła się w Magdę i ściskała ją z całej siły.

– Dziękuję – szepnęła. – Jesteś cudowna.

Magda wzruszyła się. Nie, nie tym, co powiedziała Zosia. Wzruszyła ją postawa tej małej, dzielnej kobiety, która wiedziała już, że mężczyźni czasem robią głupie rzeczy, bo wydaje im się, że tak powinni. Zosia zdawała sobie sprawę, że kłamstwo Marka nie było zwykłym kłamstwem, że wynikało z troski. Marka? Czy pomyślała o nim „Marek"? Zosia wciąż ją ściskała. A ona zastanawiała się, jak to się stało, że tak szybko dała się wciągnąć do tej rodziny i dlaczego tak bardzo jej się to podoba.

Śniadanie było nieco nerwowe, bo dzieci chciały jak najprędzej wrócić na plac zabaw. Najstarszy z chłopców, Eryk, nad wiek wyrośnięty dziesięciolatek, z ponurą miną grzebał w talerzu z owsianką. Magda widziała to doskonale, bo siedział obok.

– A ty nie spieszysz się do zabawy? – szepnęła, zachęcając go do odpowiedzi uśmiechem.

Zaprzeczył ruchem głowy.

– Dlaczego nie?

– Przecież nie będę się kręcił na karuzeli. Gdyby była ścianka wspinaczkowa... – Przerwał, bo zauważył, że Kama uważnie mu się przygląda.

– Eryk, źle się czujesz?

– Dobrze – odparł, ale westchnął przy tym tak rozdzierająco, że wszyscy zwrócili na niego uwagę. Kama podeszła i dotknęła jego czoła.

– Kochanie, jeśli ty nie jesz owsianki, to znaczy, że mamy do czynienia z poważnym problemem. Chcesz pogadać? – Kama była cierpliwa i spokojna. Każde dziecko poczułoby się komfortowo w takiej sytuacji. Eryk jednak milczał.

– Synku? – Olaf objął chłopca ramieniem.

– Bo on chciał ściankę, a nie huśtawkę i karuzelę – zdradził Józio.

Magda spojrzała na Marka. Na jego ustach błądził dziwny uśmiech.

– Ściankę? Pierwsze słyszę. – Wyglądał, jakby naprawdę była to dla niego zupełna nowość.

Eryk skrzywił się i przewrócił oczami.

– Wujek… Mówiłem ci przecież. Nieważne. – Załadował łyżkę owsianki do buzi.

Marek przybrał minę, jakby z trudem próbował sobie coś przypomnieć.

– Ścianka, ścian… Aa, ścianka! Spokojnie! Ściankę przywiozą po weekendzie. Nie zdążyli wytłoczyć wszystkich elementów.

Wzrok Eryka, to spojrzenie podnoszące się znad owsianki, a przy tym usta w coraz szerszym uśmiechu były warte milion dolarów. Marek z wyraźną satysfakcją wyciągnął pięść do chłopca. Żółwik nad stołem przypieczętował porozumienie. Teraz Eryk zmiatał owsiankę w rekordowym tempie.

– Lubisz się wspinać? – zapytała go Magda.

– Na razie. A potem, jak dorosnę, chcę być… – ściszył głos – kickbokserem. Tylko niech pani nikomu nie mówi, dobra? – poprosił nieco spłoszony, że wyrwało mu się tak szczere wyznanie.

Magda odpowiedziała uśmiechem. I już chciała powiedzieć Erykowi, że jednak rodzice powinni znać jego plany, kiedy zauważyła spojrzenie Marka. Przyglądał się jej, a Zosia szeptała mu coś do ucha.

Od dwóch godzin wałkowali akt oskarżenia i to, co Marek pamiętał z kluczowego wieczoru. Siedzieli na werandzie. Magda do znudzenia wypytywała. On odpowiadał. Dzieci, łącznie z Erykiem, pod opieką Kamy i Olafa szalały na placu zabaw, a Magda i Marek próbowali znaleźć jakąś szczelinę, dziurę, uszczerbek w zarzutach, z którymi mieli się zmierzyć w sądzie. Wreszcie, kiedy Magda chciała zadać kolejne pytanie,

Orlik zażądał przerwy i spaceru. Widziała, że jest zmęczony i zirytowany. I ma dość.

Zeszli z werandy i przeszli przez furtkę od strony jeziora. Marek poprowadził Magdę brzegiem. Długo milczeli. A potem zaczęli jednocześnie:

– Co szeptała... – Magda chciała zapytać o Zosię.

– Wiem o waszym poranku... – On też przerwał. Spojrzeli na siebie i się uśmiechnęli.

– Ty pierwsza – zarządził.

– Skoro wiesz, to może porozmawiaj z nią szczerze. To bardzo rozsądna i dojrzała dziewczynka. – Czuła się trochę niezręcznie, pouczając go, jak ma postępować z własnym dzieckiem, ale i tak miała zamiar opowiedzieć mu o spotkaniu w domku na drzewie.

– Zosia sama wymyśliła, że będziemy to nazywać wyjazdem.

– Mnie powiedziała, że to ty – odparła bez cienia oskarżenia. Nie można oskarżać dziecka o to, że próbuje spiłować pazury potwora, który chce zniszczyć jego świat.

– Tak jej łatwiej. A ja uznałem, że to dobry pomysł.

Właściwie mogła się spodziewać, że Marek nie zdaje się na przypadek tam, gdzie może poprawić obraz rzeczywistości. I nie traci sił na bezsensowną walkę.

Brzeg jeziora był gęsto porośnięty trzciną, ale po kilkudziesięciu metrach znaleźli się w miejscu, gdzie otwierała się mała zatoczka z niewielką plażą.

– Chcesz popływać? – zapytał Orlik.

Magda się zaśmiała. Co za pomysł? Po pierwsze, nie miała kostiumu, a po drugie... Właściwie pierwsze wyczerpywało temat. Poszli dalej.

– Wiesz, marny jestem w ładnych słówkach, komplementach... I tych wszystkich damsko-męskich historiach. Dlatego nie pomyślałem o kostiumie.

Zabrzmiało to całkiem szczerze. Chociaż Magda zastanawiała się, czy to nie taka poza. Na niedorajdę. Przecież w gabinecie i w szpitalu Orlik był jak dyktator. W niczym nie przypominał tego zakłopotanego mężczyzny, który szedł obok niej.

– Ja też nie pomyślałam. – Wzięła połowę winy na siebie. Czy on uzna to za jej słabość? Znała ten mechanizm aż za dobrze. Kobiety zawsze brały na siebie część winy za rozróby swoich facetów. Współodpowiedzialne, współwinne i współuzależnione. Bez względu na to, czy pił, bił, czy zdradzał, szukały winy w sobie. Nie w nim. Usprawiedliwiały go. Tłumaczyły. I pozwalały na następne draństwa. Skutki stuleci wychowywania kobiet w kulcie mężczyzny jako wyższej istoty. Czy Marek był takim typem? Nic na to nie wskazywało. Ani relacje z siostrą, ani z córką. Tylko oskarżenie obcej kobiety. Jednak Magda nie chciała teraz wracać do sprawy. Mieli po prostu spacerować. I tyle.

– Zosia bardzo cię polubiła.

Zabrzmiało to jak największy komplement świata. No tak. Zosia najwyraźniej była jego oczkiem w głowie.

– Jest urocza. I mądra. Chociaż z tym wyjazdem to jednak trochę skłamała. – Magda okrasiła wyrzut uśmiechem, żeby Marek nie wziął sobie tego za bardzo do serca. Chciała tylko zaznaczyć, że mimo wszystko kłamstwo nie jest mile widziane. No, sorry, ale nie.

– Wiesz, jakie są dzieci... To znaczy, ty ich chyba nie masz, ale... może wiesz?

Doprawdy było w nim coś rozbrajającego, ale to nie był brak zaradności, tylko szczerość, z jaką go okazywał. Znała te wszystkie mądrości, że mężczyzna musi być silny i zdecydowany. I nie powinien okazywać słabości przed płcią piękną. Może w dziewiętnastym wieku albo jeszcze do połowy dwudziestego miało to rzeczywiście rację bytu. I to tylko w tych przypadkach, kiedy kobiety nie brały za siebie odpowiedzialności i były wychowywane do tego, aby stanowić ozdobę swojego mężczyzny. Takim kobietom z pewnością imponuje heros, który zawsze wie lepiej. Ale te, które szukają w życiu czegoś więcej, które chcą realizować się zawodowo, społecznie, które szukają partnera, a nie władcy, docenią mężczyznę, który nie udaje kogoś, kim nie jest.

Magda widziała już różne wcielenia Marka. Dla pacjentek był niczym bezwzględny opiekun. Przy czym „bezwzględny" należało rozumieć dosłownie. Bliskim okazywał serdeczne oddanie. Wobec Magdy najpierw zachowywał się jak gbur, arogant, potem stanowił zagadkę, aby wreszcie stać się osobą, przy której czuła się tak bezpiecznie, jak przy najlepszym przyjacielu. Jak przy Sebastianie.

– Jedna z moich przyjaciółek ma czwórkę. – Jej mina świadczyła o tym, że nie tylko ma jakieś pojęcie o dzieciach, ale nawet wie, jak bywa trudno. I nieprzewidywalnie. Marek się uśmiechnął.

– Mają swoją logikę. Czasem kompletnie odjechaną.

– O tak. Przy śniadaniu Eryk powierzył mi tajemnicę. Wspinaczka jest tymczasowa. Docelowo chce zostać kickbokserem. Brzmiał bardzo zdecydowanie. – Wydawało jej się to rozczulające, lecz nie mówiła tego protekcjonalnie, jak większość dorosłych, którzy w ten sposób podchodzili do spraw dzieci.

Chodziło o to, że Eryk był śmiertelnie poważny. Jakby podjął nieodwołalną decyzję. Najwyraźniej jednak Marka to nie rozczuliło. Jego twarz stężała w dziwnym grymasie zdumienia pomieszanego z nadzieją.

– Marek? – Magda się zaniepokoiła.

Odezwał się dopiero po chwili. Kiedy skończył wyjaśniać, co tak bardzo go wzburzyło, zadał jej tylko jedno pytanie. Fundamentalne.

– Czy to może w czymś pomóc?

36

Przez całą drogę do Warszawy ani razu nie zwróciła uwagi na mijane krajobrazy, o ile cokolwiek było widać zza ekranów akustycznych. Dzwoniła do Joli, żeby namierzyła jej wszystkie kursy samoobrony dla kobiet. Potem obdzwoniła instruktorów, żeby poprosić o pomoc. I z powrotem zgłosiła się do Joli, żeby im posłała kopie zdjęć obdukcji. I znowu do nich, żeby zapytać, czy coś ich niepokoi albo zastanawia w obrażeniach na ciele ofiary. Jakieś pięćdziesiąt kilometrów przed stolicą zadzwonił Marek.

– Udało się? – Po raz pierwszy, odkąd go poznała, usłyszała w jego głosie nadzieję. Ścisnęło jej się serce, bo wyniki konsultacji były mizerne. Obrażenia, jakie się zadaje, stosując samoobronę, są zupełnie inne niż to, co instruktorzy zobaczyli na fotkach. Nie miała sumienia mu o tym powiedzieć. Jeszcze nie. Niech ma jeszcze jeden dzień nadziei dłużej.

– Ty nie wydzwaniaj do mnie, tylko zabierz Zosię na łódkę. A potem posiedź z nią w domku na drzewie. Ma pyszne ciastka. – Magda wolała szczerość od kłamstwa, ale w tej chwili chciała usłyszeć te jasne tony w głosie Marka.

– Właśnie taki mamy plan. Skąd wiesz? – Udało się, słyszała radosny głos. Uśmiechnęła się, chociaż serce waliło jej ze stresu, że Marek przejrzy jej podstęp.

– Nie wiem. Strzeliłam. – Tak naprawdę ustaliły to z Zosią, kiedy Magda pakowała się w pokoju gościnnym na piętrze. Dziewczynka zapytała ją, co zrobić, żeby tata był taki wesoły jak od chwili przyjazdu Magdy. Najpierw prawniczka wyjaśniła, że to wcale nie ma związku z jej wizytą, tylko z zakończeniem budowy placu zabaw. A potem podpowiedziała, żeby Zosia namówiła tatę na jakieś wspólne zajęcie. Tylko we dwoje. Może czegoś nie umie, a ojciec mógłby ją tego nauczyć? Tak wpadły na pomysł żaglówki. Wybór domku był już oczywisty. Zosia uwielbiała, jak Marek czytał jej tam pewien fragment *Pana Tadeusza*. O Telimenie i mrówkach.

– Będziemy czytać *Pana Tadeusza* w domku – oznajmił Orlik tonem spiskowca.

– Fajnie macie. – Wciąż bardzo się starała, żeby nie wyczuł cienia smutku w jej głosie. Ma być radośnie i bezpiecznie. Mimo bestii czających się na granicy mroku. Chwila szczęścia, którą potem można wspominać, która pomaga przetrwać, kiedy w oknach są kraty, a za drzwiami słychać kroki strażników.

– Mogłabyś czytać Telimenę – rzucił żartobliwie, a ona uśmiechnęła się do tej myśli. Dlaczego nie? Gdyby to było inne życie, inna planeta, inne okoliczności, pewnie chętnie zawróciłaby na najbliższym zjeździe i pognała na seans z poezją Mickiewicza.

– Lepiej nie. Zepsułabym wam zabawę.

– Jestem pewny, że…

Magda przerwała mu, tłumacząc, że ma drugi telefon i musi kończyć. Nie miała. Musiała jednak skończyć. Natychmiast.

Coś w głosie Marka zaczęło ją niepokoić. To samo, co zaniepokoiło ją w chwili, kiedy zaczęła w myślach nazywać go imieniem. Coś jak ciepła, miła, głaszcząca od środka emocja. Otworzyła okno i wystawiła dłoń, żeby łapać powietrze. I cieszyła się wiatrem, który szarpał jej koński ogon. A potem włączyła komórkę, bo przypomniała sobie, że dawno temu Sebastian zrobił jej listę ulubionych utworów. Przerzucała piosenki, aż trafiła na właściwą. Po chwili nuciła razem z Abbą: *„Lay all your love on me"*.

To było tak dawno, gdy całą czwórką wybrali się na film *Mamma Mia!*. Banda rozbrykanych młodych facetów w płetwach tańczyła na molo do refrenu tej piosenki. Każde z nich, z własnych powodów, było zachwycone tą sceną. Agata pragnęła takiego ślubu na greckiej wyspie. Była już po roku narzeczeństwa z Rafałem i jego matka z trudem znosiła niewyznaczanie terminu ceremonii. Karolina wyobrażała sobie swojego syna, kiedy dorośnie. Sebastian cieszył oko przystojnymi Grekami. A Magda po prostu wzruszała się wszechogarniającą atmosferą szczęścia i radości. No dobra. Ślub na takiej wyspie też by jej pasował. To znaczy kiedyś. W przeszłości. Tej, którą dzieliła z Piotrem.

Zaczęła się następna piosenka. Magda wyciszyła ją i zamknęła okno. Pora wrócić do rzeczywistości. Ze wszystkimi jej bolączkami.

Na przykład bolączkami przyjaciół. Esemes od Marioli ucieszył Magdę, bo nie widziały się, odkąd dawna sekretarka Piotra wyjechała z mężem do Strasburga. Wojtek nie chciał prowadzić kancelarii bez przyjaciela i wspólnika. Mógł sobie na to pozwolić, bo w poprzednich latach dokształcił się w prawie europejskim i nawet uczestniczył w pracach nad dostosowywaniem polskiego prawa do europejskiego. Zrobił wtedy tak dobre wrażenie, że zaproponowano mu pracę w siedzibie Trybunału. Razem z Mariolą uznali, że to będzie dobre dla jego kariery. Wyjechali do Francji późną jesienią, kiedy Wojtek zamknął już wszystkie sprawy prowadzone w kancelarii, także te, których nie zdążył dokończyć Piotr. Magda pamiętała pożegnanie przyjaciół jak przez mgłę.

– Jak tam jest? – Usiadły teraz w Pomoście 511 przy Płycie Desantu. Latem było to ich obowiązkowe miejsce spotkań.

Mariola nie odpowiedziała od razu. Uśmiechnęła się jakoś zdawkowo i zapytała:

– Co chcesz do picia? Ja biorę wino. – Dziwne pytanie jak na Mariolę. Zawsze była bardzo empatyczna, uważna. Magdzie wydawało się, że po tych wszystkich latach powinna pamiętać, że ona nigdy, pod żadnym pozorem nie pije alkoholu, kiedy prowadzi. Może Marioli wydawało się, że śmierć Piotra zniszczyła nie tylko życie Magdy, ale też jej zasady?

– Tylko wodę. I weź kartę. Może coś zjemy.

Kiedy obejrzała się po chwili za przyjaciółką, zobaczyła, jak Mariola pośpiesznie wypija kieliszek wina przy barze, po czym każe go uzupełnić. Dopiero wtedy zapłaciła i wróciła do stolika. Magda nie zapytała o ten dodatkowy kieliszek. Nie chciała stawiać przyjaciółki w niezręcznej sytuacji ani jej rozliczać, dopóki nie było wiadomo, czy jest za co.

Mariola usiadła. Zdjęła wielkie modne okulary przeciwsłoneczne i spojrzała Magdzie w oczy.

– Tam jest chujowo.

Wow! Kto by się spodziewał, że po niecałym roku brylowania w salonach Europy tak jej się wyostrzy dowcip. Tyle że

Mariola nie wyglądała na rozbawioną. Miała ponure i podkrążone oczy samotnego mopsa, którego ktoś przywiązał łańcuchem do drzewa w samym środku bagien. Zero nadziei na pozytywne rozwiązanie.

– Co się dzieje? – Jak coś się wali, najlepsze są najprostsze pytania i zwykłe gesty. Można połknąć sto poradników, jak wspierać przyjaciół w biedzie, ale tak naprawdę liczy się tylko jedno: uwaga.

Mariola skrzywiła się, jakby jej ktoś spod ziemi wbił gwóźdź w stopę. Trudno by nie było, założyła jakieś filigranowe sandałki z miętowej mgiełki na podeszwie ze skóry tak cienkiej, że wystarczyłaby szpilka. Do tego kwiecista spódnica i dżersejowy, miętowy T-shirt. Wyglądała pięknie, ale była śmiertelnie smutna.

– Mariolka?

– Rozwiedziesz mnie z Wojtkiem? – W jej głosie nie było już nic z tej energicznej dziewczyny, która potrafiła opieprzyć, a za sekundę przytulić i pocieszyć. Zniknęła zdecydowana, odważna kobieta, która mówiła, co myśli, nawet jeśli komuś miałoby się to nie podobać. Pozostał strzępek dawnej Marioli, który przemawiał teraz jeszcze smutniejszym głosem: – Nie zdradził mnie. Nie jest gejem. Zresztą jedno i drugie łatwiej bym przebolała. Serio! – dorzuciła z naciskiem.

Wydawała się pewna tego, co mówi. Magdzie pozostało zaczekać na wyjaśnienie.

– Nie chrapie, nie rozrzuca skarpetek po domu. I ciągle mnie kocha. To ja nie mogę go znieść. No nie mogę. Kurwa, po prostu nie wyrabiam z tym burakiem! – Sąsiedzi ze stolików obok zaczęli się im przyglądać zdziwieni agresją w głosie Marioli.

– Dlaczego... burakiem? – Magda starała się, żeby pytanie zabrzmiało rzeczowo. Bez oceniania. Fakty. Tylko to się liczyło.

– Wiesz, co on tam opowiada innym prawnikom? Że wszystkie te lata od osiemdziesiątego dziewiątego roku zostały zmarnowane. Że oddaliśmy się w niewolę zachodnim korporacjom. Że dotąd rządzili nami aferzyści i spekulanci, którzy doprowadzili Polskę do ruiny. Nie ma imprezy, żeby nie zaczął nadawać na Polskę. Że wszystko rozkradzione, że nepotyzm, że dzicz. Nic pozytywnego. Wszystko do zmielenia. Wtedy oni pytają, jak to możliwe. Przecież fundusze unijne były celowe, miały Polskę przybliżyć cywilizacyjnie, intelektualnie i kulturowo do Europy. Wtedy Wojtek wytacza najcięższe działa. Miały, ale zostały zdefraudowane. On nie ma dowodów, ale słyszał, że wszystko szło bokami. A oni na to, skąd w takim razie nowe szkoły, gimnazja, drogi, autostrady, przedszkola i szpitale. Skąd to wszystko? Ma jedną odpowiedź: przekręty. Rozmawiałam z nim sto razy, tłumaczyłam, że w ten sposób poniża samego siebie. Bo oni patrzą na niego jak na szuję, która nic tylko pluje na własny kraj. Nie działa. On po prostu musi głosić swoją ewangelię. Nie ma znaczenia, że kretyńską, że szkodliwą, pełną nienawiści i pogardy. Niestety Wojtek nawet to, co obecny rząd wyprawia z konstytucją i trójpodziałem władzy... uważa za usprawiedliwione. On, prawnik! No to przepraszam. Ja wysiadam.

Magda wiedziała, gdzie żyje. Wiedziała, że polityka zaczęła panoszyć się w codzienności, rozpychać swoją hałaśliwą, arogancką retoryką. Wyzwiskami. Pomówieniami. Kłamstwami. Wiedziała, że w rodzinach bywa trudno, bo nagle bliscy ludzie zaczynają mówić i myśleć innymi językami, posługiwać się innymi pojęciami. Nagle ktoś nie chce zrozumieć i nie daje sobie wytłumaczyć, że białe jest białe, a czarne jest czarne. Dla niego nagle białe stało się czarnym, a czarne białym. Mimo to nie spotkała się jeszcze z rozwodem z powodu poglądów.

– Mariolu, może to zbyt pochopne? Może musicie od siebie trochę odpocząć? Na ile przyjechałaś? – Wydawało jej się, że wystarczy ostudzić emocje przyjaciółki. Dać jej trochę czasu, żeby zatęskniła za mężem. Wtedy zmieni jej się punkt widzenia, jemu zresztą też. Jak zacznie mu jej brakować, sam zacznie się pilnować. Przestanie przynosić politykę do domu. Bo po co?

Mariola popatrzyła na nią jak na sprzedawcę, który wciska plastikową podróbę torebki Michaela Korsa zamiast skórzanego oryginału. Dopiła wino i odstawiła kieliszek.

– Dwa dni temu wykrzyczał mi, że jestem zdrajcą Polski. A kiedy kupiłam bilet do Warszawy, dodał, żebym wypierdalała. Nie muszę od niego odpoczywać. Muszę się od niego uwolnić.

No tak, studzenie emocji raczej nie miało tu sensu. Mariola wcale nie była rozemocjonowana. Raczej zrezygnowana. Femina nauczyła Magdę także tego, że zmuszanie kogoś do utrzymywania związku za wszelką cenę rzadko przynosi dobre skutki. Lepiej uczciwie, nawet z bólem, przyznać, że pora na kurtynę. Nie mogła jednak zająć się tym rozwodem. Skoro Wojtek aż tak odleciał, pewnie zarzuciłby jej w sądzie konflikt interesów. I sędzia mógłby przyznać mu rację. Dała Marioli telefon do Łukasza. Przyjaciółka była w dobrych rękach.

– Nie wierzę. – Agata kręciła głową, podtrzymując jednocześnie Jagódkę, która pomrukując z zadowolenia, ssała pierś.

Karolina właśnie nalewała sobie drugi kieliszek wina. Magda siedziała w ratanowym fotelu, a Sebastian robił zdjęcia matce i córce. Agata kołysała się z córaszką w bujanym fotelu. Wyglądała zjawiskowo na bosaka, ze związanymi włosami, w dżinsach i białej koszulowej bluzce. Jagódka zawinięta była w różowy kocyk, który po urodzeniu dostała od Magdy. Z imieniem, datą urodzin, a nawet wagą. Na tle rozbuchanego zielenią i kwiatami sierpniowego ogrodu prezentowały się bardzo malowniczo.

– Nie przesadzasz? – Magdzie chodziło o ten drugi kieliszek. Karolinie zdarzało się czasem wypić lampkę, kiedy prowadziła. Nigdy więcej.

– Zostawię samochód – odpowiedziała, sięgając po wino.

– A ty nie bądź taki pies ogrodnika. Każdy czasem musi sobie pofolgować, nawet matka Polka – ujęła się za Waligórową Agata.

– Przestań gadać – upomniał ją Sebastian. – Bo będziesz wyglądała jak... – I zrobił ustami minę ryby panicznie wciągającej powietrze.

– Historia Marioli mnie ruszyła. Wrócę taksówką.

– Możesz spać u nas. Żaden pro... – Agata przerwała pod groźnym spojrzeniem Sebastiana. Chciał wykorzystać miękkie światło zachodzącego słońca.

– Dzięki, ale wrócę do domu. Muszę sprawdzić, czy mój mąż nie zgłupiał. Czy jest na miejscu i można się do niego przytulić bez narażania się na polityczną propagandę. – Widać było, że Karolina naprawdę się przejęła. Kiedy się czymś martwiła, mrużyła oczy i zaciskała usta. Bezwiednie. I nieznacznie. Kto jej nie znał, mógł się nie zorientować.

– Sebek, zrobimy przerwę? Zadzwonię do Rafała i zapytam, co myśli o polityce. Dobrze? – Agata wcale nie brzmiała ironicznie. Na serio chciała sprawdzić męża. Już się rozglądała za telefonem. Sebastian opuścił aparat.

– Jak przyszliśmy, mówiłaś, że właśnie leci z Monachium do Turynu. Już wylądował?

Troskliwa żona sprawdziła godzinę na ekranie komórki.

– No nieee... – I grzecznie wróciła do pozowania.

– Rozstanie to za każdym razem porażka. I powód do smutku. Nawet jeśli prowadzi w końcu do czegoś lepszego. Są takie pary, w których przypadku to jest jeszcze bardziej przykre. Mariola i Wojtek? Rozwód? Pomyślelibyście? – Magda bawiła się słomką, którą wyjęła ze szklanki z lemoniadą. Zwijała ją w spiralę i rozwijała, jakby miała za to dostać odznakę wzorowego zwijacza spiral.

– A gdzie ona jest? Dlaczego nie wzięłaś jej ze sobą? – zatroszczył się zza obiektywu Sebastian.

– Pojechała do rodziców. Powiedziała, że musi się wypłakać – wyjaśniła Magda, po czym zobaczyła, że Karolina nalewa sobie trzecią lampkę wina. To już było skandalicznie dużo jak na nią.

– W dzbanku jest lemoniada. – Spróbowała ją zdyscyplinować. Matka Polka posłała jej tylko gorzki uśmiech i wróciła z kieliszkiem na sofę. No, tak nie można było tego zostawić. – A właściwie dlaczego tak bardzo przejęłaś się Mariolą? – Tak naprawdę Karolina i Mariola ledwo się znały. Nie dało się mówić o jakiejś zażyłości.

– Po prostu nie wyglądali na takich, których pokona proza życia. I to jest beznadziejne! – Karolina podniosła kieliszek jak do toastu i wypiła połowę. Jak wodę.

– Ale ty i Wiktor jesteście bezpieczni. Zgadza się? – Gdyby ten ostatni bastion padł, Magda z pewnością poszłaby w ślady Karoliny.

– Przykład Marioli pokazuje, że nikt nie jest bezpieczny. – Żona Waligóry dopiła swoje wino i natychmiast znów sobie dolała. Po czym zwróciła się do Magdy: – Z żalem to mówię, ale ty też jesteś przykładem na triumf ciemnej mocy. Nie wiem... Może takie mamy czasy, że wszystko się rozpada? – Karolina miała już mocno i widocznie zaciśnięte usta. Upijała się na smutno.

Magda się roześmiała. Trochę za głośno, ale dzięki temu gęsta chmura ponurych emocji nieco się rozwiała.

– Ja się nie rozpadam. Ty się nie rozpadasz. Agata się nie rozpada. Sebek się nie rozpada. Jest całkiem nieźle.

Karolina zapatrzyła się z żalem w kieliszek.

– Zobaczymy, Magda, co powiesz po czterdziestce. Czy dalej będziesz taka dzielna i niepokonana.

To ukłuło boleśnie. W samo serce. Dokładnie tam, gdzie była ledwo zasklepiona rana po Piotrze. I zaleczone, ale wciąż odczuwalne draśnięcie po Szymonie.

– Mam nadzieję, że już nigdy nie dam się pokonać – oznajmiła Magda. Zabrzmiało to jak deklaracja. Albo manifest polityczny.

Agata posłała jej całusa, Sebastian – wspierające spojrzenie. Karolina dolała sobie wina. Prawniczkę dopadł wisielczy humor. Potrzebny był ratunek. Albo coś na dobicie. Spojrzała na przyjaciela.

– Rusłan się pokazał?

Sebek zaprzeczył ruchem głowy. Ewidentnie nie chciał rozwijać tematu.

Karolina pokiwała głową, jakby to było oczywiste, że Sebastian nie może liczyć na nic więcej niż samotność. Alkohol zaczął krążyć i reszta nie miała znaczenia. Rzuciła tylko:

– Może kiedyś się pokaże. – Nie było w tym ani pocieszenia, ani nadziei. Czarna chmura wróciła i zakryła niebo po horyzont.

Sebastian zaczął sprawdzać w laptopie zdjęcia, które zrobił Agacie i Jagódce. To go pocieszało. Mała istotka otoczona miłością – niby niewiele, ale zawsze jakaś ulga, kiedy w sercu zieje dziura po Avigdorze-Tuhajbejowiczu. Od jego zniknięcia jedyną muzyką, której mógł słuchać, był kawałek Korteza:

Zostań, bez zbędnych słów
Tak jak teraz
Cierpliwie obok bądź po prostu dzień po dniu
Zostań
Zostań, nie powiem ci
Że to miłość
Choć jesteś wszystkim, czego w życiu trzeba mi.

Kortez wyrywał w sercu Sebastiana jeszcze większą dziurę. Istny lej po bombie. Lej, którego Sebastian nienawidził i który jednocześnie hołubił jak cenną pamiątkę. Puścił im ten utwór z laptopa. Jagódka drzemała nieświadoma rozgrywającego się wokół dramatu. Kiedy Kortez zamilkł, Magda podeszła do Sebastiana i opuściła pokrywę komputera.

– Wyleczysz się. Życie wszystko leczy. – Wiedziała, że to ryzykowne stwierdzenie w jej ustach. Nie dała im najlepszego przykładu. W dodatku mogła sprowokować Agatę do zadania jej pytania, którego wolałaby uniknąć. Czy zamiast na Marioli nie powinni przypadkiem skupić się na jej wizycie u Marka?

– A co ty nic nie mówisz o Orliku? Jak było? – Agata od razu przeszła do meritum.

Wszyscy spojrzeli na Magdę. Wiedzieli, że jechała tam, aby go pogonić i zrobić porządek ze sprawą.

– Takie tam adwokackie nudy – powiedziała wymijająco, po czym sięgnęła po szklankę z lemoniadą i wypiła duszkiem. Kiedy ją odstawiała, zorientowała się, że to był błąd. Już wiedzieli. Przekleństwo zażyłości. Od czego jednak była adwokatką? Jak zdjąć podejrzenie z winowajcy? Skierować uwagę na zewnątrz. Opowiedziała im o siostrze Marka, o rodzinnym domu dziecka, mówiła o tym, jakie to rzadkie w tych czasach poświęcić się dla innych. Nie wspomniała słowem o spacerze z Markiem ani o domku na drzewie. Czy to było kłamstwo? Nie. Przecież powiedziała prawdę. No dobrze, część prawdy. Na całą Magda nie była gotowa, a tym bardziej jej przyjaciele.

– A co zrobisz z Orlikiem? To znaczy, masz jakiś plan? – chciała jeszcze wiedzieć Agata.

Magda miała plan, ale jego realizacja kompletnie nie zależała od niej.

Górka musiał pokazać, jak bardzo się poświęca i ile go to kosztuje. Magda dzwoniła do niego codziennie z prośbą o spotkanie. Patolog proponował, że wyśle analizę mailem. Magda odmawiała, tłumacząc, że być może będzie miała jakieś pytania i wolałaby wyjaśnić wszystko od ręki. Żeby potem nie zabierać mu jakże cennego czasu. Wtedy on dochodził do wniosku, że rzeczywiście jego czas jest tak cenny, że nie ma go dość, by spotkać się z Magdą. A ona cierpliwie czekała z telefonem do następnego dnia. Prawda była taka, że miała do patologa jeszcze jedną sprawę i wiedziała, że może to załatwić wyłącznie z zaskoczenia. Roman Górka był trudny. Ale każdy, kto siedział w temacie badań pośmiertnych, potwierdzał, że najlepszy. Wreszcie po tygodniu łaskawie zgodził się udzielić jej audiencji.

Było upalne popołudnie, kiedy podjechała pod otulony drzewami budynek prosektorium. Piękne sierpniowe światło podkręcało kolory jak w apce do poprawiania zdjęć. Świat tego dnia wydawał się doskonały. I chociaż wiedziała, że to złudzenie i tak naprawdę jest pełen bólu, cierpienia i frustracji, to zatrzymała się na chwilę przed wejściem, żeby popatrzeć na ten obrazek. Wszystko wokół wskazywało, że ludzie już zawsze będą zdrowi, szczęśliwi i bezpieczni. Że związki przetrwają próbę czasu i cierpliwości. A każda, nawet najbardziej paskudna sytuacja skończy się dobrze. Czego można chcieć więcej? Dopiero po chwili zauważyła, że pod drzewami leżą już pierwsze opadłe liście. Powoli zaczynał się rozkład tej zachwycającej sceny.

– To nie były małe ręce. Cwaniak czytał pewnie *Pamiętnik patologa* Jurija Brodskiego. Patolog Scotland Yardu, Rosjanin, opisał, jak nowy facet mamusi chciał się pozbyć jej dziecka z poprzedniego związku. To znaczy chciał, żeby ona się go pozbyła, oddając chłopca do szkoły z internatem. Żeby ułatwić jej decyzję, zostawiał na ciele dziesięciolatka ślady, które miały wskazywać, że dzieciak sam robi sobie krzywdę i z zazdrości zrzuca winę na gacha mamy. Chłopcu nikt nie wierzył. Brodski przypadkiem dowiedział się od znajomych, że pewien policjant ma problem z pasierbem, i zbadał chłopca. Wystarczy używać małego palca i serdecznego, żeby bolało, a ślady wskazywały na małą dłoń.

Magda przebiegła spojrzeniem ekspertyzę. Patolog stwierdzał, że Agnieszka Karczeńska sama nie mogła sobie zadać takich obrażeń. Po pierwsze, musiałaby mieć ślady paznokci. Po drugie, brakowało śladów kciuka. A ściśnięcie ramienia bez użycia kciuka jest po prostu niemożliwe. Miejsca, gdzie krwiaki były mniej regularne, wskazują na ciosy zadawane ze znaczną siłą i z rozmachem, jakiego nie ma szansy wykonać ktoś, kto sam się okalecza.

– *Ergo*, pani klientka jest ofiarą przemocy i to stosowanej nie w afekcie, ale z premedytacją. I wątpię, żeby znalazła pani lepszego ode mnie – zakończył Górka, a Magda zadała sobie w duchu pytanie o kształt śladów, jakie na psychice zostawia samouwielbienie. Patolog wyglądał, jakby czekał na rzęsiste brawa, o ile nie owację na stojąco. Może nawet dałaby mu tę satysfakcję, ale miała jeszcze jedną sprawę, więc nie chciała, żeby za szybko spoczął na laurach. Miał być skoncentrowany, skupiony i żądny dużo większego aplauzu.

– Zanim docenię pana mistrzostwo... Jeszcze jedno wyzwanie? – Przesunęła w jego stronę kopertę ze zdjęciami z obdukcji Grzelakowej.

Górka wstał, spokojnie podszedł do drzwi i je otworzył.

– Mam parę rzeczy do zrobienia.

– A ja mam ginekologa, którego ktoś chce wkręcić w gwałt. Plus tych kilka zdjęć i potwierdzony fakt, że kobieta trenowała samoobronę.

Magda nie ruszyła się z miejsca. Jeśli pozwoli się wyprosić, już nigdy nie zmusi patologa do pomocy. Mogła znaleźć innego, być może nawet równie zdolnego. Niestety, tylko Górka miał na koncie spektakularne ekspertyzy, które zmieniały całkowicie tok procesów. I wyłącznie z jego opiniami liczyli się nie tylko sędziowie, ale też prokuratorzy. A to było teraz kluczowe. Nie obejrzała się nawet. Siedziała spokojnie i czekała. Czuła, że patolog patrzy na nią z nienawiścią, ale też zaczyna traktować jak równą sobie. Znała takich mężczyzn aż za dobrze. Spotykała ich na sali sądowej albo w Feminie, kiedy przychodzili z awanturą, że wtrąca się w ich życie. Oczywiście Górka nie musiał mieć niczego na sumieniu. To nie zawsze byli dranie. Zawsze jednak nabierali szacunku, kiedy kobieta nie dawała się stłamsić. Chyba że akurat ten okaże się psychopatą odpornym na wszystko. Gdyby poprzednim razem zagrała z nim tak ostro, nie miałaby już pola manewru. Odebrałby to jako upokorzenie i żadne prośby niczego by nie zdziałały. Czekała. Psychopata czy nie? Zaatakuje czy doceni jej upór? Wreszcie usłyszała kliknięcie klamki. Po chwili Górka usiadł za biurkiem.

– Pani jest taka bezczelna z urodzenia czy z wykształcenia? – Próbował przejąć pałeczkę. Silna potrzeba kontroli. Może panując nad sytuacją, stawał się łaskawszy? W porządku. Magda postanowiła spróbować.

– Ja tylko potrzebuję pomocy. – Uśmiechnęła się przymilnie, ale powstrzymała od trzepotania rzęsami. Patolog nie wyglądał na takiego, z którego można robić idiotę. Choć zadziwiająco wielu mężczyzn to lubi, a nawet tego oczekuje.

– A jeśli odmówię? Co pani zrobi? Pogrozi mi, że znajdzie lepszego? – droczył się, czyli była nadzieja. Magda spoważniała.

– Może nie będę musiała szukać. Za tydzień mam rozprawę odwoławczą.

– Wcześnie się pani obudziła. – Po jego uśmiechu poznała, że poczuł władzę i chciał się nią nacieszyć. Dlaczego nie, jeśli miałoby to pomóc?

– Dopiero się dowiedziałam, że ofiara trenuje samoobronę. Może pan zobaczy tu coś, czego nikt dotąd nie dostrzegł. – Mówiąc to, przybrała minę kobiety, która nie wie, gdzie jest wlew paliwa w samochodzie. Sztuczka, którą Agata opanowała do perfekcji. Czy w wykonaniu mecenas Miłowicz też zadziała?

– Co jest pani gotowa zrobić dla tej opinii? – Zadziałało. Nie odpowiedziała do razu. Nie dlatego, że chciała się targować. Naprawdę zastanowiła się, ile byłaby skłonna zrobić dla Marka. Dużo. Tak jak dla wszystkich swoich klientów.

– Na pewno nie wszystko – odparła po chwili.

Górka zaśmiał się.

– Nie trzeba wszystkiego. Ja zrobię ekspertyzę, a pani bez względu na wynik umówi się ze mną na kawę. Zgoda?

– Nic więcej? – Wolała się upewnić.

Potwierdził, patrząc jej w oczy.

37

BLOG MAGDY M.

Wtorek. Tydzień do rozprawy.

Środa. Sześć dni do rozprawy.

Czwartek. Pięć dni do rozprawy.

Piątek. Cztery dni do rozprawy.

Odebrałam ekspertyzę od patologa. Obiecująca. Przypomniał się z kawą. Najbliższy termin, jaki pasował i jemu, i mnie, przypada zaraz po rozprawie.

Jeśli uda się zmienić wyrok na zawieszenie, będzie to wielki sukces. Marek wróci do rodziny i zawodu. Ja wrócę do fundacji i już nigdy nie dam się namówić na żaden proces. Wszyscy będą szczęśliwi. Jeśli się nie uda, Marek trafi do więzienia. Ale kiedy odsiedzi swoje... wróci do rodziny, a być może i zawodu. O ile Naczelny Sąd Lekarski nie zdecyduje się uśmiercić go jako lekarza. Wtedy w końcu wszyscy będą szczęśliwi. W najgorszym wypadku chwilę później. Według czasu kosmicznego.

Sobota. Trzy dni do rozprawy.

Sebastian nadal nie wie, co się stało z Rusłanem. Po prostu zniknął. Oby na zawsze. Nie można brać pod uwagę związku z kimś, kto myśli tylko o swoich potrzebach. Miał ochotę, więc skorzystał? A co z potrzebami Sebastiana? Sebek trochę pocierpi, ale w sumie lepiej, żeby Tuhajbejowicz już się nie pojawił.

Niedziela. Dwa dni do rozprawy.

Karolina jednak za dużo pije. A Agata jest podejrzanie niedomyślna. Były dzisiaj u mnie. Waligórowa wypiła półtorej butelki wina. Agata nie piła, bo ją przywiozła i obiecała odwieźć. Kiedy próbowałam zacząć temat alkoholu, Karolina zagadała mnie opowieścią o dzieciach, a Agata wcale mnie nie wsparła. Przeciwnie. Wyśmiała mnie. Co to jest półtorej butelki! Ona sama w czasach przedślubnych potrafiła zwalczyć dwie, bez żadnych nadzwyczajnych skutków. Przypomniałam jej, jak umierała po kilku drinkach, bo nie tylko wino było na tapecie. Nic sobie z tego nie zrobiła. A Karolina coraz częściej zostawia samochód w mieście, bo nie umie skończyć na jednym kieliszku.

Agata kazała mi się skupić i jeszcze raz zapytała, co z Orlikiem. Tym razem naprawdę mnie wkurzyła. A co niby ma być? To po prostu klient, który na początku sprawiał wrażenie gbura, a potem okazał się człowiekiem, któremu życie dokopało. Rozumiem go, bo wiem, jak to jest. I tyle. Owszem, jego córka i siostra to urocze istoty, ich dom to oaza życzliwości, ale to jest ich życie. A moje jest tutaj. A co z patologiem? Może on się nada? Nie mogłam już z nią rozmawiać. Na koniec uznała, że jednak lepszy będzie patolog. I wcale nie szkodzi, że wygląda jak uczony robal. Mężczyzna nie jest od tego, żeby wyglądać. Karolina tylko się błogo uśmiechała, słuchając, jak się wkurzam na Agatę.

Poniedziałek. Jeden dzień do rozprawy.

Przyjechał Marek. Spotkaliśmy się na obiedzie w Koszykach. Poszliśmy do Heritage, gdzie zawsze zamawiam gnocchi ze szpinakiem. Jemu też smakowały, ale to nieważne. Omówiliśmy strategię. Starałam się go nie nakręcać. To, co dał nam patolog, było cenne, ale nie gwarantowało sukcesu. Niestety. Rozstaliśmy się po siedemnastej. Kazałam mu się wyspać.

Przed dziesiątą wieczorem zadzwonił. Żeby podziękować i powiedzieć, że cokolwiek się wydarzy, jest mi wdzięczny. Zanim się rozłączył, zapytał, dlaczego jestem sama. Nawet przez sekundę się nie wahałam. Opowiedziałam mu o pierścionku, o ciąży, o migających kogutach na placu. O czarnych i bolesnych miesiącach. Kiedy skończyłam, milczał chwilę. I wreszcie powiedział dziwnym głosem: „Jesteś piekielnie dzielna". Umówiliśmy się na jutro. A ja czułam, że zrobiłam dla niego za mało. O wiele za mało.

38

Sędzia Jarosławska wielokrotnie przyznawała prawa rodzicielskie kobietom z uzależnieniami, a nawet chorobami psychicznymi. Nic nie mogło zmącić jej obrazu świata. Facet to świnia i zboczeniec. Kobieta – nieszczęsna dziewica i niepokalana lelija. Jak to się miało do rzeczywistości? Jak twierdzenie, że wszystkie kobiety to dziwki, tylko niektóre o tym nie wiedzą. Absurd. To te niby błyskotliwe bon moty, które mają dodać blasku dyskursowi. To znaczy – w odpowiednim towarzystwie. Wśród ludzi kulturalnych tego typu stwierdzenia mogły się spotkać tylko z naganą, podobnie jak inne pełne agresji i nienawiści stereotypowe oceny. Tacy ludzie nie pomawiają innych o złe intencje, roznoszenie chorób i zdradę ideałów. W ich świecie od takich oskarżeń jest wymiar sprawiedliwości, a nie mikrofony dziennikarzy, stacje radiowe czy kanały telewizyjne.

Jarosławska bardzo się pilnowała. Nigdy nie artykułowała na głos swojego światopoglądu, a w uzasadnieniach wyroków unikała wyrażania opinii. Od czego jednak jest środowiskowa plotka? Wszyscy wiedzieli, że lata temu zastała swojego świeżo poślubionego małżonka, słowiańskiej urody dyrektora Sasika, z jego sekretarką we własnym łóżku. Zapomniała wziąć z domu notatki do procesu i wróciła tuż przed rozprawą. Ot, pech. Sama Jarosławska była kobietą niską, krągłą, o nieco nalanej twarzy i krótkich, siwych włosach przylegających do czaszki. Jej zęby też pozostawiały wiele do życzenia. Nie dbała o wygląd. Była przecież na froncie. W każdej sprawie szukała zemsty za swoje upokorzenie. Za swoje nieszczęście. I za swoją marność. Bo marny to sędzia, i człowiek, który prywatne sprawy wynosi na poziom urzędu.

Było raczej pewne, że sędzia skazała Marka, zanim weszła na salę. Kto jak kto, ale ona wiedziała to z góry: winny jest facet. Koniec, kropka. Może stąd na twarzy Grzelakowej nie dało się dostrzec żadnego cierpienia czy boleści. Żadnego upokorzenia. Ona wiedziała nie tylko, że Orlik zostanie skazany, ale nawet jaki będzie wyrok.

Sędzia pozwoliła powódce długo i szczegółowo opowiadać o tym, co się wydarzyło. Kiedy prokuratorowa skończyła, oskarżyciel nie wygłosił do Magdy zwyczajowej formułki: „świadek do pani dyspozycji", tylko zwrócił się do Jarosławskiej:

– To wszystko z mojej strony. – I usiadł. Sędzia spojrzała na Magdę, bo jednak wciąż zachowała resztki przyzwoitości proceduralnej.

– Pani mecenas?

– Mam kilka pytań, wysoki sądzie.

– Naprawdę chce pani jeszcze dręczyć ofiarę? – Jarosławska miała w oczach głęboką pogardę. Pewnie nie mogła zrozumieć, jak przedstawicielka jej płci może bronić mężczyznę-potwora. I nie zmieniał jej zdumienia fakt, że każdy, nawet potwór, miał prawo do obrony.

– Chciałabym ustalić pewien ważny szczegół. – Magda starała się powiedzieć to najspokojniej, jak potrafiła, żeby sędzia nie wyczuła emocji. W głębi duszy Magda szamotała się między niechęcią do Jarosławskiej a lękiem o wynik rozprawy. To mogłoby wyglądać jak panika. A nie ma nic gorszego dla oskarżonego niż spanikowany obrońca.

– Jaki? – warknęła sędzia. – Nie protokołować – rzuciła do stenotypistki. I zwróciła się z powrotem do Magdy: – No słucham? – W jej głosie były całe tony mułu, lepkiego, śmierdzącego paskudztwa, którym w jej oczach oblepiona była ta żałosna adwokatka.

– Chcę zapytać panią Grzelak…

– Ofiarę. To jest ofiara – wycedziła Jarosławska. Sięgnęła po szklankę z wodą.

Długi łyk pozwolił Magdzie szybko skalkulować, na ile warto się stawiać, a na ile pozwalać się rozdeptywać. Zwróciła się do „ofiary":

– Proszę pokazać, w jaki sposób oskarżony panią dusił. Zeznała pani, że miało miejsce duszenie.

Grzelakowa spojrzała na prokuratora. Ten łaskawie skinął głową. Magda wstała i podała stojącej przy pulpicie dla świadków kobiecie przygotowaną wcześniej poduszkę, która była w połowie ciasno obwiązana bandażem, co tworzyło coś w rodzaju szyi. Górna część poduszki miała być głową. Kiedy Magda szykowała rekwizyt przed wyjściem z domu, narysowała flamastrem oczy, żeby było wiadomo, gdzie jest twarz. I miała wielką ochotę dorysować nos i usta, ale znając poczucie humoru Jarosławskiej, wolała nie ryzykować.

– Czy byłaby pani uprzejma pokazać to na tej… poduszce?

Grzelakowa zrobiła minę osoby, która uważa, że wszyscy powinni wiedzieć, jak się dusi człowieka. Jeśli ktoś nie wie, to jest po prostu idiotą. Magda stała przed nią spokojnie ze swoim wynalazkiem w dłoni. Mina sędzi z kolei wskazywała, że z trudem powstrzymuje się od rzucenia mięsem.

– Wysoki Sądzie, co mam zrobić z tą tak zwaną pomocą naukową? – zapytała powódka z ironicznym uśmieszkiem.

– Jeśli pani pamięta, w jaki sposób oskarżony panią dusił, proszę to nam pokazać – podpowiedziała Jarosławska, składając na koniec usta w pełen współczucia dzióbek.

Grzelakowa zaplotła palce na obandażowanej części jaśka. Kciukami ściskała miejsce hipotetycznej grdyki.

– Jest pani pewna? – Magda nie mogła pozwolić, żeby powstała tu najmniejsza wątpliwość. Czuła się, jakby szła po kruchym lodzie przez środek jeziora albo po linie rozciągniętej między szczytami drapaczy chmur.

Grzelakowa potwierdziła, a sędzia zwróciła się do protokolantki:

– Ofiara wskazała na… kukle, że oskarżony dusił ją, zaciskając kciuki na grdyce.

– Czy mogę zrobić zdjęcie? – Magda zadała to pytanie najniewinniej, jak potrafiła, ale Jarosławska i tak łypnęła na nią podejrzliwie. Dodała więc: – Żeby dołączyć je do akt.

Dostała pozwolenie przez skinienie głową. Protokolantka podniosła głowę, nie wiedząc, co zapisać.

– Wysoki Sąd wyraża zgodę na wykonanie fotografii, która przedstawia, w jaki sposób oskarżony Orlik dusił ofiarę, Paulinę Grzelak. Zdjęcie będzie dołączone do akt po wydrukowaniu w sekretariacie sądu natychmiast po zakończeniu rozprawy – oznajmiła Jarosławska.

W tym czasie Magda wyjęła komórkę i sfotografowała prokuratorową i jej dłonie zaciśnięte na poduszce.

– Dziękuję. A teraz chciałabym, żeby Wysoki Sąd pozwolił pani odnieść się do tej ekspertyzy. – Magda położyła jeden egzemplarz opinii Górki przed sędzią, drugi przed Grzelakową i trzeci przed prokuratorem, po czym wróciła na miejsce obrońcy.

– Obrona przedstawiła ekspertyzę biegłego patologa doktora habilitowanego Górki Romana z dnia… – Sędzia szybko podyktowała do protokołu wszystkie niezbędne dane i zaczęła czytać otrzymany dokument.

Magda spojrzała na Marka. Był spokojny. A przynajmniej tak wyglądał. Dotknęła jego ramienia, żeby wiedział, że jeszcze nie wszystko stracone.

Jarosławska podniosła na nią spojrzenie.

– I co tu ma być takiego ciekawego, pani mecenas? – Przybrała protekcjonalny ton tak lubiany przez wszystkich frustratów z nieuzasadnionym poczuciem wyższości. Może Magda powinna utworzyć drugą fundację: leczenia kompleksu wyższości?

– Wysoki Sądzie, obrażenia na szyi pani Grzelak wskazują na samookaleczenie. Nie ma fizycznej możliwości, żeby osoba stojąca przed ofiarą mogła ułożyć dłonie w taki sposób, jak widać na zdjęciach z obdukcji – tłumaczyła Magda cierpliwie. Ale sędzia nie była cierpliwa.

– Jak to nie? Kciuki na grdyce. Dokładnie tak, jak pokazała ofiara. A pani ma to na zdjęciu w komórce – wyszczekała.

– Zgadza się. Proszę jednak zwrócić uwagę na zdjęcie numer pięć. To jest kark pani Grzelak. Gdyby była duszona w sposób, który zaprezentowała Wysokiemu Sądowi, ślady małych palców byłyby na dole. Tymczasem, według ekspertyzy, ślady małych palców wyraźnie widać tuż pod potylicą. To jest chwyt typowy dla samookaleczenia. A biorąc pod uwagę, że pani Grzelak... – Magda podała sędzi kolejne pismo – ...od kilku lat regularnie bierze udział w zajęciach z samoobrony, dzięki którym dysponuje większą siłą niż przeciętna kobieta, wnoszę o przesłuchanie w charakterze świadka trenera samoobrony pani Grzelak, pana Krystiana Strączka...

Wysoki Sąd jednak nie miał zamiaru pozwolić na żadne wnoszenie. W tej sprawie nie mogło być nagłych zwrotów akcji.

– Pani mecenas, proszę przestać mi tu uprawiać wolną amerykankę. Jeśli chce pani złożyć...

Ale ofiara nie dała jej dokończyć.

– Co ma do tego mój trener?! – wysyczała wściekle. Jej oczy zwęziły się w podejrzliwe szparki. – Co pani sugeruje?

Magda stwierdziła, że niechcący musiała trafić w czułe miejsce.

– Niech się pani uspokoi – powiedziała łagodnie Jarosławska.

– Nie, zaraz, chcę wiedzieć – odparowała Grzelakowa i zwróciła się do obrończyni: – Po co mi tu pani wywleka trenera? To nie ma nic do rze... – Zamilkła nagle, bo prokurator zaczął ją ciągnąć za rękaw bluzki, po czym pokazał, żeby usiadła.

W karierze prawnika, tak jak w każdym zawodzie, zdarzają się momenty, kiedy chmury się rozstępują i zza białych kłębów skondensowanej pary daje się słyszeć głos: teraz albo nigdy!

– Proszę opowiedzieć, jaka relacja łączyła panią z trenerem – zapytała Magda spokojnie.

– Marek! – Prokuratorowa spojrzała na oskarżonego z żalem. Tyle że nie był to ból zgwałconej kobiety. To był ból kobiety niekochanej. Magda przez ułamek sekundy zawahała się, czyby nie pomóc jej jakimś pytaniem, ale nie było potrzeby. – Byłeś zazdrosny o trenera? Ale ja z nim nigdy nic… Marek, odwołam to oskarżenie, tylko… Zostawię męża. Zaczniemy od początku. Wyjdziemy stąd i zapomnimy… i… – Przerwała, bo na twarzy Orlika nie było miłości. Lekarz nie patrzył na nią, siedział, wbijając wzrok w stół.

Grzelakowa zalała się łzami. Prokurator podniósł dłonie, jakby się poddawał. Sędzia milczała. Magda usiadła obok Marka. Dopiero wtedy zobaczyła, że rozdrapał sobie kciuk lewej dłoni do krwi.

Zanim wyszli z budynku, Magda opatrzyła Markowi palec. Stali teraz przed sądem, trochę nie wiedząc, co dalej.

– Gdzie zaparkowałeś? – zapytała. Wskazał w lewą stronę. Magda w przeciwną. Wyciągnęła do niego rękę.

– Powodzenia.

Marek chwycił jej dłoń i przyciągnął ją do siebie. Ona z kolei, jakby tylko czekała na jego inicjatywę, ochoczo się temu poddała. I w tym obustronnym pośpiechu zamiast pocałunku zaliczyli zderzenie czołami. Marek, przejęty, odsunął się trochę.

– Cholera, strasznie cię przepraszam. Pokaż…

– Nic mi nie jest – zaprotestowała, ale on już oglądał jej czoło. No tak. Lekarz. Uśmiechnęła się. I wtedy usłyszała ten głos.

– Magdo, jestem, zgodnie z umową.

Jednocześnie z Markiem spojrzeli w kierunku, z którego dobiegał. Przy krawężniku stała długa limuzyna z otwartym dachem. I wysiadał z niej patolog we własnej osobie. Jeszcze tylko sięgnął do wnętrza po wielgachny bukiet czerwonych róż i ruszył w stronę prawniczki. Ubrany w jasny lniany garnitur i w kolorowych okularach wyglądał dużo młodziej niż w laboratoryjnym fartuchu.

– To ja się pożegnam. Dziękuję jeszcze raz. I powodzenia – rzucił pośpiesznie Marek i zanim Magda zdążyła odpowiedzieć, już był kilka kroków dalej. Za to przed nią wykwitł bukiet od Romana Górki.

W sumie całkiem sprytnie i miło to sobie wymyślił. Pojechali do Portu Czerniakowskiego, gdzie czekał już zamówiony stolik. W dodatku nie zabawiał jej anegdotami o sekcjach zwłok, tylko o swoich podróżach. A zaliczył już sześćdziesiąt siedem krajów. I opowiadał naprawdę zabawne historie. Mówił też o tym, jak musiał wyzbyć się swoich uprzedzeń i stereotypowego myślenia i jak zmieniło się jego zdanie o rodakach. Wcześniej dumny z Solidarności i pokonania komunizmu, z czasem zrozumiał, jak bardzo nasz kraj marnuje swój potencjał w bezsensownych kłótniach i cofa się w rozwoju. Jak niedobry jest związek ołtarza z rządem, a rozwój jest hamowany przez myślenie ideologiczne zamiast racjonalnego. I jak ważne jest społeczeństwo obywatelskie. Mówił z pasją i zaangażowaniem. Aż do deseru, kiedy zapytał o wyrok. Kiedy odpowiedziała, uśmiechnął się z tą swoją pyszałkowatą miną.

– No to jak mi się odwdzięczysz?

I znów zobaczyła w nim tego nadętego i zakochanego w sobie patologa, i uświadomiła sobie, że przez cały czas, jaki z nim spędziła, zajmował się wyłącznie sobą. Magda go nie obchodziła. Ważne było tylko to, czy wystarczająco ładnie odbija się w jej oczach.

Z ulgą pozwoliła się odwieźć w okolice sądu na Lesznie. Z ulgą wysiadła z limuzyny, unikając odpowiedzi, kiedy znowu się zobaczą. I z ulgą wsiadła do własnego samochodu.

To samo uczucie towarzyszyło jej podczas wieczornej rozmowy z rodzicami na Skypie. Mama stosowała plastry. Stali na tle opery w Sydney i cieszyli się jak nastolatki zarezerwowanymi dwa miesiące wcześniej biletami na *Carmen* Bizeta.

I wreszcie ulga nie odstępowała jej, kiedy następnego wieczoru siedziała na swoim tarasie z przyjaciółmi. Karolina nie brała udziału w fecie, bo bolała ją głowa. Dla Magdy oznaczało to kaca nie do przezwyciężenia. Agata się wkurzyła.

– Nie bądź taka beznadziejnie podejrzliwa.

– A ty nie widzisz żadnych światełek ostrzegawczych? Nic ci nie dzwoni w uszach? – Magda trzymała na kolanach Mańka Drugiego, a on drzemał, mrucząc rozkosznie. Dlatego mówiła szeptem.

– Dzwoni. Twoje marudzenie. – Agata jakoś dziwnie ostro reagowała na niepokój o Karolinę. Magda przeniosła wzrok na Sebastiana. Wyjątkowo nie wziął ze sobą aparatu. To też było podejrzane. Udawał, że nie widzi jej spojrzenia. W końcu nie wytrzymał.

– No co?

– Boże! Zachowujecie się jak nastolatki! Nienawidzę tego! Dorosnąć, ale to już! – wysyczała Magda teatralnym szeptem, jednak bez specjalnych nadziei, bo na to, że dorosną w sekundę, trudno było liczyć.

– A daj ty mi święty spokój – jęknął Sebek. – Po co mam dorastać? Co mi przyjdzie z dorosłości? Zacznę się tylko przejmować

Trumpem i Putinem! Czy to rozwiąże jakiś mój problem? A tak to przynajmniej za nikogo nie jestem odpowiedzialny. – Więcej było w tym żalu niż pretensji.

Miał rację. Dorosłość to odpowiedzialność za innego człowieka. Za jego dobre samopoczucie, jego komfort, zdrowie i dobry sen. Za wszystko. Za kogo Sebastian miał czuć się odpowiedzialny? Za kogo miała czuć się odpowiedzialna Magda? Ale z Agatą to zupełnie co innego.

– O nie. Ja nie tylko nie powinnam, ale wręcz nie mogę dorosnąć. Nie wolno mi. Od spraw dorosłych jest mąż i jego mamusia. Ja mam być dekoracją stołu. Jak gałązka borówki na Wielkanoc. Albo sianko na Wigilię. – Powiedzieć, że zabrzmiało to smutno, to nic nie powiedzieć. Agata wyglądała na totalnie zdeptaną i zgnębioną. Była Samsonem, któremu Dalila obcięła włosy. Wyrwano jej wszystkie pazury. Pozbawiono sił i mocy. Patrzyła teraz na nich jak zalęknione kociątko.

Magda poczuła nagły przypływ gniewu.

– Nie możesz wyglądać jak kociątko, które znalazła Holly Golightly w *Śniadaniu u Tiffany'ego*. Nie jesteś zmokniętą przybłędą! – To z kolei zabrzmiało jak zaklęcie, w które Magda włożyła wszystkie swoje Hogwartowe moce, ale z końca jej palca nie strzeliła nawet jedna iskra. Nie mówiąc o grzmotach z niebios.

Agata skrzywiła się, próbując przełknąć gulę w gardle.

– Spokojnie. Mam przecież Jagódkę. Ona mnie kiedyś pomści. – Nawet postarała się uśmiechnąć, ale średnio to wyszło.

– Widzisz? Jesteśmy tercetem niedorosłych czterdziestolatków – ponuro zawyrokował Sebastian.

– Absolutnie się nie zgadzam! – zaprotestowała prawniczka. Jakoś nie było w tym energii. Sama czuła, że świętowanie wygranej sprawy to tylko ersatz. Forma zastępcza. Powinni świętować swoje zaręczyny, śluby, ciąże, narodziny... Wszystkie te wielkie życiowe okazje. A tymczasem kieliszki były napełnione z powodu wyroku sądowego. Niby zwycięstwo, tak. Tylko dlaczego wino miało smak porażki? Magda poczuła bolesny ucisk w żołądku. Gdyby Piotr nie pojechał tamtego dnia na przejażdżkę motocyklem, dzisiaj świętowaliby półrocze ich dziecka. Dziecka. Magda nigdy nie dowie się, czy to była dziewczynka, czy chłopiec. Przytuliła mocno Mańka. Milczała.

Sebastian z Agatą od razu zorientowali się, co się dzieje.

– Popcorn i lody? – Sebastian nie czekał na odpowiedź. Pognał do kuchni. Agata została z Magdą.

– On ma rację. Nie ma dorosłości, dopóki nie jest się odpowiedzialnym za kogoś drugiego. Ty masz Jagódkę. Ale my... nie mamy nikogo. – Magda wcale nie chciała płakać. Chciała na chłodno uświadomić sobie własne ograniczenia i niemoc. Nie dało się. Łzy popłynęły po policzkach.

– Skoro nie patolog, to może weź się jednak za lekarza. Przecież chciał cię pocało... – podjęła próbę Agata, lecz pod spojrzeniem przyjaciółki odpuściła. – Okej. Sorry. Nie chciałam. – Przytuliła Magdę i tak zastał je Sebastian.

Potem ustalili, że jednak trzeba przyjrzeć się Karolinie, bo nie można przecież pozwolić na to, żeby wzorzec z Sèvres przestał być samym sobą, czyli doskonałością. A kiedy skończyli, okazało się, że cała trójka ma oblicza udekorowane czekoladowymi lodami i okruszkami popcornu.

39

BLOG MAGDY M.

Dobrze. Wiem. Związek ma wiele zalet. Zawsze masz na kogo zrzucić trochę winy, kiedy coś nie wychodzi. Czysty zysk. Ale... bez przesady. Związek to też kłopoty. Agata na przykład jest w związku, ale co z tego ma? Zniewolenie. Karolina... jeszcze nie wiem. Podejrzewam, że cierpi na przedwczesny syndrom pustego gniazda. Dzieci już nie wiszą na matce przy podejmowaniu wszystkich decyzji. Dobrze je wychowała i dzięki temu szybko się usamodzielniły. Świetnie wykonane zadanie obróciło się przeciwko niej. Żyją własnym życiem, a Karolina została z pustymi rękami. I niestety wino ich nie zapełni.

Sebek jest zrujnowany emocjonalnie po Rusłanie. Takim facetom powinno się zabronić zbliżania do ludzi, bo powodują nieodwracalne szkody. Teraz Sebastian będzie porównywał wszystkich potencjalnych partnerów do tego niedosiężnego ideału, który tak naprawdę żadnym ideałem nie jest. Niestety, o tym trudno pamiętać, kiedy ciało doznało rozkoszy, jakiej nie da się porównać z niczym. I czułości, której ze świeczką szukać. Odrzucenie tylko wzmocniło pamięć tych doznań. Może się też okazać, że Rusłan z jakiegoś powodu musiał tak postąpić. Niestety, nic na to nie wskazuje.

Związki prędzej czy później przynoszą ból. Wystarczy.

Staropanieństwo? Proszę bardzo. Możecie to sobie tak nazywać, nic mnie to nie obchodzi. Dla mnie to azyl, który chroni przed wszystkim, czego nie potrzebuję.

Jestem zadowolona.

40

W piątek wieczorem zadzwoniła Karolina.

– Jedziemy jutro na wycieczkę. Będziemy u ciebie o ósmej – wyrzuciła z siebie i się rozłączyła.

Magda już miała to potraktować jako pijacki wybryk, ale po chwili dostała esemesa od Sebastiana: „Spakuj się na 2 dni, LY". Odpisała: „Ja też love you" i pomyślała, że może dobrze jej zrobi, jeśli pojedzie w jakieś nieznane miejsce. W końcu jako stara panna miała trochę czasu i nie była za nikogo odpowiedzialna. Oprócz Mańka. Maniek nie miał nic przeciwko. Mogła robić, co jej się żywnie podoba.

Co jej się podoba! A nie jej przyjaciołom! O ile to w ogóle przyjaciele, a nie podstępne żmije! Po kilkudziesięciu kilometrach zorientowała się, że wycieczka prowadzi do aż nazbyt konkretnego i znajomego miejsca.

– Bo wyskoczę w biegu! – zagroziła.

Nikt się nie przejął. Kompletnie. W połowie drogi zatrzymali się na stacji benzynowej. Mogła złapać tira i wrócić do Warszawy. Może trafi na jakiegoś miłego, kulturalnego kierowcę?

Porozmawiają o książkach albo filmach. Nawet o pogodzie – i tak będzie lepiej niż z tymi tutaj… Żmijami.

Podczas dalszej drogi siedziała ponura i chmurna. Widziała, że Sebastian zerka na nią w lusterku. Patrzyła w okno. Po chwili włączył muzykę. Hey. Wiedział, że lubiła czarne poczucie humoru Nosowskiej i odwagę, z jaką piosenkarka wyraża uczucia. Gniew, ból i miłość. Z głośników w samochodzie popłynął utwór *Ja, sowa*. Wszyscy wiedzieli, że Magda utożsamia się z Nosowską w tej piosence. Kiedy Agata rzucała się w kolejną miłość jak na główkę do jeziora, Magda dopiero ostrożnie badała, czy woda nie jest za zimna. Nigdy też nie była zbyt wylewna. Dokładnie jak Kaśka w tym kawałku. Dopiero nocą, albo kiedy komuś naprawdę ufała, pozwalała sobie wyrażać emocje. Znała te słowa na pamięć:

Teraz gdy noc
Sowa ze snu budzi się
Odwaga lwem
Krzyczę w śpiące ucho twe…

Tu Magda nie wytrzymała. Wychyliła się z tylnego fotela i wyłączyła odtwarzacz. Nie chciała usłyszeć dalszego ciągu. To było nieprawdziwe. Niedopuszczalne. I nie… Ale Sebastian i Agata też znali tekst. I śpiewali sobie dalej, nie przejmując się kwaśną miną przyjaciółki:

Nie będę jadła – kocham cię
Nie będę piła – kocham cię
O śnie zapomnę – kocham cię
I gdy odejdę nie przestanę…

– Jesteście porąbani. I wredni. Zgadzasz się, Karolina?

Żona Waligóry siedziała obok Magdy i nie wyglądała, jakby zamierzała się z nią zgodzić. Uśmiechała się pod nosem.

– To tylko wycieczka. Czym się tak denerwujesz? – zapytała.

Magda poprawiła się na kanapie i sprawdziła, czy ma dobrze zapięty pas.

– Ja? Niczym.

W tej chwili Sebastian zarządził kolejną przerwę na siku.

– Dlaczego mi to robicie? – zapytała przy kawie na stacji benzynowej.

– Pamiętasz, jak powiedziałam, że lepszy będzie patolog? – Agata wydawała się doskonale pamiętać. – Zrobiłaś taką minę, że było oczywiste: lekarz. O ile nie zostanie skazany. Gdyby go wsadzili, dalibyśmy ci spokój.

Magda się nie odezwała, ale musiała w duchu przyznać im rację. Patolog ze swoją limuzyną wpadł jak słoń do składu porcelany. I zepsuł coś, co nawet dobrze się zapowiadało. A z drugiej strony… Może tylko jej się wydawało, że Marek się pochylał? Że chciał ją pocałować? Może tego w ogóle nie było?

Gdy podjeżdżali pod dom, ujrzeli niepokojący obrazek. Siostra Orlika leżała na schodach ganku skrzywiona z bólu, a jej mąż pochylał się nad nią z troską.

– Możesz wstać? – spytał.

– Jakbym mogła, tobym wstała! – jęknęła boleśnie Kama.

– Przeniosę cię do salonu – zaproponował Olaf. Odmówiła stanowczym gestem. Żadnego ruszania.

– Trzeba ją zawieźć do szpitala – rzuciła Magda od razu po wyjściu z samochodu, a mąż Kamy westchnął tak rozpaczliwie, że od razu przeniosła spojrzenie na nią. Mężczyźni w sytuacjach zagrożenia mają na ogół właściwe odruchy. Potrafią błyskawicznie się zmobilizować, aby stanąć do walki. Natomiast gubią się w sytuacjach, kiedy nie ma wyraźnego wroga.

– Nie może mnie zawieźć. Ma robotę. – Z tonu Kamy wynikało, że to coś nie do odwołania.

– Ale ja mogę – zadeklarowała Magda.

Chwilę później lekko spanikowany Olaf poszedł naprawiać zniszczoną zastawkę sceniczną przedstawiającą altanę w ogrodzie Bestii, Sebastian postanowił mu pomóc, a Karolina i Agata zostały w domu z zadaniem dokończenia obiadu. Wypadek na schodach przydarzył się, gdy Kama biegła do ogródka po natkę pietruszki. Marka nie było. Z samego rana pojechał z dziećmi do miasteczka, żeby przygotować scenę i widownię do spektaklu.

– W sumie to dobrze, że go nie ma – stwierdziła Magda. – Zawiozę cię do szpitala, a potem wrócimy do Warszawy. Tak w ogóle to przepraszam za to zamieszanie. To był ich pomysł. Bez sensu.

Kama przyglądała jej się z fotela pasażera odsuniętego maksymalnie do tyłu.

– Nie przywieźliby cię tutaj, gdybyś tego nie chciała.

– Ale ja nie chciałam – upierała się prawniczka, co Kama skwitowała głośnym śmiechem.

– Wiesz... zawsze dostajemy to, czego nie chcemy. Ja na przykład dostałam kontuzję kostki. W najgorszym momencie.

Okazało się, że akurat dzisiaj ma się odbyć coroczne charytatywne przedstawienie dla podopiecznych domu dziecka w pobliskim miasteczku. Kama i Marek od lat robili im taki prezent. Przy okazji zapraszali mieszkańców i zbierali pieniądze na potrzeby dzieciaków. Co roku w czerwcu to one same decydowały, jakie przedstawienie chcą zobaczyć pod koniec wakacji. W tym roku wybrały *Piękną i Bestię*. Grali to już kilka razy w poprzednich latach, ale maluchy miały jakiś sentyment do tej historii.

– Podejrzewam, że się z nią utożsamiają. Wiesz, wyobrażają sobie, że kiedyś przyjdzie ktoś, komu będzie na nich zależeć, i jak Bestia zamienia się w księcia, tak one z niechcianego dziecka zamienią się w to najbardziej kochane na świecie. – Było widać, że Kama traktuje to bardzo serio. – Szkoda, że spektakl trzeba będzie odwołać.

– A nie może cię ktoś zastąpić? – rzuciła Magda. I nie miała nikogo konkretnego na myśli. Za to Kama, w nagłym olśnieniu, owszem. Wskazała Magdę palcem z bardzo zadowoloną miną.

– Zapomnij. – Magda nigdy w życiu, nawet przez ułamek sekundy, nie marzyła o karierze aktorskiej. Jedyne występy, jakie ją dotąd kręciły, miały miejsce w sali sądowej. W dodatku już jej przeszło.

– Nie zdążymy przerobić kostiumu. A ty masz chyba mój rozmiar – naciskała siostra Marka.

– Ja w ogóle nie mam żadnego rozmiaru. I przestań się śmiać, bo mnie rozpraszasz, a nie chcę, żebyśmy skończyły na drzewie.

Kama leżała z nogą na wyciągu. Okazało się, że jej kość piszczelowa wymagała wzmocnienia śrubami.

– Poradzisz sobie, tylko musisz już jechać.

Wcześniej opowiedziała Magdzie akcję sztuki. Nic skomplikowanego. W dodatku można było improwizować. Kama z Markiem często tak robili, a widzowie traktowali to jako dodatkową atrakcję.

– Najlepiej, jakbym po prostu ogłosiła, że miałaś wypadek. Przedstawienie można przecież przełożyć.

– Nie można. Mamy gości z Ukrainy. Dzieci z polskich rodzin. Zaprosiliśmy je już w zeszłym roku. Jutro wracają do siebie.

– Czy wszystko się sprzysięgło przeciwko mnie?! – jęknęła Magda. Kama w odpowiedzi wskazała z uśmiechem swoją uwieszoną na wyciągu nogę.

Prawniczka stanęła pod remizą. Zostało już niewiele czasu. Agata, Karolina i Sebastian przyjechali wcześniej z Olafem i naprawioną zastawką. Na schodach przed budynkiem siedziała Zosia. Zerwała się na widok Magdy.

– Szybciej! Trzeba cię jeszcze uczesać.

– Ale ja… Nie, to jest bez sensu. To musi zrobić ktoś, kto zna rolę i…

Zosia nie pozwoliła jej dokończyć. Chwyciła Magdę za rękę i poprowadziła do środka.

– Przestań chrzanić. Chodzi o dzieciaki! Nie możesz odmówić! – Taki argument w ustach sześciolatki każdemu by odebrał głos.

Z tyłu sali po lewej stronie, za zastawką przedstawiającą ogród, zaimprowizowano garderobę. Tam Magda zastała Marka – już przebranego w kostium Bestii. Spod fraka wystawało brązowe futro. Nie założył jeszcze maski i tylko dlatego go poznała.

– Cześć.

– Dzięki, że nam pomożesz.

– Wcale nie miałam takiego zamiaru – oznajmiła Magda i zamierzała dodać, że gdyby nie chodziło o dzieciaki i gdyby nie ostre postawienie sprawy przez Zosię, to pewnie wsiadłaby w samochód i uciekła. Nie zdążyła, bo Marek skrzywił się i rzucił krótko:

– Mimo wszystko dzięki. – I odszedł.

Co miała zrobić? Biec za nim i tłumaczyć się jak idiotka, że nie to miała na myśli? Że nie robi łaski, tylko boi się, że nie sprosta? Że dzieciaki będą zawiedzione? Że ich fantastyczne przedsięwzięcie straci przez nią na jakości? I że ten patolog to nic ważnego? Że go właściwie nie ma? A Marek powinien przestać odchodzić za każdym razem, gdy coś mu się nie podoba, tylko zażądać wyjaśnień! Odpowiedzi!

– Konkretów, do cholery! – powiedziała na głos.

– Proszę bardzo – usłyszała z tyłu. Za nią stał Sebastian z jasnobłękitną suknią w stylu *Przeminęło z wiatrem*. – To twoje konkrety.

– Co ja tu robię? – westchnęła żałośnie.

– Jak to co? Zostajesz Piękną. – Sebastian był wyraźnie ubawiony. I dziwnie zadowolony. Przyjrzała mu się podejrzliwie, gdy wieszał suknię na wieszaku.

– Wypożyczają ciuchy z teatru w Koszalinie. Poważna sprawa. Chcesz poćwiczyć tekst? – Odwrócił się i zobaczył Magdę na skraju załamania. Właściwie nie załamania, raczej histerii. Usta wygięte w podkówkę. – Będzie dobrze. – Uścisnął ją.

Odsunęła się, bo nie tego oczekiwała. Chciała, żeby jak na przyjaciela przystało, złapał ją za rękę i wyprowadził. Tajnym wyjściem. Tak, żeby nikt nie widział. I żeby ją w ogóle wywiózł z tego Pomorza. Trudno, niech się dzieje, co chce. Przecież gdyby nie przyjechała, i tak musieliby odwołać przedstawienie! O, to jest argument! Niestety, nie przemówił do Sebastiana.

– Wszyscy na ciebie liczą. Chyba nie zrobisz im świństwa? – Najgorsze, że się przy tym uśmiechał. Wiedział, że świństwo nie wchodziło w grę. Magda organicznie nie była do tego zdolna.

– Ale chyba można pomarzyć? Czy już nie wolno? – Usiadła zrezygnowana na składanym krzesełku, żeby zdjąć buty. Sebastian, wciąż uradowany, wyjął z pudełka buty Pięknej. Atłasowe pantofelki. Jasnobłękitne.

– Jesteś podejrzanie radosny! – Magda zdjęła dżinsy. Sebastian przybrał obojętną minę. Tak obojętną, że wiadomo było, że coś jest na rzeczy. – Mów.

Sebek nic nie powiedział, tylko wyjął komórkę i pokazał jej wiadomość w Messengerze. Bez tekstu, samo zdjęcie. A na nim… Rusłan.

– Ale… Przecież to u ciebie na kanapie! – Sebastian potaknął ochoczo. Dziwnie ochoczo.

– Sebek, co on tam robi?

Teraz fotograf uśmiechał się już od ucha do ucha.

– Włamał się, a ty się cieszysz? – Było gorzej, niż się spodziewała. Trzeba natychmiast wezwać policję, a najlepiej wracać od razu do Warszawy. Teraz to już wszyscy zrozumieją, nawet dzieci z Ukrainy, że wobec włamania nie można postąpić inaczej.

– Dałem mu klucz – przyznał się Sebek. I dodał: – Spokojnie. Zaczeka, aż tu skończymy.

Agata i Karolina pomogły jej z makijażem. Sebastian zasznurował gorset sukni. Magda była jednocześnie nieżywa z nerwów i zdecydowana dotrwać do końca. Dla szlachetnego celu. Dla dzieci.

Gdzieś na samym dnie serca tkwiło też bolesne wspomnienie dziecka, którego już nigdy nie będzie.

Sebastian zza kulis podpowiadał jej kwestie. Przedstawienie przebiegało zgodnie ze scenariuszem. Piękna zgodziła się zamieszkać w pałacu Bestii, żeby mu służyć. W zamian mogła uratować swego ojca. Bestia ze swoją szpetotą krył się przed nią w mroku. Przychodził tylko w nocy, kiedy spała, by podziwiać jej piękno. Pewnego dnia jednak zobaczyła go w świetle dnia. Przeraziła się, ale została na służbie, a Bestia odebrał to jako szansę na wzajemność. Wreszcie w ogrodowej altanie wyznał, że się w niej zakochał, lecz wtedy Piękna uciekła. Nie potrafiła wyobrazić sobie życia z potworem. Po tygodniu wróciła do pałacu, aby sprawdzić, czy jej chlebodawca czegoś nie potrzebuje. Bestia zniknął. Szukała go w całym domu i w ogrodzie i w końcu znalazła tam, gdzie wyznał jej miłość.

Piękna stanęła na progu altany. Bestia leżał na sofie z zamkniętymi oczami. Nie chciała go budzić. Już miała zawrócić, gdy usłyszała jakiś chrapliwy dźwięk. Widownia westchnęła. Piękna weszła do altany.

– Bestio?

Nie odpowiedział. Dał tylko znak dłonią, żeby odeszła, ale Piękna podeszła jeszcze bliżej. Dotknęła jego czoła.

– Wezwę lekarza.

– Za późno – odparł.

Zgodnie ze scenariuszem. Wszystko szło dobrze. Tylko skąd u niej ten dreszcz na plecach? Pojawił się między łopatkami i falami rozpływał się po całym ciele. Bunt organizmu, zanim decyzja dotarła do świadomości. Nie! Nie mogła pozwolić, żeby ten mężczyzna odszedł. Nie mogła pozwolić mu umrzeć. Nie tym razem. Teraz miała władzę nad losem. Nad przeznaczeniem. Nad wszechświatem przypadków i absurdów, które nagle, bez ostrzeżenia, odbierają komuś życie. Stała bez ruchu i milczała. Bestia otworzył oczy. Patrzył na nią. W jego potwornej twarzy jarzyły się przepiękne orzechowe oczy. Widownia zamarła. Magda przypomniała sobie, że to tylko teatr. Nie ma tu żadnego przeznaczenia ani losu. Wszystko jest zaplanowane. Z góry wiadome. Nie ma tu o co walczyć. Sebastian prawie wypadł na scenę, żeby jej podpowiedzieć następną kwestię.

– Dlaczego za późno? – powtórzyła za suflerem.

– Umieram. Odejdź. Nie chcę, żebyś na to patrzyła. – Bestia odwrócił łeb i jego spojrzenie przygasło.

– Nie chcę... Ja nie chcę, żebyś... Nie umieraj, Bestio! – wyszeptała. Ale nie było reakcji. Tylko coraz słabszy oddech poruszał futrem.

Magda nie mogła się poruszyć. Przed oczami migały jej koguty wozów policyjnych i pogotowia na placu Trzech Krzyży. Słyszała zgrzyt metalu o asfalt. Natrętny. Przewiercający brutalnie serce. Dopiero po chwili zorientowała się, że odgłos dochodzi zza kulis. To Sebastian podpowiadał chrapliwie:

– Pocałunek!

Magda spojrzała na przyjaciela, który dopiero teraz zauważył łzy na jej policzkach. W sali panowała absolutna cisza. Po chwili z siedzenia na brzegu drugiego rzędu podniosła się mała ciemnowłosa dziewczynka. Zosia podeszła do sceny, stanęła przed nią i popatrzyła na Magdę mokrymi oczami.

– Wiesz, co trzeba zrobić...

Piękna klęknęła przy Bestii. Już prawie nie oddychał. Nie była w stanie pocałować tej szkaradnej maski. Zdjęła mu ją, a Marek nie zareagował. Pochyliła się i dotknęła ustami jego warg. Nic się nie wydarzyło. Wszystko zepsuła. Za późno. Bestia po raz pierwszy w historii nie przeżył przedstawienia. Magda poczuła, że sama przestaje oddychać. W tej samej chwili Marek zaczerpnął głęboko powietrza, przygarnął ją do siebie i pocałował. Mocno, żarliwie.

Nie słyszeli braw ani szumu opadającej kurtyny.

Jacht kołysał się na łagodnych, leniwych falach jeziora. W ciemnej wodzie odbijały się światła z brzegu, w tym wielkiego ogniska w ogrodzie za domem Kamy. Z oddali dochodziły słabe dźwięki śmiechów i muzyki; widać było małe z tej odległości sylwetki dzieci i dorosłych. Wśród tych ostatnich znajdowali się również przyjaciele Magdy, którzy zdecydowali się zostać do jutra i świętować rekordową sumę uzbieraną na dom dziecka.

Magda patrzyła na to wszystko z pokładu łodzi. Marek wyszedł z kajuty z dwoma kieliszkami wina. Podał jej jeden.

– Zawdzięczam ci życie.

– Żebyś wiedział – odparła.

A potem kochali się pod gwiazdami. Z nieba spadały Perseidy. Magda wciąż czuła się jak Piękna. A Marek był Bestią zamienionym w księcia. Czuły, troskliwy i niewiarygodnie… szczodry. Magda doskonale wiedziała, co to orgazm. Nie wiedziała tylko, co to orgazm doskonały. Orlik jedną dłonią pieścił jej pierś, drugą podłożył pod biodra. Po czym z głową między jej udami doprowadził ją do spazmu rozkoszy, jakiego nigdy dotąd nie doświadczyła. Potem wszedł w nią zdecydowanie i chociaż wydawało się to już niemożliwe, każdy ruch jego bioder potęgował w niej podniecenie. Marek musiał czuć to samo. Widziała jego twarz, bo nie zamknęła oczu. Chciała go widzieć. A on patrzył na nią.

Potem leżeli na pokładzie pod kocem i patrzyli w gwiazdy. Magda liczyła spadające Perseidy.

– O czym myślisz? – zapytał.

– Dotąd myślałam, że niebo jest granicą – odezwała się z lekką chrypką. Podał jej wino. Upiła łyk.

– A teraz? – Odstawił kieliszek.

– Teraz wiem, że granica nie istnieje.

W tej samej chwili niebo przeciął błysk meteorytu.

41

BLOG MAGDY M.

Jest grudzień.

Warszawo, przepraszam cię. Już wiem, że to nie od ciebie powinnam się domagać zadośćuczynienia. To nie ciebie powinnam pozwać o naruszenie dóbr. Tylko życie. Ale na to już za późno, bo życie się zrehabilitowało.

Sebastian wyjechał z Rusłanem do jego rodziny we Francji. Na święta i Nowy Rok.

Agata z Karoliną rozkręcają własny biznes. Doradzają kobietom, które chcą założyć firmę. To daje im zajęcie i frajdę. Karolina nie pije, a Agata nie czuje się stłamszona.

Mariola po rozwodzie wróciła do kraju. Dziewczyny pomagają jej otworzyć firmę cateringową.

Moi rodzice właśnie przesiadają się we Frankfurcie na samolot do Warszawy. Nareszcie wracają.

A ja?

Mam już czterdziestkę.

Wczoraj zrobiłam test.

Doktor Orlik obiecał, że to będzie najbardziej zadbana ciąża w dziejach ludzkości.

Naprawdę myślę, że granica nie istnieje.

Koniec

Ciąg dalszy? Być może znowu nastąpi...

Warszawa, styczeń 2018

Podziękowania

Ta książka nie miałaby szansy powstać, gdyby nie dyrektor Edward Miszczak (TVN) oraz producenci Dorota Chamczyk (TVN) i Michał Kwieciński (Akson Studio), którzy we mnie uwierzyli i wspierali mnie przez prawie trzy lata ciężkiej pracy nad scenariuszami serialu. Ciężkiej, ale też owocnej. Nieoceniona pomoc redakcyjna Beaty Gościk (Akson) oraz życzliwość i sympatia całej filmowej ekipy spowodowały, że nie tylko przetrwałem trudy pisania, ale z przyjemnością wróciłem do świata Magdy M.

Tu kłaniam się Joannie Brodzik. Jeśli scenarzysta jest twórcą postaci, to Aktorka w tym wypadku była i jest tej postaci najdoskonalszym ucieleśnieniem.

Serdecznie dziękuję Ewie Kasprzyk, Darii Widawskiej, Katarzynie Herman i Katarzynie Bujakiewicz oraz Pawłowi Małaszyńskiemu, Bartkowi Świderskiemu, Krzysztofowi Stelmaszykowi, Jackowi Braciakowi, Szymonowi Bobrowskiemu i Bartkowi Kasprzykowskiemu za Wasze role, które żyją do dziś razem z widzami. To bardzo ułatwiło mi ponowne spotkanie z bohaterami.

Na końcu nie najmniej ważni, bo bardzo odpowiedzialni członkowie ekipy Znaku. Dziękuję Justynie Mroczek i Oskarowi Błachutowi za to, że dali się porwać w tę podróż. Katarzynie Sobiepanek-Szczęsnej, bo redagując tekst podążała odważnie za myślą autora, nawet jeśli on sam ją tracił z oczu. Joannie Hołdys za wzorcową korektę i dobre słowo. A także Agnieszce Narębskiej i Katarzynie Bućko, dzięki którym okładka książki jest taka, jakiej bym nie wymarzył w najlepszych snach. Na koniec pozdrawiam Magdalenę Jędrzejek w nadziei, że promocja będzie czystą przyjemnością i wielkim sukcesem.

I jeszcze jedna niezwykle ważna osoba. Przyjaciółka i podpora, a także wymagający krytyk, Anita Nawrocka. Twoja wiara w Magdę chyba może przenosić góry!

PS Mamo, kocham Cię.

Przeczytaj, co o książce sądzą inni czytelnicy, i oceń ją na

lubimyczytać.pl